November 2023
Paris, France

Albina et la bicyclette
Albina roule en tête
Oublie-moi Mandoline

Jacques Faizant

Albina et la bicyclette
Albina roule en tête
Oublie-moi Mandoline

œuvres romanesques
volume II

Denoël

9, rue du Cherche-Midi, 75006 Paris
ISBN 2-207-24599-3
B 24599-5

Albina et la bicyclette

Chronique cycliste

À la mémoire du docteur J.-E. Ruffier

Avant-propos

Le cycliste en société est, généralement, l'objet d'une curiosité amusée parfois ironique et souvent passionnée.

Le non-cycliste, n'imaginant la bicyclette que chevauchée par Anquetil ou le garçon boucher, s'effare de découvrir que des gens qui ne sont apparemment ni l'un ni l'autre pratiquent un sport dont il ignore jusqu'à l'existence. Il pose alors des questions et s'effare bien davantage :

Comment ?... des centaines de kilomètres par jour ?... des randonnées de milliers de kilomètres ?... des raids à l'étranger ?... des... comment dites-vous ? des Diagonales ? des Flèches ? des Brevets ? des escalades de cols ? À votre âge ?... Dites-moi encore ceci... Précisez-moi cela... Mais je ne savais pas ! Et que mangez-vous ?... Et où dormez-vous ?... Et que faites-vous quand ?... Et si... ? Et lorsque... ? Et qui... ? et quoi... ? Et... ?

À force de répondre à des questions toujours semblables par des réponses chaque fois identiques, on se rend compte qu'avec les grands fonds océaniens et la face cachée de la Lune, le cyclisme (autre que de compétition) reste un mystère pour la plupart des gens et suscite, lorsqu'il leur est expliqué, un intérêt qui n'est pas toujours feint.

Si les cyclistes courent les routes, les non-cyclistes courent les rues. C'est dans le but d'expliquer ceux-ci à ceux-là qu'Albina et moi avons écrit ces chroniques.

Albina et la bicyclette

Il faut, je crois, que je raconte d'abord comment Albina est venue à la bicyclette, en plus du fait qu'elle y soit venue à son corps défendant.

Albina est une jeune et ravissante amie américaine de mon épouse. Elle réside à Paris sous le vague prétexte de s'y livrer à l'étude des langues orientales. Mais je crois pouvoir rassurer ceux qui redouteraient son arrivée prochaine sur le marché pléthorique des orientalistes distingués : la dernière fois que nous avons dîné au restaurant chinois, Albina a tenu à passer notre commande dans la langue du pays et le serveur a tellement ri qu'on a dû l'allonger sur une natte et l'éventer avec des ailerons de requin, ce qui a beaucoup perturbé le service. Je ne saurais dire, d'ailleurs, ce que nous avons mangé ce jour-là.

Bref ! Un jour qu'elle avait déjeuné à la maison, il y eut dans le cours de la conversation un quiproquo comme il en arrive souvent avec les étrangers bavards et qui parlent plus fort que vous. Nous nous étions mis à parler de « salons », et comme je commençais à dire que « précisément, l'après-midi même, je... », Albina me coupa la parole et m'assura qu'elle mourait d'envie de voir le Salon des non-figuratifs du Rouergue, qui se tenait au Petit-Palais. Elle était férue de peinture.

Surpris, j'eus à peine le temps de faire : « Mais... c'est

que... heu ! » qu'elle avait déjà décidé d'y aller avec moi. *« Si ça ne me dérangeait pas, ce dont elle était d'ailleurs certaine étant donné ma galanterie bien connue et partons tout de suite de toute façon elle ne prend jamais de café et plus vite nous y serons plus longtemps nous y resterons cela allait être un après-midi très agréable et merci pour le charmant déjeuner on se téléphone pour la semaine prochaine à bientôt,* let's go ! »

C'est dire que lorsqu'elle franchit avec moi le seuil du Salon du cycle, dans le grand hall de la porte de Versailles, elle marqua quelque étonnement.

— Qu'est-ce que c'est que tous ces baïcycl's ? dit-elle d'une voix où le courroux le disputait à l'incompréhension.

Je lui expliquai qu'il s'agissait d'un rite bisannuel, et que nous venions ici, en compagnie d'autres fidèles qui, le dimanche, vêtaient leurs gros mollets de bas à losanges multicolores, faire nos dévotions à saint Cadre, sainte Chaîne, saint Pignon et les jumeaux saint Frein, sans oublier saint Christophe qui s'occupe surtout des dessus de sonnettes.

Cette explication sans malice déclencha une espèce d'ouragan verbal où je démêlai que j'étais un assez piètre plaisantin et que faire traverser Paris à une Américaine pour — laissez-moi rire ! — lui montrer des bicyclettes témoignait d'un sens de l'humour douteux, pendant que des foules avides et comblées léchaient les toiles du Salon des non-figuratifs du Rouergue, qui fermait ses portes le lendemain, bonté divine !

On s'amusait ferme autour de nous car les cyclistes sont gens badauds et ils venaient avec plaisir se rafraîchir les yeux sur les cheveux blonds d'Albina avant de se replonger dans les délices du dérailleur à déformation trapézoïdale. Un jovial me tapa sur l'épaule et me recommanda de ne pas m'en faire, vu que lui, sa femme avait mis deux ans à s'habituer à trouver des roues libres dans l'armoire à linge, des câbles de freins dans le tiroir à argenterie et des chambres à air pendues dans le placard à balais. Tous me faisaient des moues et des sourires amicaux et prenaient part à mon souci. Nous étions les adeptes d'une même drogue et nous nous reconnaissions sans nous connaître, à la façon que nous avions de palper un boyau de soie, une selle ou un rayon.

Car, bien entendu, je n'écoutais pas Albina qui grommelait toute seule. J'avançais de stand en stand et regardais les bicyclettes exposées, occupation qui m'emplit toujours d'une extase quasi mystique.

Comme Albina se taisait, à bout de souffle et d'arguments, j'entrepris, afin qu'elle ne fût pas venue pour rien, de lui faire partager mon plaisir.

— Je connais très bien le baïcycl', dit-elle d'un ton tranchant. J'ai déjà vu deux aux États-Unis.

Il fallait tout lui apprendre et je n'y manquai pas, car le cycliste est volontiers didactique, jusqu'à en être parfois ennuyeux, disent les malintentionnés polis.

Je lui soulignai l'élégance d'un cadre bien dessiné, le poli d'une selle, la finesse d'un pneu, la fermeté d'un frein, le coloris d'un émail, le confort des cocottes[1], le...

— Je n'ai pas venu voir des cocottes, *what ever it is !* J'ai venu voir la Salon des non-figuratifs du Rouergue ! Si vous voulez acheter un baïcycl', dépêchons-nous et allons !

— Je ne veux pas acheter de bicyclette cette année, j'en ai dix à la maison dont quatre à moi personnellement.

— Alors, vous êtes fou ! Qu'est-ce que vous fait ici, alors ? Où est le sortie ?

Me demander ce que je faisais là était de la dernière imprudence. C'était déclencher le flot verbeux et quelque peu pédant de mon éloquence cycliste :

— Je viens m'émerveiller avec tous les autres devant cet objet tout simple et qui, à quelques détails près, était déjà parfait dans son principe il y a cent ans.

— Ça m'est égal ! Allons au Salon des...

— Je viens m'émerveiller, mais sans arriver jamais au bout de mon enthousiasme, devant l'extraordinaire effica-

1. Poignées de freins de guidon bas, recouvertes de caoutchouc.

cité de cet engin qui, simplement ajouté à vos muscles, décuple vos possibilités et vous permet de faire cent kilomètres avec moins de fatigue que si vous en faisiez dix à la marche.

— Je ne fais jamais dix à la marche, *thank God !*

— Vous avez bien raison. Moi non plus, d'ailleurs. Marcher quand on peut aller à vélo, c'est du masochisme pur et simple.

— Et être dans cet horrible truc quand on peut aller voir de la peintoure, ça n'est pas du masochisme ?

— Je vous l'ai dit, c'est une religion. Nous autres cyclistes détenons la vérité, ce qui nous fait la jambe alerte, l'œil gai, le poumon vaste et nous donne une grande jeunesse de cœur, privilège que nous partageons avec les innocents, les rugbymen et les premiers chrétiens.

— *Ridiculous !* dit Albina. Les premiers chrétiens étaient américains et n'avaient pas de baïcycl's. Dans une siècle de missiles interplanétaires, vous n'allez pas...

— Vous pourrez toujours aller sur Mars ou sur Vénus. Il n'empêche que la bicyclette est la *seule* machine qui vous permettra d'aller, dans la journée et avec vos *seuls* muscles, de Paris à Dieppe.

— Je ne veux pas aller à Dieppe avec mes seuls muscles ! Je-veux-aller-à-le-Salon-des...

Des amis à moi, exposants du Salon et devant le stand desquels nous passions, nous appelèrent pour nous offrir un whisky. Cela calma un peu Albina qui, pour une raison ou pour une autre, avait justement la gorge un peu sèche.

Les présentations faites, nous nous assîmes derrière le comptoir du stand et Albina, verre en main, regarda autour d'elle et s'aperçut que mes amis ne vendaient apparemment pas de bicyclette. Cela la réconforta.

— C'est un beau stand, dit-elle poliment.

Mes amis D. opinèrent, ravis. C'était, en effet, un stand assez vaste mais complètement nu, à l'exception de quelques petits bouts de tubes métalliques d'à peu près vingt centimètres de long qui étaient posés sur le comptoir. Le bout en était taillé en biseau pour qu'on pût mieux en voir l'intérieur qui avait été peint en rouge.

— C'est quoi, ces choses ? dit Albina étourdiment.

Mme D. prit quelques tubes et les lui tendit.

— Ce sont des échantillons de tubes de bicyclette. 4/10e de millimètre, 5/10e, 6/10e, etc.

Albina prit la chose et la considéra avec horreur.

— Vous... vous voulez dire que des gens viennent ici pour voir des petits morceaux de tubes de baïcycl's ?

Les D. se regardèrent effarés, tant il leur paraissait évident, normal, voire humain, que l'on vînt dans cette cohue tout exprès pour admirer leurs tubes. Les D. vivent dans le tube de père en fils, s'y sont connus et, si j'ose dire, mariés. Parler tube avec les D. est un plaisir subtil permis aux seuls initiés qui savent faire, sur le plan de la bicyclette, la différence entre un Stradivarius et un crin-crin pour noce de village. Albina avait beaucoup à apprendre, comme on voit.

Deux jeunes gens s'arrêtèrent devant le comptoir et, s'emparant des tubes, entamèrent une discussion animée sur les mérites comparés des tubes de 3/10e et des tubes de 5/10e, ainsi que des avantages et des inconvénients du soudo-brasage et des raccords rapportés.

Albina les écouta un instant et frissonna. Elle venait, telle une plongeuse des grands fonds, de découvrir un monde inconnu et il lui sembla vaguement qu'elle n'était déjà plus tout à fait la même.

En fait, elle ne le savait pas encore, mais elle n'allait jamais plus être tout à fait la même.

Nous bûmes un second whisky et Albina, qui évitait de regarder les tubes, porta les yeux sur le stand voisin devant lequel un septuagénaire bien mis et décoré ajustait son lorgnon pour examiner une courroie de cale-pied avec l'attention d'un entomologiste.

Alors elle ferma les yeux.

Nous prîmes congé des D. et je l'emmenai voir des poignées de freins, des chariots de selle, des chaînes, des jantes, des pédales, des moyeux et mille autres passionnantes merveilles. Elle me suivait, l'œil vide et le geste indécis. Il n'était plus du tout question des non-figuratifs du Rouergue.

Nous rencontrâmes un de mes amis que je présentai à Albina. Celle-ci devint aussitôt tout sucre, car le personnage était un écrivain célèbre qui donnait des chroniques dans un grand quotidien.

— J'ai beaucoup aimé, dit-elle, votre article sur la désaffection des masses pour le roman de chevalerie. Très, très bonne !

— Mon article ? Ah ! Ah ! oui, mon article ! Vous êtes bien aimable, Mademoiselle, dit-il, mais savez-vous le plus beau ?

— *No !* dit Albina, ravie de pouvoir changer un peu de sujet.

— Eh bien, H. m'avait promis de me rayonner mes roues en croisant à 4, et il ne les a croisées qu'à 3 ! Qu'est-ce que vous dites de cela ?

— Moi ? dit Albina. Rien. Qu'est-ce que c'est, les croisées à 4 ?

Heureux d'avoir un auditoire, mon ami lui expliqua longuement que les rayons d'une roue peuvent se croiser entre eux deux, trois ou quatre fois, et il précisa même les avantages certains du croisement à 4, mais je dois dire qu'Albina ne suivait son exposé que très distraitement. Même, il me sembla qu'elle le regardait comme si elle allait le mordre.

Je pris congé rapidement et l'entraînai vers les stands des pneumatiques, dont je lui expliquai les vertus diverses. Mais elle ne m'écoutait pas et me régalait d'un monologue selon lequel elle ne lirait plus le grand quotidien en question, ni quoi que ce soit qui fût signé par mon ami et que, d'ailleurs, elle allait de ce pas rejoindre les masses dans leur désaffection pour le roman de chevalerie.

Comme elle faisait demi-tour, nous butâmes dans un autre ami qui nous serra les mains rapidement et s'empressa de me mettre au courant d'une nouvelle sensationnelle :

— Dis donc ! J'ai mis 48 à l'avant et 23 à l'arrière et je marche mieux qu'avec 46 x 22 ! Et c'est pourtant le même braquet. Bizarre, non ?

— Non ! dit une dame élégante mais inconnue qui passait. 46 x 22 ça fait 4,39 m et 48 x 23 ça fait 4,38 m.

Mon ami courut après elle, et ils entamèrent une discussion animée à laquelle vinrent se joindre un colonel en uniforme, une religieuse et deux jeunes mariés qui promenaient ici leur nouveau-né afin qu'il respire le bon air le plus tôt possible.

— Sortons d'ici, dit Albina d'une toute petite voix. Je crois que je vais feinter !

Elle voulait dire s'évanouir.

Sortant du Salon, nous prîmes un taxi. Au carrefour Vaugirard-Convention, nous fûmes arrêtés par un encombrement causé par deux automobilistes qui avaient entrechoqué leurs calandres. Descendus de leurs véhicules, ils se martelaient mutuellement le crâne à coups de manivelle pour savoir lequel d'entre eux était dans son tort. Un car de police arriva dont les agents furent pris à partie par la foule qui les lapida, les dévêtit et les roula dans le ruisseau, ce qui ajouta à la confusion.

Notre chauffeur poussa un soupir blasé, arrêta son moteur et se plongea dans un problème de mots croisés.

3 693 automobiles se mirent à klaxonner en même temps.

Albina soupira et se tourna vers moi.

— *Please,* dit-elle, retournons à la Salon, s'il vous plaît. Je crois que je vais acheter un baïcycl'.

La gloire de Michel

La borne dit : 20 kilomètres. Michel sourit. C'est le bout du voyage.

Naguère encore, il était à plus de deux mille kilomètres de là, impatient de partir et imaginant le long ruban de route qui, par-delà l'horizon, attendait son passage pour le conduire, de côte en plaine, jusqu'à son but lointain.

Jour après jour, équilibriste solitaire, chemineau silencieux, il a laissé chez lui ce qui fait l'ordinaire de ses jours et, tailleur de route à façon, il a cousu tranquillement sur sa machine l'ourlet des provinces.

Jour après jour, heure après heure, avec ses reins, ses bras, ses jambes et ses poumons, à raison de six mètres à la seconde, il a grignoté le chemin, tourné, viré, grimpé, plongé et avancé toujours, éprouvant dans tout son corps l'impression de puissance que d'autres n'obtiennent qu'en appuyant du bout du pied sur un accélérateur.

Heure après heure, minute après minute, il a senti l'odeur des champs, des feux de feuilles, des bords d'étangs. Il a entendu évoluer l'accent des paysans qui s'interpellent et vu les blés mûrir à mesure qu'il avançait vers le sud. Il a joué avec le vent et le vent a joué avec lui. Il a tendu son visage à la pluie légère et arrondi le dos sous l'averse. Il a doré ou grillé sous le soleil et il s'est senti bien, et il s'est senti libre.

Il s'est élevé posément mais continûment au flanc des montagnes, a vu le paysage descendre lentement sous lui et l'horizon s'élargir. Il a gagné, au terme d'efforts méritoires, des paysages mérités, puis a plongé dans la vallée par larges orbes silencieux, à la fois immobile et rapide comme un oiseau de haut vol.

Il a bu l'eau des sources et mangé les baies du chemin, et plus solidement aussi dans les auberges. Il a dormi comme un enfant en pensant à la route passée, en rêvant à la route à venir.

Il a roulé côte à côte pendant quelque temps avec un oiseau qui l'accompagnait en chantant et il a pensé que s'il racontait cela un jour on ne le croirait pas.

Il a laissé les choses et les gens venir à lui dans sa merveilleuse approche silencieuse, approche quasiment tactile dont chaque instant s'incrustera dans sa mémoire car il a façonné chacun de ces moments avec son corps et avec son esprit.

Il a roulé très lentement dans les sous-bois quand il se sentait d'humeur bucolique et il a pédalé follement, mais en puissance, par lentes enjambées dévoreuses d'espace, aussi vite qu'il pouvait aller quand l'envie lui en a pris et que la route le lui permettait. Et dans ces moments là, il se sentait invincible et il se plaisait à imaginer que cela pouvait durer toujours. Ce n'était, bien entendu, qu'une illusion, mais qui lui était chère et de laquelle il s'amusait beaucoup.

Il a sifflé, il a chanté. Puis il s'est tu parce qu'il n'avait pas trop de tout son souffle pour avaler un col qui ne voulait pas se laisser faire. Inquiet, lacet après lacet il a retardé le moment où il lui faudrait descendre de vélo et continuer à pied. Et ce moment n'est pas arrivé parce qu'au fond il n'était pas venu jusque-là pour faire de la marche à pied et qu'à vélo, quand on commence à s'écouter et à se laisser aller, il n'y a plus qu'à prendre le train.

Dans la plaine, il s'est retourné sur sa selle pour voir au loin la cathédrale et mesurer le chemin parcouru. Il a vu les montagnes venir de l'horizon et se dresser pour lui barrer la route. Il a suivi des fleuves et des rivières, salué le mécanicien du train eût répondu à l'appel des enfants sur le chemin de l'école. Il a croisé des cyclistes qu'il avait reconnus de loin pour être des congénères. Selon l'humeur, ils se sont arrêtés pour échanger quelques mots ou simplement salués du bras au passage.

Il a roulé dans le crépuscule aux odeurs de soupe et traversé, la nuit, des villages déserts où les fenêtres parcimonieuses luisaient de l'éclat bleuâtre de la télévision. Il a lutté contre le sommeil et salué avec le chant du coq le retour béni du soleil et de la chaleur.

Il a écouté les murmures légers de sa bicyclette, corps vivant sous son corps, et qu'il lui arrivait parfois d'oublier quand, la pente n'étant pas trop rude, il croyait planer et glisser au-dessus de la route. Il a choisi pour elle chaque soir, avec soin, un gîte convenable et ne l'a jamais quittée sans l'effleurer d'une caresse, attention qu'elle semblait apprécier.

Il est entré dans des boutiques pour acheter des cartes postales et a lu avec étonnement des titres de journaux qui l'informaient de choses qu'il avait oubliées depuis un siècle ou deux. Il a même acheté un journal et l'a abandonné sur un banc sans avoir eu envie de l'ouvrir.

Il a rencontré des gens aimables et curieux qui lui ont demandé d'où il venait comme ça. Il le leur a dit et ils ont été bien étonnés. Un peu incrédules aussi. Il sait qu'il passe parfois pour un fou, souvent pour un pauvre et, en tout cas, pour un original. Mais il s'en moque complètement parce que cela n'a aucune espèce d'importance.

Souvent, dans les villages, il est passé devant des groupes de jeunes gens appuyés sur des vélomoteurs et qui ont ricané fort bêtement sur son passage. Il les a plaint parce que c'était vraiment tout ce qu'il pouvait faire pour eux.

Puis la borne a dit : 0 kilomètre, et il a su qu'il était arrivé.

Il a traversé la ville indifférente, lentement, en savourant chaque ultime seconde de son bonheur. Il s'est assis sur un banc, au soleil, devant la mer, et il a étendu ses jambes, ses jambes qui venaient de faire plus de deux mille kilomètres sans même avoir l'air de s'en apercevoir.

Il s'est fait un arc de triomphe avec ses bras et, mettant ses mains derrière sa nuque, il s'est renversé sur le dossier du banc. Puis il a fermé les yeux et souri, pour lui seul, à sa gloire.

Albina s'achète un vélo

On sait combien les Américains sont gens de décision. Albina, qui méprisait le vélo l'instant d'avant, exigeait soudain d'en posséder un sans délai et m'entraînait chez le marchand, avec la même énergie qu'elle avait employée pour me faire quitter le Salon du cycle.

J'eus, d'abord, toutes les peines du monde à lui représenter qu'une bicyclette en or massif la ferait remarquer dans les rues (le papa d'Albina est à son aise : il fabrique et vend des boîtes de conserve remplies d'un produit destiné à détruire, par pulvérisation, les vieilles boîtes de conserve). Elle décida alors que son cadre serait jaune et mauve avec, détail auquel elle tenait beaucoup, des filets verts. Ce point capital étant réglé, je lui donnai à choisir entre les machines du commerce, qui sont excellentes à bon prix, et les vélos sur mesures qui sont mieux encore, mais évidemment plus chers.

— *Let's choose* les mieux encore, dit Albina. Papa peut.

Puisque papa pouvait, je l'emmenai chez mon constructeur qu'intéressent conjointement les belles bicyclettes et les papas qui peuvent. Un client moustachu et à lunettes entra dans le magasin sur nos talons et attendit patiemment son tour d'être servi.

D'entrée, Albina ne laissa à l'artisan aucun doute sur le côté décidé de son caractère.

— Je veux, lui dit-elle, un veylow jaune et mauve avec des filets verts. Je veux que mes pieds touchent la sol à plat quand je m'arrête. Je veux être assis tout droite avec une guidon haut. Je veux une selle avec des gros ressorts partout. Je veux...

Notre ami l'écoutait placidement. C'est un homme qui en a vu d'autres. On peut, sur un caprice, lui faire démonter un guidon qui ne plaît pas pour en essayer dix autres et, finalement, revenir au premier sans altérer son humeur joyeuse. Le tout est de le connaître assez bien pour prévoir le moment où son sourire va s'effacer et où il va se mettre à vous poursuivre dans les rues de Levallois-Perret en vous lançant des clés à molette. C'est une question de doigté.

— En fait, dit Albina en désignant une bicyclette dans le magasin, je veux exactement un baïcycl' comme celui-là, avec un autre selle, une autre guidon, des autres roues et une autre couleur.

— Et un autre cadre, dis-je, celui-ci n'est pas à votre taille.

Le fait que quelque chose pût se permettre de n'être pas à sa taille laissa Albina sans voix, circonstance que je mis à profit pour lui expliquer qu'il est indispensable qu'un vélo soit aux dimensions de celui qui le chevauche. Beaucoup de gens que vous étonneriez si vous leur suggériez d'aller en promenade avec aux pieds les souliers de leur petit cousin sautent avec une joyeuse insouciance sur n'importe quelle bicyclette et déclarent, après avoir fait vingt malheureux kilomètres, que le vélo est décidément un engin bien abominable.

— Qu'est-ce qu'elle a, mon taille ? dit Albina dont la voix, dans ces moments-là, rappelle beaucoup celle de son frère Jerry qui est adjudant des Marines. Il ne vous plaît pas, mon taille ? Je veux un veylow qui...

— Nous savons ce que vous voulez, dis-je. La question est de savoir s'il vous faut le vélo que vous voulez ou si vous voulez le vélo qu'il vous faut.

— C'est très bien dit, approuva l'artisan en prenant les

mesures d'Albina. On dirait de l'Antonin Magne. En outre, ajouta-t-il, tout dépend de ce que vous voulez en faire, de votre vélo.

— Monter dessus, dit Albina.

Le client à lunettes, qui s'était assis, se releva.

— Mais encore ? dit le constructeur. Ville ? Route ? Randonnée ? Épreuves cyclosportives ?

— Monter dessus, répéta Albina. Avoir le jambe vaste du premier chrétien, le poumon gai de l'innocent et l'œil alerte du rugbyman. Et jeune dans le cœur aussi. Je veux comprendre pourquoi tous ces gens gentils et absurdes ont l'air si intéressés devant des bouts de tubes ; je veux aimer ça et savoir pourquoi j'ai si tellement envie d'aimer ça. Et je veux pouvoir prendre une air intelligent quand de parfaits inconnus disent que chose et truc, ça fait 4,38 m et que truc et machin, ça fait 4,39 m !

— Je vois, je vois, je vois ! dit notre ami en se grattant l'occiput avec son mètre ruban.

Il se tourna vers moi :

— Bref, qu'est-ce qu'elle veut au juste ?

— Une randonneuse, dis-je. Tubes de 5/10e, 5-42-30 devant et 14-17-20-23-26 derrière. Roues de 700, rayons croisés à 4, potence longue, cintre de course carré, manivelles de 165. À vue de nez.

— Eh bien, ça au moins c'est clair ! dit le constructeur rasséréné. Vous m'auriez dit cela tout de suite !

— J'ai dit exactement cela, dit Albina. Et j'ai aussi dit jaune et mauve avec des filets verts.

Le moustachu à lunettes dansait d'un pied sur l'autre.

Convertir quelqu'un au vélo est une longue patience. Nous expliquâmes à Albina que son cadre devait être léger mais rigide, que sa selle...

— Jamais ! dit Albina en tâtant du doigt la selle que nous lui présentions. Jamais je ne poserai ma derrière là-dessus ! C'est horriblement dur !

— Pas si vous vous y asseyez comme il faut : vos ischions en contact avec le croissant.

Il fallut, bien entendu, lui expliquer que le croissant est l'arrière de la selle et les ischions les os du séant.

— Jamais ! dit Albina. Je ne veux pas asseoir mes os sur une croissant ! Encore une dégoûtante manie française ! Je veux un selle bien mou avec des ressorts qui fait « crouing ! crouing ! » quand je roule et qui...

Notre constructeur donnait des signes de fatigue. Il ôta et remit ses lunettes plusieurs fois et soupira. C'est un homme charmant, mais dont la patience est moins réputée que les bicyclettes. Il me prit à part.

— Vous qui comprenez tout ce qu'elle dit, vous êtes sûr qu'elle veut un vélo, oui ? Parce que, des fois, les étrangers, on les croit originaux mais c'est seulement parce qu'ils s'expriment mal.

Je le rassurai :

— Elle est originale et elle s'exprime mal, mais elle veut vraiment un vélo. Enfin, elle croit qu'elle veut un vélo. C'est-à-dire qu'elle veut un vélo pour savoir pourquoi elle veut un vélo afin de décider si elle veut un vélo.

L'artisan me lança un regard dubitatif et, pour se changer les idées, se tourna vers le moustachu qui ne perdait pas un mot de notre conversation.

— Et pour monsieur ?

— Rien ! dit le client en montrant un micro qu'il dissimulait derrière sa cravate. Je suis de la radio. Je venais vous faire le coup de l'émission « Gardez le sourire » ! Mais après ce que je viens d'entendre, je n'ai plus le cœur à travailler. Je crois que je vais aller me coucher avec une tisane.

Il sortit en chancelant.

Pour le guidon, ce fut une autre affaire. Albina semblait affectionner la position dite « à la reine Wilhelmine », c'est-à-dire le buste royalement droit et la tête impérialement haute, avec un rien de raideur dans l'allure générale. Il fallut de nouveau argumenter en faveur du guidon bas et de la position penchée qui facilite la respiration et allonge la colonne vertébrale.

— Jamais ! dit Albina. Je ne veux pas être penchée et avoir la dos rond et le nez sur la roue avant. Je fatigue déjà les bras rien qu'à regarder une guidon penchée.

Or il est bien connu que c'est le guidon droit qui fait les dos courbes et les guidons courbes les dos droits. Il est notoire que le guidon courbe, par les différentes positions qu'il permet, est bien plus reposant que le guidon droit. Il est évident que si le guidon courbe était l'instrument de torture en question, tous les vrais cyclistes ne l'emploieraient pas à l'exclusion de tous les autres modèles que n'utilisent, en général, que les facteurs des P.T.T.

— Ça m'est égal d'avoir l'air d'une postman, dit Albina. C'est une métier très honorable.

Il fallut aborder le chapitre des indispensables cale-pieds, terreur des terreurs pour le néophyte qui veut toujours, on ne sait pourquoi, être prêt à bondir de son vélo à la moindre provocation, comme une sauterelle.

— Jamais ! dit Albina. Attacher mes pieds aux pédales ? C'est un assassinat ! Je veux, si je vais tomber, poser les pieds par terre tout de suite et à plat !

— Mais, Albina, quand vous monterez une côte...

— Jamais ! dit Albina. Je ne veux pas monter les côtes, c'est trop fatigant ! Je ne veux pas non plus les descendre, c'est trop dangereux ! Je veux aller sur la plat ! Toujours !

Nous l'assurâmes qu'avec un bon dérailleur, monter les côtes devenait une gourmandise, et les descendre avec de bons freins un plaisir sans mélange. Nous étions prêts à toutes les bassesses et nous avions grand soif.

Mais à force de persuasion et en prenant sur nos réserves nerveuses de la quinzaine à venir, le futur vélo se dessina. Ce n'était plus le « veylow » d'Albina, mais c'était un vélo *pour* Albina, c'est-à-dire celui dont elle allait retirer le plus de plaisir avec le minimum d'efforts. Quand elle eut enfin admis le bien-fondé de nos conseils et appris que la dernière bicyclette jaune mauve et verte avait été construite pour un roi nègre, elle capitula tout à fait et consentit à choisir un très beau bleu métallisé.

— Et pour le prix ? dis-je.

Le constructeur me prit à part.

— Rien ! dit-il. Vous entendez ? Rien ! Je lui en fais cadeau si elle me signe un papier comme quoi elle ira acheter sa prochaine bicyclette au Bazar de l'Hôtel-de-Ville !

Le connaissant bien, je jugeai son état inquiétant et lui conseillai l'aspirine. Il nous accompagna jusqu'à la porte et nous dit au revoir d'une voix qui tremblait. À travers la vitrine, je le vis qui s'asseyait derrière son comptoir et s'épongeait le front. Puis, l'air absent, il se mit à manger des rustines, chose que je ne lui avais jamais vu faire dans les circonstances ordinaires de la vie.

— C'est effrayant, dit Albina quand nous eûmes fait quelques pas. Quand j'achète une automobile, on ne me contrarie jamais ; on fait tout comme je demande !

— Bien sûr, Albina ! dis-je. Bien sûr ! Mais ce n'est jamais qu'une automobile !

Jérôme et les niais

— Baisse la tête, t'auras l'air d'un coureur !

Jérôme n'a pas cillé. Tête droite, il est passé sans donner un coup de pédale plus vite que l'autre, ignorant le piéton qui vient de l'interpeller.

Il a l'habitude. Partout où le cycliste passe, des plaines de la Beauce au sommet du Puymorens, des forêts des Vosges aux landes de Gascogne, de la Bretagne à l'Estérel, le niais est là, sur le bord de la route, épanoui, pétillant d'esprit, ruisselant de saillies hilarantes, débordant de formules inédites :

— *Baisse la tête, t'auras l'air d'un coureur ! Plus on pédale, plus on va vite ! Attention, la roue tourne ! Y sont pas loin, tu les auras ! De l'autre côté, ça redescend ! Est-ce que ta grand-mère fait du vélo ?*

J'en passe, et des meilleures.

Le niais n'entre en transes qu'à la vue du cycliste. Que passe devant lui un cavalier, un marcheur, un automobiliste ou un pousseur de brouette, il se contentera de le regarder sans mot dire. Mieux ! Lui ferait-on remarquer qu'il pourrait dire un mot au passant, il répondra certainement qu'il n'est pas dans ses habitudes d'interpeller des inconnus. C'est une question d'éducation.

Que l'inconnu soit à vélo, tout change. Sous tous les cieux, immanquablement et par une sorte de prodige qui reste à expliquer, le cycliste déclenche la logorrhée du niais. Le cycliste et lui seul.

Jérôme, bien entendu, déteste cette familiarité vulgaire et il n'est pas le seul. Randonneur chevronné, après avoir couvert des dizaines de milliers de kilomètres il est un peu saturé de facéties et rêve d'avoir, sur son guidon, une espèce de laser portatif qui désintégrerait ces nuisibles avant même qu'ils n'aient ouvert la bouche.

Tout à ces réconfortantes pensées, il poursuit son ascension. Plus haut, sur la route, un automobiliste descendu de sa voiture le regarde venir. À son air, à une espèce de demi-sourire satisfait, à une lueur dans le regard, Jérôme sait que cela ne va pas manquer.

Cela ne manque pas :

— Allez ! Allez ! Plus c'est long, plus c'est bon !

Jérôme grince des dents. Mais la côte est rude et il ne se voit pas couper son effort pour aller dire au bonhomme qu'il ne se souvient pas de lui avoir été présenté.

Certes, les cyclistes ne sont pas ennemis d'un encouragement, d'un renseignement crié d'une voix amicale. *« Bon courage ! »* ou *« Le sommet n'est plus très loin ! »* par exemple, font passer un courant de sympathie sur la route et donnent du cœur au ventre pour se hisser jusqu'au col, même si l'estimation a été généreusement calculée comme c'est souvent le cas. Jérôme se souvient même qu'un jour, alors qu'il roulait bon train avec quelques amis, une femme au bras d'un quelconque chétif avait crié : « *Bravo ! Ça, c'est des hommes !* » Ce sont des choses qui réconfortent, mais peuvent aussi pousser « les hommes » à des fanfaronnades puériles, telles par exemple que de grimper la côte suivante sur un trop grand développement.

Mais ce n'est pas, hélas ! de ce genre de propos dont il s'agit ici.

Vers le sommet, une famille de pique-niqueurs déjeune à l'ombre des arbres. Le père, la mère et le fils. Bien blancs de peau, avec un rien d'enveloppé qui laisse à deviner leurs activités sportives. Des « vacanciers-auto », types qui s'essoufflent à la vue d'un escalier et dont l'effort principal est d'aller d'un siège à un autre. Dès qu'ils aperçoivent Jérôme, ils se mettent à glapir tous les trois, cramoisis et la bouche pleine :

— Vas-y, Poulidor ! Baisse la tête ! Pousse sur les pédales ! Y sont pas loin, tu les auras !

« Ceux-là, se dit Jérôme excédé, je me les paie. »

La longue côte est presque finie, c'est une occasion pour souffler un peu. Il descend de vélo, fait demi-tour et, sa bicyclette à la main, revient vers la famille dont le père qui riait complaisamment l'instant d'avant est soudain beaucoup moins certain d'avoir dit quelque chose de comique. Pour tout dire, toute manducation suspendue, papa, maman et le fiston le regardent venir à eux avec un drôle d'air.

Jérôme s'arrête devant les niais, s'assied sur le cadre de sa bicyclette et leur crie gaiement, avec le même ton de voix qu'ils avaient employé pour lui :

— Allez, pépère, mange ta tartine ! Mange, bonhomme, mange ! Tu ne sais pas qui te mangera ! Allez, la maman, avale ! Avale ! Allez, fiston, tu les auras ! Allez, papa, rentre le ventre, t'auras l'air d'un coureur !

Dire qu'ils sont étonnés serait faible. En fait, leur Dauphine se transformerait tout à coup en citrouille qu'ils en seraient moins surpris. Le père, qui a pris, en auto, l'habitude confortable d'interpeller les gens qui ne peuvent pas lui répondre, est tout saisi de voir que c'est un sport qui peut avoir ses inconvénients.

— Dites donc !... balbutie-t-il. Je... Dites voir !...

La mère fait des « oh » et des « ah ! » C'est le monde à l'envers ! Si on ne peut plus s'amuser à interpeller les cyclistes, maintenant, c'est la fin de tout ! On est là, bien tranquilles, à manger dans l'herbe, et puis voilà qu'un type qui sort d'on ne sait où se permet de vous crier des choses ! Pourtant, réfléchissant qu'on est à trois contre un, avec la Dauphine pour filer si des fois ça tournait mal, la dame reprend voix :

— Dites donc, malhonnête ! Ça vous ferait rien de passer votre chemin ? On vous cause pas, nous !

— Je vous prie de bien vouloir m'excuser, dit Jérôme. Mais il m'avait pourtant bien semblé que vous m'aviez fait l'honneur de m'adresser la parole.

— Oh ! oui, hein ! Les belles phrases, ça va, hein ! On vous a crié pour vous encourager et puis c'est tout !

— Mais moi aussi, chère madame. Je vous encourageais à manger.

— Ça suffit comme ça, hein ! Si vous êtes pas content...

Si. Jérôme est content. Ces figures amusantes, luisantes de colère et un peu paniquées, parce qu'on ne sait jamais, le réjouissent. Depuis le temps qu'il subit sans rien dire les sanies verbales des niais, il n'est pas mécontent de jeter un peu le trouble dans leurs petites têtes satisfaites.

Ragaillardi par l'impétuosité de son épouse et réalisant qu'il n'y a pas de danger, l'homme retrouve quelque virilité :

— Il faudrait voir, hein ! On va ensemble aux gendarmes, si vous voulez ! On sait pas qui vous êtes, après tout !

— Mais si, vous le savez. Je suis Poulidor.

— Poulidor, vous ? Ah la la !

— Mais c'est vous qui me l'avez dit !

Jérôme fait durer le plaisir pour laisser à Robert qui monte la côte derrière lui le temps d'arriver et de jouir du spectacle. Le mutisme et le sourire de Jérôme exaspèrent les pique-niqueurs. Le gosse, lui, ne dit rien. Une taloche est vite arrivée. Et puis, papa-maman dans la panade, c'est plutôt rigolo. Jérôme voit du coin de l'œil la silhouette de Robert qui se rapproche lentement. La femme s'énerve, décidément, et se laisse aller à sa nature :

— Si c'est pas malheureux ! Minable ! Hé, traîne-patins ! Qui c'est qui l'a sonné, celui-là, avec sa bécane ! Tiens ! En v'là un autre à présent ! Baisse la tête, hé !

Curieusement, tandis que Robert interloqué par cet accueil met pied à terre à côté de Jérôme et lui demande ce qui se passe, le gros homme, soudain gêné, tente de faire taire sa femme qui, sans l'écouter, le repousse du bras en disant que non mais des fois on va tout de même pas se gêner ! On est en République, non ?

— Mais c'est Bourdieu ! s'exclame soudain Robert stupéfait. Bonjour, Bourdieu !

— B... Bonjour, monsieur le Directeur, dit le pauvre homme en ôtant sa belle casquette blanche. Com... comment ça va, monsieur le Directeur ? C'est M. le Directeur, dit-il à sa femme qui en reste bouche bée et oscille sur ses jambes comme si elle allait tomber sur le rôti de veau froid.

— Ben vrai ! dit-elle enfin. Qui nous aurait dit ?... Le plaisir... Pour une surprise...

— Tu connaissais Bourdieu ? dit Robert, étonné, à Jérôme. Que se passe-t-il ?

— Rien, dit Jérôme en souriant. Un malentendu. Je t'expliquerai.

Robert renonce à comprendre et, en homme bien élevé, fait les présentations :

— Bourdieu, l'un de mes employés. Me Daussats, avocat.

— En... enchanté, maître, dit Bourdieu en tendant une main moite à Jérôme. On... Ce qu'on disait...

— C'était pour causer, dit la bonne femme qui transpire abondamment et, de toute évidence, ne sait plus où se mettre.

Voilà leur monde renversé. Est-ce qu'on peut se douter ? Un directeur et un avocat à bicyclette ! On prévient ! Y a plus de critères ! Comment on fait, alors, quand y a plus de critères ? Sur la route, en général, on sait. Dieu merci ! Les grosses voitures, Mercedes, Rolls et tout ça, on se range et on ne dit rien. Les autres, plus modestes, on leur crie des choses au passage : « Va donc, eh ! » Les tout-petits, 2 CV, 4 L, c'est bien simple : on ne les laisse pas doubler. Ils n'ont qu'à acheter plus gros. Chacun à sa place et chacun à son rang. Sans ça, y a plus de démocratie possible. Mais à vélo, alors là ! C'est de l'abus de confiance. Où on va si tout le monde se met à aller à vélo ? Pourquoi pas de Gaulle pendant qu'ils y sont ? Et encore, de Gaulle, on le reconnaîtrait. Mais un avocat ? Un directeur ? Ça devrait avoir un insigne ou un fanion qu'on sache à qui on a affaire ! Tout ça, c'est la faute à Bourdieu. Il est toujours à crier des trucs marrants aux cyclistes. Il va entendre quelque chose, Bourdieu, quand ces deux-là seront repartis !

— Eh bien, dit Robert, ne nous refroidissons pas. Enchanté de vous avoir rencontré, Bourdieu. Bonne fin de vacances.

— Bonne c... continuation, monsieur le Directeur, dit Bourdieu.

Ils remontent à vélo et reprennent leur route, tandis que la femme commence comme elle dit à « parler du pays » à son imbécile de mari. Le gosse reçoit une taloche pour lui apprendre à crier des choses aux cyclistes.

Plus haut, sur la route, Jérôme raconte l'histoire à Robert qui s'en amuse.

— En voilà toujours trois, dit-il, qui ne crieront plus jamais rien aux cyclistes !

Ils attaquent la descente au début de laquelle une brave vieille dame, assise sur un pliant, tricote une chose mauve.

— Baissez la tête, dit-elle d'une petite voix, vous aurez l'air de coureurs !

Albina au bois de Boulogne

— Et maintenant, dit Albina quand elle fut en possession de sa bicyclette neuve, et maintenant nous allons monter les grands cols : l'Awbisk, la Toormalett, la Galeebier, là...

C'est tout l'ennui du prosélytisme. J'ai déjà connu cela jadis avec le judo. Chaque fois que je convertissais un ami à ce sport, il n'avait pas plus tôt noué sa ceinture blanche que, sans respect pour mon grade supérieur, il s'employait à me jeter par-dessus son épaule dans tous les coins de la salle. C'était très démoralisant.

J'expliquai à Albina que le col d'Aubisque, le Tourmalet et le Galibier n'étaient pas des promenades d'hiver et, qu'au demeurant, son entraînement tout à fait inexistant me faisait un devoir de l'emmener d'abord sur des sommets moins abrupts. Au bois de Boulogne, par exemple.

Albina parut fort déçue par cette invitation champêtre.

— Vous osez me dire qu'après avoir fait acheter moi un baïcycl' sur mesure, avec quinze vitesses, une guidon basse et un selle de course, vous osez me dire après que j'ai appris par cœur que 44 x 14 ça fait 6,60 m (et le reste je me rappelle plus), vous osez me dire que vous allez me emmener à le boa de Booloyne comme une vieille dame qui promène son pékinoise ? Vous osez me dire...

J'osai. Je fis pis encore, je lui affirmai qu'elle ne savait pas monter à bicyclette, ce qui la conduisit à des écarts de langage qui, pour être proférés en dialecte de l'Alabama, n'en étaient pas moins regrettables. Je lui expliquai qu'aller à vélo et savoir monter à bicyclette étaient deux choses tout à fait différentes et que tout le malheur du vélo venait de ce qu'il était trop connu, ce qui autorisait chacun à croire qu'il en possédait la maîtrise parfaite, outrecuidance dont la première promenade un peu longue démontrait toute la vanité.

En bref, je dis à Albina qu'elle avait encore tout à apprendre.

Elle jura qu'elle ne me reverrait jamais, partit en claquant les portes, enfourcha son vélo et revint un quart d'heure plus tard, l'oreille basse, me demander conseil.

— Depuis un quart d'heure, dit-elle, je tourne autour de votre pâté de maisons. Je voudrais bien rentrer chez moi.

— Qui vous en empêche ? C'est la première rue à gauche.

— Je sais. Mais je... euh... je ne sais pas lâcher le main gauche. Alors, pour faire signe, je lâche le main droite et... je tourne à droite. Je tourne à droite depuis un quart d'heure et je...

— Et cette boue sur votre bras ?

— J'ai un peu tombé en m'arrêtant, dit Albina. J'avais oublié que j'avais des cale-pieds.

Quand nous arrivâmes au bois de Boulogne, le lendemain matin, Albina, dès qu'elle fut en selle, se mit à jouer inconsidérément du changement de vitesses, ce qui produisit un bruit semblable à celui que ferait un triporteur chargé de petites cuillères percutant la devanture d'un quincaillier.

— Restez tranquille, dis-je. Nous verrons cela une autre fois. Pour l'instant, vous allez apprendre à être à l'aise sur votre bicyclette comme un poisson dans l'eau. Lâchez la main gauche !

Elle lâcha la main gauche et se mit à décrire de gracieuses arabesques d'un bord à l'autre de la route, en proférant des onomatopées américaines. Un passant n'eut que le temps de grimper dans un arbre et m'invectiva bassement, moi qui tenais ma droite.

Je dus m'arrêter et poser mon vélo pour aller chercher Albina au-delà d'un fil de fer.

— Vous ne savez pas lire les pancartes ? dis-je. Vous ne voyez pas qu'il est interdit de faire du vélo sur les pelouses ?

— *Moi* je sais lire, dit Albina. Mais mon veylow ne sait *pas !*

Après quoi elle m'affirma qu'elle n'avait pas tellement besoin de savoir lâcher la main gauche, que de tourner à gauche n'était pas tout dans la vie et qu'avec un peu de patience et une bonne carte routière on pouvait aller n'importe où en ne tournant jamais qu'à droite.

Mais je fus inflexible.

La science de la main gauche enfin acquise, je voulus lui apprendre à lâcher les deux mains en même temps.

— C'est permis ?

— C'est défendu et c'est dangereux. Il ne faut jamais le faire, mais il faut absolument savoir le faire.

— Et quand on sait le faire ?

— On ne le fait jamais plus. En principe.

Albina soupira. Elle avait du mal à se faire au carté siasnisme.

— *Let's go !* dit-elle.

Elle s'élança prudemment et lâcha les deux mains.

L'instant d'après, assise par terre, elle me considérait d'un œil soumis bien que réprobateur.

— Et pourquoi, *please,* faut-il *absolument* savoir faire une chose pareille ? dit-elle en s'époussetant.

— Pour ne plus tomber, dis-je en ramassant son vélo. Quand vous saurez ne pas tomber en lâchant le guidon, *a fortiori* ne tomberez-vous plus en le tenant.

Le temps de lui expliquer que Fortiori n'était pas ce champion italien qui venait de gagner Paris-Roubaix, et l'entraînement reprit avec plus ou moins de hauts et de bas.

Une heure après, Albina, fière de sa nouvelle désinvolture, caracolait dans les avenues du bois, les deux mains derrière la nuque, semant l'infarctus galopant dans le petit monde des automobilistes. Elle était ravie.

Quand elle s'aperçut qu'elle pouvait, sans tenir son guidon, diriger son vélo et prendre des virages, elle conçut aussitôt une théorie tout à fait intéressante selon laquelle le guidon n'était, après tout, qu'un appendice inutile et qu'elle ne roulerait plus désormais qu'en lâchant les deux mains, ce qui serait bien pratique pour se recoiffer, ajuster ses lunettes de soleil, se moucher, lire la carte et tricoter pendant les étapes monotones.

— Et freiner ?

— Oh !... Freiner ? Ah oui ! Freiner ! C'est vrai ! Freiner ! La bicyclette, dit Albina, n'est pas vraiment au point.

Quoi qu'il en fût, j'eus toutes les peines du monde à obtenir qu'elle reprît son guidon pour ne plus le lâcher. Je lui affirmai qu'elle avait encore quelques petites choses à apprendre qui feraient d'elle une cycliste accomplie.

— Je n'aurais pas cru, dit Albina en mettant ses mains sur sa tête.

— Voulez-vous tenir votre guidon ! Je vous apprendrai à...

— Regardez ce que je fais ! dit-elle en mettant ses mains derrière son dos.

— Tenez votre guidon ! Je vous...

Un coup de sifflet m'interrompit et notre promenade s'arrêta net.

— Votre petite dame, dit l'agent (qui était tout drôle allongé ainsi par terre), votre petite dame, ça fait trois fois qu'elle fait le tour du lac sans tenir son guidon. Faudrait voir !

— Elle apprend, dis-je. Elle ne le fera plus.

— Si vous ôtiez votre vélo de dessus mon ventre, reprit l'agent, on pourrait se relever.

J'ôtai le vélo d'Albina d'autour de mon cou et me relevai. Albina fit de même en s'aidant des jambes de l'agent qui s'était remis debout en s'appuyant sur ma tête.

— La nature, dit-il, a mis deux poignées aux guidons de vélo parce qu'on a deux mains ! Il ne faut jamais contrarier la nature.

Puis il s'en alla en époussetant son képi.

— Vos agents de police sont adorables, dit Albina. Je n'aurais pas cru.

— Ne vous y fiez pas, dis-je. Celui-ci doit être amoureux ou quelque chose comme cela. D'ordinaire ils sont plus vindicatifs, surtout quand on fait du vélo sur eux.

Nous continuâmes notre petit entraînement qui, de toute façon, ne pourrait se parfaire vraiment que sur la route. Je priai Albina de pédaler continûment et de se défaire au plus vite de cette mauvaise habitude qu'elle avait de faire roue libre pendant vingt mètres chaque fois qu'elle avait donné trois coups de pédale. Elle me trouva très agaçant. Je lui appris à changer de position sur la selle et sur le guidon selon les circonstances et à freiner des deux freins à la fois car elle avait la superstition bien connue des gens qui s'imaginent que le frein avant n'est là que pour faire joli et donner quelque symétrie à l'ensemble.

Puis je m'efforçai de lui apprendre à se servir de son changement de vitesses à bon escient et en diminuant l'effort de son pied sur la pédale pendant la fraction de seconde que dure l'opération.

Ce fut un moment extrêmement douloureux pour qui a l'oreille sensible. Un vétéran cycliste qui nous croisait nous dédia le regard méprisant que l'on réserve d'habitude aux bourreaux d'enfants, vivisecteurs, violonistes d'occasion et autres tortionnaires sadiques.

L'agent de tout à l'heure reparut au moment où les bruits qui émanaient du vélo d'Albina faisaient penser à des boulons que l'on aurait broyés dans un moulin à café à manivelle. Il hocha la tête et me regarda avec sympathie.

— Ça ne s'arrange pas, on dirait !

Albina revint vers nous et dit que, toute réflexion faite, quinze vitesses c'était beaucoup. Elle déclara en avoir choisi une qui lui paraissait raisonnable et me demanda, *please,* de lui ôter les quatorze autres. Je m'y refusai, chaleureusement approuvé par l'agent qui m'assura que lorsqu'on commence à céder aux caprices des femmes on ne peut jamais prévoir où cela s'arrêtera.

Albina lui tira la langue et il lui répondit, en souriant, par un petit salut militaire. Cet homme-là décidément était amoureux.

J'appris encore à Albina à regarder derrière elle tout en roulant, à relever la pédale dans les virages et à se méfier des traîtrises de la chaussée, toutes choses qui n'allèrent pas sans discussions, car Albina a des théories sur tout et particulièrement sur les choses qu'elle ne sait pas faire et dont elle voudrait qu'elles se fissent autrement.

Ces bricoles apprises, nous quittâmes le bois en roulant doucement. Je rappelai à Albina tous les bons conseils dont je l'avais nourrie en l'adjurant de n'en oublier jamais aucun.

— Je n'oublie jamais rien, dit-elle en freinant pour se ranger à côté de moi. Jamais ! Jamais ! Jamais !

À peine arrêtée, elle s'écroula d'un bloc, avec sa bicyclette, et chut dans le ruisseau.

— Sauf, ajouta-t-elle, de sortir mes pieds de ces damnés machins de cochonnerie de trucs de saletés de cale-pieds !

Bernard et le nuage

Bernard descendit lourdement de vélo. Il laissa tomber sa machine contre une muraille de neige et s'assit, les jambes tremblantes, sur une pierre. Le sang battait à ses tempes.

Il faisait froid et le vent qui venait du sommet glaçait sur lui sa transpiration malgré plusieurs épaisseurs de lainages. Bernard savait très bien qu'il n'aurait pas dû s'arrêter. Il savait très bien tout ce qu'il n'aurait pas dû faire depuis le matin mais, incorrigible, il l'avait fait. Et maintenant il était là, assis dans la neige, écœuré et frissonnant, à quelque deux mille mètres d'altitude, seul.

Tout avait commencé le matin pendant l'ascension du col du Télégraphe, en pleine crasse. En homme des plaines, il avait d'abord pensé à du brouillard. Puis l'idée lui était venue qu'à cette altitude, le brouillard, c'était des nuages, et il s'était excité tout seul à l'idée de faire du vélo dans un nuage. Une grande exaltation le saisit alors et il força l'allure, riant tout seul à la pensée d'escalader un cumulus.

Il entendit un gros camion monter lentement derrière lui et le rattraper. Un instant le camion roula à hauteur de sa roue arrière. Il sentait la chaleur du moteur. Il savait que le chauffeur ne le dépassait pas parce que, devant, dans la crasse, on distinguait vaguement un virage. Habitué à plus de désinvolture de la part des poids lourds, il en conçut de la sympathie pour le routier et s'écarta nettement quand le virage fut dépassé. Le camion le doubla lentement et l'homme, passant son bras par la portière, lui fit un signe amical.

« Combien sont-ils, se dit Bernard gaiement en pensant à ses contemporains, combien sont-ils à se dire bonjour à 6 heures du matin au cœur d'un cumulus ? »

Cette idée qu'il était un gravisseur de nuages l'enchantait et il n'était pas éloigné de se prendre pour quelqu'un d'exceptionnel, ce qui est toujours une erreur et particulièrement à bicyclette.

Au sommet, le chauffeur et son passager étaient descendus de leur camion arrêté. Arrivé à leur hauteur, Bernard leur sourit. De vieux amis, ces deux-là !

— Dites ! cria le chauffeur au passage. Vous pouvez dire que vous grimpez bien, vous !

Parole imprudente. Bernard savait très bien qu'il n'était pas un beau grimpeur et aussi que le routier n'était pas forcément bon juge. Mais d'escalader les nuages lui avait fait perdre le sens des valeurs et, bouffi d'orgueil, il avait dévalé sur Valloire dans une euphorie tout à fait condamnable et que rien, au demeurant, ne justifiait.

Il arriva à Valloire complètement gelé, d'autant plus qu'il avait monté le Télégraphe trop vite et qu'il ne s'était pas arrêté au sommet pour se couvrir davantage en vue de la descente.

Il entra dans le bar d'un hôtel qui ouvrait tout juste ses portes et commanda un double « expresso » dans lequel il versa un grand whisky. Le mélange brûlant descendit en lui comme une bombe et, sous l'impact, il en commanda un second.

Deux clients de l'hôtel qui petit déjeunaient en restèrent le croissant en l'air de saisissement.

Après ce traitement, Bernard reprit sa route plus persuadé que jamais qu'il était un Superman. Il n'était pas, il faut le préciser, plus imbécile que la moyenne des gens, mais il roulait seul depuis 1 700 kilomètres et avait encore devant lui plus de 3 000 kilomètres à faire. C'est dire qu'il était lancé dans une entreprise de quelque envergure et qu'il était transfiguré par la pratique quotidienne et intensive du vélo. Tout s'était, jusque-là, passé le mieux du monde, mais ce satané nuage (pour ne rien dire du café au whisky) l'avait rendu très euphorique.

Du côté des Vernays il aperçut, loin devant lui, deux maillots, un bleu et un vert, et entreprit de les rattraper. Cela lui prit quelque temps car, bien qu'il accélérât, les deux cyclistes ne restaient pas inactifs. Parvenu enfin dans leur sillage, il s'appliqua à ne plus le quitter. C'était, comble d'infortune, deux très jeunes gens qui avaient bien vingt ans de moins que lui et dont toute l'allure disait qu'ils ne feraient qu'une bouchée de Bernard aussitôt qu'ils voudraient s'en donner la peine.

L'instinct de cycliste du maillot vert l'avertit que quelqu'un roulait derrière lui et il jeta un coup d'œil par-dessus son épaule :

— Salut !

— Salut ! dit Bernard.

— Vous montez ?

— Oui, dit Bernard.

Il n'ajouta pas « avec vous » car, tout euphorique qu'il fût, il croyait conserver le sens des réalités.

Ce qui ne l'empêcha pas, quand ils accélérèrent, d'accélérer avec eux. Il se sentait bien et tint leur cadence un bon moment. Dangereuse facilité ! Bien qu'il s'efforçât de la refouler, une petite idée commençait à poindre sournoisement en lui : arriver au sommet en même temps que les deux jeunes gens. C'était impossible et il le savait. Depuis longtemps déjà il avait jeté un coup d'œil expérimenté sur leur gamme de développements et savait que des gens qui attaquent un grand col avec « ça » ne sont pas disposés à pédaler à la pépère, ce qui était l'allure habituelle de Bernard sur ce genre de parcours. Mais les petites idées sournoises n'ont cure de ces sages raisonnements et celles-ci disaient, sataniques : « Pédale toujours, on verra bien ! »

On vit.

Passé le Plan Lachat, les jeunes gens s'envolèrent sans un regard en arrière, tandis que Bernard, qui commençait à payer ses fantaisies matinales, rétrogradait ses vitesses beaucoup plus rapidement qu'il ne l'aurait voulu. Le maillot vert et le maillot bleu accélérèrent progressivement sans que rien eût changé dans leur allure souple, et ils disparurent au loin dans un virage. Il se mit à pleuvoir.

Assis sur sa pierre, Bernard mangea un biscuit et un bout de chocolat. Tout cela, il le savait, était entièrement de sa faute et un tout petit peu aussi celle du nuage. Mais le nuage était loin maintenant, tandis que lui Bernard, à mi-pente entre le ciel et la terre, se retrouvait bien las et bien démoralisé.

Il se demanda soudain ce qu'il faisait là. C'était une question qu'il ne se posait jamais lors de ses voyages à bicyclette, mais il faut reconnaître qu'étant donné les circonstances elle était pertinente.

Il pensa avec amertume qu'il avait quelque part une maison accueillante, une famille paisible et une automobile confortable et qu'il fallait qu'il fût bien sot, à son âge, pour abandonner tout cela et s'en aller courir les routes à vélo, dans des nuages trompeurs, derrière des jeunes gens impitoyables et au flanc de montagnes inhospitalières.

La pluie avait cessé, mais il faisait toujours aussi froid. Claquant des dents, il regarda le paysage. Pour être franc, il se foutait complètement du paysage tant il se sentait solitaire et mal en point. Il regarda vers le sommet. Au train où ils allaient, les deux couraillons devaient être arrivés sur la Côte d'Azur ! Il regarda vers le bas. Il imagina la longue descente sur Valloire sans un coup de pédale à donner, les hôtels confortables, le bain chaud, le bon repas, le train de nuit, la maison...

Il se leva et se secoua pour ne pas céder à la tentation de faire demi-tour, car il savait qu'il n'aurait pas trop de toute sa vie pour le regretter.

Heureusement pour lui, il avait fait assez de randonnées pour savoir que les défaillances sont brèves à qui veut bien les surmonter.

Il se rendit compte tout à coup qu'il avait tout maudit : lui-même pour commencer, le nuage, le camionneur, le café, le whisky, les jeunes gens et la montagne, mais qu'à aucun moment l'idée ne l'avait effleuré de maudire sa bicyclette.

Cette constatation le réconforta beaucoup.

Il regarda une dernière fois du côté de Valloire puis, enfourchant son vélo, il reprit lentement son ascension sous un ciel qui se dégageait.

Le soleil et Bernard arrivèrent ensemble au sommet du Galibier.

Albina crève

— Il faudrait ralentir un peu, dit Antoine en se retournant sur sa selle, je crois qu'on a semé Albina.

Nous ralentissons puis, comme elle n'apparaît toujours pas, nous nous arrêtons complètement et continuons à bavarder.

— Elle a dû avoir un pépin, dit Antoine au bout d'un moment. Il faudrait aller voir.

Déjà il fait demi-tour quand je l'arrête. Albina, en effet, a pu avoir un pépin. Comme elle a tout simplement pu crever. Et, si c'est le cas, je ne serais pas fâché de lui faire entrer un peu de plomb dans la tête et de lui donner une petite leçon.

Il faut dire que, pour tout ce qui touche à ce qu'elle appelle « la mécanique », Albina fait preuve d'une mauvaise volonté à couper au couteau. Pédagogue comme je suis, il est bien évident que je lui ai dit cent fois qu'il fallait qu'elle apprenne à réparer une crevaison. J'ai même démonté et remonté des pneus devant elle en lui indiquant toutes les manœuvres à accomplir. Sans beaucoup de résultat, je crois.

— C'est très intéressant, dit Albina. C'est dommage qu'il faut faire ça de temps en temps parce que ça laisse les mains tout sales ensuite. Mais c'est très intéressant, vraiment !

— Vous avez bien compris, Albina ? Vous sauriez le faire, maintenant ?

— Je crois, oui. Mais vous savez, moi, je suis protégée par une étoile. En automobile je n'ai jamais crevé un roue, à la plage je n'ai jamais crevé une matelas pneumatique et à la tennis je n'ai jamais crevé un balle. La gomme et moi, on est comme ça tous les deux.

Et elle croise l'index et le majeur pour me montrer à quel point elle est copine avec le caoutchouc et combien peu il y a de chances pour qu'elle crève un jour.

Aussi aujourd'hui, sournoisement, je pense que si elle a crevé, seule sur la route et nous croyant déjà loin, c'est le moment ou jamais de lui montrer que la protection des étoiles, en matière de silex, ce n'est pas toujours garanti.

Tandis que j'explique tout cela à Antoine, nous sommes revenus sur nos pas jusqu'au virage et là, me dissimulant du mieux que je peux, je regarde l'étendue de route que nous venons de parcourir. À cinq cents mètres environ, Albina est arrêtée sur le bord de la chaussée et considère mélancoliquement son vélo. D'après ce que je devine, mes vœux sont comblés : elle a crevé. Et de la roue arrière, la plus embêtante !

Nous laissons nos vélos derrière le virage et, profitant du sous-bois qui longe la route, nous revenons silencieusement à quelques mètres d'Albina et nous dissimulons derrière un buisson. Voilà un spectacle tout à fait revigorant et qui me paye un peu de toutes mes patiences.

Albina tâte son pneu, regarde dans la direction que nous avons prise, fait une moue, prend sa pompe, gonfle, tâte son pneu, secoue la tête, tape du pied, profère des jurons américains, croise les bras, tâte son pneu, dévisse un papillon, le revisse, jure en français, hausse les épaules, siffote, regarde si nous arrivons, marmonne, tâte son pneu, s'assied dans l'herbe, croise les bras sur ses genoux, se relève d'un bond et fait le geste auguste du stoppeur parce qu'elle a entendu arriver une automobile.

C'est un homme seul. À la vue d'Albina, il freine si brutalement qu'il laisse la moitié de ses pneus sur la route. Il jaillit hors de la voiture et ses yeux hors de sa tête. Il se fait tout chat, avec un sourire dévastateur et des pensées primesautières plein les mains.

Il tâte les pneus d'Albina, hésite à tâter Albina elle-même, s'avoue impuissant à la dépanner et lui propose avec beaucoup d'onction de l'emmener dans sa jolie voiture. Mais Albina dit que non, merci beaucoup, qu'elle ne peut pas abandonner son vélo. À quoi le gentil monsieur dit qu'on le mettra bien soigneusement dans le grand coffre. Mais Albina dit que, merci vraiment, mais qu'elle attendra une voiture avec un monsieur, un grand coffre et une dame. Le monsieur quitte son air chat, remonte dans la belle voiture dont il claque sauvagement la portière et démarre en laissant l'autre moitié de ses pneus sur la route.

Antoine et moi on se pousse du coude et on s'amuse bien.

Albina fait « Hého ! » plusieurs fois et assez fort, mais nous ne lui répondons pas. Elle tâte son pneu, mais il ne s'est pas regonflé. Alors elle s'assied dans l'herbe.

Arrive un cycliste qu'elle n'a pas entendu venir mais qui s'arrête de lui-même et demande si quelque chose ne va pas, parce que les cyclistes sont comme ça, serviables et tout. Surtout avec les jeunes filles blondes.

Il fouille dans la sacoche d'Albina, prend les démonte-pneus et, en deux temps et trois mouvements, en promenant la chambre à air gonflée devant sa bouche ouverte pour sentir l'air, il trouve le trou et le montre à Albina.

— C'est là, dit-il. Passez-moi vos rustines.

— Mes quoi ? dit Albina.

Il s'ensuit un dialogue de sourds au bout duquel il est clair qu'Albina n'a pas de rustines et que le cycliste providentiel n'en a pas davantage, car il roule sur des boyaux et il a un boyau de rechange.

Avec Antoine, derrière notre buisson, on passe du bon temps !

— Bon ! dit le gars après s'être gratté la tête. Eh bien, voilà voilà voilà ! Je crois que je vais vous laisser !

— Si vous rattrapez deux cyclistes, dit Albina, c'est des amis de moi. Dites-leur de revenir, s'il vous plaît.

— Ils sont loin ?

— Assez, je crois.

— Eh bien, ils vont être contents !

Puis ils se disent au revoir et Albina reste seule avec un vélo retourné, une roue défaite, une chaîne qui pend, un pneu vide et une chambre à air trouée. Et nous, censément au diable vauvert.

Antoine me fait signe que ça suffit comme cela et qu'on devrait y aller. Je dis non de la tête. Moi, je veux voir travailler les étoiles qui protègent les jeunes filles qui ont réponse à tout.

Il se passe un petit moment puis le cycliste revient, hilare, en brandissant un sachet de rustines. Il a dû rencontrer un congénère qui en avait deux. Il l'explique à Albina, mais nous ne le saurons jamais car au même moment passe un gros camion qui fait un bruit d'enfer.

Le cycliste place la rustine, à peine interrompu par Albina qui lui demande s'il ne faut pas la lécher d'abord. Ça l'amuse bien.

— Eh bien, vous, dit-il, on se demande qui vous a appris à aller à vélo !

Antoine rigole. Tout seul.

C'est réparé en un clin d'œil et les voilà partis tous les deux, le garçon pas fâché de faire un bout de route avec cette jolie fille. Ils s'éloignent en bavardant.

Avec Antoine, nous revenons à pied par la route jusqu'à nos vélos. Partis en papotant comme ils sont partis, on les rattrapera vite. J'affûte déjà les compliments que je vais faire à Albina.

Justement elle est là, Albina, assise dans l'herbe à côté de nos bicyclettes. Elle les a vues au passage et, lâchant son chevalier servant, elle nous attend comme une bonne petite camarade qui comprend la plaisanterie.

— Alors ? dis-je gaiement. On a crevé ?

— Oui, dit-elle en me montrant ma roue arrière à plat. Tous les deux !

C'est un peu vexant, je le reconnais, mais c'est l'occasion de lui montrer que *moi* je fais ces petites choses en un tournemain.

Tandis que je m'active, Albina nous raconte sa crevaison, c'est-à-dire ce que nous savons déjà, à un détail près.

— Il a vu vos baïcycl's derrière le virage, dit-elle. Alors il a pris les rustines dans votre sacoche et il est revenu réparer mon roue. C'est une garçon malin, non ?

— Très malin, dis-je en ôtant ma roue. Et serviable.

— Et veinard ! dit Antoine. Parce que, s'il avait fouillé dans ma sacoche, il n'aurait rien trouvé. J'ai usé ma dernière rustine ce matin.

Je me dispose à pontifier derechef sur les cyclistes insouciants quand Albina me coupe la parole :

— Oh ! Vous savez, je pense à un chose ! Quand il a réparé mon pneu, il a mis le sachet de rustines dans son poche. Et... et je crois qu'en repassant ici, devant les veylows, il a oublié de le remettre en place.

Ce n'est, vérification faite, que l'abominable vérité. Je n'ai pas, Antoine n'a pas, Albina n'a pas, nous n'avons pas de rustines.

— C'est d'autant plus idiote, dit Albina, que lui n'en a pas besoin. Il m'a dit qu'il roule sur des tripes !

Mes amis, comme de bons amis, ne m'abandonnent pas dans le malheur et c'est à pied, tous les trois, que nous gagnons le bourg heureusement voisin.

— En tout cas, il m'a appris une chose que vous, vous ne m'avez jamais dit ! Les rustines, dit Albina, ça ne se lèche pas !

Le cycliste, cet inconnu

On croit communément que les cyclistes ne sont que des gens qui vont à bicyclette. C'est une erreur aussi grossière que celle qui consisterait à déclarer que les épiciers sont des gens qui ne vendent que des épices.

Aux quatre races déjà connues sur le globe, il convient d'ajouter la race cycliste qui se subdivise elle-même en utilitaires, coureurs, randonneurs, cyclosportifs et cyclotouristes. Les deux premiers cités échappant à notre propos, il n'en sera pas davantage question ici.

La race cycliste a son langage, ses rites, ses us et coutumes, ses signes de reconnaissance, ses fêtes, son costume, son savoir-vivre et ses idées sur la vie qui ne sont pas forcément et qui sont même rarement celles de tout le monde.

Pour un non-initié, vivre avec un cycliste est une source perpétuelle d'étonnement et de perplexité. Promenez-vous sur le trottoir d'un boulevard animé avec quelqu'un de cette sorte et il vous quittera tout à coup, au beau milieu d'une phrase, pour traverser la chaussée à angle droit, au mépris de la circulation, et disparaîtra à votre vue. Quand, au péril de votre vie, vous l'aurez rejoint sur la rive opposée, vous le trouverez en arrêt devant une bicyclette (qu'il aura été le seul à avoir aperçue) et plongé dans une méditation profonde dont il ne sortira que pour vous dire d'un air rêveur :

— C'est curieux ! Je n'avais encore jamais vu une roue arrière avec un blocage d'un côté et un papillon de l'autre !

Pour peu que le propriétaire de l'engin s'approche à ce moment-là, vous êtes oublié, perdu, abandonné, et il ne vous restera qu'à choisir entre continuer seul votre chemin ou subir une longue conversation sur les blocages et les papillons, qui vous laissera imbécile et prêt à toutes les extrémités ; particulièrement s'il pleut.

Les cyclistes entre eux se flairent, se sentent, se devinent, se reconnaissent. Un mot, un geste, une attitude et deux individus apparemment normaux et qui ne se connaissaient pas la seconde d'avant s'engagent dans un dialogue ésotérique fort déroutant pour l'entourage.

Sur la route, une silhouette à vélo apparaît-elle à l'horizon ? Aussitôt votre ami (qui l'a vue avant tout le monde) saura dire s'il s'agit d'un cultivateur regagnant sa ferme ou d'un cycliste de son acabit. Dans ce dernier cas, il ne le quitte plus des yeux tandis qu'il approche et précise, à mesure que la vision prend corps, s'il s'agit d'un coureur à l'entraînement, d'un randonneur, d'un cyclosportif ou d'un cyclotouriste. Quand enfin celui-ci est passé rapidement devant vous avant de s'éloigner, vous apprenez, ravi, la marque de sa bicyclette, le nombre de ses plateaux de pédalier et de ses pignons, ainsi que le renseignement capital qui consiste à savoir s'il roulait sur pneus ou sur boyaux (pneus de 650, de 700, industriels ou façon main, bien entendu !). On ne s'ennuie jamais avec un cycliste et l'enrichissement intellectuel qu'on tire de sa conversation est considérable.

Parfois même, à votre grande stupeur, le cycliste inconnu a fait un signe amical à votre ami que pourtant rien ne distinguait du vulgaire. C'est que si les cyclistes « en civil » reconnaissent toujours leurs congénères en activité, la réciproque est parfois vraie. Il y a un truc : quand le « civil » regarde, au passage, *le cycliste,* c'est un non-cycliste. Quand il regarde *la machine* (et particulièrement les développements), c'est un confrère. On lui dit bonjour.

La route plate que vous faites en automobile, si souvent que vous la connaissez par cœur, vous ne la connaissez pas. Votre ami vous apprendra qu'elle commence par un bon bout de 6 %, qu'elle se continue par un faux plat jusqu'au virage et qu'après une très légère descente elle remonte légèrement jusqu'au carrefour. Touriste, il connaît les mêmes sites que vous (et bien d'autres encore que vous ne connaissez pas), mais il pourra toujours vous décrire l'état et l'inclinaison des routes qui y mènent. Si, dans une soirée, quelqu'un tient les invités en haleine avec la description dramatique du relief de la Beauce, aucune hésitation : c'est un cycliste.

Question vents, il n'est battu que par les navigateurs et les meuniers. Question pluie, par personne. À l'entendre (mais il exagère) il passe la moitié de sa vie cycliste sous la pluie. Il les connaît toutes et les a toutes subies et saurait faire vibrer un auditoire de grenouilles avec le récit de randonnées où il avait tant plu qu'il y avait de l'eau jusque dans ses chambres à air !

Le cycliste a une légère tendance à considérer les non-cyclistes comme des gens pas finis, un peu déficients et dignes de compassion. Volontiers prosélyte, il dispose d'une patience infinie pour guider les premiers coups de pédale des néophytes à condition que, comme la plupart des néophytes, ils ne prétendent pas en savoir tout de suite plus que lui. Il pousse parfois l'abnégation jusqu'à leur prêter, pour débuter, une vieille bicyclette à lui. Certains sentimentaux ont même, à cet effet, un vieux vélo vicieux qui perd ses roues dans les descentes ou dont la direction se bloque dans les virages, pour prêter à ceux de leurs amis dont ils découvrent qu'ils ne sont point doués, afin de les décourager gentiment et sans avoir à leur dire des choses désagréables.

Le cycliste court les chemins le nez au vent ou sur le guidon, c'est selon. Il flâne, musarde, photographie, visite et contemple, ou bien traverse le pays à bride abattue suivant des règlements qui s'appellent Diagonales, Flèches ou Brevets.

Le Flèche Vélocio, par exemple, consiste à partir à quatre ou cinq bons compagnons et à rouler tout un jour et toute une nuit sans s'arrêter jamais. Au bout de vingt-quatre heures, on stoppe et on regarde combien de kilomètres on a fait. C'est aussi simple que cela. Le record actuel doit être aux environs de 750 kilomètres. Plus modestes sont les Diagonalistes : la France étant divisée en neuf diagonales (Brest-Menton, Strasbourg-Hendaye, etc.), il s'agit de se mettre en selle à un bout et de gagner l'autre extrémité en un temps donné, temps qui ne prédispose généralement pas à la flânerie. Les Flèches de France proposent un autre genre de distraction : il suffit de relier Paris à l'une des vingt villes situées sur la périphérie de la France (Paris-Calais, Paris-Perpignan, etc.) à une vitesse calculée entre 25 et 15 km de moyenne, selon les parcours et la catégorie choisie. Le Tour de France Randonneur (4 882 km en 30 jours), les Brevets fédéraux (de 150 km en 10 heures à 500 km en 40 heures), ainsi que diverses autres manifestations, complètent la gamme des plaisirs offerts aux passionnés du vélo.

Il faut ajouter que ces épreuves sont ouvertes aux cyclistes de tous âges et de tous sexes à partir de vingt ans, que nombre d'enthousiastes les font, et certains plutôt deux fois qu'une, c'est-à-dire d'abord dans un sens puis dans l'autre.

Le cycliste, pour avoir appris dans son corps ce que pédaler veut dire, ne se vante (presque) jamais de ses exploits qui d'ailleurs n'en sont pas. Il sait que toujours un autre, et parfois plus âgé, a fait ou fera mieux que lui. Il ne se promène pas pour étonner les foules, ce qui serait d'ailleurs peine perdue, mais par goût, par amour, par passion de la bicyclette. Et s'il tend à s'enorgueillir parfois, ce sera de sa santé et de la longévité des pratiquants du cyclisme, seul sport qui puisse se flatter de compter des octogénaires en activité. L'octogénaire cycliste est reconnaissable à ceci qu'il est droit comme un I, que sa démarche rappelle celle des grands échassiers, et que l'interlocuteur le mieux portant se sent tout à fait cacochyme après dix minutes de conversation avec lui.

Il n'est pas, en effet, de ces vieillards souffreteux dont on craint à tout moment qu'ils ne trépassent sur votre moquette. C'est un gaillard vociférant dont l'apport principal à la conversation est le récit de ses récentes vacances au cours desquelles il a gravi le col du Tourmalet sous une pluie battante (ou un soleil de plomb), puis roulé de Toulouse à Bordeaux dans la nuit en mangeant des côtelettes, avant de s'aligner dans une épreuve de « gentlemen » courue à 30 de moyenne dans le sillage amical et bénévole d'un champion professionnel.

Dans le courant de sa narration, par parenthèses, il raille les bedaines, vitupère les essoufflés, nargue les dyspeptiques, les hépatiques et les cholestériques, plaint les cardiaques et piétine les déprimés, sans aucune retenue. Son auditoire, toujours plus ou moins atteint de ces diverses calamités, le hait férocement au bout d'un quart d'heure et envisage de glisser de l'acide prussique dans son verre de muscadet pour voir comment sa satanée bicyclette va le tirer de ce mauvais pas.

Mais il ne boit pas de muscadet (ou si peu !). Il boit de l'eau et applique en toute occasion les préceptes de son maître à penser, Paul de Vivie dit Vélocio : *« Boire avant d'avoir soif et manger avant d'avoir faim. »* Ce qui complique singulièrement l'ordonnancement des repas dans les maisons bourgeoises où, d'ailleurs, on ne l'invite que parcimonieusement car à la moindre provocation il retrousse ses jambes de pantalon pour montrer ses mollets.

La bicyclette n'a pas apporté que la santé à l'octogénaire cycliste. Outre un quintal de breloques et dix boîtes à chaussures remplies, ras bord, de diapositives, elle lui a donné une sorte de philosophie.

Avoir passé soixante ans de sa vie en équilibre instable et gravi lentement des montagnes, sans autre ambition que d'en redescendre de l'autre côté, lui a confirmé la vanité des vanités et appris que le bonheur est un festin de miettes.

Il a compris que s'il ne suffit pas de vouloir pour accomplir, il n'accomplissait que pour l'avoir voulu et d'avoir atteint seul aux joies difficiles lui a conservé une grande jeunesse de cœur et d'esprit que les malintentionnés feignent de prendre pour du gâtisme, parce qu'ils sont nés vieux, ce qui évidemment ne les porte pas à comprendre les vieillards qui meurent jeunes.

Car l'octogénaire cycliste meurt un jour, bien entendu. Et, généralement, de l'une de ces maladies qu'il se vantait bien haut de ne pas connaître. Mais il est certain qu'il profitera de son dernier souffle pour déclarer solennellement qu'il en serait mort bien plus tôt s'il n'avait pas fait de vélo.

Ce qui est moins difficile à prouver qu'à contredire.

Si le cycliste se raconte beaucoup, c'est qu'il est en général l'objet de mille questions extravagantes de la part de gens qui, à l'occasion d'un dîner ou d'un bavardage, découvrent soudain cette activité inconnue et mystérieuse.

Aucun autre sportif, je le jure, n'est regardé par ses contemporains avec ce mélange d'étonnement circonspect et de discrète commisération qui entoure le randonneur à bicyclette. On paraît trouver tout à fait normal que les pugilistes se fracassent le maxillaire, les footballeurs les chevilles, les rugbymen les clavicules et les skieurs tout cela et le reste. Mais qu'un cycliste déclare passer dix ou quinze heures assis sur une selle, ou trouver du plaisir à grimper le mont Ventoux au chaud de l'été, voilà les braves gens frappés de cette stupeur qui donne tant d'expression à l'œil des poules blanches quand, d'aventure, elles pondent un canard bleu.

Il faut honnêtement reconnaître que le sort du cycliste ne paraît pas, au premier coup d'œil, tellement enviable. Fouetté de vent, ruisselant de pluie, cinglé de grêle, brûlé de soleil, le cycliste, juché sur une mince languette de cuir dur, tourne les jambes des heures durant pour faire avancer un engin instable avec lequel il s'engage même parfois dans l'aventure déraisonnable de grimper sur des montagnes plus pentues qu'il n'est permis.

Les spectateurs sont fondés à se demander quel masochisme le pousse à de telles mortifications.

Il est aussi difficile d'expliquer cela que de dire pourquoi on est amoureux d'une femme apparemment laide. Pour aimer à la folie la bicyclette, il faut en faire beaucoup. Pour en faire beaucoup, il faut s'entraîner. Pour s'entraîner, il faut de la volonté. Pour avoir cette volonté, il faut aimer la bicyclette.

Ce cycle, on le voit, est vicieux.

Mais quelque apparence pitoyable que vous lui trouviez parfois, ne plaignez pas le cycliste : enviez-le. Il a découvert que le tapis volant et les bottes de sept lieues des contes existaient bel et bien et, par la même occasion, le sérum de longue vie.

Le cycliste n'est pas, comme on feint de le croire, un automobiliste déchu. C'est un piéton miraculé.

Albina chez le psychiatre

Sans en parler à quiconque, Albina a pris rendez-vous avec un psychiatre. Elle n'en peut plus. Son bel équilibre moral est rompu et ses alternances d'exaltation et de désespoir la troublent et l'inquiètent. Le docteur Bouton-Lagrèle, qui lui a été vivement recommandé par son amie Béatrice, va, sans nul doute, voir plus clair qu'elle-même dans son cas qui n'est pas loin de lui paraître désespéré.

— Dites-moi tout ! dit le docteur Bouton-Lagrèle.

C'est un homme au visage sévère, dont le regard enfoui sous des sourcils broussailleux laisse présager qu'il vous décortique le complexe en moins de deux, traque sans pitié les moindres inhibitions et défoule, comme en se jouant, les refoulements les plus opiniâtres.

Albina est un peu déçue. Elle croyait devoir s'allonger sur un divan et constate avec dépit qu'il n'en est rien. Elle pense qu'elle se serait mieux expliquée allongée, qu'assise sur une chaise dure. Du moins est-ce ainsi que l'on procède chez les psychiatres des dessins humoristiques. Mais le docteur Bouton-Lagrèle ne doit pas être au courant. Il n'a d'ailleurs pas une tête à regarder les dessins humoristiques. C'est à se demander où il a appris son métier.

— Dites-moi tout, dit-il sobrement.

Albina se tortille sur sa chaise et ne sait trop par quel bout commencer. Elle décide de s'expliquer en vrac, comme cela viendra, laissant à l'homme de l'art le soin de s'y retrouver s'il le peut. Après tout, c'est lui le psychiatre !

— Voilà ! dit-elle. Je fais du baïcycl' et je déteste cela. Je suis toujours fatiguée, j'ai mal partout et ils disent que c'est de mon faute parce que je pédale comme une facteur. Et je ne suis pas content quand je ne fais pas du baïcycl'. J'ai du fatigue dans les montées et un peu peur dans les descentes et je dis toujours c'est le dernier fois que je fais du veylow. Pourtant c'est toujours moi qui téléphone pour demander quand est-ce qu'on va encore à baïcycl'. Un jour, ils ne m'ont pas emmenée et j'étais vraiment très malheureuse tout la journée. Quand ils m'emmènent, je suis aussi très malheureuse tout la journée. Ce n'est pas une chose logique et les choses pas logiques, ça n'est pas sain et ça fait venir des boutons. Je rêve la nuit que je monte la Toormalette et l'Awbisk et que je suis content parce que j'ai une grande braquet, et pourtant je...

— Doucement ! dit le docteur Bouton-Lagrèle. Doucement ! Voyons, que ressentez-vous quand vous allez à bicyclette ?

— Mal à la derrière principalement.

— Non. Je veux dire : moralement ?

— Oh ! Moralement ? Je voudrais que je peux aller plus vite et passer devant.

— C'est cela ! Et vous ne pouvez pas parce que vous êtes inhibée par...

— Je ne peux pas parce que je ne suis pas encore assez fort et que je sors avec rien que des garçons qui sont très !

— Très quoi ?

— Très fortes !

— Voilà qui est intéressant ! dit le docteur Bouton-Lagrèle. Rien qu'avec des garçons, hein ? Et ils sont comment, ces garçons ?

— Terribles ! dit Albina. Roger, par exemple, il monte du 12 % avec 48 x 14 ! Vous vous rendez compte ! Toutes les côtes du vallée de Chevreuse sans dérailler jamais ! On l'a appelé duc de Chevreuse. Moi, il me tue.

Le docteur Bouton-Lagrèle ferme les yeux et tente de se représenter la chose. Cette frêle jeune fille blonde entraînée dans d'inconcevables orgies cyclistes par des garçons terribles conduits par un duc lui pose un problème. Un problème intéressant. Le 12 % le trouble pourtant un peu. Un duc usurier ? Cela s'est vu. Il comprend très bien, pour être allé à bicyclette une ou deux fois, les affres de sa cliente. Il faut être fou ! Or lui n'est pas fou, il est psychiatre. Et le psychiatre, c'est bien connu, s'emploie à démêler avec logique et clarté les sentiments confus de ses malheureux clients.

— Résumons, dit-il. Vous n'aimez pas aller à vélo, mais vous y êtes contrainte par une bande de garçons qui ne déraillent pas, conduits par un duc qui prête à 12 % ?

— Voulez-vous répéter cela lentement, dit Albina.

Le psychiatre répète lentement.

— Vous croyez ? dit Albina songeuse. Je n'avais pas vu les choses comme cela. Moi, je vois plus simple. J'ai envie d'être sur le baïcycl' quand je ne suis pas et je n'ai pas envie d'être quand je suis.

— C'est bien ce que j'avais compris, dit le spécialiste. Je crois que le mieux, pour vous, c'est de ne plus monter du tout à bicyclette.

— Mais je veux monter à baïcycl' !

Le psychiatre soupire. Le cas n'est pas si simple. Cela doit remonter à la tendre enfance, voire à la période prénatale.

— Rassemblez vos souvenirs, dit-il. N'avez-vous jamais été amoureuse de Louison Bobet ?

— *No !* dit Albina. Je suis une Américaine. J'ai été amoureuse de Larry Wilkinson.

— Un champion cycliste ?

— *No,* un joueur de base-ball.

— Parfait ! Et quand vous êtes à vélo, vous sentez en vous comme un désir irrépressible de jouer au base-ball !

— Jouer au base-ball à veylow ? Vous confondez avec le polo, je pense ! Mais le polo, c'est avec une cheval et on ne peut pas jouer au base-ball avec une cheval. J'ai peur que vous mélangez un peu tout. D'ailleurs, je déteste le base-ball. En fait, j'ai vu l'autre jour du base-ball au cinéma et j'ai trouvé tout à fait ridicule. À ce moment, j'avais envie d'être sur un baïcycl', mais je ne pouvais pas puisque j'étais au cinéma.

— Bien ! Bien ! Bien ! Je crois donc que le mieux, pour vous, c'est de faire beaucoup de bicyclette.

— Mais je *déteste* le baïcycl' ! Je dis toutes ces choses à vous depuis une heure !

Le docteur Bouton-Lagrèle soupire et se passe la main sur le visage.

— Procédons par ordre, dit-il d'une voix lasse. Qu'est-ce qui vous fatigue dans le vélo ?

— Le veylow !

— Mais encore ?

— Encore le veylow !

— Mais plus particulièrement ?

— La selle.

— Ah ! Bien. Parlez-moi de votre selle.

— C'est une selle formidable. Avant, je voulais une selle avec plein de ressorts qui fait « crouing ! crouing ! » quand je pédale, mais ils ont dit : non ! Il faut une selle dure, ils ont dit. Je n'aime pas les selles dures, mais je dois dire, honnête, que l'*ankle-play* il est plus rond avec la selle dure qu'avec la selle mou. Surtout que maintenant je sais bien poser mes ischions sur le croissant.

Il y a un silence.

— Voilà ! dit Albina.

Le docteur Bouton-Lagrèle la considère sans mot dire. Il a à peu près tout compris sauf le croissant, mais pour un million il ne demandera pas de précision à ce sujet. Chaque jour apporte sa peine.

— En somme, dit-il, vous avez une mauvaise selle ? Eh bien, il faut changer de selle.

— Oh ! *no,* dit Albina, ils ne me laisseront jamais. Ils diront j'ai une selle de facteur, et après ils roulent plus vite pour faire croire ils ne sont pas avec moi. C'est comme pour mes pignons, vous savez ! J'aimerais avoir quelques dents de plus, mais ils ne veulent pas. Ils disent c'est seulement bon pour faire la montagne. Dans la plaine, ils disent j'ai assez de dents comme ça. Même Roger, le duc, il voudrait que j'en aie moins.

Le docteur Bouton-Lagrèle pose la main sur son téléphone.

— Vous permettez, dit-il, j'appelle un confrère en consultation.

— Faites ! dit Albina. Vous êtes malade ?

Le médecin fait un numéro et obtient son correspondant.

— Allô ! Zeligman ? dit-il. Dites-moi, mon cher, vous qui prétendez avoir tout vu, faites donc un saut jusque chez moi. Je crois que je vais vous étonner.

Puis il raccroche avec un mince sourire.

— Il sera là dans un instant, dit-il. En attendant, bavardons tranquillement. Libérez votre esprit. Parlez-moi de tout ce que vous voudrez sauf de vélo.

— C'est difficile, dit Albina, je ne pense qu'à ça. Vous savez ce qui serait bien ? Que dimanche vous veniez avec nous faire quatre-vingts ou cent kilomètres à veylow ! Peut-être vous comprendriez mieux mon problème.

Le docteur Bouton-Lagrèle frissonne. Jamais il n'a pris conscience comme en cet instant de ce que la profession de psychiatre peut avoir de dangereux. Il a soudain hâte de voir arriver Zeligman.

Habitant le quartier, celui-ci arrive peu après et, les présentations faites, Bouton-Lagrèle le prie de s'asseoir et de l'écouter avec attention.

— Voilà une jeune fille, dit-il, qui n'aime pas la bicyclette et qui est obligée d'en faire par une bande de garçons terribles qui n'aiment pas les facteurs des P.T.T. et qui sont conduits par un duc usurier qui voudrait lui faire arracher des dents !

— Arracher des dents ? dit Zeligman en prenant des notes.

— Ou tout au moins lui interdire d'en avoir davantage, ce qui est tout aussi discourtois. J'ajoute qu'elle a été amoureuse d'un joueur de base-ball et non de Louison Bobet, comme votre femme ou la mienne, qu'elle déteste le base-ball au cinéma, qu'elle le confond d'ailleurs avec le polo, qu'elle raffole de la bicyclette au point d'être malheureuse quand elle n'en fait pas, mais qu'elle n'aime pas en faire, particulièrement sur une selle qui ne fait pas « crouing ! crouing ! » et sur laquelle pourtant elle pose parfaitement ses ischions.

— Et alors ? dit Zeligman, pas autrement impressionné.

— Et alors ! Vous trouvez cela normal, vous ?

— Non. Mais qu'est-ce qui est normal en ce bas monde ? Hier, j'ai eu un client, un Breton, employé a l'E.D.F., qui se prenait pour un Breton employé à l'E.D.F. Le problème était de savoir pourquoi il était venu me consulter.

— Vous y êtes parvenu ?

— Non sans mal ! Je l'ai questionné trois heures durant mais j'ai fini par savoir : il venait relever mon compteur d'électricité ! C'est vous dire que votre histoire de dentiste qui prête à usure aux facteurs des P.T.T. qui jouent au base-ball à bicyclette avec Louison Bobet, c'est de la petite bière !

— Bien ! Mais la question est celle-ci : doit-elle ou non continuer à faire de la bicyclette ?

— Qui ?

— Cette jeune fille !

— Cette jeune fille ? Elle a quelque chose à voir avec votre histoire, cette jeune fille ? Eh bien, mais pourquoi ne ferait-elle pas de la bicyclette ?

— Mais pourquoi en ferait-elle ?

— Là, vous soulevez un point intéressant. Pourquoi fait-on de la bicyclette ?

— Oui. Et d'un autre côté, pourquoi n'en fait-on pas ?

— C'est tout le problème.

Ils réfléchissent longuement, font une partie de combat

naval et consultent divers ouvrages scientifiques qui traitent de tous les cas, excepté de celui de leur cliente. De guerre lasse ils font passer à Albina des tests qui démontrent surabondamment qu'elle est une Américaine du sexe féminin, dotée d'une intelligence tout à fait satisfaisante, d'instincts normaux et d'appétits naturels. Après quoi, ils se font passer des tests à eux-mêmes, mais n'en communiquent pas les résultats.

Ils prient Albina de tout leur expliquer une nouvelle fois depuis A jusqu'à Z, en sautant l'histoire des dents que, d'un commun accord, ils considèrent comme négligeable, inadéquate et complètement hors du sujet.

Albina s'exécute et même, sur son élan, leur fait un cours complet sur la bicyclette, leur apprend à calculer la chasse d'une fourche avant, ainsi que le rapport d'un braquet en se servant du nombre *Pi.* Elle les quitte à la nuit tombante, plongés dans de profondes réflexions et, pour tout dire, tout à fait perplexes.

Albina me racontait cette histoire le dimanche suivant, alors que nous montions derrière Roger une rampe de la vallée de Chevreuse. Un tandem nous croisa à grande vitesse et Albina, poussant un petit cri, faillit tomber dans le fossé.

— Eh bien, Albina, dis-je, vous n'avez jamais vu de tandem ?

— Si ! dit-elle. Mais j'ai été un peu surprise. Vous ne devineriez jamais *qui* il y avait sur cette tandem !

J'eus une illumination :

— Bouton-Lagrèle et Zeligman !

— Tout juste ! dit Albina. Je n'avais pas bien compris leur cas l'autre jour, mais je crois que je leur ai donné de bons conseils. Maintenant ils ont l'air tout à fait guéris !

La conversion de Sébastien

Sébastien s'ennuyait à vélo.

Je prie de croire que Sébastien n'est pas une mauviette. C'est un grand sportif, judoka, skieur de talent, n'ayant jamais pu voir un ballon sans donner des coups de pied dedans, un filet sans jeter quelque chose par-dessus, ni une piscine sans y piquer une tête. Mais il faut regarder les choses en face : à vélo, Sébastien s'ennuyait.

Il faisait de la bicyclette par sport, par amitié, par entêtement, mais sans conviction. Il ne disait jamais non et allait sans renâcler partout où les autres allaient, mais sans joie.

Dès le départ, il arborait un air d'une tristesse insoutenable et traînaillait en queue de peloton sans dire un mot, avec un regard lourd de réprobation quand les copains de tête s'engageaient dans une longue côte que l'on aurait pu facilement éviter si on lui avait demandé son avis.

Mais les copains ne demandaient jamais l'avis de Sébastien. Ils l'asseyaient sur un vélo, le gourmandaient sur son style, critiquaient son coup de pédale, frissonnaient quand ils entendaient grincer son dérailleur, et se comportaient en toute circonstance comme s'ils trouvaient la vie belle et entendaient que Sébastien en fît autant.

Or, Sébastien ne trouvait pas la vie belle. Pas du tout ! Il trouvait sa selle trop dure, son guidon trop bas, l'étape trop longue, la côte trop pentue, le vent trop fort, la chaleur trop accablante ou la pluie trop humide. Et, surtout, il trouvait tout cela mortellement barbant.

Il regardait, loin devant lui, les copains rire et chanter comme si tout cela, vraiment, était une partie de plaisir. Il ne leur souhaitait pas de mal car il avait une bonne âme, mais il priait de tout son cœur pour qu'ils crevassent tous à la fois, de la roue arrière, et de préférence devant une auberge accueillante.

Mais c'était lui qui crevait dans une plaine battue par le vent, loin de tout lieu habité, un jour de grande pluie. Et comme il n'avait pas emporté de démonte-pneus, il devait attendre que les copains, alertés par son retard, reviennent sur leurs pas. Ils le faisaient avec beaucoup de bonne volonté, mais tout dans leur attitude lui reprochait muettement son insouciance.

Sébastien, penaud, réparait sa roue et reprenait son pédalage calamiteux en ruminant des pensées moroses, mais sans se décourager jamais. Et les populations rurales de la Seine-et-Oise prenaient peu à peu l'habitude de voir passer un petit groupe de joyeux cyclistes, puis, loin derrière, un pédaleur solitaire et renfrogné qui portait sur son échine douloureuse toute la misère du monde.

Le soir, lorsque toute la bande réunie autour d'un verre évoquait joyeusement les péripéties de la journée, Sébastien, dans un coin, buvait mélancoliquement et trouvait que les histoires de vélo étaient encore plus ennuyeuses que le vélo lui-même.

Puis un beau jour, sans que rien ait pu laisser prévoir un tel événement, on vit surgir Sébastien en tête du peloton. Le fait ne s'était pas produit depuis le jour où un cinq tonnes l'avait traîtreusement poussé par derrière. C'est assez dire que tout le monde en fut très étonné.

— Les enfants, annonça Sébastien d'une voix joviale, je vais vous dire une bonne chose : *je m'amuse !*

Patrice et Michel manquèrent en tomber, et Antoine, descendant de bicyclette, s'assit sur une borne et en sanglota d'émotion.

Tout le restant de la matinée, Sébastien, touché par la grâce, mit les copains à l'ouvrage. Il attaquait les côtes comme si elles eussent été des descentes et menait un tel train d'enfer que les automobilistes eux-mêmes prenaient peur et se jetaient dans les fossés, ce qui, tout considéré, était bien leur tour. Deux villageois affolés téléphonèrent aux gendarmes qu'une tornade dévastait la région et une oie, qui pourtant arrivait des Landes, reprit le train le soir même, jugeant décidément ce pays-ci trop dangereux.

Le déjeuner à l'auberge fut fort animé. Sébastien engloutissait de grandes quantités de nourriture tout en expliquant à ses équipiers comment — clic ! — il venait de découvrir tout à coup les charmes du vélo. Il paraît que cela s'était fait — clac ! — d'un seul coup et sans prévenir. Soudain il avait ressenti — pof ! — une grande envie d'accélérer et comme il rejoignait le peloton à grande vitesse — vroum ! — il s'était senti envahir par une grande joie, un invincible sentiment de puissance et une exaltante jubilation.

Les copains écoutaient, ravis encore qu'un peu asphyxiés par l'événement et surtout par l'allure rapide que leur avait imposée Sébastien. (Non qu'ils s'étonnassent ! On n'étonne jamais un cycliste en lui déclarant qu'on vient d'être pris — clac ! — d'une passion incoercible pour la bicyclette.) Ils le félicitèrent, lui décernèrent des médailles orales et symboliques, se réjouirent beaucoup de n'avoir plus à l'attendre en haut des côtes, l'assurèrent qu'il était le plus grand, le plus beau et le plus fort, et lui conseillèrent de manger plus calmement et de modérer ses transports car ils n'avaient fait que quatre-vingt-dix kilomètres le matin et il leur en restait quatre-vingts à faire pour rentrer chez eux.

Sébastien fit : bah !... bof !... peuh !... pfff !... ainsi que plusieurs autres bruits méprisants et redemanda de l'andouillette, des frites et de la tarte aux pommes.

En sortant du restaurant, une petite bise aigrelette cueillit tout ce joli monde au creux de l'estomac et toute la bande se mit en route fermement mais posément, ainsi qu'il convient quand on sort de table, qu'il fait frisquet, que la route est longue et la côte fréquente.

Sébastien, tout de suite fringant, reprit « sa place » très en avant du groupe, pédalant fougueusement et se retournant de temps en temps pour voir si ces traînards allaient, oui ou non, le rejoindre.

Ils le rejoignirent dans la première petite côte un peu vicieuse, sans qu'il pût démêler s'ils avaient accéléré ou si c'était lui qui avait ralenti. Absorbé par le peloton au kilomètre 10, il ramait à l'arrière au kilomètre 20 et perdit le contact au kilomètre 22. Puis vint la débâcle.

Le supplice de Sébastien dura quarante kilomètres. Ce fut, d'abord, une invincible langueur qui s'empara de ses jambes dont chaque muscle se transforma, peu à peu, en quelque chose qui ressemblait fort à de la rillette. Puis ses reins protestèrent sourdement, son estomac fit chorus et son souffle, d'ordinaire puissant, devint une petite chose ridicule, tout juste suffisante pour jouer *Au clair de la lune* sur un flûteau. Son front se couvrit de sueur et ses yeux s'embuèrent. Ses bras crispés sur le guidon essayaient d'arracher du sol un vélo qui, étrangement, pesait vingt kilos de plus qu'au départ. Son esprit se vidait de toute réflexion cohérente et il ne pensait plus à rien, même pas à penser que la bicyclette était une chose vraiment très ennuyeuse.

Les copains entouraient Sébastien. Personne, bien entendu, ne se permettait la moindre ironie. Ils étaient tous trop vieux cyclistes pour ignorer que le vélo est l'école de l'humilité et que la même mésaventure leur était arrivée la veille ou pouvait leur advenir le lendemain.

Ils roulaient en silence, réglant leur allure sur celle de Sébastien qui pédalait machinalement, la tête basse et l'œil absent, se soutenant d'une seule image qui avait la forme d'un lit de plumes drapé de frais.

Au kilomètre 72, Sébastien s'arrêta, mit pied à terre et s'assit sur le bord de la route. Ses genoux tremblaient.

— Les enfants, dit-il, je m'éteins à petit feu ! Nous sommes à huit kilomètres de la maison, mais je n'irai pas plus loin, dût-on me faire frire les orteils. Quant à mon vélo, vous pouvez le jeter dans la Seine ou le donner aux Petites Sœurs des Pauvres, moi je ne veux plus le voir.

Ayant dit, il s'allongea sur le talus, ferma les yeux et ne bougea plus.

Ses amis, libérés, repartirent en trombe et les huit kilomètres furent bientôt avalés. Arrivés chez l'un d'eux ils s'empilèrent dans une voiture et repartirent chercher leur gisant. Mais ils n'avaient pas fait deux kilomètres qu'ils eurent la deuxième surprise de la journée : au loin, sur la route, l'allure un peu heurtée et l'échine un peu basse, Sébastien juché sur son vélo se dirigeait vers eux à petite vitesse.

Quand la bicyclette eut été accrochée sur le toit et leur ami calé sur les coussins de l'auto, comme on le questionnait, il déclara :

— Non mais sans blague ! Vous vous rendez compte ? Pas plus tôt vous avez été partis que tous les gens qui passaient sur la route venaient me demander si je n'étais pas malade ? Et mon pauvre monsieur par-ci ! Et quelle idée aussi de faire du vélo par-là ! Et patati par cette chaleur ! et patata à votre âge ! Bref, je n'allais tout de même pas les laisser s'imaginer que la bicyclette me fatigue !

Puis il entreprit de démontrer à ses amis qu'il avait été légèrement indisposé par plusieurs choses qu'il ne précisa d'ailleurs pas, mais parmi lesquelles la pratique du vélo ne tenait aucune place. Il leur affirma qu'il ne les avait envoyés à l'avant que parce qu'il les sentait pressés d'arriver et il leur prouva avec force qu'il est sci-en-ti-fi-quement impossible que la bicyclette fatigue le cycliste bien portant.

Alors les copains, qui s'y connaissaient en bicyclette comme en mauvaise foi, surent que Sébastien avait passé le point de non-retour.

Et ils parlèrent d'autre chose.

Albina remonte le temps

Albina me présente avec une visible satisfaction son amie Priscilla, qui est de passage à Paris pour quelques jours. C'est une Anglaise tout ce qu'il y a de britannique, et très portée sur la bicyclette. Nous sympathisons aussitôt, est-il besoin de le dire, encore que nous ne puissions tenir de ces conversations techniques qui réjouissent tant les cyclistes, car, comme il fallait s'y attendre, le diamètre des roues anglaises est unique au monde, ce qui, ajouté à l'imbroglio des inches, des yards et des miles, rend loufoque et impondérable toute conversation raisonnable sur les développements. De ce côté-là, Albina peut être tranquille.

Nous ne pouvons que nous congratuler de la noblesse de nos choix et tomber d'accord sur le fait que la bicyclette est une bien belle invention.

— Anglaise, ajoute Priscilla.

— Française, dis-je.

— Anglaise !

— Française !

— Il ne manque plus qu'un Russe et un Américain, soupire Albina. Mais, finalement, qui a inventé le veylow ?

— Des tas de gens. Chacun un petit peu.

— Mais au départ ? Il y a bien eu un jour une bonhomme qui s'est dit soudain : « Tiens ! je viens d'inventer le veylow » ?

— *Indeed !* dit Priscilla. Un Anglais, précisément.

— Non, dis-je. En 1790, M. de Sivrac imagina...

Albina a parlé, comme d'habitude, sans réfléchir. Mais elle comprend très vite dans quel guêpier didactique elle s'est encore fourrée.

— Oh ! Merci beaucoup ! dit-elle précipitamment. M. de Sivrac ! C'est tout ce que je voulais savoir. Belle journée, n'est-ce pas ?

— *No !* dit Priscilla. Pas M. de Sivrac ! Dans le vitrail de l'église de Stokes Poges, en Angleterre, il y a un ange qui joue de la trompette assis sur une bicyclette, je crains fort. Cela date du XVIIe siècle.

— Stop ! dit Albina. Parlons d'autre chose, sans cela vous allez remonter à l'Antiquité.

— Vous ne croyez pas si bien dire, dis-je. Il y a aussi un vélo parmi les hiéroglyphes de l'obélisque de Louqsor, place de la Concorde, à Paris.

— Il n'est pas un vrai vélo, n'est-il pas ? dit Priscilla.

— Non. Deux roues sous un trait. Mais votre bicyclette de Stokes Poges n'en est pas un non plus. Je la connais. C'est un genre de faux célérifère.

— Très bien, dit Priscilla. Nous avons donc le célérifère au XVIIe siècle en Angleterre. J'ai peur que ceci ne mette fin à notre désaccord.

— J'ai peur que non, dit Albina.

— En 1790, dis-je, Louis XVI régnant...

— *Here we go !* murmure Albina dans un soupir.

— ... M. de Sivrac, un Français, imagine de mettre une poutre de bois sur deux roues, avec une poignée pour les mains et une selle pour s'asseoir. Il fait avancer cet engin en tapant alternativement des pieds sur le sol.

— Mon ange de Stokes Poges fait exactement cela, j'ose le dire ! dit Priscilla.

— Votre ange fait exactement cela en jouant de la trompette et en étant rattaché à une sorte de soleil par une espèce de corde. Voyez comme tout cela est vraisemblable ! Bref ! M. de Sivrac appelle cela...

— Je sais ! Une draisienne ! dit Albina ravie. Vous me l'avez déjà dit ! Si on prenait une tasse de thé ?

— Non, dis-je. Pas de thé pendant une conversation sérieuse.

— Cela n'empêche pas, dit Priscilla.

— Je disais que M. de Sivrac appelle cela « célérifère ». Du latin *cetere :* rapide, et *ferre :* porter. Un Anglais n'aurait jamais appelé cela célérifère. C'est imprononçable en anglais.

— Vous êtes un peu de mauvaise foi, n'êtes-vous pas ? dit Priscilla. Nous avions exactement cela vers 1850 et nous l'appelions *hobby horse* !

— Que vous disais-je ? Les Anglais donnent toujours des noms anglais aux choses. Je disais donc que de 1790 à 1818, le célérifère ne connaît guère qu'un succès de curiosité. C'est plus un jouet pour originaux qu'autre chose. L'engin est lourd et sa direction ne pivote pas. Bref, ce n'est pas très pratique.

— Ah ! Peut-être bien, alors, dit Priscilla. Si ce n'était pas pratique, c'était sûrement français ! Et comment faisait-on pour tourner, si je puis m'enquérir ?

— On descendait de machine et on l'orientait à la main dans la direction où l'on voulait aller. Bizarrement, personne n'a pensé à la direction pivotante jusqu'à ce que...

— Un Anglais est venu et il a dit...

— Non. C'est un Badois, le baron de Drais, qui imagina de faire pivoter la direction. Le célérifère devint alors la draisienne.

— Vingt-huit ans pour penser à faire pivoter le direction ! dit Albina. On voit que les Américains ne s'en occupaient pas ! Mais nous voilà arrivés à la draisienne. À partir de là, je connais. Qu'est-ce que vous avez vu au cinéma, cette semaine ?

— Ainsi, ma chère Priscilla, c'est la draisienne allégée et affinée que vous avez connue alors en Angleterre sous le nom de *hobby horse.*

— Je n'ai pas connu personnellement, dit Priscilla. Mais j'ai entendu parler d'un certain Kirkpatrick McMillan qui avait...

— Il a inventé un bicycle à leviers. Cela n'a rien à voir. Et puis c'était un Écossais. Vous revendiquez les Écossais ?

— Pour certaines choses, oui.

— Il faut avancer dans le temps pour...

— C'est ça, dit Albina. Avançons dans le temps ! Vers 1950, qu'est-ce qui se passe ?

— En 1818, on fait toujours avancer cet engin en tapant des pieds sur le sol. Il faut attendre 1861...

— Seulement ? dit Albina. *Good lord !*

— ... pour que Pierre Michaux, un Français, invente la pédale. Progrès gigantesque, révolution sensationnelle, sans laquelle la bicyclette n'existerait pas.

— Peuh ! dit Priscilla, ce n'était pas bien difficile à inventer. Je suis sûre qu'en cherchant bien, on trouverait un Anglais qui y avait pensé avant. Mais les Anglais sont discrets.

— Le fait que les pédales de Michaux étaient directement fixées à l'axe de la roue avant restreignait le développement à la circonférence de celle-ci. Albina, répétez ce que je viens de dire.

— Euh... Révolution sensationnelle, non ?

— Non. Et vous me copierez cent fois : « Je ne feuilletterai pas le *New Yorker* avec mon coude pendant la leçon de bicyclette. »

— Doux Jésus ! dit Priscilla. Vous supportez cela, Albina ?

— Oui, dit Albina. Je suis masochiste. Et vous verriez les châtiments corporels !

— Bref ! dis-je.

— Ah ! dit Albina. Une bonne parole enfin !

— Bref, pour augmenter le développement, on augmente progressivement le diamètre de la roue, d'où le grand bi.

— En anglais *Penny-farthing*, dit Priscilla.

— Exactement. Le grand bi dont certains atteignirent même trois mètres de haut !

— On montait dessus comment ?

— Avec un escabeau. Pour descendre, c'était plus simple : on tombait. Et généralement sur la tête. Quand on appliqua au bicycle la transmission par chaîne, on peut arriver à la bicyclette dont, en 1867, Guilmet et Meyer, des Français...

— Ne soyez pas si stupidement chauvin, dit Priscilla.

— ... avaient construit une version. Ce n'est qu'en 1880 que leur idée fut reprise par un Anglais...

— Hip ! Hip Hip ! dit Priscilla.

— Hurrah ! dit Albina. Maintenant que vous êtes d'accord...

— ... un Anglais nommé Starkey, qui construisit le fameux Safety. Lequel, d'ailleurs, fut amélioré par un Français nommé Georges Juzan qui...

— Oh ! dites-moi, dit Priscilla, nous devrions faire un armistice, ne devrions-nous pas ? À partir de maintenant, je suppose que les progrès vont de pair, ne vont-ils pas ?

— Ils vont. Je vous concède même une révolution considérable : l'invention du pneumatique à air par le vétérinaire J.B. Dunlop.

— Pour le confort, dit Priscilla, nous sommes toujours les premiers.

— L'invention de Dunlop devait d'ailleurs être améliorée par les Français Michelin, après que quelques Américains...

— Oh ! *no*, dit Albina. Serait-il possible ? Je peux devenir membre du club ?

— ... aient étudié très sérieusement le problème.

— Mais les Américains, dit Priscilla, sont en majeure partie issus de Britanniques.

— Pour conclure...

— C'est ça !

— ... s'il s'est écoulé quarante-trois ans entre la draisienne et la pédale et soixante et onze ans entre la pédale et le célérifère, après l'invention du pneu démontable, la bicyclette devint assez rapidement, et dans ses grandes lignes, celle que nous connaissons.

— Terminus ? dit Albina.

— Terminus ! dis-je.

— Je crois qu'il m'avait semblé entendre quelqu'un dire quelque chose, dit Priscilla, à propos d'une éventuelle tasse de thé ?

Le Pousse à Peine II

Sur les routes et les chemins, sous le soleil et sous la pluie, en Europe, en Amérique et en Afrique, Jean va devant et Hélène derrière. Jamais Hélène n'est passée devant Jean, sauf peut-être la fois où ils sont tombés sur Jean-François qui roulait trop près d'eux. Mais dans l'ordinaire des voyages, jamais. C'est l'un des charmes du tandem.

Le Pousse à Peine II, tandem de haut bord et de grande lignée, fait pour les voyages lointains et les aventures épiques, nous accompagne parfois dans nos randonnées continentales, avec la condescendance bonhomme du grand bourlingueur d'océans qui, pour faire plaisir aux petits, va faire du canot sur le lac du bois de Boulogne.

Rapide sur le plat, il ralentit dans les montées où nous le rattrapons sans peine et où il nous donne l'impression trompeuse que nous sommes des grimpeurs ailés. Puis le sommet arrive, le Pousse à Peine II bascule sur la crête et dévale, Jean devant et Hélène derrière, vertigineusement, vers la vallée.

En Espagne, sur la route pérégrinante de Saint-Jacques-de-Compostelle, le Pousse à Peine II a fait l'admiration des foules et le bonheur d'Albina qui s'abritait derrière lui du vent de l'imperturbable Castille, tandis qu'Hélène, bonne camarade, se redressait de tout le buste pour lui offrir plus d'abri, et que Jean pédalait, sans le savoir, pour trois dans la bourrasque. L'apparition de cinq cyclistes, dont un monstre bicéphale, faisait que les gardes civils sortaient de leur torpeur méridienne quand nous pointions à l'horizon et se plantaient au milieu de la route avec des airs martiaux, des fronts sévères et des voix indignées pour nous intimer l'ordre de rouler en file indienne. Albina aimait beaucoup les gardes civils et surtout leurs bicornes. Elle rêvait d'en posséder un pour en faire un cache-téléphone, mais pour une raison ou pour une autre, les gardes civils ont toujours refusé de s'en séparer. À Jean et Hélène, ils reprochaient plus particulièrement de rouler à gauche. Ce comportement les incitait d'ailleurs à dire cela en anglais, langue qui, dans la bouche d'un garde civil espagnol, prend des sonorités inattendues et bien curieuses pour qui s'intéresse peu ou prou à la philologie.

Jean répondait, en espagnol, qu'il agissait ainsi parce que le côté droit de la route était en mauvais état. Excuse fallacieuse, les deux côtés, aussi abominables l'un que l'autre, n'étant dépassés en abomination que par le milieu de la chaussée.

Les automobilistes espagnols ne sont ni pires ni meilleurs que les nôtres, à ceci près qu'ils ont l'avertisseur tardif mais péremptoire. Les poids lourds, eux, attendent d'être tout contre votre oreille pour émettre un son rauque qui rappelle beaucoup le barrissement de l'éléphant amoureux, puis vous dépassent lentement en exhalant un épais nuage de gas-oil brûlé. L'expérience dans la montée d'un col est déprimante, mais accélère le bronzage.

Un jour, tandis que nous attendions le Pousse à Peine II au sommet d'une côte un peu longue, nous avons rencontré des automobilistes charmants qui, après nous avoir posé mille questions sur notre raid, voulaient à tout prix nous offrir un verre de vin espagnol. L'ayant sportivement refusé, nous ne sûmes jamais si leur intention était de nous honorer ou de nous coucher, endormis, au creux du fossé afin de débarrasser la route de notre présence.

Aux arrêts, les badauds, eux, s'attroupaient volontiers autour du tandem et le considéraient avec un grand intérêt. Dans les régions du Sud où l'homme va devant et la femme derrière en portant les paquets, cette mécanique paraissait tout à fait ingénieuse et propre à rehausser le standing du ménage. Les plus courageux s'enquéraient de son prix et renonçaient, déçus, quand ils apprenaient que cela coûtait plus cher qu'un bourricot.

Les foules étaient généralement accueillantes et à Samos, dévalant de trois cols successifs, le Pousse à Peine II a été accueilli par les enfants des écoles au cri de « Vive la France ! », ce qui ne s'était pas entendu dans la région depuis avant les guerres napoléoniennes.

Les bornes espagnoles sont les plus primesautières du monde : un seul chiffre y figure (le même des deux côtés de la borne), sans une indication de lieu ni de direction. Cela peut vouloir dire que l'on est à quatre-vingts kilomètres de quelque part (mais pas forcément l'endroit où l'on va), ou encore que l'on a fait quatre-vingts kilomètres *depuis* quelque part (mais pas forcément l'endroit d'où l'on vient). Cela peut vouloir dire aussi que l'on est à quatre-vingts kilomètres du prochain carrefour dont on vous cache soigneusement d'ailleurs où il conduit. Bref, comme on voit, une foule de renseignements amusants, sauf précisément la distance qui vous sépare de l'endroit où vous allez.

Lorsque le Pousse à Peine II nous accompagne dans nos voyages, en Espagne ou ailleurs, Jean est toujours nommé capitaine de route. C'est un rôle qu'il remplit à la perfection (et qu'il s'attribue d'ailleurs de lui-même quand on ne le lui propose pas). En outre, il a l'autorité qui convient pour réclamer aux aubergistes les plus grincheux les nourritures les plus plantureuses aux heures les plus insolites. Pour qui sait l'accueil que l'on reçoit généralement quand on demande une omelette au lard à 9 heures du matin, c'est une vertu qui n'a pas de prix.

Sur la route, Hélène, à qui sa position à l'arrière épargne toute surveillance du parcours, signale à Jean les beautés des sites traversés. Elle déploie sur son large dos des cartes routières qu'elle consulte et commente, lit un roman ou dort tout en pédalant quand le paysage ne l'inspire pas.

Le Pousse à Peine II est allé un beau jour, Hélène derrière et Jean devant, de Paris jusqu'à Istanbul (2 860 km), par l'Allemagne, l'Autriche, la Yougoslavie et la Bulgarie. Ils ont cassé des roues libres dans des pentes inhumaines, déchiré des pneus irremplaçables, gravi à pied des cols dantesques et même descendu à pied le Katschberg, en Autriche, en retenant le tandem comme ils le pouvaient sur une pente à 26 %. Ils ont subi des tempêtes de neige, des pluies et des vents hors du commun. Ils ont couché en plein vent devant le poste frontière de Kalotina, en Bulgarie, sur des matelas prêtés par les soldats du poste qui se sont ensuite rangés en cercle autour d'eux et les ont regardé dormir tandis que l'officier, qui n'avait jamais vu de tandem, passait sa nuit à rédiger laborieusement un rapport circonstancié sur ces êtres venus d'une autre planète. Ils ont découvert que, dans les démocraties populaires, le centre des villes est interdit au populaire et démocratique vélo. Ils ont frôlé le découragement, frisé la crise de nerfs et côtoyé la défaillance totale. Ils ont posé un grave problème à la douane turque, laquelle, après mûre réflexion et un angoissant suspense, a décidé de laisser passer le Pousse à Peine II sous la rubrique : *Bicyclette sans moteur apparent mais à deux paires de pédales.*

Puis ils sont revenus et sont allés, à tandem, du Canada au Mexique, Jean devant et Hélène derrière. Ensuite — pourquoi pas ? — ils ont traversé l'Afrique du Sud, Hélène derrière et Jean devant.

Il est intéressant de préciser que Jean et Hélène ont, à eux deux, cent ans. Ce qui les incite à sourire quand des trentagénaires poussifs leur disent avec un air sincèrement navré qu'ils feraient bien volontiers du vélo s'ils n'en avaient, hélas, passé l'âge.

Albina caresse la selle du Pousse à Peine II et soupire :

— Ce serait bien le tandem, pour moi, s'il ne fallait pas être marié !

Ce qui est exactement le contraire de ce que pense Hélène, qui aimerait tant le mariage s'il n'y avait pas le tandem !

La vie est mal faite !

Albina chez Vélocio

— Qu'est-ce que j'apprends, Albina, vous êtes allée à la piscine ?

— Oui, dit Albina, nager !

— Vous savez pourtant que je vous ai interd... défend... Je veux dire : déconseillé de nager en période de cyclisme !

— Je sais, dit Albina, mais j'aime nager et j'avais une costume de bain nouveau.

— Et demain, à vélo, vous aurez les jambes coupées, les muscles noués et les tendons douloureux. Vous serez fatiguée et vous irez vous plaindre de vos états d'âme chez votre psychiatre favori ! Quant au plaisir que l'on peut éprouver à aller éternellement de long en large dans une cuvette de béton remplie d'eau javellisée où tout le monde fait pipi, cela me dépasse !

— Si vous n'aimez pas cela, dit Jean-François B., n'en dégoûtez pas les autres !

Je ne sais pas ce qu'il faudrait faire pour dégoûter Jean-François B. de quelque sport que ce soit. Il les pratique tous (y compris le vélo) avec un égal bonheur, démolit toutes mes théories et donne un exemple déplorable à Albina qui s'obstine à vouloir partager le cyclisme avec des activités mineures et contre-indiquées, telles que le tennis ou la natation, ce qui est proprement aberrant.

— D'ailleurs, ajoute Albina, ces jours-ci je ne fais pas de veylow.

— Justement si ! Je vous emmène à Vélocio après-demain.

— Veylow, quoi ?

— Cio !

— Qu'es acco ? dit Albina qui se pique de parler ce qu'elle croit être l'argot parisien.

— Vélocio était..., dis-je.

— Bon ! dit Jean-François en se levant. Au revoir tout le monde. Si on commence à raconter la geste épique de Vélocio, moi je m'en vais. Je la connais par cœur.

Il sort pour aller faire une heure de judo et un peu d'escrime avant de sauter quelques haies. Il croise Antoine qui arrive.

— Il s'en va ? dit Antoine.

— Oui, dit Albina, parce qu'on va parler d'un monsieur qui fait des gestes qui piquent.

— On dit un acuponcteur, pontifie Antoine. Ils sont, en général, chinois.

— Eh bien, dit Albina, nous y allons justement demain, il paraît, chez ce général chinois. À veylow !

Je me sens, par instants, un peu découragé. Je jure que je ferais une bonne cycliste d'Albina si mes copains ne s'en mêlaient pas tout le temps.

— Bien ! dis-je. Ça y est ? Je peux continuer ? Merci ! Or donc, Vélocio...

— Ah bon ! dit Antoine. C'est de Vélocio qu'il s'agit ? Il était acuponcteur, en plus ? J'ignorais. Dans le fond, ça ne m'étonne pas. Rien ne saurait m'étonner de Vélocio. Tu commençais ou tu finissais ?

— J'essayais de commencer.

— Bon ! Je vais faire un tour, alors. Je reviens dans deux ou trois heures écouter la péroraison, qui est toujours très belle, et réveiller Albina.

Il sort et Albina, qui est très gentille, me réconforte, essuie mes larmes avec son écharpe et m'encourage à continuer en m'assurant qu'elle est particulièrement anxieuse de tout savoir sur Vélocio.

— Vélocio, dis-je, de son vrai nom Paul de Vivie, était un grand amateur de bicyclette, né en 1853, qui vivait à Saint-Étienne. Fervent cycliste, un peu original...

— Tous les cyclistes sont originals !

— Naux !

— Si !

— Peu importe ! Donc Vélocio a étudié, modifié, amélioré, inventé, expérimenté, décortiqué, essayé et vendu tout ce qui roule sur deux roues, depuis le grand bi jusqu'à la bicyclette actuelle. Il a créé une école, enseigné des disciples, formulé des lois, édicté des commandements, prêché le végétarisme, fondé une revue, *Le Cycliste*, qui paraît encore, et est mort accidentellement en 1930 à l'âge de soixante-dix-sept ans. Voilà !

— C'est tout ? dit Albina déçue. Jean-François et Antoine avaient l'air de dire que vous alliez être aussi ennuyeux que pour M. de Sivrac avec son célérifère.

— Je constate avec plaisir que, quelque ennuyeux que je sois, vous vous rappelez le nom de M. de Sivrac et de son célérifère, ce qui est déjà une bonne chose. Pour Vélocio, j'ai abrégé, ils m'ont sapé le moral, mais il y aurait matière à un livre. J'ajoute seulement qu'il a inventé le mot « cyclotourisme », ce qui n'est pas, à mon avis, ce qu'il a fait de mieux, qu'il est resté, pour tout ce qui pédale en France et hors de France, une sorte de pape respectable et respecté et que son souvenir est commémoré chaque année à Saint-Étienne par une fête cycliste appelée Journée Vélocio, et où précisément nous allons après-demain avec Antoine.

— Et pas Jean-François ?

— Et pas Jean-François ! Après-demain, Jean-François fait un peu de bateau, quelques kilomètres de course à pied, une partie de pelote basque, un peu d'athlétisme et de l'aviron. Je ne sais pas s'il lui restera du temps de libre.

— S'il lui reste, dit Albina, je lui apprendrai le base-ball.

La Journée Vélocio, à Saint-Étienne, est une épreuve cycliste qui consiste à grimper le col de la République à bicyclette. Ce col s'élevant de 559 mètres sur 12,840 km, l'exploit paraîtrait à la portée des mollets les plus indolents si la tradition ne voulait que cette côte fût montée le plus rapidement possible.

— Ce qui est, dit Albina, ajouter la sadisme à le difficulté.

Les réjouissances commencent la veille par un vin d'honneur offert par la municipalité de Saint-Étienne, et au cours duquel les participants écoutent des allocutions qui traitent uniquement des joies et des bienfaits de la bicyclette. Tous les auditeurs étant venus là à leurs frais (et certains de fort loin) pour le seul plaisir de parcourir à vélo douze kilomètres fort pentus, il est à peine besoin de souligner que cette réunion se déroule dans la plus parfaite communion d'idées et qu'un éventuel contradicteur serait immédiatement saisi par ses éventuelles moustaches et assommé à coups de pompe à vélo jusqu'à ce que mort s'ensuive.

Le côté musclé de la chose commence le lendemain matin aux aurores. Cette année-là, le plus jeune des mille cinq cents participants avait huit ans et le plus âgé quatre-vingt-cinq ans. C'est dire qu'en plus des catégories de sexe, des catégories d'âge ont été créées, qui se divisent elles-mêmes en deux sections : les cyclosportifs (délai 1 h 20) et les cyclotouristes (délai 1 h 40). Les premiers considérant, comme il se doit, qu'ils diffèrent des seconds de toute la distance qui sépare Anquetil de son facteur.

Antoine et moi, dans l'ignorance où nous étions de ces subtilités (c'était la première fois que nous participions), avions choisi bêtement la catégorie « cyclosportifs » qui présentait à nos yeux candides l'énorme avantage de nous faire lever une heure plus tard. Cette erreur d'appréciation explique qu'à 10 heures du matin, nous nous trouvâmes sur la ligne de départ entourés d'une quarantaine de pétulants quadra-quinquagénaires auxquels la grandeur de l'événement avait rendu leurs vingt ans au point de les faire se vêtir en coureurs cyclistes.

Albina était partie un peu en avant avec un groupe de jeunes femmes de son âge.

Au coup de pistolet du starter, nos frétillants contemporains prirent leur vol comme une compagnie de perdrix et dans un sprint échevelé (en dépit des 8 % de la pente) disparurent bientôt au tournant de la route, tandis qu'Antoine et moi, que le déplacement d'air avait failli jeter à terre, commencions à monter le col à notre allure habituelle de grimpeurs, c'est-à-dire lentement mais sûrement.

La vérité m'oblige à dire que dans l'optique cyclosportive de l'événement, nous avions beaucoup plus l'air de Laurel et Hardy que de Poulidor et Jimenez. Mais le côté insolite de notre participation semblait échapper au public qui nous encourageait très gentiment au passage, sans aller toutefois jusqu'à nous pousser car si nous n'avions pas l'air de coureurs, nous avions tout de même l'allure de cyclistes.

Au bout de quelques kilomètres, nous rattrapâmes Albina qui peinait visiblement. Nous restâmes derrière elle. Il était évident qu'elle pouvait à peine appuyer sur ses pédales et souffrait mille tortures. Enfin elle n'y tint plus et mit pied à terre.

— Bon, dit-elle, allez-y ! Dites-le !

— Dire quoi ?

— Que j'ai eu tort d'aller nager ! Pourquoi Jean-François il peut et pas moi ?

— Parce que Jean-François est un athlète et pas nous. Nous ne pouvons pas tout nous permettre. En selle, Albina !

— Zut ! dit Albina. Je ne continue plus ! Je n'irai plus jamais à la piscine, mais aujourd'hui j'arrête. Je ne peux plus.

Une voiture amie arrivait à notre hauteur. Albina y prit place tandis qu'en un tournemain on attachait son vélo sur le toit.

— Hey ! dit Albina en passant une figure réjouie par la portière. En tout cas, la natation il va très bien avec l'automobile !

Nous continuâmes, avec Antoine, notre ascension pondérée. La route grouillait de cyclistes partis à différentes heures et maintenant éparpillés sur le chemin au gré de leurs capacités. Des vieux et des jeunes, des grands et des petits, des sobres et des multicolores, des poussifs et des glorieux. La gendarmerie détournait par des routes de traverse des automobilistes médusés qui croyaient la fin de leur monde arrivée et en faisaient grincer leurs vitesses de désarroi.

Parfois nous dépassions des jeunes gens partis trop vite et qui gisaient dans l'herbe du fossé. Parfois, au contraire, nous étions dépassés par des sexagénaires ébouriffants qui grimpaient comme des fusées intersidérales. Nous rattrapâmes un octogénaire jovial et tout disposé à faire la conversation. Il nous confia qu'il avait « fait » le col deux fois la veille pour reconnaître le parcours.

— Le prochain centenaire qui me double, dit Antoine, j'abandonne le vélo et je me consacre au mah-jong.

Dans un virage, près du sommet, Albina, qui avait retrouvé toute sa vitalité, nous attendait pour nous encourager.

— Après le tournant, cria-t-elle, vous allez dépasser un tricycle !

De fait, le cœur empli d'une légitime fierté, nous le doublâmes juste avant la ligne d'arrivée. Albina s'y trouvait déjà, près du chronométreur.

— 1 h 6 ! dit-elle.

Puis elle ajouta qu'elle nous trouvait formidables, ce qui prouve qu'il faut toujours emmener Albina quand on fait une compétition.

Après l'épreuve, les discours devant la stèle de Vélocio qui se trouve au sommet du col et la remise des médailles (pas à nous ! pas à nous !), la Journée Vélocio comporte toujours un pique-nique gigantesque offert par les organisateurs.

Celui qui n'a jamais vu 1 500 cyclistes pique-niquer dans une clairière à côté de 1 500 bicyclettes n'a qu'une faible idée de ce que représente le verbe « saucissonner ». C'est un spectacle hallucinant, surtout si l'on considère que chaque cycliste étant accompagné d'un ami au moins, cela fait environ trois mille personnes qui pépient, rient, chantent, mangent, boivent et se racontent, principalement, des histoires de bicyclette.

La note artistique et culturelle est donnée par un participant qui, chaque année, gravit le col avec son cor de chasse en bandoulière et en offre un petit récital fort apprécié des mélomanes.

Albina ayant, comme tout le monde, reçu son petit panier-repas et y ayant découvert les vertus du chirouble tenta d'évaluer, au dessert, combien 1 500 quarts de poulet froid font de poulets entiers capables de pondre 1 500 œufs durs. Ces jeux de l'esprit s'étant révélés plus pénibles encore que la montée du col, elle y renonça vite et se leva en s'ébrouant.

— Finalement, dit-elle, je ne sais toujours pas la vraie, complète et véridique histoire de Vélocio.

À ces mots, cinquante octogénaires, une centaine de septuagénaires et divers autres jeunes gens se levèrent et se mirent à parler tous à la fois. Mais l'un d'eux, au visage de druide, leva la main pour leur imposer silence et sauta sur un tronc d'arbre renversé.

— En ce temps-là, commença-t-il, Vélocio parlant à ses disciples...

Et tandis que la voix du druide s'élevait et disait la loi, le peuple de la clairière se tut et tous, hommes, femmes, enfants et bicyclettes, écoutèrent dans le recueillement.

Stanislas est un gentleman

— Vous aurez beau faire et beau dire, dit Stanislas, on rencontre moins de gens distingués dans le cyclisme que dans le golf.

— C'est un point de vue, dit Antoine. On rencontre aussi moins de gens amusants dans la finance que dans le théâtre.

— Je ne vois pas le rapport.

— Il n'y en a pas. C'est comme ça, c'est tout.

Ils sont en train d'aider Daniel à réparer son dérailleur. C'est-à-dire que Daniel, son vélo suspendu à deux crochets, a du cambouis jusqu'aux coudes tandis qu'Antoine et Stanislas, assis sur des caisses, fument tranquillement en lui donnant de temps en temps des conseils contradictoires.

Stanislas est un garçon d'une trentaine d'années, héritier d'un grand nom et assez fortuné quoique n'en tenant rigueur à personne. Il fait volontiers du vélo avec ses amis qui ne lui reprochent que deux manies, d'ailleurs innocentes : il n'arrive pas à tutoyer les gens et ne s'habitue pas à ce laisser-aller oral et vestimentaire que, malheureusement, certains cyclistes ont tendance à confondre avec une simplicité de bon aloi.

— Chi la chaîne ne fasse fas chur le dergnier fignon, dit Daniel qui a une clé à tube entre les dents. Qu'estche qu'il faut faire ?

— Tendre le câble, dit Antoine.

— Ou le détendre, dit Stanislas. C'est selon.

— Qu'est-ce que tu voudrais, en somme ? dit Antoine à Stanislas. Que l'on fasse du vélo en gibus et gants blancs ?

— Ne soyez pas ridicule. Vous savez très bien ce que je veux dire. J'ai vu, cet été, des gens descendre de bicyclette en maillots de corps, en sous-vêtements, sales et débraillés et s'interpellant l'un l'autre en termes ostensiblement vulgaires. Ce n'est pas ma conception d'un sport distingué.

— Ni la mienne, dit Antoine. C'est pourquoi nous essayons toujours, par la vertu de l'exemple, de faire renoncer ces personnages voyants à leurs comportements nuisibles. Mais tu sais...

— Je sais. Mais pourquoi diable ne pourrait-on faire de la bicyclette sans cesser de se comporter en gentleman ? Je ne dis pas cela pour vous, bien entendu.

— C'est dommage, dit Daniel qui vient de casser son câble de dérailleur. J'allais justement dire un gros mot.

— Faites, je vous en prie, dit Stanislas. Il y a des moments où c'est indispensable pour la santé, paraît-il.

— Eh bien, dit Antoine pour dire quelque chose, tu peux toujours aller faire des courses de gentlemen, tu seras en bonne compagnie.

Stanislas est étonné. Peu porté sur le côté cyclosportif du cyclisme, il ignorait qu'il y eût des courses de gentlemen.

— Tu t'inscris dans ta catégorie d'âge, dit Daniel, et tu cours. Il n'y a rien de plus simple. Il y en a une dimanche en 15.

— Et ce sont tous des gentlemen ?

— Tous ! dit Antoine. Ils t'étonneront toi-même tellement ils s'expriment avec distinction.

— Pour tout dire, dit Daniel, si tu ne surveilles pas ton langage, tu auras l'air d'un débardeur. L'année dernière, ils ont disqualifié un type qui avait dit « zut ».

— J'avoue que je serais curieux de voir cela, dit Stanislas. Viendriez-vous avec moi, le cas échéant ?

— T'encourager, oui, dit Antoine ; mais courir, non. Nous ne sommes pas des cyclistes rapides, nous, mais des randonneurs au long cours. « Vite mais près, pas vite mais loin, et jamais vite et loin ! » Telle est notre devise.

— Et puis, dit Daniel, on devient grossier quand on crève.

Les épreuves dites « de gentlemen » ne sont pas exactement ce qu'Antoine et Daniel font croire au candide Stanislas. Non que les gens bien élevés en soient exclus, bien au contraire, mais le terme de « gentleman » n'a pas ici la même signification exclusive que dans les statuts du Jockey-Club. En fait, il s'agit tout bonnement de courses cyclistes réservées à des messieurs qui ont passé l'âge d'être coureurs, sans même qu'il soit indispensable qu'ils l'aient été.

Ce dimanche-là, il y a une vive animation sur la route de Champallier où se dispute le XXe Grand Prix d'honneur des Gentlemen. Des cyclistes de tous âges et de toutes conditions se préparent à s'affronter dans le sillage d'un entraîneur à bicyclette, comme le veut le règlement. Cela bouge, rit, parle, s'échauffe et s'explique dans un grand brouhaha coloré et sympathique, que couvre parfois la voix d'un haut-parleur rappelant les consignes ou appelant un concurrent. Les entraîneurs sont, pour la plupart, de jeunes coureurs de clubs locaux qui viennent bénévolement servir de coupe-vent à leurs aînés. Habitués à des compétitions plus sévères, ils considèrent avec une indulgence amusée ces braves gens qui vont jouer au coureur et déambulent placidement, de la démarche étrange que leur donnent les cales qu'ils ont sous les pieds.

C'est un rendez-vous amical, une rencontre, une occasion de jouer ensemble au grand jeu du vélo, et c'est assez dire que tout ce joli monde est heureux comme il n'est pas imaginable.

Stanislas descend de voiture et, tandis que Daniel et Antoine détachent son vélo, il considère cette foule joyeuse avec une certaine perplexité. Beaucoup de concurrents, dans la joie de l'événement, se sont vêtus de façon bariolée et il se sent, dans son costume cycliste sombre, un peu incongru.

Comme ils s'approchent du gros de la mêlée, le haut-parleur crie son nom et l'informe qu'il a pour entraîneur Louis D., qu'ils portent tous deux le dossard n° 23, qu'il est dans la catégorie des trente à quarante ans, qu'ils partiront une minute après les quarante à cinquante ans et qu'ils veuillent bien s'approcher, s'il vous plaît, de la ligne de départ et plus vite que ça parce qu'on a déjà un quart d'heure de retard, et merci d'avance !

Antoine repère l'entraîneur n° 23 et l'amène à Stanislas qui lui serre la main et lui dit en termes choisis tout le plaisir qu'il a à faire sa connaissance et à partager avec lui...

— Ouais, moi aussi ! dit Louis D., dit Loulou. J'espère que ça va gazer !

C'est un jeune coureur amateur, assez petit mais heureux propriétaire de cuisses comme ça et de mollets *ad hoc*. Il fait une excellente impression sur Stanislas jusqu'au moment où il s'écrie :

— Merde ! Je viens de péter deux rayons à ma roue arrière !

Stanislas regarde Antoine qui lui dit qu'il y a des moments où jurer est indispensable pour la santé, et que ce moment-ci est précisément l'un de ces moments-là, car le départ est dans quatre minutes et qu'il n'est plus question de remplacer deux rayons dans un délai aussi court.

Le haut-parleur, dûment averti du drame, entre en action et demande d'une voix pressante si, des fois, y aurait pas quelqu'un qui aurait un vélo à cadre court à prêter à Loulou, et merci d'avance !

Il se produit un remous dans la foule et un aimable quoique verdâtre quinquagénaire offre son vélo à Louis D. en expliquant qu'il vient d'être pris d'un malaise inexplicable et qu'il doit renoncer à courir. Après quoi il s'assied dans l'herbe, se tient l'estomac à deux mains et jure à voix basse en devenant plus vert encore.

Daniel emmène Stanislas sur la ligne de départ en lui expliquant qu'un gentleman malade de l'estomac a le droit de jurer, article 32 du règlement.

Les concurrents s'alignent, Loulou bien devant Stanislas, et pan ! les voilà partis.

Tout d'abord, Stanislas est fort étonné par la vitesse à laquelle cela démarre. Il pensait avoir le temps de se mettre en train progressivement et voilà qu'il lui faut s'accrocher comme un beau diable pour rester dans le sillage de Louis D. Pourtant il y parvient et rive son regard sur la roue arrière de son entraîneur, jusqu'au moment où il a suffisamment pris la cadence pour regarder autour de lui ce que deviennent ses concurrents.

Il y en a devant et il y en a derrière. Stanislas se dit que si tous souffrent autant que lui en ce moment, il a une petite chance de terminer au milieu du classement, ce qui lui ferait déjà bien plaisir.

En fait, ils vont tous beaucoup trop vite pour leur âge. Anciens coureurs ou dilettantes, ils ont passé le temps des prouesses physiques et certains même sont possesseurs d'un petit ventre cossu qui leur donne un profil sans rapport avec le personnage qu'ils jouent. Mais la joie du vélo, l'ambiance bruyante et chaleureuse, la griserie de la compétition sont telles qu'ils oublient, grâce au Ciel, de raisonner et que même ceux que l'on dépasse se surpassent, dans un grand élan de jeunesse retrouvée.

Loulou, lui, se promène. Un petit 35-40 à l'heure des familles, qui permet de regarder le paysage. De temps en temps il tourne la tête pour voir si son poulain suit bien. Il le trouve un peu congestionné et se dit qu'il fera bien de réduire sa vitesse en attaquant la côte du Lavoir, s'il ne veut pas avoir un cadavre sur les bras.

Le circuit de cinq kilomètres doit être fait huit fois. Au beau milieu, la côte du Lavoir, courte mais bête et méchante, achève de démoraliser Stanislas, tellement qu'il ne pense même pas à changer de vitesse.

C'est une côte brève mais dure qui commence de façon abrupte, pose son problème à brûle-pourpoint et assène sur les reins un coup de bâton douloureux.

— Déraillez donc ! dit Loulou.

Stanislas déraille mais, en plein effort, c'est une opération qui va rarement sans grincement de dents. L'élan coupé, Stanislas zigzague, se hisse comme il peut au sommet de la côte, refait péniblement l'écart qui le sépare maintenant de Loulou et s'aperçoit qu'il n'y a plus personne derrière lui et qu'il est bel et bien le dernier.

— Flûte ! dit-il.

Loulou relance sa vitesse progressivement et comme, après une côte il y a généralement une descente, Stanislas reprend un peu courage.

À la fin du premier tour, il distingue Antoine et Daniel qui l'encouragent quand il passe devant eux, mais il préfère ne pas leur répondre parce qu'il a juste assez de souffle pour survivre jusqu'à la prochaine ascension de la côte du Lavoir.

Au quatrième tour, après avoir été dépassé par les vingt et trente ans partis une minute après lui et quelques quarante à cinquante ans qui lui ont pris un tour, il se dit que lui aussi, après tout, est un randonneur au long cours et pas un coureur cycliste, qu'il ne voit pas ce qu'il est venu faire dans cette galère, qu'il va finir par y laisser la santé et que s'il faut qu'il monte cette côte du Lavoir une fois de plus, il va certainement éclater en sanglots, ce qui ne s'est jamais vu dans sa famille.

Alors il fait « Hého ! » pour avertir Loulou, freine, descend de vélo, s'assied dans l'herbe et dit :

— J'abandonne !

Loulou est perplexe. Il regarde Stanislas haleter et se demande s'il va falloir qu'il le ramène sur son dos jusqu'à la ligne d'arrivée. Puis il avise sur son vélo d'emprunt un bidon de coureur, le secoue pour écouter s'il contient du liquide, le débouche, le flaire, décide qu'il s'agit d'eau fraîche et le tend à Stanislas qui boit goulûment au goulot inconnu, lui qui au restaurant essuie toujours furtivement ses couverts.

Son souffle revient peu à peu et ses forces aussi.

— Alors ? dit Loulou. On rentre à pied ou doucement à vélo ?

— Rentrer ? Où ça ? dit Stanislas.

— Ben... à l'arrivée ! Vous abandonnez, non ?

— Non, je ne crois pas, dit Stanislas. Je vais un peu mieux et je crois que je vais terminer. Dernier, mais présent ! comme disait le baron Urbain, mon ancêtre.

— Si c'était pas un championnat qu'il courait, dit Loulou en enfourchant sa bicyclette, il avait bien raison.

De fait, le quatrième tour se termine mieux qu'il n'a commencé. Le cinquième tour voit la résurrection de Stanislas et, au sixième tour, il attend toujours la côte du Lavoir alors qu'il l'a grimpée depuis déjà deux minutes.

Stanislas ne sait pas exactement ce qui lui arrive. Il ne sent absolument plus son corps, ni ses jambes, ni ses bras, ni rien. Il lui semble que toute sa vie s'est concentrée dans ses yeux qui regardent la route devant lui et les concurrents qu'il rattrape et dépasse un à un. Il se dit que c'est bizarre, vraiment, comme on change de moral d'une minute à l'autre et que sur sa lancée, tiens, il irait bien au Vigorelli s'essayer au record de l'heure s'il n'avait pas le lendemain rendez-vous avec son dentiste.

Il est vaguement inquiet de ne plus sentir ni fatigue ni douleur car il sait bien que c'est anormal, mais il n'a pas vraiment le temps d'approfondir le mystère car il lui semble qu'il va à une vitesse supersonique et il a fort à faire pour éviter de toucher la roue arrière de Loulou qui paraît lambiner.

Antoine et Daniel, sur la ligne d'arrivée, n'en croient pas leurs yeux. Alors qu'ils considéraient déjà Stanislas comme perdu corps et biens et regrettaient un peu de l'avoir sournoisement entraîné dans cette affaire, ils le voient refaire son retard à chaque tour.

— Ce qui m'épate le plus, dit Daniel, c'est quand il

lâche son guidon en passant devant nous et qu'il crie : « Salut les gars ! »

Une rumeur commence à parcourir la foule. Ce concurrent tout de sombre vêtu et qui dépasse les meilleurs étonne les connaisseurs qui consultent leur programme à la recherche de son nom.

Au septième tour, c'est un démon déchaîné qui passe la ligne. Loulou n'est plus en promenade : il a pris le guidon par en dessous et tire dessus de toutes ses forces tandis que derrière lui, forcenée et pressante, la voix de Stanislas répète :

— Plus vite ! Plus vite ! On les a ! On les aura ! En avant ! Chargez ! Plus vite ! et autres invitations à aller de l'avant, qui laissent pantois Louis D. qui se demande comment ce type arrive à parler tant tout en pédalant aussi vite.

À mi-côte du Lavoir, Loulou a la surprise de sa vie : une masse sombre le dépasse en trombe et il lui faut quelques secondes pour comprendre qu'il n'entraîne plus personne, mais que son « gentleman » vient de le laisser sur place. Un peu indigné tout de même par tant d'ingratitude, il serre les dents et parvient à le rattraper, mais c'est bien parce qu'il est coureur cycliste, qu'il a un sérieux entraînement et que sa petite amie est sur la ligne d'arrivée.

Dans le public, c'est du délire ! Au bout de la dernière ligne droite la silhouette sombre apparaît, complètement couchée sur sa bicyclette, et fonce comme une bombe aux cris cent fois répétés de « Sta-nis-las ! Stanis-las ! » Sur la ligne d'arrivée, les officiels barrent la route en souriant, de bonnes paroles déjà sur les lèvres. Ce n'est qu'au tout dernier moment qu'ils se rendent compte que Stanislas n'a aucune intention de freiner et ils n'ont que le temps de s'écarter pour laisser passer le bolide qui entreprend un neuvième tour. Loulou, lui, s'arrête, écœuré. Les huit tours réglementaires sont faits, et de toute façon il a conscience de n'être plus d'une grande utilité. Bien honnête, il cherche le quinquagénaire verdâtre pour lui rendre sa bicyclette et le retrouve où il l'avait laissé, assis dans l'herbe et guère plus reluisant.

— Je boirais bien un peu d'eau, dit à Loulou cette épave frissonnante.

— Ben, tenez, voilà votre bidon, dit Loulou. J'en ai fait boire un peu à...

— Oh ! non ! dit l'autre en repoussant le bidon avec un geste d'horreur. Pas de ce truc-là ! *Plus jamais de ce truc-là !*

Et Loulou comprend soudain pourquoi Stanislas, sous les acclamations de la foule, entame son dixième tour de circuit en criant : « Mort aux vaches ! »

Parmi les connaisseurs, le doute n'est plus permis : Stanislas a « pris quelque chose », selon la formule pudique en usage dans certains milieux. Les officiels se regardent avec des mines de chaisières et se confient en chuchotant que si même les « gentlemen » s'y mettent, c'en est bien fini de toute pureté sportive.

Après que deux cyclistes de bonne volonté se sont portés à la hauteur de Stanislas et l'ont arrêté en le retenant par sa selle, après que les officiels tous sourires disparus ont éliminé Stanislas, classé premier un brave homme arrivé frais comme l'œil cinq minutes après lui et soupiré beaucoup sur l'immoralité d'une certaine classe sociale, Antoine et Daniel penauds ont récupéré leur ami et l'ont installé sur la banquette arrière de la voiture, où il chantonne doucement en agrémentant ses couplets de hoquets incongrus.

Le vélo sur le toit, ils reprennent la route et roulent longtemps sans échanger une parole. Puis Stanislas s'accoude au dossier de la banquette avant et ricane.

— Éliminé parce que j'ai battu tout le monde ! dit-il. Ces gens ont une curieuse conception du sport, mes bons amis, permettez-moi de vous le dire !

Il a un hoquet et ajoute :

— Vous aurez beau dire et beau faire, ce n'est pas au golf qu'on verrait cela !

Albina au-dessous de zéro

Albina sonne à ma porte à neuf heures du matin et fronce ses sourcils givrés.

— Mhwwbhmplmbbwpm ? mwwhmppwhmmpphm ! dit-elle d'une voix laineuse.

— Baissez un peu votre col roulé, dis-je, et articulez.

Elle dégage sa bouche et sa phrase jaillit au sein d'un nuage de buée :

— Vous avez vu le température ? 8 sous le dessous du zéro !

— C'est une température idéale, dis-je. Ne vous laissez pas affoler par les chiffres. En Fahrenheit, c'est encore plus impressionnant.

Je l'ai convaincue (non sans mal, on s'en doute) que l'hiver et ses rigueurs n'arrêtaient en rien les promenades à bicyclette. Il est tout à fait ridicule d'affirmer qu'il fait trop froid pour aller à vélo alors qu'on fait la queue à la gare de Lyon pour aller aux quatre cents diables faire du ski. Je n'ai rien contre le ski ; j'en ai fait. Et bien que la manie que j'ai de m'arrêter au bas des pistes en m'accrochant aux gens me fasse considérer comme un pas fréquentable, je reconnais que c'est un sport digne d'intérêt. Mais entre le fait de se faire bêtement tirer au haut des pentes par une ficelle et celui de gravir des côtes à la force de ses jarrets, il y a des degrés. Et ce sont précisément ces degrés-là qui font que l'on n'a pas froid à vélo.

— Eh bien, moi, dit Albina, j'ai froid !

— Parce que vous restez là à parler de ski ! Allons, en selle et en route !

Un bonnet sur les oreilles, le col remonté sur le nez, des lunettes, des gants fourrés et de la laine partout, on ne peut pas avoir froid à moins d'y mettre de la mauvaise volonté.

— Je n'ai pas du mauvais volonté, dit Albina, j'ai du mauvais circulation.

— Précisément, le vélo remédie *aussi* à cela ! Pédalez, s'il vous plaît, et mieux que cela !

— Ne me dites pas que j'ai encore des choses à apprendre ! Je sais lâcher mon main gauche et mon...

— Vous savez freiner des deux freins à la fois, vous savez regarder derrière vous sans donner l'impression que vous êtes ivre, vous savez relever la pédale qui est à l'intérieur du virage et vous pensez, maintenant, à ôter vos pieds des cale-pieds quand vous vous arrêtez. Je sais ! Mais vous ne savez pas encore pédaler.

— De toutes les choses incroyablement *preposterous* que j'ai entendues...

Il faut toujours qu'elle discute ! Certes, cela lui développe les poumons, mais le vélo pratiqué en silence suffit amplement à atteindre ce but.

C'est pourtant vrai qu'elle ne sait pas pédaler. Comme tous les gens à qui on ne l'a pas appris, d'ailleurs. Je la regarde présentement rouler devant moi : elle donne littéralement des coups de pied à ses pédales, se déhanche et roule des épaules, ceci étant d'ailleurs la conséquence de cela. Elle se fatigue dix fois plus qu'il ne convient, pour un résultat très médiocre.

— Vous pédalez, dis-je, comme un canard atteint de sciatique.

Albina freine, descend de vélo, appuie celui-ci contre un arbre et boude. Et une Américaine qui boude, c'est pire qu'une Américaine qui discute.

— Allons, Albina, ne boudez plus ! Il faut bien que je vous apprenne à...

— Coin ! Coin ! Coin ! fait Albina.

— Bon, je retire le canard ! Mais remontez à vélo, vous allez prendre froid.

— Ah ! Vous voyez bien qu'il fait trop froid pour faire du veylow !

— Mais en ce moment vous ne faites pas de vélo, vous boudez !

— Il ne fait jamais trop froid pour bouder. À le Alaska, j'ai boudé par 30 sous le dessous du zéro !

— Bien ! dis-je en remontant en selle. Voyez comment il faut faire : accompagnez la pédale jusqu'au bout en baissant la pointe du pied, poussez vers l'arrière et soulagez du poids de votre jambe la pédale qui remonte.

— C'est trop compliqué, dit Albina. J'apprendrai cet été. Mon intelligence de canard est tout glacé.

— Tournez sans secousse en faisant fonctionner la cheville. Cela donne un coup de pédale harmonieux, efficace et sans à-coups.

— Vous allez vous geler la langue, dit Albina qui boude toujours.

— Cela fait travailler toute la jambe, empêche la formation de cellulite et...

— Hey !

— Hey, quoi ?

— Cela empêche *vraiment* le *cellulitis* de venir ?

— Absolument !

— En selle ! crie Albina en sautant sur son vélo.

Le temps que je la rattrape, elle a déjà fait un bon kilomètre et pédale déjà beaucoup mieux.

— Il faut dire en premier les choses les plus importants, dit-elle.

— Soulagez le poids de la jambe qui remonte et, mieux, tirez légèrement sur la pédale montante grâce à la courroie du cale-pied.

— C'est vrai ! dit Albina. C'est extraordinaire ! Ça change tout, comme on disait à Christopher Colombus.

— Quoi ? (La conversation d'Albina est imprévisible.) Qui a dit « ça change tout » à Christophe Colomb ?

— Le Bureau d'immigration, il paraît, quand ils ont su qu'il était génois ! Ils croyaient il était cubain !

Je lui fais monter une ou deux côtes en l'encourageant encore à étudier son coup de pédale sans lequel on ne peut aller bien loin ni bien facilement et qui, s'il n'est pas bien exécuté, fait toujours ressembler le cycliste le plus élégant à un cultivateur qui rentre des champs, sa rude journée terminée. Elle fait rapidement des progrès et en convient car elle a une excellente nature.

— C'est vrai, ça monte mieux, dit-elle, et je n'ai plus froid. Au ski, des fois, j'ai froid.

— En descendant ?

— *No !* En faisant la queue au remonte-pente !

— Ne me parlez pas de cet engin. Le seul ski qui mérite le nom de sport, c'est le ski de fond.

— Mais...

— Vous vous voyez vous faire hisser vingt fois dans la journée au sommet de l'Iseran pour le seul plaisir de le descendre vingt fois à bicyclette ?

— Je...

— Vous appelleriez cela faire du sport ?

— Mais...

— Alors, ne discutez pas !

— Vous me rappelez mon frère Jerry quand il parle à ses soldats, dit Albina. Le même respect, exactement, pour les opinions des autres.

— Je n'oblige personne à faire du vélo.

— Jerry non plus, il n'oblige personne à être Marine. Mais quand ils sont, ils voudraient qu'ils ne sont plus.

— Eh bien, ne soyez pas cycliste. Vous êtes libre.

— Oh, *no !* dit Albina. J'aime le veylow malgré que vous êtes là !

Il y a un silence.

— À quoi vous pensez quand vous roulez ? dit Albina.

— À tout et à rien, selon les moments. Je pense que j'ai bien de la chance d'aimer le vélo, je pense au paysage que je traverse, aux gens que je rencontre, à la dernière sortie, au prochain voyage, au temps qu'il fait ou qu'il fera, je pense à travailler mon coup de pédale, je surveille mon style...

— Pour être beau ?

— Pour être efficace. Pour avancer mieux en me fatiguant moins. Je pense à la route, je pense aux vacances. En ce moment, je pense à vous parce que si vous vous obstinez à rouler sur le bas-côté de la route, vous allez crever.

— Pourquoi là plus qu'ailleurs ?

— Parce que c'est surtout là que sont les silex et les clous. Je pense que vous allez crever et que vous ne savez pas encore réparer et que vous n'avez sûrement pas ce qu'il faut, de toute façon, et que...

— Ne pensez plus ! dit Albina. Vous pensez trop.

Sur la route, Albina est très étonnée par le nombre de cyclistes que nous croisons (mais rien n'étonne les non-cyclistes comme les cyclistes). Seuls ou en groupes, bien emmitouflés, ces congénères nous saluent de la main au passage et moulinent gaiement, faisant circuler leur sang et travailler leur cœur et leurs poumons. C'est un spectacle autrement réconfortant que celui que donnent ces jeunes gens débiles et pétrolettisés qui, casque en tête et vautrés sur du faux léopard, font beaucoup de bruit et de fumée et se prennent, à cinquante à l'heure, pour les Fils de la Tempête.

— Froid, Albina ?

— Non, plus maintenant. Dessous le laine, je suis comme une bain turc. Regardez le dame, devant nous. C'est incroyable comme il y a des gens qui pédalent mal. On va la rattraper.

Une robuste fermière nous précède en effet sur la route. Juchée sur un vieux vélo poussif et grinçant, les talons bien calés sur les pédales, les genoux écartés, elle avance en tanguant au rythme des saccades que ses grosses jambes impriment à sa bicyclette.

Albina se courbe sur son guidon, soigne son style et la double victorieusement (et sans gloire !). Je suis sûr qu'en ce moment elle se prend pour Anquetil. Moi, dans ces moments-là, je me prends pour Louison Bobet, mais je suis d'une autre génération.

— Vraiment, dit Albina quand je la rejoins, vraiment il faut bien le dire, il y a des femmes qui ont seulement la *cellulitis* qu'elles méritent !

Patrice et le chemin de fer

Patrice mit sa sacoche de guidon et sa pompe dans le filet à bagages et s'assit dans son coin-fenêtre-sens-de-la-marche, le front soucieux et l'âme agitée de noirs pressentiments : il avait fait, la veille, enregistrer sa bicyclette.

Chaque fois qu'il le pouvait, Patrice commençait ses randonnées et ses voyages en partant à vélo de chez lui. Dans certains cas, il rejoignait en automobile le point de départ de son circuit, en mettant son vélo sur le toit, ce qui n'a pas que des avantages. Dans d'autres occasions, les circonstances rendaient inévitable l'usage du chemin de fer, ce qui n'offre que des inconvénients.

Avant de s'installer dans son wagon, il avait été fouiner du côté des bagages pour s'assurer que sa bicyclette était bien partie. Il ne l'avait vue nulle part mais, vieux randonneur, il n'était pas entièrement rassuré pour autant. Ce n'est pas le départ d'une bicyclette qui permet d'apprécier la qualité des services de la S.N.C.F., c'est son arrivée.

Il alla déjeuner au wagon-restaurant et oubliait un peu ses craintes quand la vue d'un vieux vélo rouillé dans le fossé le ramena à sa grande préoccupation. Il imagina le spectacle affreux de cheminots facétieux jetant des bicyclettes par la porte du fourgon à bagages au cri de « Prenez le train, c'est moins cher ! » et frissonna comme s'il avait eu la fièvre. Il termina son déjeuner dans un grand état de mélancolie et, de retour dans son compartiment, se plongea dans la lecture de ses cartes routières pour se changer un peu les idées.

À Vergny-sur-la-Theule, comme le soir tombait, il récupéra sa sacoche et sa pompe dans le filet à bagages, descendit du train et se dirigea empli d'appréhension vers le local où l'on délivrait les bagages. C'était une grande pièce sombre et froide, mal éclairée par une pauvre ampoule qui faisait vaguement briller les chromes de quelques vélos empilés dans un coin.

Le cœur battant, Patrice essayait de deviner sa précieuse machine dans cet amas de ferraille, quand l'employé qui avait pris son billet vint demander ce qu'il pouvait faire pour son service. Patrice lui tendit son bulletin.

— Un vélo ? dit l'homme. C'est pas ça qui manque.

— Vert métallisé, avec une selle noire, dit Patrice.

Le préposé s'éloigna en fredonnant vers le recoin obscur, déchiffra les étiquettes qui ornaient les vélos et revint du même pas égal.

— L'est pas arrivé, dit-il avec une superbe indifférence.

Patrice sentit une sueur glacée lui descendre le long de l'échine. Il devait quitter Vergny-sur-la-Theule à l'instant même sur sa bicyclette pour rencontrer à Vœuvres, deux heures plus tard, Thomas, qui, lui, venait de Plagny-en-Versois. Tous deux devaient rejoindre un groupe d'amis à Châteaubel, à une heure très précise au-delà de laquelle on ne les attendrait plus. Cela ressemblait à un difficile rendez-vous orbital entre capsules astronautiques et, à la précarité de la marge permise, on voit que la situation était on ne peut plus grave.

— Cherchez bien, dit-il à l'homme. Je l'ai expédié hier matin de bonne heure. Il doit être ici !

— Eh ben, il y est pas ! dit l'autre. C'est des choses qui arrivent, ça. Venez voir au train de demain matin, des fois.

Patrice grinça des dents. Demain matin ! Demain matin ils devaient être à cent kilomètres de là avec Thomas qu'il n'avait, sur le moment, aucun moyen de prévenir de ce contretemps et qui allait l'attendre en vain.

Sans se soucier des consignes affichées sur un carton sale, il franchit le portillon et alla lui-même inspecter les vélos, suivi par l'employé qui ne comprenait pas que l'on prît les choses tant à cœur pour une simple bécane. Il lui fallut se rendre à l'évidence : sa bicyclette n'était pas là. Quatre ou cinq vélos bons pour la ferraille s'entr'écaillaient l'un l'autre ce qu'il leur restait d'émail. L'un d'eux était à plat, un autre avait une roue voilée, tous étaient boueux. Patrice frissonna en pensant que sa randonneuse aurait pu se trouver en semblable compagnie. Puis il se reprit et regretta, au contraire, qu'elle ne s'y trouvât pas. Il voulut nier l'évidence.

— Ce n'est pas possible, dit-il. J'ai bien insisté, hier matin, pour que mon vélo parte le jour même. On me l'a promis. D'ailleurs, j'ai regardé avant de partir, il n'était plus là-bas. Donc il est parti, donc il est ici.

— Ou ailleurs, dit le préposé avec une aimable philosophie. Ça arrive tout le temps, vous savez. Après Vergny-sur-la-Theule, il y a Mondon-sur-la-Theule et, plus loin, Sermançay-sur-la-Theule. Alors, des fois, on se trompe. Il n'y a que ceux qui ne font rien qui ne se trompent pas !

— Eh bien, dit Patrice, téléphonons à Mondon et à Sermançay.

— Oh ben ! Ils vont bien s'en apercevoir tout seuls que ce n'est pas pour eux ! Ils le renverront par le train de demain midi. Ça arrive tout le temps. Moi, si j'étais vous...

Mais pour son malheur, il n'était pas Patrice et il lui fallut téléphoner. D'abord à Mondon.

— Allô ! La gare de Mondon ? C'est Joseph ? Ici, c'est Albert. Ben, ça va ! et toi ? Ah ! il est rentré du service ? Comment il va ?... Tu lui diras le bonjour !... Oh ! c'est sûr qu'il me connaît, on était à Parroubes ensemble... Ben ! tu parles !... Et Odette, ça va ?... Toujours ses douleurs ?... Germaine aussi ! Elle prend des cachets et des trucs, mais ça va ! Et puis quand ça va pas, on fait aller, hein ? Bon !

eh ben ! Salut à tout le monde, hein ? et embrasse... Ah ! Oh ! Eh, dis donc, à propos ! T'aurais pas des fois un vélo qui serait pas pour toi ? J'ai ici un monsieur qui... Eh ?... Ah !... T'as pas un seul vélo ? Alors comme ça c'est plus vite cherché ! Allez, merci et bonsoir, hein !

Il se tourna vers Patrice qui avait commencé à déchiqueter sa casquette avec ses dents et l'informa qu'il n'y avait pas un seul vélo en souffrance à Mondon-sur-la-Theule, ce qui était, dans un sens, assez rassurant.

La conversation téléphonique reprit, dans ses grandes lignes, avec Lucien, de Sermançay. Après une longue digression sur la culture des tomates et une non moins longue attente pendant laquelle Lucien allait vérifier les étiquettes de ses bicyclettes, il fallut se rendre à l'évidence : le vélo n'était pas à Sermançay non plus.

— Alors, où est-il ? dit Patrice.

— Allez savoir ! dit Albert en haussant les épaules comme qui évoque les mystères du cosmos. Passé Sermançay, y a des chances pour qu'il finisse à Toulouse ! Ou alors, s'il attrape la correspondance avec le 8 648, il va peut-être arriver à Belfort ! C'est arrivé un jour avec une tondeuse à gazon !

Patrice s'assit sur un banc et médita sombrement. Son vélo, son beau vélo vert métallisé, avait bel et bien disparu. Et que pareille mésaventure soit arrivée jadis à une tondeuse à gazon ne le réconfortait nullement. Bien au contraire.

Tous ses pressentiments se réalisaient. Il connaissait mille histoires de ce genre où des cyclistes avaient vu leurs bicyclettes s'évanouir entre deux gares, puis réapparaître quinze jours plus tard dans un état tel que la question se posait de savoir si elle avait été traînée à l'aide d'une corde, sur le ballast, derrière le train, ou si des cheminots désœuvrés avaient tué le temps du voyage en en sculptant l'émail à l'aide d'un burin. Le téléphone sonna et Albert, après avoir parlé dans l'instrument, vint vers lui, rayonnant.

— C'est Lucien qui rappelle, dit-il. En déplaçant des caisses, il a retrouvé un tandem. C'est pas à vous, des fois ?

Patrice secoua négativement la tête et eut une pensée émue pour les camarades qui attendaient leur tandem du côté de Saint-Brieuc, de Roubaix ou d'Hendaye.

Il alla prendre une chambre à l'hôtel de la Gare et des Deux Hémisphères, dîna sans appétit et dormit d'un sommeil agité.

Le lendemain matin, il était à la gare dès potron-minet. Albert l'accueillit comme une vieille connaissance et lui offrit une tasse de café.

Les quelques trains qui s'arrêtèrent à Vergny-sur-la-Theule dans la journée n'apportèrent aucune nouvelle de la bicyclette de Patrice. Albert, entre deux coups de sifflet, s'employait à le réconforter de son mieux en lui démontrant que les bicyclettes n'étaient pas les seules victimes de ces mystères ferroviaires et qu'en 1902 on avait perdu, entre Vergny et Sermançay, un Anglais en carrick que personne n'avait jamais revu.

Ils jouèrent un peu à la pétanque entre les voies.

Au bout de deux jours, Patrice dut rentrer chez lui et il promit à Albert de lui envoyer un mot quand il aurait récupéré sa bicyclette, ce qui ne pouvait manquer d'arriver tôt ou tard.

Le voyage de retour fut sans joie. À Merlivaux, en attendant sa correspondance, Patrice fit les cent pas sur les voies, en rêvassant et en donnant machinalement des coups de pied rageurs dans les cailloux. L'un de ceux-ci vint se coincer dans un relais d'aiguillage mais, tout à ses pensées moroses, Patrice ne s'en rendit même pas compte.

Ce fut pourtant ce caillou qui fit dérailler l'express Vintimille-Paris qui passait dans un fracas de jugement dernier quelques minutes plus tard. Quelques wagons de marchandises se couchèrent sur le ballast et, parmi les voyageurs, on n'eut à déplorer qu'un seul mort. C'était, par chance, un individu laid et imbécile et dont le décès fit le bonheur de plusieurs personnes dignes d'intérêt.

Patrice rentra chez lui d'une humeur de dogue et y trouva plusieurs cartes postales de ses amis, qui lui contaient combien leur randonnée était agréable et qui le traitaient de lâcheur.

Ce n'est que très longtemps après, et après avoir envoyé plusieurs lettres de réclamation, que Patrice apprit que son vélo avait été détruit dans le déraillement du Vintimille-Paris en gare de Merlivaux. Une machine à coudre mal arrimée l'avait réduit à l'état de pulpe et la S.N.C.F., avec ses plus vibrantes excuses, déclarait tenir l'épave à sa disposition encore que, d'après la description qu'on en donnait, on ne vît pas bien ce que Patrice pouvait en faire à part l'exposer dans un musée de sculpture contemporaine.

Quand Patrice, les larmes aux yeux, récupéra l'enchevêtrement de tubes qui avaient été sa belle bicyclette vert métallisé, il constata d'après diverses étiquettes qu'elle avait été successivement à Loudun, à Béhobie, à Sarrebruck et à Menton, mais que jamais, jamais, elle n'était passée à Vergny-sur-la-Theule.

La S.N.C.F. lui versa un dédommagement qui lui permettait, si l'envie lui en prenait, de s'acheter un vélo de curé modèle 1902 à la vente après saisie des biens de l'hospice de Faveuilles-en-Chauvigny.

Il écrivit toute l'histoire à son ami Albert qui ne lui répondit jamais.

Ce qui prouve bien que, dans cette administration, on ne peut vraiment compter sur personne.

Albina s'interroge

— J'écris à mon frère Jerry qui est adjudant dans les Marines, dit Albina en levant la tête et en mordillant son stylo. Il me demande pourquoi, mon Dieu *(why in hell ?)* j'ai abandonné le tennis et le golf, et quel curieux plaisir j'ai à faire du baïcycl' *(this godforsaken contraption !)* avec mon copain journaliste *(this son of a gun !)* et ses amis.

— Eh bien, dites-le-lui, Albina. Dites-le-lui si vous en êtes capable.

— Hélas, dit Albina, je n'en suis pas. Il dit aussi, mon frère Jerry, que c'est pas possible, je dois être amoureux de vous *(went insane fort the guy !)*, mais c'est seulement une phrase idiot qui prouve il ne vous connaît pas ! Il dit aussi...

— Je sais tout ce qu'il dit, Albina, ils sont tous pareils dans tous les pays du monde. Écrivez-lui ce que vous ressentez. Dites-lui... dites-lui, je ne sais pas, moi, que le cycliste n'est pas simplement un homme monté sur une machine, qu'il devient positivement un *autre* homme, et que...

— Oh ! Stop le discours lyrique, *please !* Je connais par cœur. Et mon frère Jerry n'aimerait pas du tout que je devienne un autre homme, même positivement. Il dit que moi qui étais si tellement douillette *(so outrageously sensitive)* comment je peux rester assis sur...

Je reconnais bien là le vélophobe. De toute la bicyclette, c'est la selle qui les fait le plus frissonner d'horreur. Que de fois des curieux ont tâté nos selles étroites et (apparemment) dures d'un index critique et déclaré en ricanant que rien au monde ne leur ferait faire dix kilomètres « là-dessus » ! D'autres ne ricanent même pas, mais prennent le même air d'incrédulité indignée que prit Brillat-Savarin le jour où il découvrit le hot dog.

C'est tout ignorer de la question. Une *bonne* selle, loin d'être inconfortable, est un objet si précieux que les cyclistes professionnels (qui passent dessus les trois quarts de leur vie) la transfèrent d'un vélo à l'autre quand ils changent de machine.

Bien entendu une selle, si bonne soit-elle, doit se « faire » comme une paire de chaussures. Et elle ne se fait (en principe) qu'en s'asseyant dessus et en roulant. Mais il faut dire que les selles s'assouplissent dans la même proportion que les séants des cyclistes s'endurcissent, ce qui, tout compte fait, rend l'opération moins douloureuse qu'il n'y paraît.

Il existe à Biarritz, à côté de la gare de la Négresse, un personnage pittoresque dont la passion est de « travailler » les selles de bicyclette.

Joseph Borthayre est l'un des derniers « vélocistes » à aimer le vélo. Il s'occupe bien un peu des motos et autres pétrolettes parce qu'il faut bien vivre, mais arrivez chez lui avec un vélo à réparer, il abandonnera aussitôt l'engin à moteur (et son propriétaire pas content !) sur lequel il travaillait, pour se consacrer exclusivement et toutes affaires cessantes à votre bicyclette, qu'il réglera avec des soins minutieux et bien plus complètement encore que vous ne le lui avez demandé. Ancien mécanicien de plusieurs Tours de France, il a côtoyé les plus grandes vedettes du cyclisme et possède un répertoire d'anecdotes qui, racontées avec l'accent et les gestes, font les délices des connaisseurs, mais absolument pas celles du malheureux dont la pétrolette est en panne et qui attend, oublié dans un coin de l'atelier, qu'on veuille bien s'intéresser à son sort.

Si votre vélo est de qualité, vous avez droit, en outre, à la considération de Joseph qui vous dira, sans vous connaître, tout le bien qu'il pense de vous. Et si, par-dessus le marché, vous avez une selle de bonne marque, abandonnez tout espoir d'aller vous baigner l'après-midi. Vous êtes devenu un ami et vous entendrez la conférence sur les selles de vélo en général et celles traitées par les soins de Joseph en particulier.

Donnez-lui une selle neuve. (La vôtre, par exemple. Mais si ! Mais si ! Croyez-moi, vous finirez par la lui donner !) Il s'en empare, la regarde, la caresse et fait dans l'air, tout autour d'elle, mille gestes ondulants qui concrétisent le travail de son esprit et préfigurent le chef-d'œuvre qu'il va tirer de l'objet.

Dans les jours qui suivent, il la démonte entièrement, la fait macérer dans du vin rouge, la pétrit dans la graisse, la rogne, la découpe, la repasse au fer chaud, l'entortille dans des bandelettes, la comprime dans un étau, l'imperméabilise, l'orne de rivets à ses initiales, grave votre nom dans le cuir, la remonte et vous la rend, toujours aussi neuve, mais remodelée à la perfection et aussi « faite » que si vous l'aviez chevauchée pendant dix mille kilomètres. Les plus grands champions cyclistes lui envoient ainsi leurs selles neuves à travailler et quand Joseph Borthayre décroche du mur la selle de Darrigade ou de Louison Bobet et, les yeux pétillants, vous la présente en caressant de la paume ses formes pures, vous jurez de ne plus jamais vous asseoir, même au bureau, que sur des selles de bicyclette.

Il faudrait que les vélophobes viennent assister à cette cérémonie. Mais les vélophobes s'endorment toujours avant la fin. Ce sont des gens sans curiosité.

— Et vous croyez, dit Albina dubitative, que ça va intéresser Jerry, tout ça ?

— Absolument pas ! Mais cela peut intéresser tous ceux qui s'intéressent au vélo et tous ceux qui hésitent à s'y intéresser en s'imaginant que ce n'est pas intéressant. Le cyclisme est un monde fermé qui réserve à ceux qui s'y aventurent autant de surprises que la forêt amazonienne.

— Sauf, dit Albina, qu'on n'en sort pas avec le tête réduite, mais enflée !

— Par l'orgueil ?

— *No !* Par vos discours !

— Un monde étrange, vous dis-je, et qu'on ne soupçonne pas de l'extérieur. Il faut avoir vu un banquier, un avocat, un journaliste et un chirurgien discuter gravement une soirée entière des mérites comparés du boyau et du pneu démontable, pour comprendre qu'il y a là plus qu'un sport et mieux qu'un engouement passager. Je connais même un haut fonctionnaire dont la bicyclette, recouverte d'une housse, passe l'hiver sur le divan du salon.

— Il ne doit pas être marié, dit Albina qui décide tout à coup : Je vais écrire tout cela, mais pas à Jerry, aux soldats du compagnie dont il est le adjudant.

— Drôle d'idée ! Vous croyez qu'ils vont le pousser à faire du vélo ?

— Oh ! oui, sûrement ! soupire Albina. Vous ne connaissez pas Jerry ! Ses soldats voudraient tellement qu'il devienne un *autre* homme !

Thomas diagonaliste

— C'est mon cousin Thomas, dit Vincent l'air très ennuyé. Il est arrivé de province hier et veut absolument venir avec nous.

Bernard et François ne font pas exactement ce qu'on appelle « la gueule », mais leur accueil, pour être franc, manque de chaleur. Ils sont levés depuis cinq heures du matin et, dans le petit jour et le crachin brestois, attendaient Vincent pour prendre à six heures le départ de la grande Diagonale Brest-Menton. Il fait froid et l'espèce de trac qui précède toute tentative un peu audacieuse joint aux légitimes frissons du lever prématuré ne les mettent pas en humeur joviale.

— Mais, dit Bernard, il n'y a que nous trois d'inscrits ! Tu sais bien qu'on n'a pas le droit de l'emmener !

Vincent sait. Vincent n'a pu se dépêtrer de ce cousin arrivé à l'improviste, auquel sa famille doit quelque reconnaissance pour un service rendu et qui prétend être un cycliste accompli.

— C'est interdit, dit François. Vous n'avez pas le droit de venir avec nous.

— Bof ! dit Thomas. Je ne fais qu'accompagner. Hors inscription, si j'ose dire. Personne n'en saura rien. Imaginez que vous me rencontriez sur la route et que je roule avec vous ? Qu'est-ce que vous feriez ? Vous me balanceriez dans le fossé ?

— Ben... non, dit Bernard qui en meurt d'envie,

Le « top » de 6 heures approche. Il faut prendre une décision.

— Vous êtes entraîné ? demande Bernard.

— Bof ! dit Thomas. Vous inquiétez pas ! Roulez ! Le vélo et moi, c'est comme si on n'était qu'un.

— Vous savez qu'il s'agit de faire 1 392 kilomètres en 116 heures maximum ?

— Bof !

— Soit du 12 à l'heure pendant quatre jours, quatre nuits et vingt heures sans manger ni dormir, ou du 25 à l'heure pendant le même temps en s'arrêtant dix heures par jour en tout ?

— Roulez, je vous dis ! J'en ai fait d'autres ! Même sur ce vélo que Vincent m'a prêté, je vous suivrai partout où vous irez.

On se décide à l'emmener. Après tout, il n'y aura qu'à ne jamais le laisser mener et on aura sa conscience pour soi. Vincent est soulagé. Thomas est arrivé chez lui la veille au soir comme il préparait sa sacoche et s'est tout aussitôt accroché à lui comme la misère sur le pauvre monde, avec un enthousiasme envahissant et des considérations optimistes et quelque peu vexatoires sur sa tentative :

— Brest-Menton ? Bof ! On fait cela d'une jambe ! Moi qui te parle...

Jusqu'à minuit, Thomas a narré ses exploits cyclistes et réduit Vincent à un tel état d'énervement qu'il n'a pas fallu lui promettre moins que de l'emmener pour qu'il consente à aller se coucher. À 4 heures du matin, d'ailleurs, il était debout et claironnait par toute la maison :

— Debout, là-dedans ! En selle ! En selle ! « Brest-Menton, promenade de santé ! »

Vincent, ensommeillé et furieux, lui fit remarquer une dernière fois qu'il ne s'agissait pas là de la flânerie qu'il semblait escompter.

— Bof ! dit Thomas.

6 heures du matin. Le départ a été donné aux trois amis par le délégué brestois. Thomas, caché quelques rues plus loin, les prendra au vol quand ils passeront devant lui. La Diagonale Brest-Menton est commencée.

Dès la sortie de la ville, Thomas qui mène un train d'enfer veut à tout prix passer en tête pour montrer ce qu'il sait faire. Il faut que Bernard se fâche tout rouge pour qu'il reprenne, en queue, une place dont il est prié de ne plus bouger. Ils vont à un petit 30 à l'heure qui interdit les conversations. Thomas, il faut en convenir, tient la cadence.

Landerneau, Landivisiau, Morlaix, Guingamp. Les équipiers mangent tout en roulant. Il est midi et la moyenne est de 24 à l'heure. Thomas prétend que l'on ferait bien mieux de s'arrêter au restaurant, parce que les biscuits et le chocolat...

Vincent, Bernard et François ne prennent même pas la peine de lui répondre. Cet olibrius qui parle de restaurant et de steak-frites en mâchonnant du biscuit et en roulant à 30 à l'heure les indispose énormément.

À la sortie de Rennes (246e km) Thomas crève et prévient aimablement qu'il a la réparation minutieuse et même, pourrait-on dire, maniaque.

— Je vais peut-être vous étonner, dit-il, mais j'aime tellement le travail bien fait que je mets facilement vingt minutes pour réparer une crevaison.

Ce qu'entendant, Bernard et Vincent décident de réparer eux-mêmes. Ils le font en cinq minutes tandis que Thomas, allongé sur l'herbe du talus, leur récite un poème de Stéphane Mallarmé.

L'après-midi ne se passe pas trop mal. La cadence est bonne et le tableau de marche respecté. Ils finissent par oublier la présence insolite de Thomas et foncent à toutes pédales vers Menton, terre promise et ensoleillée, récompense de tous les efforts.

Ils sont à Vitré (282e km) à 19 h 45 et s'arrêtent pour dîner au restaurant, à la grande satisfaction de Thomas qui les complimente avec une certaine condescendance sur leur allure et regrette vivement qu'on ne le laisse jamais mener car, dit-il, ils verraient un peu ce que rouler veut dire.

François saisit la carafe d'eau et Bernard lui retient le bras. Seul Thomas a cru qu'il avait l'intention de boire.

À Laval (317e km), où ils postent leurs cartes de contrôle, il est 22 heures. Thomas s'étonne que l'on ne songe pas à chercher un hôtel. Il s'étonne encore plus quand il apprend qu'il n'est pas question de dormir et qu'il est même prévu de rouler toute la nuit.

— Bof ! dit-il, c'est pas ce qui me gêne ! Mais en 116 heures, il me semblait, au train où nous allons...

On l'informe que cent seize heures est le temps maximum, mais que cette équipe-ci a l'intention d'établir, si possible, une espèce de record en mettant moins de temps. On l'avise également que, s'il n'est pas d'accord, on se fera un plaisir de perdre un quart d'heure à lui chercher un hôtel et un lit dans lequel on poussera l'obligeance jusqu'à le border.

Mais Thomas prend les choses avec philosophie et décide que si on ne dort pas on ne dort pas, et que, bof ! une nuit sans sommeil n'est pas la mort d'un homme.

À 2 heures du matin, cependant, il se plaint du froid aux pieds et ses amis doivent l'attendre tandis que, vélo posé, il danse sur la route une espèce de danse du scalp destinée à ramener quelque chaleur dans ses extrémités. Ensuite il remonte à vélo et il dit qu'il a faim.

À 3 heures, il dit qu'il a soif.

À 4 heures, il s'endort sur son vélo et tombe dans le fossé. Alertés par le bruit, les trois amis font demi-tour, le relèvent, le remettent en selle et lui enjoignent d'avoir à se pincer pour ne plus s'endormir. Mais Thomas n'aime pas se pincer et, pour résister au sommeil, il chante le répertoire complet de Dalida, ce qui met Bernard, qui est mélomane, aux bords de la dépression nerveuse.

À 6 heures du matin, soit vingt-quatre heures après leur départ, ils sont à Tours (478e km). Un peu pâlots, mal rasés, les traits tirés, mais gais comme des pinsons à l'exception de Thomas qui se plaint de l'estomac et prétend leur faire visiter la ville qui fourmille, dit-il, de richesses artistiques.

Les équipiers n'en doutent pas mais reprennent néanmoins la route, guettés par les « coups de bambou » du matin qui succèdent aux nuits sans sommeil.

À Montrichard (523e km) ils sont arrêtés à l'improviste par un contrôle secret dont le responsable s'étonne de la présence insolite de Thomas. Ils expliquent tant bien que mal que cet individu les a rejoints en cours de route et que, sauf à lui taper sur la tête avec des pavés ils ne peuvent pas s'en débarrasser. Tout cela amuse beaucoup Thomas qui fait des clins d'œil et pouffe de la façon la plus imbécile du monde. Le contrôleur le prie de rouler à bonne distance du trio, sous peine de voir celui-ci disqualifié à vie.

— Bof ! fait Thomas. La vie est courte !

Le contrôleur fait partir les trois amis et, le temps qu'ils s'éloignent, demande à Thomas d'avoir la gentillesse de retarder son départ quelques instants. Thomas acquiesce de bonne grâce et, pour faire passer le temps, chante au contrôleur le *Régiment de Sambre-et-Meuse.* Le contrôleur le libère et, jusqu'à ce qu'ils s'arrêtent pour boire, Thomas roulera à trois ou quatre kilomètres de ses amis sans pouvoir jamais les rejoindre. C'est, pour eux, le meilleur moment du voyage.

Du côté de Vierzon ils dorment deux heures dans une grange, genre de repos à ne pas recommander et dont on se réveille avec des lourdeurs dans la tête, des courbatures dans les membres et des araignées dans les oreilles.

Thomas ne parle plus beaucoup. Il faut lui rendre cette justice qu'il a tenu le rythme jusque-là et qu'il a, en effet, l'habitude de la bicyclette. Mais la Diagonale est à la promenade ce que l'alpinisme est à l'excursion et il est manifeste, au moment d'attaquer la deuxième nuit sans sommeil, que Thomas n'ira pas jusqu'au bout. Vers Lapalisse

(768e km), Thomas crève une nouvelle fois. Il est 23 heures et cette fois les trois compères le laissent réparer lui-même, ce qu'il fait, dans l'obscurité, non sans leur faire remarquer que s'ils n'avaient pas réparé son pneu trop vite la première fois, il n'aurait pas à refaire le travail cette fois-ci, qu'il faut savoir se hâter lentement, que *chi va piano va sano,* que Paris n'a pas été bâti en un jour et cent autres proverbes tels qu'en emploient volontiers les gens maladroits de leurs mains.

Au bout d'une demi-heure, n'entendant plus rien, ils le hèlent et, ne recevant aucune réponse, ils avancent à tâtons dans sa direction et le trouvent endormi dans l'herbe à côté de son vélo réparé.

À Roanne (805e km), à 2 heures du matin, Thomas descend de bicyclette, s'assied sur un banc, dit qu'il n'ira pas plus loin dût-on lui promettre un million, ce que personne, pourtant, ne semble disposé à faire. Il souhaite bon voyage à ses équipiers, s'endort comme une masse et se met à ronfler tout aussitôt d'une manière épouvantable.

Vincent lui attache son vélo à la cheville à l'aide de son câble antivol, et les trois équipiers repartent de plus belle, délivrés encore qu'un peu inquiets.

— Tout de même, dit Bernard, qu'est-ce qu'il va devenir sur son banc ?

— Bof ! dit François.

Ils dorment quelques instants dans un pré et, quand le jour se lève, ils sont aux environs de Lyon. Et à 6 heures du matin (48e heure de route) ils ont fait 893 kilomètres à la moyenne de 18 à l'heure.

On peut évidemment se demander pourquoi trois messieurs apparemment sains d'esprit se livrent sans dormir, ou presque, à des randonnées aussi longues, aussi rapides et aussi fatigantes. Il faut alors le demander aussi aux alpinistes qui font l'ascension périlleuse d'une montagne hostile sans autre but que d'en redescendre une fois arrivés en haut, aux spéléologues qui font exactement l'inverse, aux navigateurs qui bravent mille périls pour le plaisir de traverser les mers à l'ombre d'une voile et, d'une façon générale, à tous ceux qui font quelque chose pour rien, ni pour l'argent ni pour la gloire, mais pour la satisfaction, uniquement, de l'avoir fait, pour goûter le plaisir de l'effort dans un monde qui s'efforce au plaisir.

La deuxième nuit passée, vers 10 heures du matin, un camion les double et s'arrête un peu plus loin. Accoudé à la ridelle arrière, Thomas les regarde approcher, assez maussade semble-t-il, malgré qu'il ait dormi. Le chauffeur du camion descend de son siège, baisse la ridelle et rigole. Thomas est toujours attaché à sa bicyclette.

— Tiens, c'est vrai ! dit Vincent. J'aurais dû lui laisser la clef de l'antivol !

— Le plus marrant, dit le camionneur, ça a été de les hisser tous les deux attachés ensemble, dans le camion ! Les gens de Roanne, ils ont dit qu'ils n'avaient pas autant ri depuis le passage du cirque Pinder !

Vincent délivre Thomas et remercie le routier. Ils repartent, suivis de nouveau de leur parasite qui, ragaillardi par sa bonne nuit de repos sur le banc de Roanne, oublie sa mésaventure et leur propose, dans sa fraîcheur retrouvée, de mener le peloton jusqu'à Menton.

Bernard a toutes les peines du monde à lui faire comprendre que ce n'est pas régulier et que même si « personne ne le saura », ils le sauront, *eux*, et que cela suffirait à leur ôter tout le plaisir.

— Bof ! dit Thomas. C'est bien des histoires pour une balade à vélo !

La journée passe médiocrement. Tous, chacun leur tour, subissent une brève défaillance et François, que le sommeil tenaille, ne peut plus s'alimenter que de liquide. Ils dorment un peu dans l'après-midi et à la nuit atteignent Le Pontet (1 140e km). Thomas les prie de s'arrêter un bref instant auprès du jardin public, descend de vélo, choisit son banc, leur souhaite une heureuse route et leur donne rendez-vous quelque part dans l'Esterel pour le lendemain matin.

— Et n'oublie pas de me laisser la clef de l'antivol, s'il te plaît.

À Aix-en-Provence, vers 2 heures du matin, des membres du vélo-club local les attendent et leur font un bout de conduite, ce qui les réconforte, les distrait et leur fait paraître un peu moins pénible leur troisième nuit sans sommeil.

Thomas dûment récupéré entre Fréjus et Cannes, ils longent la mer en luttant contre un fort vent debout qui les force à se dresser sur les pédales. Ils tiennent maintenant par la force des nerfs et la proximité du but. S'arrêter serait s'écrouler. Thomas, qui a en dormant récupéré des forces mais perdu de l'influx nerveux, et qui de toute façon ne concourt en aucune manière pour le résultat final, Thomas se laisse décramponner par le vent et navigue loin derrière eux en se récitant des poèmes.

Une longue descente et ils sont enfin à Menton. Il est 14 heures. Contrôle d'arrivée et congratulations diverses, bains-douches et ablutions. Sérénité retrouvée et retrouvé aussi Thomas qui, dans un café voisin, explique aux autochtones quel fier cycliste il est.

Vincent, Bernard et François s'asseyent non loin de lui et ne lui accordent pas un regard.

— Brest-Menton en 85 heures et à vélo ? dit un retraité qui n'en croit pas ses yeux. Dites voir, faut le faire ! Et vous dormiez quand ?

— Bof ! dit Thomas. Jamais ! Qu'est-ce que c'est que trois nuits sans dormir pour un cycliste ?

Albina fait du zèle

— Vous tombez comme un pic ! dit Albina en m'ouvrant sa porte. J'ai ici une amie idiot qui ricane sur le baïcycl'.

L'amie idiote me sourit poliment quand j'entrai dans le studio d'Albina. C'était une fort jolie jeune femme, du genre de celles à qui j'adore apprendre à aimer le vélo. Apparemment, Albina s'y était déjà employée avant mon arrivée car sa visiteuse avait l'expression harassée, que je connais bien, des gens qui viennent de subir un vélomane depuis un moment.

— Écoutez ça ! dit Albina les présentations faites. Béatrice dit tout les mêmes choses que les autres : ça fatigue, c'est démodé, ce n'est pas confortable, ça fait mal à le derrière et ça ne fait pas riche du tout !

— Il est de fait, dit Béatrice, que si ma concierge me voyait ou voyait père partir à vélo, elle se demanderait ce qui se passe et avertirait immédiatement le gérant, quoi !

— Et snob, en plus ! dit Albina. Dites-lui tout !

Béatrice tourna vers moi un regard intéressé : que je fusse prié de lui dire « tout » laissait sous-entendre que nous gardions, pour les natures présumées d'élite, quelques arguments confidentiels, voire croustillants, propres à enlever la décision. « Tout », j'étais bien certain qu'Albina l'avait déjà dit. Quand on a démontré dans le détail que la pratique du vélo est un sport agréable et bienfaisant, on a fait le tour de la question. Mais puisque la demoiselle m'avait lancé père, son gérant et sa concierge dans les jambes, j'essayai de l'attaquer par le côté du snobisme.

— Voulez-vous, dis-je, imaginer trois choses ?

— Dis oui ! dit Albina. Tu vas voir ! Dis oui !

Elle s'avança sur son siège, rouge d'excitation, comme si j'avais annoncé que j'allais tirer un grand bi d'une boîte à biscuits.

— Quelles choses ? dit Béatrice pas autrement intéressée.

— Supposez un instant que la bicyclette n'existe pas. C'est un instrument tout à fait inconnu dont on n'imagine même pas qu'on puisse l'inventer. Bon ! Admettez ensuite que les Américains (ou les Japonais) le découvrent aujourd'hui et que, demain, les magazines soient pleins de ce nouveau gadget qui révolutionne la vie du piéton. Imaginez enfin que l'achat d'une telle nouveauté soit réservé par son prix aux gens riches et que les premiers Parisiens à en posséder une soient Chazot, Sagan ou Bardot. Ne vous procureriez-vous pas une bicyclette dès demain ?

Snob mais honnête, Béatrice n'hésita qu'un court instant.

— Si ! dit-elle.

— Tu vois comme tu es bête ! dit Albina en battant des mains. Tu es horriblement idiot, mais je t'aime parce que tu as dit oui !

— Cela ne prouve rien, dit Béatrice. On est toujours tenté par une nouveauté. Je l'achèterais, mais dans huit jours je l'aurais abandonnée dans un coin. Voyez le hula-hoop[1].

— Oh *no !* dit Albina en me montrant du doigt. Oh *no !* pas avec cette sorte de type ! Laisse-le seulement te mettre le derrière sur une selle de veylow et tu verras ! Il te dira beaucoup de méchancetés, il te fera monter des côtes ter-

1. Jeu imbécile en vogue vers les années 60 et qui consistait à faire tourner autour de son ventre un cerceau de matière plastique.

ribles, tu pleureras beaucoup et au bout d'un mois tu ne pourras plus vivre sans ton baïcycl'.

Béatrice sourit et me considéra comme si j'étais le paillasson de sa porte de service.

— Le vrai petit magicien, ma parole ! Vous vendez des vélos, ou quoi ?

— Je ne vends rien, je donne des conseils. Et encore, pas à tout le monde !

— Ce qui veut dire : pas à n'importe qui ! dit Béatrice. Qu'est-ce que vous imaginez ? Que je ne suis pas assez bien pour votre précieux sport ? Que je ne serais pas capable de faire du vélo ? Albina en fait bien !

— Mais moi, dit Albina, je suis un élite !

— Tous les sports se valent, dit Béatrice.

— Certes ! Citez-m'en un autre que vous puissiez pratiquer en toute saison *dès votre seuil franchi,* sans stade, sans piste, sans court, sans terrain, sans installations et sans partenaires. Citez-m'en un autre qui soit en même temps une promenade ou parfois un long voyage.

— Et toc ! dit Albina.

— Quoi : toc ? J'aime mieux le golf ou le tennis, c'est mon droit ! Mais de là à dire que je ne pourrais pas...

— N'en parlons plus, dis-je. Il y faut des moyens physiques qui...

— Vous plaisantez ? dit Béatrice en s'animant. Je skie, je nage, je golfe, je rame...

— Tu alpes, dit Albina, tu tennisses, tu chevales...

— Et vous voudriez que je ne puisse pas appuyer sur vos malheureuses pédales ? C'est assez cocasse, non ? Prêtez-moi une bicyclette, vous verrez !

— On ne prête pas les baïcycl's, dit Albina, sauf aux femmes élite comme moi.

— D'autant, dis-je, qu'un vraiment beau vélo, ça va chercher dans les deux cent mille anciens francs !

Il y eut un silence.

— Seulement ? dit Béatrice après s'être retenue de dire : « Tant que cela ? »

— Et encore, dit Albina, si le constructeur veut bien te le faire. Des fois il te regarde comme ça et quand il voit comme tu es bête, il dit : « *No,* madame ! Je ne vais pas perdre mon temps à faire des merveilleux baïcycl's pour vous. Allez jouer au bridge ! »

— Vous êtes en train de vous moquer de moi tous les deux, dit Béatrice, mais ça ne fait rien, je relève le défi. À condition que père ne le sache pas. Dans son job, ça pourrait lui faire du tort.

— Son job ? (Albina explosa.) Il est médecin, ton père ! Des médecins, on en a plein dans le veylow ! C'est des malades qu'on n'a pas !

J'ajoutai que depuis 1959 existe la très sérieuse Société d'études médicales du cyclisme où, périodiquement, les praticiens qui la composent confrontent les observations qu'ils ont pu faire sur des malades traités par la thérapeutique vélo ou sur l'étonnante longévité des cyclistes. Le résultat de ces colloques est tout à fait surprenant et fait le désespoir des pharmaciens.

— Une société d'é..., dit Béatrice. Avec de vrais médecins ?

— Je te le disais, dit Albina. Tu ne peux pas imaginer ! Tu irais de surprise en surprise !

— En effet, dit Béatrice rêveuse, en effet !

— Et en plus, le veylow, ça te fait les jambes comme Poulidor !

— Qui est Poulidor ? Un célèbre joueur d'échecs, non ?

— *No !* C'est un coureur cycliste.

— Merci beaucoup, je ne tiens pas à avoir des jambes de coureur cycliste !

Je vis dans le regard d'Albina une lueur que je n'aime pas. C'est celle qui précède, en général, les moments où je souhaiterais ne l'avoir jamais connue.

— *Please,* me dit-elle, soyez gentil. Montrez vos cuisses et vos mollets à Béatrice !

Je m'en doutais ; Albina, quand le zèle l'emporte, ne sait pas se modérer. Béatrice tournait déjà vers moi un regard narquois. Elle se demandait si vraiment l'amour du vélo pouvait pousser un gentleman grisonnant à de telles extrémités dans un salon du XVIe arrondissement. Mais — dois-je le dire ? — il n'en était pas question. Je trouvai même une parade dont j'attendais les plus grandes satisfactions sur le plan visuel.

— Ce sont les bienfaits du vélo sur les jambes *féminines,* dis-je, qui intéressent votre amie. Montrez-nous donc vos jambes toutes les deux, nous comparerons.

— Et toc ! dit Béatrice.

— Quoi : toc ? Je n'ai pas besoin que vous êtes là pour montrer mes jambes à Béatrice, ni elle à moi. Nous nous montrerons quand vous serez parti.

Et comme, malheureusement, il lui restait encore un peu d'excès de zèle à me faire subir, elle ajouta :

— Regarde comme le veylow conserve ! Tout vieux comme il est, il veut encore regarder les jambes des demoiselles !

Si le bon Dieu est cycliste (ce qu'il est certainement, étant la sagesse même), ma place, je le crois, est retenue au Paradis.

Béatrice nous quitta la première et sans avoir montré ses jambes. On la sentait pressée d'être seule et de ruminer en paix toutes les étrangetés qu'elle venait d'apprendre et qui bouleversaient toutes ses idées préconçues. Elle embrassa Albina et me tendit la main.

— Eh bien, salut ! Bye bye ! Ciao ! Comment dit-on « au revoir » en cycliste ? Il y a bien un langage, quoi ?

— On dit : au revoir.

— Eh bien, mais c'est tout bête ! Je vais en parler à Edgar-Philippe, un copain à moi qui est d'une drôlerie dévorante. Je suis sûre qu'il trouvera quelque chose de tout à fait révulsant !

Elle sortit après m'avoir dédié un sourire enjôleur pour contractuel pas trop répugnant.

— Cette fille-là, dis-je, ne fera jamais de bicyclette.

En tout cas, pas avec moi et pas sur une bicyclette à moi !

Albina m'embrassa sur le front.

— J'espère bien, mon pauvre coco ! dit-elle. Qu'est-ce que vous deviendriez avec deux Albina ?

Les vélos d'Amsterdam

Parfois, quand mon rédacteur en chef est bien las de m'entendre parler bicyclette toute la journée dans son bureau, il m'envoie en reportage quelque part. Le plus loin serait, à son avis, le mieux et je sais que son rêve secret serait que je sois correspondant permanent du journal aux îles Galapagos. Mais les finances des journaux étant ce qu'elles sont, je suis plus souvent envoyé à Pontoise qu'à Rio de Janeiro. La dernière fois, pourtant, j'ai poussé jusqu'à Amsterdam.

L'idée, je dois dire, avait mon plein accord. Il s'agissait d'aller écrire sur le vif quelques articles sur la Hollande cycliste et je me promettais mille délices de l'interview d'un peuple qui, comme chacun sait, a fait du vélo son moyen de transport favori.

L'organisme du tourisme néerlandais me reçut fort aimablement. Je fus confié à un cordial jeune homme qui me promena sous la pluie toute la journée, me montra les canaux, les ponts, les ports, les places, les statues et les dames dans les vitrines, me charma de sa conversation et m'offrit de la bière et des harengs crus, mais se montra d'une discrétion qui touchait au mutisme dès que j'abordai le sujet de la bicyclette.

Il n'était pas vraiment cycliste, disait-il avec une pointe d'embarras, mais dès le lendemain j'aurais pour le remplacer une jeune hôtesse d'accueil, fervente de vélo et qui saurait, il n'en doutait pas, répondre à toutes mes questions de la façon la plus pertinente.

Le lendemain, comme promis, j'eus mon hôtesse cycliste et en fus enchanté. C'était une ravissante personne aux yeux verts qui répondait au prénom de Maya.

Comme il pleuvait autant que la veille, Maya pensa tout de suite que ce serait une excellente chose que nous commencions par admirer les places, les statues, les ponts, les ports et les canaux. Je lui expliquai courtoisement que j'avais déjà vu tout cela la veille dans des conditions hygrométriques comparables et que le but de mon voyage était, avant tout, de me documenter sur les vélos d'Amsterdam.

Maya parut si surprise que je redoutai de m'être mal expliqué (nous parlions anglais) et recommençai mon discours.

— J'avais très bien compris, dit-elle, mais qu'est-ce que vous voulez que je vous dise, moi ? Les vélos, ce n'est pas un sujet de conversation.

— On m'a dit que vous faisiez du vélo.

— Bien sûr, je fais du vélo. Tout le monde fait du vélo. Vous n'avez jamais vu de vélo ?

— Qui ? moi ? Si !

— Eh bien, voilà : un vélo c'est un vélo ! Avez-vous vu le musée de l'État (Rijkmuseum) ?

Nous allâmes, sous la pluie, voir le musée de l'État, ainsi d'ailleurs que l'Institut colonial et le musée municipal. Maya, gaie et aimable, me montrait sa ville avec une légitime fierté, sans manifester trop d'étonnement quand je m'arrêtais pour examiner les bicyclettes.

Je découvris bien vite que les six cent mille cyclistes de cette ville de un million d'habitants se soucient de leurs bicyclettes comme d'autant de guignes. Ils les laissent la plupart du temps se rouiller sous la pluie en des amoncellements incroyables, ne les entretiennent pas, ne les surveillent pas et les jettent dans les canaux ou les abandonnent dans la rue quand elles sont par trop abîmées.

— Bien sûr qu'on les jette ! dit Maya. Qu'est-ce que vous voulez qu'on en fasse ?

Tous les six mois, la police drague les canaux et en extrait des chapelets de vélos, tous accrochés les uns aux autres par les pédales et les guidons, ruisselants d'eau et de vase. Une ou deux fois par an également, elle parcourt la ville en camion et ramasse quelques tonnes de vélos errants et abandonnés par leurs propriétaires.

La différence me paraît difficile à faire entre les vélos abandonnés et les autres, étant donné l'état lamentable dans lequel se trouvent les vélos non abandonnés. Je suppose que les flics hollandais doivent être entraînés dès l'enfance à séparer le bon grain de l'ivraie.

Au marché aux puces d'Amsterdam, le vélo en état de marche vaut trente-six francs nouveaux.

— Ça ne vaut pas plus, dit Maya. Allons visiter la Vieille Église (Oude Kerke).

Il faut reconnaître que les vélos d'Amsterdam ne portent pas à l'admiration. Je n'ai vu nulle part de fine machine rutilante et bichonnée comme on en voit en France ou en Italie. Les vélos hollandais sont noirs, lourds, solides, sérieux, austères et pourvus d'un imposant guidon relevé. Certains à la place de la selle possèdent un curieux tampon rembourré et les Amstellodamiens vont là-dessus d'une allure majestueuse, raides et dignes comme des princes consorts, par pelotons épais, tandis que les rares automobilistes roulent dans les caniveaux avec un pâle sourire d'excuse.

Maya consent enfin à reconnaître que parfois, le dimanche, elle se promène à vélo avec une amie.

— Mais quel genre de vélo, Maya ? Avez-vous un dérailleur ? Un guidon bas ?

— Un quoi ? Ah ! Comme pour les coureurs, vous voulez dire ? Non, moi j'ai une bicyclette ordinaire comme celles-ci. Je ne sais pas si j'ai un changement de vitesses. À la réflexion, je ne crois pas en avoir. Venez, allons voir le nouvel Hôtel de Ville.

Après le nouvel Hôtel de Ville et l'ancien Hôtel de Ville (Stadhuis), Maya, qui est la complaisance même, me conduit à la rédaction du principal quotidien d'Amsterdam, où nous rencontrons le rédacteur sportif. La conversation se complique parce qu'il ne parle ni anglais ni français. Il est très aimable et fort désireux de rendre service, mais il ne voit pas très bien où je veux en venir. Une association cyclotouristique ? Non. Peut-être à La Haye. Il faudrait demander à l'Automobile-Club de La Haye.

— Mijnheer veut voir des vélos, dit Maya.

Ils se regardent tous deux. Manifestement il plaint la demoiselle aux jolis yeux verts d'être condamnée à errer sous la pluie toute la journée en compagnie de Mijnheer, qui lui paraît assez excentrique.

Nous prenons congé de l'aimable confrère et allons voir la Nouvelle Église (Nieuwekerke). Nous déjeunons de steaks épais, puis comme Maya commence à ne plus trop savoir quoi faire de moi, elle m'emmène visiter des tailleurs de diamants.

Toujours très aimablement, un monsieur en blouse blanche m'apprend tout de la taille du diamant et, sur un coussin de velours noir, m'exhibe des pierres de toutes tailles avec peut-être l'espoir secret que, saisi par le démon de midi, je vais en offrir un kilo à Maya. Je n'en fais rien. Nous sortons de là et allons voir les canaux parce que, par hasard, il ne pleut plus et que le spectacle des canaux est très différent quand il ne pleut pas.

J'essaie, pour amorcer un dialogue cycliste, de raconter à Maya notre dernier raid Paris-Saint-Jacques-de-Compostelle. C'est, en général, le genre de sujet qui rend intarissable deux cyclistes convaincus. Mais Maya dit :

— Comme c'est intéressant ! Avez-vous visité la maison de Rembrandt ?

Nous voyons la maison de Rembrandt, ainsi que la maison des poupées, et allons faire un tour au port et devant la brasserie Heineken. Maya, à court de monuments historiques, commence à faire flèche de tout bois. Je sens la panique la gagner quand elle se rend compte que la seule chose touristique qu'elle ne m'a pas encore montrée, ce sont les dames de petite vertu dans leurs grandes vitrines. Mais je les ai vues hier.

— N'aimeriez-vous pas, Maya, faire un long voyage à bicyclette ?

— Oh ! Ciel ! dit Maya, ce serait bien trop fatigant ! Et puis, hors de la Hollande il y a des côtes !

Il ne faut surtout pas croire que nous marchons côte à côte dans un morne silence. Nous bavardons. Maya, vive et amusante, me raconte le tournage d'un film auquel elle a assisté et des souvenirs de sa vie aux colonies. Nous parlons de choses et d'autres et je passe, pour ma part, un moment très agréable encore qu'assez humide. Mais il n'est brièvement question de cyclisme que si je relance le sujet.

— Bref, Maya, la bicyclette, qu'est-ce que c'est pour vous ?

— Un outil. Quand il est abîmé, on en prend un autre.

Il faut se faire une raison : le Hollandais adopte envers son vélo (fijt) l'attitude raisonnable que nous adoptons envers nos chaussures : c'est pratique, indispensable et utile, mais cela n'a rien de particulièrement exaltant, et surtout on ne voit pas l'intérêt qu'il peut y avoir à en faire un récit.

Maya m'accompagne à la gare. Poliment, elle me dit :

— Revenez nous voir !

J'attends qu'elle ajoute : « À bicyclette », mais elle dit simplement :

— Quand il fera beau !

À Paris, mon rédacteur en chef parcourt mon article et en paraît fort satisfait.

— À la bonne heure ! La maison de Rembrandt, le musée colonial, l'ancien Hôtel de Ville... Pour une fois, dit-il, vous avez trouvé autre chose à raconter que vos éternelles histoires de vélo !

Albina prépare un voyage

— Trois mille kilomètres, ce n'est pas assez, dit Albina. J'espérais qu'on irait plus loin.

Qui croirait que c'est la même Albina qui me faisait naguère une scène, au Salon du cycle, parce que j'essayais de l'intéresser à la bicyclette ? Nous préparons une randonnée avec elle et nos amis et elle ne cesse de donner son avis, trouvant toujours que nous ne projetons pas d'aller assez loin, ni assez haut, ni assez vite.

C'est le mirage, que nous connaissons bien, de la carte routière. Le soir, sous la lampe, les routes étalent leurs méandres rouges et jaunes avec une modestie sournoise à laquelle il ne faut pas se laisser prendre. Tout paraît plat et simple, et les vents, dans l'euphorie des préparatifs, sont toujours favorablement orientés.

Le col d'Aubisque par exemple est, sur la carte Michelin, une espèce de petit serpentin jaune de quelques centimètres de long et qui prête à sourire.

— Douze kilomètres ? dit Albina. Ça fait une demi-heure, quarante minutes au plus !

Il lui faudra près de deux heures pour les grimper. Elle ne le sait pas et, quand on le lui dit, elle ne veut pas le croire. Comme elle ne veut pas croire que de Pau à Eaux-Bonnes, cela monte lentement mais continûment pendant quarante-deux kilomètres, comme elle ne veut pas croire que la plate Beauce ou la Crau désolée peuvent être, par vent debout, aussi épuisantes que des montagnes.

Pour le croire il faut le savoir, et pour le savoir il faut y être allé voir. Ensuite, mais ensuite seulement, on considère avec respect, méfiance et pondération les serpentins ridicules qui ont nom Galibier ou Portet-d'Aspet, et la belle ligne droite qui va d'Arles à Salon-de-Provence.

— Bof ! dit Albina. On s'en tirera bien !

Certes ! On s'en tire toujours et les difficultés sont le sel du voyage. Aussi bien, notre propos n'est-il pas de dramatiser et de faire prendre une randonnée à bicyclette pour quelque exploit périlleux et intrépide. Mais nous voulons simplement dire que le randonneur ne regarde pas la carte avec les mêmes yeux que l'automobiliste. Il s'intéresse au relief du parcours plus qu'aux relais gastronomiques, et sait le prix qu'il faut payer pour jouir du panorama du mont Ventoux.

Il sait les chemins écartés qui lui feront traverser des villages inconnus, et les raccourcis problématiques qui le laisseront perdu dans la caillasse hésitant entre deux chemins bouviers, pentus comme il n'est pas permis, et dont il ne sait pas s'ils mènent à une route ou à une cour de ferme. Il sait les rares tronçons de nationales qu'il ne peut absolument pas éviter et où il devra garder un équilibre parfait et une ligne droite impeccable, s'il ne veut pas finir plat comme un hérisson sous les roues de ces automobilistes qui ne ralentissent jamais. Il sait se méfier des chevrons optimistes qui sont censés indiquer le pourcentage des côtes et a appris à deviner le relief du terrain d'après les cours d'eau. Il sait aussi que rouler le long d'une rivière est souvent un gage de train plat, à condition bien entendu de ne pas remonter un torrent. Il sait que le vent des vallées montagneuses le fera aller comme un obus ou comme une limace, selon le sens de son voyage. Il sait tout cela, trace son itinéraire en conséquence, part l'âme tranquille et tombe toujours sur des vents, des nationales et des côtes qu'il n'imaginait pas.

— Bon ! dit Albina. Trois mille kilomètres à raison de deux cents kilomètres par jour, ça fait...

— Il vaut mieux voir plus modeste, Albina. Disons cent cinquante par jour et on verra sur place.

— Mais j'ai déjà fait deux cents kilomètres dans une journée et je n'en suis pas morte !

— Pendant un jour ou deux, pas en voyage. Nous ne faisons ni une Diagonale ni une Flèche. Nous avancerons sans flâner, mais sans chercher à battre un record. Qui peut prévoir l'incident mécanique, la panne, la tornade qui fait ramper à dix à l'heure, le copain dans un mauvais jour qu'il faut attendre toute la journée ? Le site auquel on ne devait accorder qu'un coup d'œil et qui retient une bonne heure ? Qui peut prévoir ?

— Vous ! dit Albina. C'est votre job, non ?

— Comptons sur cent cinquante kilomètres en moyenne. Nous ferons plus si nous le pouvons.

— Je vous trouve très pessimiste, aujourd'hui, dit Albina.

— Ne faites pas attention, dit Antoine. Il fait son timoré comme ça, pour nous mettre en confiance, et puis il nous fera faire deux cent cinquante kilomètres par jour s'il considère que tout va bien *pour lui.* Il dit que c'est exaltant !

— Tant mieux, dit Albina, j'exalte déjà !

Elle considère la carte un instant et fait un grand calcul mental.

— Sans compter, ajoute-t-elle, que vos précieux cent cinquante kilomètres par jour, vous savez où ils nous font nous arrêter pour la nuit du quatrième jour ?

— Non.

— À mi-chemin du col du Tourmalet ! Il va falloir faire construire un hôtel en vitesse !

Béatrice est arrivée avec un cadeau : une ravissante robe de lainage vert qu'Albina plaque sur son corps, devant la glace, en poussant des gloussements de joie et en assurant Béatrice qu'elle est la meilleure des amies.

— Je vais la mettre tout de suite !

— C'est pas le moment, dit Antoine qui a peu de goût pour les chiffons. Il faut qu'on finisse de préparer le départ.

— Laisse-la, dis-je. Elle n'aura plus l'occasion de la mettre avant notre retour.

Albina se tourne lentement vers moi, les yeux agrandis comme le fait Marlon Brando quand il veut exprimer qu'il vient d'entendre quelque chose d'incroyable.

— Qu'est-ce que vous dites ? Je n'aurai... Vous voulez dire que je ne peux pas l'emporter avec moi ?

— Précisément.

— Mon pauvre chou, dit Béatrice histoire de verser un peu d'huile sur le feu, je te l'apportais justement pour que tu sois un peu décente le soir, à l'hôtel !

Albina me considère d'un œil glacé.

— Vous voulez dire que je...

J'en ai plein le dos de m'entendre dire ce que je veux dire. Je sais fort bien ce que je veux dire et ce que j'ai dit. Albina aussi, d'ailleurs.

— Écoutez, Albina. Emportez votre robe pour être décente à l'hôtel, vos bottes pour s'il pleut, votre vison au cas où nous irions au bal de la Préfecture, votre peignoir de bain, votre séchoir électrique, votre teckel et votre télévision portative. Après tout, c'est vous qui pédalez, ce n'est pas moi. Mais nous ne vous attendrons pas sur la route, je vous en préviens.

— Tu voyages habillée comment ? dit Béatrice. Toute nue, je présume !

C'est tout le drame des néophytes. La première fois que j'ai fait un long voyage à vélo, j'ai trimballé dans d'immenses sacoches à soufflets de quoi équiper en linges et lainages divers une compagnie d'infanterie. J'ai traîné et hissé tout cela pendant des jours, au haut de pentes asphyxiantes et contre des vents impérieux, et j'ai appris ma leçon à la force du jarret. Depuis cette expérience, les compagnies d'infanterie peuvent venir se traîner à mes genoux, je n'ai pas un mouchoir de trop à leur prêter. En fait, il m'arrive de n'en avoir même pas assez pour moi.

Avec un « knicker », des bas de laine, un short, des socquettes, un chandail et quelques vêtements de rechange, le cycliste est paré. Sans oublier, aux pieds, les indispensables souliers cyclistes et, ailleurs, la non moins indispensable culotte doublée de peau de chamois, qui donne la sensation réconfortante qu'on est assis sur du rahat-lokoum. Il faut emporter peu de choses, renvoyer son linge sale par la poste et en acheter d'autre à mesure des besoins. Une sacoche de guidon bien garnie suffit à une randonnée de quinze jours.

— Je ne vais pas dîner le soir à l'hôtel avec la même costume que sur la route, dit Albina. Certainement pas !

— Je t'approuve, chérie, dit Béatrice.

— Un pantalon léger et un chandail feront très bien l'affaire, dis-je, les hôtels n'exigent plus le smoking. D'ailleurs les hôtels n'exigent plus rien, sinon que l'on soit convenable et qu'on paie sa note. Surtout que l'on paie sa note.

— Ma pauvre cocotte, dit Béatrice, tu vas porter le même pantalon et le même chandail pendant dix jours ! Je ne t'envie pas !

— Certainement pas, dit Albina en empilant des vêtements sur la table. Je vais emporter ça ! et ça ! et ça aussi !

— Bravo ! dis-je. Eh bien, préparez donc votre sacoche tout de suite pendant que vous y êtes, car nous partons de très bonne heure demain matin.

Puis je me désintéresse de la question parce que je sais très bien qu'elle peut emporter la robe verte mais pas le nécessaire de toilette en cuir, ou le nécessaire et pas les deux pantalons ni la jupe rouge, ou la jupe rouge et pas le poste à transistors, ou le poste et pas le pyjama, ou le pyjama et pas le nécessaire à chaussures.

Les sacoches de guidon étant ce qu'elles sont, un choix s'impose.

Je m'absorbe en compagnie d'Antoine dans l'examen de la carte tandis que derrière nous Albina fait et défait sa sacoche en jurant à voix basse, encouragée par le murmure sournois de Béatrice.

— Voilà ! dit-elle enfin.

Tout n'est pas rentré dans la sacoche, mais déjà elle a l'air d'une montgolfière prête à prendre son envol. Bourrée à craquer, elle laisse passer des coins de jupes et de chandails par tous les bouts.

— Bien ! dis-je. Il ne vous reste plus qu'à y mettre le strict minimum indispensable.

— Le quoi ?

— Une chambre à air de rechange, les cartes routières, un nécessaire de réparation, quelques outils, un imperméable et de quoi grignoter en route.

— Je n'ai pas faim.

— Quand vous aurez faim sur la route, croyez-moi, une tablette de chocolat vous sera plus utile qu'un soutien-gorge de rechange. Vous ne démonterez pas vos pneus avec votre brosse à cheveux et vous ne vous protégerez pas de la pluie avec votre pyjama à fleurs.

— Comment tu supportes cela, je me le demande ! dit Béatrice.

— Moi aussi, dit Albina en se mettant en devoir de défaire sa sacoche.

Béatrice se fâche tout rouge :

— Mais envoie-les donc promener ! Fais un autre sport ! C'est ridicule, à la fin !

— Les autres sports m'ennuient, à présent.

— Eh bien, ne fais pas de sport ! Tout le monde ne fait pas de sport, après tout !

— C'est une agréable occupation.

— J'en connais d'autres !

Albina soupire :

— Où est-ce que tu seras, jeudi, vers quatre heures ?

— Jeudi vers... ? Je ne sais pas, moi ! Ah si ! Je vais à un thé chez une amie.

Albina retourne sa sacoche et la vide entièrement sur la table. Elle jette la robe verte sur un fauteuil.

— Moi, jeudi vers 4 heures, je serai arrivée au sommet de l'Awbisk.

— Et alors ?

— Et alors ? Vous, vous serez des millions de femmes à prendre le thé chez des amies et moi, peut-être, je serai la seule fille à être arrivée à cette moment-là au sommet de l'Awbisk avec juste mes jambes et mon baïcycl' !

— Et ça prouve quoi ?

— Ça prouve rien. Mais moi, rien que d'y penser, dit Albina en plaçant une chambre à air au fond de son sac, moi j'exalte !

Nicolas à l'hôtel

Nicolas met pied à terre à quelques mètres de l'hôtel. Il a fait aujourd'hui deux cent trente kilomètres et considère qu'il est temps de prendre un peu de repos. Il se donne un coup de peigne, époussette son short et sa chemisette du revers de la main, s'essuie le visage, tire sur ses socquettes blanches et passe d'un air décidé devant l'amiral qui lui ouvre la porte en le saluant, parce qu'il n'a pas vu le vélo accoté à une plante verte sur le trottoir.

Nicolas connaît la technique à employer pour épargner l'infarctus du myocarde aux réceptionnaires des grands hôtels. Il faut demander une chambre avec bain-douche (ou piscine, ou tout ce qu'on voudra) avec la même assurance tranquille que si l'on descendait d'une Rolls en or massif. Non certes que l'on refuse jamais de louer une chambre à un cycliste ! Mais les réceptionnaires sont gens de routine et il ne faut pas bousculer leurs idées préconçues. On a toujours une plus belle chambre si l'on ne parle de son vélo *qu'après*.

Cette fois encore, informé qu'il sera l'heureux locataire du 113 avec salle de bains et balcon sur la mer, Nicolas attend le moment fatidique :

— Le portier va conduire votre voiture au garage, monsieur.

— Inutile, merci. Je voyage à vélo. Indiquez-moi seulement où je peux le garer.

Il y a, palpable comme un parpaing, un bref instant de silence étonné. Le réceptionnaire, habitué à réfléchir à une vitesse supersonique, se demande en une seconde :

a) S'il a bien entendu.

b) Si le client se doute du prix de la chambre qu'il vient de retenir.

c) S'il va arriver habillé comme cela, ce soir, dans la salle à manger.

d) Si le 84 avec douche et vue sur la cour n'aurait pas aussi bien convenu.

e) Si — méfiance ! — il ne s'agit pas d'un riche original, copain comme cochon avec l'Aga Khan, et qu'il s'agit de ne pas froisser.

La seconde est passée et le réceptionnaire sourit à Nicolas.

— Mais certainement, monsieur. Avez-vous un bagage ?

Et comme Nicolas acquiesce, il appuie sur un bouton, ce qui fait arriver un bagagiste frétillant dont les larges pognes brûlent déjà à la pensée de se refermer sur des poignées de valises pur porc et, l'instant d'après, sur un généreux pourboire. Il suit Nicolas dehors, cherche des yeux la Rolls en or massif et sent son échine se glacer à la vue de la bicyclette poussiéreuse.

Nicolas, point ému par ce petit drame intérieur, détache tranquillement la sacoche, la pose dans les bras du bagagiste, plante dedans sa pompe à vélo pour que ça fasse plus joli et lui passe autour du cou la musette jaune qui était attachée sous sa selle et sur laquelle il est écrit *Cycles Mercier.*

— Allons-y, dit-il, je vous suis.

Et le bagagiste, trente ans de métier, Negresco à Nice, Palais à Biarritz, George-V à Paris et Martinez à Cannes, monte lentement le perron du palace, le rouge au front en priant Dieu que la marquise du 412 ne descende pas à cet instant précis.

C'est, dès cet instant, un homme dont la vie est gâchée.

Nicolas sifflote dans son bain. Il en profite car l'hôtel d'aujourd'hui n'est pas l'hôtel d'hier ni l'hôtel de demain. C'est la loterie quotidienne du randonneur qui parfois, soit fatigue, panne ou mauvais temps, est obligé de s'arrêter dans un village quelconque et de se contenter de ce qu'il trouve en matière d'hôtel.

Nicolas a tout connu. Les palaces où trois grooms snobs et un garçon d'ascenseur l'escortaient pour porter sa sacoche ; l'hostellerie prétentieuse tout en vieux bois neuf, mais dont les lavabos sont bouchés ; la gargote crasseuse aux draps même pas douteux ; le petit hôtel gentil et confortable ; le piège à courants d'air ; l'orchestre philharmonique composé de tuyauteries, chasses d'eau, moteurs d'ascenseur et machines à laver ; la chambre sur la voie ferrée Paris-Marseille ; les commodités au fond du couloir, quand elles ne sont pas au fond de la cour ; les hôteliers *« Soyez le bienvenu et faites comme chez vous »*, les hôteliers *« C'est la saison, il ne faut pas être trop exigeant »*, et les hôteliers *« Si vous n'êtes pas content, vous n'avez qu'à aller en face. »* Tout ! Il a tout connu et s'est bâti une philosophie à toute épreuve qui lui permet de manger tous les brouets et de coucher dans tous les draps, avec cependant une préférence marquée pour les plats appétissants et les draps propres.

Il a connu les hôteliers enthousiastes et sportifs qui lui apportent le Livre d'Or pour qu'il voie la signature de Bobet ; les bavards qui, sous prétexte de lui parler de son vélo, lui parlaient tard dans la nuit de leur tennis ; les méfiants qui lui faisaient remplir sa fiche de police avant même qu'il ne fût dans sa chambre ; les compatissants qui lui conseillaient de continuer par le train et les étourdis qui lui facturaient cinq francs de garage pour son automobile.

On ne peut pas en remontrer à Nicolas sur l'industrie hôtelière française. Il pourrait devenir inspecteur du Guide Michelin sans examen de passage. Il a même eu une fois une chambre sans fenêtre, sans vasistas, sans imposte, sans œil-de-bœuf, sans rien !

C'était à Lézignan-Corbières. L'étape avait été longue et (avec la candeur du néophyte qu'il était) il avait choisi le premier hôtel rencontré. Le temps de s'occuper des vélos il laissa son équipier, Jean, monter dans sa chambre, puis suivit la patronne afin qu'elle lui indiquât la sienne.

— J'espère, dit-il en montant l'escalier, que je n'aurai pas trop le bruit de la route, car j'ai envie de bien dormir.

— Ça, dit la dame, pour avoir pas de bruit, vous aurez pas de bruit !

Elle se rengorgea comme si son hôtel avait été construit par Le Corbusier et ajouta :

— Y a pas de fenêtre ! Alors !

Le temps de s'étonner, Nicolas fut dans la chambre et constata qu'en effet il n'y avait pas de fenêtre. Pas de bruit non plus, il faut être juste.

C'était la seule chambre disponible, il était fatigué, il ne discuta pas. La dame partie, toute fiérote, il s'assit sur son lit et regarda autour de lui en se demandant comment et quel sorte d'air il était censé respirer. Un rideau sur le mur attira son attention. Il le souleva et se trouva en train de regarder dans la chambre voisine où son ami Jean se reposait sur le lit.

Jean fut on ne peut plus étonné de voir la tête de Nicolas s'encadrer dans ce qui était, de son côté, une étagère à livres creusée dans le mur.

— Qu'est-ce que tu fais là ? dit Jean.

— Ben, tu vois, dit Nicolas, je cherche par où on respire ! Tu respires par où, toi ?

Jean indiqua, au-dessus de sa tête, un vasistas ouvert qui laissait passer parcimonieusement l'air pur de l'Aude.

— Heureusement qu'il ne pleut pas ! dit-il.

Ils passèrent néanmoins une excellente nuit car ils étaient bons camarades et habitués à collaborer. Jean prenait son air par le vasistas et le repassait à Nicolas, après usage, par le trou dans le mur. Ayant respiré tout son saoul, Nicolas glissait son air sous la porte qui, heureusement, n'était pas jointive.

Au matin, l'hôtelière leur trouva la mine très reposée et leur reprocha amicalement de ne pas rester quelques jours de plus.

Comme tous les cyclistes en randonnée, Nicolas a connu également les difficiles départs à l'aube, dans les petits hôtels ne possédant pas de veilleur de nuit. Il n'est évidemment pas question de réveiller à 5 heures du matin pour ouvrir une porte et servir un café des gens qui se sont couchés tard. Il faut descendre dans la pénombre sur la pointe des pieds, éviter que la pompe ne dégringole trois étages en heurtant distinctement chaque marche, s'apercevoir que la porte qui devait rester ouverte — juré-promis ! — est fermée à clef, chercher une autre issue, se perdre dans la cuisine, errer dans la salle à manger, entrer dans un placard à balais, retenir trois balais et un seau qui s'écroulent, sortir du placard à balais, essayer une autre porte derrière laquelle un chien se met à aboyer, calmer le chien qui, entendant une voix, aboie de plus belle, sortir, enfin, par la fenêtre de la plonge en dérapant dans les eaux grasses, arriver à l'appentis où est enfermé le vélo, s'apercevoir que l'appentis est fermé à clef et s'asseoir sur une marche en attendant qu'il soit 8 heures, heure à laquelle une servante aux yeux bouffis de sommeil s'étonne de votre présence, fait un commentaire ironique sur les gens qui veulent prétendument se lever à l'aube et qui sont encore là à 8 heures, et vous indique d'un index négligent la clef pendue à un clou sur le côté de la porte de l'appentis, où votre précieuse bicyclette a passé la nuit — promis-juré ! — à l'abri des voleurs.

Nicolas a également été réveillé un matin, à Châtellerault, de la façon la plus insolente du monde par des policiers qui, à l'heure légale, ont fait irruption dans sa chambre et lui ont demandé ses papiers afin de savoir s'il n'était pas dans ses intentions d'agresser au bazooka tel grand personnage de la République qui voyageait dans la région ce même jour. Vitupérant la police et les politiciens, il poussa ce jour-là jusqu'à Angoulême où il découvrit que toutes les chambres de tous les hôtels de la ville étaient occupées par des policiers venus tout exprès de Paris pour contrôler les papiers des occupants des chambres des hôtels d'Angoulême. Et il trouva cela kafkaïen.

Nicolas a dormi un jour dans un hôtel placé exactement entre la voie de chemin de fer Paris-Irún et la route nationale. Il a fait toute la nuit des rêves de garde-barrière et a découvert, au matin, que son lit avait avancé d'un bon mètre par suite des vibrations produites par le passage des express.

Comme il demandait le lendemain matin à l'hôtelier si ses clients ne se plaignaient jamais du bruit des trains, cet homme sans illusions le prit par le bras et l'emmena sur la route d'où il lui montra la façade peu engageante de son établissement.

— Je vais vous dire, monsieur. Vous voyez mon hôtel ? Pour que des gens s'arrêtent chez moi, il faut qu'ils soient bien fatigués. Et quand on est fatigué à ce point-là, eh bien, on n'entend pas les trains !

Nicolas sortit de son bain, passa un peignoir éponge et, s'accoudant au balcon ensoleillé, regarda la mer. Hier, il était dans un routier qui sentait le poireau. Demain, où serait-il ?

Quand il descendit, convenablement vêtu, il vit que son aspect rassurait beaucoup le réceptionnaire. Il remplit sa fiche de police, conscient que l'autre lisait à l'envers tout ce qu'il écrivait. Quand il écrivit *Industriel*, le réceptionnaire fut très soulagé de lui avoir donné la chambre sur la mer. Il se promit de montrer la fiche au bagagiste qui lui faisait la tête depuis une heure. Nicolas flâna dans le hall, alla lire les menus et la carte affichés à l'entrée de la salle à manger, puis, les mains dans les poches, sortit pour aller dîner dans un petit restaurant sur le port.

En matière d'hôtels, on n'en remontre pas à Nicolas.

Albina et le gendarme

— Enfin, mademoiselle, dit le gendarme en ôtant son képi et en le remettant après s'être gratté le crâne, je vois bien que vous êtes étrangère ! Mais les lois sont les mêmes pour tout le monde. Nul n'est censé ignorer la loi, comme on dit, et que vous le sachiez ou non, « Stop », en français, ça veut dire qu'il faut s'arrêter. Quand le diable y serait !

— Où ? dit Albina.

— Où quoi ?

— La diable ?

— C'est une formule. L'essentiel, c'est qu'il *faut* s'arrêter.

— J'ai ralenti beaucoup à le carrefour, dit Albina. La vitesse de mon veylow au ralenti, c'est égal au vitesse d'un automobile arrêtée.

Nous avons tout pour plaire au gendarme : Albina ne s'est pas arrêtée au « Stop », Antoine et moi roulions à deux de front et Daniel, qui n'aime pas les pavés, roulait sur le trottoir. Pour peu que Jean-François L. nous rejoigne avant que nous n'en ayons fini avec la maréchaussée, nous ne sommes pas sortis de l'auberge ! Jean-François L., en effet, ne fait du vélo qu'avec un képi rouge et un sac poilu de la Wehrmacht en guise de sacoche de guidon. C'est plus qu'il n'en faut pour rendre rêveur un gendarme déjà perturbé par le fait qu'un vélo d'Américaine roule à la même vitesse, au ralenti, qu'une auto arrêtée.

Albina a choisi la mauvaise tactique. Je sais d'expérience qu'il ne faut pas bourrer l'esprit des gendarmes avec trop de choses à la fois. Ce sont de très braves gens, toujours prêts à rendre service, mais qui ont un grave défaut : ils sont soupçonneux comme des compteurs Geiger. Dès que passe à leur portée quelque chose qu'ils considèrent comme étrange et pas catholique, ils se mettent à cliqueter sous le képi et à poser des questions imprévisibles, ce qui fait tomber la moyenne.

— Montrez-moi vos papiers !

— Oh *Lord* ! dit Albina dont les papiers sont au fond de la sacoche. Qu'est-ce que vous saurez de plus avec mes papiers ? Je ne suis pas le sœur de James Bond !

Décidément, Albina s'y prend mal. Le gendarme supporte mal l'ironie, surtout quand il la comprend, parce qu'il s'imagine qu'on croit qu'il ne la comprend pas. Celui-ci est un gendarme à bicyclette, ce devrait être un copain ! Eh bien, non, il est embêtant comme un gendarme à pied !

D'ordinaire, ils vont par deux. Je ne sais pas ce que celui-ci a fait de son jumeau. Perdu en route, peut-être. Heureusement qu'Albina ne sait pas que les gendarmes vont par deux, sans cela je suis sûr qu'elle demanderait au sien ce qu'il a fait de son collègue. Elle ne sait pas parler aux gendarmes.

— Bon ! Alors ? Vous avez vu ma passeport ? Qu'est-ce qu'on fait ? Vous punissez ou vous laissez aller ?

— Punir ! Punir ! Mademoiselle, ma tâche n'est pas punitive, mais préventive ! Imaginez qu'une auto soit arrivée à 150 à l'heure et...

— Oh ! Alors il aurait fallu vous occuper d'abord de l'auto, dit Albina. Parce que le vitesse limite, je vois sur le panneau, il est de 80 ici.

J'essaie d'intervenir parce que je sens qu'Albina nous conduit tout droit à l'échafaud, mais le gendarme me fait taire d'un geste de la main en m'assurant que je ne perds rien pour attendre et qu'il va s'occuper de mon cas plus tard.

Sur ces entrefaites arrive Jean-François L. dont le képi rouge et la sacoche velue déclenchent, comme je le redoutais, les réflexes conditionnés du gendarme.

— Vos papiers ! dit-il.

— Qui ? Moi ? dit Jean-François. Qu'est-ce que j'ai fait ?

— C'est pas vous qui avez fait, dit Albina. C'est moi qui ai fait. Mais vous savez comment sont les gendarmes !

Nous savons. Parfois, en désespoir de cause, nous entrons dans les gendarmeries pour faire tamponner nos feuilles de route au cours d'un Brevet. On pourrait croire que le citoyen qui entre de son plein gré dans une gendarmerie pour demander un coup de tampon est un parangon d'innocence. Eh bien, non ! Les gendarmes trouvent toujours cela suspect, tournent et retournent la feuille de route de tous les côtés, froncent les sourcils, s'écartent pour des colloques chuchotés, demandent à voir les papiers, s'enquièrent d'où l'on vient, où l'on va, si l'on a été vacciné contre la variole, quels sont vos moyens d'existence et finalement, après une heure de palabres pendant laquelle l'ombre de la guillotine est passée plusieurs fois, le malheureux cycliste se voit gratifié de son tampon avec un coup d'œil sourcilleux qui signifie : « Ça va pour cette fois, mais qu'on ne vous y reprenne plus ! »

(Je ne fréquente pas souvent les gendarmeries mais je sens, après avoir écrit cette chronique, qu'il est impératif que je n'y remette jamais les pieds !)

Ce gendarme-ci insiste pour avoir les papiers de Jean-François. Ce qu'il y lit l'étonne à un point tel qu'il ôte et remet son képi deux fois avant de parler :

— Ainsi, vous êtes chirurgien ?

— Eh oui ! dit Jean-François. Tout à votre service !

Toute l'attitude du gendarme dit : « Eh bien, mince alors ! » Il regarde le képi rouge, la sacoche poilue, la carte d'identité et la figure réjouie de Jean-François. Manifestement il y a là quelque chose qui ne colle pas avec l'idée qu'il se fait d'un chirurgien. Mais quoi ?

— Et vous faites du vélo ?

— Comme vous le voyez !

— Et vous, vous faites quoi ? dit-il à Antoine.

— Du vélo aussi.

— Non. Je veux dire : comme métier ?

— Chef opérateur de cinéma.

Alors le visage de notre gendarme s'éclaire. Du cinéma ! Voilà l'explication. Ce sont des gens de cinéma ! Il se disait bien aussi qu'il n'y a que dans les films que ces choses-là arrivent. Il est ravi, le gendarme ! C'est qu'on ne la lui fait pas, à lui. Et puis, Bimbin, son collègue qui dit toujours qu'il ressemble à de Funès, ce serait peut-être le moment de se pousser !

— Et vous ? dit-il à Albina. Vous êtes l'actrice ?

— Moi ? dit Albina. Je suis étudiant. Je fais langues O.

— Langzo ?

— ... rientales ! dit Daniel en bridant ses yeux avec ses index.

— Vous, dit le gendarme, je ne vous ai rien demandé.

Il lui reste à se tirer à son honneur de ce mauvais pas. Bien sûr, la jeune fille ne s'est pas tout à fait arrêtée au « Stop ». Pour du vulgaire il pourrait en faire une histoire. Mais un chef de cinéma, un chirurgien en képi rouge et une Américaine qui étudie le Langzo... pas d'histoires ! Pas d'histoires ! Il s'ébroue, rend les papiers et se décide à la mansuétude.

— Ça va pour cette fois, dit-il, mais faudra penser à vous arrêter au « Stop », hein ? Quant à ces messieurs...

— Qu'est-ce qu'on a fait ? dit Jean-François.

— Vous, rien, docteur. Mais le monsieur-là il roulait sur le trottoir et les deux autres ils roulaient deux de front.

Rouler à deux de front est le grand grief que l'on fait aux cyclistes alors que, même ainsi, ils tiennent encore moins de place qu'une grosse voiture ou une caravane. Avec cet avantage, qu'eux peuvent se mettre sur une seule file au moindre coup d'avertisseur, alors que la grosse voiture ou la caravane persistent à être encombrantes. Mais pour ce genre d'observation, j'ai ma réplique prête.

— Vous permettez ? dis-je au gendarme. L'article 192, paragraphe I, titre V du Code de la route dit nettement que *« le long des routes pavées, la circulation des cycles est tolérée sur les trottoirs affectés aux piétons »*.

— Ah ? dit le gendarme.

— Et l'article 189 du même titre V autorise les cyclistes à *« rouler, de jour, deux de front »*.

Le gendarme est vaincu. Il regarde encore un peu le couvre-chef de Jean-François en cherchant désespérément dans sa mémoire un article du code qui interdise le port du képi rouge, mais il ne trouve rien.

Pourtant, il ne peut pas nous laisser partir ainsi. Un gendarme réduit *a quia* par un particulier qui connaît le code, ça ne s'est jamais vu. On le saurait dans les gendarmeries. Il est bien content que Bimbin se soit arrêté au bourg pour faire arranger la dynamo de son vélo, tiens ! Ça lui aurait bien déplu, qu'il entende ce quidam le coller sur le code. Mauvaise langue comme il est, on n'aurait pas fini d'en rigoler dans le pays. Allons ! Il faut trouver quelque chose.

— Et ces vélos ? dit-il. Un peu voir ces vélos ! Faites-moi un peu marcher les éclairages.

Il tombe mal. Nous sommes pointilleux sur le matériel et nos quatre éclairages fonctionnent comme de petits soleils. En désespoir de cause, il passe un index d'adjudant sur le feu arrière de Daniel et le ramène couvert de poussière. Je jurerais qu'il va dire : « Z'appelez ça un feu rouge nickel ? »

— Faut entretenir vos lumières propres, dit-il. Votre vie en dépend.

Ce qui lui fait penser aux freins. Il les essaie tous, lui-même, à l'arrêt. Comme des freins, à l'arrêt, sont toujours formidables, il s'avoue satisfait et nous libère non sans nous avoir fait un petit cours sur l'entretien de la bicyclette, « qui assure la sécurité car, comme chacun sait, le bon ouvrier est toujours celui qui a de bons outils et... »

— Bien ! dit Daniel. Alors, salut !

— Salut ! dit le gendarme. Et bonne route. Vous allez loin comme ça ?

— Pas très, dit Albina. Dans deux mille kilomètres, on est arrivés.

Le gendarme siffle.

— Eh bien, dit-il, vous êtes gonflés !

En guise d'adieu, Albina saute en selle et montre du doigt le pneu arrière du gendarme qui est manifestement entré en relation avec un clou.

— Pas vous ! dit-elle. Pas vous !

Mais Albina ne saura jamais parler aux gendarmes.

Étienne et les vélocistes

Étienne a vu l'enfant qui jetait la pierre, mais l'enfant n'a pas vu Étienne. Il était trop tard pour qu'il pût faire quoi que ce soit et le caillou est venu heurter violemment la fragile jante en duralumin. Il y a maintenant une bosse qui va cogner sous le frein à chaque ralentissement. Bonne journée ! Il va falloir trouver un vélociste.

Ce nom assez laid cache tout simplement le brave homme qui, dans chaque ville, village ou bourgade, répare les mécaniques à deux roues sous la raison sociale *Cycles – Vente et réparations*. Les bonnes gens du bourg disent simplement : « Aller chez le cycliste », mais les cyclistes, qui veulent dire cycliste quand ils parlent de cyclistes, disent vélociste pour qu'il n'y ait pas de confusion.

C'est une race qui se perd. Certes, ils exercent toujours sous l'enseigne *Cycles – Vente et réparations*, mais la plupart d'entre eux se sentent davantage concernés par la vente et la réparation de motocyclettes, source de revenus plus importants tirés d'une clientèle moins avertie.

On peut faire croire tout ce que l'on veut à un propriétaire de motocyclette ou de pétrolette dont le moteur est en panne, et lui facturer du prix d'un moteur neuf un simple réglage de bougie. Il n'en va pas de même avec le cycliste qui, ayant un engin dépourvu d'entrailles mystérieuses, connaît le prix de chaque intervention et, par conséquent, est un client beaucoup moins apprécié.

Étienne soupire. Il a fréquenté suffisamment de vélocistes pour savoir à quelles difficultés il va se heurter. Changer une jante ! Travail d'une heure impossible à facturer au prix du caviar. Heureux encore si on le lui refuse poliment.

Le vêlociste du coin, par chance, est poli.

— Mon pauvre monsieur ! dit-il. Changer une jante ? Vous ne vous rendez pas compte ? J'ai trois motos à finir pour ce soir !

— Mais, dit Étienne, vous vous occupez bien de vélos, non ?

— J'en vends, monsieur, j'en vends ! Mais pensez ! S'il me fallait changer les jantes ! Laissez-le-moi, je vous le donne après-demain.

C'est la chanson du vélociste : ils n'ont pas le temps, ou ils n'ont pas de jante, ou ils allaient justement fermer, ou ils viennent à peine d'ouvrir, ou leur ouvrier est en congé, ou c'est le jour de l'inventaire, ou c'est samedi, dimanche, lundi matin, le 14 juillet ou la Saint-Machin, patron du pays. Leur femme est malade, leur fille fait sa première communion, c'est le baptême de leur petit-fils, ou ils vont chez le médecin pour leur sciatique. Les vélocistes n'ont *jamais* le temps de s'occuper d'un vélo.

Les *mauvais* vélocistes, s'entend ! Car il y en a heureusement des bons. Ils sont rares, mais ils existent. Et quand ils ne sont pas vraiment très bons, ils sont au moins fort complaisants.

Étienne se souvient du jour où Antoine a cassé deux rayons de sa roue arrière, à Laruns, un samedi matin, juste avant d'attaquer les Pyrénées. La roue arrière, c'est ennuyeux, parce qu'il faut démonter la roue libre. Le réparateur de cycles du coin était un dilettante. Il ne venait à Laruns que le samedi matin (ce qui était déjà une chance !) et ouvrait sa boutique *absolument dépourvue de quelque outillage que ce soit*. L'arrivée d'Antoine le plongea dans des abîmes de perplexité. Démonter la roue libre et changer les rayons, il ne demandait pas mieux. Mais tout son outillage était à Pau. En fait, il n'ouvrait une demi-journée par semaine que pour prendre des commandes de vélomoteurs. Ils se grattèrent le crâne tous les deux, longuement, sans que nulle étincelle en jaillît. Le vélociste essaya de démonter la roue libre avec un trousseau de clefs et une paire de ciseaux de couturière, mais n'y parvint pas. Il n'y comptait d'ailleurs pas, c'était une sorte de baroud d'honneur. Ils échangèrent des considérations techniques sur les roues libres et enrichirent mutuellement leur bagage mécanique, mais sans résultat pratique.

Un voisin vint dire bonjour. C'était le charron du lieu. Il s'intéressa au problème et proposa une solution, car rien de ce qui était mécanique de précision ne le laissait indifférent.

— Il n'y a qu'à coincer le tout dans un étau, dit-il, et forcer dessus en tapant avec quelque chose de lourd !

Antoine remercia et refusa poliment.

La boulangère vint dire son mot et conseilla à Antoine de monter l'Aubisque par le car de midi quarante.

Enfin, à force de réflexion, d'essais, de torsions, de jurons et de bonne volonté, le vélociste, dans un suprême effort, réussit à glisser les deux rayons dans leur logement sans avoir à ôter la roue libre. Toute l'affaire avait duré trois heures et le charron était horriblement vexé.

Tout cela pour dire, n'est-ce pas, qu'il ne faut pas généraliser et qu'il y a de bons vélocistes. Mais il y en a peu.

Pour l'instant, Étienne continue sa randonnée avec une jante tordue qui rend son frein avant quasiment inutilisable. Par acquit de conscience il entre chez les vélocistes chaque fois qu'il en voit un.

Pas l'temps !

Il devient humble. Commence par s'excuser du dérangement qu'il occasionne, prévoit les objections et tourne des phrases dans le genre de : « Je sais bien que je vais vous demander quelque chose qui est en dehors de vos attributions, mais si vous aviez l'obligeance de bien vouloir me rendre service, je serais heureux que vous consentiez à... » Rien n'y fait.

— Je peux vous vendre un vélo si ça vous arrange, mais rayonner une jante ! Où irions-nous s'il fallait rayonner des jantes ?

Certains, plus aimables, tapotent sa jante avec un marteau pour résorber l'enflure et font le simulacre de dévoiler la roue. Cela ne change pas grand-chose, mais c'est un geste touchant qui part d'un bon sentiment. Et dans le désert moral où il se trouve, Étienne en est vivement ému.

Pourtant il se souvient de son passage à Abbeville où entré timidement chez le vélociste du coin pour une petite réparation, il avait été accueilli à bras ouverts avec de véritables exclamations de joie.

Cet homme-là était un ancien coureur que la manipulation quotidienne des vélomoteurs et autres mécaniques puantes vieillissait prématurément. Il ne reprenait vie et couleurs qu'à la vue d'une bicyclette et l'on murmurait dans le quartier qu'il allait, nuitamment, détraquer les vélos de ses voisins à seule fin de pouvoir les réparer le lendemain. Quand Étienne pénétra chez lui, il décrocha et envoya à tous les diables la pétrolette qu'il était en train de dépanner sans enthousiasme, et travailla avec gourmandise sur le vélo d'Étienne qui n'en croyait pas ses yeux. Apprenant que son client se disposait à passer la nuit à Abbeville, il téléphona lui-même à différents hôtels pour lui trouver une chambre, il lui donna l'adresse d'un bon restaurant et, la réparation terminée, il lui offrit à boire dans un bistrot voisin.

Quand Étienne pense au vélociste d'Abbeville, il en a les larmes aux yeux.

Mais pour l'instant il est dans les Ardennes et se dirige, par les Alpes, vers les Pyrénées. Il n'est, hélas, pas question de faire un crochet par Abbeville, quelque envie qu'il en ait.

La jante, au fil des kilomètres, ne s'arrange pas. Les vélocistes non plus.

— Pas l'temps !

Ou bien :

— Vous rigolez, non ?

A l'air qu'ont certains, on dirait qu'ils vont appeler les gendarmes.

Les descentes des cols des Alpes sont de véritables cauchemars. À chaque tour de roue la jante cogne sur le frein et la fourche vibre. Étienne pense que si sa fourche casse soudain dans la descente d'un col, il n'aura pas, de sitôt, besoin d'un vélociste.

Il rêve au réparateur de cycles de Conflans-Sainte-Honorine qui profite toujours de sa présence dans son atelier pour faire des cours de morale aux jeunesses du lieu qui lui apportent leurs engins à moteur à réparer :

— À ton âge, sur ces machines ? Tu devrais avoir honte ! Regarde le monsieur, là, avec ses cheveux gris, il fait du vélo, lui ! Et toi, à dix-huit ans, tu n'es même plus capable de pédaler, hein ? Ça te fatigue de pédaler ?

— Ouais !

— Minable ! Tu mériterais que je ne te la répare pas, ta pétrolette ! Fainéant ! Moi, si j'étais au gouvernement...

Hélas ! son ami de Conflans n'est pas au gouvernement, ni d'ailleurs sur la Côte d'Azur où Étienne continue sa quête vaine.

— Pas l'temps !

Ou bien, dernière trouvaille :

— Tout ce que je peux faire, c'est vous prêter les outils. Vous vous mettez dans un coin et vous le faites vous-même.

Hélas ! Rayonner une roue convenablement demande un tour de main qu'Étienne n'a pas. Mais il se jure bien d'apprendre.

À Narbonne, il rencontre un phénomène qui manquait à sa collection : le vélociste prophète.

— Monsieur, lui dit cet homme de bien, si vous voulez un bon conseil, abandonnez le vélo ! C'est fini, le vélo ! C'est mort, le vélo ! Rien n'est plus fait, en ce bas monde, pour le cycliste. Ni les routes, ni les gendarmes, ni les vélocistes. Vous y perdrez vos amis, vos économies, votre santé et peut-être même votre femme ! Vous êtes le représentant d'une race en voie de disparition et vous devriez prendre les devants et renoncer au cyclisme de votre plein gré, avant d'y être contraint par les circonstances. Au siècle des fusées, vous n'avez plus votre place dans le monde. Pour être tout à fait franc, vous gênez ! Les vieux, les jeunes, les femmes, les bonnes sœurs, les curés, tout est motorisé. Vous viendriez avec une motocyclette, je vous la réparerais, mais un vélo, non, monsieur ! Voyez-vous, un vélo, je ne peux pas. Croyez-moi, c'est un véritable service que je vous rends ! Il y a des folies qu'il ne faut pas encourager.

À Foix, la femme d'un vélociste local l'informe que son mari est aux champs pour rentrer les foins avant la pluie et que s'il veut bien avoir l'amabilité de sortir, elle va fermer la boutique parce qu'elle a du repassage en retard. On sent que tous ces gens n'ont pas de temps à perdre avec les futilités de l'existence.

Étienne s'excuse, remercie, se coule le long des murs, se sent coupable d'une quantité de choses mal définies et n'ose plus regarder les gens en face dans la rue.

À Pau, comme il lui reste quelque deux mille kilomètres à faire, il se décide enfin à acheter une roue neuve, ce qu'il ne voulait pas faire car il a un moyeu de très grande qualité quasiment introuvable en province.

— Une roue neuve ? dit Figuès, vélociste palois, en regardant le vélo d'Étienne. Mais vous n'y pensez pas ? Je n'ai aucune roue équipée d'un moyeu comme le vôtre ! Si je vous vendais une roue neuve, vous perdriez trop au change.

— C'est bien mon avis, dit Étienne, mais je ne peux pas continuer comme cela.

— Mais, monsieur, vous cherchez la difficulté au lieu d'aller aux choses simples ! Je vais vous changer la jante et vous rayonner la roue, c'est tout simple !

Étienne chancelle, étourdi par le choc.

— Mais... mais c'est qu'il est déjà 7 heures du soir, dit-il, vous alliez fermer !

M. Figuès sourit et ajuste ses lunettes.

— Monsieur, il n'y a pas d'heure pour dépanner un vrai cycliste ! La race s'en perd et c'est bien dommage. Aussi, moi, quand je vois un vrai cycliste, heure ou pas, je fais le maximum pour le dépanner. Asseyez-vous, c'est l'affaire d'une petite heure.

Et assis sur une caisse, Étienne, le cœur illuminé d'une joie profonde, assiste pendant une heure à un spectacle rare : un vélociste rayonnant, et rayonnant de rayonner.

Il a fait, depuis le moment où l'enfant a jeté la pierre dans sa roue, exactement 2 299 kilomètres.

Albina capitaine de route

— Dans l'étape de demain, décide Albina, nous ferons une petite crochet et nous nous arrêterons un petit moment chez mon amie Paméla qui a une maison par là.

— Dans l'étape de demain, dis-je, nous ne ferons rien de tel parce que nous avons juste le temps de passer les cols avant la grosse chaleur.

Albina tape du pied et profère l'un des jurons favoris de son frère Jerry qui est adjudant des Marines.

— J'en ai assez ! dit-elle. C'est toujours vous qui commandez et qui dites ce qu'il faut faire, et où on va, et quand on part, et par où on passe, et quand on s'arrête ! Pourquoi pas les autres aussi de temps en temps ?

— Il faut écouter le capitaine de route, dit Daniel.

— La prochain randonnée, c'est moi la capitaine de route !

— Tout de suite si vous voulez, Albina. Je vous passe les pouvoirs. Vous commencez demain.

— O.K. ! dit Albina. Vous dites ça pour que je dis non, mais je dis oui. Demain je *suis* capitaine de route et nous passons chez Paméla.

Capitaine de route est un bien grand mot, que nous utilisons entre nous pour plaisanter. En fait, cela n'existe vraiment que chez les coureurs ou les cyclosportifs recherchant la performance. Randonneurs paisibles que nous sommes, nous n'avons bien entendu établi aucune hiérarchie, mais en réalité, dès que l'on commence à voyager à quatre ou cinq comme c'est le cas, il faut tout de même que quelqu'un fasse au moins semblant de coordonner les problèmes du voyage.

Albina va se coucher, l'âme paisible, parce qu'elle ne se doute pas de ce qui l'attend. Je fais de même parce que je sais que le lendemain mon élève préférée va apprendre quelque chose de nouveau et les copains en font autant parce que Albina ou moi, c'est tout un, pourvu qu'on les laisse pédaler en paix.

Le petit déjeuner traîne. Jean-François L. écrit des cartes postales, Daniel fume et Albina polit ses ongles.

— Qu'est-ce qu'on attend ? demande Antoine.

— On attend qu'Albina donne le signal du départ, dis-je.

Albina sursaute.

— Qui ? Moi ? Ah oui ! Moi ! Bon ! Allons-y !

Nous sortons et enfourchons nos bicyclettes.

— De quel côté on sort de la ville ? demande Albina.

— C'est vous qui allez nous dire cela. Vous avez consulté la carte ?

Tandis que nous fumons tranquillement assis sur le bord du trottoir, Albina consulte les cartes sport pour lequel elle est assez malhabile. Elle se décide finalement pour une direction et nous entraîne dans son sillage.

Un groupe de cyclistes, c'est comme un orchestre : chacun sait parfaitement jouer de son instrument, mais s'il est question de partir et d'arriver tous en même temps et de ne pas se perdre en route, il vaut mieux que quelqu'un suive la partition.

Albina pédale nez au vent, en chantonnant, pour bien montrer combien le capitanat de route lui laisse l'esprit libre et combien certains, que nous ne nommerons pas, ont bien tort d'en faire tout un cinéma. Moi qui ai bien étudié le parcours, je sais bien qu'après le pont du chemin de fer il faut prendre à droite un petit chemin vicinal qui n'est pas signalé. Mais Albina l'ignore sans doute, car elle passe la bifurcation sans une hésitation et nous entraîne dans une direction qui n'est pas la nôtre. Les équipiers, habitués à suivre celui qui a l'air de savoir où il va, pédalent en confiance et admirent le paysage.

— Stop ! dit Albina. Qu'est-ce que c'est que ça ?

« Ça », c'est une route nationale sur laquelle nous débouchons soudain et dont un panneau nous indique qu'elle va à Toulouse par la gauche et à Tarbes par la droite. Nous n'allons, faut-il le dire, ni à Tarbes ni à Toulouse.

Albina sort ses cartes routières et s'y plonge, le front soucieux.

— Je crois que nous nous sommes trompés, dit-elle.

— Qu'est-ce qu'elle dit ? demande Daniel.

— Elle dit qu'elle s'est trompée de route, dis-je.

Albina me jette un regard ulcéré mais ne dit rien. Nous faisons dix kilomètres en sens inverse jusqu'à ce que nous retrouvions notre chemin vicinal.

— Dix bornes, dit Jean-François, ça ne nous avance pas !

— Non, dis-je, d'autant que, de là où nous étions, il y avait un chemin plus court pour rejoindre celui-ci.

— Et pourquoi tu l'as pas dit ?

— Parce que c'est Albina qui dirige. Moi, je suis.

Albina commence à se faire du mauvais sang. À chaque croisement, redoutant le piège, elle s'arrête, consulte ses cartes et nous rejoint à pédales redoublées, car bien entendu nous ne l'avons pas attendue.

Antoine s'arrête pour satisfaire un petit besoin. Albina ne s'en est pas aperçue. D'ordinaire celui qui s'arrête ainsi rejoint très vite les autres sans qu'il soit nécessaire de l'attendre. Mais cette fois, au bout de deux ou trois kilomètres, Antoine n'a pas rejoint et j'imagine qu'après être remonté à vélo, il a tout simplement crevé et est en train de réparer.

Albina, qui devrait se retourner plus fréquemment pour voir si son effectif est au complet ou si quelqu'un n'est pas à la traîne, continue sans broncher à nous promener dans la nature. Deux fois encore elle manque d'oublier une bifurcation et ne s'en aperçoit qu'au tout dernier moment. Fatiguée de s'arrêter à tout bout de champ, elle a glissé sa carte routière sur son sac de guidon et la consulte en pédalant, ce qui lui gâte les charmes du paysage.

— Oh ! dit-elle soudain. C'est ici qu'il faut tourner pour aller chez Paméla.

Nous tournons. Pour bien faire, il faudrait laisser quelqu'un au virage pour prévenir Antoine, qui ignore tout de Paméla, que nous avons bifurqué dans ce chemin non prévu. Mais j'hésite à me mêler de ce qui ne me regarde pas.

Paméla et son mari nous accueillent le plus aimablement du monde et nous offrent à boire tandis qu'Albina fait les présentations, jusqu'à ce qu'elle s'aperçoive qu'il lui manque une brebis.

— Antoine ! dit-elle. Où est Antoine ?

Nous ne savons pas où est Antoine.

— Mais c'est épouvantable ! dit Albina. Il était derrière nous tout à l'heure. Il lui est peut-être arrivé un accident ! Il...

— Mais, dit le mari de Paméla intrigué, vous vous perdez comme cela les uns les autres ? Il n'y a personne qui veille au grain ?

— Si, dis-je, le capitaine de route.

— Et c'est vous ?

— *No !* dit Albina d'une petite voix. C'est moi !

Je la rassure tout de même. Antoine est un grand garçon et il ne lui est sûrement rien arrivé de fâcheux. Il est tout au plus perdu, dis-je, et nous le retrouverons à l'étape ce soir.

— Pas de très bonne humeur, je présume, dit Paméla.

Un ange passe.

Nos hôtes nous font asseoir dans des chaises longues sous les ombrages et nous versent des boissons fraîches. Si je n'étais pas absolument certain que ces délices vont nous faire escalader le Tourmalet dans la fournaise de midi, je trouverais l'instant paradisiaque.

Albina se secoue.

— Bon ! dit-elle. C'est pas tout, il faut repartir !

— On est bien, là, dit Daniel.

— Fameusement ! dit Jean-François.

— Mais rien ne vous presse, dit Paméla, restez encore un peu.

Albina cède. Elle a tort. Une bande de cyclistes avachis dans des chaises longues avec des boissons glacées en main, cela se remet en selle par la vertu de l'exemple. Elle devrait prendre congé et feindre de partir seule, cela ferait démarrer tout le monde.

Après un quart d'heure de grâce, nous partons enfin et continuons à pédaler gaiement pendant tout le restant de la matinée. Seule Albina est moins gaie que d'habitude. On se demande pourquoi.

J'étais optimiste ! Nous ne serons pas dans la montagne à midi mais dans l'après-midi ce qui, au point de vue chaleur, ne vaut pas mieux.

Nous traversons un village. C'est ici, normalement, qu'il faudrait déjeuner, car après il n'y a rien avant longtemps. Je sais que l'heure de la faim est proche et qu'il faudrait prendre les devants et y penser dès maintenant. Mais Albina ne sait pas. Elle est en train d'apprendre.

Dix kilomètres plus loin, Daniel déclare qu'il a faim, Jean-François aussi et Albina également. Pour ma part, j'avoue que je mangerais bien quelque chose. Albina consulte sa carte et découvre que le prochain bourg est à trente kilomètres.

— Zut ! dit-elle. On aurait dû s'arrêter dans le dernier village tout à l'heure !

— On aurait dû, dis-je.

— On aurait dû, dit Daniel.

— On aurait dû, dit Jean-François.

Pour l'instant nous sommes en rase campagne et, à moins de déterrer des racines, je ne vois pas ce que nous allons manger.

— J'ai peur qu'il faut revenir en arrière, dit Albina.

— J'en ai peur, dit Jean-François.
— J'en ai peur, dit Daniel.
— J'en ai peur, dis-je.

Nous revenons en arrière de dix kilomètres. Le déjeuner est bon, mais pas gai. Le café bu, Albina qui retrouve quelque vigueur saute sur ses pieds et dit d'une voix sans réplique :

— En selle !

Le métier rentre.

Nous sommes dans la caillasse surchauffée du Tourmalet à 3 heures de l'après-midi. Le soleil est bien d'aplomb au-dessus de nos têtes et nous tanne le cuir. Jean-François qui a des ennuis avec son dérailleur perd le contact. Dans la haute montagne chacun roule à son rythme et, en général, les écarts se creusent. D'ordinaire nous veillons à ce que le tout dernier de la file soit toujours en vue, quitte à l'attendre un peu de lacet en lacet. Ainsi s'il a un ennui quelconque on peut s'avertir l'un l'autre, l'attendre ou redescendre un peu pour l'aider. Mais Albina, qui a déjà fort à faire avec le pourcentage de la côte, a mis le nez dans son guidon et oublie complètement qu'elle a charge d'âmes. Quand nous arrivons au sommet, Jean-François est toujours loin derrière et Albina se rend compte avec horreur qu'elle a encore perdu un de ses équipiers.

Cette fois il faut la consoler et la rassurer sérieusement, car elle n'envisage rien moins que de redescendre tout le Tourmalet pour aller voir ce qui est arrivé à notre ami. Je l'en dissuade. Avec la chaleur qu'il fait, il faudrait que j'en fasse autant une demi-heure après pour voir ce qui est arrivé à Albina !

Daniel grogne parce qu'il se refroidit (!) et regrette que nous n'ayions pas grimpé le col plus tôt, parce que nous serions déjà plus loin et que...

— Écoutez, dit Albina, si vous êtes pressé, partez en avant, mais ne ronchonnez pas. Moi, j'ai des soucis terribles !

Daniel se pique et part tout seul. Albina n'aurait pas dû lui dire cela, mais le nombre de choses qu'Albina n'aurait pas dû faire depuis ce matin est incalculable.

Jean-François rejoint enfin. Son dérailleur s'est définitivement bloqué dans les derniers lacets et il a fini la montée à pied. Il se restaure tandis que j'examine son vélo. Il n'y a rien à faire que de descendre sur Sainte-Marie-de-Campan et espérer que dans ce haut lieu du bricolage cycliste, il se trouvera quelqu'un pour le dépanner.

Nous dévalons tous trois le versant est du Tourmalet. À Sainte-Marie-de-Campan le dépannage s'avère problématique et Jean-François nous dit de partir devant, le temps qu'il se débrouille, car nous avons encore Aspin à grimper et la journée s'avance. Si nous n'avions pas perdu Antoine et laissé Daniel filer, il aurait mieux valu faire étape ici et rester groupés. Mais cet éparpillement ne me dit rien qui vaille et le mieux est de réunir le plus de monde possible à Arreau, notre étape du soir.

Laissant donc Jean-François et son dérailleur aux mains d'un mécanicien d'automobile complaisant, nous attaquons, Albina et moi, le col d'Aspin. Albina ne dit rien. Cette débâcle de ses troupes la fait méditer amèrement sur les grandeurs et les servitudes du capitanat de route. En ce qui me concerne, une pensée me turlupine : Antoine a dû rejoindre Arreau bien avant nous puisqu'il ne s'est pas arrêté chez Paméla et Daniel a une petite demi-heure d'avance. Je voudrais arriver avant que mes deux acolytes n'aient retenu des chambres et des dîners dans deux hôtels différents. Ils en sont bien capables.

— Je suis désolé, dis-je à Albina, mais je vais vous demander la permission de partir en avant, moi aussi.

Je lui fais part de mes craintes. Elle hoche la tête pour me faire comprendre qu'au point où elle en est, tout lui est devenu indifférent.

Je pique des deux et la laisse seule sur la route. Pauvre Albina, partie le matin à la tête d'une vaillante cohorte !

Qui dira jamais la tristesse qui émane de l'âme des généraux sans armée ?

À Arreau, je trouve Daniel et Antoine qui boivent de la bière à la terrasse d'un café. Nous retenons des chambres et buvons en attendant nos amis. Jean-François arrive peu après. Il a rattrapé et dépassé Albina.

— Il m'a semblé qu'elle pédalait tristement, dit-il. Je ne sais pas ce qu'elle a depuis ce matin, mais ça ne va pas.

Il ne l'a pas attendue parce que son pneu avant se dégonfle et qu'il avait hâte d'arriver pour le réparer. De toute façon, Albina ne peut pas se perdre. Entre le sommet d'Aspin et Arreau, c'est tout droit.

En effet, Albina arrive quelques instants plus tard, la mine sombre et l'air défait. Elle descend de vélo, s'assied, constate que nous sommes tous au complet, dit « Good God ! » et commande un double whisky.

— Demain, dit Jean-François, voilà ce qu'on devrait faire...

— Demain, l'interrompt Albina, on fera ce qu'il dira ! (Elle pointe son index sur moi.) Parce que moi, capitaine de route, c'est *fini !*

— C'est justement cela, dit Jean-François, que j'allais proposer.

Vive l'Amérique !

Les Aveyronnais, Corréziens, Auvergnats et autres populations massives et centrales n'en sont pas encore revenus.

Vingt-cinq cyclistes à la fois, cela passe déjà l'imagination. Mais quand ils sont américains, c'est toute une conception du monde qui est à revoir.

Ceux-ci étaient venus en Boeing, des U.S.A., sur l'invitation des propriétaires du Pousse à Peine II, Jean et Hélène. Ils avaient laissé les milliards, les villas à patios et à piscines et les Cadillac en or massif que l'imagination populaire leur prête si volontiers pour venir escalader avec nous ces routes pentues sur des bicyclettes de grande classe et qu'ils avaient amenées avec eux.

Même Albina n'en croyait pas ses yeux !

Chirurgiens, dentistes, écrivains, avocats, industriels, ingénieurs ou hommes d'affaires, ils n'ignoraient rien des mystères de la bicyclette, pédalaient avec efficacité et nous surprenaient chaque soir un peu plus en nous parlant de Poulidor et d'Anquetil avec autant de brio que s'ils étaient nés rue du Faubourg-Montmartre.

Sous la conduite d'Hélène et de Jean, pendant treize jours l'International Bicycle Touring Society a découvert l'Auvergne pendant le même temps que l'Auvergne découvrait l'Amérique, ce qui est une excellente chose. Notre passage a mis, je dois le dire, quelque piment dans la vie des bourgades, car nos Américains n'étaient pas des Américains ordinaires (comme le seul fait de les voir sur des vélos le laisse déjà supposer).

Dan, par exemple. C'est un ancien pilote de lignes intérieures américaines (qui, si j'en crois les potins, eut quelques ennuis avec sa compagnie parce qu'il repérait à l'aide de son avion les circuits sinueux de ses prochains week-ends cyclistes au lieu de conduire ses passagers en ligne droite comme il est d'usage dans ces sortes de transports). Dan, donc, a mis douze ans à concevoir et à construire de ses mains la bicyclette de ses rêves. Les six premières étaient, paraît-il, des ébauches informes. La septième, nous l'avons tous longuement étudiée et essayée. Je ne dis pas « longuement essayée ». C'est une bicyclette avec laquelle tout le monde tombe. Tout le monde sauf Dan, évidemment. Il va même fort bien là-dessus, il file comme le vent et grimpe les côtes avec une aisance qui stupéfie les connaisseurs. Mais rien ne les stupéfiait plus que sa bicyclette.

Quand nous voyions, planté sur le bord de la route, quelque cultivateur immobile, la moustache hérissée, la bouche ouverte et l'œil égaré de qui vient de voir passer un Martien, nous savions que Dan avait traversé son champ visuel depuis peu de temps.

Oui, cette bicyclette est troublante. Le rouleau lecteur de cartes fixé sur les poignées de freins étonne bien un peu, les deux tubes soudés à la place des cocottes intriguent, les doubles fourches articulées et suspendues par un système de ressorts à boudin ne laissent pas de surprendre. Mais ce qui bouleverse particulièrement les notions reçues c'est que, sur ce vélo, on est assis *sur un guidon* ! Un cintre de course retourné, entre les poignées duquel est tendue une bande de forte toile. Pédaler sur cet ensemble antichocs donne l'impression de chevaucher un vélo modelé dans du mastic, sentiment tout à fait nouveau pour un cycliste expérimenté.

Il est à peine besoin de dire que, partout où nous sommes passés, Dan a obtenu le plus vif succès auprès des populations devant lesquelles il faisait toujours très volontiers la démonstration des possibilités élastiques de son engin. Comme de surcroît celui-ci est équipé d'une bombe-de-liquide-spécial-pour-se-protéger-des-chiens-méchants, que Dan voulait en expliquer l'utilité aux foules et qu'il ne parle pas un traître mot de français, c'était un spectacle toujours renouvelé que de le voir pédaler autour d'un groupe de villageois stupéfaits, en aboyant sauvagement.

Nous ne sommes nulle part passés inaperçus.

Les soirées à l'hôtel étaient particulièrement vivantes. La conversation roulait presque uniquement sur le vélo et entendre deux élégantes dames américaines discuter à perte de vue sur la meilleure façon de coller un boyau sur une jante donnait à l'instant un parfum d'irréalité extrêmement agréable.

La cuisine française en surprit quelques-uns (ils surprirent aussi quelques cuisiniers, il faut bien le dire). La charcuterie auvergnate leur donna de la perplexité et les tripes et tripoux de l'inquiétude. Mais dans leur grande majorité ils se mirent très vite à nos us, à part Lodi qui réclama longtemps du café au lait avec le roquefort et du Pernod en guise de digestif. À part également Dan, l'homme au vélo élastique, qui n'acceptait jamais rien d'autre pour son petit déjeuner qu'un grand bol d'eau pure et bouillante. Ce qui conduisit certaine serveuse, entraînée par la routine, à crier en direction des cuisines : « Et une eau chaude, complète !... »

Ce sont des moments qui marquent dans la vie d'un cuisinier corrézien.

Medwin, le seul Anglais du lot, était si typiquement britannique que je me suis retenu, quinze jours durant, de l'appeler « Major » !

Un jour, une dame du groupe se plaignait devant lui que d'aller à vélo lui fît mal aux pieds.

— Ça ne m'eytonne pas, dit Medwin. Moi aussi j'ay eu mal aux pieds, hier. Mais c'est passey maintenant.

— Et comment avez-vous fait ? dit la dame.

— Oh ! dit Medwin en tirant sur sa pipe, j'ay descendu de veylow et j'ay pris un tasse de they !

Jean, Hélène, Sylviane et moi, les quatre Français du groupe, servions d'interprètes. Albina aussi parfois, qui venait nous dire en riant quand il y avait eu quelque quiproquo : « Ces Américains, tout de même ! » Elle leur apprenait l'argot du cyclisme et, très fière de ses élèves, avait conscience d'avoir contribué au rapprochement entre les peuples.

Les habitants des bourgs où nous nous arrêtions, masse vivante colorée et bruyante, nous posaient des questions inquiètes et ne voulaient pas croire, d'abord, que nos amis fussent vraiment des Américains.

— Des Américains pauvres, alors ?

— Madame, pour se faire faire, en France, un vélo sur mesures, le faire expédier en Californie par avion et revenir avec, toujours par avion, il ne faut pas être économiquement faible !

— Mais alors, s'ils ne sont pas pauvres, pourquoi ils sont à vélo et pas en auto ?

— Parce qu'ils aiment cela.

La dame hochait la tête et ne trouvait pas la chose naturelle du tout, particulièrement si c'était l'instant où Dan aboyait.

Fred, ingénieur et grand théoricien de la bicyclette, était très peiné par l'opinion que j'avais de ses talents de descendeur. En fait, son audace me faisait frémir et je ne le lui envoyais pas dire. Il prenait les virages les plus cachés en plein sur sa gauche, ne ralentissait pas aux carrefours et dévalait les pentes les plus inquiétantes avec une désinvolture qui ne l'était pas moins.

C'est que j'ignorais, disait-il, la technique toute spéciale qu'il avait mise au point : la tête légèrement de biais, une oreille lui servait à entendre les autos qui venaient de face, et l'autre les autos qui venaient par derrière. Pendant ce temps, ses yeux effectuaient un mouvement rapide et continu de va-et-vient, de bas en haut et de gauche à droite, qui lui permettait de repérer les inégalités du sol, les périls de la circulation, les panneaux de signalisation et, j'espère, également les gendarmes. Son corps tout entier, grâce à une position hélicoïdale, était prêt à chaque instant à dévier le vélo de sa route et...

Tel était Fred. Il avait une explication pour tout et je dois reconnaître qu'heureusement je ne l'ai jamais vu avoir un accident, ce qui semblerait prouver que, bien que les automobilistes français ignorent tout de sa technique, celle-ci soit assez efficace.

— Et puis, dit-il, je vois derrière les virages ! J'ai la vision périscopique !

— Ces Américains ! dit Albina.

Ils ont gravi des cols, escaladé des pentes et franchi des rivières. Ils ont tout visité, tout admiré, tout photographié. Ils ont pris la bonne et la mauvaise fortune du chemin avec l'inépuisable gentillesse américaine et Dieu, qui aime les gens simples et gentils, surtout quand ils sont à vélo, leur a donné quinze jours durant le plus beau ciel d'Auvergne qui se puisse voir.

Les villages nous accueillirent avec chaleur, mais aucun comme celui de Boussac où le maire et le curé, ainsi que d'autres notables, reçurent les *American wheelmen* avec pompe, discours et buffet froid, et l'accueil le plus amical du monde. Ce que voyant, George donna le baptême du tandem à tous les enfants du village, les emmenant l'un après l'autre sur le siège arrière faire le tour du pays au milieu d'un grand concours de foule, au milieu d'un grave peuple d'Auvergnats vêtus de noir et qui hochaient la tête pour dire avec Albina :

— Ces Américains, tout de même !

Ce ne sont là qu'anecdotes. Minces en comparaison de ce qui ne peut se raconter parce qu'impalpable. L'écume seulement de la joie et du plaisir profond d'être ensemble, entre initiés d'un même rite, et de se taper dans le dos avec un clin d'œil et un sourire. Pour rien, pour se dire qu'on est heureux d'être là, d'avoir grimpé un col, roulé en groupe, ou simplement pour se congratuler de faire partie, au-delà des nationalités, de cette race bizarre qui aime à se tanner les fesses sur du cuir, grimper des côtes hostiles et communier des heures durant dans l'espéranto du cyclisme, la mafia du dérailleur, la franc-maçonnerie du guidon.

Tout ceci, disait l'épicière de Salers, tout ceci n'est pas courant !

Hélas !

Albina dans la bourrasque

Cinq heures du matin. Après avoir réveillé mon équipe en toquant à toutes les portes : « Debout ! C'est l'heure ! », je suis le premier descendu dans la salle de l'hôtel où une servante de bonne volonté a consenti à se lever tôt pour nous préparer du café. Par les portes vitrées, je regarde mélancoliquement la rue : il pleut.

Ce n'est pas une averse, un grain, une ondée qui ne dure pas et rafraîchit agréablement l'atmosphère, ce n'est pas une brève pluie d'orage qui prélude à un ciel aimable, ce n'est pas un crachin duveteux qui ne mouille vraiment qu'après des heures d'opiniâtreté. Non. C'est la robuste pluie pyrénéenne, c'est le temps couvert et bouché pour la journée, c'est un rideau de flotte épais et dru, des gouttes larges comme le pouce et denses comme des jets. C'est la pluie, la vase, la rince, la flotte. C'est l'abomination.

Mes compères descendent un à un. Ils viennent voir le spectacle et hochent la tête en connaisseurs. C'est la journée cyclo-nautique en perspective. Heureux encore qu'il n'y ait pas de cols au programme d'aujourd'hui, car devant l'hôtel on toucherait les nuages en levant la main.

Albina descend la dernière, frissonnante comme toujours le matin à ces heures précoces.

— Oh ! dit-elle. Il pleut ? Le temps qu'on déjeune, peut-être ce sera passé !

Nous lui laissons ses illusions pour ne pas lui couper l'appétit et, surtout, pour qu'elle ne commence pas une longue explication tendant à démontrer qu'on pourrait tous aller se recoucher en attendant que cela passe.

Il n'en est évidemment pas question. Attendre que cesse une ondée, soit ! Mais ce genre de cataclysme, il faut l'affronter ou reprendre le train. Nous connaissons les Hautes-Pyrénées, cela peut durer trois jours ou un mois sans interruption.

En buvant son thé, Albina rêve à haute voix : on pourrait rester là au moins jusqu'à midi, la patronne allumerait un grand feu dans la cheminée du salon et on en profiterait pour faire un peu de courrier, étudier les cartes, réparer quelques chambres à air. On pourrait réviser les vélos.

— On pourrait visiter le musée, dit Jean-François

— On pourrait aller au cinéma, dit Daniel.

— On pourrait..., dit Antoine.

— En selle ! dis-je. Puisque la pluie est ici, allons au-devant du beau temps.

Les hommes me regardent en coin, mais cette proposition optimiste fait beaucoup d'effet sur Albina.

— Ça, c'est vrai, dit-elle. Je suis sûre que, tourné le coin de la rue, il fait beau.

Pèlerines, imperméables, gants, la casquette de toile remplacée par le béret en auvent sur les yeux, la sacoche bien fermée, nous quittons le tiède confort de l'hôtel et sortons sur le trottoir où nous sommes accueillis par une gifle de vent pluvieux ou de pluie venteuse on ne sait plus, mais quelque chose qui fait que l'on se demande, une demi-seconde, si l'on a bien tous ses esprits de partir dans ces conditions pour faire 180 kilomètres à bicyclette.

— J'ai froid, dit Albina. J'ai froid, j'ai faim, j'ai sommeil et je suis déjà tout mouillée !

— Allons-y ! dis-je.

L'intempérie est le lot du cycliste, comme du marin, comme de l'alpiniste, comme de tous ceux qui ont choisi d'aller jouer leur jeu dans la nature et en plein air. Il faut se faire le cuir à toutes sortes de temps et, de surcroît, aimer cela. Sinon, autant jouer au billard.

Vous qui plaignez le cycliste qui passe sous la pluie ou la grêle, dans le vent ou la canicule, gardez votre pitié pour de meilleures causes. Ce bonhomme trempé, flagellé ou suant a choisi son sort, a choisi son sport et en tire des plaisirs inimaginables qu'il ne vous demande même pas d'imaginer. Prêtez l'oreille et vous entendrez que, parfois même, il chante.

Albina, pour être franc, ne chante pas. Pour être même tout à fait honnête : elle râle ! J'entends s'échapper de dessous la pèlerine des chapelets de jurons que ne désavouerait pas son frère Jerry, le Marine. Antoine, Daniel et Jean-François ne disent rien. Nous roulons groupés car, pour comble de bonheur, nous allons contre le vent et la pluie vient, en biseau, chercher nos visages sous les capuchons.

Moi, je suis dans un confort douillet né d'une longue pratique. Bien vêtu, bien couvert, je ne vois du monde qu'un petit rectangle délimité par mon capuchon, mon guidon et mon sac en bas, l'auvent de mon béret en haut et, de chaque côté, les murs de la capuche. Droit devant, le cinéma en couleurs, la route luisante, les montagnes, les vallons et de grands pans de pluie compacte qui arrivent avec chaque rafale comme des murs liquides et qui éclatent sur nous avec un bruit de ressac. C'est la joie du baigneur dans la vague, c'est la lutte contre les éléments, c'est, mètre après mètre, l'effort toujours recommencé contre l'hostilité des choses, du temps, de la route et du petit démon intérieur qui parle de feux de bois, de vêtements secs et de profonds fauteuils. C'est la vraie vie !

Loin, beaucoup plus loin de moi et tout en bas, mes jambes pédalent inlassablement, toutes seules, selon une cadence éprouvée et sans que j'aie à m'en occuper. Le corps entier fonctionne par habitude comme un moteur bien lubrifié et toute ma vie est concentrée dans le petit écran du capuchon au-delà duquel il fait mauvais, en deçà duquel il fait bon.

Je m'écarte pour laisser mener un peu le suivant. D'ordinaire j'aime à rouler en tête mais, dans le vent, il ne faut pas forcer son talent. En m'écartant, j'ai privé d'abri Albina qui venait derrière moi, reçoit la gifle du vent, et fait « Oh ! » comme si je lui avais joué un mauvais tour.

On imagine mal l'efficacité de l'abri procuré par celui qui vous précède. On ne s'en rend vraiment compte que lorsqu'il n'est plus là et qu'on reçoit le vent directement en pleine figure. Je me laisse glisser vers l'arrière en disant à Albina :

— À la prochaine borne kilométrique, laissez la place au suivant.

J'arrive à l'arrière de la file et, protégé par quatre dos et quatre pèlerines, je me repose un peu, fais quelques petits rangements dans mon sac, m'essuie le visage et mange un bonbon. Comparé au poste que je viens de quitter, c'est un endroit douillet et ces petites satisfactions physiques et morales acquises à peu de frais montrent à quelle simplicité de vie nous sommes retournés quand un croûton de pain et une gorgée d'eau calment la faim et la soif, et que le fait de rouler dans le vent et sous la pluie *mais* derrière l'abri relatif de quatre dos paraît être le comble du confort.

Au risque de passer pour simplet, voire un peu ridicule, j'avoue que ces choses me procurent de grandes joies.

Albina a fini son kilomètre et se laisse glisser en queue en soufflant. Mais coupant son effort, elle fait roue libre trop longtemps et, dernier de la file, je la dépasse sans qu'elle ait le temps de se mettre dans mon sillage. La voici seule à quelques mètres derrière nous, prenant tout le vent et ne parvenant pas à nous rejoindre. J'appelle Jean-François qui est en tête, mais vent, pluie et pèlerine, il ne m'entend pas. Je remonte en tête lui dire de ralentir et Albina peut reprendre sa place derrière moi. Elle apprend tous les jours. Et c'est ainsi que vont les choses dans la bourrasque. L'homme de tête abat son travail comme un bûcheron son arbre, en guettant sa borne qui n'arrive pas vite, puis il se laisse glisser en queue et jouit voluptueusement de ses quatre kilomètres de répit.

Mais si ce temps-là continue plusieurs jours, il va nous pousser des branchies.

— Ça va, Albina ?

— Ça va au poil ! La pluie, c'est bon pour le teint !

Voilà une bonne nouvelle.

Daniel, Antoine et Jean-François ne disent rien. Ils font leur tour en tête, dégagent, attendent et reprennent avec le calme de vieux routiers qu'ils sont.

J'ai connu plus fâcheux, un jour, entre Béziers et Montpellier où mes cinq équipiers d'alors n'avaient aucune habitude de ce genre de réjouissance. Fatigués, trempés, ventés, déçus et de fort mauvaise humeur, ils récriminaient amèrement et se posaient l'un l'autre des questions au sujet des lignes d'autocars qui sillonnaient la région. Sentant que la mutinerie couvait sous les pèlerines, j'ai dû aller, sans trêve, de l'avant à l'arrière, remonter le moral de tout ce joli monde pendant soixante-douze kilomètres dont je me souviens encore. Si l'on ajoute à cela que nous étions, par la force des choses, sur la nationale 113 et arrosés latéralement chaque dix minutes par les éclaboussements des camions pinardiers de l'Hérault, on comprendra ce que parler de pluie veut dire.

Il y a quatre heures que nous roulons et la tasse de thé n'est plus qu'un souvenir. Nous faisons halte et entrons dans une auberge qui sent le feu de bois, ce qui est plus que nous n'en attendions. Tout le monde semble avoir une furieuse envie d'œufs au jambon et de vin rouge. Tandis que la patronne s'active, nous nous ébrouons et nous faisons sécher devant le feu. C'est un moment délicieux dont nous avons chèrement gagné chaque seconde, seule condition pour en profiter pleinement. Simplement, il va falloir veiller à ne pas trop s'éterniser dans cet endroit où l'on est si bien car il n'est pas bon de laisser tomber la pression et de s'amollir dans les délices du confort.

Dehors, la bourrasque s'épaissit et de gros paquets de pluie giflent les vitres. Après la deuxième assiette d'œufs au jambon, Albina se lève et dit :

— En selle !

Décidément, on en fera quelque chose de cette petite ! Nous reprenons la route et notre noria patiente.

La route est par endroits transformée en ruisseau. La pluie fait surgir du sol les gravillons et les risques de crevaison augmentent. Les flaques cachent les pièges innombrables que sont les imperfections d'un sol prévu pour les larges pneus des automobiles qui boivent l'obstacle. Mais les nôtres ne boivent rien du tout et butent à chaque instant dans les nids-de-poule, coulées de goudron figées sur les bas-côtés, caniveaux mal délimités, trous rebouchés à la hâte par de petits tas de goudron fourrés de cailloux et surtout — ô surtout ! — ces abominables tranchées transversales qui sont *toujours* rebouchées en creux ou en relief et *jamais* à niveau.

Un de mes rêves les plus chers serait d'emmener en randonnée le ministre responsable en l'obligeant à tenir bien sa droite, partie de la chaussée qui nous est imposée à la fois par la loi et par la prudence. Il aurait certainement des surprises et il serait en outre séduit par l'originalité des pancartes que plantent ses subordonnés pour égayer le paysage.

La plus belle de ces pancartes est, je crois, *Attention ! Route submersible !* dans l'Hérault. Lorsque des gens dont la raison d'être est de rendre les routes propres à la circulation vous avertissent candidement que celle sur laquelle vous roulez peut être, d'un moment à l'autre, recouverte par les eaux, on est en droit de manifester quelque inquiétude.

Le mot « Attention ! » est d'ailleurs très prisé par l'administration des Ponts et Chaussées. Personnellement, j'adore *Attention ! Gravillon roulant !* Il y a de la poésie là-dedans. Cela signifie que l'on a répandu, à la volée, quelque gravier sur le macadam (dans un virage de préférence) et que l'on vous fait confiance pour déboucher là-dessus sans déraper et sans vous ouvrir le crâne. Pourquoi le gravillon est-il roulant ? Quand ne le sera-t-il plus ? Autant de mystères qui agrémentent l'exaltante incertitude du lendemain. *Attention ! Mines non explosées !* ne me paraîtrait pas plus insolite. Il semble que, dans cette administration, le fait de prévenir que le travail a été mal fait, voire pas fait du tout, soit considéré comme une excuse absolutoire. Je trouverais moral que les hauts responsables de ces dangereux traquenards soient payés par des chèques portant la mention : *Attention ! Chèque sans provision !*

— Vous n'avez pas l'air de porter les Ponts et Chaussées dans votre cœur, dit Albina qui comprend tout à demi-mot.

— Pédalez, Albina ! Et attention aux trous !

La pluie s'est un peu calmée, le vent pas du tout. Selon la direction que prend la route, nous l'avons soit de face, soit de trois quarts, soit carrément de côté. Instinctivement nous nous *appuyons* sur le vent de côté, ce qui nous déséquilibre un instant quand nous arrivons dans une zone protégée, l'abri d'une maison ou d'un rideau d'arbres. C'est une habitude à prendre. Le vent demande de la patience. Il faut grignoter son chemin comme un rongeur dans un fromage et en accepter tous les inconvénients comme, par exemple, d'avoir à pédaler dans les descentes, ce qui est assez décourageant.

Il arrive parfois que le cycliste ait le vent dans le dos. C'est une sensation grisante dont il faut se méfier car elle porte à la vanité et rien n'est plus dangereux, à bicyclette, que la vanité. Le cycliste poussé par le vent se prend aisément pour un grand champion et son moral, grimpé très haut, n'en retombe que plus bas quand il s'aperçoit, à la défaveur d'un virage, que jusque-là il marchait à la voile.

Aujourd'hui, certes, ce n'est pas le cas et nous n'aurons d'autre sujet de vanité coupable que celui d'avoir couvert près de deux cents kilomètres sous le déluge et dans le vent.

— Oh la la ! dit Albina, qui aime déjà à jouer au vieux briscard. Je crois que j'aurai tout connu à vélo !

Patience ! Elle ne connaît pas encore les orages de grêle dans la Beauce, quand la grêle arrive *horizontalement* et vous fait porter la main au lobe de l'oreille toutes les dix secondes tellement on est persuadé que, déchiqueté, il saigne !

Nous arrivons trempés à l'étape du soir. Trempés, fourbus, mais heureux. Nos vêtements sont à tordre, nos souliers gargouillent, nos imperméables dégoulinent, mais notre moral pavoise.

— Zut alors ! dit Albina en arrivant dans sa chambre. Je n'ai pas de douche !

François et les assis

La lourde chaleur de midi tombe sur l'auberge en plein air qui étale ses parasols au pied du pont du Gard. Assis devant les tables, dans le jardin ombragé, les touristes digèrent, s'éventent, somnolent, écrivent des cartes postales et retardent du mieux qu'ils le peuvent le moment où il va leur falloir reprendre leur déambulation dans la fournaise.

François arrive à vélo, sur son élan, jusqu'à une table vide. Le grincement de son frein et le léger dérapage de sa roue arrière dans le gravier ont réveillé un peu la torpeur ambiante et tous les visages se tournent vers lui, intrigués par ce quinquagénaire bronzé qui fait de la bicyclette par un temps pareil.

François descend de vélo, s'essuie le visage, ôte ses gants, prend quelques affaires dans sa sacoche, s'assied et commande à déjeuner. Il regarde vaguement les touristes : un polo vert avec madame et l'enfant, un short bleu avec madame et la mère de madame, un chapeau de toile rouge avec une demoiselle, un blazer, une chemise blanche et d'autres, plus loin, qui somnolent.

Polo vert, croisant son regard, lui sourit. Ça y est ! Il va engager la conversation. Il n'y a moyen d'être tranquille nulle part.

— On fait du sport ? dit Polo vert.

François a envie de répondre : « Moi, oui », mais par cette grosse chaleur, cela fait un mot de trop.

— Oui, dit-il.

— C'est bon, ça, de faire du sport ! C'est sain ! Ça fait du bien !

— Eh oui ! dit François dont c'est aussi l'avis.

Short bleu s'est levé et vient examiner le vélo de François en connaisseur.

— Un, deux, trois, un, deux, trois, quatre, cinq ! Quinze vitesses ! (Il siffle.) Dites donc, vous devez passer partout avec ça !

— Quinze vitesses ? dit Polo vert qui se lève à son tour.

Chapeau rouge se tourne sur sa chaise et s'accoude au dossier.

— Ah ! dame ! Les vélos de maintenant, dites, ça fait du progrès ! Moi, quand j'étais gosse, j'avais un vélo à trois vitesses. Un Alcyon !

— Bleu pâle, dit François qui connaît ses classiques.

— Exactement ! Bleu pâle.

Peu à peu les messieurs se sont levés et se sont rapprochés de François. Ravis de laisser madame et ses cartes postales un moment et d'aller un peu parler sport, ce qui est excellent pour la digestion.

Blazer tâte la selle et fait la moue.

— Eh bien ! dites donc !

— Qu'est-ce que vous croyez ? dit Polo vert, à qui le fait d'avoir amorcé la conversation donne des droits. Qu'est-ce que vous croyez ? C'est ça, une vraie selle de vélo. Et pas si dure qu'on croit ! N'est-ce pas, monsieur ?

— Non, non, dit François en mangeant une tomate.

Il les connaît, les assis. Ce n'est pas la première fois que cette scène se produit. Dans une demi-heure, trois quarts d'heure au plus ils lui donneront des conseils. En attendant, il pourrait écrire sous enveloppe cachetée et déposée chez un notaire tout ce qu'ils vont dire, et gagner des sous comme extralucide. Le prochain va soulever le vélo et demander combien ça pèse.

— Combien ça pèse ? dit Chemise blanche en soulevant le vélo.

— Douze kilos, dit François. Sans la sacoche.

— Vous venez de loin, comme ça, depuis ce matin ?

— Meyrueis.

— Où c'est, ça ?

— Eh bien, vous passez par Uzès, Anduze, Ganges et Le Vigan, vous montez le mont Aigoual, vous le redescendez de l'autre côté et c'est Meyrueis.

— Et ça fait ?

— Cent soixante-treize kilomètres.

Les messieurs sifflotent. François attend la prochaine question, qui est :

— Vous êtes un ancien coureur ?

— Non, pas du tout, dit François. Je suis musicien.

Une dame vient se mêler au groupe.

— Voilà ce que tu devrais faire, dit-elle à Short bleu. Ça te ferait tomber la brioche !

— Hélas ! dit Short bleu. J'adorerais cela, mais j'ai passé l'âge !

Il est manifestement plus jeune que François. Si manifestement même qu'il se sent contraint d'ajouter :

— Et puis, il faut s'entraîner, il faut du temps, il faut...

— Faut le faire ! dit Mme Short bleu.

— Moi, dit Chemise blanche, j'en ai fait du vélo dans le temps ! Oh ! la la ! Qu'est-ce que j'ai fait comme vélo dans le temps ! Évreux-Dieppe dans la journée et tout ! Ah ! ça oui, j'aimais ! Mais on n'a plus le temps de rien !

— On n'a plus le temps de rien ! reprennent les autres en chœur.

On devine, à leur air désolé, qu'ils passent toutes leurs nuits sans dormir, à se demander comment ils pourraient bien trouver un peu de temps pour faire du vélo.

Blazer tâte les pneus.

— C'est des boyaux ?

— Non. C'est des pneus fins type boyau.

— Quinze vitesses ! dit Chapeau rouge. On passe partout avec quinze vitesses !

— Si vous voulez l'essayer dans la côte..., dit aimablement François qui sait qu'il n'y a pas de risque.

— Oh ! non, merci ! Pas sur la digestion ! Et puis, vous ne voyez pas que je vous l'abîme ?

François attend maintenant l'inévitable, le fatal, l'omniprésent vétéran de la grande randonnée de juin 40. Sera-ce Short bleu ? Polo vert ? Chapeau rouge ? C'est Chemise blanche :

— Moi, en 40, j'ai fait Dunkerque-Toulouse à vélo !

— Avec-les-panzers-aux-fesses, récite François.

— Tout juste ! Et ça y allait ! Fallait voir ! Huit jours, j'ai mis. Et j'avais pas quinze vitesses, hein ! Un vélo de curé, j'avais.

— C'est comme moi pendant l'Occupation, dit Polo vert.

— Les-sacs-de-patates-sur-le-porte-bagages, dit François en attaquant son bifteck.

— Les sacs de patates sur le porte-bagages, parfaitement ! Les œufs dans un panier, le beurre dans la sacoche et le contrôle économique à chaque coin de route. Ah ! fallait voir ce que c'était que de faire du vélo à cette époque-là !

Les autres approuvent en hochant la tête. Il est bien évident qu'ils ont fait, en leur temps, d'autres prouesses que François. Tant et tant d'ailleurs que, de vélo, on sent qu'ils pourraient en parler des heures durant. C'est à croire qu'ils vont fonder un club d'ex-cyclistes tant ils ont de souvenirs en commun.

— Moi, j'ai acheté un vélo à mon fils, dit Blazer. Il voulait un vélo de course, mais j'ai dit non. Un vélo de course, ça va trop vite. Je lui ai acheté un demi-course.

— Moi, dit Polo vert, mon fils ne veut que des vélomoteurs.

— C'est comme les miens, dit Chapeau rouge. Il est vrai qu'ils ont six kilomètres à faire pour aller à l'école. Quatre fois dans la journée, ça fait une trotte.

— Alors, comme ça, dit Chemise blanche, vous habitez Meyrueis ?

— Moi ? Non, dit François. J'habite Paris. Je viens de Paris à vélo.

— À vélo ?

— En passant par les Pyrénées.

— Ben dites ! dit Chapeau rouge. Avec quinze vitesses, vous auriez tort de vous gêner !

— Moi, dit Polo vert, ça me donne envie de ressortir mon vélo, tiens ! Il doit être... Au fait, où il est, mon vélo ? Germaine ! Où est mon vélo ?

Germaine s'arrache aux délices du Guide vert. Son vélo ? Il est fou, André ! Quel vélo ? Ah ! son vélo ? Est-ce que je sais, moi ? À la cave, peut-être !

— À la cave ! Il doit être beau ! Qui c'est qui a mis mon vélo à la cave ? C'est malheureux, ça ! Enfin ! En rentrant, je vais le remettre en état et je m'y remets. Vous m'avez donné envie. Vous faites dans les combien par an ?

— Sept à huit mille kilomètres, dit François. Mais on n'est pas obligé...

— Oui, bien sûr ! Il faut s'y remettre doucement. J'en ferai un peu à Pâques et puis pendant les vacances. Le vélo, il n'y a que ça de vrai !

Voilà un homme qui vient de rajeunir de dix ans subitement. Il ne se remettra pas au vélo du tout, mais n'importe ! Cette petite conversation lui a fait un bien fou.

— Vous avez bon appétit, dites donc !

— Pas mauvais, dit François en finissant le plateau de fromages.

— Moi, avec cette chaleur, je n'ai pas faim. Pourtant on a marché ce matin. On a laissé la voiture là-bas et puis on est venus à pied voir le pont du Gard. On a bien fait... oh ! dans les cinq-six kilomètres. Mais avec la chaleur je n'ai pas d'appétit.

— Et vous allez où, maintenant ? dit Chemise blanche.

— Vers le Vaucluse, dit François. Demain, je monte le Ventoux.

— Quinze vitesses ! dit Chapeau rouge. On monte des murs, avec quinze vitesses !

Blazer et Chemise blanche s'en vont. Ils serrent la main de François, lui disent bravo, bonne continuation, et peut-être à un de ces jours sur la route.

François remercie. Il sait que, réenfournés dans leurs automobiles, ils perdront cette belle cordialité et le doubleront à tout berzingue sans même lui laisser la place pour tomber. Short bleu et Polo vert ont entamé une discussion sur Anquetil et Poulidor. Tous deux sont d'avis différents, ils refont la célèbre montée du Puy-de-Dôme par personne interposée. Ils se fatiguent énormément. François s'étire, allonge ses jambes bronzées, commande une autre bière et jouit intensément d'être dans sa peau.

Comme le jardin se vide peu à peu, un couple sympathique s'avance. Ceux-là ne prennent pas de prétexte pour entamer la conversation. Ils ne comptent pas les vitesses ni ne palpent la selle. Ils vont droit au but, s'excusent d'importuner, demandent la permission de s'asseoir et exposent l'objet de leur intrusion : ils veulent une consultation.

— C'est ma femme, dit le monsieur, qui a peur que je sois trop vieux pour faire du vélo. Regarde monsieur, je lui dis, il doit avoir à peu près le même âge que moi.

Ils échangent leurs âges respectifs et se trouvent en effet quasiment jumeaux. Le monsieur triomphe.

— Moi, j'en rêve, vous comprenez ! Je lis tous les trucs dans les revues de vélo, les randonnées, les Diagonales, les Flèches, tout ! Et j'aurais envie d'en faire autant. Mais ma femme dit...

— C'est-à-dire qu'à son âge, ça ne me paraît pas prudent, dit la dame gentiment et comme en s'excusant.

François trouve que ces deux-là le changent agréablement des assis de tout à l'heure. Il rassure la dame, bombe le torse, fait le glorieux et force même un peu la dose pour faire bon poids, afin que le gentil monsieur puisse avoir la permission pleine et entière de faire du vélo. C'est bien simple : à l'entendre, la dame ne va plus reconnaître son mari ! Guéri de tous ses maux, gai comme un pinson, actif comme un écureuil et rajeuni comme il n'est pas imaginable.

C'est peut-être trop bien faire et la dame se rembrunit un peu. Il ne faudrait pas non plus qu'à force de rajeunir, son cycliste à elle finisse par la trouver trop âgée.

François lui conseille de faire également de la bicyclette, mais elle ne semble pas aussi enthousiasmée que son mari par cet engin diabolique. Ils partent enfin, enchantés. François ne l'est pas moins.

Il boit son café tranquillement en écoutant le bavardage de la serveuse qui rit sottement en disant qu'elle, « le vélo ! Eh ben ! la la ! Faut pédaler ! Et puis il y a les côtes ! C'est plus à la mode et puis c'est fatigant ! » Elle économise ses sous pour acheter une 2 CV. Il y a quatre roues, dit-elle finement. On tombe moins.

François se lève, va faire un tour à pied sur le pont du Gard, passe à côté d'une Dauphine dans laquelle, toutes portières et bouche ouvertes, Chemise blanche fait la sieste. Il regarde des enfants qui se baignent aux pieds des arches et s'assied un moment dans l'herbe.

Il revient à l'auberge, prend son vélo et, en flânant, le temps de terminer sa cigarette, monte à pied le petit raidillon du départ. Il est doublé à grand fracas par une voiture décapotable dans laquelle il reconnaît l'un de ses assis de tout à l'heure.

— Alors, ricane Chapeau rouge au passage, c'est la seizième vitesse ?

Albina touriste

Le dîner tire à sa fin et tandis que nous épiloguons une dernière fois sur les incidents de l'étape du jour, Albina feuillette un guide touristique local qu'elle a trouvé dans le salon de l'hôtel.

— Oh ! dit-elle, nous sommes passés à Sordes, cet après-midi, non ?

— Oui, dit Daniel. C'est là qu'il y a des pavés.

— Il y a aussi une « église des XIIe et XIIIe siècles, avec un portail polychrome et un mosaïque derrière le maître d'hôtel ». *Et nous ne l'avons pas vue !*

— Moi, je l'ai vue, dit Jean-François L. Elle est à droite. On est passé devant.

— Moi, j'ai failli la voir, dis-je, mais un camion m'a doublé à ce moment-là.

— Moi, j'aurais bien aimé la voir, dit Antoine, mais avec ce tout-fou de la bicyclette, on ne s'arrête jamais nulle part.

— C'est ridicule, dit Albina. Ce n'est pas du cyclotourisme, ça !

— Reconnaissez, Albina, que je n'ai jamais prétendu que nous faisions du cyclotourisme. Je crois même n'avoir jamais employé le mot.

— Eh bien, c'est dommage ! Nous devrions faire.

— Albina, depuis que nous sommes partis, nous sommes passés devant cinquante monuments remarquables et une dizaine de musées passionnants. Si nous avions consacré seulement une heure à chacune de ces visites, nous serions à soixante heures d'ici, soit 1 200 kilomètres. C'est-à-dire que vous n'auriez pas fait ce grand voyage, ni gravi ces cols, ni vu ces paysages divers, ni...

— C'est agréable, dit Antoine, de faire du vélo avec un expert-comptable. Ça met tout de suite un peu de poésie dans la vie. J'aimerais savoir quelles prouesses on aurait pu faire si on ne s'était jamais arrêté pour manger ni pour dormir. Ce doit être intéressant à calculer, cela aussi. D'après moi, nous ne devrions pas être loin d'Addis-Abeba.

— Le but de cette randonnée, dis-je patiemment, était d'aller de Paris à Perpignan entièrement à bicyclette, en passant par Pau et tous les grands cols pyrénéens. Soit un peu plus de 2 500 kilomètres, dans les quinze jours dont nous disposons. Je suis désolé pour l'église de Sordes, la cathédrale de Chartres, la collégiale de Cléry et le berceau d'Henri IV, mais...

— Avec un peu de bonne volonté..., dit Antoine.

— Un peu de bonne volonté et une grande coïncidence entre nos heures de passage et les heures de visite, et entre le temps des arrêts, le profil de la route et le kilométrage journalier. Un peu de bonne volonté et des muscles bien échauffés qui se congèlent dans les cryptes et les grottes, et qu'il faut faire repartir péniblement ensuite. Un peu de bonne volonté et beaucoup d'indifférence à la tête du conservateur du musée, quand il pleut et que nous dégoulinons sur ses parquets cirés. Un peu de...

— La mauvaise foi, dit Antoine, est un art subtil. Vous remarquerez, Albina, qu'il garde la pluie et nos souliers crottés pour les visites de musées cirés, alors qu'on peut très bien dégouliner la tête haute, si j'ose dire, dans une grotte. Mais il réservait la grotte glaciale justement pour les journées de canicule afin que nous y attrapions des rhumes et des refroidissements.

— Il me rappelle beaucoup mon oncle Abner, dit Albina, celui qui vend des machines à laver.

— Ce qu'il y a, dit Daniel, c'est qu'il n'est pas intéressé par l'art. Voilà ce qu'il y a ! Il dit n'importe quoi. Tout lui est bon, pourvu qu'on ne descende jamais de vélo. Il pourrait nous y faire manger et nous y faire dormir, il le ferait.

— Je propose, dit Jean-François, qu'on le mette en quarantaine et qu'on ne lui adresse plus la parole, sauf pour lui signaler les cathédrales.

— Vous savez ce qu'on va faire ? dit Albina. On va faire le plan de la journée de demain, avec les visites des choses, sans nous occuper de lui.

— C'est ça ! dit Daniel. Visitons !

— Et s'il n'est pas content, dit Jean-François, il n'aura qu'à ne pas s'arrêter, lui.

— Et il continuera tout seul en faisant ses calculs idiots, dit Antoine. À bas les béotiens !

— Comme vous dites, dit Albina. C'est aussi ce que disait mon oncle Abner quand on ne lui achetait pas de machine à laver !

Je suis l'être le plus incompris du monde. J'aime autant qu'un autre les grottes et les cathédrales et je visite volontiers les musées quand ils ne sont pas trop ennuyeux, ce qui n'est, hélas, pas souvent le cas. Mais je tiens que le randonneur ne peut s'arrêter à chaque instant pour déguster ces choses et enrichir sa culture. Il y a là une question de rythme, d'état d'esprit et de mise en train, incompatible avec le piétinement révérencieux devant les chefs-d'œuvre de l'art. Chaque chose en son temps. Quelle que soit la vitesse à laquelle il se propulse, le cycliste a tout le temps d'admirer le paysage et il ne s'en prive pas. Mais la visite d'un monument doit être un but en soi, si l'on veut y consacrer une attention raisonnable et en tirer un quelconque profit intellectuel. Que l'on s'y rende à bicyclette si l'on veut, mais ce n'est plus une randonnée.

J'ai visité l'aven Armand, un jour qu'avec des amis nous faisions du vélo dans la région. Pierre avait beaucoup insisté, en usant de l'argument idiot que nous n'en aurions peut-être plus l'occasion, comme si on allait le combler aussitôt après notre passage. Je cédai. Arrivés en nage, il nous fallut descendre tout aussitôt car le guide nous hélait avec impatience, retardant pour nous la cabine qui descendait. Nous enfilâmes précipitamment des lainages, des blousons et même nos imperméables. L'instant d'après, nous étions plongés dans une glacière et glissions à qui mieux mieux, avec nos souliers cyclistes, sur les marches humides. Didier, sur son élan, arriva jusqu'en bas des marches, malgré les appels du guide qui le priait de ne pas précéder son troupeau de visiteurs et d'écouter un peu ce qu'il disait. Une petite fille, derrière nous, ne cessa de demander à sa maman : « Pourquoi qu'ils sont habillés comme ça, les messieurs ? » Le guide regardait d'un sale œil Pierre dont les éternuements coupaient ses envolées lyriques, et Frédéric attrapa un torticolis en regardant la grande stalagmite.

Sortis de là, il nous fallut près d'une heure avant de retrouver un coup de pédale à peu près décent, et nous arrivâmes le soir à l'hôtel trop tard pour être logés convenablement. Pierre, notamment, qui avait hérité d'une chambre sans eau courante, critiqua beaucoup mon imprévoyance.

— Voilà ! dit Albina en brandissant son guide. Voilà ce qu'on va faire demain. Écoutez ! On va visiter l'église de Massat qui a un beau clocher octogonal et...

— Moi, les églises, dit Daniel, ça ne m'intéresse pas beaucoup. Il n'y a pas de musée de peinture ?

— Taisez-vous ! dit Albina. On va voir la tour Lafont. Sept kilomètres à veylow et un quart d'heure de marche à pied.

— Eh ? dit Jean-François. Un quart d'heure de marche à pied ? Vous croyez ?

— Je suis sûre, dit Albina.

— Tout de même... à pied !

— Mais il y a une panorama terrible ! Ensuite, on va visiter les grottes de Ker, à Saurat la tour de Montorgueil et à Tarascon-sur-Ariège...

— Il n'y a rien à Tarascon-sur-Ariège.

— No ! Mais à sept kilomètres à veylow il y a des grottes formidables. Niaux, ça s'appelle.

— Niaux ? Ça n'est pas sur la route !

— Ah no ? Ah ?... Ah oui ! Sept kilomètres et trois heures de marche.

— Dites, Albina, ça ne va pas ?

— Bon ! Pas de grottes. Oh si ! des grottes quand même. À Ussat : grottes de Lombrices. On ira voir aussi le château de Lordat.

— C'est ça, dit Daniel. Il doit y avoir des tableaux.

— Et à Luzenac, il y a une usine de talc.

— Et alors ?

— Vous n'aimeriez pas visiter une usine de talc ?

— Bof !

— Il faut s'instruire. Peut-être plus jamais vous ne passez à veylow à côté d'une usine de talc, et ensuite vous passez toute votre vie sans savoir comment on fait le talc. Qu'est-ce que c'est, d'ailleurs, le talc ?

— Une poudre blanche qu'on met sur le derrière des bébés.

— Ah ? Bon. On peut peut-être sauter le visite de l'usine de talc ?

— C'est ça. Sautons.

— Ax-les-Thermes ! Il y a une fête demain. Danses locales, chorales et retraite aux flambeaux. Ça doit être chouette, non ?

— Ça doit être ravissant, dit Antoine, mais...

— *Il faut* voir ! dit Albina. Peut-être on ne passera plus jamais à Ax-les-Thermes quand il y a une retraite aux flambeaux !

— C'est à quelle heure ?

— 9 heures du soir.

— Ça nous fait grimper le Puymorens vers minuit, ça !

— C'est effrayant, dit Jean-François, ce que ce voyage est mal organisé !

Un jour, avec deux équipiers primesautiers, j'ai commis

l'erreur de m'arrêter à Villers-le-Lac pour regonfler mon pneu arrière. Je n'avais pas plus tôt décroché ma pompe, que mes deux touristes avaient loué trois places sur un bateau qui jurait de nous emmener visiter le Saut du Doubs en une heure aller et retour.

Je grognai. Il était impératif que nous fussions à Saint-Point le soir même, ce qui représentait encore soixante kilomètres, et l'après-midi était déjà fort avancé. Je grognai mais cédai car, quoi qu'en disent mes compagnons, je ne suis pas l'adjudant de discipline en question.

Nous nous installâmes dans la barcasse qui était bruyante, fumante et puante, et qui commença un petit jeu de navette entre différents embarcadères, ce qui prit un temps considérable et nous fit partir en retard. Après une longue navigation pendant laquelle Robert eut mal au cœur, on nous débarqua sur un ponton et on nous informa que, si le cœur nous en disait toujours, c'est à partir de là que nous pouvions aller *à pied* voir le Saut du Doubs.

La marche à pied dans des sous-bois glaiseux, avec des souliers cyclistes, est une épreuve sans joie. Si l'on ajoute que ledit sous-bois est parsemé de baraques hideuses qui vendaient des souvenirs vulgaires, on imagine le plaisir de la promenade.

Puis effectivement, après tant de crapahutage, nous vîmes la cascade formée par le Doubs.

— Je voyais cela plus haut ! dit Jean.

— Je voyais cela plus large ! dit Robert.

Après avoir crapahuté et navigué en sens inverse, nous retrouvâmes nos bicyclettes refroidies. L'heure promise atteignait l'heure trois quarts. Le fait d'avoir constaté de visu que le Doubs fait un saut ne nous aida en rien pour joindre Saint-Point dans les délais. En fait, il fallut coucher à Pontarlier où Robert se plaignit amèrement d'avoir mal aux jambes et où Jean mangea sans appétit.

Exceptionnellement, personne ne pensa à dire que c'était de ma faute.

Pour l'instant, mon équipe d'aujourd'hui est plongée dans les calculs et il semble que les choses s'emmanchent mal. D'après ce que je comprends, s'ils veulent voir toutes les grottes et les châteaux, il faudrait partir à 2 heures du matin. Ou bien partir à 6 heures, mais ne pas déjeuner. Ou encore déjeuner mais griller Ax-les-Thermes. Ou alors dîner à Ax-les-Thermes et voir la fête locale, mais escalader le Puymorens dans la nuit et arriver à Bourg-Madame à 2 heures du matin. En outre, il semble que leurs heures de passage ne coïncident jamais avec les heures d'ouverture des merveilles locales.

— Mais alors, comment font les cyclotouristes ? dit Albina.

— Ben... ils doivent faire des étapes plus courtes, dit Daniel.

— Eh bien, faisons !

— Mais vous savez bien que nous devons être à Perpignan demain !

— Il faut supprimer quelques grottes, dit Antoine.

— Et quelques églises, dit Daniel.

— Et quelques châteaux, dit Jean-François.

Moi, je les laisse à leurs problèmes. Béotien analphabète, je suis en quarantaine et fume ma pipe avec l'air buté de l'homme de Neandertal. Mon avis n'aurait d'ailleurs aucune valeur. On sait trop bien que je ne suis qu'une brute pédalante, qui bave et montre ses crocs quand on parle de s'arrêter de rouler.

Mon ami Jean (celui du Pousse à Peine II) m'accuse volontiers de ce travers et écrit des pamphlets dans les revues cyclistes, où il m'accuse amicalement de rouler « le nez dans le guidon » sans me soucier des merveilles qui m'entourent.

Je lui ai répondu un jour par une petite fable que je ne peux résister au plaisir de reproduire ici, car il faut bien que j'aie quelques satisfactions de temps en temps :

LES DEUX LIÈVRES

Un lièvre, qu'on disait quelque peu libelliste
Du fond de son terrier faisait le moraliste
Auprès d'un autre lièvre, à peine moins âgé
Mais qu'il voulait encourager
À découvrir, au cours de randonnées futures,
Les beautés de Dame Nature.
Eh quoi ! lui disait-il, le nez dans le cerfeuil,
Vous courez pour courir ? Sans jeter un coup d'œil
Sur la rose ou sur l'aubépine ?
Vous vous vantez d'avoir fait trente lieues par jour
Mais vous n'avez pas vu le château ni la tour
Ni l'église sur la colline ?
Certes, votre courage et votre volonté
Vous classent au sein d'une élite
Mais courir tout le jour est assez insolite
Quand il fait si bon s'arrêter.
On peut prendre son temps pour voir un clocheton
Sans être taxé d'inertie.
Rien n'oblige celui qui vient de Marathon
À passer par la Béotie !

Ami, dit l'autre. Ami, vous avez parlé d'or
Mais laissez-moi courir tant que je peux encor
Mon automne, déjà, sur mon hiver s'enchaîne
De mes rares élans je sens la fin prochaine
Et tôt viendra le jour
Où je m'arrêterai devant vos vieilles tours
Autant pour admirer que pour reprendre haleine.
Je ne suis pas pressé. Et les ruines romaines
Qui ont déjà tant attendu
Attendront bien encor quelques années de plus
(Peut-être moins ou davantage)
Que je m'intéresse à leur âge
Pour oublier un peu le mien.
Il y a temps pour tout. Et ce temps-ci, j'y tiens

Car il m'est compté au plus juste.
J'ai la vie pour goûter ce qu'il faut qu'on déguste
Mais pour être celui qui fonce sans raison
Je n'ai plus que quelques saisons.
Au surplus, mon ami, cessez, je vous en prie,
De jouer au petit lapin.
Quand le goût vous en vient, quand vous en prend l'envie
Vous courez comme les copains !

La morale est qu'il faut profiter de son temps
On n'a pas deux fois cinquante ans.

Pendant que je me livre à ces réminiscences poétiques, mes lascars en sont arrivés à la conclusion qu'il ne saurait être question de s'arrêter ou que ce soit demain.

— Après tout, dit Daniel, le gros truc amusant, demain, c'est l'ascension du Puymorens !

— Sans compter que pour y aller, tout le paysage est magnifique !

— Oh oui ! dit Albina. C'est une région formidable. Rien que de regarder autour de soi en pédalant, c'est déjà du tourisme.

— C'est ce que j'allais dire, dit Antoine.

On me regarde en coin. J'imagine que, bien qu'il n'y ait pas de cathédrale en vue, la quarantaine est levée, mais je ne dis rien. Même les pithécanthropes ont leur dignité.

— Voilà ! voilà ! voilà ! dit Jean-François.

— Eh oui ! dit Daniel. Voilà ! voilà !

— C'est comme ça ! dit Antoine.

Albina me regarde et verse dans mon verre vide sa propre bouteille de bière. Ce doit être une offrande propitiatoire.

— Demain, me dit-elle, on fait tout comme vous aviez prévu.

Je vide ma pipe, bois ma bière et me lève.

— Alors, dis-je, au lit !

Un horrible bonhomme

Il était une fois un horrible bonhomme qui n'aimait pas la bicyclette. Ces choses-là existent, tout comme le choléra et la peste bubonique, et nous devons en prendre notre parti, en philosophes que nous sommes.

Il n'était pas simplement indifférent. Il ne répondait pas aux histoires de vélo par des : « Ah oui ? ah bon ! » avant de retourner à ses préoccupations. Il ne regardait pas loin au-dessus de la tête des cyclistes, comme s'ils n'avaient pas existés. Non. Il était contre, absolument contre la bicyclette. Il la vitupérait, en faisait la cause de mille et une calamités, en montait en épingle les défauts imaginaires et feignait de se détourner avec un haut-le-cœur chaque fois qu'il en passait une devant lui. Il était en guerre avec le cyclisme.

Je n'irai pas jusqu'à dire qu'il tirait à la carabine sur les cyclistes rencontrés en chemin, mais le cœur y était. Et s'il donnait parfois un coup de volant négligent pour les éviter, c'était surtout dans le souci de ne pas rayer sa carrosserie.

Homme affable au demeurant, cultivé et sportif, il pratiquait le judo, le tennis, l'escrime, la natation et le ski et ne manquait pas un match de rugby à la télévision. Bien noté de ses chefs, il était adoré par sa concierge à laquelle il avait donné une importante gratification le jour où elle avait apposé dans l'entrée de l'immeuble une pancarte notifiant qu'il était interdit d'y garer les vélos.

Un soir qu'il était invité à dîner chez des amis, il se trouva être le commensal de deux cyclistes qui racontaient leurs randonnées et accaparaient la conversation à tel point qu'il était impossible aux autres convives de s'y insérer, fût-ce pour demander la salière. Ils étaient, il faut bien l'avouer, un peu ennuyeux et d'autant plus que, leur récit escaladant de nombreux cols, ils se faisaient un devoir de préciser les démultiplications employées, détails qui n'intéressent en général qu'une toute petite élite de maniaques.

— Après le Plan Lachat, j'ai passé le 30 x 26... attendez... non ! pas le 30 x 26 ! le 30 x 24. C'est cela, le 30 x 24. Le 30 x 26, je l'ai passé plus haut. En somme, de Valloire au Plan Lachat 44 x 20, et après le Plan Lachat...

Avant l'Izoard, on dut réveiller et aller débarbouiller un membre de l'Institut qui s'était endormi le nez dans son potage.

Deux des invités partirent avant le dessert et un troisième, quittant la table, se mit à jouer sur le piano des airs très sonores, ce qui irrita vivement l'un de nos deux amis qui était en train d'expliquer à sa voisine ce qu'était la chasse d'une fourche avant, en dessinant des croquis sur la nappe à l'aide de son couteau à poisson.

Cette conversation, on s'en doute, ne faisait pas l'affaire de notre horrible bonhomme, qui marquait son irritation en tordant ses couverts. Quand il fut devenu rouge, puis violet jusqu'au sommet des oreilles, il fit tinter ce qui restait de son couteau contre son verre et obtint par l'effet de surprise un silence précaire mais soudain qu'il mit à profit pour se lancer dans une violente diatribe contre les bicyclettes en général et les cyclistes en particulier. Il les traita de demeurés, de débiles mentaux, de paumés, d'attardés d'un autre âge, de gamins mal élevés, de dangers publics, de pedzouilles mal venus, d'économiquement faibles, de raclures d'humanité, de pitres ruraux, d'anarchistes irresponsables, de reptiles nauséabonds et de plusieurs autres épithètes qu'il serait malséant de rapporter ici.

Comme bien on pense, nos cyclistes, qu'il avait interrompus alors qu'ils escaladaient Peyresource, passèrent aussitôt le 54 x 14 et, d'une même voix, confièrent à l'horrible bonhomme qu'il n'était qu'un mal blanc, une triste bedaine, un assassin à injection directe, un protozoaire invertébré, un maniaque du gicleur, un défriseur de moustaches, un ectoplasme à direction assistée, un cancrelat gluant et, pour tout dire, un pauvre type.

Cette dernière injure mit le feu aux poudres et, dans un vacarme devenu général, ces messieurs en arrivèrent aux défis ridicules et aux paris stupides, ainsi qu'il est d'usage dès que la conversation quitte quelque peu le ton de la bonne compagnie.

— Fort bien ! dit l'horrible bonhomme, après avoir cassé un vase de Sèvres pour obtenir un peu de silence. Fort bien ! Eh bien, puisque je suis un minable, je vais vous montrer, moi, qu'aller à bicyclette et rien, c'est la même chose. Quelle est votre prochaine sortie ? Je la fais avec vous.

Les deux cyclistes opinèrent, ravis, s'excusèrent même de la vivacité de leurs propos et déposèrent chacun une grosse bise sur les joues de l'horrible bonhomme.

Leur prochaine sortie, dirent-ils, était le B.R.A.

On but quelques alcools dans la gaieté revenue, et chacun prit congé en assurant la maîtresse de maison (qui respirait des sels en cachette) qu'il avait passé une soirée très intéressante, ce qui était d'ailleurs l'exacte vérité.

Le B.R.A., comme nul ne l'ignore ou ne devrait l'ignorer, est le Brevet de randonneur des Alpes, agréable flânerie qui vous fait partir de Grenoble à 2 heures du matin pour y revenir à 10 heures du soir après avoir franchi, d'un seul élan, les cols du Lautaret, du Galibier et de la Croix de Fer.

Notre horrible bonhomme, quand il avait relevé le défi, ignorait bien entendu ces détails inquiétants. Mais bien qu'étant tout ce qui a été dit plus haut il avait un point d'honneur et, sans joie mais sans hésitation, il prit le départ à l'heure dite, quatre jours plus tard.

Comme il n'avait pas fait de bicyclette depuis son certificat d'études et que nos lectrices sont présumées avoir l'âme sensible, nous ne ferons pas ici le récit des souffrances inhumaines qu'il endura. Mais comme il était par ailleurs sportif, il n'en mourut pas et se débrouilla même pour arriver à Grenoble à la limite du temps imposé, la jambe tremblante mais le cœur triomphant. On lui donna une breloque qu'il glissa négligemment dans la poche de son gilet, avant de se laisser tomber raide sur le sol. On l'emporta à son hôtel où il dormit trois jours et trois nuits sans bouger un orteil.

À quelque temps de là, comme il participait à un déjeuner d'affaires, il fouilla dans la poche de son gilet pour y chercher des allumettes et ramena au jour la breloque-souvenir du B.R.A., à laquelle il ne pensait plus. (Des esprits tatillons pourront s'étonner qu'il portât le même gilet au B.R.A. et lors d'un déjeuner d'affaires. Mais c'est là le charme des horribles bonshommes : leur comportement défie toute logique !)

Ses commensaux, on s'en doute, demandèrent à voir l'objet et posèrent de multiples questions auxquelles il répondit sur le ton de modestie blasé qui convenait :

— Bof !... Rien !... Un truc !... Une balade à vélo... Pfff ! Trois cols, dont le Galibier (2 645 mètres). Ah ! et puis aussi la Croix de Fer... vous savez... le truc du Tour de France. Enfin, rien, quoi ! À peine 290 kilomètres. Beaucoup de descentes. Des montées, bien sûr mais beaucoup de descentes. Bah ! Il faut bien se dérouiller les jambes de temps en temps !

— À vélo ? dirent les autres en écarquillant les yeux. À vélo ? Un vélo à pédales ? Bigre ! Dites donc ! Sans jamais aller à pied ? Fichtre ! Eh bien ! Oh ! la la ! À votre âge ? Moi, pendant l'exode... ! Dites ! Faut le faire ! Moi, on me paierait !

Bref, toutes les sottises habituelles que nous connaissons bien, mais qui flattèrent notre bonhomme (que nous trouverons déjà un peu moins horrible, si vous le voulez bien) plus qu'il ne voulait en convenir.

Ils terminèrent leur parfait au café dans un silence respectueux et signèrent sans discuter les contrats qu'il leur proposait.

Ce qui avait surtout frappé notre ami (oui, quoi ! oublions le passé !) c'était l'espèce de respect qu'il avait lu dans le regard de ses interlocuteurs. On trouvait normal et comme allant de soi qu'il fît du ski, du tennis ou de la natation. Jamais on n'avait trouvé sublime qu'il tirât à l'épée et son troisième sutémi de judo, pourtant apprécié des connaisseurs, ne lui avait jamais valu qu'une considération banale et ne dépassant pas le stade de l'intérêt poli. Cela lui ouvrit des horizons.

Par leur amie commune, il se procura l'adresse des deux cyclistes qu'il avait connus chez elle. Il les invita à dîner dans une boîte à la mode, où ils discutèrent avec un tel entrain de braquets et de longueurs de manivelles que le maître d'hôtel dut venir leur demander de parler plus bas, car ils couvraient le bruit de l'orchestre yé-yé, ce qui tendrait à prouver que rien n'est impossible aux cyclistes.

Ce soir-là, notre excellent ami épingla sa breloque du B.R.A. sur son pyjama, se contempla longuement dans la glace en prenant des poses avantageuses, s'endormit en souriant et rêva qu'il avait vingt ans.

La suite, j'imagine, se devine aisément. De Brevet alpin en Randonnée pyrénéenne, de Paris-Nevers en Journée Vélocio, de Diagonale en Paris-Brest, passant sans s'en rendre compte de l'amour de la breloque à la passion de la bicyclette, notre homme devint bientôt un cycliste convaincu, ce qui lui apporta toutes les joies que nous connaissons bien ainsi, il faut bien le dire, que l'inimitié de sa concierge. Mais c'était une femme sans moralité.

Cette histoire, en revanche, en a une : c'est que, quelle que soit la voie choisie, fût-elle celle de la vanité, elle est sanctifiée d'avance dès l'instant qu'elle mène au vélo.

Allez en paix, mes frères ! Croissez et démultipliez !

Albina sous le soleil

Arc-boutée sur son guidon, Albina avance sa lèvre inférieure et souffle sur une goutte de transpiration qui perle au bout de son nez.

— Pfff ! fait-elle. Je mangerais bien une glace à la fraise, allongée sous un parasol en face de la mer !

— Taisez-vous, Albina, dit Jean-François en haletant, ou je vous donne des coups de pompe sur la tête !

Nous avançons dans la fournaise. Nous montons des côtes depuis les aurores et, aussi loin que puisse porter le regard, cela semble ne devoir jamais finir. Le goudron, qui se liquéfie, colle à nos pneus et la chaleur danse devant nos yeux, provoquant sur la route de rafraîchissants mirages de flaques d'eau qui disparaissent à mesure que nous en approchons.

Daniel a déjà parlé deux ou trois fois de sieste à l'ombre des grands arbres et Albina rêve tout haut de boissons glacées. Les autres se taisent, mais n'en pensent pas moins. Conscient des périls qui menacent ma faible autorité, je leur conte, chemin faisant, la vie exemplaire de Louison Bobet et, voyant que ce haut enseignement ne suffit pas à les rafraîchir, je leur fais manger du sucre, ce qui, hélas ! leur donne soif et ajoute à leur humeur revendicatrice.

On pourrait penser que le cycliste passe sa vie à se plaindre du vent, des côtes, de la pluie ou de la chaleur. Il n'en est rien. Pendant le corps à corps avec les intempéries, l'imprécation vient naturellement et aide à l'effort comme le « han ! » du bûcheron. Mais pas un seul d'entre eux n'envisagerait d'un cœur serein de passer le restant de son existence cycliste à rouler sur des routes plates et ombragées par un éternel beau temps et un constant vent arrière.

Aujourd'hui, il faut l'avouer, l'imprécation fuse ! Et si le soleil savait combien de fois il a été maudit, nul doute qu'il en concevrait la plus profonde confusion et irait faire son numéro dans quelque autre galaxie.

Il y a quelque chose comme 40 à l'ombre, quand par hasard il y a de l'ombre. Dans ce bain turc, nous nous affinons au fil des kilomètres et le docteur Jean-François L. calcule avec étonnement que nous brûlons en une journée le cholestérol d'une semaine. Cette découverte nous donne, d'ailleurs, un alibi de premier choix pour nous jeter d'un cœur léger sur des nourritures lourdes. Nous brunissons à vue d'œil, et Albina, qui met le soir un chandail blanc par coquetterie, déclare qu'elle est hâlée « comme une vraie louve de mer » !

Quand nous grimpons des côtes un peu sévères, les autos qui nous dépassent gargouillent et fument en répandant des odeurs nauséabondes d'huile chaude. Nous avons même rencontré des automobilistes arrêtés capot levé et laissant refroidir la mécanique, qui nous ont crié au passage que nous avions bien de la chance de n'avoir pas de problèmes de radiateurs.

On sentait que s'il n'avait tenu qu'à eux, ils auraient passé leur vie à escalader des cols à bicyclette.

Je me souviens d'avoir grimpé ainsi, en pleine canicule, dans l'Aude, le Grau de Maury, raidillon apparemment inoffensif mais dont le pourcentage, joint à la température ambiante, rendait l'ascension quasi héroïque. De très loin, tandis que je m'élevais lentement, je voyais un arbre, pas même... un arbrisseau qui, manifestement, était le seul de la contrée. Je m'en rapprochais peu à peu, me promettant de me reposer un court instant quand je l'aurais atteint. Quand j'y arrivai enfin, ce fut pour découvrir que toutes les mouches de la région avaient eu la même brillante idée et tenaient congrès sous ce chétif ombrage. Il y en avait de toutes tailles. Dès qu'elles me virent mettre pied à terre, elles se jetèrent sur moi comme sur un naturel du Gâtinais, avec un bourdonnement si vorace que je dus repartir à pédales redoublées, poursuivi par l'essaim qui pourtant n'alla pas bien loin et, décidant sans doute que je ne valais pas le dérangement, retourna bruire sottement dans l'ombre précaire.

La mouche apprécie le cycliste pas trop rapide et je sais des taons à qui j'ai fait un effet bœuf.

— Pauvre ! me dit un paysan de Duilhac, vous avez monté le Grau à midi par ce temps ? Vous seriez mon fils, je vous ferais enfermer !

Point accablé par ce verdict, j'avais bu une bière bien fraîche et j'étais reparti par Tuchan et Durban en direction de Narbonne, découvrant que cela descendait presque tout le temps et qu'un bon vent arrière effaçait mes fatigues et rafraîchissait mes esprits. Il ne faut jamais désespérer.

— Il y aurait des ponts entre les sommets des montagnes..., dit Albina.

— Et des esclaves qui courraient derrière nous en tenant des ombrelles..., dit Daniel.

— Et des vélos en baudruche gonflés à l'hélium..., dit Jean-François.

Ces jeunes gens ont tort de se plaindre ! Je me souviens de mon premier vélo qu'on eût dit construit en acier creux rempli de plomb. Je l'avais acheté d'occasion 150 F (1935). De l'avis des connaisseurs éclairés, l'occasion était surtout pour le vendeur. Ce vélo était un épouvantable treuil, lourd et grinçant et sur lequel tout ce qui n'était pas définitivement faussé était irrémédiablement tordu. Je le repeignis en rouge sang et m'élançai à la conquête du Pays basque, lequel, comme on sait, est fort pentu. Mais c'était une époque où les jarrets de dix-sept ans avaient d'autres ambitions que de faire démarrer des pétrolettes et je devins assez rapidement un cycliste à l'allure assez vigoureuse sinon au style très fluide car, comme je le découvris longtemps après, l'une de mes manivelles était plus courte que l'autre.

Tout cela a fait quelques progrès depuis.

— Je serais assuré social du vélo, dit Antoine, je me ferais mettre en congé de maladie !

Nous nous arrêtons enfin dans une auberge où des tables et des chaises accueillantes parsèment un jardin ombragé. Albina se laisse tomber dans un fauteuil, s'éponge, souffle et déclare que le Grand Désert d'Arizona est une plaisanterie en comparaison de la route que nous venons de faire. Nous commandons tous des boissons glacées, sauf le docteur Jean-François qui annule nos commandes et demande du thé brûlant pour tout le monde. Nous nous inclinons devant la Faculté.

Deux cyclistes s'arrêtent devant l'auberge, jettent un coup d'œil d'initiés à nos vélos avant d'entrer, nous repèrent du regard et s'installent à une table, après nous avoir dit bonjour. Sur leurs sacoches, des insignes de brevets attestent que nous avons affaire à des randonneurs chevronnés et qui se sont cuits et recuits sous tous les ciels.

La patronne qui a rarement vu tant de vélos à la fois s'enquiert avec intérêt :

— Vous faites une course ?

— Non. On se promène.

— Par cette chaleur ?

— Entre autres, oui.

— Et vous gagnez quoi ?

— Rien.

Les gens, souvent, voudraient que l'on nous paye. Cela les rassurerait à la fois sur notre état mental et sur leur état physique. Incapables de pouvoir ou de vouloir pouvoir faire ce que nous faisons, ils apprendraient avec satisfaction que nous sommes des mercenaires et que nous ne subissons ces « calvaires » que parce que, après tout, nous sommes payés pour cela.

— Il y a d'autres heures pour se promener !

— Il n'y a pas d'heure pour les braves ! dit Albina.

— Ça ! Pour être braves, vous pouvez dire que vous êtes braves !

Elle ajouterait bien « et dingues ! » si elle osait, mais le commerce a ses impératifs.

Les deux cyclistes, plus sérieusement, nous demandent d'où nous venons et où nous allons. À l'énoncé du programme, ils hochent la tête tranquillement en gens qui comprennent et ne s'étonnent pas, parce qu'ils ont fait ou font tout autant. Ce n'est toujours pas un cycliste qui sera étonné de voir un congénère sous la grêle ou dans la canicule. Ces choses-là leur paraissent toutes naturelles. Sans doute parce qu'elles le sont.

— Et dire, dit Albina en s'étirant, qu'il va falloir retourner au soleil !

— Albina, si l'un de vos amis s'arrêtait à l'instant devant l'auberge et vous proposait de vous emmener en automobile, accepteriez-vous ?

— Certainement pas ! Vous êtes fou, ou quoi ? Quelle idée ridicule !

— Alors, en selle !

La chaleur nous dégringole dessus et s'empare de nous dans la seconde même où nous quittons l'ombre du jardin. Nous saluons les cyclistes et repartons. La patronne, les mains sur les hanches, nous regarde partir en hochant tristement la tête. Il faut de tout pour faire un monde !

Chaleur des Pyrénées, de la Castille, du Ventoux, de la Crau, de la Camargue, de l'Esterel ! Fluide brûlant dans lequel le cycliste glisse ou ahane, dans un ébrouement de gouttelettes, en rêvant de sources et de cascades jamais atteintes. Chaleur maudite et bénie !

Daniel lève le nez. Depuis le matin, de gros nuages s'amoncellent à l'horizon. Peu à peu ils nous ont rejoints et la chaleur suffocante laisse prévoir qu'un orage va nous tomber dessus.

— J'aimerais bien un peu d'orage, dit Albina, ça rafraîchirait !

Cela rafraîchit, en effet ! Tout à coup cela éclate et en quelques secondes nous sommes complètement trempés et ravis de l'être. Une pluie large et dense enveloppe toute la route et les éclairs éclatent sec dans la montagne, si près semble-t-il qu'on pourrait les toucher si l'on osait.

La balade à vélo, dans la montagne et sous un orage proche, n'est pas à recommander. Nous nous abritons sous un surplomb de roche assez saillant, témoin du temps où l'on a creusé la route dans la montagne. Bien abrités, nous attendons que cela passe et Albina tend à la pluie ses bras brûlants, hors de notre refuge.

— Si j'avais un maillot de bain, dit-elle, ce serait formidable.

Je ne sais ce que les rares automobilistes penseraient de trouver sur une route de montagne et sous l'averse une Américaine en maillot de bain, mais je ne suis pas loin de partager ses regrets.

Soudain, nous avons de la visite. Un marcheur équipé de gros souliers et d'un sac à dos vient s'abriter avec nous. Nous nous saluons comme il convient et engageons la conversation.

Bien qu'il soit poli, nous sentons qu'il nous considère un peu comme faisant partie d'une race inférieure. C'est le défaut des marcheurs : ils détiennent la pureté suprême en matière de sport et froncent aussi facilement le nez devant ces mécaniques additionnelles que sont les bicyclettes, que nous devant des vélomoteurs et des automobiles. On est toujours la brute mécanisée de quelqu'un et j'imagine que le pur des purs qui marcherait pieds nus trouverait à redire aux souliers ferrés de notre visiteur.

— Vous n'aimez pas le veylow ? dit Albina.

— Je ne déteste pas vraiment, dit le monsieur poli, mais j'avoue préférer la marche à pied. La marche à pied qui met l'homme en contact direct avec la nature et qui lui permet d'élever son âme à...

Eh ! Oh ! Holà ! Abrégeons, s'il vous plaît ! C'est que je les connais, moi, les marcheurs ! Ce sont des gens capables de vous écrire un livre de deux cents pages en ne parlant exclusivement que de marche à pied ! Et il ne faut pas tolérer cela, parce que c'est intolérable.

Jean-François, qui pense comme moi, interrompt l'envolée lyrique du piéton en lui déclarant froidement que la marche fatigue le cœur, ce qui le fait bien rire.

— Fatiguer le cœur, la marche ? Elle est bien bonne ! Demandez donc à un médecin ce qu'il en pense !

— Je suis médecin, dit Jean-François. La marche est un sport saccadé qui sollicite le rythme cardiaque bien davantage que ne le fait le pédalage, qui est un mouvement continu.

Le marcheur, bien entendu, n'a cure de ces explications scientifiques. C'est comme si on venait nous expliquer, à nous, que le vélo rend les poumons rabougris. Nous ririons. Notre piéton rit. Il dit à Jean-François qu'il ne veut pas le vexer mais que, jusqu'à preuve du contraire, il continuera à marcher, dût son cœur en éclater de dépit, ce qui ne lui paraît pas être pour demain.

Albina se met de la partie et énumère tous les avantages du vélo à l'inconnu qui lui renvoie du tac au tac tous les avantages de la marche. Plus un, dit-il : je peux passer dans des sentiers de chèvres et pas vous !

Albina mortifiée dit qu'elle n'aime pas les sentiers de chèvres et que même si elle pouvait y passer elle n'y passerait pas. Le marcheur dit que ce n'est pas une réponse et Daniel, sentant que la conversation pourrait tourner à l'aigre, offre une tournée d'abricots secs, produit qui rend la discussion difficile quand on l'a dans la bouche.

Pourtant, le ton de la conversation n'a pas atteint des sommets dramatiques comme cela aurait pu être le cas si par exemple notre interlocuteur avait défendu le vélomoteur ou le scooter. Le marcheur, après tout, est d'une race cousine, comme le sont les alpinistes, les marins et les skieurs, tous sportifs amoureux de l'effort pour l'effort et qui ne conçoivent pas que l'essence, l'électricité, le gas-oil, le mazout ou la poudre de perlimpinpin viennent aider à leurs joies et ajouter des bruits et des odeurs à ceux de la vraie vie.

Le marcheur, pour nous montrer qu'il pense de même malgré nos dérailleurs et nos tubes légers, offre à son tour une tournée de chocolat au lait. Et comme trois ou quatre autos passent à ce moment-là, toutes vitres relevées, dans de longs chuintements de pneus, nous échangeons un regard et nous nous réconcilions tacitement sur le dos des assis.

Le monsieur poli déploie sa carte et nous montre qu'il a fait quarante kilomètres depuis le matin. Nous l'en félicitons et Albina lui confie que dans le même temps, nous en avons fait cent vingt dont un col. Il nous en félicite. Albina déclare qu'elle n'est pas le moins du monde fatiguée. Il l'assure qu'il en est de même pour lui. Albina ajoute que nous allons encore faire cinquante kilomètres dès que l'orage aura cessé. Le marcheur l'informe qu'il en fera, lui, vingt encore.

Puis ils se taisent et Daniel offre une tournée de pâtes de fruits que notre homme refuse parce que, l'orage s'éloignant et la pluie diminuant de violence, il repart.

Il nous salue, assujettit son sac sur ses épaules et nous quitte en nous souhaitant bonne route.

Quelques instants plus tard, la pluie ayant tout à fait cessé, nous quittons notre abri à notre tour et reprenons notre chemin.

Albina lève le nez. Les nuages et l'orage s'en vont vers le nord.

— Enfin, dit-elle, voilà le solcil !

Emmanuel et l'automobiliste

— Je vous demande pardon, dit la jolie dame en manteau de fourrure, mais nous avons embourbé la voiture non loin d'ici et mon mari n'arrive pas à la remettre sur la route !

Emmanuel se doutait bien, en s'arrêtant, que l'on allait faire appel à son bon cœur. Les jolies dames en manteau de fourrure ne hantent pas volontiers l'orée des bois, ou alors elles ont un visage et un maintien qui ne laissent aucun doute sur leurs intentions. Celle-ci faisait preuve d'une distinction de bon aloi et Emmanuel, son vélo à la main, la suivit dans le sous-bois sans craindre pour sa vertu (à lui)...

La voiture bleue était en effet embourbée jusqu'à l'essieu ou presque. Le conducteur remercia Emmanuel d'avoir bien voulu se déranger et lui conta comment en voulant faire demi-tour sur ce chemin étroit... Mais un coup d'œil suffisait pour comprendre toute l'affaire. Emmanuel assura que ce serait arrangé en une seconde si la jolie dame voulait bien se mettre au volant tandis qu'eux deux pousseraient par derrière.

— C'est que voilà, dit le monsieur, ma femme, non seulement ne sait pas conduire, mais elle ignore même ce que sont un accélérateur, une pédale d'embrayage et un frein. Je crains qu'elle ne nous soit d'aucun secours.

La jolie dame, d'ailleurs, n'avait pas quitté la route pour ne pas salir ses mignonnes chaussures dans la gadoue qui emplissait déjà à ras bord les souliers cyclistes d'Emmanuel.

Le monsieur parut tenir pour acquit qu'Emmanuel ne savait pas conduire non plus et, d'autorité, il prit place au volant en disant :

— Poussez, s'il vous plaît !

Seul à l'arrière, Emmanuel poussa donc. Il dérapait dans le sol gluant, sentait la boue se glisser à travers ses bas jusqu'entre ses orteils et, malgré tous ses efforts, ne parvenait pas à faire avancer d'un pouce la voiture dont les roues patinaient.

Tout en poussant, Emmanuel songeait qu'il avait bien du mérite à venir en aide à des automobilistes. Bien que possesseur lui-même de trois automobiles, il ne portait pas dans son cœur cette race désinvolte qui semble se considérer comme propriétaire exclusive du réseau routier national.

L'automobiliste le plus consciencieux — et il n'est pas question ici des imbéciles heureux qui ouvrent leur portière sans regarder derrière eux, ou de ceux qui vous doublent impérativement pour enfiler aussitôt un chemin sur leur droite au ras de votre roue avant, il n'est pas question des criminels endurcis qui vous serrent contre le trottoir ou vous croisent en troisième position exactement comme si vous n'existiez pas, il n'est pas question des mufles invétérés qui, arrivés silencieusement sur vos arrières, vous affolent brutalement d'un hurlement d'avertisseur au risque de vous faire vous jeter dans le fossé sur le coup de l'émotion — non, il est question de l'automobiliste consciencieux, amical et honnête homme, qui ne nourrit aucune mauvaise pensée contre ses concitoyens cyclistes et ne pêche que par ignorance. Cet automobiliste-là, donc, doit savoir une bonne fois pour toutes que son passage rapide provoque un déplacement d'air important et que, le bas-côté de la route étant toujours semé d'embûches, il est souhaitable qu'il laisse au cycliste qu'il double au moins la fameuse « place pour tomber », ce qui est rarement le cas. Il doit savoir, surtout s'il tire une caravane, que le cycliste va toujours beaucoup plus vite qu'il ne le croit et qu'il vaut mieux, pour son casier judiciaire et la paix de ses méditations futures, qu'il se rabatte un peu moins rapidement. Il doit savoir enfin que le cycliste comme le piéton sont chez eux sur la route tout autant que lui et qu'il convient de se partager l'espace vital en frères, au lieu de jouer bêtement à « Ôte-toi de là que je m'y mette ! »

Les cyclistes, qui sont la plupart du temps automobilistes à leurs heures, savent ces choses, et lorsque sur une route tortillarde ou dans un col un peu long ils sentent une auto ralentir patiemment derrière eux, il n'est pas rare qu'au moment où elle les double, ils ne constatent, à un geste amical ou à la présence de vélos sur le toit, qu'ils ont affaire à des congénères.

Nous connaissons bien la réponse de tous ceux qui nous doublent et croisent ainsi au ras des moustaches : ils ont le coup d'œil précis, ils sont sûrs de leurs réflexes, ils savent apprécier les distances, etc.

Je suggère à ces conducteurs de précision un petit truc qui leur épargnera peut-être un jour d'avoir un cycliste sur la conscience : chaque fois que l'occasion s'en présente, qu'ils se demandent (rapidement !) : *« Dans les mêmes circonstances, croiserais-je ou doublerais-je, si à la place de ce cycliste, il y avait un motard de la police ? »*

Leur réponse et leur comportement (s'ils sont honnêtes) les étonneront.

Emmanuel pensait à tout cela en essayant de désembourber le char de l'ennemi héréditaire et il se disait qu'il était vraiment plein de vertu et de bonne volonté. Tout soudain, le moteur cracha deux fois et s'arrêta.

— Allons bon ! maugréa le monsieur. Me voilà en panne d'essence !

— C'est grave ? demanda la jolie dame.

On lui répondit sans excès d'amabilité que naturellement c'était grave (espèce de dinde !) et qu'une voiture qui ne se désembourbait pas avec l'aide d'un moteur se désembourberait encore moins sans. Il y avait un jerrican de secours dans le coffre arrière, mais il était évidemment vide comme le sont toujours les jerricans de secours.

Le plus proche village se trouvant à trois kilomètres de là le monsieur regarda la bicyclette d'Emmanuel et lui dit avec un trémolo dans la voix que, sans lui, ils ne savaient vraiment pas ce qu'ils deviendraient.

Emmanuel prit donc le jerrican et partit chercher de l'essence à vélo. Il se gourmanda beaucoup tout au long du chemin sur son incurable gentillesse et plus encore sur le trajet du retour, car il avait le vent dans le nez.

Le jerrican vidé dans le réservoir, les deux hommes se remirent à l'ouvrage. Le monsieur au volant faisait hurler son moteur en première et Emmanuel toujours poussant et enduit maintenant de glèbe jusqu'aux genoux.

Sur la route, la jolie dame faisait les cent pas en se tordant les pieds sur les cailloux et leur criait de temps en temps qu'ils eussent à se dépêcher car elle n'avait pas si chaud que cela.

Emmanuel, dont les cuisses commençaient à se couvrir de boue, proposa de couper des branchages et de les mettre sous les roues arrière.

— Excellente idée, dit l'automobiliste. Coupons quelques branchages !

Emmanuel coupa donc des branchages, sans lambiner, parce qu'il avait hâte d'en avoir terminé avec sa B.A. quotidienne.

Les branchages coupés, il apparut à l'esprit cartésien de l'automobiliste qu'Emmanuel étant le plus sale des trois, il semblait raisonnable que ce fût lui qui se mit à quatre pattes pour répandre les branches sous les roues. Emmanuel en convint car il se rendait à la logique du raisonnement et arrangea les branches sous la voiture d'où il ressortit sensiblement plus sale qu'avant. L'essai ne fut guère concluant, car les roues enfonçaient les branchages dans le sol meuble. Chacun commençait à désespérer, quand apparut sur le chemin une auto rouge, ayant à son bord un autre monsieur et une autre jolie dame.

Dûment hélés, ils s'arrêtèrent et, mis au courant de la situation, le monsieur déclara qu'il avait justement une corde dans son coffre et qu'il allait tirer son collègue de ce mauvais pas en moins de temps qu'il ne faut pour le dire.

En effet, après qu'Emmanuel eut attaché la corde sous les pare-chocs avant, la voiture rouge tira la voiture bleue sur la route, à la satisfaction générale.

Tandis qu'Emmanuel, à l'écart, grattait la boue de ses vêtements avec un bout de bois, les quatre automobilistes se congratulaient, se remerciaient et se complimentaient. Le monsieur bleu invita le couple rouge à prendre l'apéritif au village voisin. Il baissa un peu la voix pour ce faire, car il ne pouvait décemment pas inviter ce brave homme de cycliste qui était si sale et, en même temps, il ne voulait pas le vexer car il avait du tact.

Il eut même un regard vague accompagné d'un geste esquissé vers son portefeuille, se demandant s'il convenait ou non de donner un pourboire. Enfin, comme il fallait tout de même se montrer poli, il vint avec la jolie dame lui serrer la main et le remercier chaleureusement.

— Vous avez été très aimable, lui dirent-ils. Si ! Si ! Très aimable, vraiment ! Remarquez, si cette voiture n'était pas arrivée, je ne sais vraiment pas comment nous aurions fait !

— Oh ! Moi, je sais, dit Emmanuel en brossant ses culottes. J'aurais téléphoné à mon chauffeur de venir avec la Jaguar.

Puis il enfourcha son vélo et repartit en sifflotant un petit air.

Albina défaille

Albina paraît à la porte de la salle à manger de l'hôtel où nous sommes réunis pour le repas du soir. Sa mine est grave et son œil sombre. Elle est consternée.

— J'ai grossi de une kilo ! dit-elle.

Elle a trouvé une bascule dans sa salle de bains et n'a pu résister à l'envie bien féminine de grimper dessus.

— Si en huit jours de voyage à baïcyl', dit-elle, je grossis de une kilo, ça fait deux kilos en quinze jours et quatre kilos par mois.

— Et quarante-huit kilos par an, dis-je, et quatre cent quatre-vingts kilos tous les dix ans. Ensuite, on vous montre dans les foires.

— Oh ! C'est très amusant, vraiment ! Mais vous qui me dites tout sur le veylow, vous avez soigneusement oublié de dire qu'il fait grossir !

— Si le vélo faisait grossir, Albina, les cyclistes seraient obèses. Vous avez pris un kilo, vous le reperdrez. Le vélo fait maigrir les très gros et grossir un peu les très minces.

— Pourquoi, grossir les très minces ?

— Parce qu'il leur donne bon appétit.

— Bien ! dit Albina. Pour commencer, je ne dîne pas ce soir.

Elle s'assied à notre table, repousse son assiette et boude consciencieusement tout le dîner, en quoi elle a tort parce qu'il y a justement un foie gras tout à fait remarquable.

Le propriétaire de l'hôtel est consterné et s'imagine que son menu ne plaît pas à Albina. Avec des mines gourmandes, il lui énumère des plats de remplacement et lui propose successivement une omelette aux truffes, des croustades de fruits de mer, une entrecôte maître d'hôtel, un turbot poché au beurre blanc, un buisson d'écrevisses, des cailles sur canapé et diverses autres chatteries qu'Albina refuse carrément. Se doutant qu'il va terminer son offensive par des crêpes Suzette auxquelles elle ne résiste jamais, elle préfère nous planter là et monter se coucher, d'assez mauvaise humeur, je dois dire.

Pour consoler l'hôtelier, nous lui commandons un supplément de foie gras et une grosse omelette aux truffes. Il faut savoir faire des sacrifices.

Le lendemain, au petit déjeuner, Albina est un peu rassérénée. Elle a reperdu quatre cents grammes dans la nuit. Dans la joie de l'événement, Daniel demande une deuxième portion d'œufs au jambon, qu'Albina le regarde manger d'un air profondément écœuré, tout en grignotant une biscotte et en buvant une tasse de thé.

Nous reprenons la route et Albina, qui a décidé d'être insupportable, caracole devant nous, grimpe les côtes comme en se jouant et nous fait toutes sortes de discours ironiques d'où il ressort qu'elle se sent légère comme une plume alors que nous (il n'y a qu'à nous regarder !) nous payons lourdement notre galimafrée de la veille.

Bien entendu, ce ne sont là que propos en l'air. Nous nous portons parfaitement bien et notre allure méditative n'est due qu'au fait que, randonneurs chevronnés, nous ne jouons pas les gazelles primesautières au matin d'une journée qui s'annonce chaude et qui compte un nombre appréciable de kilomètres dont beaucoup sont pentus.

Sur le coup de huit heures, comme le soleil est déjà guilleret, nous montons une longue côte et Albina, qui traînaillait à l'arrière depuis un moment, semble avoir le plus grand mal à combler l'écart qui la sépare de nous. Nous l'attendons au sommet. Elle nous rejoint, les traits tirés et le souffle court. Elle descend de vélo et se laisse tomber sur le talus.

— Pfff ! fait-elle. C'est bizarre ! Je suis tout vide dans moi. Je n'ai plus de force et mon tête tourne.

Nous attendions cela depuis le matin. C'est la « fringale » !

Cette expression populaire est un mot très précis du vocabulaire cycliste. Celui qui est atteint de « fringale » est complètement vidé de son carburant et a un besoin urgent de se nourrir, et de sucre plus particulièrement parce que c'est là ce qui redonne le plus rapidement des forces.

— Il faut manger, Albina. Manger du sucre !

— *No !* dit Albina. Je n'ai pas faim. Je suis juste un peu fatiguée, mais cela va passer.

— Mangez un peu de pâte de fruits ou quelques bonbons.

— *No, no* et *no !*

Je vais insister, mais Jean-François L. me fait un clin d'œil. En sa qualité de médecin, il sait faire admettre aux malades des idées simples avec des mots compliqués. Gravement il prend le pouls d'Albina et fait « Tss ! tss ! » d'un air inquiet.

— Qu'est-ce qu'il y a ? dit Albina.

— Hypoglycémie ! dit Jean-François. Hypoglycémie aiguë !

— Mon Dieu ! dit Albina. Qu'est-ce que c'est que ça ? C'est grave ?

— Si on ne fait rien, oui.

— Et qu'est-ce qu'il faut faire ?

— Il faut absorber du C6 H12 06.

— Qu'est-ce que c'est que ça, mon Dieu ?

— Le vulgaire appelle cela du glucose.

— Et vous en avez ?

— Non.

Albina est extrêmement effrayée. Elle se voit déjà morte et ramenée en travers d'un cadre, bras et jambes ballants comme les cow-boys décédés, sur leur cheval. L'impression de grande lassitude qu'elle ressent ne l'aide en rien à se remonter le moral. Mais Jean-François la rassure. Aucun de nous n'a de C6 H12 06 sous la main, mais quelques bonbons pourront très bien servir de traitement d'urgence avant que nous ne rencontrions un hôpital.

Le cycliste organisé a toujours dans sa sacoche bonbons, chocolats, pâtes de fruits ou fruits secs, destinés à boucher un trou entre deux repas, à tromper la faim, à faire passer un moment difficile ou à remettre sur pied la victime d'un sérieux coup de pompe, telle Albina en ce moment.

— Je ne comprends pas, dit-elle. Tout allait bien, et puis, d'un seul coup...

C'est toujours d'un seul coup. Albina qui n'a rien mangé depuis la veille à midi, a usé ce matin ses dernières réserves, exactement comme se vide le réservoir d'essence d'une automobile. Le cycliste consomme énormément de carburant, ce qui explique pourquoi il mange si souvent et avec si grand appétit. Cette dernière côte est apparue brusquement à Albina comme un mur, sa bicyclette s'est faite plus lourde, ses jambes plus molles et sa tête plus légère. C'était la panne sèche.

Albina, convaincue par le vocabulaire barbare de Jean-François, mange du sucre. Elle mange également des tablettes d'Ovomaltine, des pâtes de fruits et du chocolat. Daniel qui n'a pourtant pas les mêmes soucis en profite pour dévorer quelques bricoles et Jean-François de son côté grignote du chocolat au lait. Antoine et moi finissons un paquet de caramels mous. Nos épouses seraient là (ou nos mères) elles nous diraient que nous n'aurons plus faim à midi et nous ririons bien, tous, la bouche pleine, comme des mal élevés. Le cycliste a toujours faim.

— Ça va mieux, dit Albina. Je crois je vais pouvoir repartir tout doucement.

En fait, elle repart aussitôt à belle allure car les « coups de pompe » dus à la « fringale » disparaissent aussi vite qu'ils sont venus, à condition de s'alimenter et surtout de manger du sucre.

Vers 10 heures, Antoine déclare qu'il se sent atteint d'hypoglycémie aiguë et que, si la Faculté le permet, il s'arrêterait volontiers dans une auberge pour se soigner, à défaut de C6 H12 06, au pâté de campagne ou au saucisson sec. La Faculté permet d'autant plus qu'elle est justement atteinte du même mal. Daniel et moi nous sentons également très hypoglycémiques.

Albina, qui ne veut pas manger, s'assied avec nous. Mais comme elle n'arrive pas à détacher son regard du pain blanc et du pot de rillettes que l'aubergiste a posés devant nous, elle préfère aller s'asseoir un peu plus loin, dans l'herbe, à côté des vélos.

Vers midi et demi, après avoir fait encore une quarantaine de kilomètres, nous déjeunons. Albina grignote quelques crudités et un petit-suisse, en nous assurant que nous nous détruisons la santé, que nous creusons notre tombe avec nos dents, et autres fariboles à l'usage des goinfres sédentaires, ce que nous ne sommes en aucune façon (sédentaires).

Pendant que nous prenons le café, Albina va faire un tour du côté des vélos pour voir comment ils vont, et cette soudaine sollicitude ne laisse pas de nous étonner jusqu'au moment où, vers 4 heures de l'après-midi, Jean-François s'aperçoit qu'il n'a plus de chocolat dans sa sacoche, Daniel plus d'Ovomaltine, Antoine plus de sucre et moi plus de bonbons.

Comme nous arrivons à la ville-étape, Albina presse vivement Jean-François d'aller dans une pharmacie acheter le médicament nécessaire à la guérison de son hypoglycémie.

— Bof ! dit Jean-François. Je crois que ce n'est plus la peine, vous savez. L'hypoglycémie. c'est, *grosso modo*, du manque de glucose, et le glucose c'est, *grosso modo*, du sucre. Aujourd'hui, Albina, je crois que vous n'avez pas manqué de sucre, si j'en juge par le vide de nos sacoches !

Albina est furieuse d'avoir été jouée.

— Tout ça, dit-elle, c'était pour me faire manger du sucre ? Vous êtes un horrible individu, un méprisable menteur et un détestable médecin. Voilà ce que vous êtes !

— *Grosso modo*, dit Daniel.

À l'hôtel, après nous être douchés et changés, nous descendons pour trouver Albina, prête avant nous, plongée dans la lecture de la carte du restaurant, son doigt errant entre les escargots de Bourgogne et l'entrecôte marchand de vin en passant par les quenelles de brochet Nantua et la truite aux amandes. Elle se tourne vers nous comme nous descendons.

— Vous aimez les femmes un peu grosses ? demande-t-elle.

Nous l'assurons que nous les préférons à toutes autres.

— Bon ! dit Albina. Alors, à table !

Le tampon de Vincent

Vincent s'arrêta et descendit de vélo à l'abri d'un porche. Il avait grimpé jusqu'ici sous la pluie et ne tenait pas à se mouiller plus qu'il n'était nécessaire. C'était d'ailleurs un simple réflexe d'habitude, car il était déjà mouillé au-delà de tout espoir.

Il ouvrit sa sacoche et en tira sa carte de Brevet, qu'il devait faire contrôler dans ce village.

Les différentes activités du cyclisme fourmillent de brevets de toutes sortes. Ce sont, en général, des circuits ou des itinéraires jalonnés de contrôles et qu'il faut parcourir en un temps donné. Ces contrôles, bien entendu, sont parfois situés dans des endroits difficiles à atteindre et très souvent au sommet de cols redoutables. Le cycliste, sa carte de contrôle en poche, passe plaines et vallons, affronte pluies et canicules et escalade pics et montagnes pour obtenir au bout du compte, et seulement s'il réussit, une médaille d'une valeur marchande de cinq francs, ce qui lui procure une joie profonde car il a le cœur pur.

Vincent, lui, faisait le Brevet des Provinces françaises, lequel compte six contrôles obligatoires dans chacun des quatre-vingt-dix départements, mais offre l'avantage de pouvoir être effectué par petits bouts et n'importe quand, sans qu'aucune limite de temps soit exigée.

Il se dirigea vers l'épicerie-bureau de tabac et acheta des

cartes postales et des allumettes. Par courtoisie, il ne demandait jamais à un commerçant de tamponner sa carte, sans lui acheter auparavant quelque bricole. Le buraliste, lui, n'était pas courtois. Il prit la carte des mains de Vincent et la considéra avec méfiance. Il demanda : « C'est pour quoi ? » et se fit répéter la réponse plusieurs fois, comme s'il eût craint que d'apposer son cachet commercial sur ce carton inconnu ne l'obligeât ensuite à acheter une chambre à coucher façon noyer, payable en dix-huit mois. Peu sûr de son jugement, il disparut avec la carte dans l'arrière-boutique et eut un long conciliabule à voix basse avec sa femme. Bien entendu, la mention : « Fédération française de cyclotourisme » ainsi que toutes les indications utiles étaient portées sur le carton, mais avec ces marchands à la sauvette, représentants à l'esbroufe et démarcheurs camouflés, on ne saurait être trop prudent.

La femme ayant décidé de prendre en main les opérations entra dans le magasin et rendit le carton à Vincent en lui disant d'un air décidé :

— Ça ne nous intéresse pas. Au revoir, monsieur !

Vincent tenta de lui expliquer que c'était lui, au contraire, qui était intéressé à la chose, mais il ne fit évidemment qu'aggraver son cas.

— Ben justement, dit la dame. Du moment que vous y avez votre intérêt, nous, on risque pas d'y avoir le nôtre ; Au revoir, monsieur !

Vincent se retrouva sous la pluie et alla acheter des aiguilles et du fil chez une mercière toute fripée, qui datait du président Fallières et sentait la soupe aux poireaux. Elle lui fit avec grâce mille excuses, car elle n'avait jamais possédé de tampon en caoutchouc. Tout à fait aimable elle proposait, sans avoir du tout compris de quoi il s'agissait, de remplacer le coup de tampon par sa signature. Mais les signatures n'ont pas de valeur dans ce genre de choses et Vincent dut refuser poliment la proposition. La petite mercière en parut si déçue qu'il lui acheta une carte de boutons bleus ornés d'ancres de marine.

Sur la petite place, il ne restait plus qu'un électricien et le concessionnaire des machines agricoles McCormick. N'ayant pas, sur le moment, l'usage d'un tracteur, Vincent poussa la porte du magasin d'électricité.

Avant même qu'il ait eu le temps d'acheter un rouleau de fusible ou une ampoule de 110 volts, la dame qui était dans la boutique se leva et dit d'un air effrayé :

— Mon Dieu !... Un cycliste !

Puis elle jeta un coup d'œil angoissé sur l'escalier en spirale qui montait à l'étage et murmura :

— Dites-moi vite ce qu'il vous faut, monsieur, et partez !

Vincent, que cet accueil surprenait, décida de n'acheter qu'après et, chuchotant à son tour, expliqua en deux mots l'affaire du tampon.

La dame acquiesça, fébrile, et désireuse apparemment de le voir disparaître au plus tôt.

— Je vais vous donner cela, dit-elle à mi-voix, avant que mon mari ne descende.

Les mains tremblantes, elle fouillait les tiroirs à la recherche de son tampon tandis que Vincent, inquiet, se demandait s'il était tombé par hasard chez l'ogre dévoreur de petits cyclistes, dont on parle tant dans les comptes rendus du Tour de France.

La dame ne trouvait pas le tampon. Elle s'énervait et, faisant le moins de bruit possible, fouillait partout non sans jeter de fréquents coups d'œil inquiets vers l'escalier.

Vincent, son carton à la main, attendait. Soudain, il y eut un bruit à l'étage et un pas lourd se mit à descendre l'escalier. Vincent songea un moment à la fuite mais, outre le ridicule de la chose, il ne voulait pas être monté jusque-là par un temps pareil pour repartir sans l'indispensable coup de tampon.

Quand les yeux de l'ogre eurent franchi la limite du plafond et que son regard eut découvert Vincent, il poussa un rugissement de joie :

— Un cycliste !

Puis il dévala les quelques marches qui restaient, contourna le comptoir et, saisissant la main de Vincent, la secoua longuement en lui tapant sur l'épaule avec l'autre main :

— Un cycliste ! Eh bien, dites donc ! C'est rare par ici ! Jamais j'en vois, moi, des cyclistes ! Le dernier, c'est il y a un mois et je n'étais pas là ! Dites, c'est que moi aussi, hein, le vélo ! Ah ! Ça y va ! Ah ! Dites donc ! Qu'est-ce que ça me fait plaisir ! Vous avez bien une minute, qu'on bavarde ?

La femme, renonçant à chercher son tampon, s'était assise derrière son comptoir, les mains sur les genoux, avec un air de total accablement.

— Ça y est ! murmura-t-elle. En voilà pour la soirée !

Vincent était d'une nature courtoise et n'aimait pas désobliger les gens. En outre, il voulait son coup de tampon. Il accepta donc de monter à l'étage et de prendre un apéritif, comptant accélérer un peu l'allure par la suite s'il voulait coucher le soir à Angoulême, comme il se l'était promis.

En haut, on le présenta au grand-père qui avait roulé sur grand bi au début du siècle, et on le fit asseoir dans un fauteuil vert pomme, face au mur sur lequel trônaient, sur fond de velours rouge, des quantités de breloques cyclistes. La femme, résignée à l'amabilité, sortit des verres et des bouteilles.

Ce que Georges appelait bavarder, c'était, bien entendu, parler de lui, comme la plupart des gens. Vincent, verre en main, écouta poliment les récits des brevets de Georges, des randonnées de Georges et des voyages de Georges. Il regarda, une par une, les médailles de Georges, les photographies de Georges qui représentaient Georges à vélo ou, à défaut, le vélo de Georges sans Georges. Il sut dans le détail comment Georges avait monté les cols des Alpes, des Vosges, des Pyrénées et du Massif central, et couru Paris-Brest-Paris.

Bien qu'il aimât les histoires de vélo, il ne put s'empêcher de trouver Georges un peu fatigant.

Quand la nuit fut tombée, une voix s'éleva dans le coin du buffet. C'était le grand-père qui, profitant d'un instant où Georges se mouchait, racontait comment il avait fait Paris-Rambouillet en grand bi. Mais Georges le fit taire en lui disant de ne pas ennuyer les gens avec ses souvenirs. D'ailleurs on le comprenait mal car, bien qu'ancien cycliste, il n'était plus très jeune.

La pluie ayant redoublé, on retint Vincent à dîner. Il protesta beaucoup, disant qu'il devait être le soir même à Angoulême, mais Georges lui représenta qu'après avoir mangé un peu il rattraperait plus vite son retard, et que d'ailleurs il était tout mouillé, et où avait-il donc la tête, lui, Georges, pour laisser un ami cycliste attraper ainsi le mal de la mort ? C'est vrai, ça ! On est là qu'on cause, et puis on ne fait pas attention et on s'enrhume. Vincent dut ôter ses vêtements, que l'on mit à sécher, et endossa la robe de chambre en tissu des Pyrénées que Georges avait achetée à Pau le soir de la Randonnée des cols pyrénéens.

Le buraliste vint, en voisin, emprunter une canne à pêche. Il lorgna Vincent du coin de l'œil et se dépêcha de repartir pour aller raconter à sa femme qu'ils avaient eu bien raison de refuser de tamponner la carte, vu que cela semblait obliger le tamponneur à donner le vivre et le couvert, sans compter la robe de chambre. On a toujours raison de se méfier.

Vincent avala sa soupe en écoutant le dramatique récit de la R.C.P. Luchon-Pau dans la tempête, puis la narration de Bayonne-Luchon sous la canicule, tout en mangeant des choux de Bruxelles qu'il avait en horreur.

Au dessert, le grand-père voulut montrer des photos de son grand bi, mais on l'envoya se coucher.

Comme la pluie ne cessait pas, bien au contraire, on retint Vincent pour la nuit. Il lui sembla que la femme de Georges le regardait avec quelque exaspération, mais elle ne fit aucun commentaire et mit des draps frais au divan de la salle à manger.

On descendit au sous-sol voir les vélos de Georges à côté desquels on avait rangé le sien. Puis ils parlèrent de choses et d'autres, notamment des neuf Diagonales de Georges et de sa Flèche Vélocio, ainsi que des sept Semaines fédérales auxquelles il avait participé.

On se coucha enfin et Vincent resta seul dans la salle à manger obscure, environné par le bruit de la pluie et une intense odeur de choux de Bruxelles. Il avait aussi un ressort du divan dans le rein droit.

Il passa néanmoins une excellente nuit, troublée seulement à 3 heures du matin par une visite de Georges, qui s'était aperçu qu'il ne lui avait pas raconté sa montée du mont Ventoux en 1954.

Le lendemain matin de bonne heure, après avoir bu du café au lait, il prit congé de ses hôtes en les remerciant vivement pour toutes leurs bontés. La femme de Georges paraissait heureuse de le voir partir. Elle alla elle-même chercher son vélo au sous-sol. Il lui acheta un interrupteur en matière plastique verte.

Georges lui fit promettre de revenir et resta sur le seuil de la boutique pour lui dire au revoir, tandis qu'il s'en allait à toutes pédales comme s'il avait eu le feu à ses trousses.

Ce n'est que 97 kilomètres plus loin qu'il s'aperçut qu'avec tout cela Georges avait oublié de lui tamponner son carton.

Albina fait un adepte

La dernière pente du dernier lacet du dernier col du voyage bascula et Albina se trouva au sommet. Elle donna encore quelques coups de pédales et s'arrêta près de nous. Il faisait un temps superbe et nous regardions les pics d'alentour en fumant nos pipes, savourant chaque précieuse seconde, car ensuite ce serait la plongée dans la vallée et la fin de la randonnée.

Nos vélos appuyés sous le panneau indiquant l'altitude et le nom du col attiraient un bref instant l'attention des touristes qui nous jetaient un regard dubitatif et retournaient s'enfourner dans leurs voitures d'où ils regardaient le paysage toutes vitres levées. Car s'il faisait un temps superbe, à plus de 2 000 mètres d'altitude il ne faisait pas chaud.

— À tant faire que de monter ici en voiture, dit Daniel, ils pourraient le faire en voiture découverte, comme celui-là !

Une énorme voiture américaine blanche et décapotée venait d'apparaître sur le plateau. Son seul occupant était un jeune costaud blond qui fit sur Albina la plus profonde impression.

— Jerry ! dit-elle. Oh *no* ! C'est pas possible, ça ! C'est mon frère Jerry !

Depuis que nous connaissons Albina, nous avons entendu parler de Jerry en long et en large. Nous avons déduit de ses récits que c'est un gaillard sans nuances, guère troublé par les problèmes métaphysiques qui se posent sans cesse au commun des mortels, et sympathique au demeurant, quoique adjudant de carrière dans les Marines. Ce dernier détail, d'ailleurs, nous laisse impavides, car comme le dit si justement Daniel, il y a fort peu de chance pour que nous contractions jamais un engagement dans ce corps d'élite.

— On dirait que vous n'êtes pas heureuse de revoir votre frère, Albina !

— Je suis très ! Mais aussi je suis surprise et aussi je suis fatiguée déjà d'être obligée de discuter et d'expliquer pourquoi je suis ici et pas à Juan-les-Pins à jouer au golf avec Béatrice !

Jerry était descendu de voiture et regardait autour de lui. Albina le héla et il vint vers elle avec de grands gestes des bras. Elle courut au-devant de lui, ils s'embrassèrent et revinrent vers nous, lui, ayant passé son bras autour des épaules de sa sœur.

— C'est le juteux affectueux, dit Daniel. On va peut-être pouvoir s'entendre.

Daniel s'est toujours très mal entendu dans l'armée avec tout ce qui portait un galon au bras, et considère d'ordinaire les militaires de carrière avec l'œil soupçonneux qu'ont les langoustines quand elles voient passer un bol de mayonnaise.

Albina fit les présentations et Jerry, tout sourire, nous gratifia de poignées de main mâles et viriles en nous assurant qu'il était *glad to meet you* ! Puis il parut vouloir commencer un speech quand Albina le pria de parler français, *please* ! parce que ce serait plus poli pour nous et que ça lui ferait un excellent entraînement.

Jerry passa une main dans ses cheveux blonds et dit :

— Je parlé mal, mais je parlé court. Je venu prendre Albina pour emmener avec automobile moi.

— *Nuts !* dit Albina.

Ce qui peut se traduire à volonté par « Rien à faire ! »,

« Pas question ! », et même, en extrapolant un peu, par « Allez vous faire cuire un œuf ! »

Jerry sembla peiné.

— Bon ! dis-je. On se refroidit. Rentrons un moment dans le chalet-restaurant, on va prendre quelque chose et parler de tout cela.

— *What'd he say ?* dit Jerry perplexe. *The guy speaks like a machine gun !*

Albina me pria de parler plus lentement et Daniel remarqua, à la cantonade, que les adjudants étaient bien partout les mêmes : pas vifs.

À l'intérieur du chalet nous commandâmes tous des œufs au jambon et du vin rouge, ce qui fit faire la grimace à Jerry qui commanda un Koma-Kola, ce qui fit faire la grimace à tout le monde.

Une conversation lentissime et heurtée s'engagea d'où il ressortait que Jerry, en longue permission, était venu surprendre Albina à Paris, et qu'informé par une amie de notre voyage et de notre itinéraire, il avait couru après elle pour la revoir, l'embrasser, lui dire *how do you do ?* et, plus particulièrement, l'enlever à notre bande de traîne-patins afin de la remettre dans le droit chemin et les Oldsmobile blanches, un club de golf dans une main et une raquette de tennis dans l'autre. Il paraissait, en outre, qu'à la maison, Mom et Dad étaient plus qu'inquiets de la tournure que prenaient les événements et se souciaient fort des fréquentations d'Albina, nonobstant la présence rassurante mais épisodique de mon épouse.

En fait, disait Jerry, la seule chose qui réconforte un peu Mom et Dad, c'est que vos études en langues orientales ont l'air de marcher : ils ne comprennent plus un mot de ce que vous leur écrivez dans vos lettres.

Albina, très posément, répondit à Jerry qu'elle était majeure, qu'elle faisait ce qui lui plaisait et qu'il voulût bien se le tenir pour dit, ainsi que Mom et Dad, et garder pour de meilleurs usages son Oldsmobile blanche comme aussi son golf et son tennis.

Jerry soupira et me considéra tristement.

— Le bicycle, dit-il, c'est chose vieux et dangereuse. C'est chose bon pour les Français peut-être, mais non pour les Américaines jeunes filles.

Nous l'assurâmes qu'il suffisait de regarder l'Américaine jeune fille toute bronzée, en train de dévorer ses œufs au jambon, pour être certain que le bicycle n'avait sur sa santé qu'une influence heureuse.

Albina lui raconta le tour d'Auvergne de nos vingt-cinq amis américains. Jerry ne mit pas sa parole en doute, mais nous fit un discours laborieux pour nous expliquer que dès l'instant où l'on tolérait qu'il y eût des Américains noirs et des Américains communistes, on pouvait admettre qu'on tolérât aussi des Américains cyclistes. Il ajouta que c'était précisément là l'inconvénient des démocraties.

— Et, *please,* Albina, voulez-vous ôter ce œuf à le jambon de sous mon figure ? Il donne une goût à ma Koma-Kola.

Nous commandâmes d'autres œufs et d'autre jambon. Jerry refusa de nous imiter car, outre ses soucis fraternels, il avait eu dans la journée quelques ennuis qui lui avaient coupé l'appétit :

— J'ai perforé un fois sur le devant et un fois sur le derrière ! J'ai un panne ridicule et j'ai faisé trois kilomètres sur mes pieds pour j'ai allé chercher une mécanicien qui a juste soufflé dans une morceau du moteur et ensuite ça marchait très bien ! J'ai le mal de cœur à monté et descendé ces routes du montagne et le mal de tête à cause du chaleur !

Il acheva son Koma-Kola et dit :

— La vie est très injuste !

Puis il développa sa pensée dans un monologue d'où il apparaissait que ce monde était bien mal fait, qui permettait à une frêle jeune fille et quatre hurluberlus ayant passé l'âge des gamineries de pédaler dix heures durant sous le soleil en n'y acquérant qu'un joli bronzage et un appétit d'enfant, alors que lui, solide gaillard élevé à la dure, se sentait mou comme une vraie loque *(felt like a rag!)* d'avoir voyagé en automobile !

— Je crois, dit-il, le climate de la France il était mauvaise pour moi. J'ai suis entraîné pour le jungle. Ici c'est trop sain.

Après cette confession, Jerry dut écouter un interminable discours d'Albina qui se mit en devoir de lui expliquer les vertus de la bicyclette. Je n'avais, jusqu'à ce jour, jamais remarqué combien ce genre de monologue peut être ennuyeux. Jean-François s'endormit sur ses bras repliés, Antoine consultait les cartes, et moi je pensais à autre chose. Seul Daniel, très absorbé, ne quittait pas Jerry des yeux dans l'espoir, peut-être, de le voir s'évanouir ou commander des œufs au jambon.

— *So what ?* demanda Jerry quand Albina se fut tue.

— *So, that's that !* dit Albina. Je ne repars pas avec vous dans le voiture, je ne veux pas aller à Juan-les-Pins, ni jouer au golf, ni jouer au tennis. Je veux continuer à faire du veylow avec mes propres amis. Et zut !

— Et quoi ? dit Jerry.

— Zut !

— Oh ! Je vois !

— Mon adjudant, dit Daniel, j'ai l'honneur et l'avantage de vous informer que vous venez de perdre une guerre.

— Je suis très ennouillé, dit Jerry, parce que je aimé beaucoup ma sœur.

— C'est un sentiment qui vous honore, dit Daniel.

— Merci beaucoup. Et je voulais rester avec elle pendant tout mon congé.

— C'est très simple, dit Albina. Dans huit jours, nous repartons pour faire une autre randonnée. Achetez un baïcycl' et venez avec nous !

Jerry fut manifestement révulsé par cette proposition. Pour un homme qui venait de faire la Corée et le Viêtnam et en sortait indemne, c'était pousser le sadisme un peu loin que de lui demander d'aller à bicyclette sur les routes d'un pays au climat aussi meurtrier.

Puis il réfléchit qu'il allait, peut-être, de cette manière retrouver son appétit perdu et pouvoir manger avec plaisir des œufs au jambon à 3 heures de l'après-midi. Il se gratta le nez.

— De toute manière, dit-il, ici on ne joué pas le base-ball, je crois ?

— Non.

— Alors bon ! Peut-être je vais faire ça.

— Pas peut-être, dit Albina. Sûrement !

— O.K. ! dit Jerry. O.K. ! Sûrement !

— Qui c'est qui commande, ici ? dit Daniel.

Nous sortîmes et nous promîmes de nous retrouver le surlendemain à Paris. Jerry vint examiner nos bicyclettes, les soupesa, passa un doigt inquiet sur les selles et soupira. Manifestement, il regrettait le Viêt-nam.

Il nous serra la main et s'en alla au volant de sa belle auto blanche.

— Vous croyez qu'il viendra, Albina ?

— Lui ? Je suis sûre, puisque j'ai dit qu'il vienne. Et après, il aimera. Et quand il aimera, vous verrez : il sera terrible ! Ce sera un terrible capitaine de route ! Oh ! Jerry, il est formidable !

— Je crois, dit Daniel, que je vais prendre une retraite anticipée et me consacrer à la philatélie !

Nous enfourchâmes nos vélos et nous laissâmes glisser dans la dernière descente qui nous conduisait à Perpignan. Albina se retourna :

— Vous vous souvenez quand je n'aimais pas le baïcycl' ?

— Très bien !

— Vous vous souvenez de tout ce que vous m'avez dit ?

— Oui, pourquoi ?

— Tant mieux, dit Albina, parce que vous allez tout recommencer avec Jerry.

Il y eut un silence, troublé seulement par le bruissement des roues libres.

— C'est la vraie vie ! dit Daniel.

Albina roule en tête

Chronique cycliste

Avant-propos

Quelque regret qu'il en ait, l'auteur doit reconnaître en toute objectivité que parmi ses cinquante-trois millions de compatriotes quelques-uns encore n'ont pas lu les premières chroniques cyclistes réunies sous le titre Albina et la bicyclette.

Si, d'aventure, certains de ces frustrés achètent le présent volume en croyant qu'ils se rendent acquéreurs d'un roman, il est à peu près sûr qu'ils vont, dès les premières pages, se trouver dans la situation d'incompréhension angoissante d'un sourd-muet finlandais entré par inadvertance dans une réunion publique napolitaine.

À l'intention de ceux d'entre eux qui n'auront pas déjà refermé cet ouvrage en constatant philosophiquement qu'ils se sont encore fait avoir, voici quelques précisions destinées à faire d'eux, en dix lignes, de vieux camarades d'Albina.

Albina est une jeune Américaine vivant en France et entraînée par des amis français sur les chemins escarpés de la randonnée cycliste, à son corps de moins en moins défendant.

La découverte du monde pittoresque, mal connu et particulier des cyclistes au long cours (qui a conduit Albina à travers des anecdotes vécues, des aventures qui auraient pu l'être et des portraits pris sur le vif, à passer de l'état d'indifférence à celui de passion pour la bicyclette) a constitué l'essentiel du précédent volume. Son dur apprentissage terminé, Albina est maintenant une randonneuse accomplie. Elle a franchi le point de « non-retour » au-delà duquel on n'est plus quelqu'un qui fait du vélo de temps en temps mais quelqu'un qui, de temps en temps, ne fait pas de vélo.

Au-devant d'anecdotes non moins vécues et d'aventures non moins vraisemblables, parmi des personnages souvent extravagants et des situations toujours imprévisibles, Albina reprend la route et, cette fois, roule en tête.

La suit qui veut.

La première randonnée de Gudule

— Tiens ! dit Albina en m'ouvrant la porte, vous tombez bien !

Je tombe d'autant mieux que nous avons tous rendez-vous aujourd'hui chez Albina. Tous, c'est-à-dire notre petite bande de randonneurs au long cours, solennellement rassemblée pour prendre connaissance de l'itinéraire de « la-première-vraie-randonnée-de-cette-pauvre-Gudule » (que Dieu protège !) : Paris-Orléans par la Beauce.

Personnellement, j'oserais à peine appeler cela une randonnée car, pour peu qu'on ait le vent dans le dos, c'est un trajet sur lequel on est arrivé à destination avant même de s'être installé commodément sur sa selle. Mais Albina, fine psychologue, a tenu à dignifier de la sorte cette paisible promenade.

— Vous comprenez, a-t-elle dit. Pour son première truc un peu long il faut emphatiser les choses. Si pour une machin facile je lui dis c'est difficile elle croit qu'elle trouve facile les machins difficiles et après c'est plus facile de lui faire accepter des machins difficiles en lui disant que c'est des machins faciles.

Il faut se faire à la syntaxe d'Albina, comme à sa logique et à son accent. En fait, il faut se faire à Albina tout court. Ce n'est pas la moindre fatigue de la randonnée à vélo.

Gudule, jeune femme de bonne volonté, est une amie d'Albina que celle-ci, animée du zèle fanatique de tous ceux qui viennent de découvrir une religion nouvelle, a amenée à la bicyclette en usant des arguments habituels : « Regarde mon jambe ! regarde ma ligne !, regarde mon bronzure ! regarde mon santé » ainsi que d'un autre qui l'est moins : « Regarde mon veylow ! »

Gudule a regardé le vélo d'Albina, consciente que, puisqu'on attirait son attention dessus, il y avait là quelque chose qui méritait le détour. Mais n'ayant vu que l'habituel assemblage de tubes et de roues qu'elle s'attendait à voir, elle a levé sur son amie son regard doux et patient et a dit :

— Qu'est-ce qu'il a, ton vélo ?

— Il est beau ! voilà ce qu'il a. Et si tu es pas capable de voir quand un veylow est beau ou pas beau, il faut que je te prends dans la main, sérieusement.

Et Albina a pris en main son amie si sérieusement que, depuis, nous ne l'appelons plus que « cette pauvre Gudule ».

Elle lui a dégoté un vélo à peu près convenable que Gudule a tout de suite trouvé beaucoup trop haut, beaucoup trop dur et beaucoup trop instable. Albina a déclaré de son ton le plus sec que si elle commençait par tout critiquer ce n'était pas la peine de demander à faire de la bicyclette. Gudule, qui n'avait rien demandé du tout, se l'est tenu pour dit, ainsi que font la plupart des interlocuteurs d'Albina, qui jugent sainement qu'étant donné la brièveté de la vie il serait déraisonnable d'en perdre la moitié à discuter.

Puis, sur le vélo instable, dur et haut, Gudule, cramponnée à son guidon bas comme un naufragé à un cure-dent, prit contact avec les réalités de la vie, éperonnée par Albina qui, roulant immuablement dans son sillage, lui distillait les meilleurs conseils et les plus vibrants encouragements.

— Change de vitesse ! Pas comme ça ! Où tu vas ? Décontracte-toi ! Tu as l'air d'une canard sur un corde à linge ! Relève le pédale droite ! Quelle gourde ! Tu n'as pas vu le trou sur le route ? Freine ! Vas-y ! Prends du l'élan ! Pourquoi tu fais roue libre dans les montées ? Ça va pas, non ? Pédale ! Pédale ! C'est pas une côte c'est du faux plat ! Oh la la ! C'est pas vrai ! Je ferai jamais rien de toi ! Empotée !

— Ce qui m'étonne, disait la placide Gudule une fois descendue de sa bicyclette, ce qui m'étonne c'est que tu puisses tant parler tout en pédalant. Tu respires quand ?

— Quand je sais que je fais du veylow avec toi, répondait Albina, je respire la veille.

Je me gardais bien, on s'en doute, d'intervenir dans cette mise en condition. J'ai gagné ma part de paradis, jadis, à faire d'Albina une cycliste et cette seule part suffisant à mon bonheur j'ai abandonné toute ambition pédagogique. De toute manière quand nous avons tendance à nous apitoyer sur le sort de cette pauvre Gudule, Albina ne manque pas de nous faire remarquer que nous lui en avons dit bien d'autres lors de son apprentissage et que d'ailleurs :

— Dans le veylow c'est d'abord la peau du fesse qui se fatigue. C'est pas les oreilles.

Encore que notre délicatesse naturelle nous ait toujours interdit de nous enquérir de « la peau du fesse » de Gudule, il semble que de ce côté-là, maintenant, tout aille pour le mieux. Ainsi d'ailleurs que du côté des différents muscles que notre sport met en action et qui, dans les débuts, semblent toujours comprendre à retardement ce que l'on attend d'eux et feignent de trouver la chose beaucoup moins amusante qu'on ne le prétend alentour.

Bref ! Un beau soir, comme nous dînions après une longue promenade cycliste, Albina s'est tournée vers Gudule :

— Tu es fatiguée ?

— Non.

— Tu as mal à quelque part ?

— Non.

— Tu te sens bien ?

— Oui.

— Tu sais combien tu as fait aujourd'hui ?

— Non.

— Cent kilomètres !

Gudule rosit de surprise et de contentement.

— C'est pas vrai !

— C'est vrai. Cent trois exactement. Bientôt tu fais deux cents aussi facile.

— Deux cents, je ne pourrai jamais !

— Écoute, dit Albina. Si quand tu fais cent tu n'es pas fatiguée, quand tu fais deux cents tu es deux fois plus pas fatiguée. Tu comprends ?

Albina, comme dit parfois Daniel en soupirant, Albina, il faut se la faire !

Quoi qu'il en soit, il faut bien reconnaître que c'est cette pauvre Gudule qui dans un grand élan d'enthousiasme, irréfléchi comme tous les enthousiasmes, a déclaré un beau jour qu'elle en avait ras le bol de tourner en rond dans la vallée de Chevreuse et que, si c'était un effet de notre bonté, elle aimerait bien se lancer dans une de ces randonnées dont nous lui rebattions les oreilles depuis si longtemps.

— O.K. ! avait dit Albina. Justement j'ai envie depuis longtemps de faire le cap Nord-Gibraltar. On y va ?

Il fallut toute ma persévérance bien connue pour faire admettre à Albina que le cap Nord-Gibraltar était peut-être un peu beaucoup pour une première randonnée. Avec quelque difficulté Albina en convint et après qu'elle eut proposé, à la place, un Naples-Moscou ou un Tour d'Australie, nous tombâmes d'accord sur un Paris-Orléans plus en rapport avec l'endurance récemment acquise de cette pauvre Gudule.

Albina s'était chargée d'établir l'itinéraire et nous avait tous convoqués aujourd'hui afin (je n'en doutais pas) que nous admirassions sans réserve le talent qu'elle déployait dans la découverte des chemins bucoliques et autres routes forestières.

— Alors, Albina. Où il est cet itinéraire ?

— Sur le mur.

En effet, collées au mur, l'une au-dessous de l'autre, par deux bouts de scotch, les Michelins 60 et 64 déploient les réseaux prometteurs de leurs routes. Employant la meilleure technique, Albina a tracé son itinéraire au marqueur jaune et, tout de suite, je m'aperçois que quelque chose n'est pas tout à fait comme je m'y attendais.

— C'est Paris-Orléans, ça ?

— Ouais ! dit Albina. Ça part de Paris et ça arrive à Orléans.

Le trait jaune, en effet, part de Paris et aboutit à Orléans, mais en passant par Bagnoles-de-l'Orne ce qui n'est pas tout à fait ma conception de la ligne droite.

— Vous appelez ça Paris-Orléans par la Beauce ?

— Le Beauce c'est toute plate. Gudule n'aimerait pas.

— Vous savez qu'on devait faire ça dans la journée ?

— On fera en deux jours. La randonnée c'est seulement vrai quand ça met plusieurs jours. Gudule elle veut un vraie randonnée.

— Et pourquoi spécialement Bagnoles-de-l'Orne ?

— Gudule...

— Albina ! Laissez tomber Gudule et dites-moi pourquoi *vous*, vous voulez aller à Bagnoles-de-l'Orne.

— Eh bien ! euh ! j'ai justement un contrôle de Brevet[1] à faire à Bagnoles-de-l'Orne. Alors comme c'est sur la route...

Daniel et son épouse Zuzu arrivent à point pour m'empêcher de dire ce que je pense, mais je n'en pense pas moins. Zuzu non plus d'ailleurs qui jette un coup d'œil sur la carte et constate avec joie qu'elle va pouvoir, elle aussi, faire son contrôle de Bagnoles et que, pendant qu'on y est on pourrait faire un crochet par Ernée parce que là aussi il y a un contrôle et qu'elle ne l'a pas fait. Albina dit que c'est la moindre des choses et s'emparant de son marqueur et d'une nouvelle carte, la 59, rectifie son tracé en nous assurant que cela ne fait jamais qu'un détour de 50 kilomètres.

À part les randonnées classiques et organisées comme Paris-Brest-Paris où il n'est pas question d'aller ailleurs

1. Voir *Albina et la bicyclette.*

qu'à Brest et dans les délais imposés, il est toujours imprudent de se fier, les yeux fermés, aux projets primitifs qui jaillissent des bavardages hivernaux et dont la modestie initiale ne résiste pas aux gamberges printanières.

Bien que conscient des avatars que peut subir un itinéraire hâtivement programmé, je n'échappe pas plus que les autres à l'inflation kilométrique.

J'annonce, par exemple, au mois de novembre, que je projette pour l'été suivant une grande randonnée Rambouillet-Chartres. Immédiatement, se lève une armée de courageux volontaires pour m'accompagner dans cette périlleuse expédition. Au printemps, quand je précise que le grand raid Rambouillet-Chartres passe par Saint-Flour, je vois mes effectifs fondre de moitié. À l'orée du mois de juin quand j'étale fièrement ma carte et que les trois équipiers qui me restaient fidèles s'aperçoivent qu'entre Saint-Flour et Chartres, je fais un crochet par l'Iseran, ils me quittent en claquant les portes et font des réflexions désobligeantes d'où il ressort que mes itinéraires sont tout à fait irrationnels, particulièrement quand on prétend les parcourir en quatre jours.

C'est chaque fois la même chose : je pars cinq cents, mais, par un prompt renfort, je me retrouve seul en arrivant au port.

Seul ? Pas tout à fait : j'ai toujours Albina, fidèle équipière, qui me pousse dans les montées, m'éponge le front au haut des cols et veille, le soir à l'étape, à ce que je boive bien mon tilleul avec mes deux amphétamines pour dormir. Je ne sais pas ce que je deviendrais sans Albina.

Mais, en l'occurrence, je ne sais pas ce que nous allons devenir avec Albina qui paraît avoir pris à cœur de décourager à tout jamais cette pauvre Gudule de la randonnée cycliste.

Pour l'instant, aidée de Zuzu qui a la liste des contrôles, elles inspectent la carte, marqueur en main, prêtes à tous les « petits détours de 50 kilomètres » pour assouvir leur passion des brevets.

La randonnée à bicyclette, c'est comme la vertu. Dès qu'on commence à s'écarter de la ligne droite, il n'y a plus de raison de se retenir.

— Le contrôle de la pointe du Raz, dit Daniel, vous l'avez ?

— On l'a ! dit Albina. Et d'ailleurs, c'est pas sur le route de Paris à Orléans.

Elles l'ont, grâce à Dieu. Non que j'aie quoi que ce soit à reprocher à la pointe du Raz, non plus qu'à Bagnoles-de-l'Orne ou à Ernée, mais j'aimerais bien que l'on m'explique comment nous allons faire faire 279 kilomètres en deux jours à une néophyte qui s'attend à en faire 120 en un seul.

— Vous en faites pas pour Gudule, dit Albina. Elle a dit qu'elle voulait faire une randonnée, elle va faire.

Puis arrive Martin. C'est un homme de peu de mots. Il dit bonjour à la ronde, va examiner la carte, comprend, au tracé, qu'il y a de légères modifications au projet initial et déclare paisiblement que du moment qu'on va à Ernée, on pourrait bien faire un petit détour par Vitré où l'un de ses copains de régiment qu'il n'a pas vu depuis trente ans est établi comme dentiste et nous accueillerait à bras ouverts. L'idée plaît beaucoup à Albina qui s'empresse, marqueur en main, d'aller rendre visite au dentiste.

— Euh ! dis-je (pour dire quelque chose) et Orléans ?

— On y va ! dit Albina, on y va !

Vers les trois heures de l'après-midi, de contrôle de brevet en copain de régiment, de site à ne pas manquer en amies de la famille, et de petit crochet en léger détour, nous avons franchi la Loire, pris une trajectoire qui nous emmène sud, sud-ouest et nous sommes présentement à Pouzauges (en Vendée) quand une voix retentit derrière nous :

— Excusez-moi si je me mêle de votre conversation, mais du moment que vous êtes à Pouzauges, ce serait un crime de ne pas pousser jusqu'à Mervent.

Nous nous retournons pour faire face à un aimable jeune homme brun en bleu de travail et qui nous sourit d'un air indécis.

— C'est le plombier, dit Albina. Il répare une robinette de ma lavabo.

— Mervent ? dit Zuzu, c'est où, ça ?

— Mervent, dit le plombier. Ses ruines féodales, son site, son barrage !

Zuzu qui regarde la carte pousse un cri de joie. Outre ses ruines féodales, son site et son barrage, il s'avère que Mervent s'enorgueillit également d'être un contrôle de brevet.

Bien entendu nous décidons d'aller à Mervent.

Albina décide aussi de faire un léger crochet par Verdelais où réside une amie de sa mère qu'elle promet d'aller voir depuis plusieurs années et puis, vous savez ce que c'est, avec la vie qu'on mène on n'a jamais le temps de rien, mais là, c'est l'occasion ou jamais. C'est une dame âgée, paraît-il, qui sera heureuse de nous offrir une tasse de thé, ce qui semble faire un plaisir indicible à Daniel qui est porté sur le thé comme un paysan andalou.

Au point où nous en sommes, je ne vois pas pourquoi nous n'en profiterions pas pour faire les cols des Alpes, en passant par le ballon d'Alsace et les gorges du Tarn. La randonnée c'est l'imprévu.

Le plombier, qui est cycliste à ses heures, se joint à nous pour nous aider à faire des détours, et sous son impulsion vigoureuse nous sommes vers 16 heures à Montpon, en Dordogne, nous touchons le Gers aux alentours de 17 heures et entrons dans Lourdes comme 18 heures sonnent au clocher de la Basilique.

Albina offre des rafraîchissements.

Comme je n'ai pas dit grand-chose depuis le début de la réunion je dis :

— Tout ça en deux jours ?

Albina me demande, *please*, de ne pas être ridicule et de ne pas toujours essayer de gâcher le plaisir des gens avec des questions imbéciles. Ils se livrent à de grands calculs où entrent en jeu les week-ends, les ponts, les fêtes carillonnées, les jours de vacances en retard à récupérer, et il se trouve que, peu ou prou, avec l'aide pour Daniel d'un médecin compréhensif qui lui fera un arrêt de travail, on peut tirer jusqu'à huit jours. À quoi le plombier fait remarquer justement que jusqu'à Lourdes on en a environ pour sept jours et qu'est-ce qu'on va faire du huitième ? Il dit que lui, il profiterait bien de la circonstance pour faire le Tourmalet, vu qu'il n'a encore jamais grimpé de grand col.

Nous le regardons avec intérêt. Nous avons déjà vu de parfaits inconnus se joindre à nous sur la route, le temps de quelques kilomètres, et bavarder un peu tout en roulant, mais personne encore ne s'était intégré de soi-même à l'équipe aussi tranquillement, avant même d'en avoir été prié.

— Vous profitez qu'on va à Lourdes, nous, pour monter la Tourmalet, vous ? dit Albina.

— Oui, dit le plombier. C'est dans le coin, non ?

Albina, après un coup d'œil à la carte, convient qu'effectivement c'est dans le coin, mais qu'elle ne voit pas bien le rapport entre nos activités randonneuses et les débuts de grimpeur de l'artisan. À quoi ce dernier répond que tout cela est fort simple : il va se joindre à nous pour aller à Lourdes et, à partir de là, il grimpera le Tourmalet.

— Même, ajoute-t-il, vous pouvez monter au Tourmalet avec moi si vous voulez. Je ne suis pas raciste.

La seule idée qu'on puisse être raciste avec Albina plonge cette fille de l'Alabama dans la stupéfaction. Elle vit cependant en France depuis assez longtemps pour savoir que l'extrême rareté des plombiers consentant à se déplacer pour changer des joints de lavabo commande de les traiter avec beaucoup d'égards. Elle se tourne vers moi et, du regard, me confie la suite des opérations. Je redeviens le chef, comme chaque fois qu'il s'agit de prendre des décisions susceptibles d'être critiquées plus tard.

Je soumets l'étonnant plombier à un petit interrogatoire duquel il ressort qu'il possède un vélo, qu'il a de l'entraînement, et que ses congés correspondent aux nôtres. De lui-même, il ajoute qu'il est boute-en-train comme il n'est pas permis et qu'il a une collection d'histoires drôles qui assure sa popularité au sein des noces et banquets. À l'appui de ses dires, il commence aussitôt la narration d'une historiette où Olive rencontre Marius sur la Canebière, narration que j'étouffe dans l'œuf, l'assurant qu'il sera bien temps de remonter le moral des troupes quand nous serons bloqués dans un fossé fangeux par quelque orage dantesque après avoir crevé nos quatorze pneus tous à la fois. Il me demande si cela se produit parfois et je l'assure que le fait est extrêmement fréquent, ce qui ne le décourage pas le moins du monde.

Après un rapide référendum autour de moi, je déclare que je ne vois pas pourquoi nous ne l'emmènerions pas avec nous. Il a l'air éminemment sympathique et l'idée d'empêcher un congénère cycliste d'escalader le Tourmalet nous paraît dénuée de bon sens.

Albina acquiesce également à l'enrôlement du plombier à condition qu'avant de partir il veuille bien réparer le robinet de façon complète et définitive. Le plombier dit que, bien sûr, c'est la moindre des choses, qu'il n'a plus qu'à mettre un joint de 18 et changer le filetage de 12 qui est foiré et que ça marchera comme ça n'a jamais marché auparavant. Il dit aussi qu'il s'appelle Pascal, ce qui est une bonne idée de sa part, car il aurait été peu pratique et inélégant de l'appeler « plombier » tout au long de la route.

Pascal reparti serrer ses joints de 18 autour de ses filetages de 12 (ou le contraire), nous franchissons d'un seul élan les cols du Tourmalet, d'Aspin et de Peyresourde et nous entrons dans Luchon quand, à notre stupéfaction, on sonne à la porte.

C'est, faut-il le dire, cette pauvre Gudule que tout le monde, ici, a parfaitement oubliée. Moi comme les autres.

Une fois de plus, je me suis laissé prendre au mirage de la carte routière qui hypnotise le cycliste et lui fait commencer son voyage par l'esprit, bien avant qu'il ait donné son premier coup de pédale.

L'automobiliste qui veut aller d'ici à là jette un coup d'œil sur sa carte, cherche les gros traits rouges, décide qu'il faut prendre la N. 12, la N. 20 ou la N. 10 (ou l'autoroute, mais alors il ne regarde même pas la carte). Il additionne de tête quelques kilomètres, constate qu'il en a pour la journée ou pour deux jours, replie la carte, ouvre son guide et cherche, à mi-chemin, un restaurant, de préférence gastronomique. Le cycliste est à ce personnage ce que la dentelle de Malines est à la toile de jute. Le cycliste se penche sur sa carte, suit du doigt les méandres des chemins les plus imprévus, sait quand cela monte et quand cela descend, fait un détour pour le site, un crochet pour la route bordée de vert, se demande comment il va faire tenir tout cela dans deux semaines de congé, revient sur ses pas, supprime une étape, salue au passage un souvenir ancien, revit sa défaillance, revoit son exaltation, se demande comment faire pour aller à la fois à l'est et à l'ouest sans revenir sur ses pas, décide qu'il fera 150 kilomètres dans sa journée puis découvrant que toutes les routes sont à trois chevrons ramène modestement son kilométrage à 100 kilomètres, pour le repousser à 180 cinq minutes plus tard en décidant que, des trois chevrons, il en a vu d'autres et que de toute façon il aura vent dans le dos, n'est pas dupe une seconde mais se veut optimiste, ajoute un col à son programme en se disant qu'on verra bien et qu'un col ça redescend un jour, refait ses comptes, voit qu'il en a pour un mois, vit mille morts en raccourcissant de moitié son itinéraire, gagne un jour et monte un col de plus en ne s'arrêtant pas chez le cousin Julien (il n'a qu'à faire du vélo, celui-là !), laisse, tandis qu'il a son doigt gauche en Bretagne, son doigt droit s'égarer en Savoie, admet qu'on ne peut pas tout faire la même année, soupire, reprend les choses au départ, retombe dans les mêmes tentations, envisage de demander sa mise à la retraite anticipée, y renonce, tranche dans le vif, se morigène, supprime un détour, raccourcit une nuit, arrive au but épuisé mais satisfait et, repliant ses cartes, est tout étonné de se retrouver chez lui, à sa table.

C'est mieux que la télé-couleur.

Gudule dit bonjour à la ronde, avise les cartes zébrées de jaune et détaille l'itinéraire avec respect.

— Vous vous préparez un grand truc, je vois.

— Ben... ! dit Albina.

— Et mon Paris-Orléans, où ça en est ?

— Ça marche bien ! dit Albina. Tu vas être content.

Il faut dire que des Paris-Orléans comme cela, on n'en voit pas souvent. Surtout finissant à Luchon.

Albina fait asseoir Gudule, lui met en main un jus de fruits et lui demande ce qu'elle trouve de vraiment exaltant à Orléans. Gudule dit qu'à Orléans il y a une cathédrale mais Albina lui répond qu'à Lourdes il y a une basilique. Gudule dit que oui mais qu'elle ne voit pas le rapport.

— Qu'est-ce que ça fait, dit Albina, qu'il y a pas de rapport s'il y a une basilique. C'est toujours une grande église, non ?

À ce moment, Pascal, qui a ôté son bleu de travail et remis ses vêtements de ville, sort de la salle de bains, s'assied à côté de Gudule et lui dit : « Comment ça va ? » Gudule lui serre la main, dit que ça va bien et vous et jette un regard interrogateur à Albina.

— C'est le plombier, dit Albina. Il réparait une robinette. Il va monter le Tourmalet avec nous.

— Ah bon ! dit Gudule. Quand ça ?

— Eh bien, dit Albina, en cours de route.

Gudule se tourne vers moi et demande de quoi il est question. De sa randonnée Paris-Orléans, je lui dis. Elle me répond que le Tourmalet n'est pas entre Paris et Orléans. Je lui dis que je le sais.

Il y a un silence.

Martin, Daniel, Zuzu et moi nous taisons lâchement. Bien que nous ayons tous participé aux avatars de la première randonnée de cette pauvre Gudule, nous décidons tacitement que c'est Albina qui la première a fait, si j'ose dire, une entorse à la Beauce et que c'est donc à elle d'apprendre à Gudule l'affreuse vérité.

— Je vais te dire, dit Albina, cet itinéraire-là, c'est ton Paris-Orléans. On a seulement fait quelques petits changements pour que tu sois plus heureux.

Gudule contemple les cartes et n'en croit pas ses yeux.

— Moi ? À moi vous allez faire faire tout cela ? Mais je n'y arriverai jamais.

— On dit toujours ça ! dit Albina. Tu vas voir comme c'est facile. Ça descend tout le temps.

— Et le Tourmalet ? Tu n'es pas folle, non ? Le Tourmalet, ça descend ?

— Il y a un grand bout qui descend, dit Albina.

Gudule pleure. Gudule veut aller à Orléans par la Beauce et non monter le Tourmalet. Elle dit qu'on a décidé de faire du vélo sans elle et que ce n'est pas chic et qu'on n'avait qu'à lui dire qu'on ne voulait pas d'elle, sans faire tout ce cirque. Elle aurait compris. Mais ça... ça... ce n'est pas bien !

On s'empresse. Albina lui tamponne les yeux, Martin lui prend les mains, Zuzu lui prend les épaules, le plombier lui prend la taille mais un regard de Daniel lui fait comprendre qu'il est tout de même trop nouveau dans l'équipe pour se livrer à des privautés de ce genre et que le C.A.P. n'est pas la licence.

Il faut bien une heure pour rasséréner Gudule, lui expliquer que ce n'est pas la mer à boire, que plus elle avancera plus cela lui paraîtra facile, que ce sera un bien plus beau souvenir que la Beauce, que la réputation d'Orléans est très surfaite, qu'elle arrivera au pied du Tourmalet en pleine forme et qu'on l'attendra dans la montée. Pascal se propose même de la pousser mais nous le prions de se taire. *Primo* parce que, chez nous, jamais personne ne pousse personne dans la montagne et *deuxio* parce que comme il en sera lui-même à sa première expérience, il ferait pas mal de s'écraser un peu et de voir, de visu, comment il grimpe avant de se proposer pour pousser les autres. En fait, c'est Zuzu qui lui dit tout cela. D'abord parce que c'est vrai et aussi parce que personne n'a jamais proposé de la pousser, elle, dans le Tourmalet ni où que ce soit d'ailleurs.

Alors cette pauvre Gudule mouche son nez, ramasse les cartes, parcourt l'itinéraire du regard, soupire et dit :

— Et quand on est à Luchon, qu'est-ce qu'on fait ?

— Quoi qu'est-ce qu'on fait ? dit Albina. On est arrivé. Qu'est-ce que tu veux faire de plus.

— Je me disais qu'à tant faire que d'être à Luchon, dit Gudule, on pourrait en profiter pour grimper à Superbagnères[1].

1. L'itinéraire détaillé de la randonnée de Gudule est en fin de volume.

Première journée

Cette pauvre Gudule, déjà privée d'une arrivée à Orléans, sera également frustrée d'un départ de Paris. Je suis sûr que confondant, comme beaucoup, randonnée et exploit, elle se voyait déjà remonter les Champs-Élysées entre des haies de spectateurs enthousiastes massés derrière des barrières métalliques et criant « honneur aux athlètes ! » en agitant des drapeaux tricolores.

Au lieu de quoi, venus à Versailles en automobile, nous en partirons. Cela nous épargne le slalom dangereux et suffocant de ce qu'on appelle encore, par antiphrase, la circulation parisienne.

Devant le château, nos sept bicyclettes augmentées de celles de nos amis venus nous faire un brin de conduite attirent les badauds habituels. Magiquement, même s'ils n'y connaissent rien, les gens, pourtant habitués à croiser tous les jours des vélos dans les rues, remarquent les machines des randonneurs qu'ils prennent, en général, pour des vélos de course à cause des cale-pieds et du guidon bas. Puis leur regard glissant de la machine au cycliste ils s'aperçoivent que la morphologie de celui-ci ne correspond nullement aux canons classiques de la beauté sportive. Ils sont alors fort interloqués car le vélo étant (c'est bien connu) *« un abominable engin de torture sur lequel il faut pédaler pour monter des côtes ! »*, il semble inconcevable que des personnages n'ayant ni l'âge du certificat d'études ni l'allure de coureurs professionnels ni le tablier du livreur de la boucherie puissent envisager de monter là-dessus alors qu'apparemment rien ne les y oblige.

Comme toute conduite extravagante (ou paraissant telle) semble, dans l'esprit du public, comporter l'obligation de répondre courtoisement aux questions oiseuses des citoyens respectables (ou paraissant tels), les badauds interrogent les cyclistes comme ils n'oseraient pas le faire si ceux-ci étaient, en veston, au volant de leur automobile.

Ils demandent d'abord s'il s'agit d'une course, obsédés qu'ils sont par leurs idées reçues. Puis comme on les détrompe en les assurant qu'il ne s'agit que d'une promenade, ils s'enquièrent du but à atteindre. Dans ce cas, et si l'on veut être débarrassé d'eux au plus tôt, il est essentiel de mentir et de dire que l'on part pour un petit tour de 25 ou 30 kilomètres. Ils vous assurent qu'eux « ben la la ! », ils ne les feraient pas, mais, tout de même, la modestie de vos ambitions les rassérène suffisamment pour qu'ils envisagent de vous laisser en paix. Mais si, dans un élan, bien compréhensible encore que condamnable, de vanité, vous leur confiez que vous allez à quelques milliers de kilomètres de là ou que vous vous disposez à grimper certain grand col dont le nom a été popularisé par le Tour de France, perdez toute espérance de pouvoir vaquer en paix à vos préparatifs de départ.

À l'énoncé d'un tel programme la question suivante fuse, avec la mimique finaude de celui à qui on ne la fait pas.

— Vous êtes un ancien coureur ?

L'intonation est entre le ton interrogatif et le ton affirmatif.

Non, vous n'êtes pas un ancien coureur. Là encore, mentez et convenez que vous l'êtes. Sinon vous avez droit à tout un questionnaire sur vos antécédents et vos occupations habituelles. Il est certaines gens pour qui il est ri-gou-reu-se-ment impensable que vous ne cadriez pas avec l'idée qu'ils se font de la bicyclette et de ceux qui montent dessus.

Il faut en prendre son parti.

Et puis, parmi les badauds, il y a toujours des gamins qui discutent gravement des mérites comparés de nos différents cycles, les grosses dames qui pouffent en se disant l'une à l'autre qu'elles ne feraient pas mal d'essayer un peu cela pour garder la ligne (eh ben ! dis donc, t'as pas regardé ta cellulite !) et l'inévitable (charmant mais inévitable) vieux retraité « qui-a-fait-du-vélo-dans-le-temps-fallait-voir-et-pas-sur-des-machines-comme-ça-faites-moi-confiance ! ».

D'abord attiré par l'étincellement des bicyclettes, il a traversé l'esplanade, frétillant à l'idée d'avoir trouvé à qui parler, puis, arrivé au contact, il a découvert Albina et Gudule et sans plus attendre leur narre son Paris-Boulogne de 1922 parcouru sous une tempête de neige, et qui prend avec le recul du temps le relief épique de la retraite de Russie vue par un Sénégalais. Cet exploit laisse parfaitement froide Albina qui ignore jusqu'à l'existence de Boulogne-sur-Mer et considère qu'il y a quelque outrecuidance à se vanter d'être allé à vélo de Paris à Boulogne-sur-Seine, même sous la neige.

— Nous, dit-elle pour bien marquer toute la distance qui la sépare de ce débris fanfaronnant, nous, nous allons à Luchon.

— Par le Tourmalet, dit Gudule pour qui cet estimable sommet est devenu une obsession.

— Et Bagnoles-de-l'Orne, ajoute Albina.

Le charmant vieux monsieur s'étrangle de rire, se contorsionne et se tape sur les cuisses. Il paraît que ce n'est pas du tout le chemin ! Voilà bien la jeunesse d'aujourd'hui ! De son temps, mesdemoiselles, on lisait la carte avant de partir ! On ne confondait pas l'ouest avec le sud-ouest.

— Bagnoles-de-l'Orne ! vous savez seulement où c'est ? Bagnoles-de-l'Orne ?

— C'est par là, dit Albina en montrant l'aile gauche du château.

— C'est ça, dit le vétéran et, ajoute-t-il en indiquant l'hôtel de ville, le Tourmalet, c'est par là. Allez ! faites-moi voir votre carte, je vais vous montrer la direction.

— Nous connaissons très bien la direction, dit Albina, merci beaucoup. Mais nous passons par Bagnoles-de-l'Orne parce que c'est sur la route d'Orléans.

C'est une caractéristique des congénères rencontrés au hasard des étapes : ils veulent toujours modifier votre itinéraire. Le chemin choisi n'est jamais le bon. Ils en ont un bien meilleur à vous proposer. Ils insistent pour voir votre carte, tracent du doigt des lignes idéales à dix lieues des endroits où vous voulez aller, vous assurent que vous ne pouvez pas manquer, à main droite, l'entrée de la route forestière vu qu'elle est juste après une sorte d'espèce de transformateur, qu'évidemment, un transformateur ce n'est pas le repère idéal vu qu'il y en a plus d'un en France, et que le mieux ç'aurait été de vous repérer sur la ferme qui était à main gauche mais qui, malheureusement, a été démolie voici deux ans ! Vous dites en hochant la tête : oui, bon, merci, parfait, sans écouter un seul mot de l'explication laborieuse, décidé que vous êtes depuis le début de vous en tenir à votre itinéraire à vous, quelque calamiteux qu'il soit.

Les autochtones sont également très déprimants sur le plan de la topographie. Règle générale : il faut ne demander son chemin qu'aux indigènes *isolés*. Dès qu'ils sont deux ou trois ils ont chacun une idée différente de la route à prendre pour aller de Vermizy à Pont-d'Apont.

— T'es pas fou ? tu le fais prendre par la forêt de Gros-Bouzon ? Avec la côte qu'il y a au milieu ? Rien qu'à la monter à pied tu le rallonges d'une heure !

Vous murmurez modestement que vous ne montez pas les côtes à pied mais, bien évidemment, personne ne vous croit. C'est qu'il faut avoir vu la côte de Gros-Bouzon ! De mémoire de Vermizyen personne n'a jamais monté cette côte autrement qu'en poussant son vélo. Et déjà, comme ça, c'est pas de la tarte. Non. Ce qu'il faut faire, monsieur, c'est descendre jusqu'au pont de la Tourte, passer derrière la gare, et...

— Passer derrière la gare ? Et où tu l'envoies, par là ?

— Eh ben, sur la route de Milliaset !

— Tu le rallonges ! tu le rallonges ! Il faut qu'il aille au pont et qu'il prenne à gauche de chez Marcollin. Vous verrez, une grande maison blanche avec des volets bleus.

— Attention ! attention ! il les a repeints ses volets, Marcollin. Ils sont verts maintenant. Tu vas le faire tromper.

En désespoir de cause, tandis que deux de ces énergumènes discutent de la couleur des volets de Marcollin, vous isolez discrètement le troisième et lui demandez sur le ton de la confidence quelle route il prend, lui, pour aller à Pont d'Apont. Vous apprenez, dans le rebond, qu'il ne va jamais à Pont d'Apont (et qu'est-ce qu'il irait faire à Pont d'Apont ?), que, d'ailleurs, il n'est pas d'ici et qu'il ne fait que passer quelques jours de vacances chez un cousin.

Ça vous apprendra à partir sans carte routière.

Pour l'heure, il faut reconnaître que c'est notre itinéraire à nous qui peut sembler délirant au gentil retraité, lequel, d'ailleurs, s'est assis sur une borne et s'éponge le front. Mais les choses sont ce qu'elles sont, et nous n'allons pas perdre un temps précieux à lui expliquer pourquoi partis pour Orléans nous passons par la Normandie pour escalader le Tourmalet à la demande d'un plombier que nous connaissons à peine. À chaque jour suffit sa peine et j'ai autre chose à faire que de ranimer un septuagénaire tombé en syncope.

Ledit septuagénaire, d'ailleurs, ne tient pas en place. Passé l'étonnement où l'ont plongé nos errances improbables, il va d'un cycliste à l'autre, parlotant de tout et de rien, quêtant des informations, donnant des avis et racontant (surtout racontant !) les raids qu'il faisait du temps de ses fiers mollets et les sorties, plus modestes mais néanmoins mirifiques, qu'il fait encore chaque dimanche.

Car s'il s'est présenté timidement et prudemment comme un « ancien » congénère, il a vite compris à nos airs paisibles que nous n'étions pas des matamores de grands chemins et se sentant, dès lors, de plain-pied avec nous a fini par admettre qu'il n'avait pas « raccroché » autant qu'il voulait bien le dire.

Puis, nous ayant demandé à quelle heure nous partions, il s'en va, guilleret, de la démarche d'échassier qui est celle des cyclistes à pied.

Pendant ce temps, chacun s'occupe aux petits riens qui précèdent le grand départ. Daniel gonfle ses pneus, Martin vide toute sa sacoche pour trouver ses gants qu'il croyait au fond mais qui sont dans sa poche, Gudule regarde pour la centième fois sur ses cartes où se trouve le Tourmalet par rapport à Versailles et Albina, bien droite sur sa selle, jambes pendantes de chaque côté, pointe des pieds au sol, l'allure très décontractée de la briscarde qu'elle prétend être, Albina regarde sans la voir l'animation urbaine qui l'entoure, caressée déjà en imagination par les zéphyrs qui nous attendent, ouragans modestes des bourlingueurs de chemins creux.

— On attend quoi ? dit-elle.

— On attend Pascal, dis-je. Il a dû être retenu par une urgence, une vidange hydrophobe ou un robinet enrhumé. Quoi qu'il en soit, il est en retard.

Nous nous asseyons sur le sol. Le cycliste déteste rester debout. À vélo des heures durant tant que l'on voudra, mais debout le moins possible. Nous bavardons de choses et d'autres avec le détachement tranquille de gens qui vont partir pour faire 1 200 kilomètres à bicyclette sans plus d'inquiétude que s'il s'agissait de faire un tour au Bois. Gudule, cependant, montre quelque nervosité. Seule à n'être pas encore passée par le creuset de la randonnée elle se fait des épreuves à venir une idée terrifiante, ignorant cette vérité première que plus on roule plus on est en forme et plus on est en forme plus on a envie de rouler, circonstance qui ferait du cycliste un adepte convaincu du mouvement perpétuel s'il ne fallait pas sacrifier de temps en temps à la vie de famille, au travail, au sommeil et autres préoccupations dérisoires.

Pascal arrive enfin dans un éblouissement d'émail et de chromes étincelants. À la façon qu'il a de n'arrêter sa bicyclette qu'au ras des nôtres sur un coup de frein un rien tardif qui le fait déraper légèrement (mais spectaculairement) de l'arrière, je me demande si son retard n'est pas d'une diva décidée à se faire applaudir par la foule assemblée et à éblouir la figuration intelligente que nous sommes.

La vérité m'oblige à dire que nous ne sommes pas éblouis, pas plus que n'applaudissent les badauds versaillais qui, depuis Louis XIV et sa cour, considèrent les mirliflores avec circonspection.

Ayant calé son vélo et serré les mains, Pascal hèle une jeune femme qui descend d'une petite auto et se dirige vers nous. Il s'avère que cette sémillante personne est Marie-Laure, sa fiancée, venue donner à son aventurier le baiser de l'adieu comme au temps des terre-neuvas.

Pendant les présentations, je remarque le coup d'œil très féminin de Marie-Laure en direction de Zuzu dont elle voit immédiatement qu'elle est en puissance d'époux et d'Albina et Gudule qui, pour une raison ou une autre, lui paraissent beaucoup plus dangereusement disponibles. Je subodore que ce sympathique jeune homme ne s'est pas beaucoup étendu sur la présence, dans l'équipe, de ces deux créatures.

Voilà un garçon à surveiller. De près.

Il est fier comme tout d'avoir pu faire installer des garde-boue en plastique et un semblant de porte-bagages sur son vélo de course. Pascal est un adepte du tour de l'hippodrome de Longchamp (3 kilomètres) à 40 à l'heure.

Je n'ai rien contre les gens qui roulent à 40 à l'heure. Cela m'arrive parfois aussi, sur une déclivité descendante et avec un ouragan dans le dos. Mais étant cycliste modeste et surtout long-courrier, je n'en fais pas mon ordinaire. C'est dire que je comprends fort bien, pour l'avoir éprouvée, la volupté véritable qu'il y a à sentir son effort se muer en puissance et faire, comme magiquement, des bonds de près de huit mètres à chaque tour de pédalier. Mais la randonnée n'est pas le 100 mètres départ arrêté et il y faut plus des percherons que des pur-sang.

Je voyais Pascal mal parti s'il comptait appliquer au patient grignotage des bornes la technique sprinteuse qui embellissait ses dimanches matins.

Quand je lui demandai, entre autres, comment il comptait transporter son bagage sur un vélo de course, la pertinence de ma question le laissa bouche bée. Jusque-là, il se prenait pour Merckx et n'avait jamais remarqué que ce dernier eût à se coltiner une valise pour être confortablement vêtu le soir à l'étape. Ce que voyant je l'avais mis entre les mains d'Albina afin qu'il apprenne la vie.

— Pour dix jours, avait dit Albina, un sacoche de guidon ça suffit.

— Eh ben ! dit Pascal, c'est que ça contient pas beaucoup une sacoche de guidon !

— Ça contient pas beaucoup à l'hôtel et ça contient trop dans les cols. Les sacoches de guidon, avait ajouté Albina, c'est contrariant comme toute ! Et puis ajoutez vous un peu de les dents derrière et retirez en devant[1].

Pascal avait obtempéré, vaincu autant par la douceur des yeux bleus d'Albina que par la netteté dernière avec laquelle elle avait articulé ses instructions. (Nos lecteurs anciens se souviennent peut-être que Jerry, le frère d'Albina, est adjudant dans le corps des « Marines » et encore que ce détail n'ait rien à faire avec notre propos, nous jugeons utile de le rappeler afin de mieux *appréhender le contexte* comme disent les cuistres à la mode.)

Puis, la troupe enfin au complet nous partons, le coup de pédale pondéré et réfléchi ainsi qu'il convient à des voya-

1. Nombre de dents du pédalier et de la roue libre qui détermine le développement.

geurs contemplatifs dont la progression au sein de la nature s'apparente plus à celle de l'érosion qu'à celle du laser.

Dès les dernières maisons de Versailles laissées derrière nous, Pascal s'envole littéralement entraînant dans son sillage une Gudule haletante qui n'entend pas que quiconque arrivât au pied du Tourmalet avant elle.

J'allais dire « Albina ! » comme le berger dit « Clairon ! » à son chien afin qu'il coure après un mouton épris d'indépendance, mais je n'en ai même pas le temps. D'une détente rageuse, Albina s'est jetée à la poursuite des deux fuyards et ayant rattrapé Gudule en quelques coups de pédale lui pose la main sur l'épaule pour la détourner de s'élancer ainsi après le premier chien fou qui prend l'initiative de sprints hors de saison.

— Et alors ? dit Gudule en ralentissant. Qu'est-ce qui se passe ?

— Il se passe que tu restes avec nous, dit Albina. Tu n'es pas une coureur cycliste.

Gudule désigne Pascal qui, loin déjà, ne ralentit pas son effort et penché à l'horizontale sur son cadre semble parti pour un Versailles-Luchon « non stop ».

— Et lui ?

— Lui, dit Albina, il croit qu'il est. Mais, ce soir, il verra qu'il n'est pas.

Gudule rentrée au bercail nous voyons disparaître Pascal sans inquiétude aucune, certains qu'avant l'étape du soir nous le rattraperons assagi, sur la route, ou verdâtre sur un talus.

Les néophytes de la randonnée, surtout jeunes, sont ainsi. Ils trouvent toujours que les autres vont trop lentement et sont souvent tentés de mettre ce comportement plus au compte de l'âge qu'à celui de l'expérience. Ayant fait ainsi l'erreur fatale qui consiste à se croire forts parce qu'ils sont jeunes, et irrésistibles parce qu'on ne leur oppose pas de résistance, ils partent comme des fusées et s'éteignent comme des chandelles.

— Moi, dit Albina, j'ai parti aussi comme ça quand j'étais jeune (elle veut dire jeune *cycliste*). Ils m'ont laissée filer sans rien dire. Et le soir j'étais exhaustée, à Rambouillet, eux, gais comme des pensions, à Chartres.

— Pourquoi à Chartres ?

— Parce que, en plus, je ne connaissais pas l'itinéraire.

Il est certain que les flambards qui veulent à tout prix montrer à leurs petits camarades à quelle vitesse supersonique ils peuvent pédaler ont intérêt, étant seuls en tête, à connaître parfaitement le chemin. Le fou égaré attend au premier carrefour que de plus sages que lui le rejoignent, comme dit Mao Tsé-tung.

Quelque distance qu'ils mettent entre eux, les équipiers d'un groupe de cyclistes ont avantage à ne pas se perdre de vue, car avant qu'une heure se soit écoulée, les supputations inquiètes se donnent libre cours :

— On aurait dû les rattraper ! Ils ne vont tout de même pas si vite !

— On les rattrapera puisqu'ils sont devant.

— Mais c'est que, justement, je ne suis plus si sûr qu'ils soient devant.

Chacun s'interroge. À la sortie de Vauberton ils étaient à 500 mètres devant, mais est-ce qu'on ne les a pas redépassés ? Non, certainement pas, mais roulant comme on roule, on devrait au moins les voir à l'horizon. Là dans cette plaine, on voit au moins à trois kilomètres devant soi — on devrait les voir.

— Tu veux mon avis ? Ils se sont arrêtés dans un bistrot et on est passé sans voir les vélos.

— Non ! Non ! ils sont devant. On aurait vu les vélos. Ou ils nous auraient vus passer et hélés. Ils sont devant ! Accélérons un peu on va les rattraper.

L'ennui, c'est qu'effectivement ils se sont arrêtés dans un bistrot et que, maintenant, ils sont derrière. Après s'être rafraîchis ils ont, eux aussi, leurs angoisses métaphysiques :

— Ils doivent être devant !

— Mais non, ils étaient derrière nous.

— Oui mais ils ont dû passer pendant qu'on buvait.

— Ils auraient vu les vélos.

— Pas sûr ! Tu sais comme ils roulent, ces sauvages. Ils sont devant, je te dis. Accélérons un peu on va les rattraper.

Et, bien évidemment, la paisible sortie se termine par une monstrueuse course poursuite où ceux de devant cherchent à rattraper ceux de derrière qui sont devant et qui cherchent à rejoindre ceux de devant qui, en réalité, sont derrière.

Le coup du « cycliste fantôme », nous l'avons connu Albina et moi, en 1968, pendant le rallye d'Aquitaine, au cours duquel des randonneurs partis de différents points du territoire devaient rallier Mont-de-Marsan par des itinéraires définis.

Ce fut un rallye fantomatique peuplé de cyclistes évanescents dont on nous parlait beaucoup à chaque contrôle, sans que nous les rencontrions jamais.

— Tiens ! il en est encore passé deux hier ! disaient les braves gens. Ou bien, « Trois ce matin » ou encore « On en a vu un il n'y a pas une heure ! ».

Et Albina voulait foncer à toutes pédales, rattraper le collègue inconnu et lui taper dans le dos en lui disant « Hello boy ! » quitte à le flanquer dans le fossé, de saisissement.

Elle ne se calmait que lorsque je lui faisais remarquer que le « boy » devait, lui-même, poursuivre quelque autre cycliste fantôme qu'on lui avait signalé comme venant de passer juste avant lui.

— On croirait une rallye écossaise, disait Albina en frissonnant.

Les gens simplets qui nous demandent si on ne s'ennuie jamais à vélo nous font rire !

Gudule, après qu'Albina lui a raconté tout cela, ne nous quitte plus d'un pneu. La seule idée d'avoir à s'échiner pour rejoindre un Pascal fantomatique qui s'avérerait être deux kilomètres derrière elle suffit à lui faire garder un maintien modeste et une allure raisonnable.

— D'ailleurs, dit-elle, tu as raison, Pascal n'est pas allé bien loin. Je le vois devant nous.

À environ un kilomètre de là, un cycliste progresse dans la même direction que nous.

— Ce n'est pas Pascal, dit Martin.

Ce n'est pas Pascal. Ce n'est ni un coureur cycliste ni un paysan se rendant au bourg, c'est, de toute évidence, un randonneur de notre acabit, mais, en tout cas, ce n'est pas Pascal.

Instinctivement nous accélérons l'allure. Il est quasiment impossible de résister au plaisir de rejoindre un cycliste que l'on voit à quelque distance. À moins, bien sûr, qu'il ne s'agisse d'un coureur à l'entraînement, auquel cas la vision que l'on en a est si fugitive que toute envie éventuelle de le rattraper ne dure guère. Celui-ci en tout cas n'est pas un coureur et comme il va beaucoup moins vite que nous n'allions, nous arrivons bientôt à le rejoindre et, brisant notre élan en le doublant, nous le saluons de la voix comme il se doit entre randonneurs bien nés et avertis des choses de la civilité.

— Eh ben dites donc ! dit-il. J'ai cru un moment que vous ne me rattraperiez jamais.

C'est notre alerte septuagénaire de Versailles qui, après nous avoir quittés et s'être vêtu en cycliste, a pris quelque avance sur nous pendant que nous attendions Pascal. Il commençait à se faire du souci en se demandant s'il avait bien compris nos projets et si par hasard nous n'allions pas à Bagnoles-de-l'Orne en passant par Saint-Quentin. Il semble qu'il ait décidé un peu rapidement qu'avec nous, en matière d'itinéraire, rien n'était impossible.

— Je me suis dit comme ça, je vais leur faire un bout de conduite. Pas jusqu'au Tourmalet, bien sûr, mais un petit bout. Jusqu'à ce soir, peut-être.

Il roule sur un vélo qui a connu des jours meilleurs mais qui est parfaitement entretenu. Il est vêtu d'un chandail, d'une culotte de golf et d'ébouriffants bas de laine à losanges multicolores qui feraient mourir de dépit un ara porté sur la coquetterie. Il a posé sur son crâne chauve une casquette de toile blanche, sous laquelle, en dépit d'une transpiration considérable, son aimable visage ridé respire la joie de vivre.

Comme il roule un peu moins vite que nous, nous nous mettons à son allure, ce qui fait rouspéter Gudule.

— C'est gai ! dit-elle à mi-voix à Albina. Il va nous retarder ce vieux-là. On ne sera jamais au Mêle ce soir !

— Méfie-toi des vieux, dit Albina. Peut-être il est plus fort que toi. Et ne critique pas la vitesse des autres. Tu ne sais pas comment tu vas rouler dans une heure. Le veylow, c'est l'école de l'humidité.

Certes. Le vélo c'est l'école de l'humilité. On ne le dira jamais assez. Combien d'« athlètes » ricanants se sont effondrés sur la route, le muscle en pâté de foie, avec tout juste encore assez de force pour lever une paupière lourde et voir passer, frais comme un gardon, le vieux débris qu'ils avaient laissé sur place, deux heures avant, en raillant cruellement son style sans éclat et son allure sans panache.

Il ne faut pas en général se moquer des vieillards, et particulièrement s'ils sont sur une bicyclette. Cet engin miraculeux enlève vingt ans d'âge à qui le chevauche et a, généralement, remplacé la fougue par l'endurance et l'élan par l'opiniâtreté.

— Vous vous souvenez, dit Albina, du vieux de Pau ?

Si je me souviens du vieux de Pau ! C'était un soir de randonnée et nous causions dans un groupe de cyclistes quand un superbe et grand vieillard qui égrenait ses souvenirs soupira soudain dans l'oreille d'Albina.

— Ma pauvre demoiselle ! tout ça c'est bien joli mais on s'use ! Le vélo, le vélo, je ne dis pas, ça conserve ! Mais tout de même, il y a des limites ! Il mordilla sa moustache blanche et ajouta tristement : En tout cas, moi, je ne suis plus ce que j'ai été.

— Mais non ! mais non ! s'écria Albina (qui a une bonne petite âme quoi qu'on en pense). Mais non ! vous êtes formidable. Tout droit, toute sec ! je suis sûre que vous grimpez encore bien.

Le vieux Palois ôta son béret et gratta son crâne chauve.

— Grimper ? Tenez ! je vais vous dire, ma pauvre demoiselle. L'autre semaine, pour mes quatre-vingts ans, j'ai grimpé l'Aubisque. Eh ben ! pour la première fois de ma vie j'ai dû m'arrêter un moment à Gourette pour reprendre mon souffle ! Alors vous voyez !

Oui je me souviens du vieux de Pau. Je me souviens aussi qu'Albina n'a pu s'empêcher de l'embrasser sur les deux joues dans un grand élan d'enthousiasme, ce qu'elle n'a jamais fait pour moi qui pourtant ne m'arrête jamais à Gourette pour reprendre mon souffle. Il va falloir que j'essaie le truc la prochaine fois.

Ce vieux monsieur-ci s'appelle Albert. Il parle beaucoup tout en roulant, ce qui, en soi, confirme qu'il n'est pas près de son dernier souffle. Pour l'instant il fait la causette avec Martin et roule à un rythme assez soutenu, ce qui est évidemment plus facile à plusieurs.

Soudain, de l'arrière, le cri « voiture derrière » retentit. Les cyclistes un peu éparpillés se rangent en file indienne sur le bord droit de la route en attendant que les automobilistes annoncés les aient dépassés.

En général, ils le font au plus près et au plus vite. Pour la plupart d'entre eux, les cyclistes sont des gêneurs anachroniques que seule l'ombre de la potence retient de jeter dans le fossé d'un coup de pare-chocs bien ajusté. Mais cet automobiliste-ci ne semble pas être de cette race-là. Il s'attarde sur les arrières au point que nous nous retournons pour honorer d'un regard admiratif l'oiseau rare qui a décidé de ne pas nous doubler jusqu'à ce que se présente une route à quatre voies.

Mais ce n'est pas ce que nous croyions. Dans l'auto conduite par un pépère hilare, une dame se penche à la portière de droite et tient une conversation animée avec Albert, notre doyen, qui roule en serre-file.

— C'est son femme, dit Albina. Elle croit qu'il nous drague, sûrement !

Je fais arrêter tout le groupe un peu plus loin sur un

terre-plein à l'écart de la route. Ce genre de conversation ambulante ne me dit rien qui vaille quant à la sécurité routière. La voiture vient se ranger à côté de nous et la dame en jaillit en demandant à Albert si, des fois, il est pas un peu fou, et regarde un peu dans quel état d'inquiétude tu me mets, que si c'était pas pour M. Leblampain qui m'a prévenue et accompagnée je serais déjà à la gendarmerie pour signaler ta disparition.

M. Leblampain bourre sa pipe et sourit béatement en regardant Gudule, Zuzu et Albina. Il se dit que peut-être, ce serait une idée pas bête de se mettre à faire du vélo avec des créatures de rêve. Puis son regard rencontre celui de Daniel, qui n'aime pas tellement qu'on regarde sa femme avec des yeux palpeurs, et il pense que non, finalement, le vélo tout compte fait, ce n'est plus de son âge.

Albert est fort en colère. Il n'aime pas qu'on vienne lui faire des scènes et lui parler de ses artères devant des gens avec lesquels il fait le jeune homme depuis une heure. Rouge d'indignation, il indique à son épouse que celui qui va l'empêcher de faire un petit tour à vélo n'est pas né et lui conseille, au passage, d'aller demander à Mme Leblampain si elle n'aimerait pas mieux que son mari s'oxygène sur les routes au lieu de passer ses journées à taper le carton au bistrot du coin.

Leblampain ulcéré remonte s'asseoir derrière son volant en claquant la portière d'un geste définitif ce qui est bien dommage pour les doigts de Mme Albert qui s'appuyait justement au chambranle.

Mme Albert pousse un cri et s'assied dans l'herbe en devenant toute pâle tandis que Zuzu, bonne âme, se précipite sur sa sacoche pour sortir à tout hasard sa trousse de premiers secours.

— Tu vois, bougonne Albert, voilà ce que c'est que de se déplacer avec des automobiles.

— C'est pas tout ça, dit Albina, qui n'a pas la tripe secouriste, mais si on veut être au Mêle ce soir...

— Oui, dit Martin, il faudrait y aller.

— Tu vois ! dit Albert, tu nous retardes avec tes jérémiades. Rentre à Versailles et fais-toi une tisane. Je rentrerai demain.

— Mais...

— Bon ! Je rentrerai après-demain !

— Albert.

— Un mot de plus et je rentre dans trois jours !

Mme Albert capitule. À notre grand soulagement. Deux ou trois mots de plus et nous trimbalions Albert au sommet du Tourmalet.

Après avoir remis en voiture Mme Albert qui boude en léchant ses doigts meurtris, nous repartons gaiement dans le sillage de notre septuagénaire que l'incident a porté à son point d'ébullition et qui pédale comme un forcené. Il tient un monologue bougonné duquel il ressort que c'est un monde si les bonnes femmes se mettent maintenant à vous poursuivre sur les routes chaque fois qu'on va faire une partie de manivelles avec les copains. Nous sommes loin, on le voit, de ces vieillards fragiles que la moindre contrariété contraint à se laisser aller dans un fauteuil, pâles et défaillants. Celui-ci, dans sa fureur, nous entraîne à un petit trente à l'heure, en se retournant de temps en temps pour nous lancer un coup d'œil qui laisse entendre que si nous consentions à ne pas lambiner, le Tourmalet serait en vue avant la fin de la journée.

Le Perche, cependant, calme un peu ses ardeurs sauf dans une dernière côte où, sentant venir la fin de l'étape, il démarre comme un bolide en tricotant de ses jambes multicolores. Pascal, instinctivement, démarre derrière lui mais je le retiens par la selle.

— Laissez-le s'amuser, dis-je. Qu'est-ce que ça vous fait qu'il arrive là-haut avant vous ?

— Rien, dit Pascal. En effet.

En haut de la côte, Albert ravi et à peine essoufflé nous regarde le rejoindre en souriant de presque toutes ses dents.

— J'espère, dit-il, que je vais trouver une chambre au rez-de-chaussée. Mon cardiologue n'aime pas trop que je monte des escaliers.

Martin lève la main pour attirer notre attention et bifurque vers un hôtel qu'il a, sans doute, jugé de bon aloi. Nous nous arrêtons tous derrière lui et rangeons nos vélos le long du mur, mais hors de vue de l'entrée de l'hôtel.

C'est qu'il s'agit, avant tout, de ne pas effaroucher, par un trop grand étalage de mécaniques poussiéreuses, l'hôtelier timoré qui, en général, n'a que trop tendance à confondre un groupe de cyclistes avec les hordes de Gengis Khan. Pour être tout à fait honnête, il faut reconnaître aussi que *certains* groupes de cyclistes ont tout fait pour confirmer les hôteliers timorés dans ce malencontreux état d'esprit.

Pourtant, les choses ont changé. Le temps n'est plus où il fallait, avant toute requête, s'excuser presque d'être à vélo. Le renouveau de la bicyclette, des articles dans les journaux, des émissions de radio et de télévision, des interviews et des livres ont appris aux plus viscéraux des racistes anticycles qu'il n'est pas absolument nécessaire de descendre d'une Bentley pour savoir se tenir à table et ne pas astiquer ses chaussures avec les dessus-de-lit. L'accueil a changé. La moue condescendante a fait place au sourire commercial. Le silence ulcéré est parfois remplacé par un commentaire amical.

De hardis explorateurs rapportent même de provinces lointaines des récits à peine croyables selon lesquels des hôteliers touchés par la grâce auraient laissé leur propre automobile sous la pluie pour faire, dans le garage, de la place pour les bicyclettes. Certains projettent même, à l'appui de leurs dires, des diapositives qui laissent pantoises des assemblées de gros mollets.

Quoi qu'il en soit, la discrétion en ces matières s'avère toujours payante et c'est pourquoi, après avoir garé nos vélos un peu à l'écart, nous nous peignons et nous nous époussetons un peu avant de franchir le seuil, au lieu de faire l'entrée haletante et ruisselante de qui vient de remporter Milan-San Remo au sprint.

De plus, pour franchir les portes, nous nous effaçons toujours devant Albina et Gudule, ce qui a le double avantage de faire valoir notre parfaite éducation ainsi que nos dons de stratège.

Albina devant un bureau de réception est un plaisir pour l'œil et pour l'ouïe. Elle arbore un sourire dévastateur, secoue gracieusement ses mèches blondes et d'une voix tendre (dont je me demande d'ailleurs pourquoi elle la réserve à l'usage exclusif des réceptionnaires) elle dit :

— Bonjour monsieur. Est-ce que, par hasard, vous auriez des chambres ?

On notera la suprême habileté du « par hasard » qui sous-entend que dans un hôtel de cette classe et de cette réputation, on ne peut espérer trouver de chambres libres que par une conjonction favorable des astres, du doigt de Dieu et de la bienveillante providence.

— Des chambres ? mais certainement mademoiselle, roucoule l'hôtelier séduit et anxieux de séduire. (Il aurait des plumes, c'est le moment où il ferait la roue.) Combien en voulez-vous ?

— Eh bien, dit Albina, nous sont sept. Trois fois deux et un fois un.

Deuxième procédé d'Albina : elle exagère ses américanismes. Elle sait parfaitement qu'on ne dit pas « nous sont » ni « un fois ». Mais elle a remarqué que les Français sont beaucoup plus portés à l'amabilité avec les étrangers qu'avec leurs compatriotes. C'est un comportement qui, sauf peut-être entre 1940 et 1945, s'est toujours vérifié.

À ce stade de la conversation, le réceptionnaire a évidemment pris conscience de notre présence aux côtés d'Albina et de Gudule. Jusque-là une sorte d'éblouissement occultait sa vision latérale. Il trouve que quatre bonshommes c'est un peu beaucoup pour trois dames mais comme, de toute façon, les passions des réceptionnaires pour leurs jolies clientes sont purement intellectuelles, il n'en conçoit qu'un dépit modéré. Il griffonne quelques signes sur son livre en énonçant des numéros de chambres puis lève les yeux et je vois son regard s'effarer en se portant derrière nous. Ce jeu de physionomie, dont nous avons perdu l'habitude depuis l'avènement du film parlant, nous conduit à nous retourner pour voir ce qui le motive. C'est Albert, hilare, son vélo dans les bras.

— Oh zut ! dit Albina. J'avais oublié Alberte !

Partis pour rouler à sept, nous avons en effet oublié que, très accidentellement, nous sommes huit.

J'en suis d'autant plus contrarié qu'ayant compté sur l'imparité du groupe, je flaire qu'il va falloir que je partage ma chambre avec cet aimable inconnu, dont j'ignore s'il ronfle, gigote, ou raconte sa vie jusqu'aux petites heures du matin, toutes choses fort préjudiciables à un sommeil réparateur.

— Bien le bonjour ! dit Albert en calant soigneusement son vélo contre le comptoir de la réception. Vous avez une chambre pour moi ?

Le réceptionnaire s'appuie des deux mains à son comptoir et se penche par-dessus pour s'assurer qu'il n'a pas été le jouet d'une hallucination.

— Qu'est-ce que c'est que ça ? dit-il d'une voix blanche.

— Quoi : ça ? dit Albert. Ben ! c'est un vélo ! Vous avez jamais vu un vélo ?

L'homme lève son regard sur Albert puis sur nous. Évidemment il a déjà vu un vélo mais, sur sa moquette et calé contre son bureau en faux acajou, jamais. Cela se sent dans toute son attitude qui, nonobstant la présence d'Albina et de Gudule, se congèle à vue d'œil comme du cabillaud premier choix.

— Vous n'allez pas laisser cette bicyclette ici ? dit-il d'une voix où l'angoisse le dispute à l'incrédulité.

Albert, qui s'essuie le visage avec sa casquette, le rassure avec un bon sourire.

— Bien sûr que non, dit-il, je vais la mettre dans ma chambre.

Il arrive que l'on comprenne les sentiments mêlés qu'éprouvent parfois les hôteliers à l'égard des cyclistes. Pendant une courte seconde je me surprends à plaindre l'infortuné réceptionnaire qui, cependant, trouve immédiatement une parade qu'il espère sans réplique.

— L'ennui, dit-il, c'est que je n'ai plus une seule chambre de libre, je viens de donner les dernières à ces messieurs-dames.

— Mais nous sont sept, dit Albina. Alberte il peut coucher avec un des garçons.

— Ah ! parce que... vous êtes ensemble ?

— Nous sont tous ensemble.

Soudain, l'horrible vérité se fait jour dans l'esprit de notre interlocuteur dont la moustache se hérisse d'appréhension.

— Et vous êtes TOUS à vélo ?

— Tous ! dit Albina.

— Et...

— Non ! dis-je. Nous ne mettons pas tous nos vélos dans nos chambres. Si vous avez un endroit clos et abrité pour les ranger, bien entendu.

Le réceptionnaire reprend des couleurs et nous informe joyeusement qu'il a l'endroit clos et abrité. À l'entendre on jurerait même que ce précieux local n'a été bâti que pour que nous y puissions loger nos montures.

Il est si heureux, ce brave homme, d'échapper à l'envahissement de ses chambres par huit vélos, qu'il ne faudrait pas insister beaucoup pour qu'il consente à coucher par terre en travers de la porte du local où nous entreposerons nos machines. L'endroit, précise-t-il, est même chauffé et ferme à clef !

— Bel et bon ! dit Albert. Mais chauffé ou pas, moi, mon vélo couche dans ma chambre. Point c'est tout. Et c'est pas à mon âge qu'on va me faire changer mes habitudes.

Pour un parfait étranger qui s'est quasiment imposé dans notre groupe, je trouve qu'Albert lance le bouchon un peu loin. Je ne suis pas loin de partager l'avis du réceptionnaire dont je sens bien qu'il va dire à notre homme d'aller voir ailleurs s'il trouve à se coucher, lui et sa précieuse bicyclette. Mais Albina qui est, je l'ai dit, toujours parfaite dans les cas difficiles, Albina secoue ses mèches blondes, pose sa douce main sur la paluche d'Albert et dit de sa voix la plus mélodieuse :

— Alberte, ne soyez pas tétou. Ça vous vieillisse ! Venez voir au moins la local. Et si vous mettez votre veylow avec les nôtres, vous garderez la clef.

Albert fléchit. Il n'est pas habitué, comme nous, à conjurer le charme d'Albina par quelques mots bien sentis. Il mollit, vacille, sourit, se gratte l'occiput, tapote la main d'Albina et dit que bon ! Il va voir ! Si c'est vraiment bien fermé !

Et puis il se dit qu'après tout s'il est vrai que d'être têtu le vieillisse, il a peut-être une chance de rajeunir en se montrant coopératif. Il ne faut rien négliger.

L'affaire réglée nous sortons et, nos vélos à la main, suivons le réceptionnaire qui, chemin faisant, se croit obligé de nous délivrer les vérités premières habituelles :

— Ah la la ! Vous avez bien raison de faire du vélo ! C'est sain, c'est bon et on voit du paysage ! Ainsi moi si j'avais le temps ! Au lieu de toutes ces voitures qui polluent ! Et puis en auto les gens ne voient rien du pays, monsieur ! Tandis que vous ! ah ! vous avez bien raison ! on ne sait plus faire de l'exercice ! le monde est fou ! Etc.

C'est à Daniel que ce discours s'adresse. Il en connaît par cœur les rebondissements, et n'y prend qu'un intérêt relatif, qu'il exprime à son interlocuteur en lui disant de son ton le moins aimable :

— C'est encore loin votre truc ! on n'aime pas trop marcher nous autres !

En fait, nous contournons l'hôtel par l'extérieur. Le local est une toute petite pièce contenant une chaudière désaffectée mais où un réseau de tuyaux courant sur le mur dispense une chaleur d'étuve.

— Trop chaud ! dit Albert, ça va craqueler le cuir de ma selle. Trop étroit ! on va se rayer l'émail les uns les autres ! Et puis c'est pas une serrure, ça ! Je vous l'ouvre avec un fil de fer en moins de deux !

Mais comme il se rappelle qu'il est en pleine cure de rajeunissement il installe sa bicyclette parmi les nôtres, en bougonnant juste ce qu'il faut pour que sa dignité soit sauve. Après quoi c'est lui qui ferme la porte et empoche la clef.

— Si l'hôtel brûle, dit-il au réceptionnaire, éveillez-moi avant même d'appeler les pompiers.

Je craignais qu'Albert ne fût ronfleur, gigoteur ou bavard. Il est, hélas, les trois à la fois.

Couché avant lui, je le regarde s'agiter de son lit au lavabo et du lavabo à la douche, n'ayant jamais fini de se laver les mains, les dents, les pieds, d'ouvrir et de fermer la fenêtre, et d'essayer les ressorts du lit.

Le tout, en me racontant son service militaire dans l'infanterie de marine, sa guerre de 39-40, ses années de stalag, sa rencontre avec son épouse, ses vues sur la politique financière de la France et son plan de paix pour le Proche-Orient.

Un naïf pourrait s'étonner qu'un cycliste partageant la chambre d'un autre cycliste ne parle pas de bicyclette. Je ne suis pas naïf mais résigné. Je sais que la longue saga du vélo va venir et que tout ce qui précède n'est qu'amuse-gueules, politesse, avant-propos badins, pudeurs, en un mot, pour ne pas avoir l'air d'aborder goulûment le vif du sujet.

Après une dernière inspection de l'armoire vide et une moue critique devant le papier blanc qui en garnit les étagères, Albert saute dans son lit d'un bond juvénile, avec un craquement que je ne peux absolument identifier comme provenant du sommier ou de ses articulations.

Il se cale dans son oreiller, tire le drap sur son torse, le lisse, pousse un profond soupir d'aise et, tournant vers moi un œil brillant, dit :

— Il y a longtemps que vous faites du vélo ?

Je n'ouvre même pas la bouche, car sa question étant de pure forme, il enchaîne avant même que j'aie pu proférer le début d'un son :

— Moi, ça va faire cinquante-deux ans !

C'est parti !

C'est une des raisons pour lesquelles, en randonnée, j'aime bien ne partager ma chambre avec personne. Dix heures de vélo, trois heures de parlote-vélo à table, et une nuit peuplée de rêves de vélo avant de se retrouver à vélo à sept heures du matin ne sont supportables qu'à condition de se réserver une petite plage de non-cyclisme dans l'heure qui précède le sommeil. Une petite cure de désintoxication, un petit rinçage de cerveau qui ne rend que plus agréable la reprise des activités cyclistes le lendemain matin. Quand il m'arrive d'être obligé de partager ma chambre avec Daniel ou Martin, nous nous comprenons à merveille et parlons d'autre chose ou même de rien du tout.

Mais Albert !...

Cinquante-deux ans de bicyclette défilent dans un ronron berceur qui pourtant ne parvient pas à m'endormir. De Concentrations en Diagonales[1], de Paris-Brest en Flèche Vélocio, d'Aubisque en Galibier, d'Iseran en Restefond, de Semaine Fédérale en Hendaye-Cerbère nous atteignons tout doucement minuit, dont les douze coups, miraculeusement, tintinnabulent du clocher voisin pendant l'un des rares silences de mon monologuiste.

—Minuit ? dit-il. C'est pas vrai ? C'est bien minuit qui vient de sonner ?

Je l'en assure avec conviction, mais c'est un homme qui ne s'en laisse pas conter. Il se relève pour aller chercher sa montre qu'il a laissée dans la salle de bains, se recouche, s'aperçoit qu'il n'a pas ses lunettes, se relève, les prend dans sa sacoche, boit un verre d'eau, se recouche, et regarde l'heure.

— Minuit dix ! Eh oui ! Minuit dix. J'éteins ?

1. Voir *Albina et la bicyclette.*

Sur ma réponse affirmative il éteint. Et je me plonge paresseusement dans le noir et un début de sommeil qui me taraudait depuis, déjà, son « col d'Izoard franchi sous la neige, dites donc, en plein mois de juillet ! ».

Dans le noir, sa voix reprend, pas le moins du monde ensommeillée.

— Et la petite Américaine, qui c'est ?

— Une copine, dis-je.

— Une copine à qui ?

— À moi, à nous.

— J'avais cru, la façon qu'elle vous cause, qu'elle était mariée avec vous.

Il est bien vrai que très souvent, Albina s'adresse à moi sur un ton sans réplique mais je trouve les déductions de l'ami Albert pour le moins hasardeuses. Je me tourne sur le côté en m'agitant beaucoup pour qu'il comprenne que je viens de tirer le rideau et que l'entretien est clos.

— Et l'autre ?

— Mmm ?

— Je dis : et l'autre ?

— L'autre quoi ?

— L'autre fille ?

— Une autre copine.

Puis, comme nous sommes sept et que cet inventaire menace de durer, j'ajoute :

— Tous. C'est tous des copains. Bonne nuit !

— Bonne nuit, dit Albert.

Je m'endors. Je m'endors profondément jusqu'à ce qu'un bruit de voix m'éveille.

— Qu'est-ce que vous dites ? dis-je.

— Je dis que j'ai un bruit dans mon pédalier.

Il a un bruit dans son pédalier ! Avec le repas, nos bavardages et tout cela, il n'y avait plus pensé. Mais, maintenant, dans le calme de la nuit, les graves soucis de l'heure lui reviennent en mémoire : Il a un bruit dans son pédalier !

— Écoutez ! dis-je. Dormez et laissez-moi dormir. Vous verrez cela demain matin.

— À mon avis, dit-il, ce doit être une cuvette qui s'est desserrée.

— Ça ne peut être que cela, dis-je. Bonne nuit !

Dix secondes de sommeil après, un bruit sourd me réveille. J'allume ma lampe et trouve Albert debout, confus, en train de s'habiller auprès d'une chaise renversée.

— Je m'habillais dans le noir pour ne pas vous réveiller, dit-il.

— Vous n'êtes pas bien ?

— Si, si, ça va. Je descends au gourbi à vélos voir un peu mon pédalier.

Il quitte la chambre tandis que je me demande, en me rendormant, pourquoi sa femme paraît tellement tenir à ce qu'il reste à la maison. Il me semble qu'elle devrait payer des groupes pour qu'ils emmènent Albert en longue randonnée. Payer cher, même !

Trois événements simultanés m'éveillent : le clocher sonne un coup, la porte de la chambre grince, et Albert entre en poussant son vélo devant lui.

Il n'y a pas, paraît-il, de lumière dans le local où nous avons mis nos machines. On se demande à quoi pensent les hôteliers qui prétendent assurer le bien-être de leurs clients et ne prévoient même pas de lumière afin que ceux-ci puissent réparer leur pédalier à une heure du matin !

Je n'ai même plus la force de protester. Je me rencogne dans mon oreiller et ferme les yeux. Un doigt timide touche mon épaule.

— Avant que vous ne vous rendormiez, excusez-moi, vous auriez pas une clef à pédalier ?

— Non !

— Martin a dit hier qu'il en avait une. Il a quelle chambre Martin ?

Je pourrais dire que je ne sais pas. Mais je ne vois pas pourquoi je serais le seul de la bande à être empêché de dormir par cet énergumène.

— Le 6 ! dis-je, le 6 !

Puis je me rendors, cette fois pour de bon, profondément, voluptueusement et complètement jusqu'à sept heures du matin, heure à laquelle je m'éveille pour constater qu'il fait un beau soleil et pour apprendre de la bouche d'Albert, déjà tout prêt et vif comme un gardon, que j'ai grand tort de ne pas articuler quand je parle.

Il paraît que, quand j'ai dit « le 6 », cela a sonné exactement comme si j'avais dit « le 10 ». Fort de cette information, Albert est allé toquer à l'huis de la chambre 10 dans laquelle se trouvait un couple illégitime en intime conversation.

— Qui est là ? a demandé le couple illégitime, avec l'effroi légitime des couples illégitimes quand on cogne à leur porte à deux heures du matin.

— C'est Albert, a répondu Albert, ce qui a ajouté à l'effroi du couple illégitime, le mari de la dame portant précisément ce même prénom.

— Albert ! a dit la dame du ton dont sa grand-mère eût proféré le classique « Ciel ! mon mari ! ».

— Ouais, a dit Albert, c'est moi. Je viens voir si, des fois, Martin aurait pas une clef à pédalier.

Par une chance insigne, le monsieur ne s'appelait pas Martin, ce qui eût pu provoquer un inexplicable quiproquo. Dans la perplexité où le jeta la demande incongrue d'une clef à pédalier dont ils ne voyaient pas l'usage en de telles circonstances, le couple illégitime prit le parti de ne plus parler, de ne plus bouger et de ne plus respirer.

Mais c'était compter sans l'opiniâtreté des septuagénaires cyclistes ayant un bruit dans leur pédalier. Albert toqua à l'huis avec persévérance jusqu'à ce que toutes les portes du couloir s'ouvrissent (sauf celle du 10 !) laissant passer des têtes courroucées, parmi lesquelles celle de Martin qui ne mit qu'un petit quart d'heure à comprendre ce que lui voulait Albert et un autre petit quart d'heure à trouver sa clef de pédalier. D'autant que, dans sa somnolence, il commença d'abord par vider, en croyant que c'était la sienne, la sacoche de Pascal qui partageait sa chambre.

Une fois tout rentré dans l'ordre, Albert, en homme bien élevé, s'en alla frapper une dernière fois à la porte du 10 en criant qu'il s'excusait pour le dérangement et en souhaitant une bonne nuit au couple illégitime dont les élans furent gravement compromis pendant le restant de la nuit.

Le lendemain matin, au petit déjeuner, Albert, en pleine forme, pointa sur moi un index réprobateur et me dit que j'avais mauvaise mine et qu'à mon âge je ferais mieux de dormir davantage.

— C'est toujours comme ça quand il partage son chambre, dit Albina. Il parle ! Il parle ! Pauvre Alberte ! Il a dû vous raser tout le nuit avec des histoires de veylow.

Deuxième journée

— Martine ! dit Albina, attention j'ai encore failli toucher votre roue arrière.

Nous n'avons pas, comme on pourrait l'imaginer, troqué notre septuagénaire, qui nous a quittés ce matin, contre une quatrième demoiselle. « Martine » est simplement le nom de Martin quand il est prononcé par Albina. En fait elle dit très exactement « Mââââtinn' ». Mais, outre que c'est très long à transcrire je craindrais que les correcteurs d'imprimerie ne se croient obligés de supprimer tous les « a » superflus que je serais ensuite obligé de rétablir. Tenons-nous-en à « Martine ».

Martin répond que ce n'est pas à lui qui est devant à faire attention mais à Albina qui est derrière. À quoi Albina répond que Martin n'est pas galant, ce qui conduit celui-ci à déclarer que lorsqu'on prend la roue des gens c'est plus pour s'abriter du vent que pour apprécier leur degré de galanterie.

Car nous sommes dans le vent depuis les aurores. Dans, c'est-à-dire contre. Nous appliquons d'instinct la vieille technique éprouvée qui consiste à s'abriter les uns derrière les autres.

Dès le matin, Albina a repris son élève en main et a sommé cette pauvre Gudule de se mettre derrière elle à l'abri du vent et de n'en plus bouger.

Gudule n'aime pas cela. Elle a grand-peur de toucher de sa roue avant la roue arrière d'Albina et préfère se tenir à distance respectable. Ce qui fait qu'elle reçoit de plein fouet, non seulement le vent mais aussi le remous qu'il produit autour du corps de son amie, avec pour conséquence qu'elle peine bientôt à vingt mètres derrière notre petit groupe homogène et perd du terrain.

Le cycliste isolé dans un vent assez fort rattrape très difficilement le groupe qui le précède. À l'effort physique s'ajoute bientôt le découragement moral dû au fait que les autres, là-bas, s'éloignent de plus en plus et — semble-t-il — de plus en plus vite.

Le néophyte, en général, inquiet de rouler si près de ses compagnons, prétend que l'abri qu'ils lui procurent n'est qu'une vue de l'esprit. Il suffit alors de s'écarter brusquement et de lui laisser prendre tout le vent en plein corps pour qu'il revienne à plus de considération pour les enseignements de ses anciens. Il croyait n'être pas protégé parce qu'il sentait le vent sur sa figure, alors que c'est au niveau du buste que la protection est efficace.

Il faut que Gudule apprenne tout cela et qu'elle l'apprenne à ses dépens. Ce qu'elle fait présentement.

— Y a Gudule qui décroche sérieusement, dit Pascal qui vient de se retourner.

— Laissez-la décrocher, dit Albina. La prochain fois qu'il y a du vent elle restera dans mon roue.

Nous formons un bloc compact. De temps en temps, le plus exposé coupe son effort et se laisse glisser en queue à l'abri des autres. À cette seule condition nous continuons à avancer sans à-coups à un petit vingt à l'heure tandis qu'à plus d'un kilomètre derrière cette pauvre Gudule, abandonnée de Dieu et des hommes, a adopté un style chaloupé et calamiteux, poussant alternativement sur chaque pédale dans un grand déhanchement disgracieux et zigzagant de canard pris de boisson.

— Allez-y, Pascal ! dis-je, elle est trop loin maintenant.

Pascal, qui n'attendait que de voler au secours du courage malheureux, cesse de pédaler et attend que Gudule arrive à sa hauteur tandis que nous modérons notre allure afin de faciliter leur retour.

Albina rouspète. Elle prétend que les temps ont bien changé et que, jadis, nous la laissions s'échiner dans des tornades, des ouragans, voire des typhons sans lui déléguer le moindre play-boy pour la ramener au bercail.

— C'est que nous n'avions pas de play-boy sous la main, dit Daniel. Sinon on se serait fait un plaisir.

Je me garde bien de rappeler à Albina le nombre incalculable de fois où j'ai dû me laisser glisser à l'arrière pour la ramener parce que, tout comme Gudule, elle se refusait absolument à rouler dans notre abri. Outre qu'elle ne manquerait pas de me répondre qu'elle parlait de « play-boy », qualité à laquelle je ne puis prétendre, je sais trop bien, avec Georges Courteline, que les femmes ne voient jamais ce que l'on fait pour elles, elles ne voient que ce qu'on ne fait pas.

Gudule — qui a compris — s'est placée dans le sillage de Pascal et revient sur nous à l'abri de ce dernier.

— Bouh ! dit-elle. Ce que ça souffle !

— Ça t'apprendra, dit Albina, à écouter les conseils de tes aînés.

— C'est vrai, dit Gudule. La fréquentation des vieillards est pleine d'enseignement.

— Alors, dit Albina, tu en sauras bientôt autant que moi.

Du haut de ses neuf années et quelque 60 000 kilomètres à bicyclette, Albina adore laisser entendre qu'elle est une briscarde. C'est même sans doute pour s'en convaincre tout à fait qu'elle a fait main basse sur cette pauvre Gudule, tant il est vrai que les anciens ont toujours eu besoin de bleus pour se sentir exister.

Comme toutes les troupes tannées sous les vents et les soleils des grandes routes, la troupe cycliste se compose également de bleus et d'anciens, ceux-là devenant peu à peu ceux-ci par la loi naturelle de l'évolution des espèces, à moins que, désespérant d'acquérir jamais l'épiderme rugueux que requiert le corps à corps avec les intempéries, ils ne retournent bien vite aux joies amollissantes du flipper et de la belote.

L'ancien se reconnaît d'abord à la façon décontractée qu'il a d'enfourcher sa bicyclette. Alors que le bleu donne toujours l'impression que le seul fait de se mettre en selle constitue un exploit athlétique, l'ancien, d'un même mouvement lent et précis, saisit son guidon, passe sa jambe par-dessus la selle et chausse son cale-pied droit sans que, pour autant, son regard ait quitté la ligne d'horizon ou l'ourlet de la jupe de la serveuse qui ramasse une pièce de un franc.

Puis donnant une légère impulsion à sa monture il part en ligne droite ayant enfilé avec précision et sans regarder son pied gauche dans le cale-pied gauche, avant même que ses roues aient fait un tour complet tandis que le bleu, bras raides, tête entre les genoux, la bouche ouverte et l'œil égaré, zigzague d'un trottoir à l'autre en essayant, d'un orteil frénétique, de chausser ce bon sang de bon Dieu de foutue saloperie de cale-pied, et finissant généralement par entrer en contact avec une bordure de trottoir, ce qui est très préjudiciable à la parfaite circularité des jantes.

Animal à sang-froid, l'ancien ne se croit pas obligé de lâcher le guidon pour se couvrir les yeux des deux mains en criant « maman » quand, sur une route étroite, un autocar sournois lui barrit aux oreilles. Pas plus qu'il ne s'arrête en se laissant tomber de sa selle sur son cadre en frottant ses deux pieds par terre, ainsi que font les dames dans leurs débuts, persuadées qu'elles sont que la bicyclette se couche brutalement sur le côté dès que l'on effleure les poignées de freins.

Allant tout droit vers une colline boisée, l'œil de l'ancien devine la côte cachée dans le fouillis des arbres, en apprécie le pourcentage et fait en temps voulu le petit geste précis qui lui donnera le bon développement, tandis que le nouveau, qui croit candidement que les routes plates continuent de l'être quoi qu'il arrive et contournent sagement les collines, se trouve confronté au virage suivant avec un mur d'asphalte qui prend son élan vers le ciel et sur lequel il s'engage en perte de vitesse, dépensant pour ôter ses pieds des cale-pieds autant d'énergie désespérée qu'il lui en a fallu pour les y mettre. Tout cela, bien entendu, en manipulant fébrilement la manette d'un dérailleur rendu rétif par l'effort et qui produit des bruits affreux bien propres à briser les cœurs les plus endurcis et les aciers les mieux trempés.

L'ancien entend avec une indifférence olympienne des propos qui font pâlir le néophyte. Par exemple *« on est bientôt arrivés, on n'a plus que cinquante bornes à faire »*, ou encore *« Tiens ! j'avais pas vu, y a encore deux cols à passer cet après-midi »*. Constatations d'évidences qu'il accueille sans ciller en retroussant (symboliquement) ses manches et en crachant (moralement) dans ses mains, alors que le bleu se demande s'il a bien entendu, si, par hasard, on ne se moquerait pas de lui et si le moment ne serait pas propice à se découvrir une maladie rare nécessitant la proximité immédiate d'une gare de chemin de fer abritant un train en état de marche.

Cette différence de comportement ne signifie pas, pour autant, que l'ancien ne rouspète jamais. Bien au contraire. Mais ses vitupérations, d'ailleurs de pure forme, sont directement proportionnelles à la passion qu'il porte à la bicyclette. Ce n'est pas un grognon, c'est un grognard. S'il est volontiers prolixe en souvenirs, son discours immédiat est généralement sobre et mesuré. Contrairement au néophyte qui raconte l'Everest chaque fois qu'il a passé une colline et cherche de l'œil le mont Ararat à la moindre ondée, l'ancien minimise les difficultés de l'heure présente pour l'excellente raison qu'il a toujours vu pire.

La geste héroïque du randonneur au long cours est jalonnée de tant de tornades, de tempêtes, de déluges et de fournaises, que l'on pourrait se demander quelle délectation morose le pousse à affronter les calvaires qu'il raconte si, précisément, il ne les racontait pas.

Car aux joies bien connues de la randonnée à bicyclette s'ajoute un plaisir subtil : le récit. Et l'ancien n'a pas son pareil pour narrer sobrement ses Austerlitz comme ses Waterloo. Pour que la narration soit une fête, il est indispensable que l'auditoire soit averti. Raconter à des ignares « seize kilomètres à 15 % » conduit à s'attirer des questions saugrenues qui obligent à rechercher des équivalences improbables. Tandis que préciser « le Ventoux par Malaucène après le Belvédère pendant seize bornes » provoque des sifflements d'ébahissement chez des initiés qui savent manifestement ce que parler veut dire.

Quand Albina, jeune cycliste, assistait à ces conversations, il n'était pas rare qu'elle s'endormît, tant l'ésotérisme du récit joint à sa connaissance imparfaite du français la portait à se désintéresser de la palabre. S'endormant pendant le récit d'un orage de grêle dans la Beauce, elle se réveillait brusquement alors que le narrateur arrivait en pleine canicule au sommet de l'Izoard, ce qui donnait parfois des dialogues incongrus.

— Arrivé là, dit le narrateur en parlant du sommet de l'Izoard, arrivé là, qu'est-ce que j'aperçois sur ma gauche ?

— Le cathédrale de Chartres, dit Albina.

— Une marmotte ! dit le récitant avec un regard agacé à Albina.

— C'est quoi un marmotte ? dit Albina.

— Un rongeur alpestre ! Donc je...

— C'est quoi alpestre ?

— Dans les Alpes. Alors, je...

— Alors qu'est-ce qu'il fait là ?

— Qui ?

— La rongeur. Qu'est-ce qu'il fait là ?

— Où ça ?

— Dans le Beauce, puisqu'il est du z'alpe ?

Soupir excédé du narrateur.

— Albina ! Il y a belle lurette qu'on n'est plus dans la Beauce !

— C'est quoi : berlurett ?

Les anciens, en général, n'aimaient pas que j'amène Albina à nos soirées récréatives. Ils prétendaient qu'elle nuisait au recueillement et perturbait la liturgie.

Mais les temps ont changé. Galonnée de kilomètres, brisquée d'ascensions, tannée d'intempéries, médaillée de souvenirs et couverte, déjà, des mille petites cicatrices que font à l'âme les joies et les peines de la route randonnière, Albina ne s'endort plus aux conciliabules cyclistes et, parfois, les anciens (qui ne sont jamais contents) regrettent le bon vieux temps.

La bicyclette de l'ancien, elle aussi, se révèle à l'œil exercé, par un maintien modeste et une sobriété de bon aloi. Toujours en retrait par rapport aux modes criardes, et maniaquement entretenue, elle est plus nette qu'astiquée, plus propre que brillante, plus belle que jolie. Elle a davantage la beauté tranquille des femmes qui ont vécu que l'éphémère fraîcheur des minettes printanières. Alors qu'elle reste, pour le néophyte, une mécanique, amicale certes, mais encore sournoise, parfois imprévisible et souvent capricieuse, elle devient, après avoir dressé convenablement son maître, partie intégrante de son corps et de son esprit, organe rapporté mais vital, prolongement indispensable de tout ce qui concourt à son existence.

L'ancien se reconnaît encore à ce qu'il donne des conseils aux nouveaux. Il arrive bien, parfois, que des nouveaux, dans leur grande outrecuidance, donnent des conseils aux anciens, mais rarement plus d'une fois. Il est bien connu que l'on ne progresse, dans quelque discipline que ce soit, que si on a un élève à former. Il arrive fréquemment que pour avoir à expliquer à un disciple quelque subtilité technique ou pratique, le maître s'aperçoive, à son grand étonnement (qu'il se garde bien de montrer), qu'il se l'est en même temps expliquée à lui-même.

Les progrès accomplis par Albina depuis qu'elle a cette

pauvre Gudule à se mettre sous la dent sont considérables. L'*ankle-play* (que j'ai perdu ce qui me restait de jeunesse à lui expliquer en vain) est devenu pour elle une seconde nature depuis qu'ayant découvert le terme dans un livre, Gudule lui en demanda l'explication toute affaire cessante. Albina, consciente de son inculture en la matière, essaya tout d'abord de se dérober.

— C'est un truc que tu apprendras plus tard !

— Dis-moi au moins ce que ça veut dire.

— « Jeu de cheville », voilà ce que ça veut dire.

— Et à quoi elle joue, la cheville ?

— Tu as un cheville ?

— Deux !

— Tu sais à quoi ils te servent ?

— Ben... oui !

— Eh ben ! voilà !

À ce moment de ce passionnant dialogue, j'interviens. Non pour expliquer l'*ankle-play* à Gudule — une fois dans la vie suffit — mais pour pousser Albina sur la pente savonneuse de la vanité, grâce à laquelle on peut mettre en action un tas de gens et particulièrement les cyclistes.

— Albina, dis-je, vous qui avez le meilleur *ankle-play* de nous tous (mensonge éhonté !), vous rendriez service à Gudule en la faisant profiter de vos dons.

— Oh ! la la ! dit Albina. C'est pas un vie d'être douey !

Elle se renverse dans son fauteuil, lève les jambes et pédale dans le vide avec beaucoup de conviction.

— L'*ankle-play* c'est quand tu tires là vers derrière au lieu de t'arrêter de pousser là en bas à gauche pendant que tu pousses là en haut à droite avant de remonter là à gauche et que si toute ce que tu fais là en bas à gauche tu le fais là en bas à droite quand c'est que ton jambe de droite il est à l'endroit où il est ton jambe de gauche, mais de l'autre côté, tu n'es point morte. Voilà.

Je regarde Gudule, qui a suivi l'explication de l'air concentré d'une daurade à la devanture d'un poissonnier par un matin de gel intense.

— Vous avez compris ? dis-je.

— Pas tout, dit hypocritement Gudule. Pas tout. Et surtout pas pourquoi je ne suis point morte, à la fin.

— Moi non plus ! dit Albina. Je dis tout comme lui il m'a dit mais moi non plus j'ai jamais comprise la fin. Mais moi, je fais tout avec le instinct. Alors, ça fait rien si je comprends pas.

Que le jeu de l'*ankle-play* bien pratiqué supprime le point mort en bas de pédalage est une vérité universellement reconnue, mais j'ai déjà trop bataillé avec Albina sur ce sujet pour trouver le courage de recommencer avec Gudule. Je lui conseille de méditer la lumineuse explication qu'elle vient d'entendre, je félicite Albina pour ses talents pédagogiques et je sors prendre l'air, tandis que piquée au jeu, elle recommence ses explications en les éclaircissant peu à peu, ce qui n'est pas du luxe.

Au bout d'une heure, Albina, à sa grande stupéfaction, a enfin compris le principe de l'*ankle-play*. Gudule, pas du tout, mais, patience ! L'ancienneté l'éclairera.

Car les briscards sont toujours des anciens débutants de même que les vieillards sont toujours d'anciens jeunes. La seule différence étant que les jeunes ne sont aucunement pressés de devenir des vieillards alors que les débutants, si on ne les surveille pas d'un peu près, se déclarent « anciens » dès le deuxième jour de leur initiation.

Tout cela, d'ailleurs, dans l'humilité la plus totale car dans un sport qui compte bon nombre d'octogénaires en activité, on est évidemment toujours un peu la bleusaille de quelqu'un.

— J'ai faim ! dit Martin.

Quand Martin n'a pas faim toutes les deux heures, c'est qu'il est malade. Ce matin, comme tous les matins, il a fini tous les croissants, tout le pain, tout le beurre et toute la confiture. C'est tout juste si nous ne devons pas écrire nos noms sur nos tartines pour pouvoir manger tranquillement. Martin a une fâcheuse tendance à penser que ses commensaux n'ont pas d'appétit et à considérer comme abandonnée par eux toute nourriture qui ne se trouve pas entre leurs mains. En général nous prenons notre petit déjeuner en mangeant une tartine de la main droite, tout en tenant une seconde tartine et un croissant dans la main gauche. Albina qui a de petites mains met ses réserves sur ses genoux, cachées sous sa serviette. Pendant que nous nous livrons à ces acrobaties, Martin ratisse sur la table tout ce que nous n'avons pu saisir et mastique avec une détermination de bulldozer, dans un mutisme qu'il ne rompt que pour demander des suppléments de confiture.

— Martine a faim, dit Albina qui mangerait bien, elle aussi, un petit quelque chose et est prise d'une soudaine sollicitude pour les désirs de Martin.

Il est bien rare que la faim d'un cycliste ne déclenche pas l'appétit de tout le groupe. L'un après l'autre, chacun admet que, ma foi, puisqu'il faudra de toute façon s'arrêter pour Martin, on peut en profiter pour grignoter une bricole, un biscuit peut-être, ou du chocolat.

— Un fruit, dit Albina.

— Une omelette au jambon, dit Martin.

— Une omelette au jambon ? dit l'aimable commerçante de Bagnoles-de-l'Orne, chez qui nous nous arrêtons. À cette heure-ci ?

— Il n'y a pas d'heure pour les omelettes au jambon, dit Martin.

La dame explique que le restaurant n'est pas ouvert, que ses fourneaux sont éteints, qu'il n'est que dix heures du matin et que si nous voulions nous contenter de pain, de jambon cru et d'œufs durs avec peut-être un peu de fromage, elle serait tout à fait ravie de nous être agréable.

Nous acceptons ses suggestions, sauf Martin qui fait remarquer qu'il est étonnant que tous les œufs soient durs à dix heures du matin et susceptibles d'être battus en omelette deux heures plus tard. Mais comme nous le prions de ne pas compliquer les choses, il condescend à partager notre léger casse-croûte.

Le temps que Zuzu fasse tamponner ses cartes de contrôle (car il ne faut pas oublier que c'est grâce à cette intéressante activité que cette pauvre Gudule va de Paris à Orléans par Bagnoles-de-l'Orne) la restauratrice apporte un grand plateau d'argent rempli de jambon et d'œufs durs et s'étonne de nous voir nous précipiter pour enfouir nos œufs durs dans nos poches et cacher nos tranches de jambon sous nos assiettes avant que Martin n'ait décidé que nous n'étions pas en appétit.

Dûment restaurés et tamponnés, nous reprenons la route sans écouter l'argumentation spécieuse de Martin qui nous fait remarquer qu'il ne reste plus qu'une heure et demie à attendre que sonne l'heure des omelettes au jambon. Nous le décidons à nous suivre en lui rappelant qu'une heure et demie est exactement le temps qui nous sépare du déjeuner et que s'il veut bien se donner la peine de remonter sur sa bicyclette et faire encore une trentaine de kilomètres avant de se mettre à table nous lui en serions reconnaissants.

Les restaurateurs ne se feront jamais aux horaires des estomacs cyclistes. Habitués au coup de feu de midi-trois heures, ils sont toujours stupéfaits qu'on leur demande des nourritures substantielles à des heures insolites. Encore heureux quand les cyclistes ne sont qu'une poignée.

Lors de la Semaine fédérale de Gourdan-Polignan, en 1975, quelque sept cents randonneurs investirent, dans l'espace d'une heure, une modeste auberge de Juzet-d'Izaut près du col de Buret. Les vingt premiers qui arrivèrent à neuf heures du matin et réclamèrent des omelettes et des œufs au jambon emplirent de panique la propriétaire du lieu qui était seule et, de surcroît, en attente ostensible de maternité. Elle écouta d'un air incrédule les commandes variées que ces messieurs lui passaient, puis s'assit sur une chaise et se mit à pleurer.

Les cyclistes alors, peu soucieux de contribuer à une interruption de grossesse, quelque légale que cette intervention fût devenue, prirent l'initiative des opérations et, avec l'assentiment de la malheureuse, se mirent en devoir de faire marcher l'établissement.

Au fil des minutes l'auberge, qui est la seule du village, se remplissait de randonneurs qui venaient de monter le col des Ares et qui n'étaient pas médiocrement surpris de trouver leurs amis, manches retroussées et ceints de tabliers bleus, en train de faire des frites, des œufs sur le plat et des sandwiches variés, tandis qu'une dame pâlotte sanglotait sur une chaise de paille, ne s'interrompant que pour annoncer le prix des consommations entre deux reniflements.

La vague passée et les cyclistes repartis, les derniers arrivants mirent un peu d'ordre dans la maison, versèrent scrupuleusement la confortable recette entre les mains de la génitrice hébétée et lui firent leurs adieux en la prévenant gentiment que, le lendemain à la même heure, il fallait qu'elle s'attende à voir arriver sept cents autres cyclistes non moins affamés qu'eux-mêmes.

Ayant fait partie de ce premier nuage de sauterelles, Albina et moi ne saurions dire si, le lendemain, nos camarades trouvèrent le restaurant dûment pourvu en personnel ou fermé pour cause de naissance prématurée. Mais ce que nous pouvons affirmer avec certitude c'est que ce n'est pas avec des automobilistes que les restaurateurs connaîtraient des instants d'une telle intensité dramatique.

Pendant le temps de ce récit, notre petite troupe a couvert les quelque trente kilomètres qui la séparaient du déjeuner, sur lequel il n'est pas besoin de s'étendre. Trop de Martin et trop de nourriture dans un même chapitre risqueraient d'engendrer quelque indigestion chez nos lecteurs.

Dans l'après-midi, le rythme de la promenade se ralentit un peu, comme il est de coutume lorsque l'on a la sage précaution de faire la plus grande partie de l'étape avant midi.

L'après-midi, où l'on a davantage de temps devant soi pour couvrir une distance plus courte, est propice au bavardage.

— Ah ! le veylow ! le veylow ! le veylow ! le veylow ! dit Albina en s'étirant.

Gudule attend la suite, qui ne vient pas. Dans l'esprit d'Albina, cette incantation se suffit à elle-même.

— Le vélo, quoi ? dit Gudule.

— Quoi, le veylow quoi ? Le veylow rien. Quand on a dit le veylow on a tout dit. Tu ne croyes pas ?

Gudule ne croit rien. Gudule avance pas à pas dans la grande forêt amazonienne du cyclisme de randonnée, se fraie un chemin à travers des enseignements parfois contradictoires, se repère à des signes de piste, fraternise avec les bons sauvages, goûte, méfiante, aux spécialités du cru, participe aux danses rituelles mais garde son quant-à-soi jusqu'à plus ample informée. Gudule n'en est pas encore au point de non-retour où, quand on a dit « le vélo ! » on a tout dit.

Sans Albina, il y a beau temps qu'elle aurait fait demi-tour et serait retournée à la civilisation des automobiles et de la randonnée sur autoroute. Quelque magnifiques que nous fussions, Daniel, moi et les autres, notre charme magnétique n'aurait pas suffi à la retenir dans notre monde exigeant où les plaisirs raffinés de l'esprit demandent pour s'épanouir la collaboration, parfois réticente, d'un corps mis à l'ouvrage. Mais il y a Albina. Qu'Albina, blonde et élégante, délicate, intellectuelle et américaine de surcroît, ait fait copain-copain avec ces monstres pédalants, qu'elle parle couramment leur jargon, qu'elle soit initiée aux rites, qu'elle participe à leurs conversations ésotériques, et pas seulement une fois, comme cela en passant, comme on s'encanaille un soir de ribote, mais en permanence, la nuit, le jour, au printemps, en été, en automne et en hiver, voilà qui porte à réfléchir. Il y a quelque chose de mystérieux dans cette histoire de bicyclette. Ou alors, Albina est folle.

— Albina. Est-ce que tu es folle ?

— Peut-être. Tout le monde est folle. Toi tu es de ne pas aimer le veylow, moi je suis du veylow. Mais c'est un bon folie. Ton folie à toi il n'est pas bonne. Les gens qui n'aiment pas le veylow il leur manque un case. Le case du bonheur.

Gudule proteste mollement. Outre qu'il ne lui semble pas évident que l'une de ses cases manque à l'appel, elle trouve excessif, après les efforts consentis, de s'entendre dire qu'elle n'aime pas le vélo.

Albina consent à reconnaître que Gudule met quelque bonne volonté à son apprentissage. Mais il faudrait voir à ne pas confondre aimer le vélo et aimer le vélo.

— Tu vois le différence ?

— Non ! avoue Gudule qui sait d'expérience que si, par inadvertance, elle dit oui elle va être sommée d'approfondir sa pensée.

— Le différence, dit Albina, c'est que tu aimes le veylow à condition de t'arrêter quand tu n'aimes plus, tandis que moi j'aime encore quand je n'aime plus parce que je sais que si encore j'aime quand je n'aime plus j'aime encore plus que j'aimais avant de ne aimer plus.

Moi, ce que j'admire le plus chez Gudule, ce n'est pas qu'elle suive Albina à vélo, c'est qu'elle la suive dans ses raisonnements.

— Albina, dis-je, contentez-vous d'apprendre à Gudule les secrets du pédalage et les mystères du dérailleur, mais, de grâce, laissez-moi m'occuper du baratin lyrique. Vous rendriez gâteux un polytechnicien surdoué.

Albina me répond que le baratin lyrique est inséparable de l'enseignement pratique et que si Gudule ne sait pas dans quelle optique sublimante elle doit passer son 40-22[1], elle restera bêtement sur son 54-14 en se demandant pourquoi ça fait mal aux jambes. Elle ajoute que si je ne lui avais pas fait à elle le baratin lyrique, il y a de grandes chances pour qu'elle en soit encore à jouer au tennis et au golf et malheureuse comme les pierres, sans le savoir.

1. Nombre de dents pédalier-roue libre, déterminant le développement.

Gudule dit qu'elle a un tas d'amies qui jouent au golf et au tennis et ne lui paraissent pas le moins du monde malheureuses.

— Bon ! dit Albina. Tu prends ta copine qui joue à le tennis, par exemple. Quand elle a fini sa partie du tennis, elle fait quoi ?

— Ben !... je ne sais pas, moi, elle se douche.

— Nous aussi, qu'est-ce que tu croyes ? Mais après elle fait quoi ?

— Ben... je suppose qu'elle rentre chez elle et elle range sa raquette et ses balles.

— Et puis ?

— Et puis c'est tout. Elle vaque à ses occupations. Qu'est-ce que tu veux qu'elle fasse ?

Albina demande alors si, une fois par jour, elle va jeter un coup d'œil sur sa raquette de tennis, si, parfois, elle la caresse de la main et l'époussette un peu, si elle pense du dimanche au mardi à sa partie de samedi dernier et du mardi au vendredi à sa partie de samedi prochain. Si elle prépare en hiver ses parties de tennis d'août, si elle ne fréquente que des gens qui parlent de tennis et si elle ne sent pas des fourmis dans ses bras au seul énoncé du mot « raquette ».

Gudule dit que non, certainement pas. Sa copine qui joue au tennis est tout ce qu'il y a d'équilibrée et n'a, en aucune circonstance, ce comportement irrationnel.

— Alors ! triomphe Albina, quoi c'est que tu en dises, elle n'est pas heureuse ! la bonheur ce n'est pas du tout d'avoir une comportement rationnel. La bonheur c'est d'être *absolutely* dingue de ce qu'on aime. Tu dirais, demande Albina, que l'amour il est un comportement rationnel ?

— Quel amour ?

— L'amour ! Love ! Tu sais bien, l'homme et la femme et tout ça. Tu appellerais ça un comportement rationnel ?

Gudule hésite. Si elle dit non, Albina triomphe. Si elle dit oui elle prévoit un amphi exténuant, en jargon albinien, sur l'irrationalité de l'amour, agrémenté d'une éprouvante extrapolation sur la passion du cyclisme.

On hésiterait à moins.

Zuzu, qui est derrière nous, brûle depuis un moment de se mêler à la conversation. Sa roue avant s'insérant sournoisement entre Gudule et moi m'oblige à me porter en avant d'elles si je ne veux pas aller au fossé. Parti devant je rattrape Daniel en quelques pédalées, les laissant piapiater sur le cœur et ses raisons, piapia que la première côte un peu raide réduira à un silence haletant.

— Alors ! ça parlote ? dit Daniel.

— Ça parlote, dis-je, et devine de quoi !

— De vélo ! De quoi veux-tu ?

— De vélo et d'amour, ni plus ni moins.

Le front de Daniel s'assombrit. Que sa femme puisse parler à la fois d'amour et de bicyclette lui laisse mal augurer des longues soirées d'hiver.

Il soupire et, tracassé, change de vitesse sans délicatesse, ce qui conduit sa chaîne à tomber sur l'axe de pédalier. Il met pied à terre et j'en fais autant pour l'attendre.

Les trois femmes nous dépassent sans un regard. Albina est en train d'encourager cette pauvre Gudule.

— Idiote ! Je vais te trouver un bon train ou un bon autobus ! Ce n'est pas possible de pédaler comme tu pédales. On dirait un poule sur une grille-pain allumé.

La conversation, grâce à Dieu, a repris un cours normal.

L'après-midi se passe sans incident notable. Deux ou trois fois, le gentil Pascal a piqué une crise de vélocité et est parti loin devant à toutes pédales. Notre tranquille 20-25 à l'heure lui pèse parfois et, dans la fougue de sa jeunesse, il se paie de petites pointes de vitesse au bout desquelles nous le rejoignons, calmé et content.

Parfois, l'un de nous part avec lui pour jouer un peu et se dégourdir les jambes. C'est l'occasion d'un petit match amusant où l'astuce du vieux arrive parfois à compenser la puissance du jeune, petit intermède sportif et sans prétention auquel Albina ne dédaigne pas participer de temps en temps sur quelques kilomètres.

C'est le jeu du randonneur qui de 10 à 40 à l'heure, dispose selon le moment ou son humeur de toute une gamme d'allures pour profiter de tous les plaisirs du cyclisme, les plus calmes comme les plus violents.

Pascal, cependant, ne commet déjà plus l'erreur de vouloir mener la-grande-randonnée-de-cette-pauvre-Gudule, au rythme forcené d'un Milan-San Remo. En trois jours, cet intelligent jeune homme a compris que les deux démarches étaient différentes et que si nous avons en commun avec les coureurs d'être assis sur une bicyclette, nous n'en avons ni les moyens physiques ni, surtout, les motivations.

Que l'on ne voie dans ces propos nul dédain à l'égard de la compétition. Plus que tous autres sportifs, les coureurs cyclistes sont nos cousins germains et pour savoir, bien que sur le mode mineur, ce que pédaler veut dire, nous avons pour leurs talents la plus grande considération. Mais il faut garder le sens de la mesure et n'accorder qu'une attention distraite aux gamins qui, au bord des routes, crient « vas-y Poupou ! » quand ils nous voient passer.

Guillaume, le copain de régiment de Martin, qui est dentiste à Vitré, nous accueille à bras ouverts. C'est-à-dire qu'il tombe d'abord dans les bras de Martin et lui tape dans le dos en l'appelant « sacré vieux machin » puis se tourne vers nous et nous considère avec une perplexité polie. Encore un qui n'a jamais vu sept cyclistes à la fois sauf à la télé le jour de Paris-Roubaix.

Les présentations faites, il nous invite à pénétrer dans son salon. Il habite une très grande maison entourée d'un jardin et insiste immédiatement pour que nous y dînions et passions la nuit, ce que nous acceptons après nous être fait tirer suffisamment l'oreille pour donner l'impression que nous avons reçu une excellente éducation.

Nous pensions, en fait, aller comme d'habitude à l'hôtel après une visite de courtoisie à Guillaume, mais il nous met tout à fait à l'aise en nous expliquant qu'il va profiter de notre présence pour inviter Jean-Paul et sa femme, lequel Jean-Paul l'embête considérablement depuis des années avec le récit de sa grande expérience cycliste, le jour où il a suivi, en automobile, l'étape Rouen-Caen du Tour de France 1956.

— Vous n'imaginez pas ce qu'il est agaçant avec son étape Rouen-Caen, dit-il, on croirait que c'est lui qui l'a gagnée. Je vais lui montrer que, moi aussi, je fréquente des cyclistes.

Nous l'assurons bien vite qu'il n'y a aucune comparaison, mais cet homme est tout à sa joie et il serait cruel de le décourager plus avant.

Je ne suis pas certain que Solange, l'épouse de Guillaume, soit tout à fait aussi réjouie d'avoir à faire sept lits et à transformer en dîner pour onze un repas prévu pour deux. Mais les lois de l'hospitalité étant ce qu'elles sont, elle s'affaire gentiment en arrivant à donner l'impression qu'elle n'attendait plus que notre irruption dans sa vie pour être pleinement heureuse.

Nos trois femmes d'ailleurs se précipitent pour l'aider, effaçant ainsi quelque peu le sentiment que nous avons d'arriver comme des barbares en pays conquis.

Tandis que nous buvons un verre en compagnie de Guillaume, Solange vient s'excuser auprès du futur occupant de la chambre bleue qui n'aura pas d'eau, la douche refusant inexplicablement de fonctionner.

Martin, Daniel et moi tournons automatiquement nos regards vers Pascal qui est déjà debout et, déclinant fièrement sa qualité de plombier, se propose, pour peu qu'il y ait quelque outillage dans la maison, de rendre à la douche rebelle ses vertus hydrauliques.

Pascal parti avec Guillaume à la recherche d'un outillage *ad hoc,* nous nous renfonçons dans nos fauteuils, conscients qu'avec nos femmes qui font les lits et Pascal qui répare « le sanitaire » nous avons fait le maximum pour rendre à Guillaume la politesse de son invitation. Il ne faudrait pas nous pousser beaucoup pour que nous déclarions qu'après tout, il a bien de la chance que nous ayons investi sa demeure.

Comme les dames en ayant terminé avec les chambres passent à l'attaque de la cuisine si nous en croyons les bruits qui nous en arrivent, Jean-Paul, l'ami de Guillaume, fait son apparition. Il est seul, sa femme ne voulant manquer, sous aucun prétexte, les « Dossiers de l'écran » à la télévision.

— Tu sais comme elle est ! Les « Dossiers » c'est sacré. Elle s'excuse, hein, mais tu sais qu'il ne faut pas l'inviter le mardi.

Guillaume excuse bien volontiers Mireille. Il explique à son ami que son invitation impromptue n'est due qu'à l'arrivée inopinée chez lui d'un groupe de cyclistes de ses amis.

— Des cyclistes ! dit Jean-Paul en se tournant vers nous. Moi, justement, en 1956...

— C'est ça ! c'est ça ! dit Guillaume. Tout à l'heure ! Qu'est-ce que tu bois ?

Pascal arrive, radieux, et annonce que la douche marche. Il repart aussitôt parce qu'il a constaté que l'un des lavabos ne se vidait pas comme il devrait et que lui, Pascal, ne peut absolument pas supporter de vivre auprès d'un lavabo paresseux.

Je le regarde avec affection repartir vers ses tâches sanitaires. Une rêverie me prend où je me plais à imaginer qu'au lieu d'aller chaque soir dépenser bêtement des sous à l'hôtel, il suffirait de faire adroitement savoir aux populations que nous voyageons avec un plombier pour que s'ouvrent devant notre petit groupe les portes des demeures les plus fermées et que nous fussions hébergés avec reconnaissance, draps de soie, cigares et petit déjeuner au lit.

Au moment où Jean-Paul attaque pour la quatrième fois (et en vain) le récit de son étape du Tour 1956, les quatre femmes, ayant mis le dîner en route. viennent nous rejoindre.

Il se produit alors un incident curieux.

Au moment où l'on présente Albina à Jean-Paul, celui-ci devient tout rouge, puis tout pâle, il garde la main d'Albina dans sa main droite, porte sa main gauche à son cœur comme s'il y décelait la menace imminente d'un infarctus et balbutie :

— Albina ? Albina ! vous êtes... vous n'êtes pas ? je... voyons... vous êtes Albina ?

— Oui ! dit Albina. Je suis Albina. Il y a une loi contre ?

Jean-Paul ne répond pas mais se conduit de façon inattendue. Lâchant la main d'Albina, il la prend par les épaules, lui pétrit les bras, la serre contre lui et embrasse ses cheveux.

— Ça va pas ? non ? dit Albina en se dégageant. C'est quoi, ce type-là ?

Il s'avère que cet olibrius est tombé amoureux d'Albina en lisant ses aventures dans *Albina et la bicyclette.* Passion purement intellectuelle puisqu'il s'imaginait qu'Albina n'était qu'une créature mythique issue de mon imagination.

— Le choc ! dit-il. Le choc que j'ai reçu en vous voyant là ! Je croyais, ajoute-t-il en se tournant vers moi, que vous l'aviez inventée.

— Albina, ça ne s'invente pas, dit Daniel. La réalité dépasse toujours la fiction, vous savez bien !

Jean-Paul, poliment, me complimente pour le bouquin et m'informe fièrement qu'il l'a prêté à « au moins vingt personnes », cédant ainsi à l'illusion pernicieuse et répandue qu'un auteur est enchanté d'apprendre que vingt personnes, au moins, n'achèteront pas son livre.

Puis il s'assied en face d'Albina, la couve des yeux et lui fait des sourires en émettant des bruits étranges avec sa gorge.

— Qu'est-ce que tu veux ? dit Guillaume.

— Épouser Albina.

— Non ! je veux dire : à boire ?

— N'importe quoi. Albina voulez-vous m'épouser ?

— No ! dit Albina.

Il semble que la conversation soit arrivée à une impasse.

— Mais, et Mireille ? dit Solange qui en femme mariée voit tout de suite la faille dans cet intéressant programme.

— Je divorce ! dit Jean-Paul. Si Albina m'épouse, je divorce. Il y a des nouvelles lois formidables maintenant ! Je divorce et j'épouse Albina.

Pascal hilare fait son entrée et nous annonce que le lavabo n'est plus bouché, qu'il a changé deux joints de robinet et que...

— Pascal chéri, dit Albina, viens qu'on te présente.

— Eh ? dit Pascal qui, dans son effarement, saisit néanmoins, à l'énorme clin d'œil que lui fait Albina, qu'on attend de lui qu'il prenne l'air naturel.

— J'ai fermé tous les robinets et...

— Pascal, je te présente Jean-Paul. Jean-Paul je vous présente mon mari.

Pascal, l'œil vitreux, serre la main de Jean-Paul en lui expliquant qu'il vient de fermer tous les robinets et qu'il va descendre à la cave voir si le compteur à eau tourne.

— Pour quoi faire ? dit Jean-Paul en secouant longuement la main de Pascal.

— Parce que s'il tourne, dit Pascal, c'est qu'il y a une fuite quelque part.

— C'est intéressant, dit Jean-Paul.

— Très, dit Pascal en dégageant sa main.

— Vous voulez divorcer ? dit Jean-Paul.

— Qui ?

— Vous.

— Moi ?

— Oui, vous ! voulez-vous divorcer d'avec Albina ?

— Pour quoi faire ?

— Pour que je puisse l'épouser.

— Mais qui c'est, ce monsieur ? dit Pascal en se tournant vers nous qui écoutons, ravis, ce dialogue impérissable.

— C'est un monsieur qui est marié avec une dame qui s'appelle Mireille, dit Albina, et qui veut me épouser et moi je ne veux pas parce que d'abord je ne veux pas et que je suis mariée avec toi, mon chéri !

— Ben voyons ! dit Pascal complètement hébété. Il ajoute « s'cusez-moi » et quitte la pièce à reculons sans quitter Jean-Paul des yeux pour le cas improbable où il se mettrait à tirer des coups de revolver dans la suspension.

— Quand est-ce qu'on mange ? dit Martin.

Avant de passer à table on appelle Pascal qui est à la cave plongé dans la contemplation du compteur d'eau, puis chacun s'assied pendant qu'il se lave les mains. Il nous rejoint, soucieux, en annonçant à Guillaume que son compteur tourne et qu'il doit avoir une fuite quelque part. À quoi Guillaume le prie de dîner tranquillement sans plus se faire de souci pour l'installation.

— Vous avez déjà été mille fois aimable, dit Guillaume, je ne sais comment vous remercier.

— De rien de rien, dit Pascal, c'est avec plaisir.

— Qu'est-ce que je pourrais faire pour vous ? dit Guillaume.

— Mon chéri, dit Albina, tu as un dent à arracher, tu devrais en profiter.

Quelque chose dans l'attitude de Pascal me ferait supposer qu'il n'apprécie pas, mais pas du tout, l'humour américain. C'est un garçon sans fantaisie.

— Jean-Paul ! dit Albina à son soupirant qui a écrasé les pieds de tout le monde pour être assis à côté d'elle. Jean-Paul, le genou qu'il est à droite de votre genou droite c'est le mien. Votre genou gauche, si c'est lui que vous cherchez, il est à gauche de votre genou droite.

— Voilà le dîner, dit Solange qui apporte les plats avec l'aide de Zuzu. Albina s'est chargée des hors-d'œuvre, moi de l'entrée, Gudule du rôti et Zuzu du dessert.

— Qu'est-ce que c'est que ce truc qu'il y a dans les sardines à l'huile ? demande Martin dont l'assiette est pleine avant que nous n'ayons eu une chance de nous servir.

— C'est du confiture de groseilles, dit Albina. Pourquoi ?

— Vous... vous mettez de la confiture de groseilles dans les sardines à l'huile ?

— No ! le contraire. Il faut mettre les sardines *dans* le confiture. Sinon ça n'a pas la même goût.

— Je crois, dit Pascal, je crois qu'il y a du miel dans le céleri rémoulade.

— Il y a, dit Albina. Je n'ai pas trouvé du sirop d'érable dans la placard.

Nous nous plongeons dans la dégustation méditative des hors-d'œuvre à la mode de l'Alabama. J'ai l'impression que le saucisson a été délicatement aspergé de crème de menthe mais comme personne n'en fait la remarque je me tais ne voulant pas avoir l'air de dénigrer les talents culinaires de mon amie. Je remarque cependant que, depuis qu'il a attaqué les sardines à la groseille, Jean-Paul s'est abstenu de redemander la main d'Albina.

Au moment où nous attaquons l'entrée, Gudule demande d'un ton froid à Jean-Paul s'il a bien compris tout ce qu'Albina lui a dit au sujet de son genou droit. Parce que, ajoute-t-elle, c'est valable aussi pour votre genou gauche.

Jean-Paul rougit un peu.

— À propos de genoux, dit-il, en 1956 j'ai suivi une étape du Tour en automobile, c'était...

— Pourquoi, à propos de genoux ? dit Zuzu.

— Faites pas attention, dit Guillaume, tous les prétextes lui sont bons pour...

— Rouen-Caen ! l'étape Rouen-Caen. C'était...

— C'est la chasse ! dit Pascal en se levant. C'est une chasse qui fuit. J'ai entendu le bruit tout à l'heure mais je ne m'en souvenais plus. Voilà ce qui fait tourner le compteur, c'est la chasse !

Il se lève, ravi, et retourne à ses travaux favoris.

— Bon ! dit Jean-Paul. Je vous disais donc...

— Y a plus de purée ? dit Martin. J'aurais bien repris un peu de purée.

— Rouen-Caen ! dit Jean-Paul, gagnée par Hassenforder.

— Hassenforder ? dit Albina. Pas John David Hassenforder qui tient un drugstore à Tuscaloosa ?

— Où c'est ça, Tuscaloosa ?

— Dans le Alabama.

— Ça ne doit pas être le même, dit Jean-Paul. Où en étais-je ? ah oui ! Hassenforder...

— Non, dit Albina. Il ne fait pas de veylow.

— Oh ! mais si ! dit Jean-Paul.

— Oh ! mais no ! dit Albina. Il a quatre-vingt-trois ans.

— Qui ? dit Jean-Paul.

— Hassenforder, dit Albina.

— Si on parlait d'autre chose ? dit Guillaume.

— Du dessert, par exemple, dit Martin.

Avec le dessert arrive une dame brune et bien en chair qui se révèle être l'épouse de Jean-Paul et annonce qu'elle a quitté les « Dossiers de l'écran » après le film parce que les participants au débat étaient pour la plupart des étrangers avec un fil dans l'oreille, ce qui rend les dialogues extrêmement ennuyeux.

Albina demande pourquoi les étrangers ont un fil dans l'oreille et comme, au même instant, Martin redemande de la tarte aux pommes et que Pascal revient en annonçant que c'était bien la chasse qui fuyait, la conversation, qui jusque-là avait été d'une grande clarté, devient un peu confuse.

Guillaume présente Mireille à tous nos amis et celle-ci s'esclaffe en entendant le prénom d'Albina.

— C'est rigolo ! dit-elle. Mon mari est toqué d'une héroïne de roman qui s'appelle comme vous.

— C'est elle, dit Solange. Il veut même l'épouser.

— C'est-à-dire... dit Jean-Paul.

— Ça ne m'étonne pas, dit Mireille, en riant. Il m'a fait le coup avec Caroline Chérie, Ambre, Scarlett O'Hara et la Marquise des Anges. C'est une marotte chez lui. Donnez-lui un bouquin, il tombe amoureux de l'héroïne.

— Je vais te prêter *Histoire d'O,* dit Guillaume.

—Ah ! mon pauvre chéri, dit Mireille, tu seras toujours un enfant ! Heureusement que j'ai bon caractère. J'espère qu'il ne vous a pas ennuyée ?

— Pas du tout, dit Albina. J'ai pensé il était un peu fou.

— C'est un rêveur, dit Mireille.

— On a le droit de rêver, non ? dit Jean-Paul.

Mireille dit que oui mais ajoute que, tout de même, ce qui l'inquiète un peu cette fois c'est que cette héroïne-ci est bien vivante.

— Elle est même mariée ! dit Jean-Paul. Alors tu vois !

— No ! dit Albina, j'étais mariée tout à l'heure mais maintenant je ne suis plus.

Puis comme Mireille semble étonnée elle explique.

— J'ai dit j'étais mariée pour qu'il cesse de vouloir marier moi mais maintenant ce n'est plus la peine. Il faut que je préviens le plombier.

— Le plombier ? dit Mireille qui commence à perdre pied, quel plombier ?

— Il est dans le cave, il fuit à la chasse ou quelque chose comme ça, dit Albina. Dès qu'il remonte je lui dis que je ne suis plus son femme, sinon il va se faire des idées.

— Dommage que vous ne puissiez pas épouser mon mari, dit Mireille rêveusement, vous auriez eu des conversations originales, tous les deux.

Elle soupire et dit :

— Moi, c'est Kirk Douglas.

— Pardon ? dit Albina.

— Je dis : moi, c'est Kirk Douglas, Marlon Brando et Robert Mitchum. Vous qui êtes américaine, il est marié Kirk Douglas ?

— Je crois, oui, dit Albina.

— Dommage, dit Mireille, dommage ! je l'aurais bien épousé.

Ce couple insolite ayant pris congé sans que Jean-Paul ait eu la moindre chance de raconter l'étape Rouen-Caen gagnée par Hassenforder en 1956, Guillaume me prend à part et me demande avec une nuance d'envie dans la voix si, tous les soirs, nos conversations ont ce tour éminemment décousu. Je lui dis que je ne vois pas ce que notre conversation a eu de décousu, mais il ne semble pas convaincu. C'est un homme qui aurait intérêt à faire de la bicyclette.

Zuzu et Daniel sont montés se coucher. Martin fourgonne dans la cuisine à la recherche de gâteaux secs. Pascal qui a enfin vaincu toutes les tuyauteries de la maison, est affalé dans un fauteuil, arborant un air morose que nous ne lui avons jamais vu.

— Vous m'en voulez ? dit Albina.

— Non ! dit Pascal, non. J'ai tout de suite vu que c'était une blague qu'on faisait au type mais...

— Mais quoi ?

— Ben ! je ne sais pas. De vous avoir entendu m'appeler « Pascal chéri », ça m'a fait un truc !

— Quel truc ! dit Albina.

— Je ne sais pas. Un truc là.

Il porte la main à son cœur, soupire, se lève, s'éclaircit la gorge et dit :

— Albina ?

— Oui ? dit Albina sans méfiance.

— Albina ! voulez-vous m'épouser ?

Troisième journée

Pendant le petit déjeuner, que nous prenons chez Guillaume, deux personnages ne participent pas à la conversation générale. Martin, parce qu'on ne parle pas la bouche pleine, ce qui exclut toute intervention de sa part pendant les repas, et Pascal qui boude.

Après qu'hier soir il a demandé à Albina de l'épouser, il n'a pas, dit-il, fermé l'œil de la nuit et promène ce matin au-dessus du beurre et du pain grillé l'air éploré, défait et douloureux de qui cherche un coin tranquille pour se pendre après avoir absorbé des barbituriques. Il faut dire qu'à sa demande en mariage inopinée, Albina a répondu en se toquant le front de l'index replié et en disant de son ton le moins amène : « ça va pas, non ? », ce qui n'est pas une réponse propice à mettre la joie au cœur d'un soupirant, même fraîchement conquis.

En outre, dans son exaltation de la veille, Pascal avait momentanément oublié l'existence de Marie-Laure. La nuit lui a remis ce détail en mémoire, ce qui n'a pas peu contribué à son insomnie. Dire à Albina qu'il n'épouserait pas Marie-Laure est une chose, expliquer à Marie-Laure qu'il compte épouser Albina en est une autre. Les femmes, dans ce domaine, sont d'une inconséquence rare et si elles trouvent généralement normal qu'un homme les préfère à une autre, elles n'envisagent la situation inverse qu'en faisant des embarras considérables dont la mauvaise foi est le ressort principal.

Dans la nuit, son excitation tombée, Pascal a décidé qu'il n'épouserait pas Albina. Non que cette perspective lui soit, tout à coup, devenue déplaisante, mais en homme lucide et plein de bon sens il est arrivé à la conclusion qu'il lui serait sans doute plus facile de faire aimer le vélo à Marie-Laure que de se faire aimer d'Albina.

Ce qui ne l'empêche pas de bouder parce que, même après une nuit de méditation, il se voit mal faire des risettes à une dame qui s'est toqué le front de l'index replié, en réponse à une demande en mariage. On a sa dignité.

Le problème des femmes de cycliste n'est pas simple. Leur vie non plus d'ailleurs et l'organisation de leurs vacances encore moins. Être pourvu d'un époux cycliste quand on n'est pas soi-même sous l'emprise de la drogue demande une maîtrise de soi, une abnégation et une patience qui ne sont pas loin de confiner à la sainteté. La canonisation systématique des femmes de cycliste me paraîtrait une chose tout à fait naturelle. Celles qui laissent leur mari faire du vélo tout son soûl, bien entendu. Les autres échappent à mon propos pour la raison simple qu'elles ne restent pas longtemps femmes de cycliste, que leur époux choisisse de divorcer d'avec elles ou d'avec sa bicyclette.

Hormis ces admirables personnes qui consentent d'un cœur égal à trouver des accessoires de bicyclette dans tous leurs placards et du cambouis sur tous les vêtements, à ne recevoir d'amis que pour écouter les récits cent mille fois ressassés de randonnées dantesques, à rester seules tous les samedis, et souvent les dimanches, sans oublier l'Ascension, la Pentecôte et Pâques, et à recevoir dans leur lit, au retour de sorties un peu rudes, des guerriers aspirant au repos et à rien d'autre qu'au repos, hormis ces admirables personnes, dis-je, les autres épouses ou espérant le devenir sont cyclistes elles-mêmes ou ne sont pas.

Il ne faut pas en déduire que la vie de l'épouse randonneuse soit un tapis de roses sur lequel elle avancerait mollement, poussée par des zéphyrs parfumés, au son des harpes célestes. L'épouse pratiquante, bien au contraire, outre qu'elle subit comme l'autre, à la maison, les différents inconvénients cités plus haut, doit pérégriner sous l'œil vigilant de son conjoint qui entend qu'elle lui fasse honneur, veille à sa position en selle, à son allure en plat, à son rythme en montée, à sa prudence en descente et insiste sur son égalité d'humeur tout le reste du temps, toujours prêt cependant à faire un cas de divorce d'une erreur de braquet.

Tout à ces méditations sociologiques, je m'aperçois que j'ai laissé filer devant mes trois compagnons et que je navigue présentement en compagnie de Zuzu, Gudule et Albina qui se demandent quelles profondes pensées rident mon front d'ordinaire plus serein.

— Vous pensez à quoi ? dit Zuzu.

— Il pense à ses impôts, dit Albina. Mon père il a tout à fait ce tête-là quand il pense à ses impôts.

— Je pense au mariage entre cyclistes, dis-je.

— Encore un qui veut me épouser ! dit Albina. Je vais me faire faire une maillot avec « je ne épouse pas » brodé dessus.

J'assure Albina que j'éprouve d'autant moins le besoin de l'épouser que je suis déjà nanti d'une des saintes femmes citées plus haut, puis, comme la conversation s'engage sur le sujet du conjungo, je m'aperçois que je n'ai jamais raconté à Zuzu et Gudule l'histoire édifiante de mon ami Philémon, qui tombe pourtant ici « comme un pic » ainsi que dirait Albina.

Mon ami Philémon n'en parlait à personne, mais il en avait un peu assez d'aller seul sur les routes, seul en compagnie de camarades de son sexe qui, pour sympathiques qu'ils fussent, ne comblaient pas le vide que Philémon ressentait dans son âme, particulièrement le soir à l'étape.

Les dîners à l'auberge, parmi ses compagnons dont beaucoup étaient accompagnés de leurs épouses, lui étaient un supplice. Il enviait ces heureux randonneurs qui arrivaient à laisser leurs tracas à la maison tout en emmenant leur femme avec eux, ce qui est moins incompatible qu'il ne le pourrait paraître à des esprits chagrins.

Chagrin, Philémon le devenait. Quand, après le dîner, chacun montait dans sa chambre et qu'il se glissait tout seul et dans ses draps froids de célibataire, il soupirait d'abondance avant de s'endormir d'un sommeil agité, au bruit des conversations conjugales qui faisaient comme un bourdonnement familier de l'autre côté de la cloison.

Jadis, il avait été fiancé avec une esthéticienne qui lui parlait crèmes, onguents et fonds de teint tandis qu'il lui répondait braquets, pignons et courroies de cale-pieds. C'est peu de dire que leurs échanges spirituels se limitaient à rien. Elle le trouvait beau, il la trouvait jolie et ils eussent pu se supporter mutuellement à condition de ne jamais ouvrir la bouche, ce qui n'est pas fait pour favoriser les choses de l'amour. Bref, lassée par trop de dérailleurs et d'écrous de valves, elle l'avait quitté pour un représentant en moutarde aromatique avec lequel elle avait de passionnantes conversations à base de tubes et de petits pots.

De ce jour, Philémon avait compris qu'il devait, à l'avenir, choisir entre l'amour et la bicyclette, ce qui, la nature de l'homme et celle du cycliste étant ce qu'elles sont, était proprement impossible. Il lui fallait donc trouver une femme amoureuse de la bicyclette et, accessoirement, de lui-même.

Un jour, au cours d'une concentration, il avait timidement fait un brin de cour à une ravissante personne qui chevauchait un vélo tout chromé, et dont le buste était moulé dans un maillot de laine proclamant qu'elle était membre du « Club cycliste et randonneur de Frétigny-les-Ponts ». La longueur de l'inscription lui permit de détailler tout à loisir l'agréable poitrine qui lui servait de support. « Club Cy » se trouvait à gauche du sein droit, « cliste et

Ran » allaient d'une pointe de sein à l'autre et « donneur de » s'allait nicher sous l'aisselle gauche. Pour lire « Frétigny-les-Ponts » il fallait se mettre à genoux et lever le nez pour regarder sous le surplomb.

Il fut interrompu dans cette intéressante occupation par une voix peu amène, venant de quelque part derrière lui et lui demandant « s'il n'avait pas bientôt fini ? ». S'étant retourné puis relevé, il se trouva nez à nez ou plutôt nez à nombril avec un gigantesque gaillard, dont son intelligence subtile lui fit subodorer aussitôt qu'il devait être quelque chose comme le fiancé de la ravissante en question. Comme, de surcroît, *Club cycliste et randonneur de Frétigny-les-Ponts* se lisait clairement sur le maillot du trouble-fête, d'une épaule à l'autre, sans même que le brodeur eût entrevu la nécessité d'aller à la ligne, Philémon s'abstint de toute espèce de discussion.

À la suite de cette déconvenue, il observa que les jeunes filles ne viennent jamais seules dans ce genre de manifestation et que, quand elles ne sont pas déjà pourvues d'un fiancé ou d'un amant, elles sont couvées comme des perles rares par les membres de leur club, jaloux comme des frères corses et soupçonneux comme des cousins siciliens.

J'avais connu Philémon et son problème, à la suite d'une lettre fort courtoise qu'il m'avait écrite pour me demander de lui adresser la liste des rallies et concentrations auxquels Albina se proposait d'assister cette année-là. Il précisait qu'il avait quelque teinture d'anglais mais qu'il serait disposé à reprendre l'étude de cette langue, en travaillant plus spécialement l'accent américain si besoin était.

Je m'étais contenté de communiquer la lettre à Albina qui en avait profité pour me chercher querelle.

— Pourquoi le accent américain ? Si vous n'écriviez pas ces choses ridiculous sur moi, personne ne penserait une seule instante que je ne suis pas française !

Puis, rageuse, elle avait télégraphié à l'infortuné Philémon « je suis une mythe ! », ce qui avait beaucoup interloqué la demoiselle du téléphone.

Philémon, en désespoir de cause et bien que ce ne fût pas dans ses principes, avait également essayé de l'adultère. La première femme mariée à laquelle il avait fait des avances lui avait donné un grand coup de pompe sur la tête. Philémon s'était retrouvé avec une bosse et plus de pompe, la dame l'ayant prise pour remplacer la sienne qui était cabossée. Comme, de surcroît, il pleuvait et qu'il creva de l'arrière dans les minutes qui suivirent, il se sentit légitimement découragé et décida de pédaler désormais sur le sentier étroit de la vertu.

En conséquence de quoi, il fit passer une petite annonce dans différents journaux.

« M. 40 a. b s tous rapp. cherche vue mar. j. f. 30-35 a. aimant rand. cycl. Écrire en env. photo et gamme de braquets. »

Il reçut quelques réponses dont une d'un professeur de piano induite en erreur, sans doute, par le mot « gamme » et qui précisait honnêtement qu'elle n'avait plus trente-cinq ans mais qu'elle les paraissait. Elle joignait à sa lettre une photographie où elle souriait si allègrement que pendant une minute Philémon se demanda si, par inadvertance, elle ne lui avait pas envoyé une photo de son piano. Comme, en outre, le cliché indiquait qu'elle paraissait effectivement trente-cinq ans, mais aussi qu'elle était accoudée à une Juvaquatre toute neuve, Philémon ne donna pas suite.

Une autre lui écrivit qu'il était vraisemblablement l'homme de sa vie car elle avait toujours rêvé d'accomplir d'interminables randonnées cyclistes. Elle possédait, disait-elle, un ravissant mini-vélo pliant jaune et bleu avec lequel elle faisait chaque dimanche deux fois le tour de l'hippodrome de Longchamp. Elle terminait en disant « qu'est-ce qu'une gamme de braquets ? ». Philémon frissonna et, jetant la lettre dans sa corbeille à papiers, il se coucha avec deux aspirines, car la seule allusion à un mini-vélo pliant lui donnait des courbatures. La seule lettre qui retînt sérieusement son attention fut celle d'une fort jolie personne qui parlait de cyclisme avec suffisamment de pertinence pour que Philémon pût espérer avoir enfin trouvé à qui parler. Il lui donna rendez-vous dans un café de la place des Ternes.

Cette fois, la photo n'avait pas menti et la demoiselle, assise à côté d'une grosse serviette de cuir, était aussi ravissante que promis. Philémon se présenta, s'assit en face d'elle et sombra immédiatement dans une stupéfaction abyssale.

En effet, bien loin de poser des questions stupides sur les us et coutumes de la randonnée, son interlocutrice se mit à discourir sur le sujet avec une connaissance parfaite des moindres subtilités de cette discipline qui en comporte pourtant beaucoup. Tout ! elle savait tout ! Elle parla technique, tubes, selles, développements, pneus, freins et rayons. Elle lui énuméra les différents brevets randonneurs avec les heures d'ouverture et de fermeture des contrôles. Elle lui décrivit le V.O. qui serpente de Pougny-la-Glaise à Marchemalaud en précisant qu'il comportait, en son milieu, un raidillon à 15 % du sommet duquel on pouvait contempler les ruines d'un château du XIIe. Elle termina en lui citant l'adresse complète avec numéros de téléphone et de C.C.P. de la Fédération française de cyclotourisme. Elle précisa, enfin, qu'elle s'appelait Sonia.

Philémon dut se retenir à la table pour ne pas la prendre sous son bras et l'emporter en courant jusqu'à la mairie du 17e afin de l'épouser avant qu'un autre ne la lui vole.

Comme il était resté la bouche ouverte un assez long moment, il sentit la nécessité de dire quelque chose d'intelligent, pour ne pas être en reste avec ce puits de culture.

— Eh ben ! dit-il.

— Je vous étonne ! dit Sonia.

— Plutôt, oui ! Il y a combien de temps que vous faites du vélo ?

Sonia écarta leurs verres, prit ses mains dans les siennes, le regarda dans les yeux et dit :

— Écoutez-moi bien. Je n'ai *jamais* fait de vélo. Tout ce que je vous ai dit là, je l'ignorais il y a huit jours. J'ai tout appris dans l'*Encyclopédie de l'Homme dans le vent,* en 23 volumes reliés en polyvertex !

Philémon fut légèrement déçu, mais comme les mains de Sonia étaient tièdes et douces il considéra qu'après tout, elle avait déjà consenti un gros effort pour lui faire la conversation.

— Sonia, dit-il, voulez-vous m'épouser ?

— Non, dit Sonia. Je veux vous vendre une *Encyclopédie de l'Homme dans le vent* en 23 volumes reliés en polyvertex.

Elle ouvrit sa grosse serviette de cuir et en tira un volume de l'*Encyclopédie,* ainsi que plusieurs documents qu'elle étala sur la table. Elle décapuchonna son stylo.

— Voyez-vous, dit-elle, notre *Encyclopédie* est si bien faite que vous apprenez tout sur n'importe quel sujet après deux ou trois simples lectures. Moi, mon truc, c'est les annonces matrimoniales : Un électronicien cherche l'âme sœur ? hop ! J'apprends tout sur l'électronique. Un numismate veut se marier ? Je sais tout sur les monnaies anciennes. Un volcanologue aspire à se mettre en ménage ? Les cratères n'ont plus de secret pour moi. J'arrive, j'éblouis, je vends.

— Pas à moi ! dit Philémon dont le front s'était rembruni. Pas à moi !

— Comment ça, pas à vous ? Vous n'êtes pas fasciné par l'efficacité de notre *Encyclopédie* ? Vous ne voulez pas tout savoir sur tout ? Vous ne voulez pas orner votre petit intérieur de reliures chatoyantes en polyvertex et étonner vos amis pour 4 600 francs au comptant ou un premier versement de 1 200 francs et le reste en dix-huit mois ?

— Non ! dit Philémon. J'ai horreur du polyvertex et je ne veux rien savoir sur rien. Voulez-vous, oui ou non, m'épouser et faire du vélo avec moi ?

— Signez là, et là, dit Sonia. Domiciliation bancaire ? adresse de l'employeur ? cochez les cases blanches et écrivez en capitales d'imprimerie.

— Vous avez entendu parler de la rage ? demanda Philémon.

— Quelle rage ?

— La rage. Pasteur, les chiens qui bavent, ouah ! ouah ! grrr ! la rage, quoi !

— Ah ! la rage ! Bien sûr que j'en ai entendu parler. Vous avez la rage ?

— Non. Pas moi. Vous.

— Moi ? je le saurais. Est-ce que je bave ? non. Alors !

Philémon commanda deux autres verres et expliqua à Sonia que, de même que pour la rage, contre laquelle il n'y a guère de remède quand elle est déclarée, elle avait pris un risque considérable en ingurgitant toute cette littérature cycliste.

— Vous êtes déjà enragée, conclut-il, vous êtes enragée et vous ne le savez pas. Vous ne vous sentez pas comme des démangeaisons dans les jambes ? C'est le premier symptôme. On n'en bave qu'après.

Sonia haussa les épaules, le pria d'être sérieux et de ne pas détourner la conversation. Elle lui demanda s'il voulait acheter son *Encyclopédie* au comptant ou à tempérament et s'il voulait bien lui donner trente adresses de cyclistes susceptibles d'être intéressés par la chose, auquel cas l'éditeur lui consentirait une ristourne de 0,002 % sur le dernier volume de la collection.

— Écoutez, dit Philémon. Je vous propose quelque chose : Vous venez faire un tour de vélo avec moi dimanche, et au retour je vous achète vos sacrés bouquins au comptant.

— Un tour à vélo ? dit Sonia méfiante, où ça un tour à vélo ?

— La vallée de Chevreuse, ça vous va ?

— Ça me va, dit Sonia après une brève réflexion. Une vallée, par définition, c'est tout plat.

— Tout plat ! assura Philémon. Je peux même vous dire un truc : ça descend tout le temps !

Le dimanche suivant, ils se retrouvèrent dans la vallée de Chevreuse. Philémon avait apporté l'une de ses bicyclettes qu'il régla à la taille de Sonia avec des minuties d'orfèvre. Il la fit promener toute la journée avec beaucoup de précautions et de modération, ce qui n'empêcha pas que, le soir, elle eut tout de même des inquiétudes du côté des cuisses et du séant.

— Mais ça ne fait rien, dit-elle extasiée. C'était for-mi-da-ble. Quand est-ce qu'on recommence ?

— Dimanche prochain, dit Philémon qui, beau joueur, ajouta : et maintenant, vendez-moi votre *Encyclopédie.*

Sonia le regarda, rêveuse.

— Quelle *Encyclopédie* ? dit-elle.

Ils se marièrent un mois plus tard, furent heureux et eurent beaucoup de kilomètres.

— Belle histoire ! dit Gudule.

— Bien beau ! dit Albina. Mais c'est sûrement pas vrai. J'ai jamais télégraphié à personne que je suis un mite. Est-ce que j'ai l'air d'un mite ? Je ne sais même pas qu'est-ce que c'est qu'un mite ! Il ment comme il transpire. Tu le connais pas ! Des histoires pour te faire aller à veylow, il peut t'en inventer longue comme d'ici à le jugement dernier.

Puis elle change de vitesse car la fin de la côte se fait soudain plus renfrognée.

— Regarde, avec ses histoires, ce qu'il fait de moi ! dit-elle en souriant.

— Regarde ce que toi tu as fait de moi, dit Gudule en se mettant en danseuse. Et toi, tu ne racontes même pas de belles histoires.

— Moi, dit Albina, je garde ma souffle pour survivre.

La côte franchie nous nous trouvons dans la forêt de la Guerche et je propose que nous rattrapions nos amis avant Pouancé où ils ne vont pas manquer de prendre la mauvaise route, comme chaque fois qu'il s'en présente plus d'une à la fois.

Non qu'ils ne sachent lire une carte ou qu'ils n'aient pas le sens de l'orientation. Mais les cyclistes (quand ils ne courent pas, comme nous le faisions présentement, après des congénères ayant pris de l'avance) bavardent volontiers, ce qui les conduit à tourner à gauche ou à droite sans y voir malice, persuadés qu'ils sont que le premier d'entre eux à avoir amorcé le virage sait où il va. L'amorceur de virage étant, par ailleurs, persuadé qu'il a pris d'instinct la bonne direction puisque ses camarades le suivent sans protester. Pour peu que la conversation roule, à ce moment-là, sur un sujet aussi passionnant, par exemple, que les mérites comparés des pneus industriels et des enveloppes façon-main, il n'est pas rare que des équipes entières parties pour Collioure se retrouvent à Dunkerque, fort étonnées que le fond de l'air soit si frais pour la saison.

Il ne m'est jamais arrivé d'aller jusqu'à ces extrémités mais je me souviens d'un cas de perdition en montagne où nous n'avons dû qu'à l'organisation de Philibert de ne pas figurer au martyrologe du cyclisme.

Philibert est un charmant garçon dont l'innocente manie est de ne partir en randonnée que muni de suffisamment d'appareils de précision pour conduire à bon port une capsule Apollo. Nous considérons cette marotte avec amusement, sans plus, ne voyant aucun inconvénient à ce qu'il trimbale un kilo d'appareils divers tant qu'il ne nous demande pas de les porter pour lui.

Un beau jour, la route alpestre sur laquelle nous avancions nous parut tout à coup suspecte et, après que nous eûmes stoppé, une vive discussion s'engagea. Albina prétendait que nous aurions dû tourner à droite, Jérémie à gauche et Mathias soutenait que nous n'aurions pas dû tourner du tout. Responsable de l'itinéraire, de la route et de l'erreur de direction, je ne disais rien et essayais de me faire oublier en consultant la carte dans l'espoir improbable d'y découvrir une étourderie de M. Michelin, sur qui j'eusse pu rejeter la responsabilité de notre errance.

La route était sans borne, sans panneau, sans le moindre signe distinctif. Carte en main, je soutenais que c'était la D. 37, Mathias la D. 62 et Jérémie la D. 84, Albina penchait pour la N. 132 mais l'herbe qui perçait le goudron délabré que nous foulions ôtait toute vraisemblance à sa conclusion.

Ce fut alors que Philibert sortit le grand jeu. Il consulta ses divers cadrans, marmonna des « bien sûr ! » et des « évidemment » et délivra son diagnostic :

Nous étions sur un V. 0 qu'il nous indiqua sur la carte, petit vermicelle blanc où nous n'aurions jamais dû mettre les roues et qui allait dans une direction qui n'était pas la nôtre.

— Vous êtes sûr ? dit Albina. J'aimerais mieux qu'on est sur la nationale.

— Ce que vous aimez mieux ou pas, dit Philibert, ne résout rien. Le point d'altitude sur la carte indique 948 m et c'est aussi ce que marque mon altimètre, cette route va Nord-Nord-Est et c'est ce qu'indique ma boussole. Nous avons roulé une heure et demie à environ quinze à l'heure, soit 22 kilomètres, ce que confirme mon curvimètre. Notre vraie route est là-bas, en contrebas, vous pouvez la voir dans mes jumelles. Il nous faut retourner sur nos pas jusqu'à cet embranchement ce que nous ferons sans trop de peine grâce à un vent arrière d'environ 10 kilomètres heure, ainsi que l'indique mon anémomètre. En outre, ajouta-t-il, nous ferions bien de nous dépêcher car bien que mon thermomètre indique 30°, mon baromètre descend rapidement et il se pourrait bien que nous ayons de l'orage.

Ayant dit, il remballa son fourniment, enfourcha sa bicyclette et partit en avant.

— Ce type ! dit Jérémie médusé. Ce type ! Vous allez voir qu'un de ces jours il va se balader avec son sextant en bandoulière !

— Soyez pas grossier ! dit Albina.

Avant que nous ayons rejoint l'embranchement, il se mit brutalement à pleuvoir et Philibert fut instantanément trempé jusqu'à l'os car il ne mettait jamais sa pèlerine qu'après avoir consulté son hygromètre, intéressant appareil qu'il avait précisément oublié ce jour-là.

Nous rattrapons Daniel, Martin et Pascal à l'entrée de Pouancé où Martin annonce qu'il a un peu faim, déclaration que personne n'entend, ce qui nous permet de continuer notre route sans la perte de temps que constituent toujours les fringales à répétition de notre ami.

La succession de côtes qui séparent Pouancé de Saint-Julien-de-Veuvantes ouvre sans doute l'appétit d'Albina en même temps que ses oreilles, car c'est seulement à la hauteur de Juigné-des-Moutiers qu'elle s'écrie soudain :

— Martine, il a un peu faim !

— Il y a sept kilomètres que j'ai dit ça ! dit Martin dont l'estomac est plus précis qu'un compteur kilométrique.

— Oui, dit Albina, mais il y a sept kilomètres j'ai pas entendu.

— Vous allez plus vite que le son, dit Martin.

— Si Martine a faim, dit Pascal, Pascaline ne dirait pas non plus non a un sandwich.

— Une tarte aux fraises ! dit Daniel, moi je mangerais bien une tarte aux fraises !

J'oppose à ce dialogue une surdité de béton précontraint. L'étape d'aujourd'hui est longue et j'ai décidé que nous déjeunerions à Ancenis. Je sais bien qu'en ce moment les trois affamés me vouent, au fond de leur cœur, à un destin ignominieux mais il faut bien que quelqu'un coordonne un petit peu les activités du groupe, sauf à s'éparpiller dans le temps et l'espace et à transformer une randonnée organisée en un gymkhana hasardeux.

L'un des rôles principaux de l'infortuné responsable est de savoir décider, entre midi et une heure, le moment propice où il faut s'arrêter pour déjeuner. Ni trop tôt ni trop tard et, de préférence, dans un village pourvu d'un restaurant plutôt qu'en rase campagne.

Celui qui, imbu d'un esprit militaire et méthodique, arrêterait impérativement ses troupes à midi 29 pour déjeuner au milieu d'une steppe désertique et battue par les vents, sous le seul prétexte que l'heure c'est l'heure, qu'avant l'heure c'est pas l'heure et qu'après l'heure c'est plus l'heure, celui-là, dis-je, n'acquerrait pas une grande popularité et ne serait certes pas reconduit dans ses fonctions qui, pour honorifiques qu'elles soient, n'en sont pas moins soumises au consensus tacite des équipiers pointilleux.

À moins, bien entendu, que le repas de midi soit constitué de « vivres tirés du sac » ainsi qu'il est précisé dans les prospectus de certaines randonnées organisées, en des termes qui relèvent davantage du manuel du service en campagne que de l'activité touristico-sportive qui est la nôtre.

Notre petite troupe, d'ailleurs, n'est pas follement portée sur le pique-nique de midi. Cc genre de repas étant basé essentiellement sur le principe du veau froid et de la bière tiède n'enthousiasme pas mes amis qui, après quelques heures de selle et d'efforts, apprécient le confort d'une table et la délicatesse des mets, encore que ces deux éléments appartiennent souvent plus au domaine de l'imagination qu'à celui de la réalité.

Quelques kilomètres avant d'arriver dans une bourgade de moyenne importance, des panneaux placés sur le côté de la route informent les appétits aiguisés que l'Hôtel du Commerce offre ses spécialités régionales, l'Hôtel du Lion d'Or sa bonne cuisine bourgeoise et le Cheval Blanc ses repas gastronomiques.

En règle générale, il faut fuir le repas dit « gastronomique » comme le choléra ou la peste bubonique. Le repas dit « gastronomique » est, en fait, un menu pléthorique dont il faudra laisser la moitié et dont le prix peut être évalué en enlevant simplement la première lettre du qualificatif. Rien ne dit, en outre (et l'expérience prouve même souvent le contraire), que la qualité de la cuisine est à la hauteur de la prétention du chef.

Par inadvertance ou par nécessité, il m'est arrivé, en d'autres temps, d'entrer dans l'un de ces temples de la pseudo-bonne cuisine, en compagnie de cyclistes américains du club californien I.B.T.S.

L'Américain est un personnage singulier qui engloutit des omelettes au jambon, des saucisses ou du poisson frit aux petites heures du jour, grignote du chocolat toute la matinée et arrive sans le moindre appétit à l'heure sacro-sainte du déjeuner à la française.

Assis par mes soins à la table du restaurant gastronomique, il considère d'un air nauséeux le menu à soixante francs (vin et service non compris) et déclare, après l'avoir longuement consulté, qu'il va se contenter d'un potage et d'une salade, avec peut-être, une demi-bouteille d'eau minérale pour faire passer le tout.

Le restaurateur qui, trompé par nos accents d'outre-Atlantique, nous a donné sa meilleure table avec force sourires et ronds de jambes, persuadé qu'il tenait là la meilleure tablée de sa saison, le restaurateur n'en croit pas ses oreilles. Une commande de cinq potages et cinq salades, assortis de trois demi-Évian, lui est une insulte personnelle et, comme il a repéré en moi le compatriote responsable de cette invasion de barbares, il darde dans ma direction un regard aigu où l'amabilité commerciale le dispute au défi arrogant.

— Toi qui m'as amené ces brouteurs à l'heure de pointe où je vais devoir refuser du beau monde, dit le regard, ose un peu commander une soupe et une salade ! ose seulement, pour voir !

Je n'ose jamais. Je dois à la vérité de dire que je me dégonfle toujours lamentablement. En partie parce que le potage et la salade ne m'enthousiasment guère sur le coup de midi, en partie parce qu'en effet je me sens responsable du camouflet infligé à notre industrie nationale, je commande le menu gastronomique d'un ton qui feint d'être plus assuré d'en tirer mille joies que ne l'est mon estomac.

Ce qui fait que pendant une longue heure je dois ingurgiter les Hors-d'Œuvre Variés, le Ramequin à l'Ancienne, la Truite Belle Meunière, le Coq au Vin du Chef, les Haricots Verts au Beurre, la Salade Verte, le Plateau de Fromages, les Fruits de Saison et les Profiterolles au Chocolat, tandis que mes commensaux qui ont, depuis mon ramequin, terminé l'ingestion de leur soupe et de leur salade, pianotent impatiemment sur la nappe trouvant étrange (et un peu sans-gêne) que j'interrompe si longtemps leur promenade pour m'empiffrer indécemment.

Après quoi ils sont obligés de me hisser sur ma bicyclette (tandis que le patron claque la porte sur nos talons) et de me pousser dans les côtes car j'ai dû, en outre, pour apaiser l'hôtelier, boire une bouteille de beaujolais-villages, qui ne me réussit que médiocrement.

Je n'ai pas de ces soucis avec les Français. Une fois bien établi que nous ne commandons *jamais* le menu gastronomique, nous nous comportons d'une façon tout à fait normale, c'est-à-dire que nous nous asseyons en nous frottant les mains et consultons le programme avec toute la gravité et la circonspection que requiert cette opération, rendue délicate par l'imprécision calculée de la rédaction du menu.

— C'est hors-d'œuvre *et* charcuterie ou hors-d'œuvre *ou* charcuterie ?

— C'est quoi, dit Albina, le côte de bœuf 2 p.

— 2 personnes.

— Qui veut d'un côte de bœuf 2 p. avec moi ?

Personne n'est emballé par la côte de bœuf 2 p. sauf évidemment Martin qui se considère comme deux personnes dans ces circonstances délicates, et Albina se rabat sur le ris de veau.

— Avec beaucoup de riz, dit-elle.

— Il n'y a pas de riz dans le ris de veau, Albina.

— Il y a quoi ?

— Du ris de veau.

— C'est quoi le ris de veau ?

— Une glande du veau.

Albina est choquée que l'on puisse manger des glandes dissimulées frauduleusement sous le sain vocable de riz.

Les Français la surprendront toujours.

— Avez-vous une idée de ce que peut être la truite S 4 ? demande Gudule.

— C'est une glande de truite, dit Albina, sûrement !

La patronne appelée en consultation informe Gudule que S 4 veut dire « supplément 4 francs » ainsi d'ailleurs que S 3 pour les escargots et S 5 pour la caille sur canapé.

Elle précise en outre, à la requête d'Albina, que « Prix spéciaux pour V.I.P. » ne veut pas dire que l'on consent des remises aux Vélocipédistes infatigables et paisibles.

Ébarbé ainsi de toutes ses excroissances ésotériques, le menu « au choix » se ramène à un menu sans choix, constitué de hors-d'œuvre, d'une grillade purée de pommes et d'un triangle de camembert, ce qui suffit largement à notre bonheur.

« La grillade » est la bonne résolution du cycliste. Bonne résolution guère plus tenue que toutes les autres, en général.

— Moi, à midi, dit le cycliste soucieux de diététique, je me contente d'une grillade.

— Moi aussi, disent les autres en écho. Il ne faut pas se charger l'estomac.

— Crudités, grillade, salade ! Voilà mon menu pour tout à l'heure !

— Avec de l'eau, dit le chœur des équipiers ascétiques.

Nous tenions, un jour, ces propos emplis de sagesse, alors qu'avec Jean, Louis et Albina nous venions de grimper à Roussillon après avoir gravi le Lubéron par la route des Cèdres, ce qui nous avait mis en appétit. Nous regardâmes d'un air tout à fait vertueux les cartes et menus alléchants des hostelleries du lieu et optâmes pour une modeste gargote où nous pensions pouvoir plus aisément commander notre menu spartiate sans avoir à affronter le mépris d'un maître d'hôtel porté sur la gastronomie touristique et arnaqueuse.

La gargote était sans prétention et le patron en maillot de corps, ce qui nous fit bien augurer de la rusticité de notre repas.

À la question de savoir ce que ce serait pour ces messieurs-dames, les messieurs-dames exprimèrent le désir raisonnable d'avoir des crudités, trois grillades et une salade verte. Avec de l'eau.

— Des grillades ? dit le patron.

— Des grillades.

— Des stèques, quoi ?

— C'est ça, des steacks grillés.

— Aujourd'hui, le plat du jour, c'est « une » aïoli terrible, dites !

— Oui, mais nous voulons des steacks.

— Moi vous savez, c'est comme vous voulez. Vous voulez des stèques. Je vous fais des stèques — (il se tourne vers la cuisine et crie) Ho ! Micheline ! va m'acheter trois stèques !

— Ah ! parce que vous n'avez pas de steacks ?

— Non. Vous savez ici, c'est la spécialité de l'aïoli. C'est « une » aïoli que nulle part dans la région vous trouvez la même.

Suit une description lyrique de l'aïoli qui mobilise, paraît-il, les foules de Carpentras à Aix et d'Avignon à Apt. « Une » aïoli que c'est un péché du Bon Dieu de pas l'avoir goûtée une fois, « une » aïoli qui nous pend de plus en plus au nez, d'autant plus que Micheline revient en annonçant que la boucherie est fermée et que « pour les grillades, c'est tintin ». Comme aussi la salade, dont nous apprenons que la maison n'en tient pas en stock et n'en prépare que sur commande quand, d'aventure, un malade accompagne les mangeurs d'aïoli.

Nous essayons d'aiguiller la conversation sur du jambon, du veau, du poisson ou des pâtes mais il devient de plus en plus net que l'établissement est tout entier voué au culte de l'ail, ce que d'ailleurs l'odorat le moins subtil aurait deviné dès le seuil franchi.

Quand le restaurateur apprend que nous voyageons à bicyclette, il s'étonne douloureusement que nous ayons pu songer fût-ce un seul instant à nous nourrir de stèques et de salade verte. L'aïoli, nous affirme-t-il, est la nourriture du sportif. Surtout en cette saison chaude où la mouche est particulièrement attisante sur les routes.

Il retrouve son sourire en enregistrant notre capitulation sur le chapitre de l'aïoli, le reperd en nous entendant parler d'eau minérale et le regagne en nous convainquant que seul le rosé de Provence, « qui va avec tout », va particulièrement bien avec l'aïoli. Puis il nous quitte pour ses fourneaux non sans nous avoir servi, d'autorité, trois pastis pour « faire patienter l'appétit ».

— C'est quoi l'aïoli ? dit Albina en engloutissant son pastis.

— En majeure partie, c'est de l'ail.

— J'aime pas le ail, dit Albina.

— Vous le laisserez sur le bord de votre assiette, dit Jean dont je subodore qu'il n'a jamais dû voir un aïoli de sa vie.

Il faut faire longuement « patienter l'appétit » quand « une » aïoli est en gestation. Une autre tournée de pastis y pourvoit comme également toute une bouteille de rosé de Provence bien glacée amenée imprudemment (et intentionnellement) trop tôt sur la table.

L'aïoli en question est une sublime monstruosité composée de viandes, d'escargots, de pommes de terre et de jattes de sauce odoriférante, sans cesse renouvelées, dans lesquelles nous nous ébrouons comme des gorets en tenant des propos péremptoires et définitifs sur les vertus de l'ail et les qualités du rosé de Provence, sous l'œil attendri du patron qui renouvelle les plats et les bouteilles vides avec une grande régularité en affirmant que l'aïoli *« elle se mange pas à moitié »* et qu'on sait quand on doit s'arrêter quand on sent qu'on va en mourir *« pas complètement mais juste un petit peu avant »*.

Ainsi informés, nous nous arrêtons juste un petit peu avant, encore qu'il me paraisse qu'il est déjà bien tard.

Albina tient absolument, avant de prendre congé, à embrasser le patron ainsi qu'un monsieur qui est à côté de lui, ce que voyant, les autres consommateurs se lèvent et font la queue, mithridatisés qu'ils sont contre les émanations délétères.

Le quart d'heure suivant nous retrouve arrêtés en grande conversation sur la D. 2, le problème étant de savoir comment nous sommes arrivés là. Trois kilomètres plus haut, Roussillon grésille sous le soleil, dans le calme de l'heure de la sieste.

— On est pourtant bien descendus de là-haut ? dit Louis. Mais comment ?

Albina s'allonge dans l'herbe (ce qui déclenche l'exode général d'une colonie de fourmis à la narine délicate). Elle dit qu'elle ne sait pas, qu'elle ne veut pas le savoir et qu'on la réveille quand on aura trouvé.

— On a dû descendre par la route, dis-je, je ne vois pas d'autre moyen.

— On s'en souviendrait ! dit Jean. Une route toute en virages !

— On a dû couper à travers champs.

— Non, dit Jean. Quand on coupe à travers champs on ramène des barbelés et des poignées d'herbe sèche dans ses garde-boue. Je le sais, je suis rentré à vélo un jour après un banquet des anciens de Lakanal.

— Alors on a fait du stop, dit Louis.

— Ou on a sauté. La route fait comme un tremplin à un moment. On a dû prendre de l'élan et sauter jusqu'ici.

— C'est bien possible, ma roue est un peu voilée.

— En tout cas, on n'est pas descendus par la route. On s'en souviendrait.

De guerre lasse et laissant ce problème à jamais irrésolu nous réveillons Albina, qui grogne, et attaquons l'ascension du col de Murs, chacun essayant de ne pas être sous le vent de l'autre, ce qui est difficile dans un col. Notre silence méditatif est troublé seulement, vers mi-pente, par Albina qui déclare d'une voix mourante :

— Moi, ce soir, je mange juste une grillade !

— Avec une salade, dis-je.

— Et de l'eau, dit Jean.

— Pure, dit Louis.

L'une des innombrables vertus du cyclisme est de rendre à peu près inoffensives ces épisodiques goinfreries. Trente kilomètres de route ou l'ascension d'un petit col viennent facilement à bout des excès alimentaires.

L'histoire de l'aïoli et du rosé de Provence n'est pas, en soi, un exemple à imiter quotidiennement et nul doute que les diététiciens du sport ne l'aient lue (s'ils la lisent) d'un œil sévère et réprobateur. Mais la randonnée n'est pas la compétition et l'ascétisme n'est pas sa loi. S'il est vrai que le nom de Roussillon est, pour Albina, évocateur d'aïoli, la moindre odeur d'ail en revanche lui en remet en mémoire les carrières d'ocre et le paysage. Ceci compense cela.

— Le veylow, dit Albina, c'est la mémoire des sensations.

Formule audacieuse dont je lui laisse l'entière responsabilité.

Après avoir déjeuné à Ancenis, nous nous arrêtons à Bouzillé où Zuzu et Albina doivent faire contrôler leur carte du Maine-et-Loire. C'est l'occasion de boire un café supplémentaire car, par correction, nous consommons toujours chez les commerçants distributeurs de coups de tampons. Puis nous faisons, comme un seul homme, le détour de deux kilomètres pour aller voir la chapelle de la Bourgonnière (XIIIe) ainsi que le Christ habillé. Zuzu ne plaisante pas avec les choses de la culture et considère avec juste raison que si la F.F.C.T.[1] a mis un contrôle à cet endroit c'est pour que les randonneurs aillent admirer le Christ habillé (2 seulement en Europe !).

Quand, par hasard, l'endroit du contrôle ne comporte ni Christ, ni chapelle du XIIIe, ni château du XIIe, ni retable du XIVe, ni donjon, ni poterne, ni cathédrale, ni ruines, Zuzu parcourt toute la ville à bicyclette admirant les vieilles maisons, le nez en l'air et l'esprit ailleurs, ce qui

1. Fédération française de cyclotourisme, 8, rue Jean-Marie-Jégo, 75013 Paris, tél. : 01 44 16 88 88.

cause bien des angoisses aux autochtones qui ont la malencontreuse idée de traverser les rues à ce moment-là. Elle prend aussi force photographies et irait même jusqu'à visiter les éventuels musées si nous ne l'encadrions de nos six bicyclettes et ne l'emmenions de force malgré ses protestations. Les musées, en effet, choisissent toujours d'ouvrir leurs portes deux heures après notre passage et, si nous ne sommes pas des forcenés de la moyenne, nous n'en tenons pas moins à respecter un horaire déjà suffisamment souvent mis à mal par les incidents mécaniques, crevaisons, fringales martinesques et autres impondérables.

Albina a été déçue par le Christ habillé. Elle s'attendait à le voir en complet-veston, comme Billy Graham, et non en tunique, vêtement dont l'insolite, dit-elle, ne justifie pas le détour ! Mais la petite route que nous prenons ensuite lui rend sa bonne humeur.

— Martine ! dit-elle en démarrant sèchement, je vous fais la course !

Martin enclenche son plus grand plateau de pédalier et s'élance aux trousses d'Albina. Ces deux-là vont s'amuser un moment à se « tirer la bourre » puis s'arrêteront dans quelques kilomètres, haletants et heureux comme des enfants.

— Ils connaissent le chemin, au moins ? dit Zuzu.

— Ne t'en fais pas, dit Daniel. Martin n'ira pas jusqu'à ce soir sans manger un petit quelque chose. On va les retrouver au prochain bistrot.

De fait, nous les rattrapons bien avant Pouzauges ou nous nous arrêtons pour dormir et où Pascal, dès notre arrivée, téléphone à Marie-Laure pour lui donner de ses nouvelles et lui dire où nous sommes. Touchante attention qui va provoquer l'un de ces mini-drames qui font le sel de nos soirées paisibles.

En effet, après qu'on nous a indiqué nos chambres, Albina et Gudule décident, pour cause de douche, de permuter avec Martin et Pascal qui possèdent une baignoire.

Lorsque, quelques instants plus tard, Marie-Laure, s'étant souvenue de quelque chose qu'elle avait oublié de dire à Pascal, rappelle l'hôtel, celui-ci, ignorant tout de cet échange de chambres, transmet la communication à ce qu'il croit être la chambre de Pascal, au grand émoi de Marie-Laure qui ne s'attend pas à trouver une femme au bout du fil.

— Qui c'est ? dit-elle d'une voix étranglée.

— Et vous qui c'est ? dit Albina.

— Moi je suis Marie-Laure, la fiancée de Pascal.

— Ah bon ! dit Albina. Ici c'est Albina. Comment ça va ?

— Comment ça : comment ça va ? qu'est-ce que vous faites dans la chambre de Pascal ?

— Je ne suis pas dans la chambre de Pascal, dit Albina. Pascal il couche avec Martine.

— Avec MARTINE ? s'étrangle Marie-Laure, avec Martine ? qui c'est ça, Martine ?

— Une cycliste, dit Albina de sa voix la plus angélique sans se douter à quel point ses impropriétés grammaticales peuvent compliquer une situation pourtant toute simple.

— Passez-le-moi ! dit Marie-Laure d'un ton qui n'annonce rien de bon. J'ai deux mots à lui dire.

— Attendez, dit Albina, je vous repasse le bureau. Pour avoir Pascal et Martine, il faut demander la chambre de Gudule parce que Gudule elle n'aime pas la douche et elle voulait se baigner dans la baignoire de Pascal. Vous comprenez ?

Marie-Laure comprend qu'avec Martine dans son lit, une Gudule dans sa baignoire et une Albina à son téléphone, la randonnée à bicyclette de Pascal ne semble pas être exactement ce qu'il lui avait raconté. Elle le dit vertement à Albina qui se demande quelle mouche la pique et, voyant Pascal passer dans le couloir, le hèle et lui tend le récepteur dont l'ébonite commence à fumer.

Il faut un bon quart d'heure à Pascal pour rétablir la vérité des choses, au milieu d'un flot de vociférations qui l'obligent à tenir le récepteur à dix centimètres de son oreille, en profitant des rares moments où Marie-Laure reprend son souffle pour s'expliquer et lui jurer qu'il n'aime qu'elle, ce qu'elle ne semble pas tenir pour évident.

À la fin, ayant réussi à l'apaiser, il lui dit qu'il l'embrasse, fait des bruits de baisers dans le téléphone et raccroche en s'épongeant le front.

Il se laisse tomber sur le lit, pousse un long soupir et dit :

— Eh ben !

— Vous avez raccroché trop vite, dit Albina, vous avez pas vu que je vous faisais des signes ?

— Je n'ai rien vu, dit Pascal. Qu'est-ce que vous vouliez lui dire ?

— Je voulais lui raconter le soir où on a dit qu'on était mariés, dit Albina. Ça l'aurait amusée.

Quatrième journée

Ce matin, les couloirs de l'hôtel grincent un peu sous les piétinements feutrés, les portes sont maniées avec précaution, des bâillements retenus et des soupirs rythment la progression titubante de mes troupes mal réveillées vers la salle à manger.

Aimés des uns, haïs des autres, les départs ultra matinaux font partie de la vie du randonneur, encore heureux quand il peut choisir son jour et son heure pour affronter ces délices relatives. Mais il arrive qu'heure et jour lui soient imposés. C'est le cas, par exemple, une fois l'an dans les Brevets montagnards pour ne citer que ceux-là.

Une paisible ville de province envahie sur le coup de deux heures du matin par un bon millier de vers luisants, glissant sans bruit blancs devant et rouges derrière, est un spectacle propre à faire s'interroger sur son taux d'alcoolémie le noctambule improbable qui hanterait les rues de Luchon, Grenoble, Saint-Dié ou le Puy-en-Velay.

Cela commence la veille par de joyeuses retrouvailles et d'agréables conversations à base de calculs de braquets et de souvenirs d'épopées, dans les cours des hôtels transformées en ateliers de vélocistes sous l'œil effaré des autochtones qui — c'est bien connu — ne comprendront jamais rien aux activités des vélochtones.

Ces joyeuses parlotes se terminent toujours par la phrase suivante solennellement proférée : Allez ! on va se coucher tôt et tâcher de dormir un peu !

Résolution irréfléchie et qui tendrait à prouver que la pratique de la bicyclette conserve à l'homme toute sa candeur jusqu'à un âge avancé.

Puis après une nuit d'insomnie, dès potron-minet, de tous les hôtels, dortoirs et campings de la ville, plusieurs centaines de cyclistes emmitouflés et somnolents convergent vers un café-bar baptisé « permanence » et où seule l'évocation d'un commerce matinal mais important de cafés crème et de croissants rassis a pu convaincre le propriétaire de lever son rideau de fer avant l'heure habituelle.

À l'intérieur, dans un hourvari que n'arrangent en rien le cliquetis des vaisselles et les sifflements du percolateur, c'est une bousculade cordiale autour de la table des commissaires qui délivrent les cartes de route en se jurant *in petto* et pour la centième fois de leur vie qu'on ne les prendra plus à quitter les tiédeurs de la couche conjugale pour donner le départ d'une randonnée à laquelle ils ne participeront même pas.

C'est en général dans ces endroits et à ces heures-là qu'Albina, grelottante et fripée, me tient des discours grommelés d'où il ressort que le jour où elle m'a connu elle aurait mieux fait d'attraper le typhus.

En attendant que soit donné le départ (en général à trois heures), la gent cycliste tient des conversations dont les rodomontades sont exclues. L'ampleur de la tâche à venir et l'incertitude où l'on est toujours de la mener à bien tempèrent singulièrement l'optimisme apparent. Si, au fond de son cœur, chacun est persuadé de ne faire qu'une bouchée des difficultés de la journée, il se garde bien de le dire de crainte, à l'heure fatale des « coups de pompe », d'être doublé dans quelque col par ses interlocuteurs du matin qui n'auraient certes pas le mauvais goût de lui rappeler ses hâbleries nocturnes, mais à coup sûr, n'en penseraient pas moins.

Les thèmes favoris de ces défaitistes de façade peuvent être résumés par le soliloque habituel d'Albina qui juge plus prudent, de peur d'en oublier, de les regrouper tous à son usage.

— Moi, dit-elle de son ton le plus maussade, moi je vais pas aller bien loin. J'ai pas beaucoup de l'entraînement cette année, j'ai pas bien dormi, j'ai mal dans l'estomac, j'ai une dérailleur qui passe pas bien sur la vingt-huit dents, et je crois que je suis enrhumée. Je vais prendre le départ mais je crois que je vais m'arrêter en route.

Le mur des Lamentations !

À cette énumération dont certains ont la pudeur de n'utiliser qu'un seul terme s'ajoutent, chez d'autres, les considérations de la raison raisonnante, destinées à persuader l'auditoire qu'on est un homme libre et débarrassé de toute trace de panurgisme :

— Moi j'ai pas signé de contrat. Je vais jusqu'où je peux et je m'arrête ! Je suis venu pour m'amuser et pas pour me sortir les tripes ! C'est pas pour un brevet et une médaille que je vais compromettre ma santé ! On n'est pas aux pièces ! Non mais sans blague ?

Puis l'argument suprême de celui qui veut mettre de son côté toutes les chances de sauver la face : le tourisme.

Celui-là prétend tout voir, tout admirer, tout visiter et tout photographier. Libre aux autres, dit-il, de foncer comme des brutes pour rallier l'arrivée en temps voulu. Lui, il va prendre son temps. Ainsi si, par hasard, on le retrouve haletant et vidé de sa substance sur le bord du fossé, qu'on soit bien persuadé qu'il n'a pas préjugé de ses forces : il admire le paysage.

Après quoi, ayant ainsi pris des précautions oratoires dont personne n'est dupe, tout ce joli monde enfourche gaiement sa machine et part bien entendu à fond de train vers les sommets pentus, les descentes enivrantes, les casse-croûte somptueux et le contrôle d'arrivée, qui n'enregistre en général qu'un nombre tout à fait insignifiant d'abandons.

Le soir, par quelque miracle encore inexpliqué, les conversations prennent un ton nettement plus glorieux qu'aux aurores.

Quand je disais, plus haut, que tout ce joli monde paraît « à fond de train » c'était façon de parler. En vérité, chacun part à son rythme et si certains, en effet, adoptent dès le départ une allure affairée qui pourrait laisser supposer qu'ils ont des guêpes dans leur culotte, d'autres, dont Albina et moi, sont beaucoup plus pondérés et entament la rude partie avec une modération d'autant plus naturelle qu'ils savent bien que ces affaires-là ne sont pas des « courses » et qu'il est rigoureusement inutile d'essayer d'arriver avant qui que ce soit, aucun classement ni de temps ni d'aucune sorte n'étant établi à l'arrivée.

Comme le dit Albina dans son style plus cursif que châtié :

— Je vois pas pourquoi je me casserais le nénette pour arriver avant des types que je vais avoir le même médaille que eux.

Ma petite troupe, ce matin, n'échappe pas à la règle : les yeux sont battus, le front soucieux et la démarche dolente. Gudule descend l'escalier du pas réticent de qui monte à l'échafaud, Martin bâille sans retenue, Zuzu frissonne et Pascal dort debout. Daniel et moi qui fumons nos pipes à cette heure nauséeuse nous attirons, comme d'habitude, des regards écœurés. L'hôtelier dûment chapitré la veille a préparé des thermos de café et de thé et disposé l'attirail nécessaire au petit déjeuner sur notre table. Le mâchonnement morose des tartines de pain rassis s'accompagne de soupirs propres à attendrir un cœur moins cruel que le mien. Albina va à la porte de l'hôtel, l'entrouvre, passe un nez prudent dans la rue et referme précipitamment en déclarant qu'il fait nuit, froid, et humide et que :

— C'est pas un bon façon de faire aimer le veylow à Gudule que de la faire pédaler à ces heures-là !

Gudule qui s'endormait dans sa tasse retrouve toute son énergie pour dire qu'elle adore précisément pédaler dans la nuit, le froid et l'humidité. Qu'est-ce qu'on croit ? qu'elle est en sucre ?

Albina lui répond qu'elle n'est certainement pas en sucre mais qu'elle en a le teint. Elle n'a qu'à se regarder dans la glace pour s'en assurer. Gudule se regarde dans la glace et demande à Albina si elle n'a jamais vu de sucre brun. Si, dit Albina, c'est celui qui n'est pas raffiné.

La faculté qu'ont les femmes de commencer à se chamailler dès les petites heures du jour fait soupirer les hommes de plus belle, ce qui n'augmente en rien la bonne humeur ambiante.

Dans ces occasions personne n'est pressé de partir. Le petit déjeuner pris, chacun se garde bien de s'agiter si peu que ce soit sur sa chaise, de peur que je n'interprète cela comme une provocation à la mise en route. L'appréhension la plus totale règne et Pascal, qui va aux toilettes et demande qu'on l'attende cinq minutes, est gratifié de regards reconnaissants.

L'enthousiasme est à son comble.

Comme je soupçonne que, Pascal revenu, quelque autre va se découvrir un besoin pressant et que par un jeu de relais astucieusement organisé nous allons être encore là à midi, je dis, le plus benoîtement du monde :

— Allez ! En selle !

Six regards douloureusement incrédules se lèvent sur moi : On n'attend pas Pascal ?

On n'attend pas Pascal. Le temps d'accrocher les sacoches et de tâter les pneus d'un pouce compétent, Pascal aura terminé sa petite affaire. Je répète « en selle », me lève, prends mon sac et sors.

Bigre ! c'est pourtant vrai qu'il fait nuit, froid et humide. En toute autre circonstance je maudirais l'énergumène qui a décidé ce départ matinal. Un court instant je mesure la touchante popularité qui serait la mienne si je rentrais et décidais qu'on va se recoucher jusqu'à dix heures.

Mais déjà mes compagnons sortent un à un, la tête dans les épaules et je peux mesurer mon impopularité présente dans les regards meurtriers qui filtrent de dessous les capuches.

À la queue leu leu, nous nous dirigeons vers le garage où sont entreposées nos bicyclettes. Le dernier espoir des condamnés serait que la clef ne fût pas dans la cachette où l'on nous a juré, la veille, qu'elle serait. Mais même cet espoir s'envole. L'hôtelier, pour une fois, est de parole.

Ce n'est pas toujours le cas et la confrérie fourmille d'anecdotes où des cyclistes matinaux n'ont dû qu'à leurs talents de crocheteurs ou d'escaladeurs de récupérer leurs précieuses machines soigneusement bouclées pour la nuit.

Pour pallier les négligences éventuelles des hôteliers distraits, certains préfèrent, dans un local ouvert, attacher leur bicyclette à quelque tuyauterie par le moyen d'un antivol.

C'est ainsi que, lors d'un Paris-Nevers, mon ami Jean-François qui allait attacher sa machine se vit aborder par un congénère dépourvu d'antivol et qui lui demanda de cadenasser son vélo avec le sien, ce qu'il accepta bien volontiers. Ils se présentèrent l'un à l'autre, se serrèrent la main et se quittèrent en se donnant rendez-vous le lendemain matin. Ils n'avaient omis de préciser qu'une chose : c'est que le congénère partait avec la première vague dès quatre heures du matin, alors que Jean-François avait décidé de se vouer aux délices de la grasse matinée relative du cycliste et de n'émerger de son lit tiède que vers six heures.

Ce qui explique l'émoi des clients (non cyclistes) de l'hôtel quand ils furent réveillés sur le coup de trois heures par les vociférations d'un énergumène fort courroucé qui arpentait les couloirs en criant :

— Eh ! machin ! Comment donc, déjà ? Dulapin ! la clef du bidule, nom de Dieu !

Jean-François ne fut pas moins réveillé qu'un autre mais, dans sa somnolence bienheureuse, il se borna à se retourner sur l'autre côté et à se rendormir avec une pensée d'autant plus émue pour l'infortuné Dulapin, qui allait se faire sonner les cloches, que lui-même s'appelait Lelièvre.

Mais aujourd'hui, la clef est là. Il faut se faire une raison. On ne nous a pas non plus dérobé nos vélos nuitamment, aucun cadre n'a été scié par une main malveillante et il n'y a pas la moindre crevaison qui accorderait cinq minutes de répit.

Il faut, décidément, y aller.

Le cycliste est ainsi fait que, quelque rétif qu'il soit au saut du lit à affronter les intempéries, il se sent tout de suite plus gaillard dès l'instant qu'il chevauche son vélo. C'est la position de bipède qui ne lui vaut rien, particulièrement s'il a les pieds dans l'eau. Dès que mes amis se sont mis en route je sens, à des riens, que leur moral remonte. Albina annonce avec résignation que « Allez ! c'est parti ». Martin dit qu'il pleut moins qu'il ne croyait et Gudule prétend que cela se dégage du côté où le jour se lève. Comme il fait une nuit d'encre et que, de toute façon, elle pointe son doigt vers l'ouest, je tiens ses prévisions météorologiques pour nulles et non avenues.

Avec ces apartés optimistes, la sortie de la ville s'effectue sans autre bavardage. Sept colimaçons borgnes, sous leurs ponchos luisants sur lesquels crépite la pluie, traversent la ville morte entre deux rangées de Pouzaugiens endormis qu'ils envient le temps d'un soupir.

Les cyclistes n'envient jamais longtemps les gisants ni les assis. À peine, de temps en temps, un furtif regret de n'être pas celui-ci sous son parasol un jour de canicule ou celui-là derrière ses vitres embuées un jour de gel. Mais froid ou chaleur, la joie est trop grande de sentir son corps s'exalter dans l'effort, pour ne pas préférer son sort à celui des immobiles.

La pluie a cessé. Les ponchos ont été roulés dans le porte-bidon et, bien que le temps tiédisse, l'air frais passe à travers les mailles des chandails et donne comme un bain de rosée aux corps moitis par le sauna des imperméables.

Par-dessus le chuintement des pneus sur l'asphalte humide et le ronronnement des dynamos, les conversations reprennent. Un fond de sommeil, l'engoncement des pèlerines et l'attention nécessaire à la progression dans l'obscurité avaient fait de notre petit groupe une théorie étrangement silencieuse. Je soupçonnais même, à quelques écarts de sa roue avant, que Martin s'était rendormi et qu'il ne devait de n'être pas allé au fossé qu'à son sixième sens cycliste. Mais maintenant « ça cause » et, dans le silence de la nuit, le bloc sombre et fantomatique que nous formons laisse une traînée de caquetage qui fait s'arrondir encore les grands yeux étonnés des hiboux insomniaques.

Albina raconte ses campagnes à « Martine » qui les connaît par cœur mais, galant, feint d'en découvrir l'intérêt. Les campagnes cyclistes d'ailleurs peuvent être racontées pendant des années aux mêmes auditoires, pourvu que ceux-ci soient de la partie. Ils en connaissent par cœur le développement, retrouvent avec plaisir les morceaux de bravoure les moins inattendus et apprécient en connaisseurs les ajouts, fioritures et modifications dont le narrateur, généralement lyrique, agrémente son récit en toute bonne foi.

Sachant pertinemment que lesdits ajouts, fioritures et modifications ne font pas partie du récit original authentique et véritable, l'interlocuteur les considérera comme tombés dans le domaine public et en ornera à son tour ses iliades et ses odyssées, forgeant ainsi pour les générations futures une légende des cycles, bien commun de la gent pédalante, geste épique transmise par tradition orale où si tout n'est pas absolument vrai, rien n'est totalement faux.

Que l'on ne croie pas, cependant, que les récits cyclistes ne sont qu'un tissu de contre-vérités. Dits par des initiés à l'intention de connaisseurs, ils ne supportent pas l'invention délirante, l'impossibilité technique ou le miracle inexplicable. Jamais, aucun randonneur (ni même aucun coureur), n'avalerait par exemple le récit d'une montée du mont Ventoux en vingt minutes. Mais entre une heure et deux heures, il y a de la place pour se faire plaisir sans nuire gravement à la véracité des faits.

Albina, par exemple, qui monte, en réalité, les 21 kilomètres du mont Ventoux en trois heures, ramène ce temps à deux heures et demie quand elle raconte devant moi et à deux heures quand je ne suis pas là. On m'a même assuré qu'elle dispose, pour des gens que je suis censé ne jamais rencontrer, d'une version grandiose où elle aurait atteint le sommet en une heure trente et en me poussant de temps en temps.

Tout cela ne tire pas à conséquence, l'essentiel étant, bien entendu qu'en trois ou deux heures, Albina ait *vraiment* escaladé le Ventoux à bicyclette.

La nuit n'est plus si noire. Imperceptiblement, nous commençons à distinguer nos silhouettes autrement que dans le halo de nos loupiotes. (Entre loup et chien, dit Albina à qui nous avons fait remarquer un jour que « chien et loup » n'appartenaient qu'au crépuscule.)

Daniel tend le doigt vers l'est où l'horizon s'éclaircit nettement. Immanquablement quelqu'un dans le groupe va nous informer qu'étant donné la qualité des nuages, le sens du vent et la teinte du ciel à l'horizon, la journée sera chaude ou froide, sèche ou humide, venteuse ou calme.

Tout randonneur au long cours est un météorologue amateur dont le pourcentage d'erreurs ne dépasse guère celui des professionnels. Les discussions sur le « ça se couvre » et le « ça se lève » ne le cèdent en intérêt qu'aux controverses sur le vent « qui a tourné à l'est » ou « qui vire au nord-ouest ». Ce qui, bien entendu, promet « de la pluie » ou « la fin de la pluie ». Il y a le météorologue timoré qui arrête toute sa compagnie pour faire mettre les impers dès les trois premières gouttes d'eau, et l'intrépide qui assure « que ce n'est qu'un grain » et que « ça ne va pas durer ».

Ce dernier, en général, roule en chemisette pendant une heure sous les trombes d'eau, conscient qu'il perdrait son prestige de météorologue s'il revêtait son capuchon après n'avoir prédit qu'une brève ondée.

C'est l'homme au caractère (entre autre) bien trempé.

Le vent, également, subit les caprices de cette science inexacte. Le même vent, selon qu'il soufflera de face ou de dos, sera de force 9 ou de force 2. Ce sont là des mystères scientifiques qui ne pourraient être expliqués que par de plus savants que moi.

Le jour se lève. Tout pile ou face météorologique mis à part, la journée a l'air de vouloir être somptueuse. Nous nous sommes arrêtés au sommet d'une côte pour regarder le soleil se lever. Assis dans l'herbe nous profitons de l'instant et, pénétrés du sentiment venu du fond des âges que la journée ne commence qu'avec le soleil, nous avons l'impression de n'attaquer l'étape d'aujourd'hui qu'à partir de maintenant, la nuit nous ayant fait cadeau des 40 kilomètres que nous venons de parcourir. Deux heures qui ne comptent pas, deux heures qui n'étaient pas d'hier et ne sont pas d'aujourd'hui, deux heures que nous avons volées au temps.

Le jour est maintenant tout à fait levé. Albina entoure de son bras les épaules de Gudule qui vient de dire que c'était beau.

— Alors ! dit-elle. J'ai pas fait bien de te faire lever tôt ?

Les Deux-Sèvres et les Charentes que nous parcourons aujourd'hui sont des régions vallonnées. C'est le moins qu'on puisse en dire. Les successions de côtes brèves et sèches ne sont en rien comparables à l'ascension d'un col dans laquelle on s'installe avec un développement approprié et un rythme respiratoire « étudié pour ». Se hisser au haut d'une bosse pour découvrir devant soi une autre bosse à grimper, laquelle sera suivie de dix ou vingt autres bosses, est l'activité la moins exaltante de la vie des randonneurs qui, mieux que tout, aiment la haute montagne, parfois la plaine, souvent la vallée, mais rarement les profils en dents de scie, briseurs de rythme, de reins, d'épaules et de moral.

Albina, si opiniâtre en montagne, aborde ce genre de relief avec une résignation maussade que même les histoires drôles de Pascal ne parviennent pas à égayer.

Il faut dire que les histoires comiques de Pascal ont du poil au menton, qu'il ne les raconte pas très bien et que les mouvements de la route et de la circulation lui compliquent singulièrement les choses.

— C'est un type qui est incorporé à la caserne. Alors, dès le premier jour...

— Attends, Daniel, mets-toi à gauche. On ne peut pas être tous à droite de Pascal !

— Le premier jour il se met à ramasser tous les papiers qu'il trouve...

— Attention au trou ! Trou devant ! Gaffe !

— Tous les papiers qu'il trouve. Il les regarde et il les rejette en disant...

— Auto derrière ! Serrez !

— En disant « c'est pas ça »...

— Encore une auto ! Attention !

— Personne ne peut rien en tirer, ni les adjudants ni les officiers, personne. Tout ce qu'il fait...

— On tourne à droite là, je crois ?

— Oui, je crois.

— Tout ce qu'il fait, à part manger et dormir, c'est de ramasser tous les papiers qu'il voit et de dire « c'est pas ça ». Finalement...

— Ah ! non c'est la D. 87, ça, c'est plus loin qu'on tourne.

— Finalement on le fait passer devant le conseil de réforme. On l'examine...

— Voilà c'est ici, la D. 62. Ici à droite, attention !

— On l'examine, on le déclare fou et on le réforme.

— Attention au gravier !

— Alors on lui donne son certificat de réforme définitive, il le prend, il le regarde...

— Attention Albina ! je vais te rentrer dedans.

— Il le regarde et dit : « Ah ! voilà ! c'est ça ! »

— Voiture derrière, attention !

— Il y a aussi celle du gars qui veut faire de l'alpinisme...

— Ah ! dit Albina, et si vous finissiez l'autre histoire avant d'en commencer un nouveau.

— Mais elle est finie, dit Pascal.

— Où ça elle est finie ?

— Quand il dit : « Ah ! voilà ! c'est ça ! »

— Oh ! dit Albina. Elle est finie là ? Je crois jamais je comprendrai un histoire de Pascal.

Pascal, d'ailleurs, cesse très vite de raconter des histoires. On a beau avoir un peu plus de souffle que la moyenne des gens, ces escalades brèves et fréquentes exigent que l'on dépense son air à bon escient, sinon avec parcimonie. C'est un jour où l'on « tire sur le guidon » et les bonnes gens qui prétendent que le cyclisme n'est pas *aussi* un exercice pour les bras feraient bien d'y venir voir de plus près avant que d'énoncer des inexactitudes.

Les gens disent d'ailleurs à peu près n'importe quoi sur la bicyclette, ce qui leur donne d'excellents prétextes pour ne pas monter dessus : c'est dangereux, c'est fatigant, cela voûte le dos, déforme les jambes, rend tuberculeux ou stérile (ou les deux, pourquoi pas ?). Cela n'est bon ni pour les bras, ni pour les reins, ni pour le séant. Toutes balivernes auxquelles il faut ajouter la raison majeure, jamais formulée mais souvent implicite : cela n'est pas « chic » !

Non certes cela n'est pas « chic », mais, alerte ! attention ! sauve qui peut ! cela, hélas, commence à le devenir. Déjà dans les magazines et les publicités apparaissent de ravissants minets et minettes, vêtus de costumes croquignolets et présumés sportifs et qui ont sur leurs mignonnes bicyclettes plus l'air de faire de la broderie anglaise que du vélo.

Nous n'avons que faire des élégances importées. Nous avons la nôtre, qui est fonctionnelle, et qui nous suffit bien.

— J'avoue, dit Gudule...

— Qu'est-ce que tu as encore à râler ? dit Albina.

— Je ne râle pas, je dis que...

— Je sais qu'est-ce que tu vas dire parce que je l'ai dit avant toi : la maillot c'est pas beau, la cuissard c'est tocard, les socquettes c'est pas chouette...

— Et les souliers, c'est pas le pied ! C'est en effet ce que j'allais dire. J'avoue, disais-je, que tout cela pourrait être tout aussi fonctionnel en étant plus élégant.

— Attends que Bardot elle trouve marrant d'aller se balader à Saint-Tropez avec des chaussures cyclistes aux pieds et le lendemain tu en trouves plus une paire entre Marseille et Menton !

— Les mitaines de cuir dont le dessus est en filet, dis-je, nous les avons portées trente ans avant que les automobilistes ne s'en emparent, le knickers et les bas de laine, les skieurs ont fini par les préférer aux fuseaux, et le cuissard, dans sa forme, n'est ni plus ni moins que le bermuda qui a détrôné le short. Laissons les gens venir à notre « élégance ». N'allons pas à la leur.

— Et, dans le fond, dit Pascal, qu'est-ce que ça peut bien vous faire que les gens fassent du vélo habillés comme ils l'entendent ?

— Ça nous fait, dit Albina, que de film en aiguille, après tu peux plus rentrer dans un restaurant si tu n'as pas de cravate. Voilà ce que ça nous fait.

— Ça n'empêche ! dit Pascal. Je vous trouve bien snobs, tous les deux.

— Si on s'arrêtait pour boire un coup ? dit Martin.

La halte-boisson (dont — soyons vertueux — il ne faut pas abuser) est toujours l'occasion de graves crises de conscience. La sagesse commande de boire du thé chaud ce qui, par temps de canicule, ne vient pas volontiers à l'esprit, l'expérience déconseille les boissons gazeuses et la simple jugeote fait écarter l'alcool. En vertu de quoi, nous buvons généralement de la bière qui est à la fois gazeuse et alcoolisée mais nous n'obligeons personne à suivre notre pernicieux exemple.

— Vous appelez la bière une boisson gazeuse ? dit Gudule.

— Tu comprends rien ! dit Albina. Il veut dire ça fait faire « blurp ».

Chère Albina ! que ferais-je sans elle ?

La bière bue, je propose que l'on se remette en selle avant que ne vienne à Martin l'idée d'en commander une deuxième tournée.

— Attendez ? dit Albina. Je crois je vais écrire un carte postale ou deux.

C'est, en général, au moment où il faut repartir qu'Albina ressent un besoin irrépressible d'envoyer des cartes postales. Elle en choisit longuement une dizaine sur le présentoir prenant bien soin qu'elles ne soient pas toutes semblables, précaution superflue puisqu'elles sont envoyées à des gens différents.

Puis elle se rassied, tire son stylo et sa langue et s'aperçoit qu'elle ne sait quoi dire. Mais son initiative a donné des idées à Zuzu et à Gudule qui découvrent que voici bien longtemps qu'elles n'ont donné de nouvelles à la tante Ernestine ou à la collègue de bureau. J'ai aussitôt trois écrivassières munies de plus de cartes qu'il n'en faut pour l'écrire et raclant le tréfonds de leur matière grise en quête de quelque chose de plus original que « meilleur souvenir de... ». Les hommes soupirent, commandent une nouvelle tournée de bière et allument leurs pipes avec une patience bien imitée.

La carte postale est le jalon du cycliste que ses amis ont vu partir un beau matin, le jarret alerte et la chanson au coin des lèvres. Le cycliste est parti, repris une fois de plus par son extravagante passion. Les amis hochent avec indulgence la tête ainsi que font les copains des astronautes qui s'en vont marcher sur la Lune. Il faut de tout pour faire un monde ! Chacun son goût ! Le cycliste est parti. Où est-il ? On ne sait pas. On sait qu'il est heureux quelque part et c'est là l'essentiel. Puis une carte postale arrive : un peu sale (parce qu'il transpirait, parce qu'il venait de réparer une crevaison, parce qu'il venait de tripoter sa chaîne...) mais enthousiaste. C'est l'un des avantages du vélo sur la navigation intersidérale : on peut envoyer des cartes postales enthousiastes.

Les cartes postales cyclistes se divisent en deux catégories distinctes : celles qui sont envoyées à des congénères et celles qui sont envoyées à des non-initiés.

Ces dernières sont banales et courtoises. Cela va du « Bonnes amitiés de ce joli coin des Alpes » à « Pensons bien à vous. Temps superbe, amitiés ». Parfois, s'il s'agit d'un correspondant que l'on est en train de travailler pour qu'il se mette au vélo, il est recommandé de pousser un peu sur le lyrisme : « Temps superbe, paysages exaltants, moral au beau fixe. Espérons vous avoir avec nous une prochaine fois. » Inutile de préciser que le temps superbe ne l'est vraiment qu'entre deux ondées, que le paysage disparaît sous le brouillard et que le moral a été sévèrement atteint par deux crevaisons successives et un bruit persistant dans le pédalier. Quand on est prêtre il faut promettre le paradis, ou il n'y a plus de religion possible.

La carte aux non-initiés peut être également un petit cocorico victorieux généralement envoyé dans la chaleur de l'instant. La photo représente souvent une chaîne de montagne et, dans le bleu du ciel, un stylo à bille a gravé une flèche reliant un sommet de montagne à la mention faussement désinvolte *« on vient de monter ça ! »*. La photo ne montrant que le sommet du mont et non le col qui est généralement plus bas, l'effet sur les populations non cyclistes n'en est que plus saisissant.

La carte destinée aux congénères est d'une tout autre densité. À part le « Bon souvenir de toute la bande » suivi d'une dizaine de signatures absolument illisibles et qu'il faut déchiffrer comme autant d'hiéroglyphes, il est fréquent que le message comporte des indications d'une importance capitale : « Crevé trois fois en six jours, bruit dans roue libre. Ennuis d'estomac, gravillons sur la D. 12. À part ça, ça va ! amitiés. » D'autres ressortissent au message chiffré et mettraient sur les dents la moitié de l'effectif de la D.S.T. si, d'aventure, elles tombaient entre leurs mains.

« 7e jour. 1050 e K. En route pour B.R.A. Après S.F. avec crochets B.C.N. B.P.F. Rencontré types U.V.A. qui préparent for-

mule Audax pour P.B.P. S.F. terrible tout fait sur 48-20 ! Envoie Grenoble 650 C. pour moi et 700 C. pour D. Laissé chapes dans Balès. Amitiés. »

La lettre cycliste est plus rare. Rarissime, même, pour ne pas dire tout à fait inexistante. La rédaction d'une lettre suppose que l'on dispose de papier, d'enveloppe, de temps pour écrire et de quelque chose à raconter. Or, aussi curieux que cela puisse paraître le randonneur le plus prolixe, celui qui assommera des familles entières l'hiver prochain avec les récits de son été, celui qui aura la présomption, plus tard, d'écrire un livre sur le sujet, le bavard, l'incontinent, le prosélyte, l'intarissable, celui-là, dans l'instant, ne trouvera rien à dire sinon qu'il fait beau, qu'il va bien, qu'il a grimpé ceci, traversé cela et qu'il embrasse bien tout le monde.

Il n'a rien à dire parce qu'il en a trop à raconter et que les faits et les images de la journée écoulée tournoient dans sa tête comme un kaléidoscope emballé, se surimpressionnant avec les images des jours précédents et que viendront brouiller encore celles des jours à venir. Le cycliste ne se transporte pas d'un point à un autre par le moyen d'un train, d'une auto ou d'un avion. Il vit absolument chaque seconde de son voyage, chaque saute de vent, chaque rayon de soleil, chaque mètre de route. Il est plus riche, le soir venu, de sensations et de souvenirs que le plus imaginatif des touristes motorisés. Ayant ainsi pensé toute la journée à tout ce qu'il va avoir à raconter à ses amis, il achète, à l'étape, une carte postale, retrousse ses manches, fronce les sourcils, se gratte le nez et écrit : « Bon souvenir de Pont-à-Mousson. »

Parce que, sincèrement, c'est tout ce qu'il trouve à dire. Paradoxalement, les seuls qui écrivent de vraies lettres sont les grands aventuriers qui font le tour du monde à vélo. Il y en a toujours au moins un par an qui est tenté par l'aventure et quitte Paris un beau matin, chargé comme un âne corse et plus pourvu en espoir qu'en argent et en illusions qu'en rustines.

Ce cycliste, dont on peut vraiment affirmer qu'il est au long cours, fera mille et un petits métiers pour survivre, se battra avec des brigands turcs, bricolera des réparations délicates avec le matériel d'un forgeron hindou, attrapera les fièvres à Sumatra et la dysenterie en Afrique, se fera voler ses bagages à Bogota, sa caméra à Naples et ses quelques sous un peu partout.

Mais aussi il partagera le lait des chameliers berbères, le tabac d'un congénère rencontré en Terre de Feu, et la couche, peut-être, d'une beauté Balinaise émue par l'exotisme de cet équilibriste ingénu.

Celui-là écrit. Quand la solitude sur deux roues lui devient par trop pesante, il s'assied sur le seuil d'une taverne de Kaboul et d'une minuscule écriture bien serrée narre à quelque ami ses heurs et malheurs sur l'un de ces abominables aérogrammes où l'on écrit sur le verso de l'enveloppe elle-même et que l'on ne peut jamais décoller sans arracher du même coup la moitié du texte.

Alain était ainsi venu nous voir, Albina et moi, avant son départ. Nous ne le connaissions pas. Il était venu nous demander des conseils à nous, modestes baguenaudeurs hexagonaux, ce qui témoignait de sa fraîcheur d'âme et de sa confiance dans l'humanité.

Albina avait été touchée par l'ingénuité de ce grand gaillard aux yeux clairs qui n'avait jamais fait que de courtes promenades et se disposait à partir faire le tour du monde avec peu d'argent, beaucoup d'opiniâtreté, et, horreur des horreurs, une selle neuve.

C'est la selle neuve qui a sauvé notre réputation de techniciens. Peu informés sur les périls et risques de la randonnée planétaire, nous en étions à alterner, en guise d'enseignement, des mises en gardes optimistes et des encouragements inquiets quand l'information capitale que la selle était neuve nous rendit instantanément l'assurance pontifiante qui fait le charme de notre conversation.

Nous démontrâmes à Alain toute l'inconséquence qu'il y avait à poser son séant sur une selle non rodée, le temps d'un tel voyage et sur des routes improbables. Je lui brossai un tableau inquiétant de l'état de ses fesses à Belgrade, de ses souffrances à Ankara et de son agonie à Hong Kong. Albina, le masque tragique, lui narra des souvenirs de son calvaire dans la vallée de Chevreuse mais, trop américaine pour parler de son derrière, attribua la mésaventure à Gudule.

— Vous auriez vu la derrière de Gudule, vous auriez pleuré !

Perplexe, Alain nous remercia beaucoup et s'en alla en nous laissant l'impression que malgré nos récits d'épouvante, il partirait avec sa selle neuve.

— Cet jeune homme, dit Albina quand il eut franchi la porte, cet jeune homme il ne va pas dépasser Melun.

La première carte postale d'Alain nous arriva de Mulhouse, ce qui était encore modeste, même pour quelqu'un parti de Saint-Brieuc avec une selle neuve.

Un mot d'Innsbruck, puis une carte de Nis en Yougoslavie rabattit beaucoup de notre superbe. Selle neuve ou pas, « cet jeune homme » était vraiment parti pour son tour du monde.

Puis, les distances s'allongeant, les cartes postales firent place aux aérogrammes couverts de pattes de mouche enthousiastes. Ankara en juillet, Téhéran en août, Kaboul en octobre, Rawalpindi en novembre et Agra, en Inde, à l'heure où j'écris ceci.

Alain raconte. La route, le paysage, la nourriture, les brigands, la police, les rencontres, les amis, les chameaux, les vautours, les joies, les peines, tout !

— Tout sauf des nouvelles de sa derrière, dit Albina.

— Il a dû renoncer à la selle neuve, dis-je.

— Ou alors il fait tout cela en danseuse, dit Albina qui n'aime pas que les événements démentent ses prévisions, particulièrement quand elles sont pessimistes.

Leurs cartes postales dûment écrites, les trois femmes se déclarent prêtes à repartir non sans avoir au préalable fait des raccords d'huile antisolaire sur leurs bras et leurs jambes.

Une heure après, nous roulons sous la pluie.

Cela a commencé par une seule goutte qui pouvait, à la rigueur, laisser supposer qu'un oiseau désinvolte survolait l'un de nous. Mais, comme au même moment Gudule, Pascal et Daniel annonçaient chacun : « Tiens ! une goutte » c'était imaginer beaucoup de préméditation et d'adresse de la part d'une escadre de piafs d'ailleurs invisibles.

L'instant d'après, quelques gouttes plus précipitées annonçaient l'averse et, ainsi que s'expriment les auteurs en panne de métaphores inédites, « les écluses du ciel s'ouvraient ».

L'averse, on la voyait venir depuis un moment. De part et d'autre de notre route, des masses de nuages tristes se bousculaient, laissant juste un passage de ciel bleu au-dessus de notre chemin. Quel que soit l'optimisme qui caractérise le randonneur il eût été déraisonnable d'espérer que cela allait durer. Il fallait bien que ces masses nuageuses se rejoignissent un jour.

— Bon ! dit Albina. Eh ben ! Ils se sont rejoignissés aujourd'hui et c'est pas de faire du parlote qui va nous tenir au sec. Il faut mettre les impers.

L'imperméable, je regrette d'avoir à le dire, est l'élément le moins au point de l'équipement cycliste. Le choix est limité entre deux types de vêtement qui ne nous tiennent vraiment au sec ni l'un ni l'autre. Il faut se faire à l'idée que, lorsqu'il pleut, le cycliste est mouillé. Par en dessus s'il n'a aucun vêtement de pluie, par en dessous s'il a une pèlerine et par en dedans s'il a une de ces vestes imperméables dont la principale caractéristique est une étanchéité totale à l'évaporation de la transpiration.

Mais le vrai randonneur n'a cure des intempéries. Sans aller jusqu'à dire qu'il recherche les régions pluvieuses et ne sort qu'assuré de recevoir une averse, il accepte avec philosophie ce que le ciel lui donne, heureux du cadeau quel qu'il soit.

Cette averse-ci, rapidement, tourne au déluge. Chacun rame pour son compte dans l'élément liquide et il n'est plus question de s'abriter l'un l'autre, de s'attendre ou de s'escorter. Continuer à regarder la route et ses embûches tout en fermant les yeux pour qu'ils ne se remplissent point d'eau constitue une gymnastique assez absorbante pour concentrer son attention sur soi-même, surtout si l'on considère que les jantes mouillées n'offrent plus de prise aux freins et que les automobilistes, ne se sentant pas plus concernés que d'habitude, continuent à foncer dans le paysage, encadrés de geysers et suivis d'un nuage d'eau pulvérisée lequel, conjugué avec le déplacement d'air, frappe le visage comme une serviette mouillée.

Les dames surtout sont admirables dans la bourrasque. Elles qui « dans le civil » remonteraient six étages sans ascenseur pour changer un collant que maculerait une tache de boue de la grosseur d'une tête d'épingle, elles qui ne passent jamais devant une glace sans rectifier imperceptiblement l'angle d'attaque du col de leur chemisier ou le « tombé » de leur veste, elles qui d'un doigt négligent remettent sans cesse en place une mèche un peu turbulente, les voici, tout soudain, en cuissard de coton noir crotté et en socquettes boueuses, moulées dans un maillot fripé et déjà bon à tordre, les mains dans des demi-gants de cuir gluant et spongieux qui font penser à des cèpes un peu faits, les cheveux agglutinés en mèches désolées, soufflant, d'une lèvre inférieure avancée en coupelle, sur la goutte d'eau de pluie qui leur pend au bout du nez. Tout cela sans presque une plainte, tout cela se transformant instantanément dans leur tête en l'histoire grandiose qu'elles vont en tirer, si grandiose et si chargée d'émotion qu'elles en rient déjà sous la pluie, ce qui leur emplit la bouche d'une eau qu'elles recrachent comme des gargouilles.

— J'exalte ! dit Albina.

Albina a toujours combiné exaltation et exultation avec un sens bien américain de l'économie de moyens. Albina « exalte » sous la pluie, sous le soleil, dans le vent, la nuit, le jour, dans les montées et dans les descentes. Albina

« exalte » dès qu'elle est à vélo, semblable en cela à la plupart des cyclistes. Mais cette exultation particulière par temps humide lui est propre et n'est pas précisément partagée par tout le monde. Il suffit bien que le cycliste ne renonce pas sous la pluie ; on ne peut lui demander, en plus, d'« exalter ».

Daniel, lui, n'exulte pas. Au rythme d'une pédalée boudeuse il maudit d'un cœur égal la pluie, la route, le ciel et la terre et même, dans ces occasions, la bicyclette. C'est un phénomène rare et qui le conduit à garder pour lui ses impressions, de crainte qu'outrés par un tel sacrilège nous ne le poussions dans le fossé toujours plein d'eau ces jours-là, ce qui ajouterait au déplaisant de la situation.

J'ai pourtant connu quelqu'un qui aimait la pluie. Il s'appelait William et était anglais, ce qui ne surprendra pas. Courbé sur son guidon tout le jour, on le voyait redresser son torse à la manière des escargots, dès les premières gouttes de pluie. Il tendait le visage vers le ciel et laissait l'eau imbiber ses moustaches qu'il portait abondantes et rousses. Puis quand il les jugeait bien gorgées de pluie, il soufflait dedans, ce qui les hérissait. Avec son crâne chauve et luisant d'eau il ressemblait d'autant plus à un phoque qu'il chantait d'une voix rauque des choses parfaitement incompréhensibles mais qui semblaient lui procurer une vive satisfaction.

C'est peu de dire que William aimait la pluie. Il l'adorait. Il voulait sans cesse que nous infléchissions nos itinéraires dans la direction de gros nuages noirs qu'il voyait à l'horizon et devant notre obstination à nous maintenir, de préférence, sous des ciels bleus il soupirait et tentait (en pure perte) de toucher notre susceptibilité en prétendant que nous n'étions pas sportifs.

Bien entendu, il était hors de question qu'il se vêtît d'un imperméable quelconque. Dès qu'il se mettait à pleuvoir il remontait ses manches et roulait ses chaussettes. Sa pudeur britannique le lui eût-elle permis qu'il eût roulé nu et roux comme un faune.

Les jours de déluge il prenait grand soin, en descendant de vélo, de ne pas s'essuyer ni de se secouer afin de garder le plus longtemps possible la bienfaisante eau de pluie sur son corps. Il entrait ruisselant dans les hôtels, et traversait les salons avec l'indifférence des serpillières mal essorées. Il se rendait, en général, droit au bar où, dans une grande aspersion de gouttelettes, il commandait un double whisky.

— Sec, précisait-il, c'est pour le dedans de moi.

Puis il allait prendre son bain.

En fait, la pluie n'est pas le pire ennemi du cycliste. Elle ne fait que mouiller. Le vent, lui, fatigue. À moins qu'on ne l'ait dans le dos, ce qui est rarissime si l'on en croit les randonneurs chevronnés qui ahanent des journées entières vent debout ou filent comme des flèches, vent arrière, en se congratulant de leur forme olympique.

Sigismond, après une sortie particulièrement éprouvante (où, par instants, il avait cru être entré par erreur dans la soufflerie de Chalais-Meudon), s'était juré de ne plus jamais, mais jamais-jamais ! rouler face au vent. Il avait expliqué sa décision à ses camarades sceptiques, prétendant faire toute une randonnée sans but préconçu, rien qu'en partant chaque matin vent dans le dos et virant avec lui s'il en était besoin. À l'agrément physique, disait-il, devait s'ajouter le suspense culturel, car, ignorer au départ si l'on allait aboutir dans les gorges du Tarn ou sur les terrils du Nord donnait du piment à l'entreprise.

Il partit un après-midi de Paris pour une randonnée de huit jours, en mettant en pratique ces sains principes. Sortant de chez lui, il mouilla son index et le leva. Un taxi qui passait vint se garer près du trottoir et Sigismond eut toutes les peines du monde à s'en débarrasser. Quand le chauffeur fut reparti en l'insultant, Sigismond mouilla derechef son index qui avait séché pendant l'algarade, et le leva à nouveau. Ce procédé scientifique et millénaire lui ayant appris que le vent soufflait du nord au sud, il enfourcha sa bicyclette et se retrouva le soir à Orléans après avoir traversé la Beauce sans donner un coup de pédale. Il dîna de bon appétit et se coucha heureux, rêvant qu'il allait révolutionner l'art de la randonnée et faire, à brève échéance, le désespoir des marchands de pédales, accessoires que l'on serait amené à supprimer comme inutiles et superfétatoires.

Le vent dans la nuit étant devenu sud-nord, Sigismond se retrouva le lendemain soir à Paris, ce qui est contrariant quand on est parti pour découvrir des horizons lointains. Point découragé, il leva son index humide dans l'aube du troisième jour et se laissa pousser vers Le Tréport par un vigoureux vent d'est qui ne demandait qu'à se rendre utile.

Le matin du quatrième jour, le vent était toujours d'est et la Manche toujours à l'ouest du Tréport, ce qui limitait singulièrement la progression de notre ami. Apprenant des naturels du pays que le vent pouvait être d'est pendant plusieurs jours, il rentra à Paris par le train, soucieux de conserver à sa nouvelle discipline toute sa pureté et ayant déjà désappris à pédaler.

Au matin du cinquième jour il n'y avait pas de vent du tout. À force d'insistance, en mouillant bien fort son index et en se postant à des carrefours propices aux courants d'air, il finit par découvrir une espèce de brise, un friselis de zéphyr, une sorte de souffle improbable avec lequel il fit trois fois le tour du Champ-de-Mars, ce qui ne peut décemment être considéré comme de la grande randonnée, même si l'on prend l'avenue de Suffren au lieu de la rue Charles-Floquet. Au surplus, il avait dû pédaler quelque peu et se sentait aussi penaud qu'un trotteur pris à galoper.

Le sixième jour, enfin, le vent soufflant d'ouest en est, Sigismond sortit gaillardement de Paris par la porte de Montreuil et s'enfonça dans l'inconnu par le département de la Seine-Saint-Denis.

Nous sommes, depuis, sans nouvelles de Sigismond. Un témoin digne de foi lui aurait vu franchir le pont de Kehl et pénétrer en Allemagne, mais rien n'est venu confirmer cette information. Le vent se maintenant opiniâtrement ouest en est depuis ce jour-là, on peut présumer que Sigismond est quelque part entre le 40e et le 50e parallèle, au nord de la Mandchourie, bêtement arrêté dans son élan par la mer d'Okhotsk.

On voit, par cet exemple, combien il est difficile d'introduire des perfectionnements et des améliorations dans l'art de la randonnée. Il faut accepter la lutte contre le vent, comme aussi la pluie, la grêle, la canicule, la neige et le froid. Mais il ne faut pas accepter le verglas. Le verglas commande de rester à la maison à relire ses cartes routières en fumant sa pipe.

Maintenant que j'y pense, voilà certainement pourquoi nous n'avons plus de nouvelles de Sigismond : il a dû rencontrer du verglas en Mandchourie, pays propice au verglas s'il en fut.

— Avec toute ça, dit Albina qui roule à côté de moi, ployée sous la bourrasque liquide, avec toute ça, je me demande où il est passée Gudule.

— Elle est devant ou derrière, dis-je avec ce sens de la précision qui me caractérise.

— Ça m'étonne qu'elle serait devant, dit Albina. Elle est déjà derrière quand il fait beau !

Cette mauvaise langue d'Albina a tort. Gudule, par quelque prodige encore inexpliqué à ce jour, est passée de derrière à devant nous sans que nous la vissions.

— Elle est passée dessous, dit Albina. C'est une sous-marin. Regardez-la !

Gudule s'est arrêtée sous l'abri précaire d'un bout de toit en planches qui dépasse de la cabane d'un cantonnier. Dans la gadoue jusqu'aux chevilles, elle est une pauvre petite chose ruisselante et recroquevillée tâchant néanmoins avec beaucoup de conscience de tirer un pan de son imperméable sur sa selle, pour la protéger de l'eau.

— Comment tu fais, dit Albina quand nous l'avons rejointe, pour faire du bruit avec ton dérailleur quand tu es pas sur ton veylow ?

— Ce sont mes dents qui claquent, dit Gudule. Et, à propos de claque, j'en ai la mienne. Où est la prochaine gare ?

— Elle a la sienne de quoi ? dit Albina qui ne comprend (et encore) que le français académique.

— De claque.

— On t'a claquée ?

— Je *suis* claquée !

— Qui ?

— Moi !

— Pourquoi ?

— Pourquoi quoi ?

— Pourquoi tu te donnes des claques toute seule ? Ça te suffit pas le pluie ?

Ce genre de conversation, les pieds dans l'eau et la colonne vertébrale irriguée par un filet d'eau qui coule du toit en planches d'une cabane de cantonnier, est particulièrement éprouvant. Et comme je sais, d'expérience, que cela peut durer des heures et rendre fou le plus patient des hommes, je dis :

— Allez hop ! En selle, on repart !

— Non, dit Gudule.

— Quoi : non ? Vous n'allez pas passer la nuit là ?

— Non. Je veux prendre le train et rentrer chez moi.

Tandis qu'un ruisselet d'eau glacée atteint mon nombril qui avait été, jusque-là, épargné par les intempéries, j'essaie d'expliquer à Gudule qu'il y a peu de chances pour que l'on construise, dans les heures qui viennent, une ligne de chemin de fer et une gare dans les abords immédiats de son refuge et que, si elle tient absolument à se rapprocher d'un train, il lui faut, qu'elle le veuille ou non, remonter sur son vélo.

Mais je m'escrime en pure perte. Gudule veut prendre le train sans remonter sur son vélo et sans quitter son abri. Gudule s'obstine, Gudule sait qu'elle est ridicule et butée, et, comme souvent, cela la renforce dans son entêtement stupide et sans issue.

Puis elle se met à pleurer, ce qui ajoute à l'humidité ambiante. Albina, émue, l'embrasse et lui dit des mots tendres :

— Plus idiot que toi, il n'y a pas. Et tu vas choper le grippe et mourir et ce sera bien fait.

Soudain mon regard s'arrête sur une plaque émaillée clouée au mur de la cabane, et je découvre que cet appentis sert aussi d'arrêt facultatif pour la ligne d'autocar qui dessert la région.

— Eh bien tenez ! dis-je à Gudule. Nous sommes à un arrêt de car. Attendez le prochain, et prenez-le. C'est bien le diable si de car en car vous n'arrivez pas à un chemin de fer. Vous venez, Albina ?

— Mais, dit Albina, on ne va pas laisser Gudule ici ?

— On va !

— Beuah ! fait Gudule, qui sanglote de plus belle à l'idée d'être abandonnée dans la tourmente avec, pour seul recours, un autocar improbable.

— Honk ! Honk ! fait l'autocar improbable en arrivant en haut de la côte et en découvrant que trois clients attendent, à la halte dite du Carrefour.

Il s'arrête devant nous. C'est un bus vétuste dont le toit s'orne d'une galerie encombrée de cageots et de paquets. À l'intérieur, essuyant de leur manche la buée du carreau, des ruraux nous contemplent avec, dans la mine, comme une désapprobation de nos activités frivoles.

— Alors ? dit, de son siège, le chauffeur qui tient la portière ouverte. Alors ? c'est pour aujourd'hui ou pour demain ?

— Il faut mettre un vélo sur le toit, dis-je.

L'homme descend en grommelant un peu et, saisissant le vélo de Gudule que nous lui tendons, grimpe à l'échelle en le portant d'une main. Sur le toit du car il faut qu'il déplace des colis, ce qu'il fait sans délicatesse excessive.

Pendant ce temps les ruraux ont retrouvé l'usage de la parole et commentent l'événement en une cantate à plusieurs voix qui nous apprend qu'il n'y a pas de bon sens à courir les chemins à moitié nus par des temps pareils, que les femmes elles feraient mieux de rester à la maison à s'occuper de leur ménage plutôt que de faire le coureur cycliste et que, particulièrement, la pauvrette qui est en train de monter dans le car, on voit bien qu'elle n'a pas de santé et que ces petites de la ville ça veut toujours faire les intéressantes et montrer leurs cuisses, et puis ça ne peut pas tenir la distance.

Ce qu'entendant, la pauvrette qui était en train de monter dans le car en redescend rouge de colère et informe le conducteur qui vient de redescendre de son toit que, toute réflexion faite, elle ne part plus et qu'il ait l'obligeance de vouloir bien lui rendre sa bicyclette.

Il y a ainsi dans la vie des moments où je voudrais être ailleurs, ou disparaître soudain, ou être changé en tronc d'arbre, en caillou, en rhododendron, en n'importe quoi mais en quelque chose qui ne me rattache en aucune façon à une dame ruisselante qu'un conducteur de car non moins ruisselant est en train d'invectiver de belle façon et dont il faut que je prenne la défense avec une mauvaise foi d'autant plus insigne, que je suis entièrement de l'avis du conducteur de car et absolument d'accord avec lui.

Sauf peut-être quand, remonté sur son toit, il jette littéralement au sol le vélo de Gudule, vélo que je rattrape de justesse, en me retournant un ongle afin que la fête soit complète.

Après que le car est reparti dans de grands jaillissements de boue, emmenant les ruraux réprobateurs, Gudule, sans dire un mot, réenfourche sa monture et reprend la route avec nous.

Elle roule un moment en silence puis, n'y tenant plus :

— Je montre mes cuisses et je ne peux pas tenir la distance ? Non mais, qu'est-ce qu'ils s'imaginent, ces bouseux ?

Puis elle se tait et pédale de plus belle. Nous progressons en silence sous la pluie qui se calme un peu tandis que, devant nous, un pan de ciel bleu annonce la fin de l'averse.

— C'est quoi, bouseux ? dit Albina.

Le déluge terminé nous nous retrouvons les uns les autres et, regroupés, échangeons les commentaires d'usage, avec les évocations habituelles de nos pluies passées et, qu'à nous entendre, on croirait chères à notre cœur.

— Elles le sont, dit Albina. Moi je regrette quand je suis pas à veylow les moments où j'étais à veylow sous le pluie parce que j'aime mieux être à veylow sous le pluie que pas à veylow sous le beau temps.

— Complètement dingue ! dit Gudule. Je n'ai qu'une seule amie intime et il faut qu'elle soit folle et cycliste !

— Pas de pléonasmes, dit Daniel, la journée a été assez rude comme ça.

Cinquième journée

C'est aujourd'hui que nous devons passer saluer la vieille dame amie des parents d'Albina, ce qui pose un petit problème.

Cette personne habite Verdelais, localité qui n'est éloignée de Cognac, où nous avons couché, que de huit kilomètres et la question se pose de savoir s'il est convenable de réveiller une dame âgée à huit heures du matin, fût-ce pour lui dire un petit bonjour cordial et collectif.

Daniel, informé par Albina que son amie nous offrirait sans doute du thé, est partisan de traverser Verdelais sur la pointe des pneus, en retenant son souffle et sans éveiller quiconque. Martin, au contraire, qui trouve que notre hôtelier est chiche en tartines, serait en faveur d'un arrêt chez la dame qui doit faire, dit-il, des confitures de grand-mère comme on n'en fait plus. Zuzu, Gudule et moi laissons Albina décider et Pascal se désintéresse de la question.

Tandis que nous méditons sur cet important problème, Albina s'éclipse et revient l'instant d'après en nous annonçant d'un air décidé :

— Je lui ai téléphoné. Elle nous attend. On y va.

— Elle était réveillée ? demande Gudule.

— Elle n'était pas, dit Albina, mais maintenant elle est.

Mme Brou est une très charmante octogénaire vêtue d'un peignoir rose et qui nous reçoit dans son salon avec les petits affolements souriants d'une personne âgée tirée de son lit, aux aurores, par une bande d'inconnus bizarrement accoutrés encore qu'animés des meilleures intentions.

Elle oppose à nos excuses son ravissement de nous voir égayer un peu ses journées solitaires et nous rassure quant à son sommeil écourté, car elle se couche, dit-elle, avec les poules.

Albina tourne vers moi le regard perplexe dont elle use quand une expression française la prend à contre-pied et je la rassure à mi-voix : Mme Brou ne couche pas dans le poulailler.

Après les échanges rituels d'informations concernant les santés de Mme Brou, d'Albina et des parents de celle-ci, notre hôtesse, au grand désespoir de Daniel, demande à sa femme de ménage de nous faire un peu de thé, et s'enquiert de nos activités présentes.

Tandis que chacun de nous commence une phrase qu'il n'aura jamais l'occasion de terminer, Albina prend les choses en main et raconte nos heurs et malheurs dans l'étonnant registre propre au récit cycliste, partagé toujours entre la narration épique et la modestie de bon aloi.

Nos pluies, nos vents, nos soleils et nos côtes prennent dans la bouche de notre amie des dimensions nouvelles et, à part Martin occupé à se glisser insensiblement sur le divan en direction de l'assiette de biscuits secs, nous écoutons, bouche bée, étonnés tout de même d'avoir déployé tant d'héroïsme sur les routes paisibles où, jusqu'à ce matin, nous avons tracé notre chemin.

— Mais tout ça c'est rien, il faut pas exagérer, dit Albina qui vient de donner à notre dernière grimpette les dimensions de l'Éverest, tout ça c'est rien, on se promène tranquillement. Ces côtes, il faut pas en faire une plat.

Curieusement, durant le récit d'Albina, Mme Brou n'a pas poussé les « oh ! » et les « ah ! » de rigueur. Elle n'a pas dit que nous étions fous, ni vaillants ni imprudents. Non que nous tenions absolument à ces appréciations excessives mais enfin, nous avons l'habitude des auditoires non cyclistes pour qui trente kilomètres en forêt de Fontainebleau représentent un exploit athlétique inouï qui motive, en général, des commentaires disproportionnés, et l'absence de ces réactions stéréotypées nous étonne.

Pascal qui, dans la fraîcheur de son âme, n'a pas notre indifférence devant l'admiration des ignorants, Pascal qui voudrait bien qu'on s'extasiât un peu ajoute :

— Sans compter qu'après tout ça on va monter le Tourmalet !

— Charmante montagne, dit Mme Brou avec un bon sourire. Un peu facile comme ascension, mais charmant petit col.

— Vous connaissez le Tourmalet ? dit Gudule.

Mme Brou, le petit doigt en l'air, trempe délicatement un biscuit dans sa tasse de thé.

— Ma chère petite, dit-elle, je grimpais le Tourmalet à vélo avec M. Brou quand vous n'étiez pas encore née. Le Tourmalet, l'Aubisque, le Galibier, l'Iseran, l'Isoard et d'autres petites choses dont je ne me rappelle pas le nom. Ah ! et le Kahamandar Kahl aussi, c'est vrai !

— Le quoi ? dit Martin, la bouche pleine.

— Le Kahamandar Kahl, 3 612 mètres. Tout en cailloux. C'est au Belouchistan.

— Et vous avez monté ça ?

— Oui, dit Mme Brou en grignotant un biscuit, avec M. Brou, à tandem.

Il paraît que la stupéfaction du militaire enturbanné qui montait la garde au sommet du Kahamandar Kahl valait son pesant de roupies. De sa vie de militaire enturbanné, il n'avait jamais assisté à chose pareille : deux êtres humains à peau rose juchés sur une machine à coudre et qu'ils faisaient avancer en remuant les jambes sans que cependant leurs pieds touchassent le sol.

Dans les solitudes arides du haut Belouchistan, ce sont des choses qui étonnent, même lorsqu'on a déjà vu une machine à coudre à Quetta, un jour de baguenaude culturelle.

Le ménage Brou avança jusqu'à la hauteur du guerrier perplexe, dans un dernier effort dont l'intensité eut raison de la roue libre du tandem, qui rendit l'âme brutalement et sans prévenir ainsi que font les roues libres, toujours ravies de jouer un mauvais tour à leurs employeurs. L'échappement soudain du pédalier créa un déséquilibre qui précipita à terre le couple à peau rose, événement qui conforta le soldat dans son opinion qu'il était déraisonnable de gravir le Kahamandar Kahl sur une machine à coudre.

— Salut ! dit Mme Brou. Où est le plus proche vélociste ?

— Et le plus proche bistrot ? ajouta M. Brou.

Le soldat leur répondit dans son dialecte qu'il ne comprenait pas leur jargon. À quoi ils répondirent dans leur jargon qu'ils n'entendaient rien à son dialecte.

La situation aurait atteint une impasse si le militaire avait été seul. Mais il appartenait à l'effectif d'un poste de garde vers lequel il partit en courant, en quête de son sergent, homme érudit s'il en fut, ainsi qu'en témoignait un galon doré sur chacune de ses manches.

Le sergent Abdul, brutalement tiré de sa sieste qu'il commençait à midi et prolongeait jusque vers six heures du soir, le sergent Abdul commença, selon la coutume des sous-officiers de carrière, par invectiver violemment le gâcheur de sieste, puis, dûment informé qu'une machine à coudre montée par deux étrangers avait pénétré dans le territoire à lui confié par ses supérieurs immédiats, décida, malgré la férocité du soleil, d'aller voir lui-même de quoi il retournait.

Il sortit du poste en bouclant son ceinturon, suivi de six gaillards enturbannés qui n'avaient jamais vu de machine à coudre et ne voulaient pas perdre une occasion de s'instruire.

Le groupe entoura M. et Mme Brou qui recommencèrent leurs questions relatives à la proximité de vélocistes et de bière fraîche, sans plus de succès immédiat il faut bien le reconnaître.

Le sergent Abdul, ayant fait des études, s'exprimait dans un anglais douteux que nous renonçons à reproduire ici mais que, pour la véracité du récit, nous remplacerons par un français non moins approximatif.

— Vous, espions ? demanda-t-il.

— Non, dirent les Brou qui parlaient anglais, nous touristes. Nous en panne, nous fatigués, nous soif, nous besoin de...

— Stop ! dit le sergent Abdul en levant la main. Quoi être « panne » ?

— Machine cassée ! dit M. Brou.

— Quoi être « cassée » ?

— Malade ! machine malade !

Pour illustrer son propos, M. Brou se plia en deux en se tenant le ventre à deux mains en poussant des gémissements entrecoupés du mot « malade » prononcé sur des tons différents.

Le sergent Abdul donna un ordre à l'un de ses soldats qui partit en courant et revint de même, porteur d'un quart métallique que le sergent lui prit des mains et offrit à M. Brou en lui faisant signe de boire.

M. Brou, ayant été militaire, identifia immédiatement l'eau additionnée de sulfate de soude qui est le remède miracle de toutes les armées du monde pour les dérangements intestinaux, et déclina poliment l'invitation.

— Pas moi, malade, dit-il, machine, là !

Ils allèrent vers le tandem appuyé à un rocher et que la troupe regardait avec intérêt tandis que leur camarade qui avait vu une machine à coudre à Quetta leur en expliquait le fonctionnement en glissant un pan déchiré de son vêtement dans les poignées de frein, prétendant que dès que les peaux roses voudraient bien se remettre à l'ouvrage, il serait recousu comme par enchantement.

Le sergent écarta rudement ses hommes et s'accroupit auprès du tandem.

— Quoi malade ? dit-il.

M. Brou lui montra la roue libre et, comme preuve de son diagnostic, fit tourner à vide le pédalier, ce qui n'émut pas outre mesure le sergent Abdul dont c'était le premier pédalier.

Comme il soignait en général les malaises de ses hommes à l'aide d'une thérapeutique qui allait du sulfate de soude à l'huile de ricin en passant par le coup de pied au derrière, il n'était pas éloigné de se prendre pour un praticien et entreprit d'ausculter le tandem afin de le guérir, dans toute la mesure du possible.

Après avoir fait, lui aussi, tourner le pédalier, en émettant avec sa bouche des bruits pessimistes, il tripota les manettes des dérailleurs, fit jouer les poignées de frein, dévissa les bouchons de valve et appuya sur la valve avant. Le pneu avant s'affaissa avec un sifflement discret tandis qu'un murmure admiratif s'élevait de la troupe. Le sergent Abdul écarta du geste M. Brou qui voulait s'interposer et dégonfla le pneu arrière avec la même précision chirurgicale. Après quoi, il se releva, prit une mine de condoléances polies et dit :

— Mort !

— Mais non ! Mais non ! dit en riant M. Brou qui prit sa pompe et regonfla les pneus. Machine pas morte, machine malade !

Au spectacle de cette résurrection, la troupe poussa un sifflement d'admiration qui mit le sergent Abdul hors de lui. Il admettait difficilement que l'on doutât de ses diagnostics et ce retour à la vie d'un cadavre dont il avait dûment constaté le décès lui était une atteinte à son autorité.

Il arracha la pompe des mains de M. Brou et l'examina avec méfiance. Il en fit jouer le piston, risqua un œil soupçonneux dans le raccord et médita un brin. Après quoi, faisant signe aux Brou de le suivre, il les mena, toujours suivi de sa petite troupe, derrière la bâtisse de son poste de garde.

Un mulet, mort le matin même, gisait à terre et déjà ne sentait pas bon. Le sergent Abdul rendit la pompe à M. Brou et lui montra le mulet.

— Qu'est-ce qu'il veut ? dit Mme Brou.

— Il veut que je lui regonfle son mulet, dit M. Brou.

— Il n'en est pas question ! dit Mme Brou. En voilà des manières !

— Mulet mort ! dit M. Brou.

— Oui ! dit Abdul. Toi guérir mulet avec ça.

M. Brou expliqua les choses au sergent. Étant cycliste, marié, et gravisseur de montagnes, il avait acquis de la patience et s'en trouva fort bien en l'occurrence.

Quand il eut convaincu Abdul que, non seulement le mulet n'était pas ressuscitable mais qu'en outre, il serait prudent de l'enterrer d'urgence eu égard à la température ambiante, il fut enchanté de voir qu'il avait été compris et que le sergent donnait des ordres pour que l'on creusât un trou adéquat.

Puis ils revinrent près du tandem où le sergent ordonna que fût creusé un second trou, car il avait déclaré que le tandem était mort et n'en voulait point démordre.

— Qu'est-ce qu'ils font ? dit Mme Brou.

— Ils creusent un trou pour enterrer le tandem, dit M. Brou.

— C'est un monde ! dit Mme Brou. Donne-leur des coups de pompe sur la tête !

M. Brou objecta qu'ils avaient des fusils et que ses coups de pompe, outre qu'ils seraient inefficaces, risquaient d'être fort mal venus.

Tandis que les soldats creusaient, il vint à M. Brou une idée dont il ne voyait pas bien où elle le mènerait mais qui retarderait d'autant le moment de l'inhumation. Enfourchant son tandem, il fit signe au sergent Abdul de s'asseoir sur la selle arrière.

— Quoi faire ? dit le sergent.

— Monter sur machine ! dit Brou. Toi voir que machine vivante.

Le sergent hésita. Bien qu'à cette époque lointaine il ne fût pas encore question des petits hommes verts qui enlèvent les terriens pour des destinations inconnues, il jugeait hasardeux de confier sa précieuse personne à cet objet roulant non identifié. Mais ses soldats qui, comme tous leurs semblables dès qu'ils ont à creuser un trou, ne perdent pas une occasion de faire une pause justifiée, ses soldats l'encouragèrent si chaleureusement qu'il ne voulut pas déchoir à leurs yeux et enfourcha la place arrière du tandem, non sans avoir auparavant confié le commandement au caporal Shrivana, lequel inaugura ses fonctions en ordonnant que fût abandonné le creusement du trou, ce qui lui valut une subite et chaleureuse popularité.

— Où tu vas comme ça ? dit Mme Brou.

— Je ne sais pas mais j'y vais, dit M. Brou. On verra bien ce que ça donne. Prends soin de toi.

Puis il s'élança dans la descente du côté opposé à celui par lequel il était monté, emportant un sergent relativement crispé, en proie à une panique totale, et se jurant intérieurement que c'était bien la dernière fois de sa vie qu'il s'obstinerait à constater le décès d'une machine à coudre.

Le capitaine Meadows, des Fusiliers de sa Gracieuse Majesté britannique, gouverneur de la région, et qui montait en automobile inspecter les postes de garde, mit sa main en visière devant ses yeux et dit, sans élever la voix, ainsi que font les gentlemen.

— Dieu me damne, Flemming, que vois-je arriver là-bas devant ce nuage de poussière, ne serait-ce pas un cheval ?

— *No Sir !* dit le chauffeur, c'est un tandem.

— Un quoi, Flemming ?

— Un tandem, sir !

— Dieu me damne, Flemming. Ne vous ai-je pas interdit de boire les jours où vous êtes de service ?

— Je n'ai pas bu, sir ! Si je peux me permettre de prendre la liberté de donner mon opinion, c'est un tandem, sir !

— Arrêtez la voiture sur le bas-côté, Flemming. Si c'est vraiment un tandem il a la priorité sur nous, n'a-t-il pas ?

— Il a, sir !

M. Brou freina à la hauteur de la voiture et adressa son plus chaleureux sourire au capitaine Meadows.

— Content de vous voir ! dit-il, bigrement content de vous voir !

— Comment allez-vous ? dit le capitaine Meadows. Il fait chaud pour la saison, ne fait-il pas ?

Le sergent Abdul descendit du tandem et se mit au garde-à-vous.

— Sergent Abdul, sir, arrêté deux espions, sir.

— Dieu me damne, mon garçon, dit le capitaine Meadows, vous m'étonnerez toujours. N'est-ce pas déjà vous qui avez fait fusiller une chèvre déserteuse, voici quinze jours ?

— C'est moi, sir ! Toujours aux ordres de sa Gracieuse Majesté, sir !

Le capitaine Meadows soupira et invita Brou à monter dans sa voiture. On installa le tandem sur le coffre arrière et le sergent Abdul s'assit à côté du chauffeur, supputant déjà ce que son départ en machine à coudre et son retour dans la voiture du capitaine lui vaudraient de considération de la part de ses soldats.

Ils regagnèrent le sommet, où ils trouvèrent Mme Brou assise sur un rocher et racontant *Alice aux pays des merveilles* à un auditoire de militaires fascinés dont deux seulement comprenaient l'anglais, et un seul l'anglais de Mme Brou.

M. Brou, détachant de sa sacoche de guidon l'insigne du Vélo Club de Gentilly, décora le sergent sur le front des troupes sans toutefois, compte tenu de l'hygiène déplorable de ce soldat d'élite, aller jusqu'à lui donner l'accolade.

Cette émouvante cérémonie terminée, ils prirent congé en promettant de revenir, et le capitaine Meadows les redescendit dans la vallée où, à l'aide d'outils rudimentaires et d'un don certain pour le bricolage, M. Brou put remplacer le petit ressort défaillant de sa roue libre.

— Encore une chose, dit le capitaine Meadows en mordillant sa moustache. Encore une chose : Vous n'êtes pas vraiment des espions, n'est-ce pas ?

— Absolument pas, dit M. Brou. Ma parole d'honneur !

— En ce cas, dit le capitaine, faites-moi le plaisir de venir dîner chez moi ce soir.

— Salerpopipate ! dit Albina (qui a appris récemment le mot « saperlipopette » mais ne le maîtrise pas encore convenablement). Salerpopipate ! quelle aventure ! et moi que je voulais vous épater avec nos petits grimpettes dans le Charente ! je suis ridiculous !

— De toute façon, dit Mme Brou, à mon âge, on ne s'épate plus de grand-chose. Encore un peu de thé ?

Comme nous prenons congé, Pascal s'attarde, rêveur, sur le pas de la porte. Ce farouche futur grimpeur du Tourmalet sent naître en lui des ambitions démesurées.

— Le Kahamandar Kahl, hein ? au Belouchistan, hein ? j'aimerais bien y aller faire un tour à vélo, moi tiens ! un de ces jours.

— Oh ! dit Mme Brou, ça ne doit plus être amusant. Il paraît qu'ils ont goudronné, depuis.

La visite prolongée chez Mme Brou ne nous a pas mis en avance, mais, après tout, l'étape n'est pas longue et il suffira de raccourcir un peu la halte de midi. Nous n'aimons pas arriver trop tard à l'hôtel du soir dont certains ont des heures impératives pour le dîner, ce qui oblige à peine descendu de vélo à une hydrothérapie fébrile et à une précipitation inconfortable. Nous préférons partir tôt le matin et, quand nous le pouvons, nous arrêter vers dix-huit heures, ayant ainsi deux bonnes heures pour nous détendre, nous changer, flâner ou voir la ville.

Ce n'est pas, évidemment, le cas des fléchards ou des diagonalistes, qui sautent de leur selle directement dans leur assiette à soupe et dorment quelques courtes heures avec un réveille-matin en guise d'oreiller. Mais ceci est un autre aspect de notre sport qui doit précisément à sa grande diversité de pouvoir faire le bonheur de toutes les catégories d'individus de quatorze à quatre-vingt-dix-neuf ans, l'année du centenaire étant en général trop chargée en festivités de toutes sortes pour que l'on puisse raisonnablement entreprendre une randonnée de quelque envergure.

— Ah ! dit soudain Gudule. Qu'est-ce qui se passe ?

— Il se passe que tu as crevé, dit Albina. C'est bien de toi !

Je suis seul avec elles. Les autres sont quelque part devant. Nous mettons pied à terre, couchons les vélos dans l'herbe et poussons de profonds soupirs.

Albina, bien que je le lui aie enseigné plusieurs centaines de milliers de fois, Albina ne sait toujours pas vraiment réparer une crevaison. Elle sait faire semblant, s'agiter autour de ceux qui réparent, tenir un bouchon de valve, tâter du pouce un pneu qu'on regonfle, s'enduire de cambouis jusqu'aux coudes, mais, réparer, ce qui s'appelle réparer, elle ne sait pas. Je le sais. Mais elle croit que je ne sais pas qu'elle ne sait pas (ou, si vous préférez, elle croit que je crois qu'elle sait). Ce qui fait qu'elle vit dans la panique permanente de crever en ma présence.

Les dames qui crèvent en étant accompagnées de messieurs réparent rarement. Les vieilles survivances d'une galanterie surannée et qui remonte à la Renaissance font que les messieurs se croiraient déshonorés s'ils laissaient une dame réparer son pneu toute seule. Moi, pas. Moi je m'assieds dans l'herbe et je bourre une pipe. D'habitude, pour une crevaison j'allume juste un cigarillo, mais là je sens que je vais avoir le temps de fumer une pipe.

— Vous savez, me dit Albina, vous devriez partir, rattraper les autres et leur dire de rouler doucement en nous attendant.

— Non, dis-je, je suis un peu fatigué, je vais en profiter pour me reposer le temps que vous appreniez à Gudule comment on répare.

C'est que je les connais, moi, ces ravissantes. Je ne les aurai pas plus tôt quittées qu'elles s'assiéront dans l'herbe et attendront que passe, à pied, à vélo ou en voiture, le pigeon idéal à qui elles joueront le grand duo des Deux Orphelines, quitte à flanquer une bonne baffe au dévoué sauveteur s'il fait mine, ensuite, d'essuyer ses mains sur leurs shorts.

Albina me regarde, je regarde Gudule, Gudule regarde son vélo, puis autour d'elle, d'un air égaré. Elle cherche le cric, sans doute.

— Qu'est-ce qu'on fait ? dit-elle.

Albina dit qu'on répare, puisqu'il n'y a rien d'autre à faire, que le pneu ne va pas se regonfler tout seul et que les hommes, la la ! Ils ont bien changé depuis la conquête de l'Ouest ! Puis comme Gudule fait mine de s'accroupir et de triturer vaguement son vélo couché dans l'herbe, Albina lui dit :

— Andouille ! qu'est-ce que tu espères faire comme ça ? Il faut le retourner roues en l'air.

Ce que fait Gudule en se coinçant douloureusement les doigts entre la roue et la fourche avant. Elle pose le vélo dans l'herbe, roues en l'air, sur la selle et le guidon, ce qui donne au contenu de sa sacoche l'occasion de se répandre un peu partout.

— Avec deux sous de l'idée, dit Albina, tu enlèves ton sacoche avant de retourner ton veylow !

— Moi, je fais ce que tu me dis, dit Gudule.

— Fais qu'est-ce que je fais ! Et regarde bien parce que je ne te montrerai pas deux fois comment le faire !

Gudule, pas dupe, la regarde en coin.

— Toi, tu as appris en combien de temps ?

— Moi, dit Albina, je sais ça de naissance. Le veylow c'est inné. On a ça dans le peau ou pas.

Encore qu'elle exagère, comme à son habitude, Albina n'a pas tout à fait tort. Bien que l'on puisse à tout âge apprendre à aller à bicyclette, il faut bien reconnaître que certains individus privilégiés ont un sens du vélo que d'autres ont besoin d'acquérir. Pas dans le sens de la réparation des pneumatiques, comme voudrait le faire croire notre amie, mais dans celui de l'équilibre, de la position et du pédalage. Nous connaissons des gens qui, quelque effort qu'ils fassent, auront toute leur vie un style heurté et sans élégance et, encore que cela ne les empêche pas d'aller aussi vite ou aussi loin que les autres, se fatigueront davantage et ne tireront pas de leur machine tout ce qu'ils pourraient en attendre.

Ma seule véritable outrecuidance, ma vanité la plus insupportable, c'est que je n'ai jamais appris à aller à vélo. À l'âge où les gamins donnent leurs premiers coups de pédale zigzagants, tenus par la selle par un papa en nage et hors d'haleine, j'ai, à dix ans, enfourché pour la première fois de mon existence la bicyclette d'un petit camarade et suis parti tout droit, sûr de mon équilibre, comme si je n'avais fait que cela de toute ma courte vie. Cinquante ans après, j'en suis encore bouffi d'orgueil. Cela ne fait pas de moi, loin de là, le meilleur randonneur du monde mais me conforte dans l'idée que l'amour du vélo et moi sommes nés dans le même berceau sous la baguette de la même bonne fée.

Tout en conseillant à Gudule de crever, la prochaine fois, de la roue avant de préférence, Albina débloque le blocage de la roue, la soulève, la trouve retenue par la chaîne, cherche de l'œil un bout de bois pour dégager la chaîne dans l'espoir fallacieux qu'elle pourra faire toute l'opération sans se salir les doigts, ne trouve pas de bout de bois et demande à Gudule d'appuyer « là » au lieu de rester plantée comme un piquet.

Gudule appuie « là », puis « là », puis détend le dérailleur, puis écarte les mâchoires du frein, marche sur son tube de pâte dentifrice, fait : ah !, lâche tout, se fait insulter par Albina, s'assied dans l'herbe, dit qu'elle en a marre de se faire maltraiter et que si c'est ça la bicyclette, elle va aller à pied jusqu'à la prochaine gare. Après quoi elle plante son coude sur son genou et son menton dans sa main pour indiquer qu'elle boude, ce qui a pour effet de lui mettre du cambouis sur la moitié de la figure.

Albina, pendant ce temps, a réussi à sortir la roue et demande à Gudule de lui passer ses démonte-pneus. Gudule dit qu'elle ne sait même pas ce que c'est que des démonte-pneus et qu'elle n'en a sûrement pas, parce qu'elle s'en serait aperçue. Albina lui demande comment elle peut s'apercevoir qu'elle n'a pas quelque chose qu'elle ne connaît pas. Moi, je suis content d'avoir pris ma plus grosse pipe et je m'adosse commodément au talus.

Albina n'a pas non plus de démonte-pneus. Cette constatation semble l'étonner, ce qui prouve qu'on ne se connaît jamais bien soi-même. Moi j'aurais parié à 2 000 contre un qu'Albina n'avait pas de démonte-pneus. Elle me demande si je veux bien lui prêter les miens et je dis que oui à condition qu'elle lave ses mains enduites de cambouis avant de toucher à ma sacoche.

Gudule demande avec quoi on est censé se laver les mains en rase campagne, prenant ainsi la défense d'Albina, ce qui les réconcilie. Albina frotte ses mains dans l'herbe mouillée, les essuie sur son cuissard, prend ma trousse dans la poche latérale de ma sacoche, en tire trois démonte-pneus et les montre à Gudule en lui demandant de s'en graver l'image dans la mémoire parce que c'est la dernière fois qu'elle lui en montre.

Elle en insère un entre le pneu et la jante, le cale, en insère un deuxième, exerce une pression, ce qui libère le premier et l'envoie voltiger au loin dans les hautes herbes après avoir, de très peu, failli éborgner Gudule qui suivait l'opération avec un grand intérêt.

— Va le chercher, dit Albina.

— Où il est ?

— Par là !

Gudule à quatre pattes se lance sur le sentier de la guerre tout en disant que tout cela n'a pas l'air très au point et que, depuis que le vélo est inventé, on aurait dû trouver un autre système pour réparer. Comme elle a l'air de me dire cela à moi, je l'assure que je ne suis en rien responsable de l'invention du pneumatique à tringle et que si elle ne fait pas attention elle va enfoncer dans la terre meuble le démonte-pneu qu'elle a, présentement, sous le pied gauche.

Albina, ses trois outils en main, arrive assez vite à séparer le pneu de la jante, sauf en un point où une résistance soudaine l'inquiète.

— L'écrou de valve ! dis-je, moins pour l'aider que par souci, m'étant amusé tout mon soûl, de ne pas passer la nuit à la belle étoile.

— Qu'est-ce qu'il dit ? demande Albina qui ne m'adresse plus la parole.

— Les trous de balles, je crois, dit Gudule.

— Il dit n'importe quoi, dit Albina, c'est sûrement une silex. Pourquoi est-ce qu'on aurait tiré des balles dans ton pneu ?

— Ça, là, dit Gudule, ça ne se dévisserait pas, par hasard ?

Albina rosit un peu et dévisse l'écrou de valve en demandant à Gudule qui c'est qui répare la crevaison ? Si c'est elle ou elle ? Parce que si elle a la prétention de lui indiquer ce qu'il faut faire elle n'a qu'à le dire et prendre le problème en main.

— N'empêche, dit Gudule, que le truc, là, tu ne le dévissais pas si je ne te l'avais pas montré.

— J'allais. Chaque chose dans son temps.

Gudule trouve que tout cela prend beaucoup de temps et demande comment font les coureurs du Tour de France s'ils ont, le moins du monde, l'ambition de terminer l'étape dans les délais.

Albina lui répond que les coureurs ont des « boïo » et plein de gens autour pour les aider (ce qui n'est pas le cas de tout le monde, suivez mon regard). Puis elle demande à Gudule si elle a une chambre. Curieusement, Gudule comprend immédiatement « chambre à air » ce qui me prive, à mon grand désappointement, de tartiner encore une demi-page sur le thème comique mais usé de l'équivoque sur le synonyme.

Gudule, qui apprend vite les leçons, vient sans plus de manière prendre ma chambre à air de rechange dans ma sacoche.

Quand je pense qu'Albina voulait que je parte en avant !

Albina s'apprête à mettre la chambre neuve dans le pneu. Mais, décidément, je ne tiens pas à rester ici plus qu'il n'est nécessaire.

— Non ! dis-je.

— Quoi, non ? dit Albina.

— Non quoi ? dit Gudule. Pourquoi il a dit non ?

— Pourquoi vous avez dit non ? dit Albina.

— Parce qu'il y a quelque chose à faire avant de remettre la chambre dans le pneu.

— Il dit qu'il y a..., dit Gudule.

— J'ai entendu, dit Albina.

— Mais tu ne sais pas ce qu'il y a à faire ? dit Gudule.

Albina respire profondément et, d'une voix qui se force au calme, dit à Gudule des choses que la décence m'interdit de rapporter ici, et qui d'ailleurs laissent Gudule de glace pour la simple raison qu'elles sont proférées en américain, dialecte que Gudule, pour son bonheur, ne comprend pas.

À ce moment, arrivent sur la route deux cyclistes, un bleu et un rouge, qui, bien évidemment, mettent pied à terre en voyant ces deux créatures de rêve dans l'embarras.

— Un pépin ? dit le bleu.

— On peut aider ? dit le rouge.

Puis ils me découvrent, allongé sur mon talus, et leur déception ne le cède qu'à leur perplexité devant ce spectacle insolite.

— Salut ! dit le rouge.

— Salut ! dis-je.

Ils comprennent vaguement qu'il y aurait quelque atteinte au savoir-vivre de continuer à offrir leurs services à des naufragées ainsi chaperonnées. Ils s'accroupissent auprès de moi.

— Vous avez crevé ?

— Oui.

— Elles savent réparer ?

— C'est ce qu'on va voir.

— C'est le vélo à qui, qu'elle répare, la blonde ?

— Celui de son amie.

Le bleu est déçu. Je le sens. Je commençais à lui inspirer une certaine admiration car il était persuadé que, tandis que je me prélassais, Albina réparait ma bicyclette. Son respect naissant pour ma façon de dresser les femmes fond comme neige d'été et il laisse le rouge me faire la conversation, reportant toute son attention sur Albina qui insère la chambre à air dans le pneu.

La conversation du rouge, d'ailleurs, est d'un intérêt technique élevé. Il a très vite compris qu'Albina passait un petit test et, bien que peu soucieux de piétiner ma pédagogie, il ne peut se retenir de lui donner un coup de main sous forme de réminiscences orientées.

— C'est marrant, dit-il, des fois j'ai vu des gens mettre une chambre neuve dans un pneu où le silex était resté. Alors forcément : paf !

Albina suspend son geste. Rien dans son comportement n'indique qu'elle a entendu mais elle passe son doigt à l'intérieur du pneu, s'arrête sur un obstacle, gratte de l'ongle, et ramène un silex gros comme la moitié de l'obélisque de Louksor.

— Tu vois, dit-elle à Gudule, il faut toujours regarder dedans la pneu si le truc qui a percé la chambre il est pas resté dedans par hasard.

— Je vois ! dit Gudule.

— N'oublie pas ! dit Albina. C'est très importante.

— C'est comme des fois, confie le rouge au vent qui passe, des fois, y en a qui repoussent la valve vers le haut pour mettre le pneu en place plus facilement.

— Tu vois, dit Albina, n'oublie pas pour mettre la pneu en place de repousser le truc, là, vers le haut.

— Ce que j'aime en toi, dit Gudule, c'est que tu es la vraie technicienne.

Nous avons passé à peu près une heure dans ce fossé quand le vélo de Gudule est enfin prêt à repartir. Je n'ai tout de même pas pu empêcher le bleu de bondir quand

Albina a fait mine (hérésie !) de remonter son pneu avec les démonte-pneus, ni le rouge d'aller mettre la main à la pâte quand il s'est agi de remettre la chaîne dans les circonvolutions compliquées du dérailleur. C'eût été trop demander à ces preux chevaliers.

Nous reprenons la route tous les cinq et le rouge et le bleu se déclarent enchantés de nous faire un bout de conduite.

— Le dommage, dit le bleu, c'est que nous voilà trois hommes pour deux dames. Ça déséquilibre la symétrie, comme on dit.

Je sens bien que si j'avais un tant soit peu de tact je tirerais mon revolver de mes fontes et je me brûlerais la cervelle, pour rétablir une harmonie acceptable. Mais je n'ai pas de revolver.

— Ne vous en fait pas, dit Albina, on va rejoindre un troisième dame un peu plus loin.

Et comme la couleur revient aux joues du bleu qui n'en croit pas son bonheur, elle ajoute :

— Un dame et trois autres monsieur.

Le bleu et le rouge disent que, bon, ils sont contents de nous avoir connus, mais qu'il se fait tard et que si ça ne nous fait rien, ils vont nous laisser aller à notre train.

Et puis, allez savoir pourquoi, ils accélèrent l'allure et disparaissent bientôt à l'horizon.

— La sociabilité des gens, dit Albina, il est plus ce qu'elle était.

— Alors, disent les autres qui, assis dans l'herbe, nous attendaient un peu plus loin en bavardant, alors, un pépin ?

— Rien de grave, dit Gudule, j'ai crevé et réparé.

— Eh ben, dit Daniel, vous y avez mis le temps.

— C'est parce qu'Albina m'aidait, dit Gudule.

Aujourd'hui nous nous sommes arrêtés de bonne heure et nous avons investi un hôtel aux environs de Cadillac, assez tôt dans l'après-midi pour donner le temps aux gens de la rue de commenter l'événement prodigieux que constitue l'arrivée de sept cyclistes « n'ayant pas l'air de coureurs » parmi lesquels trois femmes.

On ne sait comment, mais la rumeur s'est propagée. Les petites villes manquent souvent de distraction et tout ce qui, de près ou de loin, ressemble à un débarquement de Martiens fait jaillir de leurs embrasures des commères affairées qui trottinent de l'une à l'autre avec l'espoir, souvent déçu, d'être la première à colporter l'information.

Plein de bonshommes à vélo, dites donc ! et pas des tout jeunes ! Et puis des femmes en chorte sur des vélos d'homme ! Qu'est-ce qu'on aura pas vu !

Le cycliste isolé agite moins les foules. Mais le groupe, mixte de surcroît, fournit toujours du sensationnel de choix. Qui qu'i sont ? D'où qu'i viennent ? Où qu'i vont ? Le service de renseignements est assuré par les gamins du cru, toujours attirés par les mécaniques et dont les plus hardis posent les questions clefs : D'où qu'on vient et où qu'on va. Qui qu'on est importe moins. De toute façon on n'est pas normaux. L'affaire est entendue.

Aujourd'hui, par la vertu sans doute de la camionnette du laitier, la nouvelle a franchi les limites de la commune et s'en est allée au chef-lieu voisin frapper de plein fouet le correspondant local du journal régional, qui planchait sur le compte rendu du dernier concours de boules dominical, gagné par notre honorable concitoyen Planchadou Émile à qui nous adressons toutes nos amicales félicitations.

Le correspondant local d'un journal de province est un journaliste ingénu et optimiste qui vit dans l'espoir que son petit village sera un jour le point d'atterrissage de la première soucoupe volante consentant à être photographiée ou encore le théâtre de l'arrestation de l'ennemi public n° 1, avec le concours de trois escadrons de gendarmerie, une escadre d'hélicoptères, l'aviation de chasse et la musique des Équipages de la Flotte. En attendant ces reportages sensationnels qui le propulseront par le premier train de nuit vers les grands journaux de la capitale, il « couvre » les comices agricoles, concours de pêche, tournois de pétanque, vols de lapins et autres événements d'une importance relative qui le laissent (encore qu'il y consacre toute sa conscience professionnelle) sur sa faim de grands reportages.

C'est assez dire que l'annonce inopinée de l'arrivée au bourg voisin de sept cyclistes, dont trois femmes, lui fait dresser l'oreille et sauter dans sa petite automobile, non sans avoir cueilli au passage son copain qui tient le magasin de photographie du coin et assure l'illustration adéquate de ses morceaux d'anthologie par le truchement d'un Leica artistement manipulé.

Dix ans plus tôt, l'annonce de notre arrivée n'aurait pas fait battre un cil de ce sympathique jeune homme. Mais les temps ont changé. Le cyclotourisme est à la mode et il n'est pas un journal qui n'ait tartiné un article vibrant encore qu'approximatif sur « le retour de la petite reine », « la résurrection du vélo » ou « la renaissance de la bicyclette ». Nous en avons tous lu des dizaines et si, parfois, nos cheveux se sont dressés sur notre tête, nous avons toujours apprécié ce regain d'intérêt pour notre dada favori.

Présentement, Jean-Luc, correspondant local de *Sud-Ouest*, est assis en face de nous dans le petit salon de notre hôtel et nous explique avec une infinie conviction que le récit de notre randonnée va plonger ses lecteurs dans l'admiration de nos exploits (et, sous entendu, son rédacteur en chef dans celle de son talent).

Bernard, le photographe, est un personnage qui serait éminemment sympathique s'il n'était habité par une déplorable monomanie : il veut que l'on regarde dans son objectif. J'ai souvent été la proie de ces maniaques du contresens, et notamment à propos d'interviews sur la bicyclette.

— Pour illustrer cette interview, pourrais-je prendre une photo de vous à côté de votre vélo ?

— Certes. Me voici et voilà mon vélo.

— Je voudrais que cela ait l'air naturel. Pouvez-vous vous accroupir et bricoler quelque chose. Au niveau du pédalier, peut-être ?

— Attendez ! je prends une clef et je fais semblant de démonter mon pédalier ? C'est ça que vous voulez ?

— Parfait ! c'est exactement cela. Regardez l'objectif.

— Quoi ?

— Je dis, restez comme vous êtes et regardez l'objectif.

— Je vous demande pardon mais, quand je démonte mon pédalier, je regarde mon pédalier.

— Oui, mais le lecteur voudra voir votre figure.

— Écoutez ! vous faites un portrait d'art ou du reportage ? Si je dois avoir l'air naturel du monsieur qui démonte son pédalier je n'ai aucune raison de sourire aux anges en regardant par-dessus mon épaule.

— Bien. Alors ne parlons plus du pédalier. Je vais vous photographier en train de prendre congé de l'interviewer.

— Soit.

— Voilà. Serrez-vous la main, vous êtes en train de vous dire au revoir. Serrez-vous la main.

— Comme cela ?

— Parfait ! Regardez l'objectif.

— Écoutez mon vieux, franchement, je ne voudrais pas avoir l'air d'y mettre de la mauvaise volonté mais vous avez déjà vu deux gars se serrer la main en regardant ailleurs ?

J'ai tort, d'ailleurs, de poser cette question parce que, en fait, on ne voit que cela : des gens qui se serrent la main en riant bêtement la tête tournée vers l'objectif.

— Vous n'êtes pas coopératif, dit le photographe en soupirant. Alors je vais vous prendre en train de dessiner. Là ! parfait ! La main gauche tenant la feuille de papier, le crayon en main posé sur la feuille. Parfait ! faites semblant de dessiner. Regardez l'objectif !

Ils sont à tuer.

Celui-ci, par bonheur, se moque que nous regardions ou non sa sacrée lentille : il veut nous prendre à vélo et, de préférence, en train de monter une côte. Comme nous sommes douchés, lavés et vêtus « en civil » nous lui laissons entendre qu'il n'en est pas question, ce qui le consterne. Pendant ce temps, Jean-Luc dévide le chapelet des questions rituelles auxquelles nous répondons machinalement avec l'habitude née d'une longue pratique.

Lui, au moins, prend des notes. J'ai connu un jour un phénomène qui m'écoutait bouche bée sans jamais rien noter d'autre sur ses petits bouts de papier que les chiffres qui venaient dans la conversation. Le procédé m'avait paru primesautier mais il m'avait assuré avoir une mémoire d'éléphant, sauf pour les chiffres. C'est pourquoi il notait les chiffres, tous les chiffres, mais rien que les chiffres.

En conséquence, lui ayant dit, dans le cours de notre dialogue, posséder 4 bicyclettes, être âgé de 55 ans et avoir parcouru 80 kilomètres ce jour-là, je ne fus pas le moins du monde surpris de lire le lendemain dans son journal que j'avais, à quatre-vingts ans, parcouru 4 kilomètres en utilisant 55 bicyclettes.

Ce Jean-Luc-ci est beaucoup plus organisé. Il a un bloc et un stylo et note avec application tout ce que nous lui disons sur les vertus du cyclisme et les joies de la randonnée.

Cependant, il a un grave défaut, Jean-Luc : il prend nos trois femmes à rebrousse-poil.

Il est persuadé que la randonnée n'est qu'un sport d'homme et l'on décèle dans ses remarques une certaine tendance à minimiser la participation de nos amies. Il parle aux hommes sérieusement et aux femmes en souriant, avec un air de « vous n'allez tout de même pas me faire croire ! » qui fait apparaître dans les yeux d'Albina une lueur que je connais bien et que j'évite, en général, d'y allumer.

Il s'est fourvoyé d'entrée, en présumant que les trois grâces nous suivaient en voiture, ce qui était aussi injurieux pour elles que pour nous. Puis il a fait quelques plaisanteries faciles sur les dames qui tendent le bras droit pour tourner à gauche quand, par hasard, elles osent lâcher leur guidon. Gudule, qui rosit, regarde Albina et Albina regarde Zuzu. Ce gentil confrère ne se doute pas qu'il jongle avec trois femelles cyclistes remplies, ras bord, de nitroglycérine. Il parachève sa consternante prestation en se déclarant certain que, « bien entendu, quand ça monte un peu, ces messieurs vous poussent ? ».

Zuzu vire au violet, Zuzu la grimpeuse, Zuzu qui « s'est farci » le Lautaret, le Galibier, l'Izoard, Allos et Ventoux entre autres monticules ! Zuzu ouvre la bouche pour répondre mais Albina, tendant vers elle une main pour la faire taire, répond à sa place d'un ton angélique propre à donner le frisson à qui la connaît bien.

— Ils nous poussent toute le temps, dit-elle, quand ça monte un peu, ou quand il y a du vent, ou quand on est fatiguées. On est seulement des femmes, vous savez !

Zuzu et Gudule n'en croient pas leurs oreilles. Nous non plus, pour être tout à fait francs. Mais l'énormité même de la chose nous fait subodorer qu'il y a anguille sous roche et les deux autres, le premier moment de stupeur passé, entrent dans le jeu d'Albina, dont elles ignorent encore les règles mais dont elles se promettent, de confiance, bien du plaisir.

— Pour sûr ! dit Zuzu d'une voix de première communiante. Où serions-nous s'ils ne nous poussaient pas ? C'est un marché qu'on a conclu : le soir on leur raccommode leurs affaires et dans la journée ils nous poussent dans les côtes. Doucement, pour ne pas nous faire tomber.

— Heureusement d'ailleurs, renchérit Gudule rosissante de timidité. Moi, je sais à peine tenir à vélo. Moi, ils me poussent même sur le plat.

Je crains un instant qu'Albina en rajoute en prétendant que nous la poussons dans les descentes. Mais elle dit simplement :

— Il faudrait parler un peu plus de tout ça. Vous savez qu'est-ce que vous devriez faire ? Vous devriez toutes les deux dîner avec nous.

Jean-Luc se récrie ! Il ne veut pas déranger ! Et puis Bernard doit rentrer, et puis il a son papier à écrire, et puis... ! Mais comme il ne connaît pas encore la façon dont Albina envoûte les gens rien qu'en souriant et en secouant ses cheveux blonds, il perd pied peu à peu et finit par céder.

Jean-Luc dînera et couchera ici. Bernard rentrera chez lui avec la voiture de Jean-Luc et reviendra le prendre demain, ce qui lui permettra de nous photographier à vélo, son rêve ! En attendant le dîner, notre jeune ami va pouvoir écrire son article en toute tranquillité dans le bureau que le propriétaire de l'hôtel met à sa disposition, trop content de rendre service à la presse dont on ne sait jamais si, par un heureux hasard, elle ne va pas glisser le nom de son établissement dans son compte rendu.

Jean-Luc disparaît donc dans le bureau et, après un silence, Albina se tourne vers nous qui nous sommes tournés vers elles.

— Celui-là, dit elle, demain, je me le paye !

— Y a intérêt ! dit Zuzu ! comment tu vas faire ?

— Vous me laisse faire et vous dit tout comme moi.

— Ah ! c'est rien qu'avec des mots ? dit Gudule déçue. Je croyais qu'on allait le découper en lanières avec un couteau de cuisine mal affûté.

— Moi, dit Zuzu, je le verrais assez enduit de miel et ligoté sur un nid de fourmis rouges.

— C'est interdit par la loi, dit Daniel.

— Et insulter des femmes sans défense, c'est pas interdit par la loi, peut-être ?

— On ne pourrait pas avoir une petite idée de ce que vous mijotez ? dis-je à Albina. Ne serait-ce que pour mieux donner la réplique.

— Non, dit Albina. Vous me laisse faire. Je démarre et vous prenez mon roue.

Ayant dit elle sort par la porte du fond, suivie de ses deux amies se racontant l'une à l'autre ce qu'elles feraient de Jean-Luc si seulement on le leur confiait une petite demi-heure :

— Qu'est-ce que tu crois qu'elle va lui faire ? dit Martin.

— Je ne sais pas, dis-je. Mais je préfère qu'il écrive son article avant.

Le dîner est gai et animé. Albina dirige la conversation de main de maître et amène notre convive à se définir sur le plan sportif. D'un air profondément nostalgique, il nous confie qu'il a, jadis, joué au foot, fait de la natation et du volley. Mais, la trentaine venue, vous savez ce que c'est, on n'a plus le temps de rien. Nous opinons en connaisseurs et compatissons. C'est bien vrai qu'on n'a plus le temps de rien ! Ne le saurions-nous pas, que tous ces gens « qui-nous-envient-de-faire-du-vélo-voudraient-bien-en-faire-autant-mais-n'en-trouvent-jamais-le-temps » nous convaincraient. Nous écoutons en général ces jérémiades hypocrites avec le sentiment de confusion dans lequel nous plongent notre oisiveté bien connue et notre fortune notoire qui nous permettent de sillonner les routes l'année durant sans travailler jamais.

S'échauffant peu à peu et délicatement orienté par Albina, Jean-Luc nous assène le panégyrique des sports qu'il a pratiqués. Il fallait, paraît-il, le voir au foot, au volley, à la piscine. Ça, c'était une époque !

— Et des sports durs ! dit-il. Rien que des trucs qui demandaient du souffle !

— C'est pas comme le veylow, dit Albina. Avec les dérailleurs modernes on voudrait se essouffler on pourrait pas.

— Je ne dis pas ça !... dit Jean-Luc.

— Dites-le ! dites-le, dit Zuzu. C'est vrai. Comment croyez-vous qu'on ferait du vélo, à nos âges, si c'était si dur ?

Jean-Luc en convient. Il ne veut vexer personne mais, en effet, il faut reconnaître que le vélo, n'est-ce pas, le vélo, question effort bref, c'est pas le foot.

— C'est pas du sport, dit Gudule, c'est de la promenade.

Les hommes ne disent rien. Nous commençons à voir où ces prédatrices veulent en venir et refusons de prendre la moindre responsabilité dans le safari qui se prépare. Tandis que je balance pour savoir si, même, je ne vais pas, à l'insu d'Albina, éclairer vaguement Jean-Luc sur le piège dans lequel il est en train de sauter à pieds joints, tandis, dis-je, que j'hésite, il a la phrase malheureuse qui me fait rebasculer dans le camp des vampires.

— De la promenade pour pépés ! dit-il.

Puis comme il rit longuement, Albina lui demande s'il vient de faire une astuce et, le cas échéant, quelle est-elle ? Bon prince, il précise : « Pour pépé-euss » ! dit-il en montrant les dames, et « pour pépés-é », insiste-t-il en nous désignant.

Voilà un quidam qui, pour le plaisir de faire une plaisanterie de fort mauvais goût, vient de s'aliéner les seuls amis qu'il avait à cette table. Daniel, Martin et moi nous nous regardons sans rien dire. Le jeune Pascal trouve cela drôle et rit, ce qui relance le rire de Jean-Luc.

La vérité m'oblige à dire que les trois femmes rient également en voyant s'allonger nos trombines. Le dénommé Jean-Luc, si Albina le rate, n'est pas pour autant tiré d'affaire. Pour Pascal, nous verrons plus tard.

Suit, entre la poire et le fromage, un numéro comique de nos trois amies destiné à confirmer Jean-Luc dans la certitude que « le vélo roule tout seul » et que « quand on a été sportif une fois, ça ne se perd pas », toutes contrevérités que notre olibrius avale rondement, en rajoutant même, pour nous raconter tout ce qu'il faisait avec son petit vélo quand il était môme. À un ou deux détails près, c'est l'enfance de Merckx !

— Ça se voit, dit Gudule. On voit bien, rien qu'aux questions que vous posez, que vous vous y connaissez en vélo.

— C'est un don, dit Zuzu. Le vélo c'est un don. On l'a ou on l'a pas. Quand on a été cycliste une fois, on le reste.

— C'est vrai, dit modestement Jean-Luc, que j'étais pas mauvais.

Le malheureux est rôti d'un côté. Albina le retourne pour le faire cuire de l'autre.

— Vous en avez parlé dans votre article ? dit-elle.

— De quoi ? de mon expérience cycliste ? Ma foi non. J'ai parlé que de vous autres.

Albina dit que c'est bien dommage et que ce n'est pas comme ça qu'on devient grand reporter.

— Le grand reporter, dit encore Albina, c'est quand la type il va sur le coup lui-même et raconte à ses lecteurs comme si ils y étiez.

— Ben ! peut-être ! dit Jean-Luc, mais...

— Vous savez qu'est-ce que vous devriez faire ? dit Albina.

Il ne le sait pas l'innocent mais nous, nous le savons tous et en frémissons d'aise.

— Vous devriez faire l'étape de demain avec nous, sur un veylow, et raconter ça dans votre journal.

— Mais, c'est que...

— « À Veylow Avec Une Américaine » c'est le titre, dit Albina qui fait flèche de tout bois.

— Ben... oui, mais...

— Et Bernard vous photographie dans l'action.

— « Notre Collaborateur Dans Le Sillage Des Pépées Pédalantes », dit Gudule. Je vois ça très bien sous la photo. Vous êtes marié ?

Non ! grâce au ciel il n'est pas marié. Le coup du sillage des pépées pédalantes aurait été de trop. Il n'est pas marié et commence à trouver l'idée pas si bête que ça et même, en y réfléchissant bien, extrêmement intéressante. Cependant, comme il ne perd pas le sens des réalités, il demande :

— Vous faites combien, demain ?

— 80, dit Albina.

— 80 kilomètres, ça me va.

— Le matin, dit Gudule.

— Ah bon ! vous ne roulez pas l'après-midi ?

— Si, dit Gudule. L'après-midi on en fait 70.

— Si je viens, dit Jean-Luc, après un temps de méditation, je m'arrêterai à midi. Je... J'ai du boulot en retard.

Le « Si je viens » est de trop. C'est un homme, il n'y a qu'à voir son regard, qui est déjà en selle.

Un peu avant que nous n'allions nous coucher, Jean-Luc est absolument gagné par le virus du cyclisme de randonnée. D'en avoir parlé a fini par le persuader qu'il pouvait le faire. D'ordinaire, en prosélytes consciencieux nous calmons les ardeurs des va-t-en guerre à cours d'entraînement. Mais celui-ci est par trop outrecuidant. S'échauffant peu à peu il en est venu à nous provoquer ouvertement et, daubant sur notre état de vétusté avancé, fait le beau devant les dames, et se retient à peine de déclarer que, demain, on va voir ce qu'on va voir !

Après avoir bu un cognac, s'être gaussé parce que nous ne l'imitions pas et nous avoir proposé une tournée de tilleul-menthe, il consent tout de même à aller se coucher, non sans avoir posé une ultime condition :

— Si, demain, faut pousser les dames, dit-il, moi, je pousse Albina.

Ce dernier trait amène un mince sourire sur le joli visage d'Albina et conforte Gudule et Zuzu dans l'opinion calamiteuse qu'elles ont du gentleman.

Puis nous allons nous coucher, non sans avoir téléphoné à Bernard afin qu'il apporte, avec la voiture, le vélo de son beau-frère dont nous espérons sournoisement qu'il pèse une trentaine de kilos (le vélo).

Ce n'est pas le cas. Le lendemain, quand nous descendons, Bernard et l'engin sont déjà devant la porte. C'est un vélo de course fort acceptable avec, bien entendu, des développements trop importants pour ce que nous faisons. Mais comme il est couru d'avance que ce genre de gaillard n'utiliserait — sous peine de se croire déshonoré — que les plus grands braquets de n'importe quel vélo, cela ne change rien à l'affaire.

La nuit n'a pas fait tomber l'exaltation de Jean-Luc. Vêtu d'un short prêté par l'un de nous il examine sa machine de l'œil critique du briscard recuit sous tous les cieux, il tâte ses boyaux, essaie ses poignées de frein et s'efforce de donner en tout point l'illusion qu'il va boucler incessamment son 100 000e kilomètre.

Avec une magnanimité dont nous nous étonnons nous-mêmes, nous lui réglons les hauteurs de selle et de guidon. Si mitigés que soient nos sentiments à l'égard de notre nouvel équipier, notre sens de l'esthétique nous interdit de le laisser pédaler en canard sur une selle trop basse ou chalouper en dromadaire sur une selle trop haute. Ce spectacle, si nous nous y prêtions, nous gâterait le paysage.

Sauf que Jean-Luc enfourche son vélo en montant par la pédale, le départ se passe le plus normalement du monde. Bernard est parti devant, avec la voiture, afin de se poster aux endroits qu'il jugera stratégiques pour prendre des clichés de son copain dans « le sillage des pépées pédalantes ».

(Le malheureux bien que prévenu nous ratera dix fois avant d'avoir compris cette vérité élémentaire : les cyclistes vont toujours plus vite qu'on ne croit. Dès la campagne atteinte nous voyons à tout moment à 200 mètres de nous le photographe jaillir de sa voiture, tripoter fébrilement les réglages de son appareil et afficher une mine désappointée lorsque nous passons à sa hauteur au moment précis où il vient de décider à quelle vitesse il doit nous prendre. À 20 à l'heure un cycliste parcourt 100 mètres en 18 secondes. Les photographes n'y pensent jamais. Les caravaniers non plus d'ailleurs quand ils se rabattent.)

D'entrée de jeu, nous laissons l'initiative des opérations aux trois femmes. Elles ont pris sagement la roue du champion qui, comme il fallait s'y attendre, tire ce qu'il a pu trouver de plus énorme comme braquet sur sa machine. Pour l'instant le terrain est plat et le vent favorable mais ce sont là des conditions qui durent rarement, quelque regret que nous en ayons. Nous allons, tout à l'heure, tourner à gauche et le petit vent qui nous pousse trois quarts arrière va quelque peu refréner nos ardeurs. Ce sont là de minuscules détails que le randonneur enregistre machinalement et qui lui permettent de doser ses efforts en fonction de ce qu'il sait devoir affronter par la suite.

Tout le corps exercé sent d'instinct les changements de relief, d'allure, de vent et, inconsciemment, les mains sur le guidon, le corps sur la selle, la chaîne sur les pignons changent de position pour tirer le meilleur parti de l'ensemble homme-machine. C'est toute la science du cyclisme. Elle est courte mais efficace.

Jean-Luc chante. Faux, mais il chante. Voilà un homme que le vélo rend heureux, ce qui n'est pas pour nous étonner. Son chant cesse avec la première petite côte, bien modeste pourtant, mais qui le fait se rendre compte que l'air emmagasiné dans ses poumons ne peut pas servir à deux choses à la fois. Il faut se faire une raison.

Après la première petite côte, il y en a une deuxième et, pas bien loin, une troisième. Un coup d'œil sur la carte m'apprend que nous allons atteindre bientôt quelques vraies bosses, de celles qui ne se montent pas sur un coup de rein mais qui réclament une manipulation judicieuse du dérailleur.

Dans la troisième petite côte Jean-Luc, qui ne chante décidément plus, décide de se servir précisément de ce dérailleur qu'il semblait, jusque-là, considérer avec un mépris certain. Peu aguerris, ses doigts malmènent la manette, ce qui provoque des protestations indignées de la chaîne et un tel ralentissement du cycliste qu'il est non seulement largué par les trois grâces qui continuent imperturbablement leur chemin, mais aussi dépassé par le peloton des quatre hommes qui venait un peu derrière.

Je ralentis pour l'attendre. Ce n'est pas parce qu'Albina a décidé de donner une leçon d'humilité à cet avantageux jeune homme qu'il faut se conduire en sauvage. Le temps qu'il ait enfin fini de cafouiller en regardant entre ses jambes ce qui se passe sur sa roue libre et en zigzaguant sur toute la largeur de la route, les autres ont disparu de l'autre côté de la colline.

— Où qu'ils sont ? dit Jean-Luc.

— Pas loin, dis-je. On va les rattraper.

On les rattrape. Dans mon sillage, il rejoint le groupe des hommes qui, d'ailleurs, a ralenti l'allure. La sagesse voudrait que Jean-Luc restât avec nous. Nous bavarderions gentiment et ferions son éducation cycliste par le biais de conversations allusives aptes à ne pas froisser son amour-propre. Mais c'est trop demander à un jeune mirliflore qui s'est engagé à pousser les dames dans les côtes.

Pour l'instant les dames sont à un bon demi-kilomètre devant, trois petits dos rouge, jaune et bleu qui vont paisiblement, sans à-coups inconsidérés.

— Bon ! Eh bien ! Salut ! dit Jean-Luc.

Et, repassant sa plus grande mécanique, il se lance à la poursuite de nos amies nous laissant quasiment sur place comme de vieux débris que nous sommes.

— Eh bien ! dit Daniel, il va pas aller loin, comme ça !

Pascal opine hypocritement. Son âge l'inciterait à prendre le parti de Jean-Luc et, peut-être même, à faire le tout fou avec lui. Mais les jours passés en notre compagnie et quelques fantasias cher payées lui ont mis du plomb dans la tête.

Oh ! pour les rattraper il les rattrapera. Ce n'est tout de même pas un chétif et, l'âge aidant, il peut jeter encore assez de feux pour rejoindre trois jeunes femmes qui roulent à vingt à l'heure. Ce qu'il ne peut pas, c'est rouler à vingt à l'heure pendant 80 kilomètres côtes comprises, sans aucun entraînement. Et cela, les trois jeunes femmes en question le peuvent.

L'horizon se barre d'une colline importante. Notre œil exercé voit immédiatement que la route y va tout droit au lieu d'avoir l'air de vouloir la contourner, et qu'il va donc falloir passer par-dessus.

— Il va les rejoindre juste pour attaquer la côte ! dit Martin.

— Et il va comprendre sa douleur ! dit Daniel.

Je propose d'accélérer un peu pour ne rien perdre du spectacle, et, bien groupés, nous forçons l'allure et comblons une partie de la distance qui nous sépare de nos amis.

Nous rattrapons Gudule au début de la côte. Elle a été lâchée et mouline tranquillement en attendant que cela se passe. Martin, qui a une belle âme, se laisse glisser pour rester avec elle et lui tenir compagnie. Pascal, Daniel et moi poursuivons notre effort jusqu'à ce que nous apercevions le trio.

Jean-Luc a rejoint mais il n'est pas repassé en tête. Trop heureux sans doute d'avoir pu limiter les dégâts. Albina et Zuzu pédalent rondement. La côte n'est pas très pénible mais elle est longue. Je rejoins Jean-Luc et lui conseille de passer une plus petite vitesse.

— Oh ! les jambes, ça va ! dit-il. Mais c'est le souffle ! Je fume trop !

Il doit aussi avoir le sentiment très net que s'il cafouille encore dans ses vitesses au milieu de cette côte, il n'est pas près de revoir Albina pour la pousser.

Le sommet atteint, tout le monde ralentit un peu l'allure pour attendre Gudule et Martin et bientôt nous nous retrouvons regroupés tous les huit, ce qui ne nous était pas arrivé depuis le départ.

Il y a maintenant une heure et demie que nous roulons et Jean-Luc a déjà dépensé une quantité d'énergie suffisante pour aller du cap Nord à Gibraltar, vent debout.

Il semble qu'il ait quelques difficultés à reprendre son souffle. Entre deux halètements il dit à Albina :

— Je croyais qu'on devait vous pousser dans les côtes !

— Dans les côtes, oui, dit Albina, mais tout de même pas sur du faux plat.

Désemparé Jean-Luc se tourne vers Zuzu :

— C'était du faux plat, ça ?

— Naturellement, dit Zuzu. Qu'est-ce que vous pensiez que c'était ? l'Iseran ?

Les hommes, je le sens, commencent à ressentir quelque sympathie pour ce jeune opiniâtre. Après tout, il vient de faire, sans entraînement, 30 kilomètres dans les conditions de rythme et de développement les moins raisonnables. Il vient de grimper, à l'arraché, une côte assez longue dont ses tortionnaires lui assurent que c'est du faux plat et il ne parle pas d'abandonner, de mettre pied à terre ni de grimper dans sa voiture, que nous retrouvons de loin en loin.

On en fera quelque chose si Albina ne l'écœure pas à jamais.

Nous repartons tous bien groupés et roulons quelques kilomètres sans à-coups à une allure raisonnable. Martin est en tête et, instinctivement, tout le monde s'abrite du vent dans son sillage. Au moment où je me prends à espérer qu'Albina s'est calmée et que son numéro de dressage en férocité est terminé, je la vois dire un mot à ses deux amies qui roulent à ses côtés. Puis elle se déporte un peu sur la gauche, s'assure d'un coup d'œil que Zuzu et Gudule en ont fait autant, fait, d'un coup sec, monter sa chaîne sur son plus grand plateau de pédalier et démarre brutalement suivie de ses deux acolytes hilares.

C'est reparti !

C'est reparti pour elles mais, en tout cas, pas pour nous. Nous avons assez joué aux petits coureurs du dimanche pour aujourd'hui. Le plus pondéré des randonneurs s'amuse parfois à pousser des pointes de vitesse, mais ce n'est pas son rythme de croisière. Dès que nos trois fusées volantes s'apercevront que Jean-Luc ne les suit pas, elles ralentiront l'allure et nous les rejoindrons.

Car Jean-Luc ne les suit pas. Il reste sagement en queue, à l'abri de nos quatre dos et seul un continuel changement de position de son séant sur sa selle indique qu'il passe généralement plus de temps sur le dunlopillo de sa voiture que sur une selle de bicyclette.

— Qu'est-ce qu'elles s'imaginent, ces nanas ? dit-il. Que je vais mourir avant l'âge pour leur filer le train ?

— C'est ma femme que vous traitez de nana ? dit Daniel de l'air gracieux qu'il prend pour parler aux contractuels.

— Excusez-moi ! dit Jean-Luc. Je disais ça comme ça. Votre femme elle est gentille. C'est l'autre Amerloque qui les excite.

— C'est Albina que vous traitez d'amerloque ? dis-je.

Jean-Luc soupire. Il avait peut-être quelque chose à dire sur Gudule mais apparemment, il ne se rappelle plus quoi.

Gudule, d'ailleurs, apparaît au bout de la route. De toute évidence elle n'a pas pu suivre le train d'enfer imposé par Albina. Nous la récupérons bientôt et de se laisser glisser à l'abri avec un soupir de soulagement.

— Trop vite pour moi ! dit-elle. Un peu, c'est amusant mais, à la longue... ! Vous prenez des notes, au moins ? demande-t-elle à Jean-Luc.

— J'enregistre ! dit Jean-Luc. Vous rouliez à combien quand vous avez démarré ?

Gudule dit qu'elle n'en sait rien mais Martin dit à environ quarante à l'heure.

— Alors, dit Daniel on ne va pas tarder à rattraper Zuzu.

En effet, le dos de Zuzu apparaît bientôt au bout d'une ligne droite et nous l'absorbons quelques secondes après.

— Oh la la ! dit-elle. J'ai jamais vu Albina comme ça ! on dirait qu'elle a mangé du lion.

— Finalement, dit Jean-Luc qui n'est pas si bête, votre Albina elle me fait un numéro de cirque ! Maintenant qu'elle a largué tout le monde, elle roule à la même vitesse que nous, un ou deux kilomètres devant, c'est tout.

C'est tout et c'est certainement exact. Albina ne peut pas rouler à quarante à l'heure si longtemps.

Ayant fait son effet et pris ses distances, elle se contente de maintenir l'écart qui nous sépare d'elle et attend de voir si nous revenons en force ou si Jean-Luc se lance dans une nouvelle opération suicide.

Ce qu'il fait incontinent, en nous démarrant sous le nez, mû par l'atavisme ancestral qui pousse les hommes les plus réfléchis à courir bêtement après les femmes qui les provoquent.

Albina, qui dispose d'un petit rétroviseur fixé à ses lunettes de soleil, ralentit imperceptiblement l'allure dès qu'elle voit Jean-Luc se rapprocher d'elle. Il la rejoint.

— O.K. ! dit-elle. On finit ensemble tranquillement.

— O.K., dit Jean-Luc qui à l'idée de « finir ensemble » avec Albina se sent redevenir Superman.

Cette petite, finalement, elle en a sa claque ! À force de vouloir jouer au plus fin, elle est morte. Il a bien cru, Jean-Luc, qu'elle démarrerait à nouveau dès qu'il l'aurait rejointe. Et puis pas du tout ! Elle s'est mise à son train. À son train à lui. Et puis elle a dit « O.K. on finit ensemble ». Si c'est pas de la soumission à la supériorité masculine, ça, Jean-Luc ne s'y connaît pas !

Jean-Luc, il faut le dire, ne s'y connaît pas.

Comme une côte se présente devant eux et qu'il faut bien que jeunesse se passe, Jean-Luc démarre soudainement et laisse Albina sur place en lui criant au passage.

— Je vous attends en haut !

Au début cela va bien. L'élan acquis permet à notre outrecuidant de franchir une centaine de mètres en gardant ses illusions. Puis, la pédale se fait plus dure, la bicyclette aurait comme une inclination à zigzaguer. Jean-Luc s'émeut, souffle, halète, s'arc-boute, prend son guidon par en haut, par en bas, par le milieu. Rien n'y fait. Une embardée puis une autre. Le temps à peine de quitter le cale-pied et le voici pied à terre, pantelant, à mi-côte. Essoufflé, écœuré, rageur et tremblant, éberlué aussi de constater qu'Albina, qu'il croyait encore au bas de la côte, le dépasse comme une bombe en disant :

— Où c'est, déjà, que vous disiez que vous m'attendiez ?

Puis elle passe un plus grand développement, se relance, en danseuse, sur quelques mètres et disparaît au sommet de la côte qui n'est plus très loin.

Blanc de rage, Jean-Luc finit d'escalader la côte en courant à côté de son vélo, l'enfourche sitôt arrivé au sommet, se met en devoir de rattraper Albina qui n'a pas ralenti son effort, n'y parvient pas, s'asphyxie, s'arrête, descend de vélo, s'assied dans l'herbe et nous attend.

Quand nous le rejoignons il est plutôt pâlot et paraît avoir quelque mal à reprendre son souffle.

Nous nous arrêtons auprès de lui.

— Ça va ? dit Zuzu.

— Ça... va ! dit Jean-Luc.

— Ça a pas l'air ! dit Gudule.

— Je... dis... pas... que... ça... va... heu, dit Jean-Luc. Je... dis... ça... va... comme... ça !

Il s'éponge, souffle dans ses joues, remue ses épaules, masse ses cuisses, boit une gorgée d'eau, se remet debout en grimaçant et enfourche son vélo sans dire un mot.

Nous l'escortons en silence et rejoignons Albina qui, arrêtée un peu plus loin, s'est assise sur une borne et se fait les ongles, un peu ostensiblement il faut le reconnaître.

Elle remonte à vélo un peu avant que nous n'arrivions sur elle et attend, en pédalant lentement, que nous la rejoignions.

Jean-Luc, en arrivant à sa hauteur, pose fraternellement la main sur son épaule.

— Vous avez vu ? dit-il, j'ai quand même fait deuxième au sommet de la côte !

Sixième journée

Dans l'après-midi du sixième jour, après que Jean-Luc (restauré, requinqué et reparti dans des délires grandioses concernant sa forme athlétique) nous a quittés avec Bernard et son auto pour aller écrire et peaufiner le reportage de sa vie, nous attaquons les Landes.

Attaquer est un mot que la facilité conduit sous la plume mais qui, par la détermination belliqueuse qu'il évoque, ne convient nullement à la paisible déambulation qu'est la randonnée en pays landais — à condition, bien entendu que, par un artifice de langage, on n'inclue pas dans cette dénomination la Chalosse plus pentue qui annonce le Gers, région nettement « gondolée », comme dit Albina.

Quand on parle des Landes, on pense automatiquement au plat pays planté de pins, bordé de dunes et de lacs. Ce ne sont pas toutes les Landes mais c'est par là que nous passons aujourd'hui, journée de repos ambulatoire et qui nous défatigue de nos côtes passées lesquelles, pour n'être pas le Kahamandar Kahl, ont dû, tout de même, être gravies à la force du mollet.

Gudule, qui se trompe de sud, s'étonne de ne pas entendre le bruit des cigales. Personnellement, je ne saurais trop m'en féliciter. Le « doux chant des cigales » appartient au folklore agaçant des clichés provençaux que l'on répète sottement dès qu'il s'agit du Midi. Le « doux chant des cigales », si l'on veut bien y réfléchir un brin, est une stridulation incessante et criarde que l'on ne tolérerait pas plus de dix minutes chez soi si l'on savait qu'elle est produite par quelque outil électrique du voisin bricoleur. Peut-être le « doux chant des cigales » est-il perçu comme tel par l'automobiliste qui n'abaisse sa vitre que le temps de jeter son mégot, mais le randonneur méditerranéen qui le subit de l'aube au crépuscule sans un instant de répit a le droit de n'être pas de cet avis.

Achille qui s'était un jour arrêté sous des arbres pour y faire une sieste était bien de mon avis. Parti le matin d'Avignon il était vers midi dans le massif des Maures et, après un solide casse-croûte, s'était allongé auprès de sa bicyclette pour somnoler un peu en attendant que la chaleur s'apaisât. C'était compter sans « le doux chant des cigales ». Ces maudites bestioles dans leur incommensurable sottise ne cessaient de grincer en cadence comme des ajusteurs opiniâtres travaillant aux pièces. Excédé, Achille frappa dans ses mains. Étonnées les cigales s'arrêtèrent un bref instant, puis reprirent leur concert. Achille, pensant les avoir à l'usure, s'allongea sur le dos, ferma les yeux et claqua des paumes arythmiquement, espérant ainsi écœurer les musiciennes dont il avait remarqué qu'elles avaient un sens aigu de la mesure. Sentant soudain une présence, il ouvrit les yeux et vit devant lui un naturel du pays qui le regardait avec perplexité.

— Ça va pas, monsieur ? demanda cet homme d'un ton sincèrement inquiet.

— Si, si ! dit Achille. J'essaie de faire taire les cigales.

L'autre ôta son chapeau de paille et se gratta l'occiput. On a beau, en matière de touristes, croire qu'on a tout vu, il y a toujours à découvrir.

— Faire taire les cigales ?

— Parfaitement ! Elles m'empêchent de faire la sieste.

L'homme remit son chapeau et soupira.

— Mon pauvre ! dit-il. Des créatures qui chantent, c'est pas en les applaudissant que vous les ferez taire !

Puis il continua son chemin en hochant la tête, déconcerté pour la journée.

— Tout ça n'empêche, dit Gudule, que j'aime le bruit des cigales.

— Mais c'est votre droit, chère Gudule, c'est votre droit !

Pascal me regarde et, avec un clin d'œil complice, manœuvre légèrement la manette de son dérailleur. La chaîne, décalée, commence à grincer sur les pignons. J'en fais autant et conseille silencieusement aux autres de nous imiter. En un instant nos six bicyclettes déréglées font un bruit métallique éprouvant pour les nerfs.

— Holà ! dit Gudule. Holà ! Vous n'êtes pas en ligne[1] mes bons amis ! Vous faites un bruit assommant !

— Voilà de l'ingratitude, dit Pascal en remettant sa manette en place. On esquinte nos chaînes pour lui faire le bruit des cigales et elle n'est pas contente !

Gudule hausse les épaules et décide de bouder. Ce que voyant, Martin, pour détendre l'atmosphère, déclare qu'il mangerait bien un petit quelque chose. Du foie gras, de préférence, pour la couleur locale.

En attendant qu'une auberge accueillante se prête à ces agapes, trois des quatre hommes sont pris soudain d'un besoin pressant et s'isolent dans un petit sentier, suivis du quatrième, par solidarité. Les trois femmes continuent leur chemin et, tout en arrosant la base des pins, nous entendons le barrissement rageur d'un avertisseur d'automobile suivi d'une violente reprise de moteur qui trouble singulièrement le calme de la forêt landaise.

Quand nous rejoignons nos compagnes nous les trouvons dans un état d'indignation considérable. Un automobiliste pressé les a doublées à grands coups d'avertisseur et, trouvant qu'elles ne se rangeaient pas assez vite, s'est rabattu, exprès, au ras d'Albina qui roulait en tête, man-

1. Position idéale, et donc rarement atteinte, de la chaîne par rapport à l'alignement du pédalier et de la roue libre.

quant de peu l'envoyer au fossé. Puis ravi, dit Zuzu, il a lâché son volant et leur a fait un « bras d'honneur » en s'assurant dans son rétroviseur qu'elles le voyaient bien par la vitre arrière.

— C'est quoi une « bras d'honneur » ? dit Albina.

— C'est ce qu'il nous a fait, dit Zuzu.

— Mais moi j'ai pas vu, dit Albina, j'étais en train de récupérer ma équilibre.

— Écartez-vous, dit Zuzu, je vais lâcher mon guidon.

Nous nous écartons prudemment et Zuzu lâchant son guidon des deux mains exécute un magnifique « bras d'honneur » dont l'énergie manque, à son tour, de l'envoyer hors de la route.

— Voilà ce que c'est ! dit-elle à Albina. Et ça ne se fait pas ! Surtout à des dames !

— Le bras je vois, dit Albina, mais où elle est l'honneur là-dedans ?

L'automobile autorise la lâcheté ! Sans même aller jusqu'aux cas extrêmes d'écraseurs prenant la fuite, combien de conducteurs se croient autorisés, à l'abri de leur voiture et de leur vitesse, à des gestes et des mots qui ne leur viendraient même pas à l'idée s'ils étaient à pied. Il est remarquable que le même gentleman courtois qui oblige une femme à descendre plus vite qu'elle ne le souhaiterait les marches d'une station de métro, par le seul fait qu'il lui en tient la porte ouverte, la couvre d'insultes vulgaires si elle ne traverse pas les clous assez vite devant sa précieuse bagnole. Il semble que la possession d'une tonne de ferraille coûteuse fasse remonter des entrailles de son propriétaire les instincts ancestraux de violence et de bestialité du bon vieux temps des cavernes, quand la massue était le fin du fin de la dialectique entre prognathes ergoteurs.

— Tiens ! une auberge ! dit Martin.

— Tiens ! la voiture du type ! dit Gudule.

Une Renault rouge est arrêtée devant l'auberge et les trois femmes reconnaissent parfaitement la voiture de l'énergumène qui selon toute probabilité arrose, à l'intérieur, son exploit. De fait quand, silencieux comme des chats, nous avons déposé nos bicyclettes et gravi les deux marches qui mènent à la terrasse de bois, nous l'entendons conter à l'aubergiste une histoire de « gonzesses à vélo » sur un ton de voix qui implique qu'il vient de faire quelque œuvre de salubrité publique en leur apprenant à se garer quand passe le mâle supérieur dans son véhicule à pétrole.

Tacitement, nous faisons entrer les trois femmes les premières et restons un instant de plus à l'extérieur.

— Tiens ! ben justement, les voilà, dit l'olibrius en voyant entrer les « gonzesses à vélo ». Alors mes petites dames ! Savez pas qu'il faut tenir sa droite ? Hein ? Savez pas qu'il faut se garer quand une auto arrive ? Hein ? Savez pas que...

Comme nous entrons à ce moment-là, nous ne saurons jamais quelle est la troisième chose que nos compagnes ne savent pas. Décidés à nous amuser un peu, nous entrons tous les quatre d'un bloc et restons silencieux, le dos à la porte, un regard inexpressif braqué sur l'automobiliste dans la plus pure tradition des westerns quand le silence se fait dans le saloon à l'arrivée des quatre tueurs de l'Arizona.

Le silence, en effet, se fait dans le saloon. Les trois femmes s'asseyent à une table comme si elles n'étaient pas concernées et l'orateur, découvrant tout à coup que les « gonzesses à vélo » étaient accompagnées de quatre hommes, met brusquement un terme à son discours qui promettait pourtant d'être instructif.

— Bon ! Eh bien, voilà ! dit-il à l'aubergiste.

— Voilà quoi ? dit ce dernier qui lui aussi a vu des westerns à la télé et craint pour sa verrerie. Pas de bagarre chez moi ! ajoute-t-il en se tournant vers nous.

— Bagarre ? dit Pascal. Quelle bagarre ?

— Qui c'est qui cherche la bagarre ? dit Martin.

— Pas moi, dis-je.

— Moi, dit Daniel, je voudrais seulement que ce monsieur me fasse un bras d'honneur.

— Ça va pas, non ? dit le « monsieur » qui a perdu beaucoup de sa belle assurance.

— Moi ça va, dit Daniel, c'est la demoiselle, là, qui n'a pas bien vu tout à l'heure quand vous l'avez fait sur la route. Elle avait failli être renversée, ce qui explique son inattention regrettable.

— Moi ? mais... je... enfin... je... c'était pas un bras d'honneur !

— Ah bon ! dit Pascal. Ça m'étonnait, aussi.

— C'était quoi ? dis-je.

— Je... je remontais ma manche. Vous voyez. Je remontais ma manche. Comme ça.

Il est en manches de chemise. Il plie son bras gauche main en haut, et fait mine d'arranger sa manche roulée, avec sa main droite.

— Le poing fermé ! dit Zuzu.

— Le quoi ?

— Fermez le poing. Tout à l'heure vous aviez fermé le poing.

— Ah ben ! peut-être bien que j'avais fermé le poing. Vous savez ! machinalement, comme on dit.

Il ferme le poing.

— Voilà ! dit Daniel. Voilà un beau bras d'honneur. J'adore ça, moi les beaux bras d'honneur.

— Moi aussi, dit Martin. La dernière fois qu'un automobiliste m'en a fait un, figurez-vous, j'ai retrouvé sa voiture un peu plus tard arrêtée devant un restaurant. Tiens ! comme aujourd'hui, quand j'y pense ! Vous savez ce que j'ai fait ?

— Non, dit Pascal, qu'est-ce que vous avez fait ?

— J'y ai dégonflé les quatre pneus, dit Martin. J'aime ça moi, dégonfler les pneus. Faudra que j'aille voir un psychiatre un de ces jours !

Comme nous nous sommes écartés de la porte, l'homme se rue dehors. Bien entendu, nous n'avons pas touché à ses pneus, ce dont il s'assure en donnant dedans de grands coups de pied, moyen singulier qu'emploient beaucoup de ces agités du gicleur pour vérifier leur pression d'air.

— Faudrait voir à me payer votre consommation, crie l'aubergiste.

L'homme revient régler son dû précipitamment, sans nous regarder, son teint hésitant entre la betterave et la tomate mûre, ce qui nous fait nous attendre à une attaque d'apoplexie dont nous serons malheureusement frustrés.

— Tss ! Tss ! dit Pascal. Et ça part sans même payer ses consommations !

Le personnage ressort en courant, se jette dans sa voiture et démarre en faisant voler les gravillons et en manquant de peu d'emboutir une camionnette qui passait par là sans penser à mal.

— Savez pas qu'on met la clignotante avant de déboîter ? lui crie Albina par la fenêtre.

— Alors ! dit Martin en s'asseyant. Ce foie gras ?

Que l'on ne déduise pas hâtivement de ce qui précède que les cyclistes sont des anti-automobilistes primaires et viscéraux qui ne rêvent que de voir décimés dans d'horribles souffrances tous ceux qui tiennent un volant. Les cyclistes, pour la plupart, sont automobilistes eux-mêmes mais n'en abusent pas.

L'auto, en soi, est un moyen de transport extrêmement pratique, un excellent outil de travail et, parfois, de loisir. Un point, c'est tout. Seuls les pervertis du volant, les excités de l'accélérateur, les maniaques de la vitesse, les dépravés du doublage sans visibilité et les adeptes de l'ôte-toi-de-là-que-je-m'y-mette sont voués à notre exécration, comme aussi les illettrés intermittents qui savent lire « passage protégé » mais pas « Stop à 50 mètres ».

Ces malfaisants ne sont d'ailleurs pas un danger pour les seuls cyclistes. Du hérisson au promeneur, tout ce qui n'est pas prudemment enclos dans de la tôle coloriée est susceptible d'être écrabouillé avec une belle indifférence, heureux encore s'il ne s'entend pas dire comme un mien ami renversé (sans mal) par un convulsif de la moyenne :

« mais aussi ! qu'est-ce que vous faites à vélo sur une route *pour automobiles* ? Vous êtes périmé ! »

Car de même qu'il existe dans certains pays des bancs publics « pour nègres », il y a dans l'esprit de ces gens qui, par ailleurs, ne feraient pas de mal à une mouche des routes « pour automobiles ». Certitude qui explique leur désinvolture meurtrière à l'égard de gens qui n'existent pas *parce qu'ils ne devraient pas être là.*

Chaque semaine ou presque, la presse signale que deux énergumènes en sont venus aux mains, se sont donné des coups de manivelle sur la tête, voire des coups de revolver, pour une place de stationnement ou une éraflure sur une aile. Il faut bien tirer la conclusion de ces comportements aberrants : l'auto rend fou.

— Et le vélo, ça rend quoi ? dit Gudule qui adore provoquer Albina.

— Le vélo ça rend beau, sain, fort, intelligent, philosophe, sage, réfléchi, calme et heureux, récite Albina qui ne déteste pas d'énerver Gudule.

— Et puis ça donne faim, dit Martin en finissant par inadvertance un bout de foie gras que j'avais oublié de marquer de mon chiffre.

Nous sortons de l'auberge sous un grand soleil tempéré par les pins, et qui fait luire joyeusement l'émail de nos vélos. Bleu, vert, rouge, orange, quoi de plus beau qu'un cadre de bicyclette qui palpite au soleil. Certains ont des vélos noirs et, certes, je n'irai pas le leur reprocher étant un adepte convaincu de la liberté individuelle. Mais, tout de même, cela me chiffonne un peu. Le vélo est une fête, et une fête c'est en couleur.

Le mien, de vélo, est jaune. Comme celui d'Augustin dont, pourquoi pas, je pourrais bien conter l'histoire tandis que nous reprenons notre pédalée tranquille au cœur des Landes, dans l'odeur tiède de la résine.

Augustin avait, toute sa vie, désiré posséder un vélo jaune. Il aurait aimé aussi avoir un compte à numéro en Suisse, un yacht à Saint-Tropez, et une villa à piscine peuplée de blondes pulpeuses, du côté de Golfe-Juan, mais le vrai regret de sa vie, à l'aube de la soixantaine, était de n'avoir jamais eu de vélo jaune.

C'était une envie qui le taraudait depuis l'époque de son enfance où toutes les bicyclettes du Tour de France étaient anonymes et uniformément jaunes. La légende voulait qu'après l'épreuve les organisateurs vendissent pour une bouchée de pain les machines ayant servi à la course. Dans tout le pays les gamins snobs et industrieux badigeonnaient de jaune leurs bicyclettes et s'imaginaient rouler sur le vélo de Speicher ou d'Antonin Magne.

Augustin, lui aussi, avait cédé à cette mode. Possesseur d'une bicyclette bleue et rouillée, il l'avait maladroitement recouverte de peinture jaune et s'était trouvé possesseur d'une étrange machine verdâtre et lépreuse, qui s'écaillait au fil des jours et dont il prétendait, sans succès, qu'elle avait porté André Leducq à la victoire, l'été précédent.

Ce vélo bleu, pourtant, lui avait paru être la plus belle chose du monde deux ans auparavant.

Pendant une nuit de Noël il avait été tiré de son sommeil par le léger bruit qu'avait fait son père en réalisant la délicate opération qui consistait à ouvrir la porte et traverser la pièce, dans le noir, sur la pointe des pieds, en portant à bout de bras un objet incommode et dont des excroissances métalliques avaient tendance à heurter les meubles. Puis, toujours sur la pointe des pieds, il avait quitté la pièce et refermé la porte tandis qu'Augustin, qui n'avait pas bougé un cil, avait senti un frisson de bonheur dégringoler le long de sa colonne vertébrale.

Tout autre aurait jailli de son lit. Mais Augustin savait déjà, à cet âge tendre, que la moitié du plaisir est dans l'expectative et qu'il convient d'abord de caresser les joies avant que de les empoigner. Sans ouvrir les yeux ni changer de position, il avait simplement un peu dégagé son nez de dessous les draps et humé avec un plaisir délicat le léger parfum d'huile et de caoutchouc neuf qui flottait dans sa chambre.

Après avoir savouré cet instant, il s'était retourné sur le dos et, ouvrant les yeux lentement, avait découvert dans la pénombre, prenant corps à mesure que son regard s'habituait à l'obscurité, le plus merveilleux, le plus étincelant, le plus fin, le plus beau vélo du monde, appuyé contre la cheminée et dont le papa d'Augustin, dans un souci touchant de traditionalisme, avait posé chacune des deux roues sur les souliers de son fils.

Tendant le bras, il avait allumé sa lampe de chevet et la bicyclette s'était mise à briller comme un soleil bleu.

Évidemment, Augustin le remarqua tout de suite, cette merveille n'était pas jaune. Mais en vertu du principe bien connu selon lequel il vaut mieux avoir un vélo bleu que pas de vélo du tout, il se fit très rapidement une raison. Il quitta son lit et vint s'agenouiller devant sa bicyclette, promenant un doigt léger sur le cadre, les roues, les rayons, le guidon, en en prenant possession, enfin, par petites touches délicates, faisant connaissance avec précaution afin de ne pas effaroucher, dès l'abord, la bête de race dont on devinait qu'elle ne demandait qu'à bondir à la moindre provocation.

Puis il se releva et, empoignant sa bicyclette par la selle et par le guidon, il la souleva pour en évaluer le poids. C'était un de ces vélos dits « demi-course » qui ne sont vraiment faits ni pour la course ni pour la randonnée mais qui ont procuré bien des joies à des générations d'Augustins à l'âge du certificat d'études. Il avait cinq vitesses, une selle en « pur croupon », un éclairage avant et arrière et un guidon « de course » qui lui donnait l'allure d'un jeune bélier têtu et prêt à toutes les galopades.

Retroussant le bas de sa chemise de nuit, Augustin enfourcha la machine et s'assit sur la selle. Les pointes des pieds au sol, il se balança d'avant en arrière en essayant les freins et constata qu'ils étaient les plus puissants du monde, ce qui ne l'étonna pas une seconde pour un vélo de cette classe.

Vite lassé cependant de ce surplace sans intérêt, il décida de partir en randonnée et ouvrant sa porte avec énormément de précautions réussit à faire trois fois l'aller et retour de sa chambre à la cuisine, toujours en se propulsant avec la pointe des pieds parce qu'il n'y avait vraiment pas assez d'espace pour utiliser les pédales. Comme une bicyclette qui roule en roue libre produit un cliquetis net et continu, le père d'Augustin se retourna dans son lit en rêvant vaguement qu'il y avait des cigales dans la salle à manger, ce qui ne l'émut pas outre mesure car il savait combien les rêves sont propices à ces situations insolites. Il s'éveilla un peu plus franchement quand Augustin, entre le salon et le couloir, eut l'idée malencontreuse d'essayer sa sonnette. Ce modeste accessoire eut, dans le silence de la nuit, des résonances de gong tibétain dont les vibrations conduisirent le papa d'Augustin à s'asseoir sur son séant et à déclarer à son épouse qu'on avait sonné à la porte d'entrée.

À quoi l'épouse répondit avec bon sens que cela était fort improbable, vu que la porte d'entrée n'avait jamais été équipée que d'un heurtoir. Elle ajouta que, comme d'habitude, le papa d'Augustin avait abusé des mélanges de vin au cours du réveillon et le pria avec la dernière fermeté de se rendormir et de ne plus ennuyer le monde avec ses hallucinations.

Augustin qui, pétrifié sur son vélo, avait écouté ce dialogue à travers la porte décida alors qu'il était temps de mettre un terme à sa promenade, d'autant plus que l'envie le démangeait depuis un moment d'essayer son dérailleur et qu'il prévoyait que la manipulation maladroite de ce mécanisme nouveau pour lui risquait de provoquer des bruits qui eussent conduit son père à se réveiller à nouveau en déclarant qu'il entendait des scies à métaux. Cela n'aurait pas manqué de provoquer une altercation conjugale dont il ne voulait à aucun prix étant, de nature, un bon fils.

Il réintégra donc sa chambre, heureux de cette première sortie, replaça avec des précautions d'infirmière son vélo contre la cheminée et se tint debout devant lui partagé entre le désir de ne le point quitter et celui de se recoucher, car il commençait à avoir fort sommeil.

Il réfléchit un instant à ce problème puis en trouva la solution.

C'est ainsi que, le lendemain matin, lorsque ses parents passèrent une tête souriante par l'entrebâillement de la porte, ils purent voir un vélo bleu mollement couché dans un lit et tendrement enlacé par un petit garçon qui souriait dans son sommeil.

Augustin ne couche plus avec ses bicyclettes. Non que l'envie lui en manque mais il est nanti d'une épouse qui, maniaque comme beaucoup de femmes, n'apprécie pas de trouver des vélos dans son lit, sous le prétexte léger que le cambouis salit les draps. Les cyclistes sont habitués à supporter toutes sortes d'ostracismes ridicules. Augustin s'il s'est résigné à laisser ses montures dans un local *ad hoc* n'a pas renoncé pour autant à être, un jour, l'heureux possesseur d'un vélo jaune. Le vélo bleu, nous l'avons dit, après une existence glorieuse mais rude, a fini sa carrière sous une teinte indéfinissable et plus couturé qu'un grognard de l'Empire. Augustin, à l'heure de cette décrépitude, n'ayant pas encore atteint l'âge où les vrais cyclistes procurent à leurs vieux vélos une vieillesse heureuse faite de housses épaisses et de soins vigilants, Augustin ne saurait dire ce que son vélo bleu est devenu. Honte à lui, bien sûr, mais la jeunesse, on le sait, n'est qu'exigence et ingratitude, ce qui lui permet de croître sans regrets et d'embellir sans remords.

Augustin (après avoir beaucoup crû et point du tout embelli) ayant fait un jour le compte de ses remords et de ses regrets décida qu'il était grand temps qu'il se payât un vélo jaune. Il en était à l'âge où l'éternité de la vie raccourcit à vue d'œil et oblige à des choix décisifs si l'on ne veut pas mourir gâteux en murmurant « vélo jaune » à l'oreille d'héritiers affligés, mais perplexes.

La passion extrême qu'ont les cyclistes pour leurs machines n'a d'équivalent dans aucun autre sport. Sans même parler des footballeurs qui passent leur vie à donner des coups de pied dans ce qui devrait être l'objet de leur culte, sans évoquer les cavaliers qui, après usage, confient leurs montures à des mains mercenaires, sans citer les lanceurs de poids, de disque ou de javelot qui semblent n'avoir comme but, dans la vie, que de mettre le plus de distance possible entre eux-mêmes et leur engin favori, on peut considérer que le moins sentimental des sportifs est l'automobiliste dont l'opiniâtreté à changer de voiture à chaque Salon et à revendre l'ancienne — comme neuve — à des prix supérieurs à ceux de l'Argus montre à l'évidence qu'ils ont le cœur sec et l'âme mercantile.

Cela, évidemment, si l'on veut bien considérer l'automobiliste comme un sportif, ce qui reste à démontrer.

Cette position privilégiée de la bicyclette tient à ceci qu'elle ne vit que *par* le cycliste qui la monte. Contrairement à d'autres mécaniques, elle n'est douée d'aucune vie personnelle et n'existe qu'en fonction de son accouplement avec un individu qui lui transfusera sa personnalité. Un cheval sans cavalier se promène fort bien tout seul. Une automobile mise en marche sur une étendue sans obstacle pourra rouler pendant des heures, deux skis lâchés au sommet de l'Iseran arriveront à Val-d'Isère, un avion privé de pilote peut planer longtemps, un bateau flottera sur la mer sans équipage. La bicyclette, point. Lâchée sans cavalier au sommet de n'importe quelle déclivité, elle ne fait pas deux mètres et, soumise, se couche sur le côté en attendant son maître.

Il va de soi que cela n'est qu'hypothèse d'école. On n'a encore jamais vu un cycliste lâcher sa bicyclette en haut d'une déclivité, ni même à quelque endroit que ce soit. Le cycliste n'abandonne pas plus volontiers son vélo que son bras droit et son obstination à le faire accepter dans des endroits où sa présence paraît incongrue est l'occasion de bien des problèmes.

En avion, par exemple.

Il est conseillé aux amateurs de sketches comiques de se présenter aux comptoirs d'Air Inter, à Orly ouest, avec une bicyclette à la main. La ravissante hôtesse lève le nez de dessus ses papiers et prend en souriant le billet d'avion qu'on lui tend.

— Vous avez des bagages ?

— Oui, un vélo.

— Un quoi ? (Elle ne sourit plus.)

— Un vélo. Une bicyclette !

— Oh ! ah ! Eh bien ! attendez !... voyons !...

Mines perplexes, regard jeté par-dessus le comptoir sur l'objet du délit afin de s'assurer que l'on n'est pas victime d'une plaisanterie d'un goût douteux. Coup de fil aux instances supérieures.

— Il y a là un voyageur avec une bicyclette !

(Le ton étant celui employé pour dire « garçon ! Il y a un asticot dans mon consommé ».)

L'instance supérieure énonce son verdict dans l'appareil, et, après avoir raccroché, la ravissante transmet mot pour mot.

— Il faut la démonter !

Le cycliste non averti tombe en syncope, ce qui complique la situation. Le cycliste averti rassemble ses réserves de patience et explique qu'il n'est pas question de démonter une bicyclette dans l'aérogare d'Orly, qu'en outre s'il suffit d'un seul bagagiste pour emmener à l'avion un vélo sur ses roues, il en faudra trois pour se charger des pièces détachées. Le cycliste averti précise aussi qu'il a déjà emmené sa bicyclette sur TWA, BOAC, PANAM et autres compagnies, sans qu'il soit question une seconde qu'on lui demande de la démonter. À quoi il arrive (il m'est arrivé !) que l'hôtesse, perdant son sang-froid, lui réponde qu'il n'a qu'à aller à Montpellier par TWA puisqu'il est si content de cette compagnie.

Bref, les choses s'enveniment rapidement et la queue des voyageurs, sains d'esprit, s'allonge, tandis que l'instance supérieure alertée vient en personne prendre les choses en main. Démonter le vélo, dit-il, n'était qu'une vue de l'esprit. Il suffira de tourner le guidon parallèlement au cadre, de démonter les pédales et de les remonter à l'intérieur et d'ôter les roues et les garde-boue.

Une bicyclette, quelque vénération que nous ayons pour cet engin miraculeux, n'est agréable que lorsqu'on la chevauche. En toute autre circonstance c'est une véritable calamité. Cela se prend dans les jambes, donne des coups de pédale dans les tibias, ne se case nulle part commodément, refuse obstinément de se tenir debout et s'écroule avec fracas si on ne l'a pas solidement accoté à quelque chose de solide et ne redoutant pas d'être rayé par les poignées de frein. Couché, le vélo pèse en porte à faux sur une pédale, ce qui est mauvais pour l'axe du pédalier ; renversé, le contact du sol abîme le cuir de la selle et tord les câbles de freins. Une calamité ! dis-je. Ce qui explique en partie pourquoi nous en descendons le moins souvent possible.

Encore ne s'agit-il là que d'une bicyclette en état de marche. Démontée, la calamité tourne au cauchemar.

L'hôtesse s'entête. Le cycliste s'obstine. Les autres voyageurs commencent à s'agiter. Des murmures s'élèvent desquels on démêle qu'il n'y a pas de bon sens à vouloir prendre l'avion avec une bicyclette, que, vraiment, le sans-gêne de certains est incroyable et dans quels temps vivons-nous, je vous le demande ?

J'ai été personnellement tiré d'un embarras de cette sorte un jour où, tandis que je discutais pied à pied du sort de ma monture, je vis les yeux de l'hôtesse et de son acolyte s'agrandir en regardant par-dessus mon épaule. Je me retournai.

Deux géants blonds et hilares arrivaient avec un tandem. À côté de cette masse de chair et de métal nous parûmes tout à coup si frêles ma bicyclette et moi qu'on nous accepta dans l'avion sans plus parler d'activités vivisectrices.

Je ne restai pas pour assister au deuxième acte du drame mais j'imagine qu'il fut plein de rebondissements. Les deux tandémistes géants étaient scandinaves et apparemment, ne parlaient pas un mot de français.

Augustin s'en alla donc trouver le bon faiseur et lui annonça son intention de se faire faire une bicyclette à ses mesures et de couleur jaune. À quoi le bon faiseur répondit que rien ne lui serait plus agréable et que le jaune était une couleur tout à fait distinguée.

Après une heure délicieuse passée à décider de l'épaisseur des tubes, du croisement des rayons, de la gamme des développements, de la longueur de la potence, de la marque des moyeux, de la qualité des freins et du système de dérailleur, le tout entrecoupé de digressions sur les joies de la bicyclette, les beautés du cyclisme et les plaisirs de la randonnée, Augustin quitta l'artisan, joyeux comme un enfant, du temps où les enfants étaient comblés par une bicyclette. Sur le seuil il se retourna.

— Jaune, hein !

— Jaune ! dit l'artisan. Il cligna de l'œil et ajouta : comme les vélos du Tour, il y a cinquante ans.

Lorsque trois mois plus tard, Augustin eut son vélo jaune, il insista pour le mettre — une fois seulement ! une toute petite fois ! — dans la chambre à coucher.

Sur le coup de trois heures du matin, il se leva sans bruit pour ne pas réveiller son épouse et, en pyjama, s'aidant de la pointe des pieds, il parcourut trois fois sur son vélo le trajet de l'entrée à la cuisine, en passant par la salle à manger.

On ne saurait dire si, dans son sommeil, son épouse rêva que des cigales investissaient le living-room, mais ce qui est certain c'est que lorsqu'il essaya sa sonnette, elle se leva d'un bond et apparut, effarée, sur le seuil de la chambre. Il était là, en pyjama, le cheveu rare, tout penaud, à califourchon sur son vélo jaune au milieu du couloir.

Elle l'embrassa sur le front, lui demanda s'il s'amusait bien et lui recommanda de ne pas prendre froid. Puis elle retourna se coucher en remuant doucement la tête de droite et de gauche, pensant aux infortunées dont les conjoints, au même instant, se livraient à des orgies avec des danseuses nues dans des night-clubs enfumés.

Depuis son mariage, elle se félicitait d'avoir épousé un innocent.

Nous quittons définitivement la forêt landaise et roulons en direction de Labastide d'Armagnac d'où nous irons visiter N.-D. des Cyclistes, à Géou.

L'abbé Massié, créateur de cette chapelle, n'a pas lésiné sur le côté cycliste de la chose et le plus distrait des fidèles ne peut ignorer qu'il entre dans un lieu consacré à la bicyclette. Plafonniers, candélabres, ornements, tout ou presque est fait à partir d'éléments de vélo et des vitrines s'enorgueillissent d'*ex-voto* constitués par des maillots de coureurs ayant gagné la course grâce à des prières judicieusement dites quelques secondes avant un sprint et exaucées, dans la foulée, par une Sainte Vierge portée sur les victoires d'étapes.

Je commencerais bien un parallèle ricanant pour mettre en lumière le fait qu'il n'existe nulle part de N.-D. des Autos, mais Albina me fait taire avec la dernière fermeté. Elle dit que cela commence à bien faire et que si je continue à vitupérer les voitures, cela va finir par se savoir dans les automobile-clubs dont les membres, dorénavant, se feront une joie de nous écraser exprès et non plus par inadvertance comme jusqu'à présent.

Nous quittons la chapelle après que Pascal et Gudule, nos deux seuls pieux, y ont fait une brève prière. Albina, elle, s'est abstenue. Je ne l'ai jamais questionnée sur sa religion et ne sais si elle croit ou non en Dieu. Albina pour autant que je sache ne croit qu'au Père Noël.

Cela, je le sais sans l'avoir questionnée, par un souvenir commun que nous avons d'une journée de Noël et dont je me souviens comme si c'était d'hier :

Nous sommes un 25 décembre (évidemment) et je sonne à la porte d'Albina afin de lui donner le baiser de Noël ainsi qu'un sac de marrons glacés, fruits de saison, comme chacun sait.

— Vous tombez comme un pic ! dit Albina en m'ouvrant la porte. J'ai un problème.

Je soupire. Avec Albina rien n'est simple et rares sont les fois où je l'ai rencontrée, sans me trouver l'instant d'après plongé dans une situation délirante ou un quiproquo compliqué, que ses efforts pour les dénouer rendent inextricables.

Pourtant, cette fois-ci, le problème d'Albina paraît sans complications, et je ne vois pas ce que je peux y faire : le Père Noël lui a apporté un manteau de vison.

— Eh bien ! dis-je, vive le Père Noël ! Qu'est-ce qu'il y a qui ne va pas ? La taille ? La couleur ? ou bien, snob comme vous l'êtes, vous préférez peut-être de l'imitation de lapin en polyester ?

— Ce qu'il y a ? dit Albina en jetant rageusement le manteau sur un fauteuil. Il y a que je n'ai pas demandé un manteau de vison à Santa-Claus. J'ai demandé un nouveau veylow ! Voilà ce qu'il y a !

Je lui explique que le Père Noël doit faire partie de ces esprits attardés qui en sont encore à s'effarer de voir une femme sur un vélo d'homme et qu'il a dû croire qu'elle s'était mal expliquée, ou qu'il avait mal lu.

— Mal lu ? mon z'œil ! dit Albina. J'ai écrit un long lettre pour expliquer quelle randonneuse je veux, avec tout le liste des pignons et des plateaux et les rapports de braquets. Vous pouvez lire ça et comprendre qu'on parle de vison, vous ?

Non ! Non, bien sûr ! mais enfin, il n'y a pas de quoi en faire une maladie. J'explique à Albina qu'en revendant son vison, elle doit pouvoir s'acheter une vingtaine de bicyclettes artisanales ou une centaine de vélos du commerce. Mais cet argument ne la satisfait pas.

— Je ne veux pas cent ou vingt veylows ! Je veux mon randonneuse tout de suite ! Cette matin même ! D'ailleurs...

Elle continue à m'exposer véhémentement ce qu'elle pense du Père Noël et des manteaux de vison, mais je l'écoute à peine car mon esprit est occupé par un vacarme qui semble provenir de l'étage au-dessus et qui ressemble assez au bruit que ferait un cavalier de rodéo essayant de dompter sa monture dans une pièce remplie de guéridons fragiles couverts de bibelots délicats.

— Écoutez un peu ce que je vous dis ! dit Albina, au lieu de vous intéresser aux voisins qui font...

Comme on sonne à la porte, elle va ouvrir, et je ne saurai jamais ce que font les voisins.

Peut-être que si, après tout. L'homme avec lequel elle revient dans le salon se révèle être, précisément, son voisin de dessus et demande l'autorisation de téléphoner. Son appareil vient d'être brisé à l'instant même par la tornade que nous avons entendue au-dessus de nos têtes.

Il téléphone apparemment à un médecin de ses amis et lui demande avec insistance de venir le plus tôt possible avec un calmant efficace. Puis, raccrochant, il se sent tenu de compenser le dérangement qu'il occasionne par une explication de première main :

— C'est ma femme, dit-il, qui est un peu nerveuse. Pensez ! Elle avait demandé un manteau de vison au Père Noël, il lui a apporté une bécane !

— Un quoi ? dit Albina (bécane, expression péjorative ne fait pas partie de son vocabulaire).

— Un vélo, dis-je.

Bien évidemment, la lumière et la révélation nous tombent dessus comme pluie d'orage sur randonneur en short. Il y a eu erreur d'étage ! C'est bête comme chou, et c'est ce que nous expliquons au voisin, espérant voir revenir quelques couleurs sur sa figure, aux endroits où il n'y a pas d'hématomes.

Nos explications le soulagent, bien entendu. Assuré de récupérer le vison il se rassérène un peu mais, alors que nous le pressons de remonter triomphalement chez lui avec la bestiole sur les bras, il préfère tout de même attendre l'arrivée de son ami médecin. Car, comme il nous le confie d'une voix brisée par une longue lassitude :

— Quand mon épouse se met dans des états comme ça, même si la cause de sa colère disparaît, elle continue encore un moment pour le plaisir.

Puis il ouvre la porte palière pour intercepter son copain, demande une pince à épiler à Albina (qui, outragée, l'envoie rebondir) et finit par m'emprunter mon coupe-ongles à l'aide duquel, devant un miroir, il se met en devoir d'extirper de son front quelques menus débris de porcelaine.

Pendant que nous attendons, la tornade, après quelques soubresauts commentés par notre ami (Ça, c'est le secrétaire du salon ! Ça, c'est la grande glace de l'entrée !), la tornade s'apaise progressivement pour cesser enfin tout à fait, ce qui a l'air de beaucoup étonner l'époux meurtri, qui lève vers le plafond un regard empreint de l'espoir fou que sa femme s'est peut-être enfin et définitivement fait tomber le réfrigérateur sur la tête.

Il n'en est rien — autant le dire tout de suite — et quand, l'ami médecin arrivé, nous montons tous les quatre le vison sur le bras, nous trouvons, au milieu d'un paysage apocalyptique et qui craque sous les pas, une femme souriante et détendue, qui nous prie d'entrer, et faites donc je vous prie, et excusez le désordre mais vous savez ce que c'est les jours de fête...

Elle embrasse tendrement son mari, refuse gentiment les calmants, m'adresse un sourire chaleureux, complimente Albina sur sa robe et n'accorde pas un regard au vison qu'elle jette négligemment sur un débris de fauteuil.

— Qu'est-ce qui me vaut le plaisir ? dit-elle.

— N'y allons pas par quatre routes, dit Albina. Le Père Noël s'est trompé. Je vous apporte votre vison, rendez-moi mon veylow.

Notre hôtesse éclate d'un rire tout à fait charmant. On a peine à croire que l'instant d'avant, elle réduisait le mobilier en copeaux en hurlant des imprécations à ne pas mettre dans toutes les oreilles.

— Que je vous rende votre vélo ? Écoutez, mademoiselle, écoutez-moi bien ! Tout le temps qu'a duré ma petite contrariété, j'ai fracassé un secrétaire Louis XIII, une collection de saxes, un miroir de Venise, quatre lampes de chevet et une applique murale, douze pots de yaourt pleins et un vase de Gallé vide mais hors de prix, six chaises Louis XV et deux tabourets de cuisine. J'ai déchiré une trentaine de livres reliés et lacéré une tapisserie de Lurçat. Et au moment précis — écoutez-moi bien, mademoiselle ! —, au moment précis où je me disposais à marteler cette bicyclette de malheur à coups de fer à repasser, j'ai été frappée par la beauté sublime de l'objet. Saisie par le sacrilège que j'allais commettre, j'ai lâché mon fer à repasser qui est tombé sur un guéridon Empire couvert de verres filés de Murano et, saisissant une peau de chamois, j'ai fait briller avec amour le cadre et les garde-boue de cette pure merveille, en versant des larmes de bonheur.

— Elle est dingue ! dit le mari à son ami médecin. Je suis bien content que tu sois là ! Elle est dingue perdue !

— Tais-toi donc ! dit le médecin. Elle n'a jamais été davantage dans son bon sens.

— Tout ceci pour vous dire, mademoiselle, poursuit notre hôtesse, que mon vison vous pouvez le garder, le porter, le brûler, le vendre, le couper en lanières, vous en servir comme serpillière ou vous en faire des papillotes. Moi, je viens de découvrir la beauté de la bicyclette, la joie que donne la contemplation de la bicyclette, le plaisir que procure le contact avec une bicyclette. Je vais monter dessus, rouler avec, me saouler de vélo, rire le long des routes, me baigner dans le vent et chanter dans les sous-bois. En un mot : Je vais vivre enfin !

Ayant dit, elle prend un chiffon et se met à astiquer sa selle.

— Tu vois bien qu'elle est dingue ! dit le mari. Fais-lui une piqûre !

Le médecin soupire, tire une aiguille de sa trousse et fait une piqûre au mari qui s'endort incontinent parmi les débris de vaisselle. Puis, ayant rangé sa seringue, il se joint à Albina et moi qui, les yeux pleins de larmes de joie, chantons des cantiques.

— Ce Père Noël ! dis-je le lendemain. Ce Père Noël, tout de même ! Quand il se trompe, il fait vraiment bien les choses !

— J'allais le dire ! dit Albina (qui revient de chez le fourreur auquel elle vient de revendre son vison). J'allais justement le dire !

— Je parie, dit Gudule, que c'est encore pas vrai toute cette histoire !

— Bien sûr que c'est pas vrai ! dit Albina. Tu me vois refuser une vison ? Mais il faut tu t'habitues à lui, tu sais. Même ton randonnée, je suis sûre il va en faire un livre avec plein de choses qu'il dit que tu as fait et que tu as pas fait ou que tu as dit et que tu as pas dit. Fais-lui confiance pour te faire passer pour une gourde !

— Albina ! dis-je, écrasez un peu, voulez-vous ?

— Et maintenant il parle comme une automobiliste !

— Voilà un chien ! dit Gudule qui freine un peu et se laisse glisser à l'abri de Martin, dont elle espère que les mollets sont plus appétissants que les siens.

Les chiens sont l'une des trois calamités du cyclisme, les deux autres étant les automobilistes et les travaux de voirie. La situation s'est cependant améliorée depuis les premiers âges du vélo où nos malheureux ancêtres étaient systématiquement attaqués par les molosses campagnards, encore heureux si leurs maîtres n'achevaient pas le travail à coups de fourche et d'épieu.

Le chien moderne n'est pas forcément vélophobe. Du clébard indolent à qui le passage du Tour de France ne ferait pas soulever une paupière, au dogue forcené qui se précipite en hurlant sur tout ce qui roule, il existe toute une gradation de quadrupèdes dont il faut apprendre à deviner de loin s'ils sont animés d'intentions hostiles ou simplement primesautières.

Ce chien-ci est une sorte de chose hirsute qui nous regarde venir, en remuant la queue, avec l'air cordial de qui va crier au passage « Salut les gars ! » ou « Vas-y Bobet ! ».

Méfiants, cependant, nous ne le quittons pas de l'œil et Martin, qui est un vrai chevalier du Moyen Age, prend bien soin de rester entre le chien et Gudule, prêt toutefois à lui assener un bon coup de semelle sur la truffe s'il fait mine d'être en appétit, car on peut être un parfait chevalier du Moyen Âge et tenir à l'intégrité de ses mollets.

À l'instant où nous passons à sa hauteur, cet intéressant animal se dresse sur ses pattes arrière et fait le beau en agitant ses pattes avant, ni plus ni moins que si nous étions en train de prendre le thé et qu'il voulût un sucre.

— L'amour ! dit Gudule, il veut un sucre !

Ayant dit elle freine pile (ce qui cause bien du souci à Daniel qui venait juste derrière) et se met en devoir de chercher des sucreries dans sa sacoche. Albina qui a eu le réflexe moins prompt commence un cours concernant les méfaits du sucre sur la race canine et Zuzu tire en vitesse son appareil de sa sacoche pour immortaliser la scène, en vue des longues soirées d'hiver.

Bref, nous nous arrêtons tous. Rencontrer un chien sociable n'est pas si courant que nous n'y puissions sacrifier un léger retard sur notre horaire. Plaise à Dieu que les braves toutous ne nous retardent jamais qu'en demandant du sucre, debout sur leurs pattes de derrière !

Un jour, il y a quelques années, comme nous attaquions l'Izoard avec Albina, Daniel et Zuzu, un chien jaillit de dessous une auto arrêtée à la sortie de Cervières, et sous laquelle il faisait la sieste à l'abri de la chaleur du jour. De son refuge sous la voiture à ma jambe nue, il n'y avait que 50 centimètres qu'il franchit d'un bond sans que, pour l'avoir vu trop tard, je puisse faire quoi que ce soit pour parer à l'assaut. M'ayant, d'un coup de croc, enlevé vingt bons centimètres de chair, il retourna sous son abri finir son somme dans la paix du devoir accompli.

Zuzu et Albina me pansèrent comme elles purent, me plaignirent beaucoup et me conseillèrent de retourner à Briançon narrer la chose à un pharmacien, invitation que je déclinai avec la dernière vigueur. Demander à un citoyen qui vient de grimper de Briançon à Cervières et qui doit encore franchir l'Izoard et le col de Vars de faire demi-tour pour aller — un dimanche — s'entendre délivrer des pronostics déprimants par un pharmacien haut-alpin est une entreprise vouée à l'échec. Mes amis, d'ailleurs, ne me conseillaient cette démarche que pour avoir bonne conscience dès l'instant où je me mettrais à baver et à mordre les gens, mais ils ne souhaitaient, pas plus que moi, faire demi-tour.

Sanguinolent et fanfaron je gravis donc l'Izoard et Vars en leur compagnie tout en essayant, de virage en virage, de me remémorer ce que j'avais pu lire sur la rage, et qui ne me paraissait pas, quelque fragmentaires que fussent mes souvenirs, très enthousiasmant.

Comme, le soir, à l'étape de Château-Queyras, je ne bavai point et ne mordis personne, il fut décidé d'un commun accord que je n'étais pas enragé, et notre voyage se poursuivit jusqu'à son terme sans qu'il fût davantage question de l'incident.

Deux mois après, à la faveur d'une incursion dans le Larousse, je tombai par hasard sur l'article « rage » et le lus. J'y appris — à mon grand émoi — que la période d'incubation de cette maladie s'étendait de 24 heures à *plusieurs mois*.

Mes amis, informés, tentèrent de se montrer pratiques et rassurants.

— Plusieurs mois, dit Albina, ça fait combien de mois ?

— De deux à... à tout ce qu'on veut.

— Non, dit Daniel, après 24 mois on dirait plutôt plusieurs années.

— C'est juste, dit Albina, on ne dit jamais 36 mois on dit trois ans.

— Et alors, dis-je.

— Et alors, dit Zuzu, ça nous donne une certitude rassurante. Si dans 22 mois vous n'avez rien, c'est que vous n'avez pas la rage.

— C'est chouette, non ? dit Albina. Dès qu'on peut se raccrocher à quelque chose de précis, ça va mieux.

Je pris néanmoins rendez-vous à l'Institut Pasteur, avec le Dr Atanasiu. En m'y rendant je m'essuyais sans cesse la commissure des lèvres, persuadé que je bavais, et pris bien soin de mettre des sous dans le parcmètre, peu désireux de passer en correctionnelle pour avoir mordu une pervenche dans l'exercice de ses fonctions.

Le professeur Atanasiu écouta ma tragique histoire avec, dans sa moustache, ce qui pouvait passer pour un sourire.

— Il ne faut pas vous en faire à ce point, dit-il quand j'eus terminé. Il n'y a aucun cas de rage signalé dans les Hautes-Alpes et même, à supposer que ce chien ait été enragé, il serait trop tard pour vous soigner de quelque façon que ce soit. Vous seriez perdu.

En me raccompagnant, il ajouta à mon réconfort en me racontant que l'incubation la plus longue qui ait été constatée en matière de rage était de *six ans*.

Ce qui est assez dire que, d'ici à juin 1978, mes contemporains ont intérêt à ne pas me mettre en colère !

Le chien de Gudule, apparemment, n'était pas enragé. Il remuait la queue et engloutissait toutes sortes de sucreries sans, cependant, continuer à faire le beau, ayant conscience qu'il avait une fois pour toutes payé son tribut aux règles du parfait savoir-vivre.

Gudule, à court de friandises, le caressa longuement sur la tête, le prénomma Caramel, lui dit un au revoir ému et enfourcha sa bicyclette. Nous repartîmes.

Au bout de quelques centaines de mètres, Zuzu demanda à Daniel s'il se sentait bien, à quoi celui-ci répondit qu'il était en pleine forme, pourquoi ? Parce que je t'entends haleter, dit Zuzu, qui ajouta : tu fumes trop !

Daniel répondit qu'il ne haletait pas et qu'il croyait justement que c'était Pascal qui haletait. Pascal fit remarquer qu'il n'osait rien dire mais qu'il se demandait depuis un moment comment il se faisait qu'Albina eût le souffle si court.

Albina, étant la dernière de la file et qui, jusque-là, croyait qu'on haletait devant elle, se retourna.,

— Hey ! dit-elle, la chien nous suit ! C'est la chien qui allaite !

Nous nous arrêtâmes derechef et Caramel se laissa choir de tout son long sur le macadam, se gonflant et se dégonflant comme un accordéon de musette et laissant pendre, de sa gueule grand ouverte, vingt centimètres de langue rose, d'où coulait un filet de sucre.

Comme Gudule se penchait sur lui en poussant de petits cris attendris, il tapa plusieurs fois sa queue sur la chaussée et lui fit un clin d'œil amical. Gudule le prit dans ses bras et le porta sur le bas-côté de la route afin qu'il y fût en sécurité. Puis l'ayant caressé une dernière fois, elle se dirigea vers son vélo. Caramel se hissa péniblement sur ses pattes et, jappant tristement, la rejoignit et se mit en position de départ derrière la bicyclette, la langue traînant sur la chaussée et une grande réprobation dans le regard.

— Qu'est-ce qu'on fait ? dit Gudule.

Les hommes furent d'avis qu'il fallait partir à toutes pédales, et à une vitesse sinon supersonique du moins supercanine. À quoi répondit le chœur horrifié des femmes qui traitèrent les hommes de sans-cœur, de monstres cruels et sanguinaires, de vivisecteurs, de chasseurs à courre, de froids tortionnaires, de parfaits égoïstes, ainsi que de nombreuses autres épithètes qui perdaient en efficacité à mesure qu'elles gagnaient en exagération.

Caramel s'assit sur son derrière et entreprit de déchiqueter la courroie de cale-pied de Daniel qui décida que, bon, puisque c'était comme ça, il continuait la randonnée. Libres aux autres de le suivre ou de continuer à bêtifier autour d'un chien errant. Non mais sans blague !

Il ne faut pas s'y méprendre. Nous aimons tous beaucoup les chiens. Nous adorons les chiens. Mais pas quand nous sommes juchés sur des vélos, engins dont l'instabilité intrinsèque est bien connue et qui ont tendance à dévier sottement de leur trajectoire sous les assauts d'un berger allemand qui veut jouer, d'un grœnendael qui se fait les dents ou de tout autre représentant de la race canine qui poursuit de ses assiduités une congénère, et reste persuadé que le plus court chemin pour traverser une route passe entre le cadre et la roue avant d'une bicyclette.

Caramel, il faut le reconnaître, ne faisait rien de tout cela. Mais tout dans son comportement laissait subodorer qu'il était décidé à suivre Gudule à travers toutes les péripéties de son existence avec l'inébranlable fidélité qui est la caractéristique la plus appréciée de ces animaux.

C'était, dorénavant : Gudule avec nous et sans le chien ou Gudule avec le chien et sans nous.

Les femmes se récrièrent à tant de logique imbécile et bien digne d'esprit terre à terre. On allait bien trouver une solution, dirent-elles, qui conciliât à la fois les impératifs de notre horaire et les élans du cœur. Il n'y avait qu'à...

Martin, Pascal et moi nous élançâmes sur les traces de Daniel, qui n'était plus qu'un point rouge à l'horizon, laissent les dames résoudre le problème à l'aide du principe « y a qu'à... », principe féminin qui, en général, perd beaucoup de son efficacité quand les messieurs ne sont plus là pour transformer les jongleries verbales en solutions pratiques.

Quand nous fûmes partis, Albina prit le commandement ainsi qu'elle fait toujours dans les circonstances graves et souvent dans les autres.

— Comme la chien il peut pas aller à notre vitesse, dit-elle, c'est nous qu'on va aller au sien.

— C'est qu'il ne va pas bien vite ! objecta Zuzu.

— Et qu'on a encore trente kilomètres à faire, dit Gudule.

— Cette chien, dit Albina, peut très bien faire trente kilomètres si on va à son vitesse. N'est-ce pas chien ?

Caramel se sentant ainsi le centre du débat dressa son oreille gauche et remua la queue. Il avait compris « sucre ». C'est un chien qui, quoi qu'on dise, comprenait toujours « sucre » et se comportait, en conséquence, avec une grande affabilité.

Il fut décidé que la vitesse de croisière de Caramel serait chronométrée sur un kilomètre, ce qui ferait déjà une bonne base de départ pour les supputations ultérieures.

Les trois cyclistes s'en furent donc à un train d'escargot suivies d'un Caramel déconcerté, qui trouvait que c'était aller bien loin pour avoir un bonbon qu'on aurait pu facilement lui donner sur place. Le kilomètre bouclé, et de savants calculs ayant été faits, il s'avéra qu'aller au train de Caramel les ferait arriver à l'hôtel sur le coup de deux heures du matin le lendemain.

— Si encore l'hôtel accepte les chiens ! dit Zuzu.

— Et puis même ! dit Gudule. Il y a demain et après-demain et les jours suivants !

D'autres calculs montrèrent que, Caramel aidant, elles arriveraient à Luchon, terme de la randonnée, deux ans, quatre mois, cinq jours et six heures plus tard.

— Les hommes ne nous attendront pas tout ce temps-là, dit Gudule.

— Et s'ils nous attendent, ils feront le gueule, dit Albina.

— C'est sûr ! dit Zuzu.

Deux gendarmes à bicyclette passèrent qui mirent pied à terre et demandèrent avec urbanité si ces demoiselles étaient dans l'embarras.

— Nous sommes ! dit Albina. Nous avons trente kilomètres à faire et la chien ne peut pas suivre.

— Et comment il s'appelle ce beau toutou ? dit l'un des gendarmes.

— Caramel.

— C'est amusant. Alors il est à vous ?

— Non.

— Alors s'il n'est pas à vous comment connaissez-vous son nom ?

— C'est pas son vrai nom. C'est nous qui venons de l'appeler comme ça.

Le gendarme plia légèrement les genoux et se pencha vers le chien.

— Caramel ! dit-il.

Caramel comprit « sucre » à son habitude et s'approcha, une oreille dressée et la queue battant l'air à un rythme redoublé.

Le gendarme se releva le sourcil froncé.

— Ce chien connaît son nom, dit-il, il est à vous.

— Bon ! dit Albina excédée. La chien il est à nous. Et alors ?

— Alors, dit le gendarme, il divague.

— Il dit quoi ? dit Albina.

— Il divague ! Divagation sur la voie publique. Votre chien il doit être tenu en laisse et la laisse attachée à un collier. Il n'a pas de collier votre chien.

— Et une plaque sur le collier, dit le second gendarme, avec votre nom et votre adresse gravés.

— Hou la la ! dit le premier gendarme. Ça vous en fait des infractions tout ça !

— En plus, reprit le second gendarme, que si vous y mettez un collier et une laisse, il faut aller à pied. Parce que aller à vélo avec un chien en laisse c'est interdit.

Si j'avais été là j'aurais corroboré les propos du gendarme en racontant l'histoire de mon ami Émile qui avait l'habitude de promener son berger allemand en laisse, celle-ci étant attachée au guidon du vélo chevauché par Émile. Jusqu'au jour où le chien vit un chat et où Émile battit le record de l'heure, départ arrêté. Arrivée aussi, d'ailleurs, contre une palissade dans laquelle une ouverture au ras du sol permettait le passage d'un chat et d'un berger allemand, mais absolument pas d'une bicyclette et d'un cycliste.

Mais je ne suis jamais là quand il faut soutenir les gendarmes !

— Bon ! dit Albina. Alors ? Qu'est-ce qu'on fait ?

— Vous êtes étrangère ? dit le gendarme.

— Non. Je suis américain.

— Eh bien ! vous êtes étrangère !

— Si vous voulez, dit Albina, pour moi c'est les Français qui sont des étrangers.

— Vous avez votre passeport ? dit le gendarme.

Albina exhiba son passeport, Gudule et Zuzu leurs cartes d'identité. Les gendarmes hochèrent longuement la tête en lisant ces divers documents avec le scrupule qu'apportent les membres de ce corps d'élite à l'accomplissement de la moindre tâche. Puis ils rendirent les papiers et semblèrent attendre.

— Vous attendez quoi ? dit Albina, que ma passeport il soit périmé ?

— Non. Que vous mettiez un collier et une laisse à votre chien.

Zuzu demanda, sur un ton qui devenait acerbe, où les gendarmes s'imaginaient qu'elles allaient, sur cette route de campagne, trouver une laisse et un collier. À quoi les gendarmes répondirent avec bon sens que la loi leur faisait un devoir de vérifier que les chiens ne divaguassent point et non d'indiquer où l'on pouvait se procurer des laisses et des colliers. Et pourquoi pas un graveur aussi, je vous le demande ?

— Alors, dit Albina, on vous donne le chien.

— Il n'est pas à vous, disiez-vous.

— Non. Je vous ai déjà dit, non !

— Alors vous disposez d'un bien qui ne vous appartient pas ?

— Et vous faites des cadeaux à des gendarmes ? dit le second gendarme.

— Ça va chercher loin ça ! dit le premier gendarme.

Les représentants de l'autorité ajoutèrent que, d'ailleurs, ils ne voulaient pas du chien. Tout ce qu'ils voulaient, c'est que Caramel fût pourvu sur l'heure d'une laisse et d'un collier gravé au nom du propriétaire et que les trois dames s'en allassent en tenant leur chien en laisse et leurs vélos par le guidon.

La situation paraissait aussi bloquée qu'un vote de budget. Le crépuscule s'apprêtait à descendre et l'aube suivante à se lever sur trois dames butées, deux gendarmes têtus et un chien euphorique qui, allongé sur le flanc, haletait doucement en produisant des bulles sirupeuses.

À ce moment précis, une 2 CV arriva du fond de l'horizon dans un grand bruit de batteuse à blé, freina des quatre roues au ras des pieds des cinq antagonistes, piqua du nez, et s'immobilisa après avoir rebondi quelques instants en agitant désespérément ses vitres latérales de bas en haut et de haut en bas. Une dame à cheveux blancs en jaillit et cria :

— Douglas !

Caramel, qui avait reconnu sa maîtresse et qui savait par expérience qu'elle ne lui donnait du sucre que parcimonieusement, Caramel feignit de ne pas entendre, anxieux qu'il était de rester en compagnie de ces créatures féeriques dont la munificence sucrière lui avait ouvert des horizons de débauche infinie.

— C'est moi que vous appelez Douglas ? dit un gendarme.

— Mais non, c'est mon chien. Il s'est sauvé, figurez-vous. Je sillonne la région depuis ce matin à sa recherche.

— Il n'a pas l'air de vous sauter au cou ! dit le gendarme, qu'est-ce qui me prouve que ce chien est à vous ?

— Voici sa laisse et son collier qui sont dans la voiture.

— Et qu'est-ce qui me prouve que cette laisse et ce collier sont la laisse et le collier de ce chien dont ces dames prétendent qu'il s'appelle Caramel ?

— Caramel ? dit la dame.

Le chien pour qui ce nom préludait depuis deux heures à des distributions démentes de chocolats, fruits confits et autres nougats se dit que la vie était décidément bien faite puisque sa maîtresse se décidait enfin à apprendre les langues étrangères. En outre il était fatigué. Il sauta d'un bond dans la 2 CV et se lova sur la banquette avant avec l'aisance que donne une longue pratique.

— Voilà ! dit Albina. Si c'est l'auto du chien, comme c'est l'auto du dame c'est le dame du chien. On peut s'en aller, maintenant ?

Mais nos trois amies n'intéressaient plus la maréchaussée. Les deux gendarmes s'étaient tournés l'air gourmand vers la dame aux cheveux blancs qui venait d'admettre que son chien divaguait depuis le matin sur la voie publique sans laisse ni collier.

— Procédons par ordre, dit le premier gendarme en se frottant les mains. *Primo* et d'abord. Une automobile stationnée au milieu de la chaussée, moteur en marche et portières ouvertes. *Deuxio* et ensuite...

— Ça va chercher loin ! dit le second gendarme.

Quand Albina, Gudule et Zuzu arrivèrent, à la tombée de la nuit, nous fumions nos pipes en dissimulant soigneusement derrière nos verres de bière l'inquiétude qui commençait à nous poindre.

Daniel, en les apercevant, laissa fuser un soupir qui projeta à l'horizontal, un long jet de fumée.

— Alors ? ce chien ? dit Martin.

Les trois femmes se mirent à nous narrer leur fin de journée avec une grande abondance de détails et de superlatifs. Comme elles parlaient toutes les trois en même temps, nous en retirâmes l'impression qu'elles s'étaient trouvées à la tête d'une meute et soumises à l'inquisition de deux brigades de gendarmerie au milieu d'un trafic automobile rappelant les Vingt-Quatre Heures du Mans. Zuzu particulièrement, qui imitait l'arrivée de la 2 CV avec gestes, bruits et déhanchements de suspension, fit une grande impression sur les autres clients de l'hôtel.

Le propriétaire intrigué (inquiet peut-être) s'étant approché de nous, Gudule en profita pour lui poser une question qui la turlupinait :

— Vous acceptez les chiens, ici ?

Le malheureux qui avait déjà remisé six bicyclettes dans l'étroit couloir qui séparait sa cuisine de l'office et qui, depuis un instant écoutait, dans un désarroi croissant trois dames, l'une imitant un chien, l'autre des gendarmes et la troisième une 2 CV, le malheureux, dis-je, blêmit et s'empressa de mettre les choses au point.

— Pas de chiens ! jamais de chiens ! Je ne veux pas de chiens dans l'hôtel ! Ce n'est pas possible ! Les chiens sont interdits ! Je regrette mais...

— Bon ! Bon ! dit Gudule. Ça va ! C'est pas la peine de vous mettre dans un état pareil !

— On a compris ! On a compris ! dit Zuzu.

— N'insistez pas, dit Gudule, même si on voulait vous faire plaisir...

— On n'a pas de chien, dit Albina.

Septième et huitième journée

Aujourd'hui, comme nous quittons Lembeye, Gudule et Pascal n'ont pas leur pétulance habituelle. C'est le jour de leur premier grand col, ce Tourmalet qui, depuis le départ, leur trotte dans la cervelle en un mélange de crainte et d'excitation, celle-ci s'atténuant au bénéfice de celle-là, à mesure que se précise, à l'horizon, la ligne mauve des Pyrénées.

Terminées les gentilles ondulations et les doux vallonnements escaladés jusqu'à présent ! Un temps va venir où les côtes les plus redoutables parmi celles qu'ils ont gravies leur apparaîtront rétrospectivement comme autant d'aimables faux plats.

Déjà le relief, tout en bosses, se fait plus accusé. Nous entrons dans les eaux agitées où les grandes vagues pyrénéennes viennent mourir en crêtes de plus en plus serrées. Une dernière rémission nous sera accordée jusqu'au gave de Pau puis, à partir de Lourdes, commencera la grimpette sournoise qui verra les dérailleurs choisir, avec une parcimonie inquiète, des couronnes de plus en plus dentées.

Pour l'heure, nous n'en sommes pas encore là, et notre petite troupe va bon train en écoutant le récit de Daniel qui, ce matin à l'hôtel, est tombé sur l'inévitable vétéran de 40-45 lequel lui a narré par le menu ses exploits cyclistes de l'Occupation, période où la randonnée était surtout alimentaire et consistait principalement en raids vers des fermes lointaines afin d'en rapporter du beurre et des pommes de terre, lesquelles se comptaient en grammes à l'époque et en centaines de kilos dans les récits athlétiques qui en sont faits maintenant.

Certains, évidemment, avaient des préoccupations moins terre à terre, tel mon ami Séraphin qui transportait dans les sacoches latérales de sa randonneuse les tracts anti-allemands du réseau de résistance auquel il appartenait.

Un jour qu'ainsi chargé il pédalait sereinement sur une route campagnarde, il vit venir au-devant de lui un soldat allemand rouge et rond qui chevauchait l'un de ces vélos de misère qui semblent être conçus uniquement pour le calvaire des militaires et des agents cyclistes. L'Allemand croisa Séraphin avec un bref regard pour sa monture, puis, l'ayant dépassé, freina sec et cria :

— Halt !

Séraphin, l'espace d'une seconde, songea à s'enfuir à toutes pédales. L'Allemand étant gros et son vélo calamiteux il se sentait capable de les semer rapidement. Mais cet animal allait le suivre en ameutant les troupes teutonnes qui ne manquaient pas dans le coin et, étant donné la littérature qu'il transportait dans ses fontes, il ne se sentait pas d'humeur à affronter la Wehrmacht. Pas ce jour-là, en tout cas.

Il s'arrêta donc, vite rejoint par l'Allemand qui arborait un sourire épanoui.

— Cholie picyclette ! dit ce dernier.

— Ben... oui ! dit Séraphin. Pas mal.

— Moi, zycliste aussi.

— Ah ! bon ! eh ben !... bravo !

— Foui ! moi zycliste ! ach ! rantonnées ! peaucoup rantonnées, touchours ! bromenades ! peaucoup bromenades. Maintenant plus bossible !

— Eh non ! dit Séraphin. Eh non !

— Ach ! la guerre ! gross malheur !

— Eh oui ! dit Séraphin. Eh oui !

Prudemment il avait décidé d'opiner à tout ce que dirait l'Allemand, à l'exclusion de *« vous ne transporteriez pas, par hasard, des tracts terroristes dans vos sacoches ? »*

Mais Otto (il avait dit : « Che m'appelle Otto z'est pas une beau nom pour une zycliste mais z'est gomme ça ! » Puis il avait beaucoup ri de son astuce, ce qui avait rassuré Séraphin pour qui les plaisanteries de garçon de bain et les calembours miteux étaient l'indice d'une nature accommodante), Otto, donc, n'avait pas un regard pour les sacoches. Il caressait le cadre, tâtait les pneus, comptait les dents du pédalier, faisait jouer les poignées des freins, bref, se comportait en tous points comme un cycliste du modèle courant qui entre en transes à la seule vue d'une belle machine et n'a de cesse qu'il ne l'ait tripotée.

— Gut ! dit enfin Otto. Vous prend mon, moi prend vôtre, et nous rouler un peu enzemble. Was ?

— Ja wohl ! dit Séraphin résigné. Il le trouvait même bien honnête, ce fridolin, de proposer l'échange. Tant de ses congénères n'ayant du troc qu'une conception unilatérale, il ne pouvait qu'apprécier la beauté du geste. D'autant que l'autre ajoutait :

— Moi rend vous dans betit moment. Chuste bour essayer cholie picyclette.

— O.K. ! dit Séraphin. Enfin... non ! je veux dire : d'accord.

Ils procédèrent à l'échange des machines et s'en allèrent de conserve, Séraphin se demandant par quel prodige on pouvait gagner une guerre avec des vélos pareils, et Otto gloussant de plaisir et poussant des exclamations d'admiration qui allaient droit au cœur de mon ami.

Au détour d'un virage, ils virent soudain devant eux un barrage constitué de motocyclettes et de side-cars et devant lequel des soldats allemands casqués, mitraillette en bandoulière, leur faisaient signe de s'arrêter. Ils s'arrêtèrent.

Deux militaires s'approchèrent de Séraphin, examinèrent ses papiers et fouillèrent ses poches et sa musette, laquelle ne contenait qu'un vieux chandail et, dans un bout de papier, ce qui semblait être deux demi-briques réunies par une couche de plâtre et que les gens de l'époque consommaient sous le nom de sandwich au camembert.

Pendant ce temps, les autres guerriers entouraient Otto qui se pavanait sur « sa » machine et leur en montrait les différents perfectionnements avec la légitime fierté du propriétaire. Quelques soldats s'étaient accroupis et détaillaient le pédalier et le changement de vitesses, en faisant des remarques admiratives que Séraphin ne comprenait pas mais dont il appréciait le climat de tout son cœur.

Satisfaits, les militaires leur firent signe de continuer leur route, et ils repartirent sous les encouragements joyeux de la troupe à l'intention d'Otto qui salua en levant les deux bras, ce qui manqua le flanquer à bas de sa machine.

— Qu'est-ce qu'ils nous voulaient ? demanda Séraphin quand son équipier eut repris son équilibre.

— Ach ! Rien tu tout ! On leur a zignalé terroriste qui dransporte des tracts. Alors ils férifient.

— Ah bon ! dit Séraphin.

— Foui ! Krieg, gross malheur !

— Eh oui ! dit Séraphin. Eh oui !

Arrivés au bourg, Séraphin ne commit pas l'erreur de s'arrêter devant la maison où il portait les tracts. Il en choisit une autre (en fait, celle du chef de la Milice), mit pied à terre et dit :

— Voilà ! c'est ici que je vais.

— Pien ! pien ! pien ! dit Otto en lui rendant sa bicyclette. Cholie bromenade ! cholie picyclette ! Merci peaucoup.

— Pas de quoi ! dit Séraphin. À un de ces jours.

— Nein ! dit Otto. Bas un te ces chours ! Moi partir temain pour front russe !

— Gross malheur ! dit Séraphin.

— Oh ! foui ! dit Otto.

Puis il s'en alla sur son vélo grinçant dont il ne savait pas encore à quel point il allait en regretter l'inconfort à Stalingrad.

Quand il eut disparu, Séraphin reprit son vélo, alla porter ses tracts à ceux qui les attendaient et leur conta par le menu comment son dangereux chargement avait franchi les contrôles, sous la sauvegarde d'un soldat allemand.

Ils discutèrent longuement pour savoir s'ils ne devaient pas fusiller Séraphin pour intelligence avec l'ennemi, mais, à la réflexion, n'en firent rien.

Gudule, jusqu'à présent, ne connaissait, en fait de relief, que les côtes bien franches, le plat bien honnête, et la descente sans arrière-pensée. Nous entrons dans le domaine des vallées trompeuses qui ont l'air de descendre quand c'est plat et d'être plates quand ça monte. En conséquence de quoi elle passe son temps à changer de vitesse, toujours victime d'une illusion d'optique qui n'atteint malheureusement pas ses mollets, lesquels s'empressent de la rappeler à une plus juste estimation des choses.

Daniel chantonne sur un air militaire :

— C'est pas d'la côte c'est du faux plat ! C'est pas du col mais ça viendra !

— C'est bien le moment de chanter ! dit Gudule. Vous avez du souffle en trop ?

Daniel a du souffle en trop et puis, aussi, il a pris une longue aspiration avant de fredonner son couplet facétieux. Quelle que soit la contenance actuelle de ses poumons, le temps est loin où il faisait enrager Frédéric en grimpant les côtes juste derrière lui tout en sifflotant des refrains allègres qui sciaient le moral de son compagnon, haletant comme un soufflet de forge et écœuré par tant de facilité respiratoire.

— Je voudrais te demander un truc, disait Frédéric. Tu ne pourrais pas cesser de siffloter en montant les côtes ? Rien que pour me faire plaisir !

— J'ai trop d'air, répondait Daniel. Si je ne sifflote pas un peu, j'ai trop d'air dans les poumons et ça m'essouffle.

En fait, Daniel n'a ni plus ni moins d'air que vous ou moi dans les poumons mais, grâce à une technique parfaitement au point de sifflet « aspiré-refoulé », il arrivait à donner l'illusion qu'il grimpait sans avoir besoin de tout son souffle, ce qui conduisait régulièrement Frédéric aux abords immédiats de la dépression nerveuse.

Un jour qu'ils se disposaient à escalader le col de la Bonnette, Frédéric, dès le départ de Jauzier, s'installa derrière Daniel et lui indiqua clairement sa décision de rester dans sa roue jusqu'au sommet. Daniel opina. Peu lui importait que Frédéric fût derrière ou devant. Il avait l'intention de monter le col en sifflant des tangos, et se promettait de mener à bien son innocente taquinerie une fois de plus.

Alors qu'il arrondissait les lèvres pour attaquer *Adios muchachos*, grande fut sa stupéfaction d'entendre, derrière lui, Frédéric commencer à siffler le *Rondo du Brésilien.*

Le *Rondo du Brésilien,* nul ne l'ignore, est aussi peu fait pour être sifflé pendant un exercice athlétique que *Le Petit Vin blanc* au cours d'une veillée funèbre. C'est un air primesautier extrêmement rapide, haletant, et qui ne permet guère de récupération respiratoire, particulièrement dans des pentes à 10 %.

— *Je-suis-Bré-si-lien-j'ai-de-l'or-et-j'ar-riv'-de-Rio-d'Janéir'-plus rich'-au-jour-d'hui que-naguèr'-Paris- je te-reviens-z'encor...*

Daniel sourit. Frédéric s'essayait à son jeu et n'allait pas tarder à comprendre, à ses dépens, qu'en sifflotement comme en tout, on n'arrive à rien sans entraînement rationnel. Il rengaina donc son tango et attendit, en s'amusant beaucoup, que Frédéric s'écroulât dans un fossé, plus vidé d'air qu'un pneu qui a rencontré un silex.

Mais il ne se produisit rien de tel. Les kilomètres succédaient aux kilomètres et Frédéric sifflait toujours. En l'écoutant, Daniel ne pouvait même pas repérer les endroits où il reprenait sa respiration. En fait, il fallait bien se rendre à l'évidence : Frédéric montait le col de la Bonnette sans respirer !

— *à-moi-les-jeux-et-les-ri-i-res-et-les-grâ-ces-ca-va-liè-res-qu'on-m'em-mène-au-bal-d'As-nières...*

Au cinquième kilomètre Daniel commença à être vraiment inquiet. Ses petits exploits à base de valses lentes et de tangos « aspiré-refoulé » lui paraissaient singulièrement dépassés par la performance de Frédéric qui, arrivé au bout de sa chanson, la reprenait dès le début sans même s'accorder un temps de récupération.

— *met-tez-vos-faux-che-veux-co-cottes-pre-nez-mes-dollars-mes-bank-notes-mais-di-tes-moi-que-vous-m'aimez.*

Quand il aperçut, au bout de vingt kilomètres éprouvants, le sommet de la Bonnette, Daniel avait vieilli de dix ans sans que l'on puisse dire si cela venait de la rigueur de la pente, d'une vexation ulcérante ou d'une « overdose » d'Offenbach.

Les cinquante derniers mètres lui furent un calvaire qu'il gravit tant bien que mal tandis que, pour la quarante-deuxième fois, le Brésilien de Frédéric arrivait tout sautillant de Rio de Janeiro, plus riche aujourd'hui que naguère.

Au sommet, Daniel mit pied à terre et s'assit lourdement dans l'herbe sans un regard pour Frédéric, qui apprécia d'autant plus cette circonstance qu'il avait glissé une main dans l'échancrure de son polo afin d'arrêter le petit magnétophone de poche sur lequel il avait enregistré, en sifflant, le *Rondo du Brésilien.*

À la fin, vaincu mais curieux, Daniel tourna lentement la tête vers Frédéric assis à côté de lui et qui mâchonnait un brin d'herbe.

— Comment tu fais ? lui demanda-t-il.

— C'est tout simple, dit Frédéric. Je respire par le nez et je siffle par la bouche.

— Écrase ! dit Daniel.

Puis ils réenfourchèrent leurs vélos et se laissèrent glisser dans un silence total sur Saint-Étienne-de-Tinée.

Cette fois nous y sommes en plein. Nous sommes entrés dans le vif du sujet, au cœur de la question, au centre du problème. Ce Tourmalet qui faisait si peur à

Gudule et tant envie à Pascal, nous y sommes. Dès les premiers hectomètres nous avons pris nos distances au gré de nos habitudes et de nos possibilités. En haute montagne on ne roule pas en groupe, mais chacun à sa vitesse propre. Sans se perdre de vue autant que possible, échelonnés dans les lacets et négociant, chacun pour soi, la pente dont on peut s'amuser à calculer le pourcentage en lisant sur les bornes kilométriques les différentes altitudes. Martin est loin devant, Albina accompagne Gudule en la conseillant de la voix et du geste. Daniel et Zuzu sont derrière, précédés seulement par Pascal qui se livre *in petto,* j'en suis sûr, au soliloque du grimpeur débutant, à ce monologue intérieur du cycliste confronté à son premier grand col, que nous connaissons bien et que j'entends comme si Pascal le proférait à haute voix :

« Ça commence sournois ! Ça ! il n'y a pas à dire, ça commence sournois ! Moi, je me faisais des idées sur les grands cols. Je me voyais arriver dans une campagne bien plate jusqu'au pied d'une montagne qu'il n'y avait qu'à escalader. Rien du tout, braves gens ! À part un bout de descente ou deux, ça commence à la sortie de Pierrefitte-Nestalas. Comme je vous le dis ! On lit " Col du Tourmalet 30 kilomètres ", on se dit qu'on a bien le temps de se cailler le moral et puis, mine de rien, à une certaine lourdeur dans la pédale on se rend compte qu'on a bel et bien commencé l'ascension, même si c'est pas encore le grand drame du petit homme contre la cruelle nature, ça fatigue déjà les reins. Ça commence sournois !

" Du faux plat jusqu'à Luz ", ils disaient encore hier soir. Du faux plat ! un plat qui est faux on pourrait croire que c'est du plat qui descend. Non. Quand ça descend ça ne s'appelle pas un faux plat. Dédaigneux, ils disaient ça ! l'air pas concerné ! Même Albina, cette punaise, qui avait l'air de regretter qu'il y ait tant de faux plats dans une étape de montagne ! US, go home !

C'est moral ! voilà ce que c'est ! C'est moral. Dans le fond c'est juste une route qui monte un peu. J'en ai vu d'autres de routes qui montaient un peu et je n'en ai pas fait tout un fromage. Mais là, de penser que ça va monter de plus en plus et qu'il y a le Tourmalet au bout, moi, ça me scie ! On ne m'aurait pas dit que je montais le

Tourmalet je ne m'en serais peut-être même pas aperçu, mais moi, le moral, c'est tout.

Luz ! ah ! bon ! me voilà à Luz. Si j'ai bien compris c'est la fin du faux plat. Pas dommage ! Col du Tourmalet : 19 km !

C'est un bon truc de pouvoir glisser la carte sous le Rhodoïd de la sacoche. On y voit où on est. Ça tient compagnie. Sauf que... tiens ! il y a deux chevrons à la sortie de Luz ! manquait plus que ça !

Oh là ! maman ! Cette fois j'y suis en plein ! attention c'est pas le moment de se mélanger les dérailleurs. Plateau de montagne à gauche, manette des pignons à droite. Ça va-t-y passer ? Ouille ! ça grince ! ça va passer ! ça passe ! c'est passé ! ça va mieux ! C'est pas de la descente en roue libre, vent dans le dos, mais ça va mieux.

Vous savez que ce n'est pas rien de monter à Barèges à bicyclette ? Ça n'a l'air de rien, comme ça, sur la carte, 3 cm de ligne jaune, bordée de vert, parce que c'est un parcours pittoresque. C'est moi, tiens ! qui dois être pittoresque en ce moment. Je me verrais je suis sûr que je me ferais rire ! Et les autres, où ils sont ? Disparus loin devant, ces brutes. On pourrait croire quand on bavarde avec eux qu'ils ont des sentiments humains. Z'en ont pas ! À peine le derrière sur la selle, vroum ! Les voilà partis bille en tête et toi tu peux bien crever la gueule ouverte, y en a pas un qui se retournerait pour voir si, des fois, t'aurais pas besoin d'un peu de chaleur humaine.

Divine surprise ! j'ai eu raison de jeter un regard en arrière ! Daniel et Zuzu sont trois lacets derrière moi. Moi qui les croyais tous devant, arrivés à l'hôtel et douchés, peut-être bien. Et puis non ! voilà que je ne suis pas le dernier ! Ça remonte le moral je dois dire. Même si je calcule que s'ils sont derrière moi c'est parce qu'ils sont partis après moi, ça remonte le moral. Le truc, ce serait qu'ils ne me rattrapent pas ; comme ça je garderais le moral jusqu'au bout. Si j'accélère un peu qu'est-ce qu'il se passe ? je meurs ? non. Je ne meurs pas. C'est même rigolo ça. Sans ces deux zèbres derrière moi je n'aurais jamais cru que je pourrais aller plus vite, je croyais plafonner, dis donc, et puis voilà que j'avais des réserves.

Ce qui serait chouette c'est que je puisse accélérer encore un peu et rattraper Albina. La tête qu'elle ferait Albina ! je la passe sans un regard ! Comme si je ne la voyais pas. Non mais sans blague !

Ah la la ! qu'est-ce que ça va bien, en ce moment ! je parie que je vais rattraper Albina avant Barèges. Je la vois là-bas, avec son maillot rouge et, derrière, j'ai l'impression que Daniel et Zuzu perdent sur moi. Dans le fond c'est pas terrible la haute montagne ! C'est une question de rythme respiratoire et de cadence, voilà ce que c'est. Ils en font tout un radada, les autres, parce qu'ils ont tout grimpé, mais tout ça c'est du baratin. Il n'y a qu'à voir comment je marche dans mon premier grand col !

Barèges ! je n'ai pas rattrapé Albina mais ça ne fait rien. Tant que Daniel et Zuzu sont der... Allons bon ! les voilà qui me doublent ces fumiers ! Et sans un regard, hein, sans un mot d'encouragement ! Zuzu a juste dit " ça va ? " mais c'était ironique. Je jure que c'était ironique.

J'ai mon frein arrière qui frotte ! Je suis sûr que j'ai mon frein arrière qui frotte ! C'est pas possible autrement. Pourquoi ils m'ont dépassé, ces deux-là ? Ce n'est pas juste ! Maintenant me voilà le dernier, solitaire, abandonné, rejeté de la communauté ! Une grande famille, qu'ils disaient. Ah ! elle est belle, la grande famille !

Je suis sûr que mon frein arrière est serré. Tant pis ! Je m'arrête pour voir. Je ne vais pas grimper le Tourmalet avec un frein arrière serré ! Sans blague !

Oh dis donc ! Ce que c'est bon de s'asseoir dans l'herbe ! le Bastan, ça s'appelle ce ruisseau. Faudrait pas me pousser beaucoup pour que j'y fasse trempette. Ah ! et s'allonger sur le dos ! C'est pas paradisiaque de s'allonger sur le dos ? Je m'en fous, tiens ! de prendre du retard. Ils vont arriver au sommet et s'inquiéter vachement, ça leur fera les pieds à ces sauvages. Quoique, les connaissant comme je les connais, toute réflexion faite, ils ne vont pas s'inquiéter du tout. Ils vont boire une bière et s'allonger au soleil en attendant que j'arrive.

Je boirais bien une bière, moi.

Allez ! il faut repa... (ouille mes reins !) repartir. Il a rien du tout, mon frein arrière ! ou alors, coïncidence, il s'est desserré juste comme je mettais pied à terre. Sale mécanique !

Allez ! Allez ! Assez lambiné ! en selle !

C'est pas bête, de s'arrêter un petit coup. Ça va mieux. Tiens ! le paysage s'évase. Pont de la Gambie ça s'appelle, par ici. Et... c'est pas possible ! un bistrot ! pour parler franchement je ne trouve pas ça très fair-play d'installer un bistrot à 500 mètres de l'endroit où je viens de m'arrêter. Ou alors on met une pancarte. Zut, tiens ! tant pis ! je vais m'arrêter et boire une bière vite f... Eh ! je les vois ! je les vois ! Ils sont éparpillés sur les lacets en face ! je vois les maillots bleus, jaunes, rouges. Et ils ne vont pas vite ! Avec tous leurs grands airs de campionissimi, finalement, ils ne grimpent pas si vite que ça ! Tant pis pour la bière. Je ne m'arrête pas. Dans la forme que j'ai maintenant, je parie que je les rattrape avant le sommet.

Qu'est-ce que c'est que cette borne ? Col du Tourmalet 5 kilomètres ? Comment ça 5 kilomètres ? Il y a des heures que j'ai passé la borne 6 kilomètres ! Ça ne s'arrange pas, le profil ! Plus ça va, plus ça grimpe cette saleté de machin. Et puis je ne vois plus les autres. Ils sont arrivés en haut, ça c'est sûr ! Peut-être même qu'ils ont commencé à descendre de l'autre côté. Non, tout de même ! ils ne me feraient pas ça !

Quand je pense que me voilà, moi, en train d'escalader le Tourmalet. Le Tourmalet du Tour de France ! Quand je vais dire ça à Marie-Laure ! Est-ce qu'elle se rendra bien compte, Marie-Laure ? C'est vrai, les gens, c'est tout l'un ou tout l'autre. Ou bien ça leur paraît tellement impossible qu'ils ne vous croient pas ou bien ils disent : "Vous avez grimpé le Tourmalet ? ah ! bon !" et puis ils parlent d'autre chose, pas plus épatés que si vous aviez fait le tour du bois de Boulogne. Mais Marie-Laure, je vais lui raconter en détail et tout. Elle va être épatée Marie-Laure. Si elle est pas épatée, j'en épouse une autre ! Je ne vais pas passer ma vie à grimper sur des montagnes pour rentrer à la maison et retrouver une femme qui trouverait ça tout naturel !

Et cette borne 4 kilomètres, ça vient ? D'après moi, elle a dû être abîmée par un éboulement de terrain et ils l'ont enlevée. C'est la borne 3 kilomètres que je vais voir arriver. C'est pas possible autrement.

C'est pas vrai ! mais c'est pas vrai ! Mais qu'est-ce que je fais sur cette foutue saloperie de bicyclette, moi ? Ils m'ont eu avec leurs discours : "Tu verras ! La montagne c'est rien chouette ! avec un bon dérailleur ! le plaisir de grimper ! on se sent un autre homme !" Tu parles si je me sens un autre homme ! Je ne me sens même que ça ! L'autre, celui d'avant, n'avait pas mal aux jambes.

Je vais mourir ! C'est sûr que je vais mourir. À la fleur de l'âge ! C'est trop bête ! Mais qu'est-ce que je fais là, moi ? Alors que j'ai une bagnole, un appartement confortable ! Je pourrais être dans un fauteuil devant ma télé et il faut que je fasse le guignol dans cette saleté de bon sang d'ordure de col ! Mais je suis fou, moi ! complètement maso ! Et tout ça pour quoi ? Pour dire que j'ai monté le Tourmalet ? Qu'est-ce que j'en ai à faire du Tourmalet ? Comme si on ne pouvait pas vivre heureux sans avoir escaladé le Tourmalet. Des millions de gens heureux, il y a, qu'ont même seulement jamais entendu parler du Tourmalet ! Et moi je vais mourir là, à la fleur de l'âge ! Mon cœur va céder, mes poumons vont exploser, mes cuisses vont éclater, mes reins vont se bloquer.

Évidemment je pourrais continuer à pied. Après tout, j'ai pas engagé mon honneur et ma réputation dans ce truc à la noix. Ils me feront même pas une réflexion les autres, là-haut. Je les connais. Grandes gueules et tout mais indulgents pour les défaillances. Seulement, j'en veux pas de leur indulgence. Si Gudule a tout monté à vélo et que j'arrive à pied, j'aurai bonne mine, moi ! Je pédale pas par amour-propre mais tout de même, on a son quant-à-soi !

Oh la la ! Oh la la ! Et puis je croyais que j'avais encore un pignon en réserve ! je ne sais pas comment j'ai fait, j'ai rien du tout en réserve. C'est fini je n'ai rien de plus petit. Si ça s'aggrave je suis bon pour la marche à pied. L'opprobre !

Qu'est-ce qu'ils disaient hier soir ? " Jamais prendre les virages à droite à la corde quand on peut prendre l'extérieur sans danger " ; je n'avais pas bien saisi le pourquoi de la chose mais dans ce virage-là ; je viens de comprendre. C'est deux fois plus raide à la corde qu'à l'extérieur. Pourquoi ? Mystère ! ça doit être une loi de physique. Ou une malfaçon des services de voirie.

Une borne ! une borne ! C'est ma borne 3 kilomètres ? Non c'est la borne 4 kilomètres ! Finalement elle n'avait pas été emportée par un éboulis. Il n'y a pas de Bon Dieu !

Il faut reconnaître que, comme panorama, c'est quelque chose. Je n'aurais pas eu tout ça à regarder pendant la montée, ça m'aurait paru plus long. Tout de même, hein ! C'est moi tout seul avec mes petites jambes, mon petit cœur et mes petits poumons, qui viens de monter plus haut que toutes ces montagnes-là. En m'arrêtant juste une fois, pas longtemps, et encore, parce que mon frein arrière était serré.

Col du Tourmalet, 1 kilomètre. Ça, c'est de la borne ! 1 kilomètre ! je vais l'avoir fait ! Tout seul ! Comme un grand ! Il y a un an, quand j'ai commencé à faire du vélo, je n'arrivais même pas à grimper une côte ! Encore un virage ! c'est là-haut ! C'est là ! j'y suis !

Foutre ! Dites donc ! Je suis au sommet du Tourmalet ! moi ! Tout seul ! à vélo ! à vélo, moi, je suis monté au sommet du Tourmalet !

Ils sont au bistrot, naturellement ! Tous les vélos sont là appuyés contre le mur. Ça y est, ils m'ont vu, ils sortent, ils me congratulent. Ça va ! Ça va ! je ne vois pas pourquoi ils en font tout un plat. J'ai grimpé le Tourmalet. Et après ?

Tiens je vais faire une fleur à Albina. Je vais lui demander de me photographier. Elle est si fière de son appareil super-machin que ça va lui faire plaisir.

Non ! pas là, Albina, attendez. Le paysage derrière moi est moche. Où vous voulez. N'importe où ça m'est égal. Tenez attendez je sais ! là. Mon vélo et moi, juste devant le panneau " Col du Tourmalet 2 114 mètres ". Si je peux vous faire plaisir... »

Gudule aussi se fait photographier devant le panneau. C'est un rite auquel les grimpeurs sacrifient parfois, mais *toujours* lors de leur première ascension. Puis nous nous asseyons dans l'herbe et contemplons le paysage, qui rend, comme chaque fois, Albina lyrique et quelque peu excessive.

— Voilà ! dit-elle. Mes compatriotes vont sur la Lune et moi je vais au sommet du Tourmalet. Vive moi !

— Dites, Albina, vous ne croyez pas que vous poussez un peu ?

— Un peu quoi ? Un peu grand ? 32 x 26, vous trouvez que c'est pousser un peu grand ?

Je ne suis pas, on le voit, au bout de mes peines avec Albina et sa dialectique primesautière. J'essaie bien de la ramener à un peu plus d'humilité et de sens commun et de faire qu'elle cesse de se comparer aux astronautes parce qu'elle a grimpé le Tourmalet. Mais il paraît que, comme souvent, je suis à côté de la question.

— Je ne me compare pas, dit-elle, j'exalte ! J'exalte parce que des hommes vont sur le Lune et moi, à veylow sur un montagne terrible et chaud. Vous voyez la rapport ?

— Non.

— Ça ne m'étonne pas ! Laissez-moi vous expliquer.

Il paraît (si cette fois je comprends bien) que, non seulement toute l'affaire est exaltante mais, qu'en outre, nous devons nous féliciter de l'immense supériorité que nous avons, nous cyclistes, sur les cosmonautes de tout poil. Il paraît que, sans que la NASA s'en doute le moins du monde, le vélo d'Albina est très supérieur à la fusée APOLLO, pour l'excellente raison qu'il est un objet quasiment parfait et sans problèmes, alors que ces malheureux ingénieurs américains en sont encore à se demander avant chaque envol si le 26 794e transistor ne va pas se déconnecter, se court-circuiter, bref, s'emmêler les idées et expédier son chargement humain en direction de la nébuleuse d'Andromède.

Je reconnais bien volontiers qu'il y a peu de risques pour que le vélo d'Albina ne l'entraîne un jour vers de telles extrémités, mais il paraît que je ne sais pas encore tout. Il paraît que, quoi qu'inventent en matière de propulsion et dans les siècles à venir les plus grands cerveaux scientifiques de ce monde-ci et de l'autre, seul le vélo d'Albina lui permettra de grimper et de regrimper tant qu'elle le voudra le Tourmalet à l'aide de ses seuls muscles et de ses seuls poumons. Seul le vélo d'Albina la maintiendra en parfaite forme physique et morale (alors qu'elle ne saurait vraiment pas quoi faire d'un LEM, même payable en 24 mois). Seul le vélo d'Albina lui dispensera, toute son existence, la joie de vivre.

— Ce qui, conclut Albina, m'intéresse personnellement beaucoup plus que d'aller voir sur le Lune si les cailloux sont en pierre.

— Vous n'êtes pas, par hasard et si j'ose ainsi m'exprimer, un peu de parti pris, Albina ?

— Beaucoup ! Et du mauvaise foi, aussi. Et même tout à fait inconséquent si vous voulez. Mais, vous voulez savoir une chose ?

— Oh oui !

— Eh bien ! Je m'en fiche complètement. Je suis cycliste avant tout et, comme la monde entier s'occupe des fusées, qui parlera du veylow si ce n'est pas moi ? Pas vous en tout cas ! Vous et vos fusées !

— Si on descendait ? dit Martin. On va être en retard pour le dîner.

— Voilà Martine ! dit Albina. Je fais du profond réflexion philosophique et il ne pense qu'à manger.

— Seulement quand je ne mange pas, dit Martin.

Gudule et Pascal demandent qu'on attende encore une minute. Ils se remplissent les yeux du Tourmalet. Ou, plutôt, ils se remplissent l'esprit de leur propre image au sommet du Tourmalet. Pour avoir monté leur premier grand col sans avoir, comme ils le craignaient, trépassé ou marché, ils viennent de contracter le virus de la grimpette et, dorénavant, ne pourront plus voir une montagne à l'horizon sans avoir l'envie incoercible de monter dessus. On peut, certes, faire de la randonnée sans escalader des montagnes, comme on peut aussi boire de l'eau avec du roquefort, fermer les yeux et n'écouter que le son d'un film de Marilyn Monroë ou commencer un roman policier par la fin. Tout est permis en cyclisme, même de se gâcher le plaisir.

— Maintenant, dit Albina à Gudule (et aussi un peu à Pascal), couvre-toi, mets une journal sous ta chandail et ne descends pas comme un fou. Tu freines de temps en temps mais pas tout le temps !

— Et-je-relève-la-jambe-à-l'intérieur-des-virages-en-portant-le-poids-du-corps-sur-la-pédale-basse, récite Gudule ostensiblement excédée. Je sais ! je sais !

— Elle est presque à point, me dit Albina en enfilant ses gants. Elle commence à me faire le contestation !

Nous attaquons la descente sur Sainte-Marie-de-Campan. Malgré son agacement et sa belle assurance, Gudule descend comme un fer à repasser en équilibre sur une tringle à rideau, mais arrive néanmoins à bon port sans incident.

— Demain, on grimpe quoi ? demande-t-elle en détachant sa sacoche.

— Aspin et Peyresourde.

— Seulement ?

À Sainte-Marie-de-Campan, bien entendu, je les emmenai contempler la plaque qui commémore l'exploit d'Eugène Christophe. Il y a des pèlerinages qui s'imposent. Gudule était assez déçue car Albina, qui a de toute chose une version personnelle, lui avait promis qu'elle allait voir « saint Christophe embrassant sa fourche à la mairie de Campan ». Bien qu'elle ne comprît pas bien ce qui pouvait pousser un saint à de telles manifestations d'affection, et particulièrement dans une mairie, Gudule qui aime à se cultiver nous avait suivis sans méfiance. Sa déconvenue fut grande en apprenant qu'Eugène Christophe s'était contenté de braser sa fourche à Sainte-Marie-de-Campan ce qui pour un esprit mystique est évidemment beaucoup moins exaltant.

— C'est tout ? dit-elle.

— Quoi : c'est tout ? dit Albina. Si tu aurais à embrasser ton fourche tout seul sans qu'on te aide tu verrais un peu si c'est tout !

— Pourquoi veux-tu que j'embrasse ma fourche ?

— Parce qu'il est cassé. Ce vieux-là embrasse son fourche et il se recolle. C'est une miracle. C'est pour ça qu'il est un saint.

Pascal met fin à cet édifiant dialogue en demandant si c'est pour aujourd'hui ou pour demain. Depuis qu'il a vaincu le Tourmalet, Pascal ne tient plus en place. Il a rêvé cette nuit qu'il escaladait le Kahamandar Kahl d'une main en poussant le tandem Brou de l'autre. Il est déjà assis sur sa bicyclette dont l'avant est dirigé vers le col d'Aspin et il doit faire appel à tout son savoir-vivre pour ne pas partir sans nous à l'assaut de son nouvel adversaire.

Dans sa future carrière de grimpeur, il connaîtra des matins moins triomphants. Certains départs de grands brevets, à trois heures du matin, lui noueront les tripes et quand il aura connu sa première vraie défaillance dans un grand col, il n'osera plus aborder la montagne avec l'air outrecuidant qu'il prend ce matin pour nous prier de nous presser un peu.

Les autres qui savent bien qu'Aspin et Peyresourde se monteront vaille que vaille n'ont pas de ces impatiences et Albina se prélasse au soleil, regrettant de quitter l'hôtel où nous étions, dit-elle, « comme des cloches en plâtre ».

L'hôtel et son confort et, plus encore, son accueil, sont un élément important de la vie du randonneur. Au fil des ans et des kilomètres nous avons tout connu, du palace clinquant au taudis putride, en passant par l'hôtel modeste et discret où, tout à coup, la délicatesse d'une attention vous réconcilie avec les marchands de sommeil.

Au rustre du col de Ceyssat qui refuse à boire à deux cyclistes (au haut d'un col !) parce qu'il n'a pas terminé *son* déjeuner, il faut opposer l'hôtesse d'Anthéor qui en pleine saison déménage tout un bureau afin d'y installer un lit pour le randonneur de passage. Et pour oublier les serveurs d'un palace ajaccien (qui, ulcérés que nous les ayons pris à majorer le prix des vins, avaient, au garage, écrasé un vélo sous une dizaine de lits-cages), je ne veux me souvenir que des deux charmantes vieilles dames d'un modeste hôtel d'Aime qui s'effarèrent beaucoup que je voulusse payer ma note le soir et partir aux aurores affronter l'Iseran *sans petit déjeuner* ! Au matin quand je descendis, en chaussettes, souliers et sacoche sous le bras, je trouvai un guéridon bloquant le bas de l'escalier et garni d'une thermos de café au lait flanquée, sous une serviette, de tartines beurrées et d'un mot me souhaitant bonne escalade.

L'aventure de la randonnée ne se termine pas chaque jour quand on met pied à terre. Nous avons connu l'hôtel de Saint-Laurent-du-Var coincé entre la voie de chemin de fer, l'aéroport et la nationale 7, mais aussi celui d'Obersteinbach dont les fenêtres ouvrent sur des passages de biches. Nous avons couché devant la mer à Propriano mais également au-dessus d'un cinéma, à Prats-de-Mollo, cinéma dont les toilettes étaient les nôtres, à l'étage, ce qui nous faisait bénéficier des entractes comme si nous y avions été.

— Salerpopipate ! disait Albina le lendemain matin. C'était une western en relief ! On aurait dit les bisons étaient dans le couloir !

Le pittoresque s'attache aux pas du coureur de routes dont les heurs comme les malheurs forment la toile haute en couleurs qu'il rapporte de randonnée.

Pascal et Gudule, dans Aspin, sont trois lacets derrière nous. Partis comme des fusées volantes sur l'impression toute neuve (et trompeuse) qu'ils étaient devenus des grimpeurs de choc, ils en ont rabattu dès la première rampe et cherchent désespérément la bonne cadence, le bon pignon et le bon souffle. Albina se laisse glisser à leur hauteur pour pontifier un peu et leur confier l'un des secrets de la tribu.

— Pour grimper, dit-elle, le truc c'est pas dans le jambe qui appuie, c'est dans le jambe qui remonte.

— Parce qu'il y a un truc ? dit Gudule. Tu aurais pu le dire plus tôt !

— Appuie avec ton jambe droit et tire vers le haut ton jambe gauche. En bas tu abaisses le pointe du pied et tu pousses en arrière. Un fois à gauche un fois à droite.

— C'est trop compliqué ! dit Gudule. Laisse-moi faire à mon idée.

— Ton idée il est mauvais. Après tu prends du mauvais habitude et tu meurs idiot.

Pascal qui a écouté et compris met en pratique le pédalage souple qu'Albina vient de définir et, miraculeusement, dépasse aussitôt Gudule de deux longueurs.

— Où il va, celui-là ? dit Gudule maussade.

— Il fait comme je dis, dit Albina. Tu vois la résultat ?

— J'aime mieux pédaler comme je fais, dit Gudule. Plus vite, je ne verrais pas le paysage.

— Ils sont trop verts, dit Albina, et bons pour des goujons.

Sur cette forte parole, elle pique des deux, dépasse Pascal et nous rejoint en nous annonçant que, décidément, on ne fera jamais rien de Gudule.

Il est bien vrai que les néophytes ont intérêt, en toute chose, à écouter les conseils de leurs aînés. Avoir parcouru plusieurs dizaines de milliers de kilomètres sur une selle de vélo apprend quelques petites choses utiles dont il est naturel de faire profiter les autres.

Daniel qui est basque, donc robuste et peu porté sur la mignardise, a voulu, dans le Tourmalet, convaincre son dérailleur que la raison du plus fort est toujours la meilleure. Il a laissé son « 26 dents » dans cette démonstration de dressage en férocité et maintenant, cette couronne violentée vit sa vie personnelle et entretient des rapports dépourvus d'aménité avec les maillons d'une chaîne qui a pourtant d'autres soucis.

Albina, toute à sa mission pédagogique, lui reproche de ne pas « débrayer » légèrement des jambes quand il change de vitesse, mais Daniel lui lance l'un de ses regards en coin style « laser » dont il se sert pour vulcaniser ses rustines quand il n'a pas de dissolution. Albina se le tient pour dit. Tout n'est pas rose dans la vie d'une monitrice.

Gravir une montagne, pas forcément vite, mais en souplesse, est un plaisir profond, même s'il n'y paraît pas sur les traits et dans les propos du grimpeur tant qu'il est à l'ouvrage. Nous avons connu des cols réputés terribles et qui se montaient aisément tandis que d'autres, à réputation plus modeste, se révélaient, à l'usage, être de véritables pièges.

— Sur le moment, dit Albina, vous avez même dit pièges à quoi, mais je ne me souviens plus.

Que le grimpeur souffre parfois, et même souvent, n'est pas niable. Qu'il ronchonne, peste, ahane et jette toutes les deux minutes un regard sous sa selle pour voir si quelque bon génie n'aurait pas, par magie, rajouté un 28 dents à gauche de son ultime 26 dents, ne peut être contesté. Mais il a bien conscience également que personne ne l'a obligé à venir là et que son bonheur au sommet du col sera en proportion des jurons qu'il aura proférés en le gravissant.

Pourquoi escalader un col ? Parce qu'il est là, parce qu'il lance un défi, parce qu'il est beau, parce qu'il est raide. Rarement, quoi qu'on en pense, parce qu'il y a une descente de l'autre côté. Il y a aussi des motivations plus particulières. Je me souviens d'un jour où nous montions à Saint-Véran par une canicule à décourager un tournesol. Albina rechignait, traînassait, zigzaguait et déclarait (car quelle que soit la pente, elle parle en grimpant !) qu'elle allait épouser un brasseur et passer le reste de sa vie allongée à l'ombre des fûts de bière fraîche. Cela jusqu'au moment où je m'avisai de lui dire qu'elle était en train de grimper vers la plus haute commune d'Europe.

« The biggest in the... » parle aux oreilles américaines. Je n'avais pas plus tôt fini ma phrase qu'Albina, tout ronchonnement tari, partait comme une flèche vers ce qu'elle considérait à tel point comme une « grande première » que j'eus toutes les peines du monde à l'empêcher d'aller planter le drapeau américain sur l'église.

La descente d'Aspin se dévale sans problème. C'est une route en bon état et qui n'est pas, comme souvent, en « fer frisé » ainsi qu'Albina appelle la tôle ondulée. Ces routes épouvantables qui, déjà, freinent notablement la progression lors de l'ascension, sont tout à fait pénibles dans les descentes. C'est le moment où, si l'on regarde le travail de flexion qu'effectue une fourche avant (7/10e de millimètre d'épaisseur !), on est partagé entre le désir de prononcer, rapidement, une petite prière et celui d'envoyer un télégramme de félicitations aux fabricants de tubes pour la solidité de leur matériel.

Arreau traversé, seul Peyresourde nous sépare de notre but et, déjà, la nostalgie nous envahit. Pendant que nous buvons un coup, l'inévitable badaud nous pose les questions rituelles et s'effare bêtement de notre intention de passer Peyresourde, comme s'il s'agissait de franchir l'Everest à cloche-pied. Il est des gens qu'un rien étonne.

Un jour, dans le village de Barraques, le paysan auquel nous demandions la route de Saint-Étienne-en-Dévoluy n'en croyait pas ses oreilles :

— La route de... ? Mais mon pauvre messieurs-dames, il n'y a pas de route pour Saint-Étienne-en-Dévoluy, par ici !

Puis prenant l'air finaud de celui qui va en dire une bien bonne :

— À moins, bien entendu, que vous passiez par le col du Noyer ! ah ! ah ! ah !

— C'est ça qu'on vous demande, dit Albina, la route du col du Noyer. On veut passer par le col du Noyer.

— À vélo ? mais ma petite dame...

— Naturellement, à veylow ! dit Albina. On vient de faire, sans respirer, Laffrey, la Bérarde, le Lautaret, l'Izoard, Saint-Véran, la Cayolle et Allos, pourquoi on ne monterait pas votre col du Noyer à veylow ? Il y a des marches, ou quoi ?

C'est d'ailleurs au sommet de ce col du Noyer que nous obtenons notre plus franc succès de rire. À l'énoncé de notre prétention de coucher à Saint-Etienne-en-Dévoluy, le personnage truculent qui tient la buvette se convulse d'hilarité. Que nous ayons gravi ce col dans l'espoir de trouver à nous loger de l'autre côté où il n'y a pas une chambre libre l'emplit d'un rire féroce et inextinguible. C'est le triomphe de notre carrière de clowns ambulants. Dans l'impatience où nous sommes de trouver une douche et un bon lit, sa joie fait peine à voir.

— Eh bien, dit Albina avec qui je partage ces réminiscences, je préfère monter la Pierre-Sourde aujourd'hui que le Noyer ce jour-là. J'étais pas en forme. Aujourd'hui je me sens léger comme une meringue.

Si mes souvenirs sont bons, la légèreté d'Albina ressortissait davantage au plum-pudding qu'à la meringue la dernière fois qu'elle a gravi Peyresourde. C'était, il est vrai, dans l'autre sens et à l'aube d'un brevet montagnard. Il faisait nuit noire comme souvent sur le coup de trois heures du matin et Albina qui n'était pas au mieux de sa forme avait, dès le premier kilomètre, fait donner toutes ses réserves de souffle, de muscle et de pignons, ce qui est un mauvais début pour qui se prépare à gravir cinq cols dans sa journée sur une distance de 250 kilomètres.

Mon meilleur souvenir de cette journée restera la vision d'Albina (dans le clair-obscur des loupiotes) à trois vélos devant moi, prenant à parti un brave homme de cycliste qu'elle prend pour moi et lui expliquant entre deux halètements comment son frère Jerry (qui est adjudant des Marines) lui ferait une grosse tête s'il apprenait jamais dans quels traquenards il emmène sa petite sœur.

Je voyais le brave cycliste, muet de saisissement, tourner vers elle un regard étonné. Il se disait sans doute que c'était beaucoup de vice de la part des organisateurs que d'admettre des folles dans une épreuve qui comportait déjà assez de difficultés.

Ces souvenirs échangés au fil des lacets nous font arriver enfin au sommet de Peyresourde où chacun met pied à terre, comme au haut de chaque col, mais sans l'exaltation joyeuse qui accompagne habituellement ce geste.

— Voilà ! dit Gudule.

— Voilà ! dit Pascal.

« Voilà voilà voilà ! » disent tous les autres qui sentent bien qu'avec ce dernier sommet gravi, la randonnée est terminée. Bien sûr, il y a la descente sur Luchon, mais ce n'est qu'une formalité. La descente ne fait déjà plus partie du plaisir. La grosse bébête qui montait, qui montait, qui montait à nos côtés, c'était le cafard.

— Eh bien ! dit Pascal à Gudule. Ça y est ! On a fait de la montagne !

Spontanément ils se collent l'un l'autre deux gros baisers sur les joues.

— Les voilà, dit Albina, qui se donnent des brevets !

Dans le train de nuit qui nous ramène sur Paris, tandis qu'avec Daniel nous fumons nos pipes dans le couloir, Albina en pyjama sort de la cabine qu'elle partage avec Gudule et nous rejoint en poussant un soupir d'accablement.

— Pas sommeil, Albina ?

— Je m'ai disputé avec Gudule. Je lui dis qu'aux Aubrais il y a un navet qui va à Orléans et que si elle veut voir Orléans il faut qu'elle descend et qu'elle prend le navet. Alors, devinez quoi !... Elle me jette son oreiller à le figure et elle dit qu'elle ne veut pas aller à Orléans !

Albina soupire derechef.

— Et nous, dit-elle, qu'on a fait tout ça pour qu'elle y aille !

Itinéraire de la randonnée de Gudule

PREMIÈRE JOURNÉE.

— Versailles — Nogent-le-Roi — Châteauneuf-en-Thymerais — Hauterive — Jaudrais — Senonches—Longny-au-Perche — Mortagne — Le Mesle-sur-Sarthe = 150 kilomètres.

DEUXIÈME JOURNÉE.

— Essay — Beauménil — Saint-Gervais-du-Perron — Forêt d'Écouves — Fontenai-les-Louvets — Longuenoë — Saint-Ellier-les-Bois — Lignières — Orgères — Bagnoles-de-l'Orne — Lassay — Chantrigné — Ambrières — Châtillon-sur-Colmont — Saint-Denis-de-G. — Ernée — Vitré = 158 kilomètres.

TROISIÈME JOURNÉE.

— La Guerche — Pouancé — Ancenis — Bouzillé — Saint-Rémy-en-Mauges — La Chapelle-du-Genêt — Saint-Macaire-en-Mauges — Mortagne-sur-Sèvre — La Trique — Les Épesses — Pouzauges = 173 kilomètres.

QUATRIÈME JOURNÉE.

— Mouilleron-en-Pareds — Mervent — Fontenay-le-Comte — Maillezais — Sausais — Saint-Félix—Aulnay — Matha — Cognac = 159 kilomètres.

CINQUIÈME JOURNÉE

— Archiac — Bordeaux — Vauzac — Bussac-Forêt — Bedenac — Laruscade — Galgon—Libourne = 109 kilomètres.

SIXIÈME JOURNÉE.

— Langon — Bazas — Lerm — Castelnau — Maillas — Saint-Justin — Labastide-d'Armagnac — Aire-sur-Adour — Lembeye = 161 kilomètres.

SEPTIÈME JOURNÉE.

— Morlaas — Benejacq — Pontacq — Lourdes — Argelès-Gazost — Luz-Saint-Sauveur — Sainte-Marie-de-Campan = 131 kilomètres.

HUITIÈME JOURNÉE.

— Arreau — Luchon = 58 kilomètres.

Oublie-moi Mandoline

Je ne sais pas ce qui m'a pris ! J'ai dit cela sans réfléchir et je me suis entendu le dire comme si quelqu'un d'autre l'avait prononcé derrière ma tête. Cela semblait venir de quelque part derrière moi, à travers deux épaisseurs de coton. Moi qui ne bois jamais, j'avais bu un vermouth (que j'ai en horreur). Mais c'est notre patron qui m'avait tendu le verre et, comme je me connais, je me serais cru obligé, en refusant, de lui expliquer que j'appréciais son amabilité mais que je n'aimais pas le vermouth, parce que cette abomination laisse un arrière-goût dans la gorge et me donne mal à la tête. Ce ne sont pas des choses à dire quand on vous tend un verre et, d'ailleurs, le patron ne m'aurait pas écouté, comme souvent les patrons quand on leur donne des explications. De toute façon on a le budget de publicité d'une grande marque de vermouth, à l'agence, et notre P.-D.G. n'aime pas qu'on critique les produits pour lesquels nous faisons de la publicité.

Toujours est-il que, vermouth ou pas, j'ai sorti ma petite phrase juste dans le bref silence qui s'est établi entre la fin du laïus du patron et le début des applaudissements. Si bien qu'on n'a pas su exactement si c'était lui ou moi qu'on applaudissait.

J'aurais été gêné si je n'avais pas été dans un début d'ivresse. Pas ivre vraiment mais, comme disent les gens :

un peu « paf ». C'est cela ! j'étais paf ! Tout me paraissait ouaté, un peu irréel et ralenti. Je suis sûr que j'aurais pu me cogner aux angles des meubles sans rien ressentir. D'ailleurs, je me *suis* cogné aux angles des meubles, j'ai découvert cela en me déshabillant le soir.

Georges Gravier n'a pas eu l'air de me tenir rigueur de mon intervention, qui lui avait pourtant volé une partie des bravos. Tout au contraire : son visage s'est illuminé, il a fait un pas vers moi et mis sa main sur mon épaule. Un moment, j'ai même cru qu'il allait me pincer le lobe de l'oreille, mais non. Il m'a seulement dit, là, devant tout le monde :

— Bravo ! Mon vieux Michel ! Vous avez mis dans le mille ! C'est exactement le slogan que nos concepteurs-rédacteurs cherchent depuis un mois !

Moi, d'être devenu, d'un coup, le « Mon vieux Michel » du patron, j'étais si éberlué que je n'ai même pas remarqué que les concepteurs-rédacteurs me regardaient comme des eczémateux qui auraient trouvé un porc-épic dans leur lit. C'est Lucas qui me l'a dit plus tard. Il paraît que les concepteurs-rédacteurs n'aiment pas que les dessinateurs-maquettistes trouvent, dans le temps d'un vermouth, des slogans dont la recherche les tient en haleine pendant un mois. Ils disent, prétend Lucas, que si chacun ne reste pas à sa place, cela fait désordre et que la bonne marche de la maison s'en ressent.

— Il faudra me noter cela pour qu'on ne l'oublie pas ! a repris le patron en me tendant un deuxième vermouth. Et puis je vous verrai en rentrant de Tokyo.

— Mon petit père, a dit Lucas, je te vois bien parti pour avoir une gratification.

D'habitude je n'aime pas beaucoup qu'on m'appelle « mon petit père ». Je trouve que lorsqu'on a la quarante-cinquaine pas trop décrépite, l'allure assez jeune et la tempe modérément grise, il ne faut pas se laisser appeler « mon petit père » par des trentagénaires sournois. Sinon, vers la cinquantaine ils vous appellent « le vieux » et vers la soixantaine « pépé ». Après quoi plus rien ne les retient de vous faire grimper, de gré ou de force, au plus haut d'un cocotier savonné, qu'ils s'empressent de secouer vigoureusement tant qu'ils en ont encore la force. Mais, ce jour-là, j'étais tout à la satisfaction d'avoir produit mon petit effet. J'ai haussé les épaules pour montrer à Lucas que je n'en étais pas à une gratification près et je suis parti me balader dans les bureaux, allant de groupe en groupe et me mêlant à des conversations qui ne me concernaient pas, sans que personne s'en offusque. Au contraire, mon slogan fraîchement pondu et l'attitude amicale de Gravier faisaient que l'on accordait une attention toute particulière à mes interventions, dont je ne saurais dire si elles étaient, ou non, pertinentes, car, ignorant absolument de quoi les gens parlaient, je disais n'importe quoi avec l'assurance que donnent conjointement (et même séparément) l'alcool et une soudaine notoriété.

Après cet événement capital, le cocktail avait repris son allure de croisière, c'est-à-dire qu'un tas de gens, n'ayant ni faim ni soif ni rien à se dire, n'arrêtaient pas de parler tout en se bourrant de tartines et d'alcools divers. Le petit Julien, du service photo, prenait au flash des instantanés des groupes, pour la postérité et les revues professionnelles. Au passage, Gravier m'a pris par l'épaule et a fait signe à Julien de nous photographier ensemble. À ce moment-là (m'a dit Lucas le lendemain) il paraît qu'un concepteur-rédacteur s'est étranglé avec un noyau d'olive et qu'on a eu les plus grandes inquiétudes quant au retour à la normale de sa respiration.

C'est Gravier qui avait décidé d'offrir ce cocktail quand on avait enfin décroché le budget de publicité des appareils de photo Yamakoto. Un cocktail pour le personnel, les collaborateurs et les confrères. Pour remercier les uns et, bien entendu, accélérer la formation d'ulcères chez les autres. C'est que, l'affaire Yamakoto, ça n'avait pas été facile. Nous étions trois grandes agences sur les rangs et le patron tenait autant que les deux autres à emporter l'affaire parce qu'il y avait une sacrée pincée de dollars à la clef. Moi j'avais imaginé les Japonais, kamikazes en diable, jetant les dollars au vent en criant *« banzaï ! »*, pour la plus grande gloire de l'Empereur. Mais ils s'étaient révélés, à l'usage, singulièrement timorés et plus près de leurs yens qu'on ne l'aurait supposé. Vers la fin, comme les pourparlers accrochaient, G-G (Georges Gravier, notre patron. Il adore qu'on l'appelle G-G), G-G, donc, s'était mis à apprendre le japonais, pour faciliter les contacts et savoir enfin, disait-il, *« ce qu'ils disent entre eux quand ils me regardent en souriant »*. Il répétait ses leçons dans son bureau, avec la pulpeuse Frédérique, sa secrétaire, et, à entendre leur dialogue heurté à travers les portes du bureau, on aurait juré qu'ils tentaient de jouer, l'un, du banjo et l'autre, de la clarinette, mais pas dans la même clef. Il n'était, finalement, pas arrivé à maîtriser autre chose que *Sayonara* qui veut dire, paraît-il, bonjour. Heureusement que, peu après, on avait signé le contrat, parce qu'une fois je lui ai vu dire *Sayonara* à un Japonais en visite à l'agence et celui-ci, pourtant bien courtois, n'a pas eu l'air de tellement apprécier. Il y a, comme cela, des mots étrangers qui, pour peu qu'on les prononce mal, deviennent facilement des insultes.

Enfin on avait signé ce fameux contrat et tout le monde avait tellement travaillé sur les avant-projets Yamakoto que G-G avait décidé que « ça s'arrosait » et qu'on allait faire un cocktail monstre dans les bureaux de l'agence pour fêter cela.

Dès cinq heures de l'après-midi, les dactylos avaient déplacé chaises et bureaux en pouffant et en plaisantant comme le jour de la fête de fin d'année à l'école, les cahiers au feu et les maîtres au milieu. Leur grand gag c'était de « parler japonais » ce qui consistait à dire d'une voix nasillarde des phrases telles que : *« Solange ! si tu consentais à ranger ton honorable po-po-tin pour que je puisse pousser mon humble chaise ! »* ou encore : *« Samouraï Duval, si vous profitez encore de ce regrettable désordre pour peloter impérialement ma misé-*

rable poitrine, vous allez recevoir mon indigne main dans votre estimable physionomie. » C'était à se demander pourquoi G-G avait fait l'effort d'apprendre le japonais, alors que ses employés en maîtrisaient si bien les subtilités de la conversation.

Un traiteur était arrivé vers six heures avec des tonnes de zakouski et des litres de boissons diverses et tout le monde s'était réuni, verre en main, pour écouter le petit discours de Georges Gravier, président-directeur général de Publipub, discours duquel il ressortait, comme on pouvait s'y attendre, que Publipub était une agence formidable, G-G un P.-D.G. formidable, les collaborateurs de l'agence des types formidables et les « Instaclic Yamakoto » des appareils formidables.

C'est sur ces entrefaites que j'étais devenu un dessinateur-maquettiste formidable en disant, juste après la fin du laïus du patron :

— Où Yamakoto y a la photo !

De vous à moi, d'ailleurs, je ne trouve pas cela bouleversant mais, du moment que ça fait le bonheur du père Gravier, cela suffit à me combler. Moi, le bonheur des autres, je ne connais que cela. Tellement, même, que je n'ai pas voulu gâcher la joie du patron en lui disant que j'allais le quitter et que j'étais en pourparlers très avancés avec Cité-Publi, une agence concurrente. S'il y a une chose que G-G déteste, c'est que ses collaborateurs le quittent pour aller ailleurs. Son cœur se fend littéralement. C'est, d'ailleurs, tout ce dont il se fend et ceci est, évidemment, la conséquence de cela.

Perceron est arrivé près de moi avec un whisky dans une main et un vermouth dans l'autre.

— Vous tombez à pic ! m'a-t-il dit. J'étais allé chercher à boire pour Nadine et je ne la trouve plus. Tenez ! débarrassez-moi donc et profitez-en !

Il m'a tendu le vermouth et, comme je n'avais rien sous la main pour poser le verre, je l'ai bu. Bêtement, du reste, parce que je n'ai pas su non plus où poser le verre vide.

Et, à tant faire que garder un verre à la main, j'aurais pu laisser le vermouth dedans. Mais on ne pense pas à tout, surtout quand on est paf. Au demeurant, je n'étais plus paf. Plus du tout. J'avais atteint le grade supérieur qui doit être « pompette ».

— Vous avez de la chance, m'a dit Perceron, de pouvoir siffler du vermouth comme cela ! Moi, ça me donne mal à la tête.

Puis, il s'est mis à me parler des appareils Yamakoto qui sont vraiment révolutionnaires. Il n'y a plus rien à faire, paraît-il, qu'appuyer sur le déclencheur. Ils font même la mise au point tout seuls « par osmose ». Ce qu'on ne va pas inventer ! Perceron m'a longuement expliqué le coup de l'osmose et de la mise au point automatique mais je n'ai pas bien compris. D'ailleurs, notre boulot ce n'est pas de comprendre mais de persuader les acheteurs qu'il y a de l'osmose dans les appareils Yamakoto, ce qui, avec un peu de métier, est l'enfance de l'art. Perceron devait inventer tout cela à mesure pour m'épater, parce qu'une fois, je l'ai vu remplacer la recharge de gaz de son briquet et il ne m'a pas paru tellement doué pour la technique. Lui, son job, c'est les études de marché.

J'aurais pourtant aimé savoir, parce que ma mise au point à moi devenait d'instant en instant plus problématique, et focaliser sur la figure en poire de Perceron me contraignait à des efforts éprouvants.

Perceron m'a encore dit que j'étais l'homme du jour et qu'il fallait que je fasse drôlement attention à mes droits d'auteur. Que G-G allait s'en tirer avec de bonnes paroles et une gratification mais que, si j'étais malin, j'allais déposer mon slogan et demander des royalties avec un vrai contrat et tout.

Je faisais « oui ! oui ! » de la tête pour ne pas le désobliger mais il m'embêtait d'une façon prodigieuse. En outre je ne voyais pas comment je pourrais concilier cette délicate négociation financière avec mon départ de Publipub pour Cité-Publi. Bien entendu, je pouvais emporter mon slogan avec moi. Mais Cité-Publi, leur gros budget c'est les appareils ménagers Moulimouli. Et par quelque bout qu'on le prenne :

« Où y a Moulimouli y a la bonne carotte râpée », cela n'a pas l'alacrité du slogan Yamakoto. C'était un problème ! Mais le seul avantage qu'il y ait à être pompette, c'est que le lendemain semble être éloigné du jour présent par un bon demi-siècle, ce qui laisse tout le temps nécessaire pour réfléchir aux problèmes urgents.

Le stade au-dessus de pompette c'est, je crois, « parti ». J'étais parti.

Perceron disparu, j'ai réussi à poser mon verre vide sur le plateau d'un serveur qui portait des verres pleins, et j'ai parlé un moment avec Michalet, mais je ne sais plus de quoi. De l'osmose je crois. Quelqu'un a dû me passer un verre sans que je m'en aperçoive parce que Michalet a dit, je m'en souviens :

— Je ne sais pas comment vous pouvez boire du vermouth, il paraît qu'à l'usine où on le fabrique il faut changer les tuyauteries tous les ans.

Quoi qu'il en soit, je me sentais bien et pas mal à la tête du tout. Peut-être que je me faisais à la boisson après tout. Peu à peu, à petite dose. De la mithra... mithradi... mithrisate... bon ! Peut-être qu'après être devenu génial, j'allais devenir également un de ces surhommes qui boivent du whisky comme d'autres du lait-grenadine, et restent néanmoins capables de jouer le *Concerto pour la main gauche,* de Ravel, tout en dessinant des petites maisons, sans lever la plume, de la main droite.

J'ai buté dans Frédérique, la secrétaire de G-G. Une belle plante, Frédérique ! Elle m'a regardé gentiment et elle m'a dit :

— Vous vous sentez bien ?

C'était curieux qu'elle me demande cela, parce que justement, je me sentais bien. On m'aurait apporté des montagnes, je les soulevais d'une seule main.

— Je me sens parfaitement bien, dis-je. Qu'est-ce que

vous croyez ? je peux vous dessiner la petite maison de Ravel sans lever ma main gauche de dessus le piano !

— Venez vous asseoir un moment à côté d'une fenêtre ouverte, a-t-elle dit, ça va passer.

Mais l'immeuble prenait une gîte inquiétante et ce n'était pas le moment de s'approcher des fenêtres ouvertes. J'ai dit non, merci bien, et je suis parti en planant, les pieds à 20 cm du sol, comme je savais le faire depuis peu.

Tout de suite après, j'ai regretté de ne pas être resté avec Frédérique. Une belle plante, Frédérique ! La belle trentaine blonde et souriante. Elle sent bon, en plus. On se serait assis à côté d'une fenêtre ouverte et on aurait bavardé gentiment. Je lui aurais redit « Où Yamakoto y a la photo » et elle m'aurait dit que, vraiment, j'étais génial ! Parce qu'il n'y a pas à sortir de là : je suis génial. D'ailleurs, chose... machin... là... le patron, il m'a appelé « son vieux Michel ». C'est dire !

Mais c'était trop tard. J'avais laissé passer la chance de ma vie de m'entendre dire par Frédérique que j'étais génial. La reverrais-je jamais ? j'avais un peu envie de pleurer, mais rien de bien grave.

À défaut, j'ai dit des choses brillantes à un groupe de petites secrétaires un peu paf. Elles riaient beaucoup et me disaient avec des airs faussement scandalisés que « Ben vrai ! Monsieur Mercier ! on ne vous croyait pas comme ça ! ».

Moi non plus, pour être franc. Quoi que ce soit que j'aie pu leur dire.

« Où Yamakoto y a la photo. » Finalement, ce n'était pas si mal, mon truc. C'est bête, à quoi tiennent les choses. Je ne serais pas venu à ce cocktail, ce soir, je n'aurais jamais eu l'occasion de découvrir que j'avais du génie. J'aurais fini de vieillir médiocrement en disant des choses banales à des gens quelconques, tandis que mon ange gardien, qui sait tout, se serait rongé les poings de dépit, en se disant : « Regardez-moi cet imbécile qui dit des inepties par habitude, sans se douter qu'il a, dans les méandres de son cerveau exceptionnel, le slogan qui va révolutionner le marché de la photo. » Parce que, les anges gardiens, c'est comme ça ! Cela vous protège distraitement des catastrophes mais ça ne vous signale jamais les bonnes occasions.

Je me suis regardé dans une glace qui est au-dessus de la cheminée dans le bureau du marketing et je me suis dit que, bon ! puisque c'est comme ça, je vais prendre la vie à bras-le-corps, profiter de toutes les occasions pour faire connaître mes talents, ne plus avoir de pitié pour personne et leur montrer un peu à tous que non mais, sans blague ?

Au loin, dans la glace, j'ai vu passer Frédérique. Le temps que je me retourne, elle avait disparu.

Frédérique, elle me rappelle un peu Christine que j'ai connue il y a longtemps. Charmante, Christine ! Douce, aimante, intelligente, tout pour plaire, même à moi ! Seulement, elle avait la manie de vouloir me défendre contre les périls de l'existence ! Moi dont le secret désir a toujours été d'être un péril de l'existence ! Elle a si bien fait, Christine, avec ses précautions, ses mises en garde et ses petits soins que j'ai fini par considérer qu'elle était, *elle,* un péril de l'existence ! Nous nous sommes quittés un 22 janvier à 17 h 30 devant un bar-tabac de l'avenue Kléber. Il pleuvait. Je m'en souviens : j'ai attrapé une bronchite.

Frédérique serait un peu comme Christine : et je fume trop ! et je n'ai pas bonne mine ! et j'ai l'air crevé ! et si on s'asseyait près d'une fenêtre ouverte ! La vraie couveuse ! Belle plante, mais toujours en train de vous prendre le pouls, en douce, en vous serrant la main. Circonstance aggravante : ma santé, ce qui n'était pas le cas pour Christine, ne la regarde en rien !

Comment je me suis retrouvé assis sur un classeur à côté d'une fille désolée assise sur une corbeille à papiers renversée ? je ne sais plus. Elle, je ne l'avais même pas remarquée. J'ai vu qu'elle était là quand elle m'a dit :

— Buvez votre vermouth ou posez-le, mais ne le renversez pas sur ma robe.

C'était une employée de la comptabilité que je connaissais de vue, mais sans plus. Elle avait un joli visage rond et grave, avec de grandes lunettes cerclées d'écaille sur un tout petit nez et des cheveux châtains tirés en arrière. L'air pas gai, en plus. Je m'en souviens parce que je lui ai dit :

— Vous avez l'air pas gai, vous !

— C'est tout simple, a-t-elle dit. J'ai l'air pas gai parce que je suis triste.

À partir de là, on a philosophé comme jamais. On a employé un tas de mots graves et solennels, tout à fait inadaptés à la situation, comme toujours quand on a un petit coup dans le nez. Il n'y a rien comme les gens « gais » pour tenir des discours ennuyeux. L'image d'Épinal du soûlot rigolard est à ranger au musée des accessoires avec l'accorte servante et le greffier chafouin. Plus on perd le contrôle de ce que l'on dit, plus on se croit obligé de dire des choses présumées profondes et qui n'ont d'abyssal que leur degré de sottise. Je dis cela après coup. Sur le moment j'étais persuadé que j'ouvrais des fenêtres sur l'univers et je hochais la tête, gravement, en donnant un pli amer à ma bouche.

Parce que, bien entendu, quand je dis « on a philosophé », il faut comprendre qu'il n'y avait que moi qui parlais. La jeune personne à lunettes écoutait poliment, plaçait un mot ici et là pendant que je reprenais ma respiration et, le reste du temps, soupirait sans retenue, ce qui ajoutait à la tristesse de son expression.

Moi, les soupirs d'accablement, j'en connais un bout. Trois ans avec Christine-la-couveuse, quinze jours avec Martine-la-sotte, six mois avec Brigitte-la-lectrice ! Brigitte, c'était une cultivée. Elle me lisait Saint-Simon le soir, au lit. Saint-Simon, que j'étais prié d'écouter attentivement pendant que mon Hadley Chase refroidissait sur la couverture. Elle avait découvert le gentil duc écrivassier en lisant « La Cour » dans *Le Canard enchaîné* et défrichait avec opiniâtreté, nuit après nuit, sa prose compacte, persuadée qu'avec de la persévérance elle finirait bien par arriver aux passages rigolos.

Quand j'eus mon content de querelles d'étiquette, de généalogies méticuleuses et de crépages de chignons entre duchesses avec et sans tabouret, je quittai Brigitte sur la pointe des pieds en tirant doucement la porte derrière moi. Elle était, à ce moment-là, en train d'attaquer avec une moue gourmande le XIe tome des Mémoires. Je ne sais même pas si elle s'est aperçue que nous ne vivions plus ensemble.

J'ai toujours rêvé de passer ma vie au côté d'une femme toute de fantaisie, de gaieté et de bonne humeur. De ces pures merveilles comme il n'en existait que dans les films américains par la grâce de scénarios optimistes et de dialogues primesautiers. Mais j'ai un don (entre autres) : j'attire irrésistiblement les emmerdeuses.

Tout cela, comme je l'ai dit, je le note après coup. Sur le moment, pompette comme j'étais (ou en étais-je d'ailleurs ? Paf ? Pompette ? Parti ? Disons « ivre » et n'en parlons plus !), j'étais plutôt content d'être tombé sur quelqu'un de triste car je venais justement de commencer ma nouvelle vie de Superman et j'avais besoin, pour exister, de veuves opprimées et de faibles orphelins à protéger.

— Dites-moi ce qui ne va pas, dis-je.

— À vous ?

— À moi.

— Pourquoi je vous dirais, à vous, ce qui ne va pas ?

Toujours des questions idiotes ! Au lieu de se laisser aller, confiante, la tête contre mon épaule, et de me dire : *« Michel, sauvez-moi des griffes des gangsters qui me poursuivent parce que je tiens de mon grand-oncle le plan du trésor des Templiers qui est enfoui sous le château de Gisors ! »* Non ! des complications ! des hésitations, des ergotages : Pourquoi elle me le dirait, *à moi !*

— Et pourquoi vous ne me le diriez pas, à moi ?

— C'est tout simple ! Parce que ce ne sont pas vos affaires.

Bon.

On reste un moment comme on est, elle, sur sa corbeille à papiers renversée, moi, sur mon classeur. On écoute vaguement le vacarme qui vient des autres bureaux. De temps en temps je me souviens que je suis génial et une onde de plaisir me parcourt, comme une poussée d'adrénaline quand on a peur.

— Vous avez déjà vu un génie ? dis-je.

— Quel génie ?

— Un génie. Quelqu'un de génial.

— J'ai vu des photos d'Einstein. Pourquoi ?

— Pour rien.

Einstein ! Toujours cette manie féminine de répondre à côté de la question. Je lui parle de moi, elle me répond Einstein ! Pour me vexer !

— Voulez-vous, dis-je, que j'aille vous chercher quelque chose à boire ?

— Oui, volontiers. N'importe quoi sans alcool et aussi un petit truc au pâté et de ces machins au pain de mie avec des asperges en conserve dessus.

Après une délicate navigation à l'estime et en tirant des bords, je suis arrivé au buffet où j'ai pris deux vermouths et deux tartes à l'ananas, parce que c'est tout ce qui restait et que, d'ailleurs, je ne me souvenais plus de ce qu'elle m'avait demandé. Et puis, je suis revenu la retrouver. Pas tout de suite parce que, d'abord, je me suis trompé de bureau et que je me suis assis à côté d'une autre fille (Jocelyne, je crois), elle-même assise sur les genoux de Pierret qui m'a demandé si ça ne me ferait rien d'aller renverser mon vermouth ailleurs. J'ai mangé une des tartes et bu un des vermouths pour être moins encombré et je suis reparti à sa recherche. Quand je l'ai retrouvée elle était toujours assise sur sa corbeille à papiers renversée et toujours aussi triste. Surtout quand je lui ai tendu son verre de vermouth.

Je n'avais pas envie de me rasseoir sur le classeur qui était froid et avait des angles métalliques qui me rentraient dans les cuisses.

— Je n'ai pas envie de me rasseoir sur le classeur, dis-je. (Parce que, moi, ce soir-là, je disais tout comme je le pensais.)

— C'est tout simple, dit-elle, trouvez-vous une autre corbeille à papiers et asseyez-vous près de moi.

J'appréciai vivement, dans la brume qui m'environnait, le dernier membre de sa phrase. Elle aurait pu me dire de me trouver une autre corbeille à papiers et d'aller m'asseoir ailleurs. Mais non. Sans pour autant la réclamer à cor et à cri, elle semblait apprécier ma présence.

Je me trouvai une corbeille à papiers, la vidai sur le parquet et m'assis à côté d'elle. Elle sentait bon le biscuit frais.

On s'est mis à parler de tout et de rien, c'est-à-dire qu'elle parlait d'elle-même et que j'écoutais avec intérêt, attendant de trouver dans sa conversation le joint qui me permettrait de parler de moi.

Elle s'appelait mademoiselle Maigron, était née en Indre-et-Loire et travaillait, depuis quelques mois, à la comptabilité, sous la férule de la mère Choisnet, ce qui ne paraissait pas l'exalter outre mesure. Elle vivait avec sa maman qui était veuve, la pauvre femme, et menait une existence laborieuse et sans problème, excepté celui, justement, qui la faisait soupirer si fort.

J'avais passé mon bras autour de ses épaules parce que, ces corbeilles à papiers en fil de fer, c'est pratique mais c'est instable. Bien installé, comme ça, à travers la manche de lainage, une gentille épaule ronde dans la paume (il faut toujours toucher le corps des femmes à travers de la laine), je me sentais capable d'une quantité d'actions étonnantes. Pour ce qui était d'être un autre homme, c'est bien simple, j'arrivais à la quintessence. Quelque chose comme Tarzan avec le cerveau d'Edgar Faure.

Je pris une grande inspiration pour éclaircir mes idées, oxygéner mes bronches, aérer mes sinus et calmer les fureurs d'un océan de vermouth.

— Mon petit, dis-je, les ennuis, les soucis, les problèmes, les tracas, les puzzles, le jeu des sept erreurs, les sacs de nœuds et les difficultés, c'est ma spécialité de les résoudre. Tout ce qui rougit les jolis yeux des gentilles jeunes filles trouve en moi un ennemi implacable. Vous avez un ennui : confiez-le-moi.

— Merci ! dit-elle distraitement. Vous êtes gentil, mais...

— Vous avez vu, tout à l'heure, le coup du slogan ? Un mois qu'ils pâlissent dessus. Rien que des spécialistes ! Moi, pof !... OU YAMAKOTO Y A LA PHOTO ! Même que Georges, si vous avez remarqué, m'a dit « Mon vieux Michel... »

— Vous appelez le patron : Georges !

— Naturellement j'appelle le patron Georges. Quand on dit à quelqu'un « Mon vieux Michel » ça veut dire implicitement : appelez-moi Georges.

— C'est vrai, dit-elle, c'est tout simple.

Je remarquai qu'elle avait une propension à trouver tout tout simple, ce qui, pour une fille obsédée par un problème au point de ne pas s'intéresser à moi, ne laissait pas d'étonner.

J'ôtai mon bras de son épaule et le passai, par inadvertance, autour de sa taille qui était souple.

Il y eut un moment de silence très romantique, qu'elle employa à ôter ma main de sa taille et à la reposer sur mon genou. Puis elle dit :

— Pour quelle raison restez-vous avec moi au lieu d'aller vous amuser avec les autres ?

Je lui répondis que les autres ne s'amusaient pas et m'amusaient encore moins. Que les gens ne s'amusaient jamais si peu que quand ils croyaient s'amuser, et réciproquement. À l'appui de ma thèse je lui inventai des citations de Pascal, Camus, Clavel et Ponson du Terrail qui, si elles ne la convainquirent pas, firent sur elle un effet certain. Ses grands yeux verts me fixèrent à travers ses lunettes et j'y lus une grande admiration pour ma culture.

— Moi aussi, dit-elle, j'ai fait ça au bac, en français.

— Vous avez fait quoi ?

— Des citations bidons. J'ai été recalée.

— Et moi ? dis-je doucement.

— Vous quoi ?

— Moi, je suis recalé ?

Elle prit ma main qui était sur son genou et la reposa, en soupirant, sur le mien.

— Oui, dit-elle. Sauf peut-être à l'oral, parce que vous êtes gentil quand vous parlez de m'aider.

Bon ! bon ! bon ! moi, je ne suis pas le genre à insister. J'allais lui montrer, moi, à cette gamine, que je pouvais rendre service d'une façon tout à fait désintéressée.

— Allons-y ! dis-je, dites-moi votre problème, que je vous le résolve. Ça ne doit pas être plus coton que Yamakoto !

— Si ! dit-elle.

— Tant mieux ! la difficulté me stimule !

Elle réfléchit un instant. J'évitai de la toucher afin qu'elle se rendît bien compte que j'étais bien le grand preux chevalier au panache blanc, à l'œil limpide et aux intentions liliales qu'il lui fallait.

— Bon ! dit-elle, je vous raconterai cela, mais pas maintenant. Il y a trop de bruit ici.

— Demain ! dis-je, demain sans faute ! Promettez.

— C'est promis !

— Jurez !

— C'est juré !

Elle leva la tête vers moi, ce qui mit ses yeux à quelques centimètres des miens et ses lèvres encore plus près des miennes. Je l'embrassai légèrement.

C'était la première fois que j'embrassais une comptable.

— Ça vous mène à quoi ? dit-elle.

— Ça me mène à... ça me mène... ça me... Rien ! C'était un baiser amical.

— Un baiser amical, c'est sur la joue.

— Pas en Russie !

— Nous ne sommes pas en Russie.

— Nous devrions ! Restez là ! je vais voir au buffet s'ils ont de la vodka.

Elle me retint par la main.

— Non. Restez là.

Comme elle gardait ma main dans la sienne je restai. D'ailleurs j'ai horreur de la vodka.

— Vous êtes très gentil, dit-elle, mais il ne faut pas m'embrasser. C'est agréable, mais ça commence quelque chose qu'on se croit obligé de continuer. J'ai besoin d'un ami, pas d'un flirt.

Je serrai plus fort son épaule que j'avais reprise dans ma main. J'avais la grande exaltation des grandes excitations des grandes illuminations ! Cette petite, avec ses grosses lunettes, son gros souci et ses cheveux tirés en arrière, j'allais l'épouser ! C'était sûr comme deux et deux font quatre !

— Quel âge avez-vous ? dis-je.

— Vingt et un ans.

Cela me renforça dans mon projet. Vingt et un ans ! j'allais l'épouser et coiffer sainte Catherine au poteau ! Alléluia ! Alléluia ! Nous allions nous marier, prendre un congé, souscrire un contrat d'épargne-logement, louer une télé-couleur et, comme sur les dépliants, partir en voyage de noces en avion, vers les lagons polynésiens où, dans des gerbes d'écume blanche, des dieux bronzés au sourire éclatant font du ski nautique, d'une seule main, sur l'océan turquoise qui chante son hymne millénaire au soleil éternel, parmi les fleurs sauvages au parfum envoûtant et la musique enchanteresse des ukulélés nostalgiques. Trajet en charter Orly-Orly à des prix imbattables.

Vingt et un ans ! Tout m'arrivait le même jour : un slogan, l'amitié du patron, la découverte de ma fascinante personnalité et une fiancée de vingt et un ans qui, pas une fois en une heure, ne m'avait dit que j'avais beaucoup trop bu ou que j'allais prendre froid ou que j'avais l'air fatigué ! Qui ne m'avait pas lu Saint-Simon, comme Brigitte, pas demandé de voiture de sport, comme Hélène, pas appelé son « gros loup » comme Yvonne et pas demandé, comme Anne, si j'avais pris mes gouttes !

— Monsieur Mercier, dit-elle, voulez-vous, je vous prie, ôter votre bras d'autour de ma taille !

— Je vais vous épouser ! dis-je, appelez-moi Michel.

Elle leva vers moi un visage où je renonçai à démêler la joie d'avec l'étonnement. J'en profitai pour l'embrasser une nouvelle fois. Elle ne demanda pas, cette fois, où cela allait nous mener. C'est dommage parce que j'aurais répondu : « À la mairie », ce qui lui aurait donné un aperçu de mon esprit d'à-propos.

— Quel est votre prénom ? dis-je.

Elle prit ma main qui s'égarait vers sa poitrine et la reposa, avec un soupir, sur mon genou.

— Mandoline, dit-elle.

L'ivrogne nauséeux qui s'éveille dans mon lit ce jeudi matin vers 10 heures, j'ai le regret de constater, après un instant de réflexion, que c'est moi.

Hier soir en rentrant, j'ai griffonné un bout de billet à Anne pour qu'elle téléphone, ce matin, que je n'irais pas au boulot et puis j'ai sombré dans une nuit gluante et convulsive, où des cauchemars s'interpénétraient comme des fumées tandis que des express lancés à grand fracas sifflaient pendant le temps qu'ils traversaient le tunnel de ma tête.

L'alcool, en général, et le vermouth en particulier sont des produits bien abominables, surtout pour quelqu'un qui, comme moi, ne boit guère et n'a pas l'entraînement olympique qui convient à cette discipline.

Je me retourne prudemment sur le dos et je fais l'inventaire des dégâts. Vers les jambes, ça va. Encore qu'il serait follement optimiste de me demander de courir un 110 mètres, même sans haies. À hauteur de l'estomac les choses deviennent franchement contrariantes et, pendant mon sommeil, il semble qu'on ait glissé un rouleau de toile émeri dans ma gorge, tout en me tartinant la langue de craie pilée avec du suif. Mais tout cela n'est rien au regard de ce qui se passe dans ma tête, si tant est que l'on puisse encore appeler cela une tête.

Il y a, je le jure, une circulation intense de plomb fondu dans les veines de mon crâne. J'ai un joueur de biniou dans l'oreille droite, un forgeron dans l'oreille gauche, quelques tambourinaires derrière les globes oculaires et une légion de bricoleurs armés de marteaux, qui plantent des clous un peu partout. La lumière du jour est insoutenable et le seul bruit de ma respiration, pourtant précautionneuse, fait se recroqueviller mes orteils.

L'homme nouveau que j'étais n'aura vécu que le temps d'une soirée. Je retrouve dans mes draps humides la carcasse de tous les jours, et pas au mieux de sa forme athlétique, par-dessus le marché.

Je décide que je vais, lentement et en décomposant mes gestes, me remettre sur le ventre et essayer de me rendormir doucement en espérant que la mort viendra me prendre pendant mon sommeil parce que la vie, sur cette planète pourrie, avec le bruit, la pollution, les impôts, le vermouth et tout ça, ce n'est vraiment pas supportable.

Et mon ange gardien ? Qu'est-ce qu'il fabriquait, hier, celui-là ? Parti à un congrès d'anges gardiens, je présume. Je ne dénie pas aux anges gardiens le droit aux recyclages, séminaires et autres congés payés, mais ils pourraient prévenir quand ils s'absentent !

Il est à remarquer que sur cette terre, tout ce qui est bon au goût est mauvais pour la santé. L'alcool, le tabac, le foie gras et autres nourritures savoureuses, le sucre, le sel, les épices, ainsi que quelques autres délicieux abus, tels que les femmes, par exemple. De mémoire d'homme, jamais on n'a vu un médecin déconseiller la carotte, interdire le navet ou mettre en garde contre l'eau pure. Tout ce qui est bien plat, bien insipide, quand ce n'est pas de surcroît, bien mauvais, fait se pâmer d'aise le corps médical à défaut du corps tout court. On peut voir là le doigt d'un dieu sadique accumulant devant ses créatures (qui ne lui demandaient rien) tous les poisons du monde, pour le simple plaisir malsain de voir si lesdites créatures égarées par leurs yeux et trompées par leurs papilles vont se laisser posséder. On l'imagine ricanant au spectacle de ces innocents fonçant tête baissée vers les cirrhoses, infarctus, ulcères et autres joyeusetés qui font tomber en diguedigue avant la fleur de l'âge le brave bipède qui, de nature confiante, mord dans un joli champignon et se tord de douleur l'instant d'après en blasphémant horriblement, ce dont on ne saurait, tout bien réfléchi, lui tenir rigueur.

On sonne à la porte d'entrée, ce qui redouble les activités du forgeron et du joueur de biniou. J'entends Anne qui va ouvrir et qui parle à quelqu'un. Grand bien lui fasse ! Le nez dans l'oreiller trempé, je replonge dans un sommeil comateux et m'enlise dans un rêve en forme de tableau de Vasarely tout en bulles de savon multicolores qui éclatent sur mes poils de barbe en chuchotant :

— Michel ! éveille-toi !... Tu dors ? Michel ! éveille-toi !

Peu habitué que des bulles de savon, fussent-elles de Vasarely, me parlent ainsi, je refais surface et je vois, du coin d'un œil, prudemment entrouvert entre deux plis de l'oreiller, qu'Anne est assise sur mon lit et me secoue doucement l'épaule. Je fais « Mmrr ! » ce qui veut dire, dans toutes les langues du monde : *« Je ne dors pas mais fais comme si je dormais et va-t'en sur la pointe des pieds, s'il te plaît, et sans claquer la porte. »*

Anne insiste. Elle est gentille, Anne. Je l'adore. Elle a plein de qualités et de vertus, mais elle a un défaut : elle insiste toujours.

En évitant de réveiller le forgeron qui, miracle, semble s'être assoupi sur son enclume, je me retourne et m'assieds, calé contre l'oreiller. Ça pourrait aller mieux mais ça pourrait aller plus mal. Je sens que je vais pouvoir, d'ici à quelques mois, remuer la tête sans avoir à retenir des hurlements de douleur.

— Tu n'as pas bonne mine, dit Anne d'une voix douce. Tu sais que ces cocktails ne te valent rien.

— Je sais, dis-je. Les cocktails ne valent rien à personne et à moi moins qu'à quiconque.

Je grimace parce que « qu'à quiconque », c'est bien

rocailleux à prononcer pour quelqu'un qui redoute les secousses.

— Il y a là, dit Anne, une demoiselle Maigron qui veut te voir.

— Connais pas !

— Tu lui as donné rendez-vous aujourd'hui, pour l'aider à débrouiller je ne sais quoi.

— Pas au courant !

— Enfin ! Michel ! réveille-toi ! Elle insiste ! Si tu lui as donné rendez-vous il faut que tu la reçoives !

— Demain ! Un autre jour ! au bureau ! je ne sais pas ! Dis-lui que je dors !

Anne soupire.

— Je lui ai déjà dit. Mais elle a l'air sûre d'avoir un rendez-vous, tu sais. Elle m'a répondu : C'est tout simple, réveillez-le.

— Elle a dit : C'est tout simple ?

— Textuellement !

Cela me dit quelque chose. Quoi ? Je ne saurais dire, mais quelque chose à coup sûr.

— Comment est-elle ? je demande.

— Taille moyenne, les yeux verts, grosses lunettes cerclées d'écaille, des cheveux châtains tirés en arrière, un horrible béret orange et une serviette en cuir.

Cela aussi me dit quelque chose. Quelqu'un que j'aurais rencontré au cours de ma vie aventureuse. Quelqu'un qui... oui ! qui m'a parlé d'instruments de musique !

— Dis-moi des noms d'instruments de musique.

Anne s'inquiète.

— Tu vas bien ? Tu es sûr ? Comment te sens-tu ?

— Dis-moi des noms d'instruments de musique, je te dis !

Anne soupire et prend un air excédé qui lui vaudrait deux heures de colle jeudi, si elle était encore en sixième.

— Piano, tambour, violon, harpe, flûte, contrebasse, banjo, guitare, mandoline, tromb...

— Stop ! Mandoline !

— Je vais te faire des compresses sur le front ! dit Anne d'un ton décidé, en se levant.

Mandoline ! J'y suis, maintenant. C'est la fille que j'ai décidé d'épouser hier soir. Sur le moment ça me paraissait être une bonne idée mais, maintenant, j'en suis moins sûr. Je parie qu'elle a dû trouver tout simple de venir demander ma main à Anne, qui va encore faire des embarras, comme chaque fois qu'on la sort de son train-train quotidien.

Anne revient de la salle de bains avec un gant de toilette dégoulinant d'eau glacée, qu'elle me plaque sur le front. Des ruisselets frisquets me dégoulinent le long de la figure, j'ai l'air éploré d'un glacier à l'époque de la fonte des neiges. Les bricoleurs, saisis, en restent le marteau levé.

— Qu'est-ce qu'elle veut ?

— Je ne sais pas. Il paraît que tu lui as promis un coup de main pour quelque chose qui la turlupine.

Je me rassérène un peu. Après tout, peut-être n'a-t-elle pas entendu, hier, quand j'ai dit que j'allais l'épouser. J'avais, crois-je me rappeler, l'élocution un peu difficile.

— Bon ! dis-je. Fais-la patienter. Je me passe un peu d'eau, je mets une robe de chambre et je viens.

Anne sort. Je me lève. Ayant oublié de verrouiller mes genoux dont les roulements à bille sont en acier suédois de haute qualité, je me retrouve assis sur le lit. Je me relève, je vais vers la salle de bains après un détour par le fauteuil où je m'assois dix secondes pour ramasser ma tête et la remettre sur mes épaules.

Je m'appuie contre le lavabo et je me regarde dans la glace. Heureusement que je n'ai pas le moral, ce matin. Parce que ce que je vois dans le miroir me l'enlèverait d'un seul coup !

— Bonjour Michel ! dit Mandoline en me tendant la main.

— Bonjour Mandoline.

Anne, qu'un rien étonne, ne peut s'empêcher de demander :

— Vous vous appelez Mandoline ?

— Je m'appelle Gwendoline, mais on m'a toujours appelée Mandoline.

— C'est charmant, dit Anne, tu ne trouves pas ?

— Oui.

Je suis décidé à ne pas me mouiller outre mesure. « Oui » me paraît suffire comme commentaire pour l'instant. Je suis là, malade, mal à l'aise, pas rasé, en robe de chambre, avec l'air d'avoir cent ans, devant une minette quasiment inconnue que j'étais fermement décidé à épouser hier soir. Je ne vais pas, par surcroît, me lancer à l'étourdie dans des phrases inconsidérées, dont on sait comment elles commencent mais pas toujours comment elles finissent.

— J'ai fait un peu de café, dit Anne.

— C'est aimable à vous, dit Mandoline.

Moi je ne dis rien. J'aimerais bien retourner dans mon lit et reprendre le cours de mon décès.

— Vous vous connaissez d'où ? dit Anne, qui ne s'embarrasse pas de syntaxe dans la vie courante.

— C'est tout simple, dit Mandoline en reposant sa tasse vide, Michel ne vous a pas dit ?

— Michel ne m'a pas dit.

— Nous travaillons à Publipub tous les deux. Jusqu'à présent on n'avait pas fait connaissance, bonjour-bonsoir, sans plus. Et puis hier on a causé. Michel a eu l'amabilité d'accepter de me donner un coup de main pour un ennui que j'ai.

— Il a bien fait, dit Anne. Si je peux vous être d'une quelconque utilité...

— Merci beaucoup, mais je ne crois pas. Michel, grâce à son slogan...

Anne ouvre de grands yeux. Elle n'est pas encore au courant de mon entrée fracassante dans le petit monde des génies de la pub. Moi-même, j'avoue que je n'y pensais plus, pris que je suis depuis hier soir par mon Opération-Survie. Mandoline entreprend d'éclairer Anne.

— Où Ya Yamakoto...

— Pas Où Ya Ya ! dis-je. Où Ya...

— Comment ? Pas Où Ya Ya ? Vous avez dit Où Ya Ya !

— Non ! le Ya de Yamakoto c'est le Ya de Y A. C'est pas Où Ya Yamakoto c'est Où Yamakoto.

— Mais alors ! ça ne veut plus dire : « Là où Y A... » mais Où Ya Machintruc ou y a Trucmachin !

— Peu importe ! C'est Où Ya et non Où Ya Ya. C'est clair !

— Bon ! Pas Où Ya Ya mais Où Ya ! Si vous voulez.

— Je veux !

— Si vous m'appreniez le dialecte, dit Anne, je pourrais peut-être suivre votre passionnante conversation ? C'est du quoi ?

— Du japonais, dit Mandoline qui ne doute de rien.

— Même pas, dis-je.

On passe dix minutes à expliquer à Anne le coup du slogan et l'emballement du patron. Anne est toute contente, parce qu'elle trouve qu'il n'est que temps qu'on rende enfin justice à mes talents intellectuels.

— Depuis, dit Mandoline, comme il est au mieux avec le patron...

— Tu es au mieux avec G-G ? dit Anne. Ah ! bon !

— Je pense bien ! Il l'appelle Georges, et tout !

— G-G ? Georges ? Eh bien ! j'espère !

Il va falloir expliquer ! Préciser ! Dieu qu'elles sont embêtantes à tout répéter de travers, à donner de l'importance à ce qui n'en a pas et à transformer, par une simple intonation, une phrase dite en l'air, dans le feu de la conversation, en une profession de foi ou une vérité intangible !

— Écoutez ! Je n'ai jamais dit...

— Vous ne m'avez pas dit que vous l'appeliez Georges ?

— J'ai dit...

— Ça m'étonnait, aussi ! dit Anne. Je ne le vois pas appeler G-G, Georges.

— J'ai simplement dit...

— Parce que, si vous ne l'appelez pas Georges, dit Mandoline, il faut le dire franchement. Ça change tout !

— Ça change tout quoi ? dit Anne.

— J'ai dit...

— Dis-nous ce que tu as dit ! dit Anne.

— J'ai dit...

— Moi je sais ce que vous avez dit, dit Mandoline. Vous avez dit...

Oh Jésus ! Seigneur ! Sainte Vierge ! Saint Christophe ! protégez-moi, je vous en supplie. Un matin de gueule de bois, c'est une bien grande épreuve que de faire taire deux femmes afin de leur expliquer que l'on n'a pas dit ce que l'on a dit.

— Ce-la-n'a-aucu-ne-im-por-tan-ce, dis-je. On en reparlera un autre jour.

— Tu es bizarre, ce matin, dit Anne. Vous savez, je crois qu'il a dû trop boire à ce cocktail hier.

Mandoline repousse du doigt ses lunettes sur son nez.

— Vous croyez ? dit-elle.

Je guette, dans son œil vert, l'ombre d'un éclair d'ironie. Mais rien ! L'œil vert est candide comme il n'est pas permis. On s'y mirerait l'âme, si c'était le moment de se livrer à des activités romantiques.

— Bon ! dis-je. Et si nous en venions à votre problème ?

— C'est cela ! dit Anne. Venons-en à votre problème.

— C'est tout simple, dit Mandoline. Vous vous rappelez ce polyvalent aux yeux gris acier et aux cheveux blonds qui avait un costume de velours beige et une chemise bois-de-rose, avec des chaussettes marron et une cravate bleu pétrole ?

Misère ! Dire que cette créature à binocles m'a tiré du lit, à dix heures, pendant une agonie particulièrement éprouvante, pour me parler d'un polyvalent multicolore. Mais qu'ai-je à voir avec les polyvalents multicolores ? Mais qu'ai-je fait au Bon Dieu ? Mais qu'ai-je...

— Qu'est-ce que c'est, au juste, un polyvalent ? demande Anne.

— C'est une espèce de super-inspecteur des contributions directes qui prend la peine, dis-je, de venir jeter un coup d'œil sur la comptabilité des entreprises pour le cas où, par pure inadvertance, quelques menues bricoles n'auraient pas été déclarées au fisc. Cela dit, Mandoline, pourquoi devrais-je spécialement me souvenir de cet éblouissant personnage ?

— Oh ! pas vous souvenir « spécialement » mais, comme on l'a eu sur le dos quinze jours à Publipub, je pensais que, peut-être, vous l'auriez remarqué.

Je me souviens en effet, vaguement, qu'il y a eu quelque chose comme ça à la boîte. On en chuchotait dans les couloirs et la mère Choisnet, la chef comptable, promenait partout la tête ulcérée d'une tragédienne du Français à qui l'on aurait proposé d'aller jouer le vaudeville à Pezenas. À part cela, je n'ai remarqué ni la couleur des chaussettes du quidam, ni ses yeux. Je ne suis pas physiquement attiré par les polyvalents ni, d'ailleurs, par aucun agent mâle du fisc. Je fais même les plus expresses réserves quant aux agents femelles. Les femmes ont déjà l'esprit bien assez inquisiteur de nature sans, en plus, aller les choisir dans un corps spécialisé.

— Bien ! dis-je. La situation s'éclaircit. Vous avez eu un polyvalent pendant quinze jours dans votre bureau. Et alors ?

— Alors, j'en suis tombée amoureuse, dit Mandoline.

Pfff ! quelle époque !

— Mandoline, dis-je, si c'est cela votre problème, vous vous êtes trompée de spécialiste. Pour toute réclamation, voyez Ménie Grégoire ou le ministre des Finances, mais sûrement pas moi !

Anne proteste, parce que je la frustre d'une belle tranche de vie sentimentale. Elle me trouve bien intransigeant et ne voit pas au nom de quoi je ne m'intéresserais pas au problème des amours (qu'elle espère contrariées) de Mandoline et d'un polyvalent. Puisque j'ai promis mon concours, ajoute Anne qui a été éclaireuse, je dois tenir parole.

Mandoline s'agite sur sa chaise et dit que ce n'est pas là le fond de son problème. Je suis heureux d'apprendre que son problème à un fond. En général, les dames dans l'adversité me proposent toujours des énigmes insondables. Il y a progrès ! Mandoline nous affirme que c'est tout simple, demande qu'on la laisse continuer sans l'interrompre, assure qu'elle s'excuse pour le dérangement et promet d'être brève ce qui, étant donné la fréquence avec laquelle cette formule prélude à des monologues interminables, ne laisse pas de m'inquiéter.

— J'en suis tombée amoureuse dès que je l'ai vu, dit-elle, mais il n'a jamais fait attention à moi. Rien ! Il ne me parlait que pour me dire : *« Et ces quinze mille francs, c'est quoi ? »* ou : *« La facture du polycopieur, elle est où ? »* et : *« Pourquoi deux notes de frais pour le voyage d'un tel ? »* et des trucs comme ça, sans intérêt pour personne. J'ai changé de coiffure et de lunettes, j'ai mis mes robes du dimanche tous les jours, j'ai essayé de parler érotico-câlin comme les hôtesses d'Orly, rien ! Rien ! Rien ! J'étais transparente, vous comprenez ? j'étais une comptable, rien de plus. Il me regardait sans me voir avec ses yeux gris acier, comme si j'étais un ordinateur.

Mandoline avale sa salive et s'agite légèrement sur sa chaise.

— Et, je ne suis pas un ordinateur ! dit-elle.

— Pauvre petite, dit Anne que les drames humains émeuvent toujours, surtout s'ils sont féminins. Moi j'ai eu une tante qui...

— Anne !

— Une tante, figurez-vous, qui...

— Anne !

— Bon ! je vous raconterai cela une autre fois.

Je suis accablé. Le roman-photo, même en scope et en couleurs, ne fait pas partie des choses qui excitent mon intérêt. Je me demande si je pourrais somnoler en ayant l'air de réfléchir, mais j'ai peur de me mettre à ronfler ou de tomber de ma chaise.

— Alors ? dit Anne.

— Alors voilà. Pour le séduire, le forcer à me considérer comme un être humain, j'ai pensé lui donner quelque chose qui attirerait son attention sur moi, quelque chose qui éveillerait son intérêt, j'ai...

— J'ai trouvé, dis-je. Vous lui avez offert une machine à calculer qui joue *La boulangère a des écus* quand on appuie sur un bouton.

— Ce que tu es agaçant ! dit Anne. Laisse-la continuer ! Vous avez fait quoi, Mandoline ?

— J'ai volé la comptabilité parallèle de Publipub dans le coffre du patron.

Elle a dit ça tranquillement, le monstre, en remontant ses lunettes sur son nez d'un geste qui lui est habituel. Son petit visage grave n'a pas changé d'expression une seconde, ses grands yeux verts n'ont pas cillé. Ni honte ni forfanterie ! Mandoline, il faut en prendre son parti, parle et agit en toute simplicité. J'avoue que je me sens moins somnolent. Nous venons de virer bord pour bord du roman-photo à la Série noire et l'anecdote en prend, si j'ose dire, des couleurs.

— Qu'est-ce qu'on appelle, au juste, comptabilité parallèle ?, demande Anne qui a conservé, au sujet de l'argent, sa fraîcheur de petite fille.

Je lui explique en deux mots de quoi il s'agit et pourquoi, par voie de conséquence, ladite comptabilité est bouclée dans le coffre du patron au lieu de traîner dans des classeurs à la merci des regards gris acier.

— Oh ben ! Si ce n'est que frauder le fisc, dit Anne, ce n'est pas un crime. À part toi, tout le monde le fait !

— J'imagine, dis-je, que lorsque vous lui avez donné le dossier il s'est mis à saliver en montrant tous ses crocs venimeux, et qu'il vous a sauté au cou en vous demandant si on ne vous avait jamais dit que vous aviez de beaux yeux ?

— Je ne lui ai jamais donné le dossier, dit Mandoline. Le soir même, il emmenait Jocelyne au cinéma. Enfin, Jocelyne dit que c'était au cinéma ! En tout cas, il l'attendait devant la porte, tout sourire. Ils sont partis bras dessus bras dessous, en riant. Vous pensez comme, après cela, j'allais lui faire une gâterie !

— Parfait ! D'ailleurs, esthétiquement parlant, cela m'ennuyait de vous imaginer avec ce polyvalent. Jocelyne qui a des cheveux jaunes, des lèvres carmin, des paupières bleues et des socquettes vertes dans des souliers violets doit s'accorder à merveille avec votre mirliflore.

Mandoline admet que c'est certainement vrai. Que, d'ailleurs, il se prépare de drôles de surprises avec Jocelyne qui est une peste, et que, finalement, elle était bien sotte d'être amoureuse d'un type si manifestement dépourvu de goût, de sens commun et de discernement. Elle précise que si cet individu venait maintenant se traîner à ses pieds en versant des fleuves de larmes, elle le laisserait salir son beau costume de velours beige sans faire un geste pour le relever. Après quoi elle renifle un peu, tire son mouchoir, assure ses lunettes, sourit mélancoliquement et dit :

— Voilà !

Comment ça « voilà » ? Aurions-nous touché, sans nous en rendre compte, le fond du problème mandolinesque ? Je récapitule mentalement pour voir si rien ne m'a échappé. Mais non. Je ne vois absolument pas ce que je viens faire là-dedans, ni en quoi ces sottises sentimentalo-fiscales me concernent.

— Voilà quoi ? dis-je.

— Voilà mon histoire, dit Mandoline. Qu'est-ce que je fais maintenant ?

Ah ! bon ! C'est un conseil qu'elle veut ! Que ne le disait-elle ? Je vais lui en donner deux ou trois et puis elle fera un tri à tête reposée.

— Ce que vous faites ? je ne sais pas, moi ! Vous donnez le dossier à votre bonhomme en espérant que cela lui fera oublier Jocelyne, vous le jetez dans la Seine en faisant comme si vous ne l'aviez jamais vu (le dossier, pas le bonhomme) ou, plus sagement, vous vous dépêchez de remettre la comptabilité parallèle dans le coffre, d'où vous n'auriez jamais dû la tirer.

Mandoline paraît ravie.

— Je savais bien que vous étiez de bon conseil, dit-elle. Vous arrivez à la même conclusion que moi : il faut remettre le dossier dans le coffre.

— Ben voyons !

— C'est la solution la plus sage. Vous avez raison.

— Il est de très bon conseil, dit Anne. Il trouve toujours les solutions de bon sens alors que les gens se compliquent la vie. Il est épatant.

— C'est vrai, dit Mandoline, il est épatant.

Je suis épatant. Ça c'est bien vrai. Mais je suis aussi horriblement fatigué et j'aimerais bien, maintenant que tout est arrangé à la satisfaction générale, que cette gentille cambrioleuse s'en allât à ses affaires afin que je puisse aller me rendormir chez Vasarely.

— Je peux vous poser encore une question ? dit Mandoline.

— Faites.

— Vous ne me répondez pas si vous ne voulez pas, mais cela m'intéresse.

— Quoi donc, mon enfant ?

— Comment allez-vous faire ?

— Faire quoi ?

— Pour ouvrir le coffre.

— Qui ?

— Vous !

— Moi quoi ?

— Vous, comment allez-vous faire pour ouvrir le coffre afin d'y remettre le dossier ?

— Moi ?

— Oui, vous.

— Oui toi ! quoi ! dit Anne qui s'impatiente. Pas le pape, bien sûr ! Qui veux-tu qui le remette ce dossier ?

Excusez-le, dit-elle à Mandoline, mais il a mal dormi et il a toujours le réveil un peu lent.

Non mais... non mais... Ho ! Eh ! Holà ! Ces deux prédatrices ne seraient-elles pas en train de prendre leurs désirs pour des réalités ? De projeter les fantasmes de leur imagination sur le béton de la réalité quotidienne ? De planer, en chantant des cantiques, au-dessus des précipices hideux du flagrant délit ? De me prendre pour une bille, en un mot ?

— Vous me prenez pour une bille ? dis-je.

Anne fronce les sourcils et Mandoline a une moue, comme si elle allait se mettre à pleurer.

— Mais, Michel ! Vous m'aviez dit...

— Tu lui avais dit ! dit Anne.

— Je ne vous demandais rien, moi, dit Mandoline.

— Elle ne te demandait rien ! dit Anne.

— Vous avez insisté pour m'aider. Je ne voulais pas. Mais vous avez insisté !

— Tu as insisté ! dit Anne.

C'est vrai, que j'ai insisté. Il faut bien reconnaître que j'ai insisté. Je ne savais pas évidemment que j'aurais à fracturer un coffre-fort, mais le fait est là : j'ai insisté. Ne buvez jamais de vermouth ! Bien ! Comme il me revient d'un récent passé que je suis aussi génial qu'imprudent, je vais tout de même essayer d'y voir un peu plus clair avant de me mettre en colère et de jeter une ombre sur ma réputation de bon petit scout.

— Ce coffre, dis-je, vous avez bien su l'ouvrir ?

— Non, dit Mandoline, il était ouvert. Écoutez, je vais vous expliquer ce qui s'est passé, ça vous donnera peut-être des idées.

— Très bien ! dit Anne. Elle va te donner des idées.

Pour ce que ça me réussit, à moi, quand Mandoline me donne des idées !

— Le coffre, dit Mandoline, il n'y a que le patron qui en connaisse la combinaison. Il n'y a pas de sous dedans. Rien que des papiers, des lettres, des documents. De temps en temps il l'ouvre pour que Frédérique, la mère Choisnet ou quelqu'un d'autre, prenne ou remette un dossier confidentiel. Toujours en sa présence. L'autre jour il l'a ouvert et puis il est allé chercher un classeur à l'autre bout de son bureau en nous tournant le dos. La mère Choisnet a laissé tomber des papiers. Pendant qu'elle les ramassait j'ai pris le dossier de la comptabilité parallèle d'un seul geste. Hop ! Sans regarder.

— Sans regarder ?

— Je le connais le dossier. C'est le seul qui soit en carton rouge. Je l'avais repéré dès que G-G a ouvert le coffre. C'est à ce moment-là que j'ai eu l'idée. Maintenant le coffre est refermé, le patron est parti pour Tokyo et même si j'en parlais à la mère Choisnet — ce qu'à Dieu ne plaise — elle ne connaît pas le chiffre et elle n'a pas la clef.

Anne qui est une femme pratique et puis qui se rend compte que son enthousiasme pour les actions romanesques l'a entraînée un peu vite à m'inciter à la cambriole, Anne dit qu'il n'y a pas de quoi se tourner les sangs : on pose le dossier sur le bureau du patron et il s'imagine à son retour qu'il l'a, lui-même, oublié là. Mandoline dit qu'elle y avait bien pensé mais que si le polyvalent revient, ça va être terrible ! Il paraît qu'il n'a pas son pareil pour mettre le nez où il ne devrait pas. On les entraîne pour cela, dit-elle, comme les chiens d'avalanche. Et puis jamais G-G ne coupera dans l'histoire du dossier oublié sur le bureau ! Il oublierait plutôt de mettre son pantalon, G-G, que de ranger le dossier rouge. Ça va faire une histoire de tous les diables et la mère Choisnet qui convoite le poste de chef comptable à la succursale qu'on va ouvrir à Marseille, ça ne va pas faire de bien à son avancement et son caractère va encore s'aigrir, encore qu'il semble que, dans ce domaine, elle soit recordwoman toutes catégories. Non, vraiment, Mandoline ne voit qu'une solution à son problème : il faut remettre le dossier dans le coffre.

Moi, paisible et respectueux des lois, je serais pourtant de l'avis d'Anne. Il faut abandonner le dossier sur le bureau et puis, si le polyvalent se précipite dessus comme pluie sur baigneur d'août, eh bien ! tant pis ! G-G paiera une amende et personne n'en mourra. Je verrais même, dans une société mieux organisée dans le sens de la justice sociale, le montant de cette amende déduit des impôts des honnêtes salariés qui voudraient bien frauder et ne le peuvent pas.

Je me rassérène un peu. Rien de tout cela n'est dramatique. Puisque j'ai promis d'aider Mandoline, le moins que je puisse faire c'est essayer de trouver une solution. Ouvrir le coffre, outre que je ne sais pas comment on s'y prend, il n'en est pas question. Mandoline a beau croire que le fait d'appeler G-G « Georges » me facilite la tâche, je ne vais même pas essayer d'y réfléchir. Génial comme je suis, il va bien me venir l'idée d'une solution qui arrange tout.

— Pour commencer, dis-je, donnez-moi ce dossier. Où est-il ?

— Ici, dit Mandoline qui ouvre sa serviette de cuir et en tire un épais dossier de carton rouge, fermé par un élastique.

— Ah ! tiens ! dit Anne. Voilà le genre de truc que je cherche pour ranger tes paperasses qui traînent partout. Ce n'est pas avec lui que vous auriez besoin de forcer des coffres-forts, dit-elle à Mandoline, regardez-moi ce fourbi !

Elle indique le secrétaire ouvert où, effectivement, mes papiers personnels sont quelque peu éparpillés. J'envoie le dossier les rejoindre. Les agents du fisc ne faisant guère partie de mes intimes, il y a peu de chance pour que cet intéressant document coure, ici, le moindre danger.

Mandoline se lève, assujettit son horrible béret orange, ramasse sa serviette en cuir, s'excuse pour le dérangement, dit au revoir bien poliment et se dispose à sortir, toute grave et bien droite, sans que rien dans son attitude ne vienne suggérer que les feux brûlants d'un amour contrarié l'ont conduite sur les premiers degrés de l'escalade fatale qui mène à l'échafaud.

Au moment de passer la porte, elle se retourne.

— J'ai apprécié vos baisers, hier soir, dit-elle, même si je n'en ai pas eu l'air. Excusez-moi mais je n'ai pas une nature expansive. C'est comme pour votre proposition de m'épouser. C'était aimable à vous mais n'y pensez plus, s'il vous plaît. Merci.

Anne referme la porte.

— Elle est amusante, cette petite, dit-elle.

Anne, c'est ma sœur. Ma sœur cadette. Notre vie de célibataires est parfaitement organisée. Elle tient la maison sans génie mais avec beaucoup de bonne humeur, ce qui est beaucoup plus plaisant que le côté adjudantesque par quoi certaines femmes se persuadent qu'elles sont de parfaites maîtresses de maison. Anne n'est pas une « maîtresse de maison », c'est une jeune femme de trente-cinq ans, gaie et gentille, qui ne se sent pas obligée de friser l'infarctus chaque fois que mes amis ou moi mettons des cendres sur le tapis ou des ronds de verres sur les meubles.

Je ne suis pas toujours là. Du temps de Christine, j'habitais chez Christine. Avec Brigitte, Claire, Claudine, j'avais un appartement à moi. Mais dans les intervalles de mes passions éternelles, je reviens à mon port d'attache, chez la chère Anne, comme le pélican lassé d'un long voyage dans les brouillards du soir retourne à ses roseaux.

Anne m'accueille toujours comme si j'étais parti de la veille. Elle ne me fait jamais remarquer que son appartement n'est pas un hôtel ou qu'elle-même n'est pas une gouvernante. Elle me sourit, m'embrasse, fait de la place pour que je puisse organiser mon désordre, reprend la conversation où nous l'avions laissée six mois ou un an auparavant, et s'inquiète de ma santé avec tact, sans laisser un instant supposer qu'elle la croit plus en sécurité entre ses mains qu'entre celles des femmes de ma vie, ce qui est pourtant la vérité vraie !

De celles-ci, d'ailleurs, elle ne dit rien ou si peu ! Elle aimait bien Christine, à qui la liaient des affinités mère-pouliques. Brigitte la laissait indifférente, Claudine l'amusait, Martine l'agaçait et Claire lui faisait peur, par la manie qu'elle avait de mettre un nuage de lait dans le vieux calvados. Mais elle ne laissait rien paraître de ses sentiments tant elle avait soin, comme moi, de n'empiéter point sur nos vies privées respectives.

Anne est, je l'ai dit, célibataire. Pas par vocation, par méfiance. Il y a dix ans, elle était fiancée à Germain Beauchamp, un charmant garçon de dix ans son aîné qui, un jour, est entré en clinique pour une appendicite. Une fois qu'il a été endormi, sur le billard, le chirurgien qui l'opérait a siffloté, surpris, entre ses dents, a examiné d'un peu plus près un détail de son anatomie et après n'en avoir pas cru ses yeux s'est mis à la tâche, avec l'air prodigieusement intéressé du plombier qui vient chez un client changer un joint qui fuit et repart avec la commande d'une installation sanitaire.

Quand Germain est sorti de clinique, outre qu'il n'avait plus d'appendice, il avait également changé de sexe. On ne saurait dire que cet avatar le plongea dans une joie sans mélange, mais il finit par se faire une raison parce que c'était un homme (enfin... une femme) sans embarras et que, de toute manière, comme le lui expliqua scientifiquement le chirurgien, c'était le contraire du sel dans la soupe : dans ces cas-là, il est toujours plus facile d'en retirer que d'en ajouter.

Depuis ce contretemps, Anne tient les hommes pour de grands versatiles, et tous les discours réconfortants que j'ai pu lui faire ne l'ont pas détournée un seul instant de son vœu de célibat.

Elle continue à voir, sur un plan amical, Germain qui s'appelle maintenant Marie-Charlotte et qui est mère de deux enfants adoptifs. Mais, leurs conversations ne sont plus ce qu'elles étaient.

Chère Anne ! Pas vraiment jolie. Des cheveux blonds en toit de chaume, des petites rides de gaieté aux coins des yeux. Pas vraiment jolie, mais un charme fou. Saine, belle fille charmante. Moi j'aimerais bien, pour son bonheur, qu'elle se trouve un coquin bien bâti et, de préférence, déjà opéré de l'appendicite. J'y ai quelque mérite, d'ailleurs, parce qu'on est fameusement bien chez ma sœur et que le premier soin du coquin serait — avec quelque raison — de prier le beau-frère d'aller se faire dorloter ailleurs. Mais, malgré mes conseils, Anne se bute. Quand nous en parlons, elle dit toujours qu'elle se mariera quand je serai marié. Par jeu, évidemment, parce qu'elle sait fort bien que je n'ai ab-so-lu-ment pas l'intention de le faire.

Enfin... je... ça me fait repenser que j'ai la gueule de bois, moi ! Je suis là à parler, à parler ! Je vais me recoucher, tiens !

Bon ! allez ! les orgies romaines et vermouthiques c'est très amusant, mais tout a une fin. Le calme revenu, il faut se remettre au travail. Tout en gouachant en bleu ciel un grand fond de projet d'annonce pour une société immobilière qui se propose de construire quelques horreurs en carton-pâte dans un paysage agreste qui ne méritait pas cela, je repense à toutes ces histoires et, évanouis les effets conjugués des apéritifs et des jeunes épaules rondes, je m'aperçois qu'il n'y a vraiment pas là de quoi fouetter un chat.

La nuit dernière, avant de m'endormir, je m'amusais à penser que c'était un départ de roman. Cela m'a toujours tenté d'écrire un roman. J'ai déjà essayé, mais je n'arrive pas à me concentrer sur un sujet. J'ai plein de départs mais jamais aucune arrivée. Mais, par goût, je continue parfois à imaginer des histoires. Celle-là je la voyais bien, au départ. Premier chapitre : le cocktail chez Publipub, la montée de ma cuite, la rencontre avec Mandoline. Deuxième chapitre : Mandoline, chez moi, me donne le dossier. Troisième chapitre : pas de troisième chapitre ! C'est l'impasse, le cul-de-sac, la voie sans issue ! Le dossier rouge est chez moi et pas question que je me livre à des activités aussi délictueuses que d'ouvrir un coffre-fort qui ne m'appartient pas. Point final. Encore un roman que je n'écrirai pas !

Parce que, le dossier rouge, pour être tout à fait franc, c'est le cadet de mes soucis. Comme je vois les choses avec ma maturité d'homme posé et réfléchi, je vais garder le truc chez moi, bien au chaud et puis, quand G-G annoncera son retour, je le poserai sur son bureau au dernier moment. Et même s'il fulmine, il ne pourra jamais prouver que ce n'est pas lui qui, pour une fois, a oublié de le rentrer.

Fin de l'Opération Mandoline, parlons d'autre chose.

À une table voisine, Lucas dessine des lettres en sifflotant. La boîte résonne des bruits habituels : les machines à écrire, les téléphones, quelques rires, les portes claquées et les discours d'Ary, le génie maison qui ne pose jamais un point sur un *i* sans expliquer à l'humanité tout entière les motivations de sa créativité dans le cadre du marketing appréhendé au plan d'une globalité fondamentale du concept fonctionnel de la projection du design sur l'environnement urbain.

Dieu sait que le cuistre foisonne, à notre triste époque où le galimatias et l'amphigouri tendent à remplacer la lumineuse simplicité de la bonne vieille langue française. Dieu sait que le cuistre foisonne et que le pédant prolifère, mais nulle part autant que dans la publicité, où les efforts qui sont déployés afin de faire prendre au *prospect* des vessies pour des lanternes s'accommodent à merveille des jargons les plus fuligineux. Ary, il faut le reconnaître, est un maître dans l'art de parler confusément pour ne rien dire. Conséquemment, il jouit d'une flatteuse réputation dans cette industrie du vide où il faut brasser pas mal d'air pour arriver à vendre du vent.

Il fait beau. Je me sens bien. Je ne boirai plus jamais ! Serment de sobre. On sait où cela mène : d'abord, on se rend ridicule, ensuite on s'abîme la santé et enfin, on fait des promesses imprudentes à des minettes de vingt et un ans qui, grâce au ciel, sont à jeun et vous disent calmement le lendemain matin que, vraiment, non, mille excuses, mais épouser un bonhomme de quarante-cinq ans, même « bien conservé », ce n'est pas leur idée du roman d'amour.

Pourtant, à jeun moi aussi, bien reposé et en pleine possession de toutes mes facultés, je me découvre comme un petit regret, un petit grain de sable dans le parfait mécanisme de mon raisonnement. Mandoline (je me surprends moi-même), Mandoline, je l'épouserais bien. Attention ! je ne le dis pas ! Je ne le dis à personne ! je n'ai rien dit ! même pas à moi ! Voilà une idée qui ne *doit* pas prendre corps. C'est un éclair, une petite lueur, un petit pincement quelque part. Il suffit de ne pas y penser. Cela va passer. D'ailleurs Mandoline elle-même a tranquillement repoussé cette éventualité. C'est tout simple.

Je ne serais pas le grand philosophe que je suis, ma résignation serait tout de même un peu teintée d'amertume.

— Qu'est-ce que tu penses des séducteurs aux tempes grises ? dis-je à Lucas.

— Quels séducteurs ? De qui tu parles ?

— De personne. Je te parle de la théorie très répandue qui voudrait que les jeunes filles soient attirées par les quadra, voire quinquagénaires.

— J'en sais rien, moi. Qu'est-ce que tu en as à faire ? Tu veux te lever une lycéenne ?

— S'agit pas de moi. Je me demandais, c'est tout !

Lucas hausse les épaules et se remet à dessiner ses lettres. Il sifflote, mais refait bientôt surface avec le résultat de ses méditations.

— À mon avis, c'est de la littérature. Les minettes, ça aime mieux les minets. Et, en plus, ça a raison.

— Oui. Pourtant, regarde : Piccoli, Villalonga, Cary Grant...

— Ouais ! des vedettes de cinéma, tu parles ! Mais imagine Piccoli relevant les compteurs de l'E.D.F., Villalonga à la R.A.T.P. et Cary Grant tourneur chez Citroën et tu verras le genre de créatures de rêve qu'ils se récolteront s'ils se mettent à faire les gamins aux alentours de la cinquantaine.

Un homme de grand bon sens, Lucas, et réconfortant, de surcroît !

Ary arrive dans le bureau de dessin en déplaçant un air inimaginable. Il regarde les lettres de Lucas en faisant des bruits snobs avec son nez, vient voir mon ciel, penche la tête et dit :

— Pour quoi tu crois que tu travailles ? C'est le bleu céruléen de la Côte d'Azur, ça ? Tu rigoles ? C'est du bleu de tablier de cuisinière. Tu devrais reprendre ça. Il faut qu'en voyant ce ciel, le lecteur, client potentiel, oublie pas ! le lecteur se dise : *Voilà ! c'est la Côte d'Azur et son cortège de joies païennes !*

Ary, il m'embête, mais il ne m'impressionne pas. Ce n'est pas le mauvais bougre mais, s'il ne fait pas son quart d'heure de cinéma chaque jour, il a l'impression qu'il n'a pas gagné son important salaire.

— Tu me fatigues ! dis-je. C'est une annonce pour un grand ensemble à Crépigny-les-Pieux, en Seine-et-Marne. Tu l'as déjà vu, toi, le bleu céruléen du ciel de Seine-et-Marne ?

— Discute pas, dit Ary. Le grand ensemble s'appellera la Riviera. Je veux un ciel de Côte d'Azur.

— Et des mouettes, tu ne veux pas des mouettes ?

Ary me donne une bourrade amicale.

— Et puis pense un peu au projet du savon Podouss. Ça commence à urger.

— Je ne pense qu'à ça, dis-je.

Ary sort en disant à Lucas :

— Ça va, toi ?

Il n'écoute pas la réponse que, d'ailleurs, Lucas ne lui donne pas, parce qu'il s'en fiche complètement. Il est venu faire son numéro de génie inspiré : on est tranquille jusqu'à demain.

Lucas rigole :

— Céruléen ! C'est nouveau, ça. Il a dû tomber dessus en faisant des mots croisés.

Je mets à sécher mon ciel tablier-de-cuisinière que je n'ai

nullement l'intention de recommencer. C'est le bon côté d'Ary : il parle pour parler, pas pour qu'on l'écoute.

— Qu'il aille se faire voir, dis-je, avec son cortège de joies païennes ! Pour ses clapiers de Crépigny-les-Pieux il n'a qu'à demander une affiche à Chagall.

La belle Frédérique entre dans le bureau, nous serre la main, dit à Lucas qu'il fume trop et à moi que je n'ai pas bonne mine.

— Venez avec moi dans le bureau de G-G, ajoute-t-elle à mon intention, j'ai une commission à vous faire.

— Et remonte ta manche gauche dit Lucas, elle va te prendre ta tension.

Frédérique fait une grimace à Lucas et m'emmène dans le bureau du patron où nous nous asseyons. Elle prend un petit magnétophone dans son sac et me dit :

— Voilà, Michel. C'est un message du patron. Je l'ai accompagné à Orly hier matin. Vous savez que j'ai toujours cet engin-là sur moi pour prendre ses consignes au vol. Il vous a enregistré un truc et m'a demandé de vous le faire entendre le plus tôt possible. Hier vous n'êtes pas venu...

— J'étais à l'enterrement d'une vieille tante.

— Asseyez-vous et écoutez.

Elle appuie sur un bouton. On entend le brouhaha du hall de l'aérogare avec, en arrière-plan, les ding-ding-dong et les voix de haute laine des hôtesses et puis G-G se met à parler :

— *Mon cher Michel. Votre slogan est épatant. Je n'ai pas eu le temps de vous en parler plus longuement hier. D'ailleurs vous avez eu plusieurs très bonnes idées ces temps-ci et comme je cherche quelqu'un pour me seconder dorénavant ce sera vous, si vous êtes d'accord. On discutera des conditions à mon retour, mais je vous dis cela tout de suite pour que vous réfléchissiez. À bientôt et encore bravo ! Ah ! Michel ! encore un mot : vous seriez intéressé aux bénéfices, bien entendu ! Au revoir.*

Frédérique arrête son bidule et me regarde en souriant :

— Qu'est-ce que vous dites de ça ?

Rien ! je ne dis rien ! je suis abasourdi.

— Repassez-moi la bande, s'il vous plaît.

Elle me repasse la bande. Il n'y a pas d'erreur. G-G me prend quasiment comme lieutenant et m'intéresse aux bénéfices. Je vais être plus important qu'Ary ! Il va falloir que j'apprenne à parler le techno-cuistre, mais ce n'est pas sorcier. Je subodore que la nouvelle, quand elle sera connue, va provoquer quelques jaunisses, ulcères et autres dépressions nerveuses dans le petit monde des concepteurs-rédacteurs mais qu'y puis-je ? Je suis né génial. Beau, génial et modeste. Je ne vais tout de même pas me flinguer pour leur faire plaisir !

Frédérique m'examine avec attention. Il paraît que je suis d'abord devenu tout pâle puis tout rouge. Maintenant, j'ai repris, dit-elle, mon hâle naturel. Elle brûle d'envie de prendre mon pouls et de me conseiller des calmants. Je lis cela dans ses beaux yeux inquiets.

Je ne bouge pas de ma chaise. Il me faut quand même quelques minutes pour digérer la nouvelle. Heureusement que rien de définitif n'a été décidé avec Cité-Publi ! Une belle gaffe tiens ! Que j'allais faire là ! Oh ! la ! la ! Vive le Japon, ma mère. Sans Yamakoto je ne devenais pas l'homme du jour et je finissais dans ma peau de maquettiste retraité, à pêcher le goujon dans quelque agreste retraite. Tandis que maintenant...

— Qu'est-ce que vous allez faire ? dit Frédérique. Vous acceptez ?

— Vous parlez que j'accepte ! je vais accepter, péter les flammes, trouver vingt idées géniales par jour et tripler le chiffre d'affaires de la boîte. Voilà ce que je vais faire !

— Ne vous surmenez tout de même pas, dit Frédérique.

J'attends une demi-seconde qu'elle ajoute « vous n'avez plus vingt ans » mais comme elle non plus, elle a assez de tact pour se taire. Je l'embrasse amicalement sur le front en me levant.

— Je suis contente pour vous, dit-elle. Vous savez que je vous aime bien.

En sortant du bureau, je bute sur Ary.

— Tiens ! dis-je, tu tombes bien, toi. Je viens d'avoir une idée : ton ciel céruléen, je vais le faire rouge !

Premier résultat tangible du nouveau magnétisme qui émane de mon ego (ça vient ! ça vient !) : Ary reste la bouche ouverte sans qu'aucun son n'en sorte, ce qui ne s'était encore jamais vu dans la maison.

— Alors, dit Lucas quand je regagne l'atelier de dessin. Elle t'a pris ta température ou elle t'a posé des ventouses ?

Je ne lui réponds pas. Bien évidemment, je vais garder pour moi l'annonce de ma promotion. G-G annoncera cela à son retour de la façon qu'il lui plaira. Moi, d'ici là, modeste violette et tout !

Ary qui a retrouvé ses esprits entre en coup de vent.

— Tu sais que ce n'est pas idiot, ton truc ! D'ailleurs j'y avais pensé au début puis ça m'est sorti de l'esprit. Rouge, le ciel ! C'est ça ! Mais attention, coco, pas un rouge rouge tu vois ? Un rouge plutôt... euh... un rouge...

— Rouge œil-de-croupier-monégasque-qui-n'a-pas-fermé-l'œil, dis-je. Et je te fais la mer jaune de chrome clair, comme si tous les mimosas se reflétaient dedans.

Ary, décontenancé, triture sa lèvre inférieure en ayant l'air de réfléchir. Puis, dépassé par l'événement, sort en disant :

— Fais-moi une pré-maquette, qu'on voie ça.

Lucas n'en croit pas ses oreilles.

— À quoi vous jouez ? dit-il.

— On ne joue pas, dis-je. On fait de la recherche picturale pour expliciter les transcendances fondamentales des prospects du merchandising au plan de l'écologie.

Et puis là, brusquement, juste comme je suis en train de faire le guignol, ça me tombe dessus comme une douche glacée : *il va falloir que je révise dare-dare ma position vis-à-vis du dossier rouge !* c'est que, maintenant que je suis intéressé aux bénéfices, je commence à comprendre tout l'intérêt qu'il y a à tenir une comptabilité parallèle et, particulièrement, à la soustraire à l'intérêt morbide des contrôleurs du fisc, ces vautours.

C'est que moi, le fisc, hein ? Minute ! Tant qu'on n'aura pas mis fin à la scandaleuse escroquerie qui consiste à considérer comme des revenus les sommes payées pour les impôts de l'année précédente, le fisc et moi on ne sera jamais copains. Je sais bien que je vais faire un gros chagrin à tout un tas de gentils percepteurs qui font leur métier sans penser à mal, mais l'extorsion de fonds a des limites ! C'est le bras droit d'un P.-D.G. qui vous le dit !

Je bondis chez Frédérique, au grand émoi de Lucas qui ne m'a jamais vu aussi agité.

— Il rentre quand, le patron ?

Frédérique se lève, va fermer la porte, se rassied, réfléchit, hésite, me regarde et dit :

— En principe je ne devrais pas vous le dire, mais étant donné votre nouvelle position dans la maison, je vais vous mettre au courant. Cette fois G-G a décidé de rentrer à l'improviste pour voir comment vont les choses en son absence. Même moi il ne me préviendra pas, pour que je ne me coupe pas dans la conversation. Ça fait déjà quelques mois qu'il avait cette idée. Vous savez comment il est. Il peut être là aussi bien dans dix minutes que dans huit jours. Je n'en sais pas plus.

Eh bien ! c'est agréable comme nouvelle ! Cela signifie que si je laisse traîner le dossier rouge, le polyvalent cacatoès peut tomber dessus à tout moment et que si le patron, en rentrant de Tokyo à l'improviste, en a besoin et ne le trouve pas, ça va être Pearl Harbor.

— Ça ne va pas ? demande Frédérique. Vous voilà de nouveau tout pâle.

— La joie ! dis-je.

— Qu'est-ce que tu as, aujourd'hui, dit Lucas quand je regagne notre atelier. Tu passes ta vie avec la secrétaire du patron, tu sors d'ici en courant, rouge comme un gratte-cul, tu reviens pâle comme la mort ! Frédérique a voulu te violer, ou quoi ?

— T'occupe pas, lui dis-je, j'ai des problèmes. Si tu peux rester un petit quart d'heure sans me parler, je vais m'asseoir et essayer de mettre un peu d'ordre dans mes idées.

C'est compter sans Mandoline, qui fait irruption chez nous avec un air service-service, les lunettes sévères et un dossier sous le bras.

— Monsieur Mercier, dit elle, je voudrais vous voir une seconde dans notre bureau, pour une question de comptabilité.

Puis elle me fait un clin d'œil qu'elle espère discret. C'est oublier qu'elle a une loupe devant chaque œil.

— Ma parole ! dit Lucas. Mais elle te fait de l'œil ! Tu as vu ? Elle te fait de l'œil !

— Je vous en prie, monsieur Lucas, dit Mandoline glaciale, j'ai simplement une poussière dans l'œil.

Lucas jaillit de derrière sa table en tirant son mouchoir. Lucas est un champion pour tout ce qui concerne les poussières, cils, escarbilles, gravillons, parpaings dans les yeux et, en général, tout ce qui lui donne un bon prétexte pour approcher une fille à moins de vingt centimètres.

Mandoline le repousse.

— Tenez-vous tranquille, monsieur Lucas. Je désire simplement que monsieur Mercier m'accompagne à la comptabilité.

— O.K. ! dit Lucas, j'y allais justement ! Il veut prendre la taille de Mandoline. Allons-y de conserve, comme on dit chez Olida.

— Je vous fais grâce de vos plaisanteries idiotes[1], dit Mandoline en se dégageant. Nous n'avons pas besoin de vous pour ce que nous avons à faire !

Lucas siffle admirativement en me regardant.

— Dis donc ! c'est ton jour aujourd'hui ! Tu as un drôle de ticket, on dirait.

— Écrase, tu veux ? lui dis-je. Et je sors avec Mando-

1. C'est pourtant vrai que Lucas fait des plaisanteries idiotes. Je ne l'avais jamais autant remarqué qu'aujourd'hui !

line qui croit faire plus vrai en disant au moment où elle passe la porte :

— C'est au sujet de vos prestations familiales. Nous faisons quelques pas dans le couloir pour nous éloigner du bureau et entrons dans le petit salon où l'on fait attendre les clients.

— Qu'est-ce que c'est que cette histoire d'allocations ?

— Rien ! je voulais vous faire sortir de votre atelier sans attirer l'attention.

— C'est réussi ! Célibataire sans enfants, qu'est-ce que j'ai à voir avec des prestations d'allocations familiales? c'est invraisemblable !

— Quand il s'agit des allocations familiales, rien n'est invraisemblable, dit Mandoline.

— Bref ?

Bref, Mandoline me met au courant des derniers développements de notre Opération Dossier Rouge. Une heure plus tôt, je ne l'aurais même pas laissée continuer et je les aurais renvoyés dos à dos, elle et son dossier, avec la dernière netteté. Mais les temps ont changé et je suis, maintenant, tout à fait anxieux d'apprendre du nouveau au sujet de cette paperasse explosive.

Le nouveau est rien moins que rassurant. Il paraît que Frédérique à la clef du coffre mais n'en connaît pas la combinaison. En cas d'urgence, le patron doit la lui indiquer par téléphone s'il est loin de Paris, mais le cas ne s'est encore jamais produit.

— Et s'il mourait, le patron ?

— Sa femme connaît sans doute le chiffre, mais ici, personne. Vous savez comment est G-G !

Nous ne sommes pas beaucoup plus avancés. C'est, du moins, ce que j'imagine. Mais Mandoline a déjà deux ou trois idées toutes simples sur la question. Elle m'explique cela avec la candeur qui fait une grande partie de son charme, candeur qui, cependant, laisse légèrement sceptique l'homme averti que je suis et qui en vaut deux, ainsi que chacun sait.

La première bonne idée de Mandoline est à base d'« il n'y a qu'à », comme toutes les bonnes idées destinées à être mises en pratique par d'autres.

Il n'y a qu'à téléphoner au patron, à Tokyo, en imitant la voix de Frédérique et en disant qu'il y a le feu au bureau, puis, le chiffre ainsi obtenu, il n'y a qu'à prendre la clef dans le bureau de Frédérique et ouvrir le coffre.

— Naturellement, c'est moi qui fais tout cela ?

— Naturellement, dit Mandoline. Moi, je n'oserais jamais.

— Vous me voyez imiter la voix de Frédérique ? Ça ne va pas, non ?

— Oh ! avec le téléphone, d'ici à Tokyo...

— C'est de Nanterre à Bezons qu'il ne marche pas le téléphone. De Tokyo à Paris on s'entend comme si on était dans la même pièce. Et puis, un coffre, ça ne brûle pas. C'est ignifugé. Quand il y a le feu, c'est une raison de plus pour ne pas ouvrir un coffre.

— Bien sûr, dit Mandoline, si vous compliquez tout !

La seconde bonne idée est plus simple encore : il n'y a qu'à pénétrer, la nuit, par effraction, dans l'hôtel particulier de G-G à Neuilly, et fouiller dans le secrétaire de sa femme, qui a bien dû noter le chiffre quelque part.

— Mais, dit Mandoline, ce n'est pas la meilleure idée. Ma meilleure idée, c'est la troisième.

Elle est, paraît-il, tellement évidente qu'on se demande comment je ne l'ai pas eue plus tôt.

— C'est quoi, votre troisième idée ?

Mandoline remonte ses lunettes sur son nez.

— J'aurais mieux aimé que vous y pensiez tout seul. Je n'ose pas vous le dire.

— Dites toujours. Je m'attends au pire.

C'est curieux comme, s'attendant au pire, on arrive tout de même à être surpris.

— Comment la trouvez-vous, la femme du patron ?

— Quelle femme du patron ?

— Eh bien sa femme, quoi ! il n'en a qu'une que je sache !

— Ah ! la femme du patron ? Vieille et moche. Pourquoi ?

— Parce que, je me disais... Enfin, c'est une idée comme ça... je pensais... c'est-à-dire... comme vous n'êtes pas mal... je... si vous arriviez à la séduire, il n'y aurait qu'à...

Quand je retourne dans l'atelier, Lucas qui avait affûté quelques plaisanteries grivoises sur mes rapports avec Mandoline (qu'il appelle Messaline), Lucas ne comprend pas pourquoi je lui hurle dans le nez de me foutre la paix.

Il est vrai que, comme je suis prétendument sorti pour parler d'une question d'allocations familiales, mon état d'exaspération peut passer pour naturel.

Je suis coincé. Cela m'apprendra à trouver des slogans ! Et pour faire vendre des saloperies d'appareils japonais, par-dessus le marché ! j'ai laissé ma vanité prendre le pas sur mon patriotisme et voilà ce qui m'arrive : une promotion inattendue, c'est bien ma chance !

D'autant plus qu'avant de m'exposer ses ébouriffantes trouvailles, Mandoline m'a appris que le mirliflore s'est remis à fureter dans tous les coins en posant des questions inquiétantes, comme si quelqu'un de malintentionné l'avait mis au courant de l'existence d'une comptabilité parallèle.

Mandoline prétend que c'est peut-être Jocelyne qui l'a appris par hasard et l'a dit au polyvalent. Moi je ne crois pas. C'est simplement une déduction logique de la part de cet homme rompu aux choses de la finance. Du moment que G-G paie son loyer, ses frais généraux, son personnel et ses impôts, recta, rubis sur l'ongle, sans qu'on l'aie jamais pris à cambrioler une banque, c'est qu'il dissimule quelques bénéfices au fisc. Sans cela, il ne pourrait pas s'en sortir.

Ce polyvalent chromatique, comme je le vois parti, il va finir par venir un jour avec des maçons portugais et déposer l'immeuble brique par brique, jusqu'à ce qu'il ait trouvé ce qu'il cherchait.

Je vais peut-être finir pas l'écrire, ce roman. Il paraît qu'en prison, on a du temps devant soi.

— Je n'aime pas, dit Anne, te voir vautré dans un fauteuil, sans lire, sans fumer, sans parler, sans rien faire, le regard perdu. J'ai l'impression, quand tu es comme cela, que tu as des soucis.

J'assure ma sœur qu'il n'en est rien. Je n'aime pas lui mettre martel en tête et quand nous serions deux à nous fabriquer des ulcères, je ne vois pas ce que j'y gagnerais.

Au demeurant, ai-je des soucis ? à peine ! J'ai, sur un meuble, un dossier chargé dont je ne sais ni quel jour ni à quelle heure il va exploser, et je suis en passe de perdre une brillante situation dans la minute même où on me la procure. Les seuls moyens que j'aie pour éviter ces catastrophes, c'est de téléphoner à Tokyo qu'il y a le feu au bureau, en imitant la voix d'une blonde à qui j'aurais préalablement volé une clef, ou pénétrer par effraction chez mon patron et forcer ses meubles ou encore, tâcher de devenir l'amant de sa femme, créature décrépite qu'il suffit d'avoir entrevue pour apprécier l'agrément de l'entreprise.

Non. Si l'on ajoute à ces riens que je suis en train de tomber bêtement amoureux d'une gamine qui pourrait être ma fille, on ne peut affirmer sérieusement que j'ai des soucis. Tout au plus suis-je au bord de la dépression nerveuse.

— Eh bien ! moi, j'en ai ! dit Anne.

— Tu as quoi ?

— Des soucis. En passant te voir au bureau cet après-midi, j'ai fait tomber mon sac dans l'escalier et, depuis, je ne retrouve plus mon porte-cartes. Tu ne l'aurais pas trouvé en descendant ?

— Ma foi non ! Il passe des dizaines de gens dans cet escalier ! Tu avais quoi dedans ? tes papiers ? de l'argent ?

— Non. Juste des photos de moi, heureusement. Mais enfin, ça m'ennuie. J'y tenais.

— Je demanderai demain à la concierge. On le lui aura peut-être remis. C'est tout pour les soucis ?

— Tout pour aujourd'hui !

Heureuse petite Anne ! C'est moi, tiens, qui voudrais n'avoir à déplorer que la perte d'un porte-cartes rempli de photos. Ce serait la meilleure nouvelle de la journée !

— Pourquoi trois couverts, dis-je en désignant la table.

— Marie-Charlotte vient dîner.

La voilà, la meilleure nouvelle de la journée ! J'aime bien Marie-Charlotte, ex-Germain Beauchamp, ex-fiancé d'Anne et, présentement, robuste personne de quarante-sept ans et mère de deux enfants. Divorcée, de surcroît, son mari ne s'étant jamais habitué à l'entendre raconter ses souvenirs de régiment au cours des dîners de famille, noces, banquets et repas de première communion. Je l'ai un peu connu, le mari. C'était un personnage effacé, ne sachant pas distinguer un caporal-chef d'avec un maréchal de France et totalement allergique à la saine poésie des refrains de chambrée. À la rigueur, les souvenirs de caserne, il s'y serait fait. Mais ce qui l'a achevé ce sont les copains de régiment de Marie-Charlotte qui venaient parler du bon temps avec elle, lui tapaient sur les fesses sans arrière-pensée et buvaient son whisky jusqu'à une heure avancée de la nuit en chantant des refrains musclés. Il lui semblait aussi qu'ils le regardaient de travers, tant ils avaient de mal à se faire à l'idée qu'il partageait le lit de leur ex-caporal. Curieusement la mutation de Marie-Charlotte (qui serait devenue aussi antimilitariste qu'un autre si elle était restée garçon) lui avait donné une sorte de nostalgie de l'état militaire, qui la conduisait, à quarante ans passés, à être aussi insupportable qu'un sous-officier retraité. Son conjoint, par ailleurs réformé définitif, supportait de plus en plus malaisément d'être éveillé aux aurores par le chant harmonieux du *Soldat, lève-toi* ou d'être convié à arpenter, au pas cadencé, les sentiers des vacances, en sifflant des musiques martiales. Le soir où, après une bruyante soirée des anciens du 142ᵉ, il avait trouvé son lit en bascule, il avait jugé avoir assez ri et avait demandé le divorce à ses torts, car aucun sacrifice ne lui paraissait trop élevé pour être débarrassé de sa troupière.

Pour toutes ces raisons, également, Marie-Charlotte n'avait guère d'amies. La fréquentation des « bonnes femmes », ainsi qu'elle disait, lui était rapidement insupportable. Elle les trouvait futiles. Il faut dire, aussi, qu'elle ne dédaignait pas la provocation et, l'air rêveur, aimait à s'éclater au milieu d'un salon de thé tandis que ses commensales prenaient des mines de chaisières :

— Dire qu'aujourd'hui, sans cette opération à la con, j'aurais une retraite de juteux-chef !

Anne et moi, nous nous étions très bien faits à ce personnage insolite et d'autant plus facilement que rien d'équivoque ne venait ternir le comportement haut en couleurs de notre amie. Elle avait été homme, elle était femme, un point, c'est tout.

Je suis ravi que Marie-Charlotte vienne dîner. Voilà qui va me distraire de mes tracas. Je ne vois toujours pas d'issue à mon dilemme. Ou je laisse le dossier à la merci de l'arc-en-ciel fiscal ou je cours le risque que G-G ne le trouve pas en rentrant. Tout au plus ai-je mis au point un vague plan de secours avec Anne : dès que G-G met le pied dans l'agence, je lui passe un coup de fil haletant et elle m'apporte le dossier aussi vite que possible. J'ai peut-être une chance de le glisser sous une pile de papiers sur le bureau du patron avant qu'il n'ouvre son coffre. Encore que je me voie mal entrer dans son bureau, lui présent, avec ce sacré bon sang de bonsoir de nom d'un chien de saleté de dossier rouge à la main !

Marie-Charlotte fait son entrée d'un pas décidé. Elle nous serre la main, nous demande de nos nouvelles, ôte son manteau et ses gants, me regarde, le sourcil froncé, et décrète que je n'ai pas bonne mine.

— Ah non ! dis-je, tu ne vas pas t'y mettre, toi aussi ! j'en ai plein le dos, à la fin, de vivre au milieu d'infirmières refoulées.

— Qu'est-ce qu'il a ? dit Marie-Charlotte en allumant une Gauloise. Non seulement il n'a pas bonne mine, mais, en plus, il a l'air à cran...

— Il est à cran, dit Anne. Il a des ennuis.

Marie-Charlotte me donne une tape dans le dos et rigole :

— Il est amoureux, je parie.

Je voudrais bien ! je voudrais bien que mes soucis fussent des chagrins d'amour. Mais je n'ai même pas cela, en ce moment, pour me distraire. Ma rupture d'avec Laure date de quelques semaines et je me considère comme « en permission de détente », ainsi que ne manquerait pas de dire Marie-Charlotte. Non. Personne à l'horizon pour le moment. Calme plat sur le front du sentiment, relâche sur le théâtre de la sexualité. De-ci de-là, pourtant, au milieu de mes tracas, j'ai comme un pincement fugitif en évoquant une paire de grandes lunettes cerclées d'écaille, sur un petit visage grave. Mais rien de bien sérieux. Rien qu'il faille, surtout, monter en épingle. Vingt et un ans ! *« Merci pour tout, mais pour ce qui est de vous épouser... »* Vingt et un ans ! l'âge ingrat !

— À table ! dit Anne.

Le dîner tire à sa fin. Succombant aux insistances conjuguées d'Anne et de Marie-Charlotte, j'ai fini par raconter en détail toute mon histoire de dossier, ses tenants et aboutissants, implications, périls et risques et sacs de nœuds y afférents. Marie-Charlotte me trouve d'un ridicule achevé :

— Tu t'emberlificotes bien pour pas grand-chose ! Va rendre le dossier à ton patron en lui disant que tu l'as repris à la comptable en folie, et que tu l'as mis en sécurité jusqu'à son retour. Qu'est-ce que tu te mets martel en tête, imbécile ? En plus, il te sera reconnaissant de lui avoir sauvé la mise.

— Mais il mettra Mandoline à la porte.

— Et alors ?

Comme je ne réponds pas, Marie-Charlotte me regarde en plissant les yeux.

— Ah bon ! Ah ! je vois ! Si je comprends bien c'est pas la nana sur le retour, bardée de cellulite, ta Mandoline, hein ? Te voilà encore amoureux.

— Mais non ! Mais non ! Cela n'a rien à voir ! Simplement je voudrais éviter qu'elle se fasse mettre à la porte.

— Le vrai petit scout ! dit Marie-Charlotte qui est sans illusion sur la nature humaine.

J'admire Anne qui, dans ce genre de conversation, prend l'air absent de la dame qui n'a pas été présentée. Chère Anne ! La discrétion même. Ce n'est pas elle, tiens, qui se permettrait les supputations audacieuses auxquelles Marie-Charlotte se livre sans aucune retenue :

— Bon ! Si tu veux t'envoyer la comptable, ça te regarde, mais permets-moi de te dire que tu te compliques la vie pour pas grand-chose !

Je ne suis pas plus pudibond qu'un autre, mais l'expression triviale « s'envoyer », appliquée à Mandoline, me glace le sang. À tel point que j'en arrive à me demander si je ne serais pas plus atteint que je ne me l'imagine. D'ici que je me mette à écrire des poèmes et à étudier le langage des fleurs il n'y a pas loin. Reste à savoir si cet infantilisme prolongé ou ce gâtisme précoce ne va pas aggraver un cas que le plus indulgent des observateurs considérerait, je le crains, comme critique.

Marie-Charlotte remue son sucre dans son café, environnée d'un nuage de fumée, les yeux mi-clos, comme quelqu'un qui réfléchit puissamment, et entrevoit le bout de la queue du début d'un commencement de solution mais ne veut pas en parler avant d'en avoir examiné toutes les implications. Enfin, elle écrase son mégot dans le cendrier, allume une autre Gauloise et dit :

— Tardu !

C'est déjà quelque chose. Quoi ? je ne sais pas, Mais on ne dit pas « Tardu » comme cela, à la fin d'un dîner, sans avoir de bonnes raisons. Anne pense sans doute comme moi et nous attendons sans rien dire que Marie-Charlotte développe son idée qui, sous sa forme actuelle, est encore un peu sommaire.

— C'est Tardu, le type qu'il te faut pour ouvrir ton coffre ! Un voyou sympathique auquel j'ai rendu service dans le temps. Je l'ai connu dans l'armée. Il fréquentait du monde bizarre. S'il n'est pas mort ou en prison, c'est ton homme.

— Merci, dis-je, mais...

Je ne peux pas dire que l'idée de Marie-Charlotte m'emballe. Déjà fort contrarié, je n'augure rien de bon de me mettre en cheville avec des voyous, fussent-ils sympathiques, qui fréquentent des gens bizarres et dont on envisage comme allant de soi qu'ils puissent être morts ou en prison.

— Mais quoi ? dit Marie-Charlotte. C'est parce que je t'ai dit que c'était un voyou ? Tu veux le faire ouvrir par qui, ton coffre ? par un archevêque ?

— Tout de même ! Faire ouvrir un coffre par un truand, ce n'est pas très régulier. Je...

— Et ton patron qui fraude le fisc, c'est régulier ? Et ta petite copine qui barbotte les dossiers, c'est régulier ? Et toi qui l'aide parce qu'elle t'a tapé dans l'œil, c'est régulier ? D'ailleurs, primo, mon Tardu il est peut-être mort, à Fresne à perpète ou établi aux Galapagos. Et puis, il faut le retrouver d'abord. Moi ça fait bien vingt-cinq ans que je l'ai perdu de vue. Je te donne cela comme une solution possible à ton problème, mais je ne te garantis rien !

On peut toujours essayer. D'ailleurs, au point où j'en suis, à part un tremblement de terre qui engloutirait la rue Marignan en dehors des heures de bureau, je ne suis capable d'imaginer aucune solution.

— Et tu crois, si tu le retrouves, qu'il va marcher pour tes beaux yeux ?

— Pour mes beaux yeux, sûrement pas. N'oublie pas que la dernière fois que nous nous sommes vus, j'étais un mâle. Si on le retrouve et qu'il ne nous fait pas un infarctus en me retrouvant en jupette, il y a toutes les raisons du monde pour qu'il nous donne un petit coup de main. Je l'ai quasiment sauvé du conseil de guerre !

Marie-Charlotte rallume sa cigarette.

— Je ne vous ai jamais raconté l'histoire de Tardu ?

Nous nous regardons avec Anne. Non. Marie-Charlotte ne nous a jamais raconté l'histoire de Tardu. C'est même assez stupéfiant, si l'on considère le nombre d'histoires militaires qu'elle nous a racontées, plusieurs fois chacune.

— Sers-moi un cognac, dit Marie-Charlotte, je vais vous raconter pourquoi et comment, s'il n'a pas été guillotiné à la fleur de l'âge, mon copain Paul Tardu se fera un plaisir de nous donner au moins un conseil pour ouvrir ton machin sans douleur.

Marie-Charlotte boit son cognac, allume une cigarette, et se reverse un autre cognac.

— C'était pas vraiment un intime, d'ailleurs. C'était un type que j'avais dans ma section quand j'étais caporal. Un peu voyou, mal embouché, fainéant mais débrouillard et bon enfant. Tardu. On l'appelait La Tarduche ou Popaul. Il y a... oh !... il y a bien vingt-cinq, vingt-six ans de cela. Un jour que nous étions en manœuvres d'hiver dans un bled perdu d'Indre-et-Loire...

....

— Et les manœuvres d'hiver, dit Lepantois en soufflant sur ses doigts. Ils pourraient pas faire ça à Nice, par exemple, ousqu'il y a du soleil, du ciel bleu et des créatures en bikini ? Non ! il faut que ça soye à Pany-la-Pâte, comme par hasard.

Il faut avouer que Pany-la-Pâte, comme lieu de villégiature, c'est à faire pleurer un masochiste. Une cinquantaine de maisons dont une épicerie-buvette, une mercerie-quincaillerie et des commerces d'alimentation, dans une plaine éventée, avec trois quatre boqueteaux d'arbres chétifs parmi lesquels, le nez violet et les doigts gourds, nous nous évertuons à jouer à la petite guerre, parti rouge contre parti bleu, en faisant de savants mouvements tournants autour de buttes maigrichonnes où, parfois, un bouseux médusé tire sur sa pipe en se demandant si vraiment l'argent de ses impôts est aussi bien employé que l'affirme le ministre des Finances quand il cause dans le poste.

Le soir, nous logeons dans des granges et, quelque légende qu'il coure sur le sujet, la deuxième compagnie du 142e d'Infanterie est en mesure de la démentir formellement : dans la paille, par moins 12°, il ne fait pas chaud. Chacun se recroqueville sous tout ce qu'il peut trouver comme couvertures et comme vêtements et s'endort en rêvant de joyeux feux de bois, ce qui, dans une grange, est déjà d'une imprudence rare.

Si bien que, malgré les fatigues de la journée, nous préférons encore être de service de nuit, comme présentement, Lepantois et moi, dans un bureau de la mairie, à côté d'un poêle rougeoyant et d'un casse-croûte frugal mais grand dispensateur de calories.

Bref ! on en est là de nos récriminations sur l'Indre-et-Loire, le froid, les manœuvres et le toutime, quand la porte s'ouvre brutalement, ce qui nous fait subodorer, avant même de tourner la tête, que c'est un supérieur qui entre.

C'est, en effet, le capitaine Jardon, flanqué de l'adjudant Miquel et du sergent... je ne me rappelle pas le nom du sergent mais c'est sans importance.

— Contre-appel ! dit le capitaine, qui, esprit pervers, soupçonne nombre de nos gaillards de se relever après l'appel et d'aller culbuter des bergères dans les chemins creux. Allons-y, caporal !

Le capitaine Jardon, on le voit, transporte partout son petit printemps personnel avec lui, comme aussi ses rêves romantiques. Culbuter des bergères dans des chemins creux, la nuit, à Pany-la-Pâte, par moins 12°, il n'y a qu'un officier chaudement logé chez le mercier-quincailler du coin pour avoir des visions érotiques aussi peu en rapport avec la température ambiante. Mais les caporaux n'ont pas pour mission de ramener les capitaines au sens des réalités, quelque regret qu'on en puisse avoir. Je mets ma capote et mes gants, je soupire discrètement et je sors avec le capitaine et l'adjudant, dans le blizzard qui me met, le temps de ciller d'un œil, des stalactites aux paupières.

— Où est logée votre section, Meyer ? demande le capitaine au sergent.

Ah ! ça y est, il s'appelait Meyer, le sergent. Son nom me revient. C'était mon sergent de section et sa section, par le fait, c'était aussi la mienne.

Marie-Charlotte se verse un verre de cognac et allume une cigarette. Elle demande si nous la suivons bien. Je l'en assure, et Anne ouvre un œil et dit qu'elle a l'air, comme ça, de dormir mais qu'elle ne dort pas, qu'elle ferme seulement les yeux pour mieux se concentrer. Rassurée sur l'intérêt que suscite sa narration, Marie-Charlotte reprend :

Moi, je suis bien tranquille pour le contre-appel de ma section. Par un froid pareil, tous nos bonshommes sont dedans, couverts jusqu'aux sourcils ! On arrive à la grange et on y pénètre. L'odeur n'y est pas, comme on dit souvent dans ce cas, « indescriptible ». Elle pourrait fort bien être décrite, mais ce n'est pas mon propos. Armé d'une torche qu'il pointe alternativement sur les formes allongées et sur la liste d'appel, Jardon contrôle que « tout le monde sont là ». Il tique un peu parce que, tout de même, il aimerait bien que deux ou trois lascars fussent partis faire des fredaines surgelées, ne serait-ce que pour justifier tout le cinéma qu'il nous fait et ne pas passer à nos yeux pour un imbécile, ce qui est précisément en train de se produire.

Il tique bien davantage devant l'emplacement où gît Tardu. Non content, avec sa débrouillardise habituelle, d'avoir accumulé sur lui plus encore de couvertures et de vêtements que ses camarades, la Tarduche a réussi à remettre de la paille par-dessus le tout. L'ensemble fait un tas important, du double, à peu près, de celui des autres. C'est plus qu'il n'en faut pour que Jardon se soulage à bon compte de sa cruelle déception.

— Qu'est-ce que c'est que ça ? dit-il méchamment ravi, la pyramide de Chéops ? Réveillez-moi ce gazier et faites-le se couvrir dans des proportions convenables et réglementaires.

Je donne quelques coups de pieds dans la pyramide de Chéops en criant : « Eh ! Tardu ! oh ! Tardu ! Bouge-toi un peu, c'est contre-appel ! »

La tête ébouriffée de Tardu émerge, agrémentée de brins de paille. Il cligne des yeux sous le rayon de la torche et dit :

— Mec ! T'es pas un peu sonné de me réveiller en me filant des coups de pompe ?

Puis, s'habituant à la lumière, il distingue le capitaine, l'adjudant et le sergent et, changeant de ton, ajoute :

— Qu'est-ce qu'il y a ? y a le feu ?

— Le feu ? où ça le feu ? dit une voix féminine qui émerge des profondeurs de la pyramide, en même temps qu'il se produit un grand mouvement sous la paille et qu'apparaît à nos yeux une rouquine totalement nue, qui cherche fébrilement ses vêtements dans le tas en assurant que, s'il y a le feu, c'est le moment de les mettre, et en vitesse, parce que l'incendie d'une grange, outre les risques de brûlure que ça comporte, ça fait se radiner, sûr et certain, tous les bouseux d'alentour et que vu que sa réputation est déjà assez vilainement calomniée...

Puis, elle nous voit, met un terme à son monologue, se fige, cache sa poitrine avec ses mains et dit :

— Qu'est-ce que c'est que ça ?

— Qu'est-ce que c'est que ça ? dit le capitaine Jardon en pointant un index menaçant sur la créature.

À mon avis, « ça », c'est une de ces bergères autochtones dont notre capitaine redoutait tant que les charmes agrestes conduisent nos vaillants guerriers à s'aller enrhumer dans les sentes bucoliques. Tardu, je le vois, a su résoudre les problèmes antagonistes du froid et de la chaleur. Et puis, comme il n'en est pas à une solution près, il résoud également le problème posé par Jardon :

— Ça, mon capitaine, dit-il sans se démonter, c'est Mata-Hari !

Puis tandis que la demoiselle se rhabille sous les couvertures, il entreprend, avec un très grand sérieux, de démontrer au capitaine que les manœuvres, c'est comme la guerre, que l'âme de la guerre, c'est le renseignement, que le renseignement cela suppose des espionnes et que l'espionne, dans le cas présent, c'est la Berthe, que voilà, et qu'il était justement en train de soumettre à un interrogatoire serré sur les activités du parti bleu.

On pourrait croire que le capitaine est touché par tant d'esprit d'à-propos et d'ingéniosité, mais pas du tout. Il devient cramoisi, ordonne à la Berthe de déguerpir et promet à Tardu huit jours de prison pour commencer, quinze quand cela arrivera au colonel, et le conseil de guerre dès que son cas aura été soumis au général. C'est un homme sans fantaisie.

Après cet impromptu, nous sortons de la grange, eux pour aller semer la panique parmi les dormeurs des autres sections, et moi pour aller retrouver mon poêle et mon ami Lepantois à qui j'ai des choses pittoresques à raconter.

Marie-Charlotte verse le fond de la bouteille de cognac dans son verre, considère avec attendrissement Anne qui s'est endormie sur ses bras repliés et continue :

— Sur le coup de quatre heures du matin, comme après mon récit on s'est mis à somnoler, Lepantois et moi, voici que s'amène un soldat tout blanc de givre et bleu de froid qui vient, à moto, apporter un pli urgent pour le capitaine Jardon. Comme la température ne s'améliore pas, je lui demande si c'est urgent-urgent ou si c'est urgent-demainmatin. Il s'approche du poêle pour se réchauffer et me dit qu'en ce qui le concerne, ça peut bien attendre jusqu'au dégel et même jusqu'au pont du 15 août mais que, des fois que ce serait un ordre pour opérer un repli stratégique dans la nuit, je ferais peut-être aussi bien de porter le pli dare-dare, si je ne veux pas me retrouver à Tataouine ou à Biribi avec le crâne en pomme d'arrosoir.

Comme ça me paraît sagement raisonné, je repars, dans le froid, porter le pli au capitaine qui loge, comme je l'ai dit, chez le mercier-quincailler du bled. La porte de la rue est ouverte, je grimpe l'escalier, j'entre dans une pièce, j'appelle, je tape aux portes, j'entends bouger, j'entends parler, je racle mes souliers sur le plancher pour faire comprendre qu'il y a du monde qui attend. Sortant par une porte entrebâillée, je vois arriver mon capitaine à demi vêtu, à demi réveillé et à demi content qui prend le pli et, en se retournant, heurte la porte qui s'ouvre toute grande, ce qui me permet de constater qu'il était au lit avec la mercière, laquelle offre le même spectacle dépouillé que la Berthe quelques heures auparavant, dans la paille, mais avec quelque chose de moins adolescent dans la courbe du corps.

Moi, discret et tout, je fais comme si je n'avais rien vu. Je salue, je fais demi-tour dans les règles et je redescends l'escalier en me disant que, décidément, Lepantois ne pourra pas se plaindre que je ne lui raconte jamais rien quand on est de garde ensemble.

En bas, dans la rue, je me heurte à un quidam qui descend d'une fourgonnette et qui me demande, ahuri et pas plus aimable que cela, en quel honneur je sors de chez lui, en courant, à cette heure de la nuit. J'en déduis immédiatement que c'est le mercier-quincaillier et comme, dans les grandes occasions, j'ai le cerveau qui fonctionne comme un ordinateur, je lui réponds que, justement, je le cherchais, parce que l'adjudant Miquel veut le voir à la mairie.

— À cette heure-ci ? il dit.

— Immédiatement et sans délai ! je réponds. Une colonne blindée arrive cette nuit, à marche forcée, et il est sérieusement question de loger une quinzaine de gars chez vous aux premières lueurs de l'aube.

Entendant cela, il se réenfourne aussitôt dans sa fourgonnette en disant qu'il voudrait bien voir ça, qu'il a bien fait de rentrer de tournée un jour plus tôt que prévu et que, l'armée et les militaires, il en a par-dessus la tête. Et heureusement pour lui, le pauvre homme, il ne sait pas qu'il est au-dessous de la vérité. Il démarre rageusement en direction de la mairie et j'ai une pensée émue pour le bon Lepantois qui va hériter de ce furieux et ne savoir qu'en faire.

Je remonte quatre à quatre l'escalier en faisant le plus de bruit possible avec mes godillots et en chantant *La Paimpolaise* à pleine voix. Arrivé sur le palier, je me trouve nez à nez avec Jardon, qui me demande si ça ne va pas mieux.

Je lui réponds que ça ne saurait aller plus mal et, élevant la voix, afin que les oreilles intéressées profitent de mes informations, j'ajoute que je crois bien faire en l'avertissant que le mercier va rappliquer d'un instant à l'autre, absolument furieux de n'avoir pas trouvé l'adjudant Miquel à la mairie, vu que l'adjudant Miquel n'est pas à la mairie mais que c'est moi qui ai pris la liberté d'inventer cela, parce que j'ai jugé qu'après un long voyage en fourgonnette, ça ne ferait pas de mal au mercier de prendre un bon bol d'air avant de se mettre au lit.

Le capitaine et moi, on se regarde droit dans les yeux. En réalité et selon le règlement, je devrais avoir le regard à six pas derrière son épaule, mais à six pas derrière son épaule je vois, par la porte entrouverte, la mercière qui ramasse ses frusques et file dans sa chambre avec, dans l'œil, la lueur égarée des exodeurs de juin 40, et ce n'est pas un spectacle pour un jeune homme de mon âge.

— Pourquoi faites-vous cela pour moi ? dit le capitaine. Vous voulez de l'avancement ou quoi ?

— Moi je ne veux rien, mon capitaine, mais si vous pouviez, en échange, écraser le coup pour Tardu, ça me ferait plaisir.

Le capitaine réfléchit un bref instant. Ça ne lui sourit pas, il faut se mettre à sa place, de maquignonner avec un caporal. Mais comme, d'un autre côté, il ne peut nier que je lui tire une belle épine du pied et que Lepantois ne va pas retenir le furieux toute la nuit, il soupire et admet :

— D'accord, dit-il. Je vous dois bien ça !

— Et puis aussi racontez ce que voudrez à l'adjudant Miquel pour qu'il confirme mes dires, parce que demain matin l'autre énergumène va lui tomber dessus comme une tonne de briques.

Sur quoi, je file, parce que s'il y a un type que je ne veux pas rencontrer, revenant de la mairie, c'est l'énergumène en question.

Le lendemain matin, bien entendu, le coup est écrasé comme par magie et l'adjudant Miquel, mis en demeure, sans autre éclaircissement, d'avoir à expliquer à un mercier furibond les errements nocturnes d'une improbable colonne blindée, en attrape une migraine d'intellectuel.

Quant à Tardu, ivre de joie, il faut le retenir pour qu'il ne demande pas des excuses publiques et n'exige pas d'être promu caporal.

....

Nous réveillons Anne doucement. Elle cligne des yeux, balbutie, bâille, s'excuse :

— J'ai dormi ?

— À peine, dis-je.

— J'ai tout entendu, tu sais. Il faisait froid, Marie-Charlotte était caporal et on réveillait des gens dans la paille.

— Ne t'en fais pas mon poulet, dit Marie-Charlotte, j'ai l'habitude que les femmes s'endorment quand je raconte. D'ailleurs, c'était surtout pour Michel que je racontais mon histoire.

— Et ton Tardu, dis-je, c'est en souvenir de cette petite anecdote qu'il va m'ouvrir mon coffre ?

— Mon Tardu, dit Marie-Charlotte, quand il a su que c'était mon intervention auprès du capitaine qui avait arrangé son histoire, mon Tardu il est venu me trouver, m'a serré dans ses bras et m'a dit : « Mec ! c'est à la vie à la mort entre nous. Si jamais t'as, un jour, besoin d'un coup de main, une seule adresse : Tardu Paul, 212, bd de Belleville, 18e. Tu m'as compris tu m'as ! Un mot, un geste et Tardu Paul met son épée à ton service. »

— Bon ! dis-je, je ne lui en demande pas tant. Mais puisque tu crois... ! Alors, pratiquement, qu'est-ce qu'on fait ?

Marie-Charlotte préfère que ce soit moi qui parte à la chasse à la Tarduche. Elle dit que, dans le milieu qu'il fréquente, si c'est toujours le même, elle ne se sentirait pas à son aise dans son état féminin.

— Et puis, ajoute-t-elle, rien que l'idée d'avoir à lui expliquer que je suis le caporal Germain Beauchamp, j'en suis malade ! Trouve-le, vois-le, et prépare-le à ma métamorphose.

Les jours à venir, je le sens, me réservent encore quelques agréables instants !

Marie-Charlotte prend congé après m'avoir fait noter l'adresse de Paul Tardu et me souhaite bonne chance.

— Continue à penser à moi, dis-je. Si tu retrouves un dynamiteur ou un tueur à gages dans tes relations de jeunesse, fais-moi signe. Je vais avoir du boulot pour tout un tas de gens amusants.

Puis je dis bonsoir à Anne, qui dort debout, je me couche et je m'endors en pensant à la Berthe émergeant toute nue de son tas de paille, sauf que dans les brumes vacillantes de mon premier sommeil elle a, curieusement, un affreux béret orange et de grandes lunettes qu'elle repousse sur son nez du bout de l'index.

C'est décidé. Cette fois, si j'en réchappe, je me fais trappiste !

Je suis assis en face de Mandoline, dans un bistrot de la rue du Faubourg-Saint-Honoré, assez loin de Publipub pour être sûr de ne pas voir défiler, l'un après l'autre, tous les collaborateurs de la maison en quête d'un expresso et prodigieusement intéressés de me trouver en train de boire un verre avec la comptable.

Elle tient son verre par le pied et machinalement agrandit, en le faisant glisser en rond, une petite goutte de porto qui macule la table.

Tout à l'heure, en traversant les Champs-Élysées, j'ai pris son bras et, arrivé de l'autre coté, l'habitude étant prise, je l'ai gardé.

Pour l'instant nous échangeons des propos concernant notre commune entreprise et, en faisant le point, j'en arrive à la conclusion que tout cela, qui serait broutille quotidienne et péripétie sans conséquence pour un James Bond de sous-préfecture, est quand même une aventure un tantinet extravagante pour un paisible maquettiste qui n'aime rien tant que sa tranquillité entre des périodes agitées qui ont nom Brigitte, Claudine ou Solange, genre de prénoms que les météorologues donnent volontiers, comme on sait, aux ouragans les plus dévastateurs.

Combien de gens dont la vie a été chamboulée de fond en comble, mais progressivement, seraient surpris de constater, s'ils faisaient un bref retour en arrière, que l'événement initial qui a mis en route une longue suite d'avatars n'est parfois rien de plus qu'un coup de téléphone tout banal, une rencontre inopinée, une phrase irréfléchie, un geste spontané, un changement de trottoir ou un retard à un rendez-vous.

Dans mon cas c'est, initialement, trop d'alcool et un innocent baiser sur les lèvres d'une étrange jeune fille tombée amoureuse d'un mirobolant fonctionnaire qui n'a d'yeux que pour une sténodactylo aguichante. Ce sont là des choses que, prises séparément, on voit tous les jours. Pourtant me voici, moi, ennemi de toutes les complications, en train de courir après un voyou inconnu dont on ne sait s'il est mort ou vif et amené à fréquenter des bistrots inhabituels dans une clandestinité instinctive avec une jeune personne qui me dévisage présentement à travers des lunettes cerclées d'écaille qu'elle repousse d'un geste machinal sur le haut de son petit nez.

— À quoi pensez-vous ? dit Mandoline.

— Je pense que la vie est compliquée.

— Compliquée par moi ! Dites-le ! Mais si vous ne m'aviez pas proposé votre aide, vous ne sauriez pas que j'ai pris la comptabilité parallèle et vous seriez bien embêté quand G-G s'en apercevrait.

Je vois bien qu'il faudrait que je la remercie mais je ne m'en sens pas le courage.

— Sans moi, dis-je, qu'en auriez-vous fait, du dossier ?

— Je ne sais pas. Je l'aurais brûlé, ou flanqué dans la Seine. Qu'est-ce que vous vouliez que j'en fasse ?

Par-dessus la table j'ai pris sa main et glissé mon index, sous sa manche, le long de son poignet. Il fait doux chez elle. Elle tourne sa main dans la mienne et, à son tour, glisse son index sur l'intérieur de mon poignet. Il semble que nous soyons en train de prendre notre pouls mutuellement, mais il n'en est rien. Tout au moins en ce qui me concerne.

— Comment allez-vous le retrouver, votre Tardu ?

« Mon » Tardu ! C'est fou ce que tout me devient très vite personnel dans cette histoire ! J'ai raconté à Mandoline l'histoire de Marie-Charlotte et comme il a d'abord fallu que je lui explique pourquoi ladite Marie-Charlotte avait des souvenirs de régiment, cela m'a pris un bout de temps. Tout le temps qu'a duré mon récit, elle a gardé son petit visage grave et ses jolis yeux verts tournés vers moi ce qui fait que j'ai dû, inconsciemment, rajouter des détails de mon cru pour que se prolonge cet instant de haut intérêt. Elle m'a dit, à la fin, que c'était très drôle et que j'avais des dons de conteur. C'est plus que tous les ouragans précités ne m'en ont jamais dit. Cela fait plaisir, de temps en temps, d'être apprécié par des gens intelligents. Pour trois fois rien, je passerais ma vie allongé sur l'herbe, ma tête sur les genoux de Mandoline, à l'écouter me faire des compliments. De sa main gauche elle chasserait de mon visage les guêpes et les taons et de sa main droite elle me caresserait les cheveux. Je fermerais les yeux et j'écouterais le bruit de la source qui...

— Vous ne m'avez pas entendue ? Comment allez-vous le retrouver votre Tardu ?

L'homme n'en finit pas d'être chassé du paradis terrestre !

— Mon Tardu ! Eh bien ! je suis sur sa trace. J'espère bien qu'il n'est pas mort. Personne jusqu'à présent ne m'a annoncé son décès, même si certains donnaient l'impression qu'ils eussent été ravis de le faire. J'ai commencé, selon les indications de Marie-Charlotte, par la concierge du 212, avenue de Belleville.

....

— Qui ? un monsieur Tardu ? Ah ! non monsieur, je ne connais pas ! Il a peut-être habité ici dans le temps, mais moi je ne suis là que depuis deux ans. Avant j'étais dans la Nièvre. Mon mari avait une petite exploitation agricole et puis il a fait de mauvaises affaires. Heureusement qu'on connaissait des gens à Paris, M. et Mme Letourneur, des gens charmants c'étaient. Ils nous ont eu la place de concierge ici. C'est pour vous dire. Tardu Paul ? Non, je ne vois pas du tout. C'était sûrement avant moi. Vous savez, les locataires, ça va, ça vient, comme on dit. Vous pourriez voir l'ancienne concierge, Mme Duperron. Elle est à la retraite, quasiment. Attendez voir ! Je dois avoir son adresse dans le buffet. Excusez le désordre mais vous savez, une loge c'est une loge c'est pas l'Hilton. Ah ! la voilà ! je savais qu'elle me l'avait écrite au dos d'un carton de yaourts. Des fois que quelqu'un vous demanderait où je suis, qu'elle m'a dit comme ça. Eh bien ! vous êtes le premier, c'est pour ça que je ne retrouvais pas. Voilà : Mme Duperron, 23, rue des Glycines à L'Haÿ-les-Roses, c'est pas à côté !

....

— Ouais ch'chuis Mme Duperron. C'est pourquoi ? Qui ça ? Tardu ? ch'chais pas ! Dans les années 45-47 vous dites ? ben là là ! s'il fallait qu'on s'souvienne de tout, vous vous rendez compte ! restez pas là, Monsieur. Entrez ou sortez mais fermez la porte ! Au prix qu'est le charbon et tout, faut pas gaspiller la chaleur. Tardu, vous dites ? assoyez-vous. Excusez-moi si je vous offre rien à boire mais j'ai rien à boire. Oh ! c'est pas pour que vous me donniez des sous que je dis ça. Enfin ! Merci quand même. Bien aimable. Au prix qu'est tout, on ne peut pas refuser de rendre service, pas ? Tardu ? attendez voir. Ça me revient. L'a dû quitter l'immeuble vers les années 50. Un petit brun un peu... euh... un peu comme qui dirait... c't'un ami à vous ? Ouais ! disons drôle de genre. Je ne veux pas être méchante avec les gens mais il faut dire les choses comme elles sont, pas ? Drôle de genre comme vous dites. Ouais ! Ouais ! Ouais ! ça me revient maintenant. Mais vous dire où il est, ça ! C'était plutôt le genre à partir sans laisser d'adresse, vous savez. Attendez voir. Vous devriez demander au Café de l'Acacia, oui, là-bas à Belleville. Tout de suite à l'arrêt du bus, en haut du boulevard. L'y était toujours fourré. Les patrons ont pas bougé, je crois. C'est toujours les mêmes. M'sieur Émile, vous demanderez, de la part de Mme Duperron. S'y se souvient pas vous y direz comme ça : la bignole du 112. Ça m'étonnerait qu'il se souviendrait pas de moi, vu qu'un jour mon chien, Foufounet qu'il s'appelait, l'avait mordu à la jambe. Mon pauvre Foufounet ! Faut dire que mon Foufounet...

....

— Oui c'est moi Monsieur Émile. Qu'est-ce qu'il y a pour votre service ? Qui ? Mme Duperron ? Oh là là, mon pauvre monsieur, elle doit être morte à l'heure qu'il est. Ah ! vous venez de sa part ? Comment qu'elle va ? Elle a plus son cabot, j'espère ? Un drôle de clebs, c'était. Merci, je prendrai un petit blanc. Qui ça ? Tardu ? Oui je m'en rappelle vaguement. Mais vaguement, vous savez ! Un client, ni plus ni moins. Bonjour-bonsoir et c'est tout ! C'est pourquoi ? Vous êtes de la police ? Un copain de régiment ? Ah bon ! Ce qu'il a pu nous pomper l'air, Tardu, avec ses histoires de régiment ! La fois où il a trouvé son pitaine avec la femme du maire et que le pitaine a dû lui faire des excuses et le nommer caporal ! Vous la connaissez je vois ! Dites donc ! Question baratin c'était quelqu'un ce Tardu ! Puisque vous étiez avec lui, c'est vrai cette histoire de la femme du maire ? à peu près ? Eh bien moi, déjà, ça m'étonne que ça soye à peu près vrai. Je croyais bien que c'était tout bidon ! À la bonne vôtre. Sacré Tardu ! oh ! y a un moment qu'on l'a pas vu dans le coin. Même qu'on pensait qu'il était en... enfin à... Vous l'avez pas connu dans le civil ? C'est pour vous dire qu'il se donnait un drôle de genre, Tardu. Il en disait sûrement plus qu'il en faisait mais il en disait déjà trop, si vous voulez mon avis. Moi, d'ailleurs, ça me regarde pas. Un client, c'est un client. Du moment qu'il paye et qu'il ne fait pas de scandale, ce qu'il fait après ou avant, hein ? Bon ! mais vous dire où il est maintenant, ça !... Dis, Josette ? Tardu, tu saurais pas ce qu'il est devenu, des fois. Tu sais le petit voy... le petit brun, là, qui racontait toujours des histoires ! Ben non ! Vous voyez ! Mme Émile non plus elle sait pas. Tiens ! Il me vient une idée. Vous devriez voir Lucienne, qui tient la baraque de crêpes à la sortie du métro. Un moment, il y a des années, j'ai comme l'impression qu'ils se fréquentaient. Vous y allez pas de ma part, hein ? Vous savez, dans le commerce, il ne faut pas se mêler des affaires des gens.

....

— Oui, c'est moi Mme Lucienne. C'est à quel sujet ? Tardu ? Paul Tardu ? J'espère bien qu'il est crevé, Paul Tardu ! Sinon vous me dites où vous l'avez trouvé et moi j'ai deux mots à lui dire, à ce fumier ! Vous la voulez à quoi, votre crêpe ?

....

— Alors elle sait rien, la Lucienne ? Ou elle veut pas savoir, hein ? Ça ne me regarde pas ! Dans le commerce les affaires des gens, comme je dis toujours ! moins on en sait mieux on se porte ! Mais vous avez bien fait de revenir ! Mme Émile s'est souvenue que sa mère, à Tardu, elle habitait pas bien loin. Je vais vous écrire l'adresse, elle y est peut-être toujours. Vous y dites pas qui c'est qui vous a donné l'adresse, hein ? Dans le commerce, la discrétion c'est sacré, comme on dit. On se disait, comme ça, avec Mme Émile, c'est pas de chance ! on se rappelle de ça juste comme le monsieur est parti ! À l'instant, là ! Vous aviez pas tourné le coin que Mme Émile elle me dit : dis donc ! je me souviens... ! Ah ! c'est trop tard, je lui dis, le monsieur est parti. Vous aviez pas tourné le coin ! Hein, Josette ? il avait pas tourné le coin, le monsieur ! Mince ! que je dis. Ça c'est pas de pot ! On savait pas que vous alliez revenir, pas ? Juste on se rappelle comme vous veniez de partir. Et puis voilà que vous revenez au moment qu'on se disait que c'était pas de chance que vous soyez parti. Y a des trucs dans la vie, c'est pas croyable !

Tenez ! voilà l'adresse. Allez ! au revoir monsieur. Y a pas de quoi ! Y a pas de quoi !

....

— Qu'est-ce que c'est ? Qui ? Mme Tardu ? c'était la porte en face Mme Tardu. Elle est morte, Mme Tardu. C'est pourquoi ? Paul Tardu ? Vous êtes un ami de Popaul ? Entrez monsieur. Laissez pas sortir le chat. Asseyez-vous. Oh ! il vous laissera pas le caresser, il connaît que moi. Eh bien mon Doudou ! fais pas ton bêta ! il est gentil le monsieur ! Non y a rien à faire. Sorti de moi il connaît personne. Il n'y a qu'à pas faire attention à lui. Ah ! alors vous êtes un ami de Popaul ! Un bon garçon c'était, un bon fils. Non il est pas mort, pourquoi ? oh, je dis « c'était » parce que depuis que Joséphine est morte je ne le vois plus souvent. Tout petit je l'ai connu, pensez ! Tenez je vais vous montrer des photos. Ah ! mes jambes ! Là, regardez, ça c'est Popaul le jour de sa première communion. C'était le plus beau, en pantalon long, il avait l'air d'un petit homme. Voilà sa maman et puis moi derrière. Ah ! bien sûr on était plus jeunes. On n'arrête pas les pendules, comme on dit. Le voilà là au bord de la Marne, un jour qu'on était allé déjeuner sur l'herbe et puis, là, tout bébé ! Le monsieur derrière c'était un gros commerçant qui voulait épouser sa mère à Popaul, faut vous dire qu'elle était veuve. Et puis ça ne s'est pas fait. Tenez, là, le voilà à bicyclette. Un bon fils, c'était. Comme je disais toujours, y en a des plus sérieux mais avec sa mère, rien à dire, affectueux, prévenant. Oh ! il lui a donné bien des soucis, les mauvaises fréquentations, vous savez, la jeunesse sans père et tout ça ! Enfin ! Mais pour ce qui est d'être un bon garçon, ça ! Et avec moi aussi, gentil comme tout ! Je l'ai revu à l'enterrement de Joséphine. Qu'est-ce qu'il pleurait ! Avec sa femme il était venu. Une espèce de blonde pas aimable ! Ils tiennent un commerce en banlieue. Un bistrot, bien sûr. Vous savez, Popaul, c'est pas le genre à tenir une banque ! Du côté d'Asnières, par là. Il m'a fait promettre d'y aller, mais avec mes vieilles jambes ! Attendez ! j'ai noté l'adresse quelque part. Tenez, voilà ! Bar des Abeilles, rue du Commandant-Fergusson, à Asnières. Dites-lui bonjour de la part de Mme Marthe, il saura. De rien, monsieur, laissez pas sortir le chat. Tirez la porte derrière vous. Tirez fort, elle est un peu dure !

....

— Vous êtes allé à Asnières ? dit Mandoline.

— Mandoline, je suis amoureux de vous !

— Vous êtes gentil, Michel.

— Je ne vous demande pas si je suis gentil ! je vous dis que je suis amoureux de vous.

— J'ai bien entendu. Mais qu'est-ce que vous voulez que j'y fasse ?

Comment « ce que je veux qu'elle y fasse » ? Mais je veux qu'elle soit amoureuse de moi, tiens, parbleu ! En voilà des questions idiotes ! je veux qu'elle défaille au son de ma voix, je veux qu'elle bute dans les bordures de trottoir en courant vers moi, je veux qu'elle se relève la nuit pour écrire mon prénom sur la glace de sa salle de bains avec son rouge à lèvres, je veux qu'elle se trompe dans ses additions, je veux qu'elle avale un tube de Gardénal après m'avoir vu embrasser ma cousine Julia ! Il faut tout leur apprendre à ces minettes !

— Vous êtes allé à Asnières ? dit Mandoline.

— Mandoline...

— Êtes-vous, oui ou non, allé à Asnières ?

— Pas encore. J'ai déjà fait tout ce sacré boulot en deux après-midi. Il faut bien que je fasse acte de présence au bureau de temps en temps.

— C'est que ça presse !

— À qui le dites-vous ! Ça presse ! Mais je ne peux passer ma vie à mener des enquêtes ! Vous êtes drôle !

— Moi, j'irais bien. Mais je ne suis pas cadre supérieur, moi. Il faut que j'arrive et que je reparte à l'heure. La mère Choisnet ne plaisante pas.

— Bien que vous soyez une redoutable perceuse de coffres-forts (je lui caresse légèrement la joue pour lui montrer que je plaisante), j'aime autant que vous n'approchiez pas Tardu de trop près. Je ne sais pas s'il s'est vraiment acheté une conduite.

— Espérons que non, dit Mandoline.

Elle boit le restant de son porto et me regarde. Je vais pouvoir recommencer à lui parler de moi.

— Vous savez, dit-elle, Étienne m'a enfin parlé.

— Étienne ?

— Le polyvalent. Il s'appelle Étienne. Vous n'entendez pas Jocelyne toute la journée : Étienne m'a dit... Étienne m'a emmenée... Étienne m'attend... Eh bien ! hier matin, Étienne a consenti à admettre que j'existais pour me parler d'autre chose que de comptabilité.

En ce qui me concerne, le nommé Étienne peut s'étrangler avec sa cravate bleu pétrole, périr en mer, attraper la malaria ou se jeter du haut de la tour Montparnasse, je n'éprouve aucune sympathie particulière pour Étienne. Je trouve que lorsqu'on a, déjà, le manque de tact d'être polyvalent, on ne devrait pas, en plus, se permettre d'agiter le cœur des innocentes.

— Et qu'est-ce qu'il vous a dit, le bel Étienne (que le diable patafiole !).

— Il m'a croisée dans le couloir et il m'a dit : « Vous n'avez pas vu Jocelyne ? »

Mandoline repousse ses lunettes sur son nez.

— Vous voyez comme je suis bête ! Rien que cela, ça m'a fait plaisir !

Et à moi, donc !

— Je croyais que c'était fini, votre coup de foudre pour Étienne.

— Oui. Il y a ce qu'on se fait croire et puis il y a ce qui est. Vous savez ce que c'est ?

Je sais ce que c'est.

— Mais tous les bonheurs arrivent ensemble, dit Mandoline. Depuis hier après-midi, Jocelyne ne décolère pas. Il paraît qu'Étienne ne fait plus attention à elle. Il passerait, dit-elle, son temps à la terrasse du café qui est en face de Publipub, sans quitter du regard la porte d'entrée. Jocelyne a voulu s'asseoir à côté de lui, il l'a envoyée promener.

— Voilà du nouveau ! Qu'est-ce qu'il espère voir entrer ou sortir par la porte d'entrée ? La comptabilité parallèle ?

— Je ne sais pas, mais Jocelyne est en pétard. Je le lui ai entendu dire à Nadine. D'ailleurs, c'est vrai, depuis ce matin il est là à la terrasse. Il guette.

— Peut-être que c'est vous qu'il guette.

— Sûrement pas ! Pourquoi me guetterait-il dans la rue quand il m'a sous les yeux au bureau. Je suis d'ailleurs passée cinq ou six fois devant lui, tout à fait par hasard, pour voir. Rien ! Apparemment je suis redevenue transparente. Finalement, il m'agace, ce type !

Voilà de la musique pour mes oreilles !

Nous sortons du café. Sur le trottoir, Mandoline me prend le bras au moment où nous allons nous quitter.

— Vous savez, Michel, je ne suis pas amoureuse de vous. Mais je crois que je vous préfère quand même à Étienne.

Youpii !

Il y a des moments, comme cela, où j'ai vingt ans. Personne ne le sait que moi mais, comme disait je ne sais plus quel philosophe américain et distingué : « L'homme n'est pas ce qu'il pense être, mais ce qu'il pense, il l'est. »

Je le pense, donc, je le suis.

Cette fin de journée est l'un des rares moments privilégiés de mon existence où le petit bateau qui navigue sur la sinusoïde de ma cyclothymie chronique est au faîte de la vague, et recueille les embruns de l'espoir comme autant de gouttes de rosée qui viennent rafraîchir les prairies de bonheur que mon corps rénové foulera dès demain. Et le seul fait que j'aie pu imaginer, écrire et décider de conserver la précédente phrase, qui est un modèle de bouillie pour les chats et un concentré de pathos, prouve assez, s'il en était besoin, que je suis dans un état d'esprit immature, ce que je trouverais désolant en toute autre circonstance.

Mais je n'en ai cure ! Seul à entendre mon galimatias, qui circule en circuit fermé, je dis n'importe quoi, pour faire du bruit dans ma tête et m'étourdir de mots. Que les empêcheurs de se leurrer en rond aillent se faire lanlaire ! je ne donnerai à personne l'occasion de m'expliquer que je suis déraisonnable, absurde et infantile. À personne ! c'est ce que je répète, en moi-même, aux milliers de passants indifférents que je croise sur les Champs-Élysées, pour le cas où leur viendrait l'idée incongrue de m'expliquer que ma petite fleur est artificielle. Ma petite fleur embaume, j'ai vingt ans et le soleil brille, mais les gens ne le savent pas, abrités qu'ils sont, les imbéciles, sous des parapluies. Voici déjà trois fois que je fais le trajet Rond-Point-Étoile à grandes enjambées, mains dans les poches, veston et manteau grands ouverts. Des choses à attraper un rhume quand on n'a pas vingt ans, des choses, donc, qui ne me concernent nullement.

Les gens, sur les trottoirs, ne se rendent pas compte. Mais, c'est bien connu, on ne sait plus voir. À part un quidam à physique de notaire angevin que j'ai bousculé presque sans le faire exprès, personne ne me remarque. Pourtant j'ai vingt ans, des plumes sur la tête, des cymbales au bout des bras, des ailes aux pieds, une fleur à la bouche, un soleil en auréole et un bruit de fanfare qui rythme ma progression. Cela, pourtant, devrait se remarquer !

Une ! Deux ! Une ! Deux ! mes talons frappent le pavé au son de *La Marche consulaire* : Tsam ! la-lala ! Ra-ta-tsam ! la-la-la ! Ra-ta-tsam ! Ra-ta-la ! Lalè-è-ère ! Lente, *La Marche consulaire* ? Certes. Mais j'en accélère un peu le tempo et puis, je ne suis pas pressé. J'économise, je ménage, je distille !

Je sais trop bien que cela ne va pas durer.

Arrivé à l'Étoile, je fais demi-tour sur mon élan, un talon vissé dans le sol, l'autre qui frappe le trottoir. Tsam !

la-lala ! Ra-ta-tsam ! la-la-la ! Si tout va bien, je dois arriver au Rond-Point avant que le petit bateau ne soit retombé au creux de la vague.

Il faut le faire !

Point dupe ! Attention : point dupe ! Celui qui vient me rire au nez a ri son dernier rire, je l'en avise ! je veux pouvoir, moi, me jouer la comédie tout à mon aise, m'applaudir, me siffler, baisser le rideau et me démaquiller, tout seul, devant une glace cruelle. Je ne renonce pas aux plaisirs du Guignol à condition d'être, à la fois, la marionnette et le marionnettiste. Je ne dis pas non aux joies du ping-pong, pourvu que je sois le ping et le pong à moi tout seul !

J'ai traversé la rue de Berri, mes enfants, comme l'autre la mer Rouge ! je ne sais pas à quelle couleur en étaient les feux ! Vrouam ! j'ai traversé, le front haut, la poitrine en avant, la fleur au fusil. Deux automobilistes ont freiné sur place et leurs occupants ont crié des choses que je présume désobligeantes mais que, Tsam ! la-la-la ! les cuivres m'ont empêché d'entendre.

J'ai vingt ans ! je suis imputrescible, inoxydable, inécaillable, incassable, indémontable, indéchirable, ignifugé, immortel. Pur cuir, laine et bois ! Rien que du naturel. Certifié sans plastique, polyester, peau de zébi, nylon, résidus de pétrole et autres faux-semblants. Breveté tous terrains, admis hors catégories, classé hors concours et membre du jury.

Prenez en main, tâtez l'étoffe, voyez la qualité ! C'est un article qui fait de l'usage. Quinze jours chez vous à l'essai. Remboursé si pas enthousiaste. Je suis le maître du monde, le soleil ne se couche pas sur mon empire, quel roman que ma vie, Paris vaut bien une messe, je suis venu, j'ai vu, j'ai vaincu, l'État c'est moi, ne laissez pas les enfants jouer avec la portière et *alea jacta est !*

Le tout, je prie qu'on en prenne note, sans même un demi-verre de vermouth. Euphorie garantie pure, sans colorant chimique, sans bestiole dans le moteur ni perlimpinpin dans l'octane. La mousse de bulles claires et limpides, fragiles, certes, mais sans superactivant atomique, enzymes fripons ou rénovant chlorophyllé.

La tornade blanche en pleine action !

Voilà du sang neuf ! Qui veut du sang neuf ? Rouge, jeune, pur et chaud ! La transfusion sans douleur par imposition de l'index sur le poignet ! La médecine à la portée de tous ! Voronoff ? mon œil ? Bogomoletz ? mon... ! Tiens ! voilà que je deviendrais grossier si je me laissais aller ! C'est l'ennui (le seul) des adolescences prolongées : on veut faire faraud, on fait vulgaire. On croit être gamin, on paraît gâteux. Mais il y a un temps pour tout, à condition de ne pas perdre une minute à se demander pour tout quoi.

Au Rond-Point, la clique, qui en a assez de jouer *La Marche consulaire*, me laisse tomber net et, profitant de la circonstance, les piétons et les autos se remettent à faire leur vacarme haïssable. La nuit tombe brusquement, et, en plus, il se met à pleuvoir alors que depuis une heure, je bronzais à vue d'œil.

Comme il me reste juste assez de tiédeur pour survivre jusqu'à ce que je retrouve Anne, je décide de rentrer par le métro. En pénétrant dans le wagon je suis encore dans un état d'esprit primesautier tout à fait acceptable, nonobstant la défection de la clique, jusqu'au moment où le dernier petit garçon bien élevé de cette foutue planète se lève pour me céder sa place.

Ce manque de tact m'achève.

— Qu'est-ce qu'il y a ? dit Mandoline. Vous êtes enrhumé ?

Naturellement que je suis enrhumé ! On ne fait pas le jocrisse pendant deux heures sous la pluie sans s'enrhumer !

— Oui, je suis enrhumé.

— Comment vous y êtes-vous pris ? Par ce temps !

Je ne vais tout de même pas lui raconter mes exploits imbéciles : elle se ficherait de moi. Et puis, après tout ! Et si je faisais flèche de tout bois ?

— Je me suis enrhumé parce que j'ai marché sous la pluie deux heures, veston et manteau ouverts. Et il ne faisait pas chaud !

— C'est malin !

— Ce n'est pas malin, mais j'étais heureux parce que vous veniez de me dire que vous me préfériez à Étienne.

Mandoline remonte ses lunettes.

— Je ne vois pas le rapport.

J'oubliais que ce petit monstre froid est comptable. Elle ne voit pas le rapport ! Je ne m'étonne plus que son cœur ait battu pour un polyvalent. Même multicolore, c'est tout à fait le genre qui lui convient. Je les vois tous les deux, le soir, au lit, en train de faire des additions.

— Mon Dieu ! Mandoline ! Mais pourquoi suis-je amoureux de vous ?

— Je me le demande. Et ne recommencez pas à me prendre par la taille ou je rentre à Paris et je vous laisse vous débrouiller tout seul avec votre dossier.

Plus malheureux que moi, il n'y a pas ! Je me demande si je ne ferais pas mieux de retourner chez Brigitte et de me fourrer dans son lit sans me faire remarquer. Avec un peu de chance elle ne se sera pas aperçu que j'ai été absent deux ans. Même Saint-Simon me paraît préférable à la confusion mentale dans laquelle je me débats.

— Rue des Abeilles, dis-je, c'est là !

C'est un petit café de banlieue, à la peinture un peu écaillée, des rideaux défraîchis et quelques guéridons rouillés sur le trottoir, mais qui, grâce au ciel, n'a pas encore donné dans l'aggloméré, le stratifié, l'expansé et le plastifié, tous matériaux sans passé et qui enlaidissent opiniâtrement les cités banlieusardes, comme s'il en était besoin.

Sur la porte vitrée on lit « MAISON P. TARDU » en lettres blanches en relief. En fait, le U s'est décollé et on ne lit plus que « MAISON P. TARD... » ce qui, comme j'imagine le bonhomme, doit être une source inépuisable de fines plaisanteries.

— Ça ne paie pas de mine, dit Mandoline.

Il a fallu que j'emmène Mandoline. Enfin, quand je dis qu'il a fallu ! Elle s'est débrouillée pour obtenir une demi-journée de congé de la mère Choisnet et m'a placé tranquillement devant le fait accompli. Je sais parfaitement que rien ne m'obligeait à l'emmener mais j'ai trouvé aussitôt tant de bonnes raisons à sa présence que cela m'a épargné d'avoir à démêler, en mon for intérieur, si mon acquiescement était faiblesse ou diplomatie.

Quand nous entrons au Bar des Abeilles, la clientèle, en cet après-midi, se réduit à un costaud en bleu de travail qui, accoudé au zinc, boit un demi à petits coups. Derrière le comptoir une blonde à la coiffure gonflée comme de la barbe à papa, et de surcroît décolorée à mort, lave les verres en bavardant avec le costaud. Elle a dû être pas mal vers les années cinquante mais, si on va par là, on était quelques-uns à être pas mal vers ces années-là et ce n'est certes pas moi qui lui reprocherai, la pauvre, de feindre pathétiquement de ne pas s'être aperçue que vingt-trois ans ont passés.

Elle se tourne vers nous, à peine intéressée par deux clients de passage, et sourit machinalement.

— Messieurs-dames. Qu'est-ce que ça sera ?

— Bonjour, madame, dis-je. Je suis un ami de Paul Tardu et j'aimerais le voir.

Son sourire commercial se fige et son œil bleu va de Mandoline à moi, avec un reflet rien moins qu'amène dans la prunelle. Les amis de Popaul, apparemment, ne sont pas ses amis.

— Un ami ? Quel ami ?

— Un ami de régiment, dit Mandoline, qui a tort d'intervenir car, bien entendu, comme elle a répondu à ma place à une question qui m'était destinée, sa réponse sonne faux comme un dialogue de western série B, doublé par des ringards. La température sous abri de la dame se refroidit encore. Quand elle se remet à parler on dirait qu'on vient d'ouvrir la porte du frigo.

— Paul Tardu, il est pas là ! Y a une commission ?

— Quand rentre-t-il ? je pourrais l'att...

— Y rentre pas, il est en voyage.

— Pour longtemps ?

— Peux pas vous dire.

Puis, nous tournant le dos, elle se remet à rincer ses verres pour nous faire comprendre qu'en ce qui la concerne, l'entretien est terminé. Quelque chose dans l'expression de son dos indiquerait même à l'observateur le moins perspicace qu'elle nous verrait avec plaisir quitter le Bar des Abeilles, les limites de la commune d'Asnières, voire le territoire national.

— C'est que c'est assez urgent et important, dit Mandoline.

— Ben ! écrivez-lui, on fera suivre.

— On a eu son adresse, dis-je, par Mme Marthe, de la rue Miroux.

Le dos toujours tourné, la blonde informe le percolateur que nous aurions eu son adresse par le pape, que ce serait du pareil au même et que, d'ailleurs, cette vieille peau de Mme Marthe ferait mieux de s'occuper de ses oignons que de ceux de Paul Tardu qui ne lui demande rien. Avis !

Le percolateur ne trouvant rien à répondre à cela, la conversation tombe. Le costaud en bleu de travail, lourdement accoudé au zinc, nous regarde sans excessive cordialité. Dire que nous sommes déçus serait peu dire. En outre, comme Marie-Charlotte m'a décrit Tardu, « être en voyage » peut aussi bien vouloir dire « être en prison », c'est l'euphémisme habituel qu'emploient les dames de ces messieurs pour préserver le standing du ménage.

— Je prendrais bien un café, dit Mandoline.

— Le perco est éteint. Ici on fait du café que le matin pour les gens qui travaillent.

Cela implique, évidemment, que se balader à Asnières en plein après-midi, outre que cela dénote un curieux masochisme en matière de tourisme, n'est pas le fait d'individus laborieux, donc recommandables.

— Alors je prendrai une bière, dit Mandoline.

— Deux ! dis-je.

La dame blonde est excédée. Mais il y a des lois qui interdisent de refuser de servir les clients, sauf s'ils sont en état d'ébriété ce qui n'est, manifestement, pas le cas. Deux demis de bière mal tirés (avec une intention de nuire qui ne nous échappe pas) nous sont plaqués sous le nez dans un grand débordement de mousse et sans trop d'urbanité, il faut bien le dire.

Le costaud regarde Mandoline. Mandoline me regarde, je regarde la blonde qui regarde le costaud. On se croirait au musée Grévin. Je cherche quelle est la prochaine chose à dire, quand une camionnette s'arrête devant le bar. Un livreur en descend, qui traverse le trottoir et pousse bruyamment la porte.

— 'Sieurs-dames !

Il laisse la porte ouverte comme quelqu'un qui ne va pas s'éterniser, fait trois pas dans la salle et dit :

— Dis, Mireille ! je viens de rencontrer Paulo. Il te fait dire de ne pas oublier la commande de Ricard si le type passe avant qu'il soit rentré. Il ne va pas tarder, il m'a dit, mais c'est juste au cas où.

Mireille rougit imperceptiblement et demande au livreur s'il boit un coup. Il dit que non, qu'il est déjà en retard, mais qu'elle lui garde son verre au frais, sur le gaz, pour la prochaine fois. Après quoi, ravi de sa saillie, il dit derechef « 'Sieurs-dames ! » touche sa casquette du doigt et sort, absolument inconscient de toute la porcelaine qu'il vient de piétiner. Mandoline, le costaud et moi regardons Mireille. Mireille regarde ses ongles.

— Vous savez, chère madame, dis-je, je suis vraiment un vieil ami de Paul. Un vieil ami de l'un de ses vieux amis, pour être précis. Je m'appelle Michel Mercier et je voudrais...

Mireille plaque ses mains sur son comptoir sans souci des flaques de bière, et se penche en avant.

— Écoutez voir, cher monsieur, dit-elle. Les vieux amis de Paul, quand ils se pointent ici c'est, en général, embêtements et compagnie. Paul, il n'a plus de vieux amis, il tient un bistrot, que voici, tranquillement et sans rien demander à personne, avec sa femme qui est moi.

— Enchanté !

— Y a pas de quoi ! je vais vous dire ce que vous allez faire : vous buvez vos demis, vous me donnez 2 F 40 et puis vous allez voir ailleurs si j'y suis. Comme ça on restera bons amis, de loin.

— Eh bien ! dit Mandoline. Vous n'êtes pas aimable !

— Non, je ne suis pas aimable. Y a pas de loi qui m'oblige à être aimable. À servir à boire, si. Je vous ai servi à boire ? Bon ! À être aimable, non. Je ne suis pas aimable, mais je suis catégorique : ou vous sortez ou je vous sors. Tous les deux.

Je regrette vivement que Mandoline soit là. Seul, je partirais pour éviter un esclandre ridicule qui ne peut que nuire à notre affaire. Mais me faire « sortir » d'un bistrot par une quinquagénaire oxygénée me paraît assez peu avantageux pour mon image de marque, comme on dit dans le métier.

Je vais protester quand le costaud quitte le bar et vient vers moi :

— Vous comprenez pas quand on vous cause ? dit-il. Mme Tardu elle vous a demandé de partir. Moi, je...

— Laisse Jeanjean, laisse... dit Mireille.

— Moi, je vais pas vous le répéter, reprend le pithécanthrope. Moi je vous prends par le bras, moi, la dame et vous, et je vous file sur le trottoir, moi, vite fait !

Cette fois, c'est sûr, je vais recevoir des coups. Me faire casser des dents, peut-être. Toute ma philosophie de la non-violence, du dialogue et de la concertation se chamboule à cette seule pensée. Je ne suis pas un freluquet, je fais de la natation, du tennis, de l'aviron mais tout cela est assez inefficace contre des coups de poing dans les yeux ou dans la mâchoire. Tonnerre de Dieu ! mais qu'est-ce qui m'a pris de m'embringuer dans cette histoire ridicule ? Moi qui ne rencontre pas trop de difficultés sur le chapitre des dames, voilà-t-il pas que je suis à deux doigts de me colleter avec une terreur de banlieue, pour les beaux yeux verts d'une gamine qui ne « voit pas le rapport » quand j'attrape la phtisie galopante parce qu'elle m'a dit deux mots gentils ! Mais il serait temps que je m'éveille, moi, avant d'être transformé en chair à pâté ! Il va vraiment falloir, tout bien bâti que je sois, que je me mette au judo. Je serais judoka, ce type-là, je lui casserais les deux bras et je l'enverrais voltiger par-dessus moi, la tête la première, le temps de le dire. Mandoline serait drôlement éblouie, tiens, de me voir jongler avec ce malpoli. Mais comme je ne suis ni judoka, ni karatéka, ni breton, ni gréco-romain, il va bien falloir que je m'en aille, non sans avoir, toutefois, rétabli mon autorité morale par une flèche du Parthe, un de ces mots cinglants et terribles, qui vous font citer dans les anthologies, assurent la suprématie de l'esprit sur la matière et laissent l'adversaire pantois et désemparé quand, par-dessus le marché, il ne pleure pas d'humiliation, à chaudes larmes.

— Bien ! dis-je. Puisque c'est comme ça, je m'en vais !

Comme je fais un pas vers la porte, celle-ci s'ouvre sur un petit type brun, engoncé dans une canadienne, qui voit instantanément à la tête que nous faisons tous que nous ne sommes pas en train de nous dire des gracieusetés.

— Qu'est-ce qui se passe, ici ? dit-il.

— Tiens ! dit Mireille. Tu tombes bien, toi ! Encore un de tes bons vieux amis qui insiste pour te voir. Tu vas me faire le plaisir...

— Un de mes bons vieux amis ? coupe Tardu. Jamais vu ce mec-là ! C'est qui ?

— Allez, monsieur, dit Mireille en contournant son bar pour nous pousser vers la porte. Vous voyez bien : Paul ne vous connaît pas. Partez sans insister ou j'appelle la police.

Elle prend Mandoline par le bras et le costaud me plaque sa main dans le dos. Je sens que d'ici trois secondes, pour peu que quelqu'un ait la délicate attention d'ouvrir la porte, je vais traverser la rue sans toucher terre et aller imprimer ma silhouette dans le mur d'en face. Je profite de l'élan que prend Jeanjean pour crier à Tardu :

— Je viens de la part du caporal Germain Beauchamp !

Puis le costaud détend son bras et j'effectue un départ supersonique, stoppé cependant dans ma course par la paume de Tardu qui me cueille en pleine poitrine. Je n'ai fait qu'un mètre mais les phénomènes d'accélération et de décélération ont été tels que j'ai l'impression d'être passé dans une batteuse à blé.

— Le caporal Beauchamp ? Vous êtes un pote à Germain ? Je ne vous aurais jamais pardonné, dit Tardu, d'être parti si précipitamment sans même m'avoir donné de ses nouvelles !

Un quart d'heure après, attablés devant des demis bien tirés, nous sommes les meilleurs amis du monde. Avec Paul Tardu, tout au moins, car Mireille, sans être aussi intraitable que précédemment, continue cependant à nous faire une tête que ne désavouerait pas un contractuel dyspeptique. Jeanjean n'ayant plus à se constituer le défenseur des dames seules ni à mettre des missiles sur orbite est parti sur un « au revoir » grommelé. Nous sommes seuls tous les quatre dans le bistrot, la nuit tombe et je viens d'expliquer à Tardu que Germain souhaitait vivement le rencontrer pour parler du vieux temps et lui donner l'occasion de régler sa dette.

— Sacré Germain ! dit Tardu, l'œil rêveur. Je le revois comme si c'était hier. Il a changé ?

— Ben ! dis-je prudemment, nous avons tous plus ou moins changé.

— Sacré Germain ! Il me semble que je le retapisserais immédiatement ! c'est du cri sec qu'on soye resté si longtemps sans se voir ! Tu sais, Mireille, c'est le matz que je t'ai causé qu'à pris mes patins dans le coup du pitaine que je t'ai souvent raconté comment, après m'avoir bonni un suif terrible, il avait aussi sec rengraci dans la noye ! Sans cézigue j'allais morfler d'un drôle de sapement, j'allais ! C'était Tataouine à tout va ! Sauvé la vie qu'il m'a, le mec ! Et c'est pas du pour !

Peu au fait du vocabulaire voyou, je ne saisis pas tout ce que dit Tardu et, désireux de suivre sa conversation sans, pour autant, passer pour un inculte, je crois adroit de le prier de s'exprimer en bon français de tous les jours pour que Mandoline puisse comprendre.

— Vous faites pas de mouron pour mézigue, dit Mandoline de sa voix sage. J'entrave impecc tout ce que vous bonissez. J'ai ligoté tout Simonin plusieurs fois et ça m'a affranchie pour ce qui est de dévider le jars... Dites donc ! Votre gravosse elle renaudait sec, figurez-vous ! Pas bonnarde pour vous voir rembrayer dans des arnaques glandilleuses, elle voulait qu'on se casse fissa ! ce schproum !

j'ai vu le moment qu'elle nous filait à loilpé ! Et juste comme on décarrait de votre rade, vous vous pointez à la lourde ! C'est pas du fion, ça ?

Tardu en reste bouche bée. Moi, pas. Moi, depuis cinq ou six jours, je m'attends à tout et plus spécialement au pire. Le père Montand dans son camion chargé de nitroglycérine, c'était de la promenade de santé qu'il faisait, par rapport à moi.

— Mec ! dit Tardu. Où c'est que vous vous êtes attriqué ce faux-poids ?

Mireille tape du plat de la main sur son comptoir.

— Ça suffit, Paul ! Tu sais que je ne veux pas que tu parles comme ça ! C'est fini, ce temps-là. Tu vas causer comme les gens bien élevés, s'il te plaît. Peut-être que cette personne te comprend, mais ici, c'est un établissement respectable, pas un...

— Ne le dites pas ! dit Mandoline, je comprends aussi le français.

Mireille rengracit un peu (pardon !), Mireille, veux-je dire, devient un tantinet plus aimable.

— Vous m'excusez, hein ? Mais puisque vous entendez parler de Paul depuis longtemps, vous devez bien vous douter que, ses anciennes relations, je ne tiens pas à les voir ici. Son ancienne façon de parler non plus. Ça lui avait passé, mais, dès qu'on reparle de sa jeunesse, ça lui revient. Et puis « gravosse » quand on parle de moi, j'aime pas trop !

— N'ayez aucune crainte, dis-je, il s'agit ici d'un ami de régiment. Ce n'est pas du tout le même genre.

— Monsieur, dit Tardu en riant, elle n'est pas méchante, mais elle veille sur ma vertu comme un banquier sur le cours du dollar. Faut vous dire que, grâce à elle, je me suis rangé des voitures, acheté une conduite, refait une virginité et tout. Les coups fourrés pour Popaul, c'est fini ! D'accord, j'ai été un peu voyou dans le temps mais maintenant je suis marié, bistrot et peinard. Oui monsieur ! Paul Tardu, commerçant respectable, pas de casier, pignon sur rue, patente, impôts, T.V.A., registre du commerce et le toutime. Plus un impair, plus une espièglerie. Je regarde les flics droit dans les yeux et toute mon oseille voit le jour.

— Paul ! qu'est-ce que j'ai dit ?

— Je veux dire que je peux justifier de l'argent que je gagne. Au début, il s'est bien pointé quelques arcans pour me proposer des turbins glandilleux à entrer au bing la tronche la première, mais...

— Il veut dire que de mauvais garçons sont venus lui proposer des activités délictueuses et mal préparées qui eussent pu le conduire en prison, dit Mandoline.

— Merci, dis-je, j'avais compris.

— Mais Mireille te les a balancés, vite fait, sur le trottoir d'en face, reprend Tardu, une main au colback et l'autre au fond de culotte, en leur disant des trucs que, même moi, j'en rougissais !

— En attendant, dit Mireille, ils ne sont jamais revenus, et bon vent !

Elle repart derrière son comptoir nous chercher des bières.

— Faut pas lui en vouloir de son accueil, dit Tardu. Dieu sait ce qu'elle s'était imaginé ! Que vous veniez me demander de forcer un coffre, pour le moins !

Cette idée incongrue nous amuse beaucoup et nous rions très fort tous les quatre. Sacré Tardu !

— Bref ! dit Mandoline tandis que nous quittons Asnières. Nous avons perdu tout ce temps-là pour tomber sur un ex-petit voyou minable qui n'a jamais dû voler que des porte-monnaie de vieilles dames et qui ne va nous être d'aucune utilité !

— Mille regrets, mais c'est tout ce que j'ai en rayon. Al Capone est mort et c'est bien regrettable. Avec lui, notre affaire ne faisait pas un pli !

— Enfin ! on va bien voir puisqu'il a promis de rencontrer Marie-Charlotte.

— Oui. L'ennui c'est que c'est Germain qu'il a promis de rencontrer ! Il va avoir une surprise !

Je soupire parce que quelque chose me dit que des heures pénibles s'ouvrent encore devant moi. Mandoline soupire aussi. À nous deux, on en fait un vent !

Nous nous asseyons dans ma voiture. Je ne démarre pas. Je regarde Mandoline qui a laissé aller sa tête contre le dossier et regarde le plafond.

— Démarrez ! dit-elle sans tourner la tête. Démarrez ! regardez devant vous et cessez de vous demander si vous allez ou non m'embrasser.

— Bravo ! C'était justement la question que je me posais. Mais je vois que vous y pensiez aussi.

— Je me disais que c'était, moins que jamais, le jour.

— Pourquoi, moins que jamais ?

— C'est tout simple : parce que vous êtes enrhumé.

Ô poésie !

Nous roulons un instant en silence puis Mandoline s'accoude du bras gauche au dossier de son fauteuil, se tourne vers moi et me regarde.

— Regardez devant vous, dis-je, et cessez de vous demander si vous allez ou non m'embrasser.

Elle rit.

— Ce n'est pas ce que je me demandais. Je me demandais ce que j'avais bien pu trouver à Étienne.

— En me regardant ?

— Oui. Parce que je me demandais ce que vous me trouviez à moi.

Je me vois très bien en train de le lui expliquer. J'excelle dans ce genre de baratin, particulièrement quand je suis sincère. Mais ce n'est pas le lieu. En gondole, peut-être, dans un jardin, sans doute, sur un divan, sûrement. Mais pas à sept heures du soir au milieu du pont de Levallois parmi des milliers d'ahuris agrippés à leur volant et qui se dévisagent l'un l'autre à chaque feu rouge, derrière leur vitre, en se fourrant les doigts dans le nez.

Dans cet environnement déprimant je préfère parler

d'autre chose, d'Étienne par exemple, et garder mes petites fleurs pour un moment plus propice de solitude à deux.

— Alors, vous disiez ? Étienne ?

Je ne me lasserais pas de l'entendre parler d'Étienne au passé. Au passé simple, au passé composé, au passé antérieur, à tous les passés sauf le plus-que-parfait.

— Étienne, dit Mandoline, je crois que c'était un emballement. C'est rare que je m'emballe mais heureusement, quand ça arrive, ça ne dure pas.

— Et quand vous n'êtes pas emballée, ça dure ?

— Vous savez, mon drame ? Eh bien ! je suis trop raisonnable pour mon âge. Et indépendante aussi. Étienne, je crois que c'était le type à ne pas me laisser faire ce que je veux.

— Par exemple ?

— Je ne sais pas, moi... jouer au golf.

— Jouer au golf ? Vous jouez au golf, vous ?

Non, Mandoline ne joue pas au golf. Elle me demande si je trouve qu'elle a une tête et un salaire à jouer au golf. Ça coûte des mille et des cents ! Mais c'est un jeu qui lui plairait, le golf. Alors quand elle sera mariée, elle jouera au golf. C'est pour cela qu'elle veut un mari qui ne lui fasse pas la tête chaque fois qu'elle ira jouer au golf. C'est pourtant simple à comprendre, non ?

— Mais, Mandoline, ce n'est pas très simple, le golf.

— Vous trouvez ? Pousser une petite balle dans un trou ? je dirais que c'est même un peu simplet. Mais, qu'est-ce que vous voulez ! ça me tente.

— Non, je voulais dire, ce n'est pas de la « simplicité ».

Mandoline m'assure que rien n'est moins sophistiqué que de jouer au golf, que c'est une question d'état d'esprit et qu'il suffit de jouer tranquillement sans faire d'esbroufe et sans se prendre pour Beltoise.

— Beltoise ?

— Je sais ! c'est un champion automobile, mais je ne connais pas le nom des champions de golf.

— Et si votre mari ne veut pas jouer au golf, qu'est-ce

qu'il fait ? il reste à la maison ? il prépare le dîner ? il garde les enfants ?

— Si ça l'amuse, oui, mais en principe ce sera le boulot de la cuisinière et de la nurse.

Une inquiétude commence à me poindre. Cette innocente enfant serait-elle une dévoreuse de compte en banque, une déséquilibreuse de budgets, une éparpilleuse d'économies comme il y en a tant ? Il serait tout de même bon de s'en assurer et de compter ses sous dans sa poche avant d'entrer dans la confiserie. Je sais bien que je suis promis à un avenir brillant aux côtés de G-G, mais le golf, la cuisinière et la nurse à vingt et un ans, cela semble indiquer une propension très nette à attaquer la société de consommation par le gros bout, d'une manière assez inquiétante. On ne compte plus les cas où cette goinfrerie des épouses a gravement ulcéré les estomacs des maris, ceux, du moins, qui n'étaient pas morts, avant, d'un infarctus.

Le golf, la nurse et la cuisinière ? fichtre ! je n'ose m'enquérir des piscines, chalets de montagne, résidences secondaires, manteaux de visons et rivières de diamants. Si elle n'y a pas encore pensé, ce n'est pas la peine de lui faire découvrir des horizons dispendieux.

Je lui parlerais bien d'autos mais je suis sûr que c'est la fille à commencer, dans la vie, par la petite voiture de sport dont le prix n'a d'égal que l'inconfort, la vitesse et la débauche de décibels.

— Et en matière d'autos, dis-je, qu'est-ce que vous aimez ?

— La Rolls, dit Mandoline. Pas vous ?

Je la dépose devant chez elle, vite vite, parce qu'évidemment je bloque trente secondes la circulation, ce que me font bien sentir par des regards appuyés les énervés du gicleur que j'oblige à me contourner. Mandoline saute en voltige de la voiture et claque la portière.

— Relevez la vitre, dit-elle, je ne vous ai rien dit de gentil aujourd'hui, ce serait idiot que vous vous enrhumiez davantage !

Ce soir Marie-Charlotte dîne à la maison ainsi que Mandoline. C'est assez dire qu'avec Anne pour leur donner la réplique je n'interviens pas souvent dans la conversation. Mon rôle est celui de trancheur de rosbif, de sommelier, de passeur de sel et de donneur de pain. Cela me laisse des loisirs pour méditer, au milieu du pépiement de mes commensales, et pour me demander, comme souvent, ce que je fais là au lieu de fréter une goélette et partir pour les mers australes me chercher, dans une île paradisiaque, une ravissante indigène qui ne comprendrait pas plus ma langue que je ne comprendrais la sienne, circonstance qui me serait d'un grand secours dans l'organisation paisible de ma vie contemplative.

Mandoline, de toute évidence, subjugue Anne et Marie-Charlotte par la simplicité qu'elle met en toutes choses, même et surtout les plus compliquées.

— Mais enfin, Mandoline, dit Marie-Charlotte, votre avenir, vous le voyez comment ?

— Heureux, dit Mandoline, pourquoi ?

Mandoline voit son avenir heureux, son mari parfait, ses enfants adorables, sa vieillesse paisible et sa mort sans souffrances. Pourquoi en serait-il autrement ? Elle dit que c'est de compliquer les choses qui les embrouille et que si les gens, au lieu de tirer sur tous les bouts pour défaire un écheveau emmêlé, commençaient par chercher le début ou la fin et tiraient dans le bon sens, ils y gagneraient un temps précieux et s'épargneraient bien des énervements stériles.

Marie-Charlotte dit qu'elle, les ficelles embrouillées, elle les jette ou les coupe avec des ciseaux. À quoi Mandoline répond que c'était une image et que, si Marie-Charlotte préfère, il faut toujours se demander, avant de compliquer un problème déjà pas simple, en le prenant par la queue ou par le ventre : *« de quoi s'agit-il ? »* Elle ajoute, un rien pédante, que la formule est du maréchal Foch.

Anne est très épatée qu'une fille de l'âge de Mandoline ait entendu parler de Foch autrement que sous forme d'avenue. Mandoline lui répond qu'il n'y a pas d'âge et que, si l'on va par là, Anne ne devrait pas avoir entendu parler de Vercingétorix.

Anne, un peu agacée tout de même, rappelle à Mandoline qu'en toute simplicité elle a tout de même cédé à l'impulsion fatale de barboter un dossier dans le coffre de son patron, ce qui n'a pas tellement simplifié sa vie, pour ne rien dire de la nôtre.

Mandoline reconnaît qu'il y avait là, en effet, une impulsion que l'on peut considérer comme irréfléchie mais que c'était la chose la plus évidente à faire à un moment donné, qu'on ne peut pas prétendre que prendre un dossier dans un coffre ne soit pas un geste d'une grande simplicité et qu'il n'est que de trouver des solutions adéquates pour les problèmes pouvant découler de ce geste, pour qu'au bout du compte, l'ensemble des opérations destinées à les résoudre apparaisse comme un modèle de clarté et de bon sens.

— C'est vous qui compliquez à plaisir ! ajoute Mandoline, ce qui laisse Anne et Marie-Charlotte sans voix, circonstance dont je profite pour me glisser, de biais, dans la conversation.

— Seulement, dis-je, cette action éblouissante d'à-propos, vous l'avez commise, non après mûre réflexion mais sur une espèce de coup de foudre aggravé d'un coup de tête, pour un individu dont vous ne connaissiez même pas le prénom et dont vous déclarez maintenant qu'il vous est indifférent.

— Vous voyez comme vous mélangez tout ! dit Mandoline, le problème « dossier » découle du problème « Étienne » mais les deux doivent être parfaitement dissociés. En ce moment ce sont des solutions pour le dossier que nous cherchons. Le moment venu, je chercherai la solution pour Étienne.

— Et s'il n'y a pas de solution ?

— Il y a toujours deux solutions, dit Mandoline. La bonne et la mauvaise. C'est une question de choix, le choix est une question de réflexion, la réflexion est une question de temps et le temps est une question d'organisation. C'est tout simple !

Ayant dit, elle repousse ses lunettes sur le haut de son nez et me demande poliment de lui passer le sel.

Anne et Marie-Charlotte me regardent avec une grande tendresse. Leur cœur saigne à la pensée que je me suis mis en tête de faire partager ma vie à cette raisonneuse. Anne, particulièrement, qui m'a déjà vu aux prises avec toutes sortes de femmes et connaît mes limites, a l'air soucieux du manager de boxe qui se demande si son poulain dépassera le troisième round.

Nous sommes réunis, ce soir, parce que Tardu a téléphoné qu'il venait prendre le café et apprendre de la bouche même de son vieux Germain comment il peut se libérer de sa dette de reconnaissance.

Quand je songe à l'Himalaya d'explications qu'il va falloir donner à ce simili-truand pour qu'il reconnaisse en Marie-Charlotte son ex-caporal afin de lui faire commettre un cambriolage bidon pour se débarrasser d'une fausse comptabilité, mes forces m'abandonnent. Je me mets à repenser à ma goélette et à mon île paradisiaque. Je pense, même, que j'aurais plaisir, plutôt que de chercher une indigène mythique, à y emmener Mandoline si seulement j'étais sûr qu'elle n'ait pas une théorie imparable sur la simplification de la cueillette des noix de coco, théorie qui nous aliénerait l'estime de la population autochtone le temps de cligner un œil.

Perdu dans mon rêve je ne vois qu'au tout dernier moment que Marie-Charlotte me tend mon café d'une main et le sucrier de l'autre. Pris de court, je bredouille :

— Merci ! avec deux noix de coco.

Mandoline me regarde tristement de ses jolis yeux verts.

— Et après, dit-elle, on dit que c'est moi qui complique !

Tardu arrive, tout gaillard, sur ces entrefaites. En murmurant les « enchanté » de rigueur, il serre distraitement la main d'Anne et de Marie-Charlotte, salue Mandoline et me tape sur l'épaule, le tout sans cesser de sourire et de balayer le salon du regard.

— Alors, où qu'il est ? dit-il. Où qu'il est ?

On le fait asseoir, on lui donne une tasse de café, du sucre et une petite cuiller. J'ouvre la bouche pour parler mais Anne me fait signe d'attendre. Elle tient à ses tasses à café, qui nous viennent de notre maman.

— Vous êtes sûr qu'il va venir, hein ? dit Tardu en buvant son café. Sacré Germain ! j'ai hâte, si vous saviez, j'ai hâte !

Anne lui prend sa tasse vide des mains, et me fait signe que je peux y aller.

— Mon cher monsieur Tardu, dis-je, attendez-vous à une grande, très grande, très très grande surprise.

— Ah ouais ? dit Tardu.

— Vous n'ignorez pas que parmi les mystères de la biologie, les mutations physiologiques occupent une...

— Les quoi ?

— Tu t'y prends mal, dit Anne. Laisse-moi faire. Monsieur Tardu, vous avez entendu parler de Coccinelle ?

— Ouais ! c'est comme ça qu'on appelle les Volkswagen. Pourquoi ?

— Décidément, dit Mandoline, vous avez le génie de compliquer les choses simples !

Elle nous écarte, se plante face à Tardu, et désignant Marie-Charlotte du bras :

— Monsieur Tardu, dit-elle, votre copain Germain, le voilà !

— Où ça ? dit Tardu.

— Là.

— Là ? où là ? c'est une dame, ça.

— Précisément, dit Mandoline. Cette dame, c'est Germain.

Les bras de Tardu tombent de chaque côté de son corps. Anne, je le sais, se congratule intérieurement d'avoir sauvé sa tasse et sa moquette. Mandoline se tient très droite, très grave, et ne quitte pas Tardu du regard. Elle doit être contente, Mandoline. Dans le genre situation limpide, on ne fait pas mieux

— Tu me reconnais ? dit Marie-Charlotte. Tu me retrouves ? Regarde mon nez. Regarde ma petite cicatrice sur le front. Regarde mes yeux.

Tardu se secoue, s'éclaircit la gorge et ramène ses mains sur ses genoux :

— Mec ! dit-il, je m'attendais à tout sauf à ça. Chacun ses idées, tu me diras. Tout le monde est libre. Je sais bien que c'est à la mode, et tout ! Mais, toi, travelo, j'aurais jamais cru !

— Tra... quoi ? dit Anne.

— Travesti ! dit Marie-Charlotte en éclatant de rire. Il croit que je suis un travesti. C'est la meilleure ! Écoute, bonhomme ! parole d'hom... enfin... parole d'honneur ! je ne suis pas un travesti. Tu ne comprends pas, Tardu, *j'ai changé de sexe !*

— Pour quoi faire ? dit Tardu faiblement.

Comme je le craignais, il faut patiemment démêler l'écheveau en tirant dans le bon sens et sur le bon bout, selon la théorie brevetée de Mandoline. Cela prend du temps mais, peu à peu, nous arrivons à faire entrer dans le crâne de Popaul que son pote a changé de genre tout à fait accidentellement et sans caprice de sa part. On lui redonne du café pour lui permettre de surmonter les effets de cette révélation bouleversante.

— Mec ! dit Tardu, t'es vraiment une vraie gonzesse ? Tu pourrais avoir des gosses, et tout ça ?

— J'en ai adopté deux, dit Marie-Charlotte. Je suis divorcée.

Un peu de couleur revient aux joues de Tardu. Il se sent mieux. Ses préjugés ancestraux le faisaient se sentir mal à l'aise à imaginer son caporal au lit avec un monsieur. Voilà qui lui paraît un peu plus rassurant. Il continue à fixer Marie-Charlotte en disant des « Ben ! dis donc ! Ben ! dis donc ! », puis, soudain, se lève et va vers elle.

— Je te serre la main, hein. Tu m'excuses mais, vieille copine ou pas, moi, t'embrasser, je pourrai jamais.

Ils se serrent la main, se tapent sur l'épaule, se disent des « sacré Tardu ! » et des « sacré Germain » et vont commencer la grande litanie des « Tu te souviens... » et des « Comment c'est donc déjà qu'il s'appelait... », quand Mandoline qui, passé le moment de suspense, ne s'intéresse que médiocrement aux retrouvailles entre anciens combattants, Mandoline ramène la conversation à des sujets d'une plus urgente actualité.

— Et si on parlait du dossier rouge ? dit-elle.

L'explication de ce que nous attendons de Tardu s'avère plus difficile encore que la première partie du programme. Tardu, en effet, puisqu'on le frustre de l'évocation de ses souvenirs, retombe dans la perplexité dans laquelle le plonge la métamorphose de Germain, et piétine encore les plates-bandes des avatars sexologiques, quand nous essayons de l'entraîner dans les dédales du cambriolage à rebours.

— Tu comprends, dit Marie-Charlotte, ces amis que voici ont un petit problème. Un dossier qui...

— Et qu'est-ce qu'il t'a dit, le toubib, quand tu t'es réveillée ? Bonjour monsieur, vous êtes une dame, ou bonjour madame vous n'êtes plus un monsieur ?

— Je t'expliquerai plus tard. Donc, ils ont un dossier extrêmement important qui...

— Et après, quel effet ça t'a fait ? Dis donc ! Mais alors tu te rases plus, ni rien ? et...

— Un dossier qui a quitté un coffre que...

— Et t'as appris à tricoter ? à coudre ? et tous ces trucs-là ?

— Attends ! après ! Pour l'instant écoute-moi : le coffre...

— Quel coffre ?

— Le coffre où on a pris le dossier.

— Quel dossier ?

— Écoute-moi, Popaul, c'est très important...

— Mec, excuse-moi, mais, avec ta nouvelle voix, ne m'appelle pas Popaul, tu me gênes !

Tout cela est extrêmement éprouvant pour les nerfs. Je proposerais bien qu'on bâillonne Tardu et qu'on l'attache sur sa chaise le temps qu'il ait entendu notre histoire, mais je doute que ma suggestion ait l'agrément des personnes présentes.

Enfin, avec beaucoup de patience, de redites, et de précautions oratoires, nous arrivons à faire comprendre à Tardu ce que nous attendons de lui.

Il se gratte le crâne, souffle dans ses joues, regarde ses ongles, fait craquer ses jointures, arrange sa cravate, se racle la gorge, hoche la tête et dit :

— Mec ! C'est quand même pas de pot que j'attends plus de vingt berges l'occasion de te rendre service et que, quand ça se présente, tu me demandes un truc que je peux rien faire pour toi ! Tu viens dix ans trop tard ! C'est pas que je veux pas te faire plaisir mais, comme je te l'ai dit, j'ai lâché tout ce cirque. Le trapèze sans filet et l'entrée dans la cage aux lions, c'est plus de mon âge ni de ma condition. Tu me vois, t'as vu Mireille (non t'as pas vu Mireille, mais fais-moi confiance), tu verras mon bistrot, c'est ça, ma vie. Mon truc maintenant, c'est de servir des demis et des blancs-cassis. Ouvrir un coffre, je voudrais que je pourrais plus. Et encore, tu vois, là, je me vante. Le respect humain comme on dit. La vérité c'est qu'ouvrir un coffre, j'ai jamais su. J'ai jamais ouvert de coffre, mec !

Tiens ! je vais te dire mieux : je me coupe à chaque coup que j'ouvre une boîte de sardines, c'est te dire. Vraiment désolé, mec, mais les galipettes, c'est fini !

Eh bien ! voilà ! J'ai chassé la concierge en banlieue, attrapé des pneumonies, bu des blancs secs et mangé des crêpes fades. J'ai affronté le caquet de Mireille et les biscottos de Jeanjean, nous avons tous fait d'épuisants efforts cérébraux, nous avons bu trop de café, nous allons nous coucher tard, dormir mal et nous réveiller chiffonnés, et tout cela pour rien ! Tout cela pour entendre un ancien faux truand minable, même pas pilleur de troncs vides d'églises pauvres, nous dire qu'il n'a jamais ouvert de coffres et qu'il limite ses ambitions à doser des Vittel-cassis sans en renverser sur les tables. Le professionnalisme part en quenouille, si vous voulez mon avis. Le petit artisanat se meurt et l'amour de l'ouvrage bien faite cède le pas, peu à peu, à la satisfaction, un peu veule, de l'argent facilement gagné.

Il n'y a plus qu'une chose à faire, c'est de lever la séance et d'aller au lit en espérant qu'un supercrack va inventer, dans la nuit, un procédé permettant de faire passer du papier à travers de l'acier sans être obligé d'avoir recours à du trinitrotoluène. Les gens de Yamakoto, tiens, eux qui en connaissent un bout sur l'osmose, ils devraient potasser la question.

— Et si on faisait sauter le coffre à la dynamite, dit Mandoline de sa voix tranquille. Nous, on remettrait les papiers dans les débris et les gens croiraient à un cambriolage avorté.

Tardu la regarde comme il regarderait un serpent à sonnette.

— Mec ! dit-il à Marie-Charlotte. Elle doute de rien ta copine ! de la dynamite ! rue de Marignan ! en étage !

— Ou du plastic, dit Mandoline pas butée.

— Ou du plastic, dit Tardu, ou du TNT, ou de la nitroglycérine ! y a que l'embarras du choix ! Et pourquoi pas la friction de l'atome pendant qu'on y est ? Réflexion faite, tu vois, je ne sais pas si j'aurais pas mieux fait d'aller à Tataouine. Maintenant, j'en serais sorti et je devrais rien à personne. Je te reproche rien, note bien, mais il y a des fois, dans la vie, où on croit faire le bonheur des gens et puis, en toute bonne foi, on se gourre.

Un silence méditatif s'installe, que rompt soudain Anne :

— Et puis zut ! dit-elle. Toute cette affaire ne me plaît pas depuis le début ! On va faire comme convenu : tu me passes un coup de fil dès que G-G revient et je t'apporte le dossier. Ce serait bien le diable si tu n'arrives pas à le glisser sur son bureau. On est en train de compliquer à plaisir un truc qui ne l'est pas.

— Avouez, dit Mandoline, que ce serait encore mieux si M. Tardu nous ouvrait le coffre ! Après tout, il n'y a qu'à lire les journaux, cela se voit tous les jours ! Il y a à Paris des quantités de gens qui ouvrent les coffres illégalement. Il n'y a qu'à entrer en contact avec l'un d'eux, c'est tout simple !

— Ben voyons ! dit Tardu. Y a qu'à mettre une petite annonce dans *Le Figaro* : *« Cherche casseur compétent pour ouvrir coffre discrètement sans rien prendre dedans. »* Rien qu'en la faisant rigoler, vous allez tuer la moitié de l'élite casseuse entre Pigalle et Rochechouart !

Soudain, Marie-Charlotte intervient. Elle dit que, somme toute, l'idée de Mandoline n'est pas si bête et que Tardu, tout bistrotier qu'il soit devenu, a sûrement connu, en son temps, des gens qualifiés et pas encore atteints par l'âge de la retraite. Elle ajoute que s'il consentait seulement à nous mettre en rapport avec l'un de ces spécialistes elle considérerait, elle, Marie-Charlotte, que la dette due au caporal Beauchamp est payée. Elle trouve que cette solution arrangerait, au mieux, les problèmes de tout le monde et demande à Tardu ce qu'il en pense.

Apparemment, Tardu n'en pense pas grand bien. L'idée d'avoir à reprendre contact avec ses anciens camarades de jeu ne semble pas l'enthousiasmer. Il dit, en outre, qu'à supposer qu'il en décide un — ce qui n'est pas du tout prouvé — il faudrait peut-être prévoir une récompense, parce qu'il ne se voit pas bien parti, lui, Tardu, à aller proposer à une vedette de débrider un coffiot avec, pour consigne impérative, de ne rien piquer à l'intérieur.

— Parce que vous ne le savez peut-être pas, dit il, mais ces gens-là, quand ils ouvrent un coffre, c'est pour y prendre des sous. Sale mentalité, si vous voulez, mais c'est comme ça.

— Moi, dit Mandoline, je peux aller jusqu'à 200 francs.

Tardu fait, avec sa bouche, un bruit vulgaire et méprisant.

— Nouveaux ! ajoute Mandoline.

— J'avais bien compris ! manquerait plus que ça soye anciens !

— Moi, dis-je, je pourrais ajouter un petit quelque chose.

Tardu nous regarde avec pitié.

— Un petit quelque chose ! Des miyons ! C'est des miyons qu'il faudrait. Au moins un. Un miyon dans le meilleur des cas ! Qu'est-ce que vous croyez que c'est, ces mecs-là ? des smicards ? Vous avez une brique à mettre dans le commerce ? non ? alors c'est râpé ! Croyez-en un homme d'expérience. Un grand casseur, mais alors, là, ce que j'appelle un-grand-cas-seur, respecté sur la place et tout. À moins d'une brique, il vous soulève même pas une tirelire. Et encore ! S'il le fait c'est pour vous faire plaisir ! C'est parce que vous êtes un pote à lui, ou un pote à un pote à lui, c'est parce qu'un jour vous lui avez fait une fleur, c'est parce que...

Soudain, Tardu reste le bras levé et la bouche ouverte comme quelqu'un qui vient d'être frappé au milieu de ses occupations quotidiennes par l'éclair du génie.

— Attendez voir ! dit-il. J'ai une idée...

Mais il est brusquement interrompu par la sonnette de la porte d'entrée. Nous nous regardons interloqués, Anne et moi, en abaissant les coins de notre bouche pour nous signifier que ni l'un ni l'autre n'attendions d'autres visiteurs.

Anne va ouvrir et revient avec Mireille Tardu et Étienne, le polyvalent.

Bon ! Moi, je ne lutte plus ! Il y a quelque part une coalition de mauvais génies qui a décidé de me plonger dans les imbroglios jusqu'à ce que mort s'ensuive. Pourquoi, tout à coup, Mireille et Étienne ? Je ne sais pas. J'irai même jusqu'à dire que je ne veux pas le savoir tant je suis fatigué. Mireille et Étienne ? Parfait ! Bravo ! encore quelques coups de sonnette et nous verrons apparaître, pourquoi pas ? G-G suivi de deux geishas et de trois samouraïs, Frédérique en uniforme d'infirmière et Ary à cheval avec un casque sur la tête. Je vous en prie, faites comme chez vous ! je ne lutte plus !

Trop, c'est trop ! Qu'on me tue tout de suite et qu'on en finisse ! Hop ! que la maison s'écroule, que la peste bubonique décime la planète, que les petits hommes verts descendent de Mars, que l'univers s'éparpille, ce ne sont plus mes oignons ! Qu'on se débrouille sans moi ! Moi, je vais me coucher, laissant à Mandoline le soin de débrouiller, toute seule, l'écheveau qu'elle a si bien emmêlé.

Pour l'instant, il y a un grand silence compact dans le salon. Tout le monde, debout, regarde tout le monde. Anne interloquée, Mandoline intéressée, Marie-Charlotte intriguée, Tardu empoisonné, Étienne gêné et Mireille concentrée. Moi, comme je l'ai dit, je regarde tout cela avec le détachement souverain de celui qui a cessé d'exister. Mais, comme je suis curieux de nature, réflexion faite, je ne vais pas me coucher. Je reste.

Après s'être, un moment, considérés en silence, tous ces gens-là se mettent, comme il fallait s'y attendre, à parler tous à la fois. Tardu demande à Mireille ce qu'elle vient faire ici avec ce mec, Mireille demande à Tardu où il est ce fameux copain de régiment, Marie-Charlotte demande à Anne qui sont ces gens-là, Mandoline demande à Étienne comment il a fait pour sortir sans Jocelyne, Anne demande à Tardu qui sont cette dame et ce monsieur et Étienne demande à Anne si ce porte-cartes et ces photographies lui appartiennent bien.

Appliquant la théorie de Mandoline je m'aperçois alors que je tiens un bout du fil de l'écheveau et, réclamant le silence, j'essaie de ramener un peu de clarté dans le débat, en commençant par le commencement et en demandant à Étienne où il a trouvé ce porte-cartes.

N'étant plus dans son domaine chiffré, Étienne a perdu de sa superbe. Ce n'est plus lui qui interroge, c'est nous. Ce n'est plus lui qui demande, d'un air soupçonneux : *« c'est quoi, ces 1 283 francs de déjeuner d'affaires ? »* c'est moi, maître de maison ostensiblement raslebolisé par des visiteurs inopportuns, qui demande sèchement comment il se fait que les photos de ma petite sœur soient entre les mains d'un polyvalent qui, pour élégant qu'il soit, ne fait pas, Dieu merci ! partie de nos intimes. Il balbutie, Étienne, ce qui me confirme dans mon idée de ne pas aller me coucher et d'assister à la suite de la représentation. Un contrôleur des impôts qui perd ses moyens en face de moi, c'est quand même une chose à ne pas manquer avant de mourir.

Il ressort des explications balbutiées du sieur Étienne qu'il a ramassé le porte-cartes dans l'escalier de Publipub, qu'il a trouvé dedans une vieille carte de visite de nos amis Leblanpain, qu'il est allé leur demander si les photos étaient à eux, qu'ils ont dit que non mais qu'ils reconnaissaient la dame, qu'ils ont donné notre adresse et que lui, Étienne, honnête et avide de rendre service, est venu rendre le porte-cartes à Anne. Il est arrivé sur le paillasson en même temps que la dame blonde, là, et, comme elle venait de sonner, il est entré en même temps qu'elle. Il a rendu le porte-cartes à Anne et maintenant, comme il ne veut pas s'imposer, il va prendre congé et...

Anne qui n'a encore jamais vu un polyvalent qui ne veuille pas s'imposer, qui, en outre, a le sens de l'hospitalité et qui, de surcroît, est ravie d'être rentrée en possession de ses photos, se récrie : Certes non ! cet aimable monsieur ne va pas partir comme cela ! Et malgré que je fronce mes sourcils pour lui faire comprendre que l'idée de prendre congé était la meilleure qu'eût jamais eue son ramasseur d'objets trouvés après celle d'avoir ramassé son objet perdu, elle l'invite à s'asseoir et lui offre du café.

Étienne fait bien encore quelques manières, ronds de jambes et gna-gna-gnas, mais il reste et s'assied.

— Bon ! dit Mireille. Maintenant que vous en avez fini avec les politesses, excusez-moi si je viens sans avoir été invitée, mais, moi, je suis Mme Tardu ! Je vous demande pardon de m'introduire, mais, l'histoire du copain de régiment, excusez-moi, mais ça m'a paru louche. Tout ce que fait Paul quand je ne le tiens pas par le bras, permettez, mais je m'en méfie. Vieille expérience ! Alors comme il avait écrit l'adresse d'ici sur un bloc, je suis venue voir de quoi il retournait. D'autant qu'il n'y a pas de raison que je fasse pas la connaissance de ce fameux caporal qui a sauvé mon mari du poteau d'exécution et dont j'entends parler depuis des années, pas vrai ? Alors, où il est, ce fameux copain ? C'est pas monsieur, c'est pas non plus le monsieur qui a trouvé les photos. Alors, c'est qui ?

— C'est moi ! dit Marie-Charlotte.

Étourdiment, il faut bien l'avouer. Il eût fallu préparer le terrain avec beaucoup de patience, de détails, et de précisions. Venir faire la connaissance d'un caporal présumé moustachu et se trouver en présence d'une accorte quadragénaire porte facilement des gens d'un caractère moins soupçonneux que Mireille à des méfiances ricanantes et des incrédulités à peine déguisées. Marie-Charlotte a tiré là le mauvais bout de l'écheveau. Mais je vois Mandoline qui s'agite et a, vraisemblablement, décidé de prendre la situation en main. Si elle commence par « c'est tout simple » nous sommes fichus !

— C'est tout simple... dit Mandoline.

— Je pense bien que c'est tout simple ! glapit Mireille (qui de toute façon avait décidé de glapir, quoi que ce soit qu'on lui dise). C'est même aveuglant de simplicité ! Mon mari s'envoie en l'air avec des créatures sous prétexte d'aller retrouver des copains de régiment ! Bien sûr, que c'est simple ! Et vous, ma petite, vous êtes pas un peu simple, de croire que je vais avaler cela ? Ce coup-là, vous êtes un peu jeune pour me l'apprendre ! Vous n'étiez pas née que je le connaissais déjà, le coup du copain de régiment !

— Je vais t'expliquer... dit Tardu.

— Mais comment donc, mon lapin, que tu vas m'expliquer ! Moi aussi, je vais t'expliquer ! mais à la maison !

— Permettez... dit Anne.

— Vous, la taulière !... dit Mireille.

— Eh ! là ! dis-je.

— Calmons-nous ! dit Tardu.

— Pourquoi taulière ? dit Anne.

— Je vais vous dire... dit Marie-Charlotte.

— Ma main sur la figure !

— C'est pourtant clair...

— Viens par ici, toi !...

— Attends qu'on t'explique...

— Ah ! il est beau le beau monde !

— Ça suffit comme ça !

— Vous voulez des baffes !

— Je ne vous permets pas !

— Je vais me gêner !

— Ce café est excellent, dit Étienne.

— Assez ! crie Mandoline, un peu pâle, en repoussant ses lunettes sur son nez.

On s'attend si peu à entendre jaillir un tel paquet de décibels de ce petit visage grave, que tout le monde se tait un bref instant.

— Je reprends, dit Mandoline : c'est tout simple, mais il vaut mieux que ce soient les femmes qui expliquent la situation à Mme Tardu. Si vous voulez bien venir dans la pièce à côté, madame, avec Anne et Marie-Charlotte, nous allons vous mettre au courant. Ensuite, si vous n'êtes pas satisfaite vous pourrez vous remettre à crier.

Mireille est éberluée.

— Les femmes ? que les femmes m'expliquent quoi ? pourquoi les femmes ?

— Parce que les hommes, ça complique toujours tout, dit Mandoline.

Provisoirement domptée, Mireille suit les trois autres femmes dans la pièce voisine et tandis que ces dames l'initient aux aléas de l'appendicectomie, je m'assieds auprès de Tardu qui s'éponge le front, et lui tape amicalement le genou.

— On n'est pas sorti de l'auberge ! lui dis-je.

— Et encore ! c'est pas vous qui allez rentrer à la maison avec Mireille tout à l'heure

— Mais elles sont en train de lui expliquer...

Tardu soupire :

— Mireille, les explications, elle a toujours préféré les siennes !

Étienne, sa tasse vide à la main, vient s'asseoir à côté de nous.

— Vous permettez, dit-il, je sens bien que j'arrive comme un chien dans un jeu de quille dans une querelle familiale où je n'ai rien à faire, et vous m'en voyez confus. Mais je voudrais vous poser une question, si vous le permettez.

On voit comme le ton a changé. Ce n'est plus l'injonction comminatoire en faveur dans les services fiscaux, c'est la phrase de bonne compagnie, poliment tournée et aimablement modulée. On souhaite me poser une question, *si je le permets !* Voilà comment il faut me prendre, moi. Mon percepteur connaîtrait mon point faible (ce qu'à Dieu ne plaise) je lui donnerais plus d'argent qu'il ne m'en réclame

— Je le permets, dis-je d'un ton bienveillant.

— Eh bien voilà ! la dame blonde, qui est-ce, au juste ?

— C'est ma femme ! dit Tardu.

— Non, pas celle-là. Votre femme, je sais, c'est celle qui est arrivée en même temps que moi.

— L'autre, dit Tardu, c'est mon ancien caporal.

Étienne est décontenancé.

— Ah ! vous aviez un caporal A.F.A.T. ?

— Un caporal à fatte ? non. Qu'est-ce que c'est, un caporal à fatte ? C'était un caporal d'infanterie tout bonnement avec juste deux galons de laine rouge. On est là, rapport qu'il m'a sauvé de la mise, avant, quand il était un homme à cause de l'histoire de la Berthe et de la femme du quincaillier, mais vous êtes pas au courant, je vous raconterai après, alors comme on s'était pas vus depuis longtemps ça m'a fait un coup vu qu'il a changé, même qu'il devait épouser la sœur de monsieur mais maintenant elle est divorcée, il paraît, avec deux enfants, pas la sœur de monsieur mais la dame blonde qui est le caporal que je vous cause et qui a eu une mauvaise appendicite qui a tout déclenché, ce qui fait qu'il a pu se marier mais pas avec la sœur de monsieur, avec un autre homme qui est divorcé maintenant comme je vous disais et que c'est comme ça qu'elle a eu deux enfants et qu'il a pas pu épouser la sœur de monsieur à cause de son appendicite. Dites voir, si c'est pas un peu formidable des trucs pareils !

— Eh ? dit Étienne dont l'œil est devenu vitreux.

— Dites donc ! dis-je à Tardu. Il vous a demandé qui était Marie-Charlotte, pas de lui raconter sa vie.

— C'est pour que ça soye plus clair ! dit Tardu.

— Eh bien ! dites donc ! dit Étienne. Ça doit être une histoire intéressante, ça. Mais j'ai perdu le fil. Voilà. Je voudrais reposer ma question mais, si vous le voulez bien, je me contenterai d'une réponse en deux ou trois mots maximum. Qui est la dame blonde qui a une robe bleue ?

— Voilà ! dit Mandoline en revenant dans la pièce avec les trois autres femmes. Tout est arrangé.

— J'ai toujours des papiers sur moi pour prouver les choses, dit Marie-Charlotte, parce que des imbroglios comme cela, ça arrive de temps en temps.

Mireille est rêveuse. Tardu, plein d'espoir, lui demande si elle est convaincue. Elle répond que, bon ! peut-être ! on verra ! puisqu'on le lui dit ! Mais, tout de même, on ne va pas lui dire que c'est bien catholique, tout ça ! Elle regarde

Marie-Charlotte, en coin, comme si notre amie allait, à nouveau, se muer soudain en un fringant caporal.

— Bon ! dit Anne qui, par instants, pourrait briguer la couronne de la reine des gaffeuses. Bon ! alors M. Tardu, votre idée ?

— Mon id... mon... euh !... mon...

— Tu as une idée, mon lapin ? dit Mireille. Une idée sur quoi ?

— Juste comme vous avez sonné, dit Anne qui ne voit pas tous les signaux d'alarme que j'allume dans mes pupilles écarquillées, juste comme vous avez sonné, M. Tardu nous disait qu'il avait une idée pour ouvrir...

— Pour ouvrir la devanture du café, l'été, dit Tardu précipitamment. Tu sais ! j'ai envie de faire une vitrine amovible. Ça nous agrandirait la terrasse et puis ça donnerait de l'air à l'intérieur au mois d'août. Les clients seraient... euh...

La voix de Tardu meurt sous le regard inquisiteur de Mireille.

— Les clients ? dit-elle. Les clients ? à Asnières ? au mois d'août ? Tu es tombé sur la tête ? Au mois d'août, il n'y a pas un chat à Asnières et nous sommes partis en vacances ! Ça va pas, non ?

Les soupçons, c'est manifeste, la reprennent. Que son Popaul traverse Paris nuitamment pour aller retrouver, chez des inconnus, un caporal au sexe imprévisible, pour les entretenir de modifications à apporter à sa devanture afin de rendre son café plus attrayant pendant le mois de fermeture lui paraît un défi au plus élémentaire bon sens.

On ne saurait lui donner tort.

Anne, qui a enfin compris qu'il ne sied pas de parler de nos jeux de société devant Mireille et Étienne, Anne offre, sans conviction, des alcools. Mais, manifestement, chacun se dispose à prendre congé, pour aller réfléchir à tête reposée sur les surprises de la vie, la vanité des choses et la versatilité des sexes.

Anne accompagne les dames dans l'entrée pour leur rendre leurs manteaux. Tardu les rejoint après m'avoir glissé :

— Je vous tiendrai au courant pour Eugène.

Bon ! Il y a un Eugène dans le circuit, maintenant ? Il ne nous manquait plus que lui !

Je reste seul un instant avec Étienne qui me dit :

— Vous ne m'avez pas dit, finalement, qui était la dame en bleu.

— C'est ma sœur. Et ce n'est pas une dame, c'est une demoiselle.

Il a l'air extrêmement soulagé. Sans doute craignait-il qu'elle fût mon ex-adjudant-chef. Il se raidit imperceptiblement et d'une voix solennelle :

— Monsieur, dit-il, j'ai l'honneur de vous demander la main de Mademoiselle votre sœur !

Dès mon arrivée au bureau, ce matin, j'ai mis Mandoline au courant. Toute affaire cessante. Ce n'est peut-être pas gentil-gentil, mais j'en ai plus que par-dessus la tête moi, d'être gentil-gentil ! J'ai bien vu, hier soir, qu'elle regardait encore Étienne avec des yeux au bain-marie et un air de sucer des berlingots ! Et puis, elle lui a demandé d'un ton acide ce qu'il avait fait de Jocelyne. Tout cela inciterait à penser qu'elle s'avance un peu en disant que ce rutilant jeune homme lui est devenu indifférent. C'est une constatation bien déprimante quand on a attrapé la crève à se jouer *La Marche consulaire* le long des Champs-Élysées ! Il n'y a pas de raison pour que je sois le seul à avoir des misères. Puisqu'il est définitivement prouvé qu'il n'y a pas de justice, je vais me la rendre tout seul, la justice ! Je vais être injuste, désagréable, cruel, méchant, impatient, égoïste, mal embouché, violent, capricieux et insupportable ! Comme les autres. Et puis quand j'aurai bien terrorisé tout le monde, quand on n'osera plus me contrarier en rien de peur que je fasse un éclat, je cesserai d'être tout cela, je redeviendrai gentil-gentil et mes intimes découvriront, tandis que des larmes leur monteront aux yeux, que je suis redevenu comme avant, c'est-à-dire parfait, ce qu'ils avaient toujours su mais qu'ils n'avaient jamais, tant cela semblait aller de soi, apprécié à sa juste valeur.

Je peux très bien devenir, à volonté, un personnage odieux. C'est si facile ! Il suffit de se laisser aller aux instincts naturels de l'homme qui sont la violence, la cruauté, l'égoïsme et la rapine, sans se demander *jamais* si l'on va faire de la peine ou du tort à quelqu'un. On vit ainsi frais, rose, comblé, craint et admiré par tout le monde et plus particulièrement par des dames qui n'en passeraient pas le dixième, que dis-je, le millième ! à leur scrupuleux mari lequel, tout entier occupé à ne pas dévier de sa condition d'honnête homme, pousse un jour son dernier soupir sans avoir jamais démêlé s'il valait mieux vivre avec des remords ou mourir avec des regrets.

Mandoline m'a regardé comme à l'accoutumée. Ses grands yeux verts n'ont pas cillé.

— Ainsi, Étienne aime votre sœur ? merci de me le dire.

— Je... je pensais... qu'il valait mieux...

— Que je sache ? certainement. Je sais combien cela a dû vous coûter de venir me dire cela. Je vous remercie. Vous êtes vraiment très gentil.

Voilà le travail ! Dès que je suis méchant on me trouve gentil et on me remercie. J'ai enfin trouvé le bon truc. Tard, mais je l'ai trouvé.

— Pendant que vous êtes dans vos bons mouvements, continue Mandoline, vous devriez aussi aller dire à Jocelyne qu'Étienne aime votre sœur, ça lui fera plaisir également. Et puis, sur votre élan, allez donc dire à Frédérique que vous m'aimez ! Ça va être la vraie fête, au bureau, aujourd'hui, avec un bon petit scout comme vous qui fait B.A. sur B.A. rien que par bonté d'âme !

Ayant dit, Mandoline, toute pâle, tourne les talons et s'engouffre dans le bureau de la comptabilité où la présence permanente de la mère Choisnet semble interdire toute possibilité de conversation privée. Qu'est-ce qui lui prend, à Mandoline ? Elle me fait une scène, ma parole ! à moi ! Et puis elle sort par la porte du fond, la dernière réplique lâchée. Technique bien féminine pour avoir le dernier mot. Mais c'est compter sans les forces du mal qui m'habitent depuis dix minutes. Courtoisie et discrétion ne sont plus les deux mamelles de mon savoir-vivre. Je rouvre, comme en tempête, la porte du bureau et, du seuil, je crie :

— Qu'est-ce que ça veut dire, ça, hein ? Qu'est-ce que ça...

La mère Choisnet lève vers moi son visage mangé par les chiffres et me toise derrière ses lunettes.

— Dites donc, monsieur Mercier, ça ne vous ferait rien de ne pas hurler comme cela ici ? je travaille, *moi* !

Elle n'a même pas l'air surpris que je fasse ainsi irruption derrière Mandoline. Ne serais-je pas la fable du bureau ? le doute m'en effleure. Ce genre de choses va très vite dans les communautés présumées laborieuses. Logiquement cette taupe sénile aurait dû me demander ce que je voulais à Mandoline. Il faut croire qu'elle le sait.

Mandoline n'a pas levé le nez de son registre. Je ne garantirais pas l'exactitude des opérations qu'elle est en train de faire. Sa main droite tremble et son index gauche, au lieu de repousser ses lunettes sur son nez, se glisse sous les verres, furtivement.

— Alors ? monsieur Mercier ?

— Excusez-moi, madame Choisnet, je voudrais dire un mot à Mandoline.

— Mademoiselle Maigron a du travail. Je vous serais obligée de vous adresser à moi s'il s'agit d'une question professionnelle ou d'attendre après les heures de bureau s'il s'agit d'affaires privées.

Puis, elle replante son nez pointu exactement entre le Doit et l'Avoir, et décide d'ignorer ma présence.

Mandoline renifle.

Je me replie sur l'atelier de dessin, dans le calme et la dignité, non sans avoir claqué sur moi la porte de la comptabilité, pour apprendre au pêne et au chambranle qu'on ne me parle pas, à moi, sur ce ton-là.

— Qu'est-ce qui t'arrive, dit Lucas, on t'entend hurler

dans toute la maison. Tu as trouvé un nouveau slogan, ou quoi ?

Je prie Lucas de se cantonner strictement à ses oignons, je m'affale sur ma chaise et je mets mes pieds sur ma table à dessin parce que j'ai à réfléchir, que tous les gens qui ont une forte personnalité agissent ainsi et que tout le monde à l'air de trouver cela normal.

Lucas fait une réflexion sur les gens qui développent une grosse tête dès qu'ils ont trouvé un petit slogan de quatre sous, mais je décide d'ignorer ces insinuations malveillantes. J'ai d'autres soucis.

D'abord, où Mandoline a-t-elle pris le droit de me dire que je l'aimais comme si c'était un reproche ? Je sais bien que je le lui ai dit. Mais elle n'a pas le droit de concrétiser ainsi, à son profit, un mien état d'âme dont je ne lui ai fait part que succinctement. Certes, je l'ai embrassée et je lui ai dit que je l'épouserais, mais je ne sache pas que j'aie jamais pris ses mains dans les miennes, au clair de lune et sur le bord d'un étang, ni couché par terre devant sa porte, ni écrit des poèmes en alexandrins, ni joué du luth sous son balcon ! Je ne l'ai pas non plus attendue sous la pluie, je ne lui ai pas téléphoné à deux heures du matin, je n'ai pas gravé nos initiales sur des troncs d'arbre, bref, je n'ai pris aucune de ces initiatives poétiques par lesquelles les jeunes filles comprennent qu'un monsieur aspire à les allonger auprès de lui, dans un lit. C'est quand même un comble ! Elle ne veut pas m'entendre lui dire que je l'aime et elle s'en sert comme d'un argument pour m'envoyer dire à Frédérique...

Oui ! à propos : Frédérique ! je débarque, moi ! Frédérique m'aimerait ? Il est vrai qu'elle est d'une bien touchante sollicitude avec moi. Ma santé paraît la préoccuper beaucoup. Mais enfin, je ne peux pas dire qu'elle ait cherché à me renverser sur la moquette de son bureau en me mordillant le lobe de l'oreille, ni qu'elle m'ait coincé dans l'ascenseur pour me passer la main dans les cheveux, ni quelle m'ait collé de force ma main sur son sein gauche pour me prouver qu'elle fait de l'asystolie, ni qu'elle ait commencé à se dévêtir en disant qu'il fait chaud pour la saison, ni aucune de ces provocations amusantes par lesquelles un monsieur subodore qu'une dame souhaite effeuiller des marguerites en sa compagnie.

Il se passe des choses, dans cette maison, qui paraissent me concerner directement et que je suis le seul à ignorer.

— Lucas, dis-je, excuse-moi pour tout à l'heure, mais j'étais mal luné.

Lucas dit qu'il ne m'en veut pas, que c'est bien normal, que c'est la ménopause, que, des fois, le démon de midi, cela vous transforme un bonhomme à tel point que même sa femme ne le reconnaît plus. Surtout sa femme ! Je lui demande de laisser tomber ses plaisanteries de garçon de bains et j'ajoute qu'il me rendrait un signalé service en me racontant les potins du bureau, sujet auquel je n'ai jamais accordé qu'une attention distraite, mais dont je sais qu'il est friand.

Il se fait un peu prier, pour la forme, mais je le connais assez pour savoir qu'il se réjouit de pouvoir faire sa cancaneuse, particulièrement si je fais partie de la distribution. J'apprends ainsi que l'on soupçonne le petit Jean-Philippe d'être homosexuel, que G-G, notoirement, reste à Tokyo plus longtemps que prévu pour s'adonner à l'étude approfondie de la langue japonaise, que Véronique serait enceinte et que Julien n'y serait pas étranger, que le contractuel (il veut dire Étienne) ne sortirait plus avec Jocelyne, que Jocelyne fait, maintenant, le siège de François, que Messaline (il veut tire Mandoline) est mordue pour le contractuel, que Frédérique est amoureuse de moi, gros comme une maison, et est-ce que je fais semblant de ne pas le savoir ou vais-je mourir idiot ? Il paraît également qu'on chuchote avec conviction que je cavale après Messaline d'une façon indécente, et qui donne à penser sur les idées folâtres qui peuvent prendre corps derrière des tempes grises. On fait des paris, paraît-il, mais gentiment, sans jalousie car Mandoline, à ce qu'il semble, n'excite que moi dans la maison. Lucas ajoute qu'il n'y a hélas rien à dire sur la mère Choisnet et que c'est dommage parce qu'on n'a pas tellement d'occasions de rigoler, et il constate avec regret que le seul problème qui n'ait pas été résolu par le *brain-trust* du cœur, c'est celui du contractuel, qui vient de passer trois jours à la terrasse du café d'en face à guetter la porte de l'immeuble, sans que personne puisse savoir qui il attendait d'en voir sortir.

Moi, je le sais, mais du diable si je livre mes secrets de famille à cet indélicat personnage.

Sur sa lancée, Lucas veut aussi me donner les derniers pronostics sur les noms des collaborateurs qui vont être mutés à l'agence de Marseille mais cela ne m'intéresse pas. Je le remercie et me replonge dans mes méditations parce qu'il vient de me faire repenser à Étienne.

Celui-là, aussi ! Quelle idée saugrenue de venir demander la main d'une sœur à son frère à une époque où l'on ne demande même plus la main d'une fille à son papa ! Sur le moment j'ai été tellement stupéfait que je n'ai rien répondu. Il m'a regardé une seconde en silence puis, pensant, avec juste raison, qu'une information aussi surprenante devait être longuement digérée, il est allé prendre son manteau et il est parti après avoir serré la main d'Anne, qui lui a dit (maintenant que j'y pense) : *« Au revoir, merci encore et à bientôt ! »*

Il est vrai qu'à Paris les « à bientôt » et les « on se téléphone » s'échangent si couramment entre gens qui n'ont nulle intention de se revoir, que cela ne tire pas à conséquence. Mais, tout de même, je vais discrètement sonder Anne. D'autant que, quand tout le monde a été parti (cela me revient maintenant), elle a dit à la cantonade : *« Il est charmant, ce monsieur. »* Je ne pense pas qu'elle parlait de Popaul Tardu.

Et Tardu, avec son Eugène ! Qu'est-ce que c'est encore que celui-là ? le casseur, probable, qu'il a trouvé pour nous ouvrir le coffre. Tiens ! le coffre ! je ne pensais plus au coffre ! Voilà comment je suis devenu, moi, au milieu de ce maëlstrom : intrépide ! G-G peut arriver d'une minute à l'autre, et, au lieu de paniquer, qu'est-ce que je fais ? je reste impassible et serein, les deux pieds sur la table, mon clair regard fixé sur la ligne verte de la jungle amazonienne où me guettent, tapis dans des fourrés épineux, des patrons imprévisibles, des femmes qui m'aiment, des femmes qui ne m'aiment pas, des dossiers incandescents, des truands de banlieue et des voleurs de sœur ! le vrai aventurier ! Il ne manque que les piranhas, mais, pour ce qui est de me ronger, je me suffis à moi-même.

Ary se ramène et nous fait quelques commentaires oiseux, s'étonne de me trouver les pieds sur le bureau, à ne rien faire, et se voit envoyer sur les roses, dans le rebond.

— On nous l'a changé, dit-il à Lucas, qu'est-ce qu'il a ?

— L'amour ! dit Lucas.

— Fermez-la tous les deux, dis-je, je n'ai pas envie de plaisanter, c'est tout.

— Si c'était un effet de ta bonté, dit Ary, je te rappelle qu'amoureux ou pas, j'attends ta maquette pour les biscuits Blond, et pour le savon Podouss.

Je lui dis que Podouss, je ne pense qu'à ça. Je tends la main, je tire la maquette des biscuits d'un carton à dessin et je la lui tends. Comme elle est, à mon avis, absolument géniale, il ne peut que la prendre, ne rien dire et s'en aller avec.

Encore une chance que je travaille vite, car avec toutes ces heures supplémentaires que je fais pour résoudre les problèmes de la population parisienne, il ne manquerait plus que je me retrouve chômeur !

Où j'en étais, moi ? on est tout le temps dérangé dans cette boîte ! Ah ! oui ! le patron. Il faut tout de même que j'aille me renseigner auprès de Frédérique, au cas où elle saurait quelque chose. J'informe Lucas que je suis chez Frédérique. Il me regarde comme s'il allait en sortir une bien bonne, puis, voyant que, de face, j'ai un œil qui ressemble à un bazooka et l'autre à un lance-flammes, il se ravise fort à propos.

— Rien ! dit Frédérique. Il téléphone de temps en temps pour prendre des nouvelles mais il ne dit rien quant à son retour. Je vous l'avais dit, vous vous souvenez ?

Je m'en souviens. Mais il ne faut pas tant de temps pour signer un contrat avec Yamakoto. Je sais bien qu'il y a la politesse japonaise, les courbettes, les formules, le saké, le bain en commun et tout ça, mais, une fois venu à bout du rituel, il ne s'agit jamais que d'apposer un paraphe énergique au bas d'une feuille de papier de riz !

Frédérique, dans un sourire, me dit qu'il y a peut-être aussi de la faute de Mlle Yoko-Isha.

Je m'enquiers, aussi innocemment que si Lucas ne m'en avait pas déjà touché deux mots, et Frédérique, qui paraît avoir oublié que dans « secrétaire » il y a « secret », se fait un plaisir de me dire tout ce qu'elle sait, c'est-à-dire pas grand-chose, mais qui suffirait néanmoins pour que Mme G-G, si elle était au courant, prenne le premier Boeing pour Tokyo, les bras chargés d'instruments contondants.

Tout cela est fort romanesque mais ne me renseigne guère quant à la proximité du retour du patron. Frédérique me dit encore qu'elle a vu (tout à fait par hasard !) une photo de Mlle Yoko-Isha et que c'est une fort charmante personne.

— Seulement, ajoute-t-elle, elle a bien vingt-cinq, vingt-six ans de moins que lui.

— Et alors ? dis-je.

— Oh ! Michel ! Ça ne vous semble pas énorme comme différence d'âge ?

— À qui ? à moi ? Non ! Vous avez déjà vu des hommes prendre des maîtresses de leur âge ?

— Je ne vous parle pas de maîtresse. Je veux dire : pour vivre ensemble ?

— Mais G-G n'a pas l'intention d'épouser Mlle Yoko-Isha, que je sache ?

— Je ne vous parle pas de G-G.

— Qui, alors ? Qui a l'intention d'épouser Mlle Yoko-Isha ?

— Je ne vous parle pas de Yoko-Isha.

— Vous savez, Frédérique, que votre conversation devient difficile à suivre. Vous parlez de qui, au juste ?

— Je parle en général.

On se regarde sans rien dire. Enfin... *elle* me regarde. Moi, je ne voudrais pas avoir un regard trop fuyant mais, les gens qui me parlent en général pour que je leur réponde en particulier, ça ne me porte pas à la conversation.

— À mon avis, dit Frédérique, elle fait un transfert.

— Qui ?

— Yoko-Isha.

— Ah ! bon ! on revient au particulier ? Un transfert de quoi ? de yens ?

— Un-trans-fert ! Vous ne savez pas ce que les psychologues appellent un transfert ?

Oh ! ciel ! S'il y a des gens que je n'aime pas voir arriver dans la conversation (ni où que ce soit, d'ailleurs) ce sont les psychologues et leur psychologie, comme aussi les psychiatres et leur psychiatrie. Pour ce qui est d'empastrouiller les choses simples et d'emberlificoter les cas limpides, ce sont des maîtres incontestés. Ils traquent sans pitié le solide bon sens et le deux et deux font quatre, se paient de mots, se gargarisent de formules, se gonflent de jargon et knockisent à tout va, en assurant à des multitudes d'innocents béats que tout individu normal est un anormal qui s'ignore. Chaque fois qu'un psy-quelque chose se pointe à l'horizon, on peut être sûr que la situation va se compliquer. Surtout quand elle est simple.

— Si ! dis-je à Frédérique. Je sais ce que les psychologues appellent un transfert. Et alors ?

— Et alors. Je parierais que Mlle Yoko-Isha n'a plus son père.

— Ah bon ?

— Et que c'est pour cela qu'elle s'attache à G-G.

— Certainement, dis-je. Et vous, vous savez ce que les psychologues appellent dollar ?

— Vous êtes insupportable, dit Frédérique, on ne peut pas parler sérieusement deux minutes, avec vous.

— Parce que vous parliez sérieusement ?

Frédérique me regarde et charge ses beaux yeux de messages que je me refuse absolument à décoder.

— Je parle très sérieusement. Pensez-y.

— À Yoko-Isha ?

Frédérique soupire et commence à classer des papiers pour me montrer qu'elle a terminé son numéro de psychologie amusante. J'ébauche un mouvement pour quitter le bureau.

— Michel !

— Oui ?

— Ça va, vous, en ce moment ?

— Bof ! couci-couça !

Je sors avec le sentiment que j'ai encore fait une B.A. Frédérique a l'air plutôt contente que j'aille, bof, couci-couça.

Je rencontre Mandoline dans le couloir et je la retiens par le bras.

— Mandoline. Vous avez encore votre père ?

— Mon père ? mais non, vous le savez bien. Pourquoi ?

— Pour rien.

Ça devrait marcher, pourtant ! Mais ce que le docteur Frédérique ne sait pas, c'est que Mandoline a le transfert lent, et que notre petite amie expliquée par la psychanalyse, c'est Maupassant illustré par Picasso !

— Tu sais qu'il m'a demandé ta main ?

— Ma main ? Qui ?

— Le mirliflore, hier soir. Le type qui t'a rapporté tes photos.

— Il t'a demandé ma main ? à toi ?

— Oui ! à moi ! Il m'a demandé, à moi, ta main à toi ! Il veut t'épouser, si tu préfères.

Anne se laisse tomber dans un fauteuil, écarquillant ses yeux, un peu pâle.

— Mais il ne me connaît pas !

J'explique à Anne qu'Étienne (je m'aperçois que je ne connais même pas son nom de famille à cet olibrius !) a dû tomber amoureux d'elle par photos interposées, puisqu'il a passé trois jours à la terrasse d'un café, dans l'espoir de la voir revenir à Publipub, avant de se décider à aller s'enquérir de son adresse chez les Leblanpain.

— Mais c'est fou, ça ! dit Anne. Enfin, Michel ! Qu'est-ce que tu as dit ?

— Rien. Je suis resté la bouche ouverte, alors il est allé prendre son manteau, il t'a serré la main et tu lui as dit *« à bientôt »*.

— Moi ? je lui ai dit à bientôt ? Moi ?

— Oui, toi.

— Mais Michel, j'ai dû dire ça... je ne pensais pas... mais pourquoi te demander... Il t'a pris pour mon père ?

— Je t'en prie ! nous n'avons, toi et moi, que dix ans de différence.

— Il y a des cas de précocité.

— Bon ! Mais ce n'est pas cela. Quelque aimable que soit ta réflexion, il sait que tu es ma sœur.

— Ça t'ennuie de passer pour avoir été précoce ?

— Ça m'ennuie de passer pour ton père !

C'est vrai ça ! Quoi ! enfin ! Lucas qui me parle de mes tempes grises, l'autre, cet après-midi, qui me fait des finesses psychologiques, celle-ci qui se met à jouer à la fillette. Je commence à en avoir ma claque, moi, de ce genre de réflexion ! Chez Sagan, quand le quinquagénaire paraît, la minette se pâme. Et elle a de gros tirages, Sagan. Alors ? elle sait de quoi elle parle, non ? Je ne dois pas fréquenter les gens qu'il faut.

— Je n'en reviens pas ! dit Anne.

— Et qu'est-ce que tu en penses ?

— De quoi ? de sa demande en mariage ?

Anne rit. Elle dit qu'elle n'en pense rien et que ce type

est sûrement cinglé. Ça ne se fait plus depuis cent ans de demander la main d'une fille sans lui en avoir, au moins, touché deux mots auparavant. Surtout d'une fille de trente-cinq ans ! Mais où il se croit, celui-là ? Dans un roman de Balzac ?

— Plutôt dans une pièce de Labiche, dis-je. Et s'il t'en touche deux mots, comme tu dis, qu'est-ce que tu lui réponds ? il te plaît ?

Anne hausse les épaules. L'énormité de la situation l'a, jusqu'à présent, empêchée de considérer la question sous cet angle.

— Ben... il... il n'est pas mal, pas vilain, gentil, même. Mais ce culot !... Qu'est-ce qu'il fait dans la vie ?

— Polyvalent !

— Lui aussi ?

— C'est le même.

— C'est le polyvalent de Mandoline ?

Anne est atterrée à l'idée de ravir à Mandoline l'objet de sa passion. Je la rassure en lui affirmant que notre amie est de moins en moins passionnée par Étienne et que, d'ailleurs, comme ils ne sont manifestement pas faits l'un pour l'autre, ce serait un service à lui rendre que de...

Anne cesse de rire et me dévisage d'un œil froid.

— Tu me brades, si je comprends bien !

— Je te ?...

— Tu ne vas tout de même pas me jeter dans les bras de ce type pour avoir les coudées franches avec Mandoline ?

Elle aussi !

— Quelles coudées franches ? dis-je bêtement, comme toujours quand je suis pris en flagrant délit d'hypocrisie.

— Tu sais très bien ce que je veux dire. Je sais que Mandoline te plaît, mais au point de m'inciter à épouser ce !... Si ça se trouve il ne t'a rien demandé du tout ! C'est toi qui lui as proposé de m'épouser !

— Oh ! écoute ! ne dis pas de sottises ! j'aime bien Mandoline mais...

— Mais ! Mais ! Mais ! Et tes regards ? Tu ne te vois pas

la regarder, Mandoline ? Vous êtes rigolos, les hommes ! Vous vous contrôlez, vous ne parlez pas à tort et à travers comme nous, vous gardez votre sang-froid, vous surveillez vos gestes, mais vous ne vous imaginez pas une seconde qu'on voit vos yeux !

— Mes yeux !

Anne insiste : mes yeux ! Il paraît qu'on lit dans mes yeux que je suis fou, dingue, amoureux perdu de Mandoline, que j'en deviens marteau, obsédé, halluciné ! Que j'en arriverais à bazarder ma petite sœur au premier venu ! Tout ça dans mes yeux ! Il paraît que je ne regarde pas Mandoline comme, par exemple, Marie-Charlotte ou Mme Chou qui vient faire notre ménage. Il paraît que, dans mes yeux, se reflète toute la concupiscence de mon âme et la lubricité de mes désirs. Il paraît que... Bouh ! qu'est-ce qu'il n'y a pas, dans mes yeux ! Il va falloir que j'aille me regarder dans une glace, ce doit être intéressant. Enfin, voilà qui expliquerait que Frédérique, Lucas et même la mère Choisnet semblent lire en moi comme en un livre ouvert, et, par le truchement d'autres personnes moins discrètes, tiennent tout Publipub au courant de mes turpitudes morales. Je vais, dorénavant me balader les yeux baissés ou porter des lunettes noires. C'est embêtant de s'être toujours pris pour un mur et de s'entendre dire qu'on est une palissade.

Anne, qui vient de piquer une grosse colère, se rend compte qu'elle est allée trop loin et se jette dans mes bras en pleurant d'énervement et en me demandant pardon de ses soupçons idiots. Je l'embrasse sur les cheveux en lui pardonnant, et d'autant plus volontiers que ses soupçons n'étaient pas si idiots que cela. Non que je l'eusse « bradée », ainsi qu'elle dit, au sémillant Étienne, mais, l'espace d'un instant, l'opération m'avait paru intéressante. Comme le disait je ne sais plus quel brillant penseur : *« L'honnêteté ne consiste pas à n'avoir pas de mauvaises pensées, elle consiste à ne pas les mettre en pratique. »*

— Bref ! dis-je, il ne s'agit pas de Mandoline et moi, mais d'Étienne et toi.

— Il ne s'agit de rien du tout ! dit Anne. Tu diras à ce monsieur que je ne l'épouse pas, un point c'est tout ! Qu'est-ce que c'est que ce genre ?

— Ma vieille tu le lui diras toi-même. Il va bien falloir qu'il finisse par t'en parler, ne serait-ce qu'à la mairie ou à l'église.

Anne dit que c'est très drôle et que c'est bien le moment de faire de l'esprit, vraiment ! Elle continuerait sur ce ton persifleur si on ne sonnait à la porte d'entrée.

C'est Marie-Charlotte qui passait par là et vient nous proposer d'aller au cinéma avec elle. Anne accepte d'enthousiasme. Moi, je refuse. Je n'aime pas tellement ressortir une fois que je suis rentré. Je leur dis d'y aller seules. Moi je vais bouquiner et écouter des disques.

J'entends Anne, qui se prépare, donner son sentiment à Marie-Charlotte avec cette voix de ventriloque que prennent les dames qui parlent en se passant du rouge à lèvres.

— Lui, tu sais, c'est pantoufles, télé, bouquins et électrophone, le soir.

— C'est pas si bête, dit Marie-Charlotte.

— Non évidemment, dit Anne. Tous les goûts sont dans la nature ! Ça te plairait, toi, si tu avais vingt et un ans, ce programme de soirées folichonnes ?

— Pourquoi, dit Marie-Charlotte, candide. Je n'ai pas vingt et un ans.

Mais Anne a dû lui faire un clin d'œil aussi gros que ses sous-entendus, dans la glace. Marie-Charlotte se reprend :

— Ah ! Oui ! vingt et un ans ! Oh ! là là ! non alors ! dis donc ! ce que ça me barberait !

Elles m'agacent tellement avec leurs gros sabots que je n'ai même plus envie de les mordre quand elles m'embrassent avant de partir.

Je me jette dans un fauteuil, sans livre, sans disque, sans rien. Elles ont quand même réussi à me gâcher ma soirée !

Le retraité au visage rougeaud, vêtu d'un tablier de jardinier et coiffé d'un chapeau de paille, se redresse de dessus les salades qu'il était en train d'écheniller et nous lance un regard rien moins qu'amène.

— C'que c'est ?

— Eugène ! dit Tardu, c'est moi, Paulo ! Tu me retapisses pas ?

Eugène ne « retapisse » pas Paulo tout de suite. Il fronce les sourcils dans l'ombre de son chapeau, gratte les poils blancs mal rasés de son menton et s'éclaircit la gorge.

— Paulo ? Quel Paulo ? Paulo de Belleville ?

— Sûr ! mec ! Paulo de Belleville ! Dis donc, ça fait un bail !

D'un grognement, le jardinier admet, qu'en effet, ça fait un bail, mais on ne saurait dire qu'il déborde d'enthousiasme. De Paulo de Belleville, son regard dérive sur nous. Un regard méfiant.

— Et ceux-là, qui c'est ?

— C'est des potes à moi !

— Ah bon ! Tu voulais quoi ?

— Eh ben !... Te dire bonjour... te... te présenter mes potes.

— Ah bon !

— Parler du vieux temps, quoi.

— Ah bon !

— Tu nous fais entrer ? il faut que je t'affranchisse.
— Ah bon ! m'affranchir de quoi ?
— De la chose que je veux te causer.
— Ah bon ! tu veux me causer de quelque chose ?
— Tout juste, Eugène. Mais on serait plus au frais chez toi.

Depuis une heure, Tardu et moi arpentons les banlieues potagères à la recherche du Clos des Lilas, retraite champêtre d'Eugène Maltoison dit Doigts d'Or, dit La Finesse, dit La Terreur des Coffiots. Mandoline, inévitablement, est avec nous.

Hier nous nous sommes réconciliés. Je l'ai croisée dans le couloir, à Publipub, et, comme elle continuait son chemin sans paraître m'avoir vu, je me suis arrêté et j'ai dit :

— Mandoline !

Elle s'est arrêtée, retournée, le visage encore fermé, puis, se détendant, est venue vers moi en esquissant l'un de ses rares sourires.

— Oh ! Michel, dit-elle, c'est trop bête !

Je la tiens par les épaules. Elle, elle a ses deux mains appliquées contre ma poitrine. Je sens sa bonne odeur de biscuit frais et j'ai faim d'elle.

— Vous avez été dire à Jocelyne, qu'Étienne ?
— Non.
— Et à Frédérique que ?...
— Non plus.
— Excusez-moi ! j'ai été stupide. Vous ne m'aimez pas, n'est-ce pas ?

La bonne réplique à cela, la réplique éprouvée dans 1 293 romans, 133 pièces de théâtre et un nombre incalculable de films, c'est : *« Non ! je ne vous aime pas !... »* *« Ah ! »* fait, soulagée, ou paraissant l'être, la partenaire. *« ... Je vous adore ! »* continue le séducteur. Cela produit un gros effet de surprise parmi les spectateurs ou lecteurs, quoique de moins en moins fréquemment, il faut le reconnaître. Mais moi je ne suis pas pour les adaptations. Je fais mon dialogue tout seul, comme un grand.

— Je vous aime ! dis-je.

Il vaut ce qu'il vaut, mon dialogue, mais c'est le mien !

Mandoline soupire, sourit et se recule en prenant appui sur ses mains qui sont à plat sur ma poitrine, ce qui fait que je ne sais pas bien si elle s'écarte de moi ou si elle me repousse.

— Restons bons amis ! dit-elle (car elle, elle ne refuse pas de prendre son texte chez les auteurs classiques).

— C'est ça, dis-je platement, c'est ça !

Il n'y a pas urgence, j'ai toute sa vie devant moi.

Présentement nous sommes donc dans la cuisine d'Eugène, dit Doigts d'Or, dit La Finesse, qui nous a invités à entrer chez lui sans paroles superflues ni cordialité excessive :

— Bon ! Ben entrez mais grattez vos pieds. Me filez pas des graviers partout !

Dire qu'il semble ravi d'avoir retrouvé Tardu serait affabuler, et Dieu sait que ce n'est pas mon genre !

Nous sommes assis sur des chaises de paille autour de la table de la cuisine. Eugène nous a servi du vin blanc dans des verres à moutarde posés à même la toile cirée. Ma chaise étant proche de celle de Mandoline, nos jambes se touchent sans que nous nous en apercevions. La pièce sent le poireau, la serpillière humide et le café refroidi. Sur le buffet un gros réveil tictaque et un robinet goutte quelque part. La Finesse tourne pensivement son verre dans sa main en expliquant à Tardu, d'une voix posée, qu'il est bien toujours le même abruti qu'il a connu jadis et qu'il faut qu'il s'en tienne une sacrée couche, pour venir chez lui avec deux citoyens qu'il ne connaît ni d'Ève ni d'Adam, pour lui demander d'ouvrir un coffre-fort, à lui, Eugène, qui après une carrière tumultueuse a réussi à faire oublier sa mauvaise réputation à des tas de malintentionnés. À un homme qui plante ses poireaux, paisiblement, dans l'oubli des offenses, en attendant de passer l'arme à gauche avec la bénédiction des Églises, événement qui ne saurait tarder si tous les malfrats sans cervelle qu'il a plus ou moins fréquentés dans le temps se mettent à venir lui parler du passé en amenant des témoins dont il ne sait même pas si (sans nous offenser), à peine sortis d'ici, ils ne vont pas aller vendre leur salade à la commère de *France-Soir,* personne dont lui, Eugène, lit la prose avec intérêt mais qu'il préfère tenir à distance de ses plates-bandes.

— Eh ben ! dit Mandoline, c'est une longue phrase !

Eugène vide son verre et nous ressert une tournée de blanc.

— Ma petite dame, c'est une longue phrase exprès, pour que ça rentre bien dans la tête pleine de mou de veau de cet abruti de Tardu. Mais, pour vous et le monsieur qui avez l'air d'avoir l'esprit plus vif, ça peut se résumer en quatre mots : caltez et bouclez-la !

Mandoline bat des mains.

— Oh ! dit-elle. Quand vous parlez comme ça, c'est fou ce que vous me rappelez mon grand-père !

— Ah ouais ? dit Eugène. Eh bien ! ça non plus ça ne prend pas ! Le coup du vieux crocodile qui s'attendrit parce que la mignonne lui parle de son bon vieux grand-père, s'il ne me restait pas un fond d'éducation, je vous dirais le cas que j'en fais.

— Bref ! dis-je, c'est râpé ?

— Je vois que vous aimez la concision autant que moi, dit Eugène. On ne saurait mieux dire en si peu de mots ! c'est râpé ! Là-dessus, si vous voulez bien m'excuser, mais j'ai encore deux carrés de batavia à m'occuper avant ce soir et, comme on dit, c'est pas de causer qui fait avancer l'ouvrage.

Il plaque ses mains sur la table, de chaque côté de son verre, et se lève lourdement pour nous indiquer que la conférence est terminée.

— Assieds-toi, dit Tardu, tu n'oublies qu'un petit détail.

Eugène, avec un sourire qui indique qu'il a toutes les patiences mais qu'il ne faudrait tout de même pas envoyer le bouchon trop loin, Eugène se rassied en nous assurant qu'il n'oublie jamais aucun détail, petit ou grand, don naturel qui lui a permis d'être là, aujourd'hui, à planter ses choux au lieu de fabriquer des cintres à Clairvaux. Cependant, bon prince, il veut bien écouter Tardu encore deux minutes, montre en main, après quoi il aura l'honneur et l'avantage de l'attraper par le fond de sa culotte et de le jeter dans la rue par-dessus ses massifs de chrysanthèmes nains. Tardu ne paraît pas impressionné. Se servant un vin blanc que personne ne lui offre, il se borne à rappeler à Eugène que, quelque vingt ans auparavant, il a rendu à celui-ci un signalé service et qu'il ne serait que juste que l'ascenseur lui fût renvoyé.

— Un service ? dit Eugène. Quel service ?

— Tu sais, la chose que je t'ai débarrassé, dit Tardu. Eh bien ! tu fais ce qu'on te demande ou je te la renvoie franco de port !

Eugène repousse son chapeau de paille sur l'arrière de sa tête et change de visage.

— Comment ça, tu me la renvoies ? Tu pourrais ?

— Et comment que je pourrais ! Avant ce soir si je veux !

— De quoi parlez-vous ? dit Mandoline. On ne pourrait pas être mis au courant ?

— Non, dit Tardu, ça ne vous regarde pas. L'essentiel c'est que mon pote entrave. Et il entrave, mon pote, regardez-le. Pas, Eugène, que t'entraves ?

Apparemment, Eugène entrave. Il ôte son chapeau, s'essuie le front avec son tablier de jardin et paraît, tout à coup, beaucoup moins sûr de lui qu'avant.

— Mec ! dit-il, tu ne me ferais pas ça !

— Je me gênerais ! dit Tardu.

Eugène reste silencieux un moment, mais tout dans son attitude indique que, peu à peu, il capitule. Nous ignorons ce qu'est « la chose » mais, à l'évidence, il aime encore mieux venir tourner les boutons d'un coffre que de la récupérer, même franco de port. Il tente, d'une voix blanche, de placer un dernier argument :

— Mais je croyais que tu l'avais... euh !... tu bluffes ?

— Je bluffe peut-être, je bluffe peut-être pas ! C'est un risque à prendre.

Eugène s'incline. Il nous assure, à Mandoline et moi, qu'avec son palmarès, sa réputation, son casier judiciaire et ses antécédents, ce n'est pas avec une joie folle qu'il va nous rendre le petit service que nous lui demandons, mais qu'il est obligé de s'incliner devant le chantage nauséabond de cette ordure de Tardu à qui il promet, en tout cas, si l'affaire doit mal tourner, de ne pas l'oublier dans ses prières et de le pistonner vigoureusement auprès de la maison Poulaga.

— La police, traduit Mandoline à l'intention du demeuré que je suis.

— La police, parfaitement, dit Eugène. Je vais, avec ton copain, faire son boulot, Tardu, mais je te préviens : si je tombe, tu tombes !

Tardu soupire et me regarde.

— Et tout ça pour une bouseuse que j'ai même pas sautée ! Parce que, il y a un truc que je lui ai jamais dit, à Germain : Jardon est arrivé trop tôt dans la grange. On était juste en train de faire connaissance, la Berthe et moi !

— De quoi tu causes ? dit Eugène.

— De rien qui t'intéresse, dit Tardu, de ma jeunesse romantique.

— Comment se fait-il, dit Mandoline sur le chemin du retour, qu'après avoir ouvert tant de coffres-forts votre ami soit dans une situation si modeste ?

— Les gailles, dit Tardu, les brèmes, les bobs, les courtines !

— Les quoi ? dis-je.

— Les chevaux, dit Mandoline, les cartes, les dés, les courses ! Elle me caresse la joue : Mais vous ne savez donc rien ?

Je ne sais rien. Sinon qu'elle m'a caressé la joue. En marchant je la prends par la taille et elle ne se dégage pas, comme d'habitude, en me demandant à quoi ça m'avance.

Elle se serre, même, contre moi !
Le vin blanc, sans doute !

— J'ai revu ton bonhomme, dit Anne.

— Mon bonhomme ? Quel bonhomme ?

— Ton polyvalent !

Il attendait Anne devant la porte, ce matin, paraît-il, et Anne en a profité pour lui expliquer vertement ce qu'elle pensait des demandes en mariage par personne interposée. Elle lui a dit, également, que la moindre des choses aurait été de lui demander, d'abord, à elle, ce qu'elle pensait de lui et qu'elle en aurait profité, alors, pour lui conseiller de se vêtir avec un peu plus de discrétion. Anne m'affirme qu'il ne pipait mot et même, curieusement, qu'il avait l'air étrangement ravi.

— Parbleu ! Tu t'arrêtes pour lui parler et tu t'intéresses à sa vêture ! Il est ravi, cet homme-là. Tu ne lui as pas dit qu'il était beau, j'espère ?

Non, tout de même, elle ne lui a pas dit qu'il était beau. Elle lui a simplement dit que, pas vilain comme il était, il aurait intérêt à raccourcir ses cheveux sur les côtés et à laisser juste des pattes. Elle lui a dit qu'il avait résolument tort de porter une cravate verte sur une chemise mauve avec des chaussettes rouges et un pantalon bleu. Elle lui a dit que, de toute façon, cela ne la regardait pas parce qu'elle ne le connaissait ni d'Ève ni d'Adam, qu'elle n'avait d'ailleurs pas envie de le connaître, surtout après sa démarche incongrue de l'autre soir et qu'elle le priait, à l'avenir, de ne pas l'attendre dans la rue devant chez elle et de ne plus lui adresser la parole.

— Très bien ! Et qu'est-ce qu'il a dit ?

— Il a dit : si on dînait ensemble un de ces soirs ?

— Et tu as accepté ?

— Écoute, Michel, il y a des gens qui...

— Tu as accepté ?

— Si tu réfléchis aux circonstances que...

— Tu as accepté ?

Anne rougit un peu.

— Naturellement que j'ai accepté. Il voulait se faire pardonner. Enfin ! Michel ! ne ris pas bêtement comme ça ! Avec tes ennuis, ton dossier, et tout, il vaut mieux l'avoir avec nous que contre nous.

J'embrasse ma bonne petite Anne qui se sacrifie si courageusement pour son grand frère.

— Tu es parfaite ! dis-je.

— C'est aussi ce qu'il m'a dit, mais en me vouvoyant.

Je tapote l'épaule de ma sœur et je change de sujet. Dès que j'aurai expédié les affaires courantes je m'occuperai des idylles familiales, à commencer par la mienne. Pour l'instant, l'heure du crime va sonner au beffroi et j'ai autre chose à faire. Je prends le dossier rouge qu'Anne a rangé avec mes papiers dans le secrétaire et je mets mon manteau.

— Dans quelques heures, dis-je, tout sera terminé. Le dossier sera dans le coffre et G-G pourra rentrer de Tokyo sans que j'en attrape un infarctus. En outre, comme je ne craindrai plus rien de ton soupirant, tu pourras décommander votre dîner en tête à tête.

— Désolée, dit Anne, mais je n'ai pas son numéro de téléphone !

— Ne me dites rien ! dit Eugène en tournant sur lui-même au milieu du bureau de G-G. Je vais deviner. Il tient son doigt en l'air devant sa figure, pivote lentement, regarde les meubles, les classeurs, les murs, et, s'arrêtant, pointe brusquement son doigt sur la reproduction de Van Gogh qui est au mur.

— Là ! dit-il, derrière le tableau !

Je décroche le Van Gogh derrière lequel se trouve le coffre et complimente chaleureusement mon complice pour sa perspicacité. L'instant d'avant je me demandais s'il était bien raisonnable de s'engager dans une aventure pareille avec un gâteux qui jouait à cache-tampon, mais, il faut en convenir, il a repéré la cachette du coffre sans hésitation et sans que j'aie eu à lui dire s'il brûlait ou s'il gelait.

— C'est rien ! dit-il. C'est juste pour vous montrer ce que c'est qu'un professionnel. Mon regret ça a toujours été qu'il n'y ait pas un Compagnonnage des Casseurs. On aurait fait notre Tour de France de banque en banque et notre chef-d'œuvre chez Fichet. Ça aurait été drôlement chouette. Les gens disent « truand », c'est vite dit ! Il y a la racaille et l'aristocratie. Des doigts comme ça, monsieur (il se dégante et me brandit son pouce et son index sous le nez), ça s'entretient comme un outil précieux. C'est de la peau de fesse de bébé ! Et de bébé sans rougeurs, encore. Vous dire le soin qu'il faut ! Éviter les engelures, les panaris, tout ! Maintenant, vous me direz, avec les travaux de jardinage et depuis le temps que je suis à la retraite ? Eh bien, non monsieur ! Je m'entretiens ! Des doigtiers quand je travaille, des bains adoucissants tous les soirs et de l'affûtage sur des frottoirs de boîtes d'allumettes deux fois par semaine. On a sa fierté ! Et puis ça aide, pour jouer au poker avec des cartes qui ont un peu de personnalité !

Après un court silence par lequel nous rendons hommage à tant de conscience professionnelle, je pense qu'il est temps de revenir aux dures réalités du quotidien.

— Bravo ! dis-je. Et maintenant, au boulot.

Eugène me regarde avec gravité et me demande si j'ai bien réfléchi et si j'insiste vraiment pour qu'il ouvre le coffre.

— C'est que, jusqu'à présent, on n'a pas enfreint la loi, dit-il, on est entré par la porte de service sans rien casser, vous êtes quasiment chez vous, on est là qu'on bavarde gentiment, il s'amènerait un car de flics avec de mauvaises pensées, qu'on ne trouverait rien à nous reprocher. Mais dès que j'aurai commencé à tourner les boutons...

Je le rassure. Nous sommes entrés par la porte de service que j'avais déverrouillée de l'intérieur dans l'après-midi, parce que je ne tenais pas à être vu par la pipelette, au cas où les choses ne se seraient pas passées comme nous le souhaitons. Mais j'aurais aussi bien pu passer par l'entrée principale, car il arrivait fréquemment que des responsables des différents services de l'agence reviennent le soir, voire la nuit, pour finir un travail ou compléter un dossier urgent. Pour cette même raison, nous avions allumé toutes les lumières, encore que je regrette beaucoup de ne pas cambrioler mon patron à la lueur d'une lampe-torche, ce qui eût ajouté au romanesque de la situation.

— C'est simple comme bonjour, dis-je. Vous tournez les boutons, moi je sais où est la clef du coffre, on remet le dossier, on referme le coffre et on va boire un coup.

Comme La Finesse a l'air d'hésiter encore, j'ajoute fielleusement :

— Et l'ami Tardu n'a plus qu'à se rhabiller avec son chantage à la noix.

— À la noix ! dit Eugène, je voudrais bien !

Il s'approche du coffre en soupirant et ôte ses gants qu'il n'a quittés depuis que nous sommes entrés à Publipub que pour me faire son numéro de peau-de-fesse-de-bébé-sans-rougeurs. Il commence à tourner lentement les boutons de la combinaison, en attendant que le bout hypersensible de ses doigts sentent l'imperceptible déclic du bon numéro.

Désœuvré, je m'assieds au bureau de Frédérique et j'ouvre le tiroir où je sais trouver la clef du coffre. Elle y est. Je sais bien qu'avec le genre de chance qui me poursuit en ce moment il aurait été absolument normal qu'elle n'y fût pas. Mais elle y est. Elle est posée sur un bloc que je feuillette machinalement. Un nom attire mon regard : le mien, écrit une vingtaine de fois : Michel... Michel... Michel... Michel... À la page suivante, des essais de signature : Madame Michel Mercier, Frédérique Mercier, F. Mercier, Michel et Frédérique Mercier. La vraie midinette ! Je referme le bloc en soupirant. Ce n'est pas Mandoline, hélas ! qui écrirait nos noms sur des blocs ! Pas midinette pour deux sous, Mandoline ! Mandoline Mercier... non... Gwendoline Mercier, il n'y a pas de doute, je ne pourrai jamais l'appeler Gwendoline ! Je me vois la présenter à des gens : « Vous connaissez ma femme, Mandoline ? » Ils s'inclineront et lui baiseront la main en rigolant. D'ailleurs je n'imagine pas Mandoline se faisant baiser la main. Il est vrai que si elle convoite un monde de Rolls, de golf et de nurses, il va falloir qu'elle s'y mette !

Moi aussi, d'ailleurs, il va falloir que je m'y mette, ainsi qu'à sortir plus souvent le soir, je parie ! Anne a raison, je ne peux pas obliger Mandoline à vivre à mon rythme, lequel n'a rien de frénétique. Ça va être bien fatigant, tout ça ! Surtout après des journées de labeur effréné si je veux pouvoir payer la vignette de la Rolls. C'est comme l'été ! je suis sûr que cela va être yachting, ski nautique et compagnie, beaucoup plus que pêche à la ligne et paisibles lectures sous les frais ombrages. On s'étonne après cela qu'il y ait plus de veuves que de veufs ! Rien que d'y penser, je me sens tout faible. Aurais-je pas un souffle au cœur ?

— J'en ai un ! dit Eugène.

— Vous avez un souffle au cœur ?

— Qui ? moi ? je vous dis que j'ai déjà un des numéros.

Il a quitté, depuis qu'il a repris le harnais, son air bougon et, le visage épanoui, l'oreille collée à la combinaison, pour doubler par l'ouïe la chance des doigts, met tout son cœur à l'ouvrage.

— Il y en a combien ? dis-je.

— Quatre en tout. Quatre chiffres. Tenez ! en voilà un second.

Il s'écarte du coffre et s'éponge le front.

— Ce n'est pas bien sérieux comme coffiot, dit-il, j'espère pour lui qu'il garde pas des mille et des cents là-dedans. Pas que je les prendrais, rassurez-vous, mais ça peut tenter des malhonnêtes.

— Non ! il n'y a rien que de la paperasse.

— Pourquoi vous m'avez demandé si j'avais un souffle au cœur ?

— Pour rien. Je rêvais.

— Parce que, c'est rigolo, mais justement j'ai le cœur fragile. Pas un souffle, mais comme une faiblesse consécutive à trop d'émotions,

— Le travail !

— Non, une bonne femme.

Doigts d'Or se remet à l'ouvrage sans plus parler et je respecte le silence dû au virtuose. Peu après, les quatre boutons sont sur les crans de la combinaison et je n'ai plus qu'à lui tendre la clef.

Tout cela manque un peu de piquant. Et habitué, comme je le suis, à voir mes initiatives les plus louables se terminer en catastrophes, je suis un peu déçu. J'avoue que je m'attendais presque à entendre hurler des sirènes, quand la porte du coffre s'ouvrirait, et à voir débarquer des escadrons de flics, qui m'auraient un peu tapé sur la tête pour faire bonne mesure. Mais il n'en a rien été. Ce fameux sacré bon sang de bonsoir de satané fourbi de saleté de coffre qui nous a tant fait parler est enfin béant devant moi et j'y enferme le dossier rouge aussi bêtement que cela. Eugène claque la porte blindée en soupirant de soulagement.

— Voilà une bonne chose de faite ! dit-il. Maintenant je brouille la combinaison, on raccroche le tableau et on se tire.

Comme il pose la main sur les boutons du coffre, la porte du bureau s'ouvre brusquement sur Ary, derrière lequel se profile Julien.

— Alors ! dit-il gaiement, on cambriole ?

— Imaginez la scène, dis-je. Le Van Gogh décroché, par terre, au pied du mur, la lampe de bureau de Frédérique braquée sur le coffre pour l'éclairer et Eugène, changé en statue, la bouche ouverte, les yeux écarquillés et les doigts délicatement posés sur les boutons de la combinaison.

Mes femmes béent. Elles imaginent la scène. Après ce regrettable incident, je suis revenu tout droit à la maison faire mon rapport à Anne et Marie-Charlotte, ainsi qu'à Mandoline qui, sachant que ce soir était le grand soir, est venue aux nouvelles.

Pour l'instant, je suis avachi dans un fauteuil, un verre en main, dans la pose décontractée de celui qui revient de loin ou qui a vu la mort de près, et qui touche les dividendes de ses angoisses passées en distillant son récit à un auditoire attentif.

Et, pour être attentif, il l'est, l'auditoire. N'ignorant rien des lois du genre, je laisse mes trois femmes mariner dans leur impatience et je bois mon verre, à petites gorgées, pour ménager mes effets. Mandoline, en particulier, est visiblement subjuguée :

— Et si vous écourtiez un peu, dit-elle, ce cinéma que vous nous faites et nous disiez la suite ?

Bon ! J'ai compris ! Il n'y a pas moyen de s'amuser ! Personne ne veut jamais jouer avec moi. Moi, j'écoute toujours les autres en respectant leur récit, sans jamais les interrompre ni les presser. Le conteur est sacré et ce n'est pas moi qui en interromprait jamais un pour lui dire, par exemple, qu'il a le feu au bas de son pantalon. Je sais bien qu'une anecdote ou la narration d'une histoire vécue se compose avec des temps forts, des incidences et des respirations. Mais moi, on me bouscule, on me tarabuste, quand, par surcroît, on ne finit pas à ma place les phrases dont je feins de chercher la suite.

— C'est vrai, ça, dit Marie-Charlotte. Tu nous fais languir ! Bon ! On voit la scène ! Le coffre dévoilé, l'autre artiste les doigts sur la combinaison et Ary qui arrive avec Julien en disant : « Alors ! On cambriole ? » Alors, toi, qu'est-ce que tu fais, TOI, à ce moment-là ?

Moi, à ce moment-là, je suis visité une fois de plus par l'éclair du génie, ce qui commence, semble-t-il, à devenir une habitude. Au lieu de paniquer et de m'écrier bêtement : *« Ciel ! Mon Ary »* ou *« Fuyons ! Tout est perdu ! »*, je dis à Ary, très calmement, et avec un rien de l'exaspération polie du type dérangé dans son travail :

— Une seconde, tu veux, je mets au point un truc pour ton annonce du savon Podouss.

Et, de l'œil qui n'est pas du côté d'Ary, je fais un gros clin à Eugène qui, stupéfait, n'a pas bougé.

— Ne bouge pas ! lui dis-je. Je crois que tu as la bonne position. Je vais chercher mon bloc et je fais un croquis.

— Qu'est-ce que c'est, le savon Podouss ? dit Anne.

— Ne l'interrompt pas, dit Marie-Charlotte, sans ça il va en profiter pour nous faire encore droguer une demi-heure !

— Alors ? dit Mandoline. Qu'est-ce qu'il dit, Ary ?

Ary, il est extrêmement intéressé, comme chaque fois que ça touche au métier. On peut dire tout ce qu'on veut de lui (et on ne s'en prive pas) mais, la « pub », il l'a dans la peau. Il aurait trouvé, à mes pieds, un cadavre baignant dans son sang, qu'il m'aurait suffi de prétendre avoir imaginé un truc pour détacher les moquettes pour qu'il trouve la chose toute naturelle.

— C'est quoi, ton truc ? il me dit.

Je lui explique que je vais faire un dessin de mon ami dans la pose classique du cambrioleur aux doigts limés qui cherche le secret d'une combinaison et que le slogan dira : *« Avec Podouss, comme il se doit, peau fine jusqu'au bout des doigts ! »*

Personnellement, un truc aussi vaseux ne me ferait pas acheter la moindre savonnette, quelque rugueuse que puisse être ma peau. Mais l'heure n'est pas aux subtilités. D'ailleurs, même Ary n'a pas l'air enthousiasmé.

— Tu crois ? dit-il en prenant l'air d'un type qui trouve un hareng dans sa choucroute, tu crois ?

— Et comment ! dit La Finesse, qui vient de comprendre et qui reprend vie à vue d'œil. Dès qu'il m'a expliqué son truc, Machin, j'ai trouvé ça génial !

— Ah ouais ? dit Ary.

Julien, le photographe, qui n'a encore rien dit, nous rappelle que l'histoire de la publicité est pleine de parfaites saloperies qui ont été vendues grâce à des slogans aussi imbéciles que celui-là et qu'il n'y a pas de raison pour que ça ne continue pas.

En d'autres temps, je n'aimerais pas la réflexion de Julien et je le lui ferais savoir. Mais je suis au bord du naufrage, je mets les chaloupes à la mer, je brûle mes ponts, mes vaisseaux et mes cartouches, je n'ai pas le loisir de faire de la susceptibilité.

— Quitte la pose, dis-je à Eugène. Ce n'est pas la peine de rester le bras en l'air puisqu'on cause.

On cause. Ary m'explique qu'ils viennent, avec Julien, de faire des photos de l'Obélisque la nuit, et qu'ils passaient déposer le matériel. Moi, je raconte comment, dînant avec mon vieil ami Eugène, l'idée du slogan m'était venue tout à coup et comment je l'avais amené ici pour voir, de mes yeux, ce que cela donnerait devant un vrai coffre.

— Oh ! Je me suis bien douté que tu bossais quand je t'ai vu, dit Ary, mais ton ami avait tellement bien l'air de cambrioler que j'ai lancé ça pour rigoler.

On rigole. Plus le temps passe, plus je me sens rassuré et fier de moi. Ma présence, la nuit, au bureau n'a rien, je l'ai dit, d'insolite, ce que confirment celles d'Ary et de Julien. Seule l'attitude d'Eugène avait besoin d'être expliquée. Voilà qui est fait, et adroitement. Le dossier est dans le coffre, Ary est berné, tout est en ordre. Je dis qu'après tout, je dessinerai ça de mémoire demain matin et je propose que tout le monde aille se coucher. Ma proposition obtient la majorité absolue, et me voici.

— Ça m'étonnerait, dit Mandoline, que ça se termine aussi bien que cela.

— Et pourquoi ? dit Anne. Pour une fois qu'une de nos satanées histoires se terminerait bien, vous n'allez pas compliquer ?

— Moi ? compliquer ? dit Mandoline. C'est un comble ! Seulement, je vous rappelle que quand Michel est rentré tout à l'heure, il a dit : « Mes enfants, on n'est pas sorti de l'auberge ! »

— C'est vrai ça ! dit Marie-Charlotte. J'avais oublié. Alors ? Michel ! Arrête de faire l'intéressant et dis-nous ce qui a cloché.

Trois fois rien. Simplement qu'au moment de partir, Ary s'est mis à trouver mon idée sublime.

— Tu sais que dans le fond, coco, dit Ary, c'est pas con du tout ton truc, en y réfléchissant ! C'est l'accroche factuelle, ça ! Moi j'ai toujours dit que pour optimiser le processus d'achat d'un produit ponctuel, y a rien comme l'accroche factuelle ! Ça ne vous ferait rien, monsieur, de reconcrétiser votre attitude gestuelle, que je visualise le projet pour appréhender la compréhensibilité du graphisme ?

— Qu'est-ce qu'il dit ? dit Eugène.

— Il dit que tu te remettes comme tu étais quand il est rentré ! Il veut voir la pose.

— Ben mince ! dit Eugène. Au son, j'aurais dit que c'était du français, sauf que j'en comprenais pas une broque. Il redécroche le Van Gogh que nous avions remis en place, et reprend la pose.

Ary regarde en clignant de l'œil, s'accroupit, monte sur la chaise de Frédérique, fait un cadre avec ses doigts, penche la tête, me demande de lui redire mon slogan, le répète à mi-voix, éteint des lampes, en allume d'autres, souffle dans ses joues, se gratte le nez, va jusqu'à Eugène, lui cache la figure, lui cache la main, lui tourne légèrement la tête, s'allonge sur la moquette, d'abord sur le ventre puis sur le dos, se relève et dit :

— Terrible ! Ça va faire un truc terrible ! Seulement, coco, c'est pas du dessin qu'il faut pour ça, c'est de la photo. Viens, Julien ! on va aller reprendre tes appareils, je t'accompagnerai pour porter les pieds et les spots.

Dès qu'ils sont sortis, Eugène qui, à l'énoncé du programme, est devenu d'un joli rouge tirant sur le lie-de-vin, Eugène m'informe en termes crus que si ces deux guignols s'imaginent qu'ils vont le prendre en photo, lui, Eugène Maltoison, dit Doigts d'Or, dit la Terreur des Coffiots, dit La Finesse, pour placarder sa tronche sur tous les murs de la capitale, ils se fourrent, primo, le doigt dans l'œil jusqu'à l'épaule, se préparent, deuxio, des lendemains inconfortables et ont intérêt, tertio, à numéroter leurs abattis vu que lui, Eugène, avec le passé qu'il se trimballe, il ne se sent pas partant pour...

Je le calme et lui affirme que je comprends très bien sa position, mais que d'insister pour que la photo ne fût pas prise ouvrirait la porte à une quantité de soupçons calamiteux et qu'il vaut mieux qu'il laisse prendre le cliché, que je pourrai récupérer dans le labo demain matin à la première heure.

— Et même avant, si possible, dit Eugène. Moi, photographié en train d'ouvrir un coffre ? On aura tout vu ! On aura tout vu mais pas ça ! C'est moi qui vous le dit !

— Demain matin à la première heure, c'est juré !

— Y a intérêt ! dit Eugène qui reprend peu à peu ses couleurs normales, mais n'en conserve pas moins comme un air de bouderie méfiante.

— Alors ? dit Anne. Tu ne vas pas encore prendre un quart d'heure pour boire un verre de bière ? Alors ?

— Alors rien. Ary et Julien reviennent. Julien fait tout un rouleau d'Eugène, les doigts sur le coffre, on remet tout en place, on quitte Publipub, on se dit bonsoir et on rentre chacun chez soi.

— Et c'est tout ?

— Ça ne te suffit pas ? D'ailleurs, non, ce n'est pas tout. Au moment de me quitter, Eugène me retient par le bras et me dit : « Au passage, rappelez donc à cet abruti de Tardu que, si je tombe, je m'allonge ! »

— C'est évident, dit Anne, quand on tombe, on s'allonge ! Pourquoi fait-il dire cela à Tardu ?

— Ça veut dire : *« Si je me fais prendre, je dénonce Tardu »* dit Mandoline. Et Tardu tombé, ajoute-t-elle, il s'allonge à son tour et c'est moi qui morfle !

— Aucun risque ! dis-je. La comptabilité parallèle est dans le coffre. Mon histoire de pose publicitaire tient bon. On ne pourra *jamais* prouver que nous avons ouvert le coffre. Demain matin je récupère le rouleau de photos et toute cette histoire de dingues est terminée.

— C'est même dommage, dit Marie-Charlotte, je commençais à m'habituer.

Je propose d'ouvrir une ou deux bouteilles de champagne, ce qui est accepté par acclamations. Anne et Marie-Charlotte vont chercher les bouteilles et les verres. Mandoline vient s'asseoir à côté de moi sur le divan. Je la prends pas la taille sans qu'elle se dérobe. Le transfert, je sens que ça vient.

— Je suis contente pour vous, dit-elle, que vos ennuis soient terminés.

Il faut vraiment qu'elle me plaise, cette petite, pour laisser passer cela, mais je me sens ce soir porté à l'indulgence et à l'euphorie.

Tout va bien ! J'ai Mandoline au creux du bras droit et je vais avoir, d'un instant à l'autre, une coupe de champagne dans la main gauche. L'image même du parfait profiteur de la société de consommation. Surtout le champagne.

— Vous aimez le champagne ? dis-je à Mandoline.

— J'adore. Surtout avec le caviar. Je ne vivrais que de champagne et de caviar.

Je ne me risque pas à démêler si son verbe est au conditionnel ou au futur. À chaque jour suffit sa peine. Mais je crains, de plus en plus, que si je donne suite à mes projets matrimoniaux, il va falloir que je me situe, question revenus, entre Paul Getty et Onassis, ce qui n'est pas une mince affaire.

Heureusement qu'il y a le pont d'or de G-G. Ça ne va pas faire tomber des milliards mais peut-être qu'en persuadant Mandoline que caviar et champagne à tous les repas, outre qu'on s'en lasse, cela fait nouveau riche, j'arriverai à joindre les deux bouts.

Tout cela me fait penser qu'il faut que je détruise ma correspondance avec Cité-Publi. Il ne manquerait plus que, par je ne sais quelle malchance, G-G tombe dessus et apprenne que j'ai songé à le quitter, pour que le pont d'or ne soit même plus une passerelle. Traverser la vie à gué avec Mandoline sur les épaules, merci bien !

Comme il ne faut jamais remettre au lendemain et que la journée me paraît être faste, je décide de brûler ces papiers compromettants « immédiatement et sans délai », comme dirait Marie-Charlotte.

— Voilà le champagne ! dit Anne.

— Je vais faire un feu de joie ! dis-je.

Marie-Charlotte me demande si je ne suis pas tombé sur la tête pour vouloir faire du feu par une chaleur pareille mais je lui dis que non, que c'est un acte de délivrance, que par ce geste... je vais abolir un passé... et... ouvrir les portes... d'un avenir... qui... Je m'emberlificote dans des phrases qui ne veulent rien dire parce que je dis n'importe quoi, parce que je ne pense pas à ce que je dis, parce que ma tête est ailleurs, parce que tout en parlant j'ai ouvert le secrétaire et que, la première chose qui a accroché mon regard, c'est un dossier en carton rouge.

— Qu'est-ce que c'est que ça ? dis-je.

Au ton de ma voix, les joyeuses papoteuses champagnisées se taisent et me regardent avec inquiétude.

— Ça ? dit Anne. Ne t'en fais pas. Ce sont tes papiers de Cité-Publi. J'ai acheté des dossiers pour tout mettre en ordre, parce que, si je compte sur toi...

Je défais l'élastique qui ferme le dossier.

— En tout cas, dis-je, tu viens de me donner un drôle de coup de vieux ! Ce n'est pas malin de l'avoir pris de la même couleur que l'autre. On aurait pu se tr...

On aurait pu !

On *a* pu ! on *s'est* trompé ! Ce que je tiens dans mes mains qui moitissent *c'est la comptabilité parallèle et clandestine de Publipub* ! Je fouille fébrilement dans le secrétaire, jetant autour de moi, dans la pièce, tous les papiers qui me tombent sous la main. Quand le tapis est jonché de tout ce que contenait le meuble je dois admettre ce que j'avais deviné tout de suite : non seulement j'ai toujours ce sacré dossier sur les bras, mais, suprême gâterie d'un destin qui ne m'aura épargné aucune de ses faveurs, mon excellent ami Eugène a mis dans le coffre ce qui ne devait *en aucun cas* tomber entre les mains de G-G : *ma correspondance avec Cité-Publi* !

— C'est grave ? dit Anne.

Si c'est grave ? c'est plus que grave, c'est préoccupant ! Ah ! Je sais bien ce qu'on fait dans ces cas-là ! Quand tout va décidément si mal qu'on se dit que les malheurs ne vont pas s'arrêter en si bon chemin et que le pire est à venir ! Je sais ce qu'on fait : on s'engage dans la Légion, on prend le premier avion pour Caracas où l'on refait sa vie en se tuant de tequila en vivant aux crochets d'une créature vérolée, on se jette par la fenêtre en priant pour tomber juste sur la tête de G-G, retour de Tokyo, on se voue à la marijuana, à l'opium, à la morphine, au L.S.D. ou au champignon hallucinogène, on se tape la tête contre les murs jusqu'à ce que le papier peint prenne feu, on se laisse tomber sous le métro à Chaussée-d'Antin à l'heure de la sortie des bureaux, on déclare la guerre à l'humanité et, à cheval sur une gouttière, on descend au 22 long rifle tout ce qui passe dans la rue, on se flingue, on se noie, on se pend !

Ou, plus modestement, on se laisse tomber sur la chaise la plus proche en proférant le seul mot de la langue française qui soit adapté à ce genre de situation, mais que je ne me permettrais pas de prononcer, malgré mon désarroi, eu égard à la présence de Mandoline.

— Merde, alors ! dit Mandoline. Excusez-moi ! C'est plus fort que moi ! Je ne jure jamais, mais là, c'est tout simple, ou je le disais ou je me mettais à pleurer.

Après quoi elle se met à pleurer, imitée par Anne mais, heureusement, pas par Marie-Charlotte qui prend son air inspiré de généralissime-regardant-sa-carte-d'état-major-au-matin-d'une-offensive. Je suis bien aise d'avoir, avec moi, quelqu'un de sang-froid dans un moment pareil. On a beau dire, mais, des femmes qui ont fait leur service militaire, on peut compter dessus dans les coups durs.

— Bon ! dit Marie-Charlotte. Ce n'est pas en se rongeant les sangs qu'on va arranger les choses. Puisque ça s'est si bien passé ce soir, ça ne sera pas plus difficile demain. Tu vas rechercher ton Eugène, il te rouvre le coffre et vous faites l'échange. Exécution !

— Eugène, tu sais, depuis le coup de la photo...

— Justement, dit Marie-Charlotte. Ary ne va pas se balader avec un photographe toutes les nuits et puis, un peu de chantage n'a jamais fait de mal à personne : tu ne lui donnes le rouleau de pellicules que s'il t'ouvre le coffre une deuxième fois.

— De toute façon, dit Anne en se mouchant, je ne vois pas ce qu'on pourrait faire d'autre.

Mandoline essuie ses yeux et ses lunettes et vide sa coupe de champagne.

— On peut dire que vous avez le chic, dit-elle, pour vous fourrer dans des situations incroyables !

Ce matin, en sortant de chez moi, je trouve Étienne sur le palier. Avant hier il était sur le trottoir, hier je l'ai croisé dans l'escalier. Demain je le découvrirai peut-être dans le salon et après-demain, sans doute, dans la chambre d'Anne, sinon dans son lit. Ce jeune homme est un obstiné qui fore son chemin par un grignotement incessant, comme les rats dans les fromages et les polyvalents dans les comptabilités.

Obstiné mais, à l'évidence, malléable et sensible aux recommandations de ma sœur. Abandonnant le plumage multicolore qui avait subjugué Mandoline, il se voue désormais aux camaïeux. Aujourd'hui, il a un costume vert épinard, des chaussettes vert bouteille, une chemise vert Véronèse et une cravate vert d'eau.

— Vous êtes en deuil ? lui dis-je.

Il hausse les épaules en souriant et me demande s'il peut entrer. Comme, d'ailleurs, il entre en posant sa question, je considère celle-ci comme de pure forme et ne prends même pas la peine de lui répondre.

— Anne n'est pas là ?

— Je suis là, Étienne, dit Anne en sortant de sa chambre. Je ne vous ai pas entendu sonner.

— Monsieur votre frère ouvrait la porte comme j'arrivais.

— Puisqu'on en est là, dis-je, appelez-moi donc Michel, ça simplifiera.

— Puisqu'on en est où ? dit Anne. Ça te choque qu'il m'appelle par mon prénom ? Nous ne sommes plus en 1890 !

— À propos, j'aimerais bien que vous m'expliquiez pourquoi, puisque nous ne sommes plus en 1890, vous m'avez demandé, à moi, la main de ma sœur.

C'est, paraît-il, de la technique de polyvalent. Ils apprennent ça à l'école. Étienne m'explique qu'en se déclarant à moi il touchait immédiatement au cœur de la question et que puisque, bien évidemment, j'allais aussitôt en parler à ma sœur, tout le monde était informé d'un seul coup et savait à quoi s'en tenir sans vains discours, manœuvres d'approche, précautions oratoires, euphémismes ampoulés, ronds de jambes et autres périphrases génératrices d'hésitations, de réflexions et de perte de temps. Les agents de contrôle du fisc, prétend Étienne, n'agissent pas autrement et n'abordent leurs clients potentiels qu'en leur déclarant, tout de go, que leur comptabilité est considérée en haut lieu comme funambulesque, provocatrice et sujette à caution.

— Et ça marche toujours ?

— Ça marche toujours. *Toutes* les comptabilités sont funambulesques, provocatrices et sujettes à caution. Nous jouons sur le velours, passons pour des extralucides et gagnons un temps appréciable à supprimer les circonlocutions de la prise de contact.

— Ça n'empêche, dit Anne, que les « circonlocutions de la prise de contact » en ce qui concerne les messieurs et les dames, ça s'appelle « faire la cour » et que ce n'est pas désagréable.

— Et qu'est-ce que je fais d'autre en ce moment ? dit Étienne.

Si ce charmant fonctionnaire ton sur ton s'imagine qu'il est en train de faire la cour à Anne, moi je n'ai rien là contre. D'autant moins qu'Anne à l'air d'être ravie, le regarde comme s'il était tombé de la cheminée dans ses souliers, et part avec lui faire un tour en auto et déjeuner à la campagne.

Tout le temps qu'il nous parlait, il avait posé son coude vert épinard sur la comptabilité funambulesque et sujette à caution de Publipub mais comme, dès hier soir, j'ai fourré ce satané dossier dans une grande enveloppe cachetée j'ai trouvé cela plus piquant qu'inquiétant.

J'ai pris soin, également, d'écrire au feutre « C.P. » sur un coin de l'enveloppe et j'ai détruit toutes les autres enveloppes du même modèle que nous avions à la maison. Je ne tiens pas à recommencer tout ce cirque, avec Eugène, pour m'apercevoir que j'ai remis dans le coffre de G-G nos relevés de banque ou les factures de la blanchisserie. Dorénavant aucune erreur n'est plus possible : l'enveloppe brune, cachetée et marquée « C.P. » dans son coin gauche, c'est la comptabilité parallèle de Publipub. Qu'on se le dise !

Ou plutôt, non. Qu'on ne se le dise pas !

Avec tous ces contretemps, j'arrive au bureau en retard alors que j'avais juré à Eugène de m'y rendre à la première heure.

Ary est en train de raconter à un auditoire de concepteurs-rédacteurs comment, cette nuit, il a eu l'idée fantastique de photographier un vieux schnok à la mine patibulaire en train de chatouiller un coffre-fort pour la publicité du savon Podouss.

Le chœur des concepteurs-rédacteurs fait entendre un long murmure admiratif, alors qu'il est notoire que chacun d'eux, vingt-quatre heures sur vingt-quatre, cherche fébrilement dans sa petite tête un moyen sûr pour défenestrer Ary au moment où passe un gros autobus.

Je referme la porte sans qu'ils m'aient vu. Je me fiche comme d'une guigne qu'Ary s'approprie la paternité de ce slogan imbécile. J'ai plus urgent à faire.

Je vais au labo où Julien fait toute sa cuisine photographique et laisse ses appareils. Hier soir il avait son Rollei.

Je le connais bien, son Rollei, il est là, pendu à un clou. Avec son éraflure sur le boîtier, je le reconnaîtrais entre mille. J'éteins, j'ouvre l'appareil, je prends le rouleau de pellicules que je mets dans ma poche, je rallume, je remets le Rollei en place et je sors du labo sans que personne m'ait vu. De temps en temps, dans ma vie, il y a des moments où les choses simples se passent simplement. Un instant d'inattention du Bon Dieu, probablement.

— Vous avez les yeux cernés, dit Frédérique comme j'entre dans le bureau de G-G. Votre sœur devrait vous faire des entremets. Je suis sûre que vous ne mangez pas assez.

Des entremets ! Être plongé dans le plus grand drame du siècle et s'entendre parler d'entremets ! Il faut une santé pour supporter ces femmes, ce n'est pas croyable !

Je m'assieds à coté du bureau de Frédérique et je regarde la reproduction de Van Gogh derrière laquelle il se passe des choses terribles. Frédérique suit mon regard.

— Ah ! Van Gogh ! Arles ! La Provence ! J'ai besoin de vacances, moi, pas vous ?

— Oh si ! dis-je. Qu'est-ce que vous faites, en vacances ? du ski nautique ?

— Vous n'êtes pas fou ? Moi, je m'allonge sous les arbres et je bouquine. Ou alors je me promène.

Je la regarde. Quand on n'a pas l'esprit obnubilé par des tendrons, elle n'est pas mal, Frédérique ! Vraiment pas mal, une fois qu'on a admis son côté diététicienne de choc. En voilà une, tiens, qui ne doit pas aimer le caviar.

— Vous aimez le caviar, Frédérique ?

— J'adore le caviar !

Mais qu'est-ce qu'elles ont toutes ? Pas une pour aimer l'andouillette, le bœuf gros sel ou la daube ! Et après, ça vous parle d'entremets.

— Bon ! dis-je en me levant. C'est pas tout ça mais il faut que je me sauve.

— Ah ! tiens ! dit Frédérique, j'ai oublié de vous dire que j'ai eu un coup de fil de Tokyo ! Mais, motus, hein ! Le patron rentre après-demain matin.

Je sors du bureau si bouleversé par cette nouvelle que j'en oublie de lui demander si elle aime les Rolls.

— Mec ! dit Eugène (qui, depuis que je l'ai soudainement tutoyé, l'autre soir, pour les besoins de la cause, est avec moi d'une familiarité révoltante), mec, je vais te dire : j'ai roulé ma bosse dans pas mal d'endroits, j'ai eu ma part de coups glandilleux, d'embrouilles féroces, de merdiers déponnants et de pestouilles incroyables. J'ai connu mon lot de paroissiens bizarres, de folingues sauvages, d'ahuris de naissance et d'imbéciles heureux. Mais des comme vous autres, j'avais encore jamais vu !

Je suis accoudé à la toile cirée d'Eugène dans la cuisine, au Clos des Lilas, un verre de vin blanc à la main, et je viens d'annoncer à l'homme aux Doigts d'Or que, si c'était un effet de sa bonté et à condition que cela ne le dérange pas trop, il nous ferait, à Tardu et à moi, un immense plaisir en rouvrant le coffre de Publipub, vu que par un impair dont le récit détaillé ne pourrait que l'ennuyer, on s'est trompé quant aux papiers qu'il fallait remettre dedans.

Eugène n'en croit pas ses oreilles poilues et m'informe que dans les organisations sérieuses auxquelles il a eu l'honneur d'appartenir, des têtes de piaf comme Tardu et moi auraient été cataloguées comme dangereuses et indésirables dans les premières vingt-quatre heures et mises hors d'état de nuire dans le quart d'heure qui suivait. Il me demande si je l'ai bien regardé et si je crois vraiment qu'il va retourner à Publipub faire le mannequin pour que l'autre guignol le reprenne en photo, ou si c'est seulement un truc que j'invente pour le faire rire ? Auquel cas je perds mon temps, étant donné le peu de propension qu'il a à la rigolade ces temps-ci et particulièrement depuis hier soir.

— Mec, dit-il, si tu veux faire plaisir à un vieillard qui profite paisiblement de ses derniers jours en cultivant ses poireaux, tu vas me donner le rouleau de pellicules que tu as promis de m'apporter, on boira un dernier verre et puis tu te tireras gentiment en fermant le portail derrière toi.

— Mec ! dis-je. Pour ce qui est du dernier verre et du portail à fermer, je suis ton homme. Mais le rouleau de pelloches tu l'auras ce soir quand tu m'auras ouvert le coffiot.

Cette fois-ci, ça y est ! Cet homme qui prétendait, l'instant d'avant, ne même plus savoir sourire, est pris d'une crise d'hilarité qui le plie en deux, le fait devenir couleur tomate avancée tandis que de grosses larmes coulent le long de ses joues. Il en est tellement secoué que, vu son cœur fragile, je prie pour qu'un infarctus galopant ne l'enlève pas prématurément à l'affection de ses amis. Me retrouver seul dans un pavillon de banlieue avec le cadavre d'un truand, même retraité, ne me paraît pas être le bon moyen d'arranger mes affaires.

Ayant bien ri, toussé, hoqueté, craché, et s'étant essuyé les yeux du revers de la main, Eugène, encore tout heureux, ouvre le tiroir de sa table de cuisine, en tire un pistolet et le pose devant lui.

— Écoute voir ! dit-il. Il y a un temps pour la rigolade et un temps pour la conversation. Tu as fait ton numéro comique, j'ai ri poliment, nous sommes quittes. Maintenant, tu me files les photos ou je te flingue !

Trois jours plus tôt, la seule vue de cet engin m'aurait empli d'appréhension. Mais, le vin blanc aidant, je suis en train de devenir le vrai intrépide de la Série noire.

— Mec ! dis-je en parlant du coin de la bouche. Range ta sarbacane. D'abord, elle n'est pas chargée et, même si elle l'était, tu n'oserais pas tirer avec des voisins aussi proches.

— Je me gênerais ! dit Eugène qui braque son pistolet par la porte ouverte et tire sur un pot de fleurs vide qui vole en éclats. Le bruit de la détonation n'a même pas couvert le tic-tac du réveil.

— Un silencieux, mec, t'as jamais entendu parler ?

— Bon ! dis-je, ne vous énervez pas, monsieur Eugène, je vais vous donner les pellicules, mais vous seriez chic de nous donner un dernier coup de main.

— Je ne dois plus rien à cet abruti de Tardu.

— Mais vous vous feriez peut-être un peu d'argent de poche ?

Il se gratte le menton, range son outil dans le tiroir de la table, me regarde en dessous, se verse un verre de blanc et dit :

— Une brique !

— Dix mille francs.

— C'est bien ce que je dis.

— Non. Moi je parle en anciens francs.

— Mec ! Il faut pas parler en anciens francs. C'est interdit par la loi. Cent balles pour ouvrir un coffre ? Tu veux que je me mette en colère ?

— Vingt mille !

— Cause français, je te dis ! Deux cents balles ? continue comme ça, je t'arrêterai quand tu seras à ma hauteur.

De deux cents en deux cents francs, nous finissons par nous mettre d'accord sur un demi-million ancien qu'il appelle « cinq mille balles » d'un air extrêmement méprisant. Ce n'est pas une somme dont on dispose avec une grande gaieté de cœur, mais quand je pense à ce que je vais pouvoir reprendre dans le coffre, je considère que c'est, tout de même, de l'argent mieux placé qu'à la Caisse d'épargne, là où il y a l'écureuil.

Eugène me tend la main, je la lui serre. Avec un soupir il la retire de la mienne et la tend à nouveau.

— Les photos, mec !

Je lui donne le rouleau qu'il considère un instant en le faisant tourner entre ses doigts et l'enfouit enfin dans sa poche, sans autre commentaire. Nous prenons rendez-vous pour le soir même, devant l'entrée de l'immeuble, rue Marignan.

Le premier arrivé attend l'autre.

— Eh bien, vrai ! dit Anne. Et s'il t'avait tué ?

Je fais mon désinvolte :

— Ne parlons plus de cela. Les affaires s'arrangent. Je suis passé à la banque prendre cinq cent mille balles. C'est cher, mais ce soir, tout sera fini.

— Tout de même, dit Anne, cinq cent mille francs, elle te revient cher !

— Qui ?

— Pas qui : quoi. Ton étourderie. Tu aurais pu voir que tu prenais le mauvais dossier.

Le silence est l'arme des forts. Je ne vais pas commencer une épuisante querelle sur la recherche en paternité de nos tracas. D'autant que, quel que soit le chemin choisi, tous nous ramèneraient au carrefour où la petite silhouette de Mandoline, bien droite, jette des sorts aux passants solitaires.

Anne se demande pourquoi le patron, qui voulait revenir en catimini, a prévenu Frédérique de son retour.

— Il a été obligé de la mettre au courant parce qu'elle avait des papiers à préparer pour la mutation de certains collaborateurs à la nouvelle agence de Marseille. Heureusement d'ailleurs ! Comme cela, nous savons le temps qu'il nous reste. Et il nous en reste suffisamment puisque tout sera réglé ce soir.

Anne dit qu'elle va prévenir Marie-Charlotte et Mandoline d'être là pour mon retour, afin de profiter tout de suite du récit tout chaud de la séquence, coûteuse, mais finale.

Elle veut aussi téléphoner à Étienne de venir. Cette fois, je suis persuadé qu'elle est amoureuse de lui. Il n'y a que l'amour pour faire dire et faire n'importe quoi à des gens généralement sensés, sans même qu'ils s'en rendent compte. Et je sais de quoi je parle !

— Étienne ? dis-je. Ah ! très bien ! Voilà une bonne idée !

— N'est-ce pas ?

— Ah ! oui ! vraiment ! Comment n'y ai-je pas pensé tout seul ? Étienne assis dans le salon, ce soir, pour m'entendre raconter comment, pour la seconde fois, j'ai, assisté d'un gibier de potence, ouvert le coffre de mon patron pour y cacher sa comptabilité frauduleuse ! Ah ! oui ! Si quelqu'un ne doit à aucun prix manquer ce passionnant récit, c'est bien Étienne !

Anne rougit et me dit, qu'en effet, elle n'y avait pas pensé. Je l'embrasse pour la consoler.

— Tu l'aimes ?

— Je ne sais pas, c'est si rapide ! Il ne me déplaît pas, il est gentil. Et puis, tu sais, j'ai déjà trente-cinq ans. Lui, il a l'air de m'aimer.

— L'air ? mais il t'adore, c'est visible ! Tu l'as vu, tout en vert ton sur ton ? Un homme multicolore qui s'habille en forêt de Rambouillet du jour au lendemain est un homme amoureux, je te le dis. Chez les oiseaux, non. Plus ils sont amoureux plus les mâles ont des couleurs chatoyantes mais dans l'administration des finances, c'est le contraire. Tu vas l'épouser ?

— Peut-être. Je ne sais pas. Et toi ?

— Quoi, moi ?

— Tu vas l'épouser ?

— Qui ? Étienne ?

— Ne fais l'idiot : Mandoline !

— Je me le demande !

— Et elle ?

— Elle ne se le demande même pas. C'est non.

Anne vient vers moi et me serre le bras. Elle me sourit gentiment avec une inquiétude au fond des yeux.

— Ça ne me regarde pas, dit-elle. Fais ce qui te rend heureux, mais ne fais pas d'idiotie.

Et si c'était de faire des idioties qui rende heureux ? Allez savoir ! Et si c'était de faire le zouave la vie entière, en obéissant à ses caprices, en satisfaisant ses passions, en cultivant sa paresse, en gaspillant ses sous et en ruinant sa santé ? Et si, le bonheur, c'était d'être heureux ?

— Ça ne te dit rien, dis-je à Anne, que j'épouse Mandoline ?

— Sauf à toi, dit-elle, j'ai l'impression que ça ne dit rien à personne.

Moi, quand je me lance dans un roman d'amour, il n'y a pas à dire, ça fait vibrer les foules !

J'ai décidé de laisser Anne conduire. Elle est au volant avec, à côté d'elle, Marie-Charlotte qui considère notre tragédie comme une bande dessinée et ne veut pas en manquer un épisode. Moi je suis sur la banquette arrière avec Mandoline. C'est pour cela que j'ai confié la voiture à Anne. Je ne peux pas, avec seulement deux mains, tenir le volant, changer de vitesse et enlacer Mandoline. J'ai passé mon bras autour de son épaule et, au premier virage un peu brusque, sa tête s'est posée sur mon épaule à moi et y est restée. J'ai ôté son affreux béret orange pour sentir ses cheveux contre ma joue. Je sens son épaule ronde dans ma paume, à travers le drap de son manteau. Je profite de mon reste, comme disent les bonnes gens. J'ai appris incidemment, cet après-midi, que Mandoline faisait sans doute partie, avec Julien et Lucas, des collaborateurs que G-G mutait à la nouvelle agence de Marseille. Je ne sais pas si elle est au courant. Sottement, je n'ose pas lui en parler de peur de la voir confirmer ce que je ne veux encore prendre que pour un bruit sans fondement.

Je frotte ma joue contre ses cheveux et j'avance ma main gauche vers son buste. Elle la bloque à mi-parcours et entremêle ses doigts aux miens, ce qui serait plutôt un geste tendre si cela n'arrêtait pas, du même coup, la progression de ma main vers sa poitrine.

Je serre son épaule, elle serre ma main.

Moi, ça voulait dire : « Mandoline ! oh ! Mandoline ! »

Elle, ça veut dire : « Oui ! Michel, oui ! Je sais ! Tenez-vous tranquille. »

Qu'importe ! Je la tiens contre moi, ses cheveux contre ma joue et sa main dans ma main. J'aurai au moins eu cela. Je respire sa bonne odeur de biscuit frais. Je suis bien. Si j'oublie un instant qu'elle va peut-être partir pour Marseille, j'arrive même à être joyeux.

Le bonheur est un festin de miettes.

— C'est là ? demande Anne.

— Bar des Abeilles ! Oui, c'est là. Arrête-toi derrière la 504.

Nous sortons tous quatre de la voiture et nous nous postons devant le café de Tardu. Il est 2 heures du matin. La ville d'Asnières dort, Tardu aussi. Le travail va consister à tirer du lit celui-ci sans réveiller celle-là. De mon index replié je tape légèrement contre le rideau de fer. Dans la nuit cela produit un vacarme qu'on doit entendre jusqu'à Saint-Germain-en-Laye. Une douzaine de chiens se mettent à aboyer.

J'essaie un chuchotis crié, ou un cri chuchoté :

— Tardu ! Ho ! Tardu !

— Je sais siffler dans mes doigts, dit Marie-Charlotte.

— Ça ne m'étonne pas de toi, dis-je, mais ce n'est pas la police que nous voulons voir arriver, c'est Tardu.

Je cogne un peu plus fort et hausse le ton :

— Ho ! Tardu ! Eh ! Ho !

Les chiens, qui se calmaient, reprennent de plus belle leurs aboiements. Une fenêtre s'ouvre de l'autre côté de la rue et une voix bougonne informe notre bande de pochards qui si nous ne laissons pas dormir les honnêtes travailleurs qui se lèvent aux aurores, il va nous tomber un car de flics, un seau d'eau, ou un coup de fusil de chasse sur le paletot, au choix ! Marie-Charlotte retrouve les mâles accents du caporal Beauchamp pour inciter la voix bougonne à aller se faire cuire un œuf, ce qui augmente le ressentiment de l'honnête travailleur qui se met à hurler qu'il va descendre nous mettre les côtes en long et que ça ne va pas traîner ! Cela conduit d'autres travailleurs non moins honnêtes mais tout aussi courroucés à ouvrir leurs volets et à s'enquérir, à la cantonade, si c'est pas bientôt fini ce chahut et si c'est encore vous, M'sieur Malloret, qui faites tout ce ramdam ? Eh bien ! Dites donc ! faudrait un peu voir ! C'est pas des façons de se conduire et on appellerait les flics si on se retenait pas ! D'ailleurs, qu'est-ce qu'ils font, les flics ? Toujours dans vos pattes quand on n'a pas besoin d'eux mais jamais là quand il se passe des choses ! C'est un monde ! Je vous jure ! non mais, vous vous rendez compte ?

Les chiens jubilent. Ce n'est pas toutes les nuits dans une triste existence de chien de banlieue qu'il se produit des « happenings » rue du Commandant-Fergusson.

Un héros, ayant jeté son manteau sur son pyjama, sort de chez lui et vient à nous, soutenu par un murmure d'admiration du côté des fenêtres. La rumeur publique nous apprend que c'est M'sieur Collin, dites donc ! qu'est descendu dans la rue voir un peu ce qui se passait.

Un autre héros se joint à lui, excité sans doute par sa femme qui a dû lui faire de ces réflexions imbéciles et comparaisons désobligeantes qui conduisent toujours les hommes à faire les intrépides devant leurs femelles, au lieu de leur flanquer une paire de claques pour leur apprendre à pousser quand ça glisse.

Les spectateurs des fenêtres vibrent d'émotion contenue. On crie aux deux héros de bien faire attention à eux, vu qu'un mauvais coup est vite arrivé avec tous ces hippies et autres qu'on ne sait pas d'où ça sort.

Conscient de sa témérité mais ravi d'être épaulé par un compagnon, M. Colin nous aborde en se forçant au calme et à la courtoisie, et nous demande bien poliment ce que nous voulons et pourquoi nous faisons ce tapage.

Nous lui répondons, non moins courtoisement, que nous cherchons simplement à réveiller notre ami Tardu et que nous sommes désolés d'avoir interrompu le sommeil des masses laborieuses, lesquelles masses, présentement, n'en pipent plus une et, de leurs fenêtres, attendent l'instant précis où le sang va couler pour s'écrier qu'elles l'avaient bien dit et qu'on n'est plus en sécurité nulle part.

— Bon ! dit M. Colin, approuvé par des hochements de tête de son acolyte, bon ! Eh bien ! écoutez voir, c'est pas des façons de réveiller le monde à des 2 heures du matin. Où c'est que vous avez été élevés ?

— Aux Enfants de troupe, dit Marie-Charlotte, prytanée militaire de La Flèche !

M. Colin prend un air excédé :

— Écoutez, ma bonne dame, je vais vous faire voir, moi...

— Je ne suis pas votre bonne dame, dit Marie-Charlotte. Et je n'ai pas pour habitude de me laisser aborder dans la rue par des hommes en pyjama !

— Mais...

— Vous voulez qu'on aille chercher les flics ? exhibitionniste !

— Ça ! dit M. Colin qui s'étrangle, c'est la meilleure !

— Et devant deux dames et une jeune fille ! C'est du propre !

— Sans compter tous les voyeurs aux fenêtres ! dit Mandoline.

Entendant s'élever le ton de notre conciliabule, les fenêtres s'émeuvent. Pour sûr, il va y avoir du sang !

— Qu'est-ce qu'ils te disent, Édouard ? demande Mme Colin.

— Un beau cochon, Édouard, crie Marie-Charlotte, il m'aborde en pyjama et me dit qu'il va me faire voir !

— C'est un monde ! dit M. Colin en resserrant sur lui les pans de son manteau. C'est un monde !

Avec l'arrivée dans la rue de Mme Colin, toute embigoudée et drapée dans un peignoir, la discussion prend du corps. C'est-à-dire que tout le monde parle à la fois et que personne n'écoute plus personne. Cependant, la grosse voix de Mme Colin arrive à dominer le vacarme. Elle s'adresse, étonnée, au voisin qui est venu prêter main forte à son époux.

— Mais à propos ! dit-elle, vous êtes flic, M. Loison ! Qu'est-ce que vous attendez pour intervenir ?

— J'attends de pouvoir en placer une ! dit M. Loison. J'aurais mon sifflet, encore !

— Attendez ! dit Marie-Charlotte qui met deux doigts dans sa bouche et en tire un sifflement strident.

C'est à ce moment précis que, de la fenêtre de Tardu, le contenu d'une cuvette d'eau vient inonder M. et Mme Colin ainsi que M. Loison, nous épargnant tout à fait, ce qui prouve bien, ainsi que je le disais plus haut, qu'il n'y a pas de justice.

— C'est pas bientôt fini ? dit Tardu, qu'est-ce que c'est que ce cirque ?

Les inondés l'insultent et M. Loison le somme de descendre s'expliquer, ses papiers à la main, et plus vite que ça ! À quoi Tardu répond avec une grande logique que si tous les bons citoyens étaient tenus d'obéir à des polichinelles en pyjamas mouillés qui font du bouzin sous leurs fenêtres en pleine nuit, ça ne serait plus la peine d'être en république. Puis tandis que, dans la crainte où elles sont d'attraper le mal de la mort, les trois victimes rentrent chez elles en jurant que les choses n'en resteront pas là et que demain il fera jour, Tardu nous reconnaît et s'effare :

— Ben ! Qu'est-ce que vous faites là, vous autres ?

— On voulait te voir, dit Marie-Charlotte, il y a contre-appel ! Descends !

Au bout d'un instant le rideau de fer se lève un peu et Tardu, plié en deux, nous regarde la tête en bas.

— Et alors, dit-il, vous êtes fondus ou vous êtes soûls ?

— Ni l'un ni l'autre, dis-je, on est embêté.

La tête de Tardu disparaît, ce que nous prenons pour une invitation à entrer dans son bar. À la queue leu leu, pliés en deux, nous passons sous le rideau de fer.

Les fenêtres de la rue du Commandant-Fergusson se sont refermées, à regret, sur des supputations à faire frémir. Au 14, nous apportons de la drogue, au 21, nous livrons Mandoline à la traite des Blanches, au 21 *bis*, nous venons nous livrer à des ébats coupables, mixtes et hexagonaux, au 18, nous assassinons tranquillement Popaul et Mireille, au 12, nous apportons à notre receleur favori le produit de notre dernier cambriolage, tandis qu'au 23, chez M. Colin, nous faisons probablement tout cela à la fois, car M. Colin n'affronte jamais que les plus dangereux malfaiteurs, comme, dorénavant, chacun sait ou va savoir.

— Bon ! dit Tardu en allumant une rampe de néon. Alors ? vous avez vu l'heure qu'il est ?

— Écoute, dit Marie-Charlotte, ne commence pas à renauder ! Tu penses bien qu'on n'est pas là en pleine nuit pour le plaisir ! Où est ta femme ?

— Ma femme, elle dort, dit Tardu. Elle dort dans une chambre sur la cour, avec un somnifère et des boules dans les oreilles. C'est comme ça qu'elle dort, ma femme, sans ça, elle dort pas. Tu veux que je la réveille ?

— Surtout pas ! dit Marie-Charlotte. Surtout pas !

Nous faisons asseoir Tardu et lui racontons nos misères, qui ne semblent pas l'émouvoir outre mesure.

— Ouais ! dit-il, et alors ? C'est gentil à vous de me tenir au courant, mais ça pouvait attendre demain. Ça m'a l'air classé, votre truc, non ? Hier soir, le père Eugène t'a remis le nouveau dossier dans le coffre et s'est palpé une demi-brique. Tu veux quoi, au juste, que je te rembourse ?

Le malheur c'est qu'hier soir le père Eugène, s'il s'est bien « palpé une demi-brique », n'a pas remis du tout le deuxième dossier dans le coffre. Pour dire les choses comme elles sont, le père Eugène est arrivé à notre rendez-vous, devant Publipub, sur le coup de minuit, avec l'air d'un monsieur à qui l'on a marché une fois de trop sur les pieds. Il m'a demandé les cinq mille francs ainsi que le dossier, il a enfermé le tout dans une serviette de cuir et il a tiré de son veston une enveloppe qu'il m'a tendue !

— Regarde un peu, mec ! a-t-il dit. Regarde un peu comme on peut truander Eugène Maltoison ! Pas plus tôt t'as été parti, c'est après-midi, que j'ai filé à Versailles chez un pote à moi qui est photographe. Regarde un peu ce qu'il y avait sur le rouleau que tu m'as donné. L'Obélisque, mec ! L'Obélisque de nuit. Jolie, je ne dis pas, la place de la Concorde la nuit, mais, tu vois, pour ce qui est des visions d'art, je préfère la gueule d'Eugène en train de débrider un coffiot. Je te le dis comme je le pense.

Je donne les photos à Tardu qui les regarde d'un œil éteint.

— Ben oui ! dit-il. Il a raison Eugène. C'est tout des photos de l'Obélisque la nuit ! Tu t'es trompé de rouleau ?

— Je me suis trompé d'appareil. Avant-hier soir je n'ai pas remarqué qu'ils sont revenus avec le Rollei d'Ary, et non celui de Julien. C'est la seule explication.

— Et alors ?

— Alors, Eugène m'a informé qu'il gardait l'argent et le dossier. En tout état de cause il garde l'argent pour ses frais de photographie et de déplacement à Versailles, mais il ne me remettra le dossier qu'en échange du négatif le représentant ainsi que de toutes les épreuves ayant pu en être tirées.

— C'est vague ! dit Mandoline. Comment savoir combien il y a eu d'épreuves tirées ?

— Il va attendre huit mois. C'est l'échéance de la prescription pour la dernière affaire où il court un risque. Si dans huit mois la campagne Podouss n'est pas sortie avec sa photo il rend le dossier, contre une demi-brique de mieux.

— Sinon ?

— Sinon, eh bien, sinon, à son premier contact avec la police (qui ne saurait tarder, dit-il, dès que sa photo paraîtra) il dénonce Tardu.

— Il dénonce QUI ? dit Mireille en surgissant dans la salle du café. Il dénonce QUI ?

— Je croyais que tu dormais, dit Tardu.

— Manque de chance, mon lapin, dit Mireille. Je n'avais plus de somnifères hier soir et avec le raffut que vous avez fait, les boules sortent toutes seules des oreilles, découragées.

— Je vais vous expliquer, dis-je.

— Pas la peine, dit Mireille, en finissant d'attacher la ceinture de son peignoir. Pas la peine ! Ça fait vingt minutes que je suis assise là derrière, sur une marche d'escalier. Je n'entre jamais, sur mon élan, dans une pièce où des hommes causent. J'ai été élevée comme ça. Mais j'ai tout entendu. J'avais un peu raison de vouloir vous virer la première fois que vous êtes venus voir Paul. Amis de régiment ou pas, c'est bien du pareil au même !

Elle nous dit encore quelques phrases aimables desquelles il ressort que le choléra et la peste bubonique, à coté de nous, c'est une simple grippe. Elle fait taire Tardu, intime le silence à Marie-Charlotte et déclare que, puisque c'est comme ça, elle prend l'affaire en main. Elle va monter s'habiller, prendre la voiture et aller trouver l'Eugène qui va constater que la peste bubonique et le choléra, à côté d'elle, c'est un simple rhume de cerveau. Elle sort en claquant la porte et nous l'entendons remonter son escalier du pas décidé d'un hussard qui vient d'apercevoir une rosière.

La sortie de Mireille est suivie d'un silence méditatif. Tardu, mal à l'aise, pense que cette histoire-là, pour lui, ne fait que commencer et que Mireille, avec la mémoire sélective des femmes, va la lui ressortir en scope et en couleurs à la moindre provocation et même sans provocation du tout. Moi je pense qu'après tout, ce n'est pas si mal que Mireille prenne la direction des opérations. Depuis le temps que c'est moi, le maître d'œuvre de ce fourbi inextricable, depuis le temps que c'est moi qui prends des coups sur les doigts chaque fois que le destin plante un clou, depuis le temps que c'est vers moi qu'on se tourne quand les châteaux de cartes s'effondrent, je trouve qu'il est grand temps que la relève soit assurée. Anne, l'air rêveur, pense sûrement à Étienne, Marie-Charlotte va se chercher un jus de fruits derrière le comptoir et Mandoline qui trouve toujours le mot juste dans une situation donnée dit :

— Et qu'y pourra-t-elle de plus que nous, Mireille ? elle le connaît, Eugène ?

Tardu rougit.

— Si elle le connaît ? C'est son ancien mari.

Nous redescendons sur terre à l'énoncé de cette information. Moi, intéressé, mais sans plus. Depuis que j'évolue dans ce salmigondis sentimentalo-financier, plus rien ne m'étonne. On m'annoncerait qu'à mon insu, je suis le fils de G-G et de la mère Choisnet, que j'opinerais sans discuter. Mes deux seuls souhaits pour le quart d'heure seraient que, tout à coup, j'eusse vingt ans de moins, ce qui est parfaitement irréalisable, ou que Marseille fût détruite dans la nuit par un cataclysme sans précédent, ce qui est déjà plus faisable. Malheureusement, je ne peux formuler le premier vœu à haute voix sans passer pour un sans-cervelle ni le deuxième pour un sans-cœur.

Tardu, flatté par nos regards convergents sur sa modeste personne, nous donne quelques détails supplémentaires sur le roman d'amour d'Eugène et de Mireille :

— Mec ! dit-il, tu peux pas savoir la tigresse que c'était. Elle est encore assez casse-machins mais, à l'époque, c'était la vraie calamité. La vie qu'elle a menée à Eugène, si on savait, en haut lieu, on le proposerait pour la médaille du mérite. Jalouse, coléreuse, dépensière, capricieuse, autoritaire, exigeante ! je dois en oublier. Elle a changé. Pas qu'en ça, d'ailleurs. Elle était belle ! il fallait voir. La vraie star de cinéma. Blonde, mince, tout ! Misère ! C'est parce qu'elle était belle qu'elle était emmerdante. Les jolies femmes, les petits enfants et les vieillards, on leur passe tout, alors, d'instinct, ils savent qu'ils peuvent toujours aller trop loin. Maintenant, elle est moins jeune, moins belle. Ça oui, elle est moins belle ! Alors elle sait qu'il ne faut pas trop tirer sur la ficelle. Mais du temps d'Eugène !

pardon ! Un vrai poison, c'était. Lui, il disait rien. Il en était fou, il l'avait dans la peau, comme on dit. Tu as vu Eugène ? Quel âge tu lui donnes ? soixante-cinq ? soixante-dix ? Eh bien, mec, il a cinquante-cinq berges ! C'est Mireille qui l'a rendu comme ça à force de veilles, de champagne, de crises de nerfs, d'exigences, de coups fourrés et de mistouilles calamiteuses. Un infarctus, elle lui a filé ! un infarctus ! Eugène, c'était un paisible. Le boulot terminé : pantoufles et infusion. Son plaisir, c'était d'écouter la Famille Duraton à la radio, une belote de temps en temps avec les copains et le P.M.U. le dimanche. Mireille, elle, elle croyait qu'elle avait épousé Al Capone. Au début elle a patienté et puis quand elle a vu que les visons et les diamants, ça venait pas vite, elle s'est mise à devenir mauvaise. Ce qu'elle a pu lui bonnir sur son manque d'ambition, c'est pas croyable ! Des humiliations, des réflexions devant tout le monde, des défis. Il a essayé un moment de suivre le train mais il était pas fait pour. Elle, ce qui lui fallait, elle disait, c'était du Sicilo-Américain. Mais comme elle causait ni le sicilo, ni l'américain, fallait bien qu'elle se contente de l'autre pomme. Tué, elle l'a ! Maintenant elle est rangée des voitures et tout. Les malfrats elle veut même plus les voir au cinéma. À la télé, les Incorruptibles, ça lui file des crises de foie, dis donc ! Mais quand elle avant vingt, vingt-cinq ans, mec ! Il y avait jamais de coups trop beau à faire. Tu pouvais pas l'envoyer toucher un chèque dans une banque sans qu'au retour, elle te fasse, de mémoire, le plan des issues et de l'emplacement de la salle des coffres. Une acharnée, c'était. Un jour, je me rappelle, Eugène il est allé ouvrir un coffiot en Belgique. Il avait amené Mireille, vu qu'il pouvait pas se passer d'elle. Au retour, à la frontière, voilà-t-il pas qu'un douanier demande à Mireille ce qu'il y a dans le sac qu'elle tient sur ses genoux. Mireille se marre, fait un clin d'œil au douanier et répond : « Dix kilos d'héroïne. » Le douanier rigole et les laisse passer. Eugène, un peu plus loin, dit à Mireille qu'elle est dingue de dire des vannes de ce calibre a un douanier. Qu'on sait jamais avec ces mecs s'ils vont aimer ou pas qu'on plaisante avec eux. « Plaisanter ? mon cul ! » répond Mireille qui surveillait pas son langage à cette époque-là. Elle ouvre son sac pour qu'Eugène il voye : il y avait bel et bien dix kilos d'héroïne dedans, avec en plus trois pistolets tout neufs, qu'elle apportait à Riton le Nantais pour se faire de l'argent de poche. De voir ça, l'Eugène, après avoir raté de peu un cinq tonnes, il a arrêté sa tire sur le bas côté de la route, il a mis les bras sur son volant, sa tête sur ses bras, et il s'est mis à pleurer. C'était la première fois que ça lui arrivait depuis le lendemain de sa première communion, dites donc !

C'est à la suite de ce coup-là qu'il a décidé que c'était marre. Mireille, il l'aimait déjà moins, mais il savait pas comment s'en débarrasser. Il m'a demandé un coup de main, pour ainsi dire, à mots couverts, sans avoir l'air de rien, comme on dit. Des trucs en l'air, des phrases, que celui qui le débarrasserait de Mireille, il pourrait compter sur sa reconnaissance, que si jamais un maladroit lui passait dessus avec une auto, c'est pas lui, Eugène, qui irait porter plainte. Enfin, des insinuations, quoi. Moi, depuis le temps que j'étais amoureux de Mireille, j'ai tout de suite vu la coupure.

— Tu l'as épousée ! dit Marie-Charlotte.

— Attends ! D'abord, je lui ai expliqué la situation. Que si elle s'obstinait à rester avec Eugène, il allait bien lui arriver une bricole un jour ou l'autre. Une auto qui dérape, une explosion de réchaud à gaz, un appui de fenêtre qui se descelle. On est si peu de chose ! Elle a compris au quart de tour. D'ailleurs, elle commençait à se calmer un peu, à comprendre que le Sicilo-Américain, c'était pas le genre du quartier. Elle s'était découvert son premier cheveu blanc, sa première ride. C'est une femme intelligente Mireille. Elle a un peu hésité pour la chose de son quant-à-soi et puis, entre Eugène qui se décidait pas à devenir Al Capone mais qui avait des dispositions à jouer les Landru, et un bon mec tranquille comme moi pour finir ses jours...

— Vous vous êtes mariés, dis-je.

— Non. Je l'ai planquée un temps, j'ai quitté le milieu et puis on s'est mis ensemble. Comme elle était mariée officiel avec Doigts d'Or, fallait pas compliquer. On dit qu'on est mariés pour la question de standing dans le quartier.

— Et qu'est-ce qu'il a dit de ça, Doigts d'Or ?

— Lui ? Il a jamais su. On en a jamais recausé. Je crois qu'il croit que je l'ai butée.

Mireille redescend, harnachée de pied en cap, nous informe qu'elle va chez Eugène reprendre l'enveloppe et nous dit de ne pas bouger de là et de l'attendre, vu qu'elle ne fait qu'aller et venir.

Elle sort, met sa voiture en marche et démarre en faisant gémir ses pneus comme les justiciers de tous bords quand ils partent pour une expédition punitive et tiennent à ce que nul n'en ignore.

— C'était ça, dit Mandoline, le service que vous lui avez rappelé pour qu'il consente à ouvrir notre coffre ?

— C'était ça, dit Tardu.

— Donc il sait, depuis que vous le lui avez dit, que Mireille est bien vivante ?

— Il a peut-être cru que je le bluffais. Mais pour ce qui est de constater que Mireille est bien vivante, s'il le savait pas il va pas tarder à le savoir !

Ces quelques dernières phrases, je ne les rapporte que parce que Mandoline me les a racontées après. Moi, je n'étais pas là. Moi, j'étais dans la voiture, avec Mireille qui avait tenu à ce que je l'accompagne.

Je me demandais bien pourquoi !

Je me demande bien pourquoi, mais, pas longtemps. Tout en prenant ses virages sur deux roues et en semant l'infarctus galopant dans le petit monde des matous noctambules, Mireille me met rapidement « au parfum » ainsi que l'on dit dans ce monde malodorant.

— Si je vous prends avec moi, dit-elle, c'est pas pour m'arrêter dans un coin sombre, vous faire le coup de la panne et vous embrasser les oreilles en vous faisant des papouilles ! Vous y trompez pas ! C'est simplement qu'Eugène est peut-être armé.

— Il l'est. Et vous croyez qu'il n'oserait pas tirer sur vous devant moi ?

— Il se gênerait ! Mais il ne pourra pas tirer sur moi derrière vous.

Je reste silencieux. Quelque peu exaltantes que me paraissent les papouilles susdites, je crois que je les aurais préférées au rôle de bouclier. Si Mireille s'imaginait que j'allais applaudir et la complimenter sur ses bonnes idées, elle en est pour ses frais.

Voyant que je ne dis rien, elle reprend :

— Vous avez compris la manœuvre ?

— Oui ! dis-je sobrement.

Je ne veux d'ailleurs pas discuter avec une femme qui conduit à 140 à l'heure dans des rues de banlieue, fût-il trois heures du matin. Déjà nous avons frisé les moustaches d'un cycliste qui n'a dû son salut qu'à un plongeon ferraillant parmi des poubelles débordantes. Je l'imagine maintenant coiffé d'un chou-fleur pourri et en train de redresser sa roue avant en vouant aux flammes de l'enfer tous les automobilistes de la création. Je ne saurais lui donner tort, et même, j'aimerais mieux, en cet instant précis, être assis sur le trottoir à côté de lui, parmi les détritus, plutôt qu'à la place si joliment dite « du mort » dans cette bombe vrombissante conduite par une furie qui ne l'est pas moins.

Tout en conduisant, les mains crispées sur son volant et le regard fixé sur l'horizon de la plaine maraîchère de Montesson, Mireille me confie en un râlement continu à quel point elle en a par-dessus la tête de notre bande de zigotos, et m'assure qu'elle va mettre un terme définitif à nos entreprises badines et irréfléchies.

Elle m'explique aussi les différents traitements auxquels elle va soumettre ce pas fréquentable d'Eugène. Elle me fait un résumé alléchant de ce qu'elle va lui dire, lui faire et lui causer. Elle me brosse une fresque monumentale de la java que ça va être, dans la bicoque, une fois qu'elle y aura seulement mis un pied, pour ne rien dire de ce qui se passera si, d'aventure, elle arrive à y mettre les deux. Elle me décrit le panorama dantesque de ce qui restera d'Eugène et du Clos des Lilas quand elle aura ratissé le secteur. Elle cause ! elle cause ! Elle soulèverait un moment son pied de l'accélérateur, je prendrais un plaisir bien plus vif à sa conversation.

Mais tout en ne disant mot, je compatis intérieurement aux malheurs de cette dame qui s'est recyclée courageusement dans la limonade, après avoir rêvé être l'impératrice de la pègre, et qui, faite pour être l'égérie d'un Dillinger, se retrouve être la compagne de l'inconsistant Paul Tardu. Elle a tout à fait raison de rouspéter, Mireille. Passer sa vie entre Popaul et le percolateur, ce n'était déjà pas le Club Méditerranée, mais depuis que nous avons apporté avec nous le désordre, la complication et le danger, ainsi que des remugles d'une époque qu'elle a si complètement essayé d'oublier, c'est « du cri » comme elle le confie actuellement au tableau de bord et même du « cri sec » !

Je la guide jusqu'au Clos des Lilas qui dort, à cette heure inhumaine, ainsi que tous les autres pavillons du lieu, derrière ses plants de poireaux et ses fleurettes banlieusardes. Tandis que nous franchissons l'allée qui mène du portail à la porte de la maison, un chien voisin se met à aboyer. Si tout le cirque de la rue du Commandant-Fergusson recommence, je donne ma démission, là, tout net, entre le pot de géraniums et le plant de tomates hatives de Béziers ! Je le jure !

Mais Eugène, vieux malfrat, a trop longtemps dormi d'un œil et d'une oreille, la main sous le traversin à portée d'un pistolet chargé, pour avoir pris l'habitude sécurisante mais dangereuse des somnifères et des boules de cire. Eugène, avant même que Mireille n'ait toqué à l'huis pour la deuxième fois, dit d'une voix sourde, à travers la porte :

— Qui c'est ?

— Moi, Mireille, ouvre.

— Non !

Et toc ! Cela, c'est du concis, du sans bavures, du définitif. Foin des ronds de jambes bourgeois et des parlotes préambulatoires. Eugène ne veut pas voir Mireille, c'est bien clair. Seulement, comme Mireille veut absolument voir Eugène, inutile de dire que nous ne sommes pas encore au lit !

— Écoute voir, dit Mireille. Comme tu finiras par ouvrir, ouvre tout de suite. Ça gagnera du temps et on pourra aller se zoner avant demain midi. J'ai du sommeil en retard, moi.

— Et pourquoi, dit Eugène à travers la porte, pourquoi que je finirais par t'ouvrir ?

— Parce que, sinon, je vais chercher les flics pour leur dire que mon mari m'empêche d'entrer au domicile conjugal. Je suis ta femme, oublie pas !

Eugène, vaincu, manœuvre une grande quantité de serrures et nous fait entrer.

— Tiens ! T'es là aussi, toi ?

Je m'assieds sur une chaise sans que personne m'ait invité à le faire. Je donnerais mon cheval, si j'en avais un, pour un lit aux draps frais. Eugène, la main toujours sur la poignée de la porte, regarde Mireille. Mireille regarde Eugène. Ils restent un bon moment à se contempler sans rien dire. Encore dix secondes et je m'endors.

— C'est toi ? dit enfin Eugène.

— Oui, c'est moi, dit Mireille doucement.

Après tous les discours qu'elle m'avait tenus j'avais imaginé Mireille, je ne sais pas, enfonçant les portes, ameutant le quartier, tirant des coups de revolver, poursuivant Eugène avec un tisonnier chauffé au rouge. Mais rien de tout cela ne se produit : ils restent face à face, sans se parler, leurs yeux se détaillant, avec, se jouant sur leurs lèvres, le sourire attendri et incrédule de qui vient de retrouver une photo de sa jeunesse au fond d'une malle.

— T'es toujours belle, dit Eugène.

Mireille sourit.

— On voit que ça manque d'éclairage, chez toi ! Tu me verrais au soleil !...

— Qu'est-ce que tu deviens ?

— Et toi ?

— Je jardine.

— C'est une bonne occupation, ça, c'est sain.

— Oui, ça fait du bien.

Par petites phrases précautionneuses et avec une voix douce que je ne connais ni à l'un ni à l'autre, ils se disent que le fond de l'air est frais, que le vert, ça te va bien au teint, que je te croyais plus empâté, qu'il faut bien se conserver un peu, que le printemps n'est pas précoce, cette année, que tu as toujours de beaux yeux, que l'on est bête quand même, quand on est jeune, que la tomate a eu la maladie, que si c'était à refaire !...

— Assieds-toi !

— Je ne reste pas longtemps !

— Tu veux boire quelque chose ? J'ai du blanc sec, bien frais.

— À quatre heures du matin ?

— C'était ton heure pour le champagne, mais j'ai pas de champagne.

— Tant pis.

— Tu m'aurais dit que tu venais...

Holà ! Ho ! Eh ! Mais ce n'est pas possible ! On se joue de moi ! Je suis dans le rêve de quelqu'un d'autre ! Comment ? On me convie à un règlement de comptes propre à faire saliver d'impatience un cannibale et qu'est-ce que je vois ? Deux quinquagénaires, dont un quasi sexa, qui se tiennent par la main en se susurrant des bluettes ? Pardon ! Minute ! Il y a maldonne ! Remboursez ! Du champagne ? Et pourquoi pas des violons, des lumières tamisées et un pianiste qui joue des blues ! Moi je veux bien qu'on ne tue personne, je préfère, même, mais ce bonhomme en pyjama, mal rasé, mal peigné, qui tient la main de cette dame mûrissante sur la toile cirée de sa cuisine qui sent le chou, il ne faudrait pas oublier qu'il m'a extorqué un demi-million hier soir et qu'il détient une enveloppe à laquelle deux ou trois personnes attachent un certain prix ! Tout de même !

Cependant, quelle que soit ma légitime indignation, je pense qu'il vaut mieux les laisser nostalgiser un brin. Ce que je disais de la tuerie et du carnage, c'était réaction de téléspectateur à qui l'on a annoncé du Peckinpah et à qui l'on projette *Love Story*. Je ne tiens pas plus que cela à ce qu'on s'entre-tue, particulièrement si je suis censé jouer le rôle du preux chevalier qui se jette toujours, l'imbécile, entre les projectiles et la poitrine des dames.

Qu'ils roucoulent ! Qu'ils roucoulent ! Mais point trop n'en faut ! Le jour va poindre d'un instant à l'autre et j'ai, du côté d'Asnières, trois femmes qui m'attendent en somnolant sur la moleskine de Popaul. En outre, j'ai si grand sommeil que je me demande si je ne suis pas endormi depuis un quart d'heure.

Ils en sont, ces deux romantiques, à se demander pourquoi ils se sont quittés. Eugène caresse le poignet de Mireille et Mireille regarde Eugène avec, dans le regard, une lueur qui la rajeunit de vingt ans. C'est vrai qu'elle a dû être belle ! Moi, entre le casier à bouteilles et le calendrier d'Hemery-Aubert, je suis aussi oublié qu'un croûton derrière une malle. Je n'ose pas trop rappeler ma présence ni le but de notre visite car, après tout, il s'agit peut-être là d'une stratégie toute féminine de Mireille, qui endort l'adversaire pour mieux le dominer ensuite.

Je me laisse aller à la somnolence, persuadé que le premier coup de revolver ne manquera pas de me réveiller.

Au bout d'un certain temps, un reste de vigilance me fait soulever péniblement une paupière. Mireille est sur les genoux d'Eugène, la tête appuyée dans le creux de son cou.

— Cette idée que j'ai eue de vouloir te faire disparaître ! dit Eugène.

— C'est que je t'en avais tant fait voir, mon grand !

— Quand même ! Quand même ! C'était pas gentil de ma part.

— On a tous ses moments d'agacement, tu sais !

— Quand même ! Quand même ! c'était mesquin.

— N'y pense plus, va, puisque je suis là !

Ils s'embrassent. Je décide de laisser retomber ma paupière et de me rendormir pour de bon. Comme je me cale plus confortablement sur ma chaise, j'entends encore, avant te sombrer, quelques bribes de conversation.

— Et celui-là, qu'est-ce qu'on en fait ?

— Celui-là, laisse-le où il est, il dort.

— Tout de même, s'il...

— Laisse tomber, mon grand, dit Mireille. C'est par où, ta chambre ?

Le jour se lève et déjà, sur les routes, les vélomoteurs de l'aube filent en pétaradant vers l'usine ou l'atelier et, puisqu'ils sont réveillés, eux, réveillent tous ceux qui ne l'étaient pas. Y a pas de raison !

Mireille ne conduit plus, comme quelques heures auparavant, à la manière spectaculaire mais inquiétante des guérilleros sud-américains. Au contraire, elle arbore un air rêveur que je ne lui ai jamais vu et grille deux feux rouges dont elle n'a même pas, je suis prêt à le jurer, soupçonné l'existence.

— En somme, ça s'est bien passé !

— Pas mal ! dit Mireille, pas mal ! Vous avez dormi ?

— J'ai dormi tout le temps. Dès que j'ai été assis sur ma chaise, je me suis endormi.

— Parfait, dit Mireille. Le sommeil y a que ça de vrai.

Elle m'a réveillé comme l'aube pointait. J'avais la bouche amère, l'œil terni et mon dos n'était qu'une longue douleur. La cuisine, déjà, prenait les couleurs grisâtres des lendemains matins. Mireille m'a secoué par l'épaule en chuchotant :

— Vous venez ? On s'en va.

— Vous avez l'enveloppe ?

— Bien sûr que j'ai l'enveloppe. Venez.

Je n'ai pas revu Eugène. Mais un paisible ronflotis qui venait de la pièce voisine m'assurait, au moins, que Mireille n'avait pas été obligée d'organiser quelque affreux massacre pour reprendre nos précieux papiers. Il serait quand même bon que j'aie l'air étonné :

— Et il n'a pas rouspété, Eugène ? Il vous a rendu l'enveloppe comme ça, sans rien dire ?

Mireille sourit sans quitter la route des yeux.

— Pas sans rien dire, mais sans rouspéter. Et puis, votre demi-brique, vous savez, il la garde. En dédommagement, il dit.

Ce n'est pas à moi, tiens, que Mandoline, assise sur mes genoux et me demandant, mon grand, où est ma chambre, laisserait un demi-million en dédommagement.

Je ne dois pas savoir y faire, avec les femmes.

Le bruit que fait Mireille en relevant tout à fait le rideau de fer du Bar des Abeilles réveille mes trois femmes et Tardu qui s'étirent, bâillent, passent leurs mains sur leur figure, défripent leurs vêtements et frictionnent leurs reins, toute gymnastique habituelle à qui vient de passer une nuit presque blanche en somnolant sur des chaises de bistrot.

— Alors ? dit Tardu.

— Allume le perco, dit Mireille, je monte enlever mon manteau.

— Comment ça s'est passé ? dit Marie-Charlotte.

— Bien, dis-je. Eugène a rendu l'enveloppe.

— Mireille, dit Tardu, elle est terrible ! Je ne sais pas comment elle fait mais, quand elle a une idée derrière la tête, elle ne l'a pas ailleurs !

— Vous avez l'enveloppe ? dit Anne.

J'arrange d'un doigt des petits cheveux qui se sont égarés autour de ses oreilles pendant qu'elle dormait, la pauvre chérie, accoudée à un guéridon.

— Non, dis-je, c'est Mireille qui l'a.

— Comment qu'elle a fait pour qu'il rende l'enveloppe ? dit Tardu.

— Ça, vous le lui demanderez, mon vieux. Elle se fera sûrement une joie de vous raconter cela elle-même.

— Et le coup des photos, dit Anne, ça s'arrange comment ?

— Écoutez, dis-je, laissez Mireille vous raconter tout cela. Moi, je suis crevé, je voudrais bien un peu de café.

— Ça vient, dit Tardu hilare, ça vient ! Sacrée Mireille ! Je la vois comme si j'y étais ! Le père Eugène, vous voulez que je vous dise ? Elle a dû l'avoir à l'intimidation !

Mireille redescend, boit du café avec nous et improvise, avec une impudence tranquille, un récit intéressant duquel il ressort que, grâce à sa dialectique imparable, sa logique éblouissante et sa menace de revenir habiter le domicile conjugal, Eugène a capitulé et a rendu l'enveloppe, sans dire plus des deux ou trois jurons et grossièretés que réclamait la situation pour que l'honneur soit sauf.

Tardu, qui pleure de joie, se tape sur les cuisses en imaginant la tête du père Eugène, menacé de récupérer sa tigresse jusqu'à la fin des temps.

— Je me marre ! dit-il. Eugène, de te voir, ça a dû lui rappeler le bon temps !

— Tout juste ! dit Mireille.

Mandoline, qui ne perd jamais de vue les choses essentielles, dit qu'il se fait tard, que nous avons tous besoin d'un brin de toilette, qu'il faudrait voir à aller au boulot et que ce serait une bonne chose si Mireille nous rendait l'enveloppe, afin qu'on puisse se dire au revoir et prendre congé.

— L'enveloppe, dit Mireille, l'enveloppe, je vais vous dire : depuis que vous avez ce satané dossier, vous n'arrêtez pas de faire des bêtises avec...

— Mais...

— ... des bêtises avec ! Et c'est Paul, mon mari, qui doit vous tirer d'affaire, ou moi qui dois aller discuter avec un voyou toute une nuit, ce qui n'est pas bon pour mon teint, comme vous pouvez le voir ce matin, vu que j'ai besoin de beaucoup de sommeil...

— Mais...

— ... de beaucoup de sommeil. Alors, pour ne pas vous voir revenir ce soir ou la nuit prochaine pleurnicher qu'on vous a encore chouravé votre bien...

— Permettez...

— ... votre bien, et nous demander d'aller le chercher dans le coffre du ministre de l'Intérieur, dans le bureau du caïd du gang de la drogue ou dans la chambre froide du pavillon de la marée à Rungis...

— Je...

— ... à Rungis ! Moi, l'enveloppe, je vais vous dire : *je la garde !* Elle est au sec, là-haut, dans mon armoire qui ferme à clef et, dès demain matin, j'irai la rendre à votre patron...

— Eh !...

— ... à votre patron ! C'est le seul moyen pour que vous n'imaginiez pas, dans vos petites têtes, d'ici demain, une nouvelle excentricité qui risquerait de nous porter tort.

— Eh ! Tardu ! dit Marie-Charlotte, dis quelque chose !

— Ben !... dit Tardu.

— Vous, le caporal en tenue de fantaisie, dit Mireille, vous la bouclez, s'il vous plaît. Les deux seuls intéressés, là-dedans, si j'ai bien compris, c'est lui et elle, or, lui et elle ils disent rien !

Il est vrai que Mandoline et moi ne disons rien. Mandoline, parce qu'elle n'a encore rien trouvé de tout simple à répondre et moi, parce que j'en ai dé-fi-ni-ti-ve-ment par-dessus la tête, de cette histoire. Comptabilité parallèle ou pas, mon dossier *à moi* est, *de toute façon*, dans le coffre de G-G et je n'ai aucun moyen de l'en faire sortir. Alors, un peu plus, un peu moins ! Tout de même ! Tout de même, la situation est vexante et je vais faire un dernier effort :

— Je ne dis rien mais j'ai à dire ! Sortons, vous et moi, un instant sur le trottoir, dis-je à Mireille.

Tardu s'en étrangle :

— Qu'est-ce que c'est que ça ! Vous allez vous battre avec ma femme, maintenant ?

— Laisse tomber, lapin, dit Mireille en allant vers la porte. Me battre ? moi ? Tu l'as pas regardé ?

— Alors ? reprend Mireille quand nous sommes sur le trottoir et que les autres, médusés, nous regardent à travers la vitre. Alors ? qu'est-ce que vous avez à me dire ? Que vous ne dormiez pas tout à fait cette nuit, peut-être ?

— C'est exactement cela ! Et je pourrais dire à Tardu...

— Rien du tout ! dit Mireille. Le chantage, mon bon monsieur, ça demande une nature, de la réflexion et du doigté. Ça ne s'improvise pas comme ça, le chantage. C'est un art !

— Je...

— Je vais vous dire. Si vous continuez à avoir bien dormi sur votre chaise, je renvoie le dossier anonymement. Maintenant, si vous commencez à raconter des trucs bizarres que vous auriez cru voir en rêve, je rends le dossier en racontant que c'est la petite mignonne qui l'a sorti du coffre. Vous pigez ?

— Ben...

— C'est *ça* du chantage, dit Mireille. Vous saisissez la nuance qui sépare l'amateur du professionnel ?

— Alors ? dit Tardu quand nous réintégrons le café. Alors ? qu'est-ce qu'il voulait te dire en secret ?

— Il voulait me dire que j'avais bien raison de garder l'enveloppe, mais qu'il n'osait pas le dire devant mademoiselle.

Mandoline repousse ses lunettes sur son nez et me jette un regard horrifié. Encore du laïus justificatif en perspective !

Mireille aide Anne à passer son manteau, nous ouvre la porte et ajoute :

— Il voulait aussi me remercier pour tout le mal que je me suis donné cette nuit.

— Ce n'est pas pour vous faire des reproches, dit Étienne, mais vous n'êtes pas gais !

— On n'est pas gais parce qu'on est embêtés, dit Anne.

Étienne s'est invité, ce soir, et, confortablement installé dans un fauteuil, boit un apéritif en attendant qu'Anne le retienne à dîner, ce qu'elle ne va pas manquer de faire. Et, Dieu sait, pourtant, que ce n'est pas le jour ! Il n'est rien de pire que le sans-gêne des gens « décontractés » qui se permettent des visites à l'improviste, sans que jamais l'idée les effleure qu'ils peuvent mal tomber. Combien arrivent, hilares et futiles, au beau milieu d'une querelle, d'une maladie, d'un tracas domestique, s'emparent de la conversation pour bavasser sur des sujets hors de saison et, se rendant compte tout à coup (quand ils s'en rendent compte !) qu'ils font du monologue, se vexent, se piquent, et vont jusqu'à se plaindre d'être mal reçus !

Après avoir quitté ignominieusement le Bar des Abeilles, nous avons regagné nos domiciles respectifs et fait une goutte de toilette. J'ai retrouvé ensuite Mandoline à Publipub, où il m'a fallu trois quarts d'heure de chuchotis dans un coin de couloir, quatre serments et cinq paroles d'honneur pour la convaincre que ce n'était pas pour donner raison à Mireille que j'étais sorti sur le trottoir. Plus tard, Frédérique m'a trouvé, avec cette science du diagnostic qui n'appartient qu'à elle, « la tête du type qui n'a pas fermé l'œil de la nuit ». Elle m'a confirmé, dans un souffle, le retour de G-G pour demain matin. Lucas a renversé un plein godet de gouache bleue sur un dessin que je venais de terminer et Ary, qui a appris deux ou trois nouvelles expressions de franco-cuistre, nous a fait un laïus d'une heure pour arriver à les placer. Je rentre chez moi et je trouve Étienne, voué maintenant aux bleus (marine, ciel, horizon, pervenche et pétrole), qui me dit que j'ai l'air pas gai ! Pas gai ? Moi ? Allons donc ! il est amusant, ce jeune homme ! je pétule !

— C'est toi ou c'est ton frère qui est embêté ? dit-il.

— C'est les deux, dit Anne. Et salement !

Étienne me regarde : si les ennuis ne concernaient que moi, je subodore qu'il s'en serait soucié comme son ministre d'un économiquement faible. Mais, puisque sa chère Anne est dans le bain, il arbore tous les signes extérieurs du bonhomme qui va faire un effort. C'est-à-dire qu'il fronce le front, plisse les paupières, se gratte le bout du nez, avance la lèvre inférieure, s'agite dans son fauteuil, avale le fond de son verre avec décision et dit :

— Si je peux t'aider en quoi que ce soit !...

— Merci, dit Anne, mais tu ne peux pas.

Elle me regarde en levant les yeux au ciel. En effet ! il ne manquerait plus qu'Étienne dans cette béchamel infernale ! Il a beau faire quasiment partie de la famille, on ne va pas se risquer à lui parler, dans un grand moment d'attendrissement, de la comptabilité de Publipub. L'amour, c'est bien beau mais, la nature fiscale étant ce qu'elle est, il y a des limites à ne pas franchir si l'on ne veut pas qu'un imbroglio tout banal devienne un inextricable sac de nœuds sentimentalo-financiers.

— Bon ! Bon ! dit Étienne en se reversant à boire. Je n'insiste pas. Il boit et repose son verre. Moi, ajoute-t-il, je ne disais ça qu'au cas où il se serait agi de la comptabilité frauduleuse de Publipub.

Moi qui étais en train de boire aussi, cela me prend à

contre-goulée et je m'en étrangle de manière tout à fait déplaisante. Anne a sursauté mais comme elle n'était pas en train de boire, elle n'a pas besoin d'éponger la moquette avec son mouchoir.

— La compta... la... quelle comptabili... euh... la...

— Eh ben oui, quoi ! dit Étienne, le dossier volé que Mandoline trimballe depuis dix jours. Je disais que si c'était cela qui...

Anne s'est laissée tomber, toute pâle, dans un fauteuil.

— Mais, Étienne... mais, Étienne... mais, Étienne...

— Qu'est-ce que c'est que cette histoire ? dis-je.

Étienne tourne vers moi son regard gris acier.

— Là, mon vieux, Mandoline vous dirait que vous n'êtes pas tout simple ! N'essayez pas de jouer les étonnés avec moi à propos d'un sujet pareil ! Je sais, depuis le premier jour, que Mandoline a pris le dossier ! Jocelyne le lui a vu prendre et a regardé ensuite, dans sa serviette, ce que c'était.

— Je... dis-je eh bien !... mais... c'est-à-dire... voyons.

Parti comme je suis, je ferais bien encore un tas d'autres objections pertinentes, mais voici que ma petite sœur pâlit davantage, se met à pleurer, traite Étienne d'ignoble individu, de crapaud pustuleux, d'infâme suborneur, d'affreux rat visqueux, d'horrible provocateur et de reptile gluant, ainsi que d'autres épithètes qui dépassent certainement sa pensée. Avec Étienne nous la forçons à s'asseoir et la calmons tant bien que mal tandis qu'entre deux hoquets, elle nous explique que c'est abominable de faire semblant d'être amoureux d'une jeune femme, uniquement dans le but de mettre la main sur un dossier compromettant. Elle dit aussi que cela ne l'étonne plus qu'Étienne ait consenti si aisément à renoncer à ses parures multicolores, car on sait bien que les traîtres sont prêts à tout, même à s'habiller couleur de muraille, pour arriver à leurs fins. Après quoi elle se remet à pleurer en faisant beaucoup de bruit et en tapant des pieds, signe évident qu'elle perd le contrôle de ses nerfs, maladie que l'on soigne par la psychiatrie chez les gens compliqués et par la paire de baffes chez les gens simples. N'étant ni l'un ni l'autre, je l'embrasse affectueusement sur le front (ce qui n'a aucun effet) tandis qu'Étienne va ouvrir parce qu'on a sonné !

Ce sont Marie-Charlotte et Mandoline qui viennent aux nouvelles.

Après les avoir fait entrer, Étienne retourne se jeter aux pieds d'Anne, lui enserre les jambes de ses bras, autant par affection que pour éviter les ruades, pose sa tête sur les genoux de ma sœur et, tandis qu'elle lui arrache les cheveux par poignées tout en l'inondant de ses larmes, il lui jure qu'il est réellement amoureux d'elle, qu'il veut l'épouser, que le dossier de Publipub il s'en fiche complètement, et d'autant plus qu'il vient, le matin même, de donner sa démission au ministère des Finances. Cette dernière information calme Anne instantanément.

— De quoi on va vivre, alors ? dit-elle.

— Je vais me mettre conseiller fiscal, dit Étienne, c'est le même job vu de dos.

J'explique brièvement la situation à Mandoline et Marie-Charlotte qui, médusées, sont restées plantées dans l'entrée du salon sans même ôter leurs manteaux.

— Il... il savait qu'on avait le dossier ? dit Marie-Charlotte.

— Oui ! dit Étienne, depuis le premier jour. Je savais que Mandoline l'avait pris et je devinais qu'elle vous l'avait confié. Mais je vous répète...

Mandoline, toujours précise, me prend à part :

— Il sait *pourquoi* je l'ai pris ?

— Non.

— Eh bien ! qu'il ne le sache pas !

Si elle peut compter sur quelqu'un pour cela, c'est bien sur moi.

Nous nous asseyons tous et, le calme revenu, Étienne nous explique plus en détail comment les choses se sont passées. Alerté par Jocelyne, il commençait à s'intéresser à ce dossier mystérieux quand, par hasard, il a vu Anne et en est tombé amoureux. Quand ses petites réflexions et mes fréquents conciliabules avec Mandoline l'ont amené à la conclusion qu'Anne et moi étions mêlés à l'affaire, il a ressenti cette brusque illumination qui porte parfois les peintres à crever leurs toiles, les écrivains à brûler leurs manuscrits et les sculpteurs à briser leurs statues. Il a découvert qu'il faisait passer ses sentiments avant son devoir professionnel et, en ayant conclu, bien honnêtement, qu'il était plus fait pour être amoureux que polyvalent, il a préféré donner sa démission plutôt que de renoncer à Anne.

Marie-Charlotte trouve cela sublime, Mandoline, tout simple, Anne, très naturel et moi, bien réconfortant.

Maintenant que le cher Étienne est ainsi entré dans le circuit, nous lui racontons nos diverses péripéties, non sans lui faire comprendre, au passage, que s'il avait eu le tact de nous informer plus tôt de ses états d'âme antifiscaux, il nous eût épargné bien des soucis.

Il en convient d'autant plus volontiers qu'Anne est assise contre lui, blottie dans ses bras et qu'elle frotte son nez contre son oreille gauche en faisant des petits bruits ridicules, situation qui a toujours mis les amoureux dans les meilleures dispositions d'esprit.

— Bon ! dit-il. Eh bien ! puisque c'est ça qui vous travaille, moi je vais aller la reprendre à la mère Machin, votre enveloppe. Ça ne va pas faire un pli !

Nous nous exclamons ! Affronter Mireille Tardu ! Peste ! Bigre ! Bouffre ! Ciel !

Mais Étienne nous explique, en technicien qu'il est, qu'il a d'autres pouvoirs de persuasion que nous. Tout démissionnaire qu'il soit, il a encore sa carte accréditive sur lui. À part le fait qu'il a rapporté ses photos à Anne, Mireille ne connaît rien de ses rapports avec nous et, s'il se présente à elle avec son visage le plus réglementaire et ses yeux les plus gris acier pour réclamer, au nom du Trésor public, un dossier frauduleux qu'elle détient illégalement, il n'y a pas l'ombre d'un doute que la tigresse retraitée va filer chercher l'enveloppe, comme propulsée par l'aiguillon de la mauvaise conscience, et la lui remettre sans commentaire. Bien heureuse, encore, ajoute Étienne, si je n'en profite pas pour jeter un coup d'œil à sa comptabilité à elle, qui doit être cocasse à comparer avec ses déclarations de revenus.

— Fais-le ! fais-le ! dit Anne qui n'a pas encore digéré d'avoir été traitée de taulière.

— Il ne faut pas forcer son talent, dit Étienne, et puis, Asnières, ce n'est pas mon secteur.

Les trois femmes sont ravies. Moi, je suis moins enthousiaste. Cela ne change rien au fait que mes papiers, à moi, sont toujours dans le coffre, mais, au moins, je vais pouvoir enfin abandonner ce dossier comptable sur le bureau de G-G sans craindre l'œil inquisiteur du mirobolant beau-frère.

— Banco ! dis-je. Allez chercher le dossier et je vous donne la main de ma sœur.

— Ça ne va pas, toi ? dit Anne. Tu crois que j'ai besoin de ton autorisation pour me marier ?

— Je te ferais remarquer, dis-je, qu'Étienne m'a demandé ta main et que je ne lui avais pas encore répondu. Voilà qui est fait.

On explique à Étienne comment trouver le Bar des Abeilles, on l'aide à enfiler son manteau, on lui tape dans le dos et on lui souhaite bonne chance.

Sur le pas de la porte, il se retourne.

— Il n'y a qu'un truc que je n'ai pas compris, dit-il à Mandoline. Pourquoi, au départ, avez-vous pris ce dossier dans le coffre ?

— Parce qu'il était rouge, dit Mandoline. C'était à un moment de ma vie où j'étais, bêtement, fascinée par les couleurs vives.

— Je suis désolée, Michel, dit Mandoline. Pour une fois, dans ma vie, que j'ai eu un geste irréfléchi, je vous ai mis dans une situation désagréable.

— N'en parlons plus ! dis-je.

En fait de gestes irréfléchis, j'en ai commis ma part, à commencer par ce baiser à Mandoline le soir du cocktail. Si je n'avais pas... et si elle n'avait pas... et si !...

Nous sommes, chacun dans un fauteuil, dans le bureau de G-G. Il est cinq heures du matin. Quand cette histoire, d'une façon ou d'une autre, sera terminée, je me couche et je dors trois jours d'affilée.

Étienne nous a rapporté le dossier vers onze heures, hier soir. Tout s'est passé, au Bar des Abeilles, comme sa longue pratique d'inquisiteur le lui avait fait prévoir. Quand Mireille, d'abord aimable comme un cent de clous, a entendu parler de contrôle fiscal, il paraît que son départ en direction de sa chambre rappelait beaucoup le lancement d'une fusée Apollo. La poussière soulevée par son départ n'était pas retombée qu'elle réapparaissait et tendait l'enveloppe à Étienne, de la main gauche, tout en le poussant vers la porte de la main droite, sans même lui offrir un coup à boire, comme il est d'usage avec les commissionnaires.

Notre présence ici, c'est Mandoline qui en a eu l'idée. Elle m'a dit qu'au lieu de rester là, dans le salon d'Anne, à broyer du noir en regardant sottement notre enveloppe, on ferait mieux d'aller réfléchir dans le bureau de G-G, au cas où l'ambiance du lieu nous donnerait une idée de génie.

Voilà déjà deux heures que nous sommes là et la seule idée de génie qui me soit venue, à moi, pourtant doué sous ce rapport, c'est de me mettre face au coffre et de dire : « Sésame ! ouvre-toi ! » Mais cela n'a pas marché. J'ai aussi tapoté la porte du coffre, tournicoté les boutons en appliquant mon oreille au panneau et proféré des injures variées. Le tout en pure perte. Alors, je me suis assis, Mandoline également, et nous avons fait semblant de réfléchir.

Pour tromper le temps nous calculons le décalage d'heures avec Tokyo. Nous nous mettons d'accord sur neuf heures, mais Mandoline prétend que c'est neuf heures d'avance et moi neuf heures de retard. Elle promène sa main dans l'espace pour m'indiquer la direction de la course du soleil. De toute façon, je m'en fous ! Que le soleil aille où il voudra, il ne brillera plus pour moi. Jamais ! Et puis, c'est elle, la comptable, alors, je ne discute pas. À quoi bon ? Si ce n'est déjà fait, soleil ou pas, le patron va monter dans son avion, se faire offrir des douceurs par des hôtesses à la voix musicale, grimper à des milliers de pieds comme qui rigole, traverser les mers en un clin d'œil, atterrir à Orly fringant comme jamais et, toutes affaires cessantes, venir ouvrir son sacré coffre et y trouver ma correspondance félonne avec Cité-Publi ce qui, joint au fait que sa comptabilité n'est plus à sa place, ne va pas faciliter mon avancement.

La comptabilité, bien entendu, nous l'avons apportée avec nous. Elle est là, sur le bureau de G-G, débarrassée de son enveloppe. C'est bien elle, dans son dossier rouge. Cette fois-ci, il n'y a pas d'erreur.

Je me lève et retourne au coffre.

— Quel âge peut-il avoir, le patron ?

— Dans les soixante, soixante-cinq, dit Mandoline.

Je compte sur mes doigts. À partir de 1913, j'ai mes chances. J'essaie cette date-là et les plus voisines sur la combinaison, mais ça ne marche pas.

Je reste debout au milieu du bureau. Mandoline vient m'y rejoindre. Nous sommes dans la pénombre, le bureau n'est éclairé que par les lumières de la rue. Je prends Mandoline dans mes bras et je l'embrasse.

— Je vous laisse faire cela pour la dernière fois, dit-elle, parce que vous avez bien des soucis. Mais il va falloir en perdre l'habitude. Ça ne vous mène à rien.

Ça ne me mène à rien ! Tout le temps que nous nous sommes débattus dans cette histoire de fous, j'ai repoussé à plus tard le moment de la lucidité en espérant que, pour les dossiers aussi, cela s'arrangerait tout seul. Mais il faut bien se rendre à l'évidence : les dossiers sont toujours où ils ne devraient pas être et Mandoline ne m'aime pas.

Mandoline-ne-m'ai-me-pas. Ce n'est rien de plus qu'une constatation toute banale. Il n'y a pas de quoi ameuter les foules, se jeter de la tour Eiffel ou téléphoner à *France-Dimanche.* Il y a, quelque part dans cette sacrée ville, un monsieur qui aime une jeune fille et une jeune fille qui n'aime pas le monsieur. C'est tout simple ! Et le monsieur, comme il se connaît, ne va pas se jeter dans la Seine pour autant. C'est le seul moment d'ailleurs où de n'avoir plus vingt ans lui est d'une quelconque utilité. Il va avoir horriblement mal partout pendant quelques mois, ou semaines ou jours, puis il se réinsérera peu à peu dans sa petite vie sans histoire, avec des Brigitte, des Christine, des Sylvie, avec des étapes au foyer de sa sœur... Non ! même pas ! Sa sœur va s'en aller, en province sans doute, avec un gaillard qui se dispose à devenir conseiller fiscal, histoire de faire profiter de ses talents les minorités opprimées. Toutes réflexions faites, le monsieur ferait aussi bien de se jeter dans la Seine. Perdre son emploi, son amour et sa sœur le même jour, ça peut donner un coup de cafard excusable, non ?

— Vous avez vu cela ? dit Mandoline qui, par désœuvrement, furète dans les tiroirs de Frédérique. Elle me tend le bloc où celle-ci a écrit mon nom des dizaines de fois comme une écolière amoureuse.

Je dis que, non, je n'ai pas vu et que je ne veux pas voir.

— Si vous savez que vous ne voulez pas voir c'est que vous avez déjà vu.

C'est tout simple ! je sais ! Peut-être, après tout, est-il fort heureux que je ne puisse pas vivre avec cette raisonneuse, logicienne, et pleine de bon sens. Être le mari de Mme de La Palice, ça ne doit pas être folichon tous les jours. Il est possible que son éternelle « toute simplicité » me la rende odieuse en peu de temps et me fasse rapidement soupirer après écervelées, championnes du syllogisme vicieux et du dilemme aberrant. Et puis, tout bien considéré, elle n'est pas vraiment jolie, Mandoline. Peut-être aussi ne quitte-t-elle pas son affreux béret orange pour dormir. Elle va vieillir, devenir grosse, ridée, myope, sourde, couperosée et bardée de cellulite ! Je suis là, à me lamenter comme un imbécile, mais il est possible que ce soit la chance de ma vie, que Mandoline ne m'aime pas !

— Ils sont trop verts ! dit Mandoline.

Là ! qu'est-ce que je disais : la vie serait vite impossible ! Renseignements pris, il ne s'agit que de la couleur des rideaux du bureau de G-G, qui ne va pas avec celle des murs. Mais, tout de même, cela donne à penser !

Je l'attrape au vol et la serre contre moi.

— Oh ! Mandoline ! pardonnez-moi !

— Vous pardonner quoi ?

— Tout ce que je viens de penser !

— Mon Dieu ! dit Mandoline en se dégageant, si, en plus de leur passer tout ce qu'ils font et oublier tout ce qu'ils disent, il fallait pardonner aux hommes tout ce qu'ils pensent, on n'aurait plus un moment à soi !

— Je vous aime, Mandoline.

— Cela vous passera quand vous ne me verrez plus. Je suis mutée à Marseille.

— J'irai à Marseille. Je vous dis que je vous aime !

— Pourquoi ?

— Pourquoi je vous le dis ?

— Non. Pourquoi m'aimez-vous ?

— Et vous, pourquoi ne m'aimez-vous pas ?

— Je devrais ?

— Mais...

Mandoline repousse ses lunettes sur le haut de son petit nez et m'explique posément qu'elle ne voit pas pour quelle raison valable elle devrait m'aimer. Elle s'étonne qu'à mon âge je ne m'en sois pas déjà avisé mais se permet de me signaler que l'amour, ça ne se commande pas.

— Parce qu'on a vécu pendant quelques jours une histoire un peu dingue ensemble vous vous imaginez, dit-elle, que ça va finir comme dans un roman ? Mais nous ne sommes pas dans un roman, Michel, ni dans un film !

Elle dit encore que, dans la vie de tous les jours, il est très rare que les jeunes filles tombent amoureuses d'un homme, sous le prétexte insuffisant qu'il est tombé amoureux d'elle. Elle n'ajoute pas, parce qu'elle a une bonne nature, qu'un monsieur qui n'est ni spécialement jeune, ni particulièrement célèbre, ni extraordinairement riche, est mal venu de s'étonner que les jeunes filles en fleur ne lui sautent pas au cou dans un grand élan d'abandon.

— Le *happy-end*, dit-elle aussi, si ça existait, on n'aurait pas besoin de payer des scénaristes pour le rendre vraisemblable.

Et patati et patata, le tout d'une voix bien posée, bien égale, le grand œil vert bien angélique, le petit air bien grave.

Puis, soudain, l'œil vert s'humecte un peu, la voix s'enroue et les grosses lunettes rondes tombent sur le bout du petit nez. Mandoline se jette contre ma poitrine.

— Oh ! Michel ! J'aurais tant aimé vous aimer ! J'ai essayé ! J'ai essayé ! Mais je ne vous aime pas. Pas comme cela. Vous savez, c'était de la blague la nurse, le golf, le caviar, la Rolls ! Qu'est-ce que je ferais d'une Rolls ? J'essayais de vous faire peur.

— Mais, Mandoline, on pourrait...

— Non, on ne pourrait pas. Ce n'est pas moi qu'il vous faut. C'est Anne.

— Anne ? mais...

— Quelqu'un *comme* Anne, Michel. Anne vous manquera toute votre vie si vous ne trouvez pas quelqu'un comme elle. Celle qu'il vous faut, je vais vous dire...

Je mets ma main sur sa bouche, vaincu. J'en ai assez entendu pour aujourd'hui. Encore une qui va me parler de transfert. Et je ne vais sûrement pas, après tant d'épreuves, me laisser psychanalyser dans un bureau de la rue de Marignan, à sept heures du matin, par une gamine à lunettes pendant que mon licenciement se rapproche à la vitesse du son, en laissant derrière lui un joli sillage blanc dans le ciel.

— N'en parlons plus, dis-je, n'en parlons plus jamais.

Je veux bien qu'elle ne m'épouse pas mais je ne veux pas qu'elle me marie.

Pour une journée qui commence mal, c'est une journée qui commence mal.

À bavarder gaiement, comme cela, le temps passe. J'ai encore deux ou trois bonnes idées pour le numéro du coffre, comme de deviner l'âge de madame G-G ou de mettre des numéros de 1 à 10 dans un cendrier et les tirer au sort, mais rien ne marche. Mandoline m'explique que j'ai une chance sur un nombre fabuleux de milliards pour tomber, par hasard, sur la bonne combinaison. Mais elle dit ça pour me faire plaisir. Je n'essaie même pas.

— Et vous n'avez pas pensé, quand Eugène a ouvert le coffre, à relever les numéros ?

— Non, dis-je. Si je pensais toujours aux solutions évidentes, je ne serais pas là !

Vers huit heures du matin, après être restés silencieux chacun dans son fauteuil, nous décidons d'un commun accord que les carottes sont cuites et qu'il vaut mieux vider les lieux. Un vacarme métallique attire notre attention du côté de la porte de service : c'est une femme de ménage, trimballant ses seaux, qui vient faire son travail, tout ébahie de nous trouver là. Je ne le suis pas moins. J'avais toujours cru que les bureaux se nettoyaient tout seuls.

— Vous travaillez tôt ! dit-elle aimablement.

— Non, dis-je, on s'en allait.

— Alors, vous travaillez tard.

Elle est causante. Comme elle n'a pas l'habitude de trouver des oreilles complaisantes à cette heure de la journée, elle en profite pour nous moudre le monologue inepte des gens qui parlent pour ne rien dire et pour le seul plaisir de s'entendre parler. Poliment nous écoutons, laissant un peu de temps s'écouler entre son arrivée et notre départ, afin que celui-ci n'ait pas l'air d'une fuite.

— Travailler tard, travailler tôt, comme je dis, c'est toujours travailler. Moi, par le fait, j'aime mieux tôt. Chacun ses goûts, pas vrai ? Le soir ça me permet de regarder la télé. Pas que ça soye toujours marrant la télé, mais il y a les feuilletons. Ça, j'aime, les feuilletons. Et puis les variétés, le théâtre, j'aime. Les médecins qui opèrent des gens, j'aime pas. La politique non plus. C'est bla-bla et compagnie. Mais, comme je dis, il en faut pour tout le monde. C'est comme pour tout. Chacun est libre. Y en a qui aiment ci, d'autres qui aiment ça, faut pas discuter. C'est comme les élections...

Bercée par le moulin à paroles, Mandoline s'endort debout contre mon épaule.

— Vous ne travaillez pas aujourd'hui ? Vous voulez que je vous raccompagne chez vous !

Mais Mandoline se méfie des adieux déchirants sur siège avant d'automobile.

— Merci, Michel. Je vais prendre le métro.

Nous guettons le trou, dans le fleuve de lieux communs que débite la brave dame, pour prendre congé poliment.

— Comme je dis toujours, prenez Paul prenez Pierre, des promesses, ça oui ! Mais dès que c'est au gouvernement, du vent. Toujours fort sur les belles paroles mais, comme je dis, ça viendrait un peu laver les escaliers à sept heures du matin, ça verrait un peu ce que c'est. Mais ça vit pas comme le monde, ces gens-là, ça fait ce que ça veut sans demander la permission à personne. C'est comme pour les impôts, dites donc ! les impôts ! Tous les sous que ça rapporte. Vous en voyez la couleur, vous, de ces sous ? On se demande ce qu'ils en font. Comme je dis toujours, il faudrait qu'on publie tout ce qu'on en fait de ces sous. Il en vient de partout, les impôts, les taxes, le P.M.U., le tabac. Tenez, rien que le tiercé, dites donc...

— On s'en va ? dit Mandoline.

— On s'en va.

On marmonne un vague au revoir à la bonne femme qui, bien remontée, ne va pas se taire pour si peu et on se dirige vers la porte. Soudain, Mandoline s'arrête brusquement et, m'entraînant dans son sillage, revient sur la femme de ménage, qui en reste la serpillière brandie de saisissement.

— Répétez ce que vous venez de dire ?

— Qui ? Moi ?

— Oui, vous. Ce que vous disiez à l'instant.

La femme réfléchit. Si elle avait su que ce qu'elle disait était d'un tel intérêt, elle aurait fait attention.

— Ben... je disais... voyons voir. Ah ! oui ! Je disais que, pour moi, Lady Belle, à Auteuil, dimanche, c'était du tout cuit vu que...

— Non ! Avant !

— Avant quoi ?

— Avant Lady Belle. Vous parliez de votre concierge. Votre concierge joue ?... Votre concierge joue ?...

— Ah ça ! C'est pas mon concierge que je disais qui joue. C'est quelqu'un qu'il connaît, je disais. Je disais qu'il me disait que quelqu'un qu'il connaît lui disait qu'il jouait toujours le même numéro à cause qu'il habite, le quelqu'un, rue de Bouvines. Même que je disais que je lui disais que je voyais pas le rapport et qu'il me disait que lui non plus, mais il disait...

Mais déjà Mandoline m'entraîne dans le bureau de G-G dont elle referme la porte sur nous.

— Michel ! Quel numéro peut jouer un monsieur qui habite rue de Bouvines ?

— Je n'en sais rien, moi !

— Michel ! Bouvines, c'est pas une bataille ?

— Euh !... Oui... peut-être bien !

— Il joue la date de la bataille de Bouvines !

— Ah ?

— Quoi ah ? ne faites pas l'idiot ! Et si un monsieur choisissait une certaine combinaison parce qu'il habite rue de Marignan ?

Nous nous regardons et disons en même temps :

— Ma-ri-gnan-quin-ze-cent-quin-ze !

J'envoie valser la reproduction de Van Gogh, je prends la clef dans le bureau de Frédérique, et je forme d'une main moite 1-5-1-5 sur le cadran du coffre.

Ça s'ouvre !

Je ferais bien quelques profondes remarques frappées au coin du bon sens, sur le doigt du destin, la finesse de Mandoline, l'utilité du tiercé, la nécessité des femmes de ménage, la vertu toujours récompensée et la réalité qui n'en finit pas de dépasser la fiction, mais l'heure n'est pas au cours magistral. Cette providentielle bavarde, étonnée par nos questions et notre ruée dans le bureau, ne va pas tarder à venir y pointer son nez sous prétexte d'époussetage. Ce n'est pas le moment, si près du but, de se faire prendre la main dans le sac. Fébrilement, je récupère mon dossier et je remets l'autre à la place tandis que Mandoline, toujours pleine de bon sens, me fait remarquer qu'on a de la chance d'être dans la seule rue dont tous les Français connaissent la date par cœur, et que si on avait été rue de Castiglione, par exemple, le temps de trouver un dictionnaire, c'était râpé.

Le coffre refermé, le tableau raccroché nous nous faisons face, joyeux.

— On a gagné, Michel !

— On a gagné ! dis-je. Enfin... on n'a pas tout perdu...

Je remets la clef dans le bureau de Frédérique et nous quittons Publipub après un dernier adieu à la femme de ménage qui, mise en verve par l'intérêt qu'elle suscite, soliloque maintenant sur la malignité des fumeurs qui déposent leurs mégots partout sauf dans les cendriers parce que ceux-ci, comme chacun sait, sont remplis d'attaches-trombones, généralement liées les unes aux autres.

Il est neuf heures.

Sur le trottoir, devant la porte de l'immeuble, Mandoline s'arrête et me fait face, une main sur ma poitrine.

— N'allez pas plus loin, Michel. Ne m'accompagnez pas au métro, ni rien. Quittons-nous ici.

— Mandoline...

— Je vous en prie, Michel, nous nous sommes tout dit !

Elle repousse, de l'index, ses lunettes cerclées d'écaille sur le haut de son nez. Je ne la verrai plus. Je sais que je ne la verrai plus. Jamais.

— J'aurais voulu... dit-elle. J'aurais voulu ! Mais cela n'aurait pas marché.

Non, raisonnable Mandoline, non, cela n'aurait pas marché. Le sentier sinueux des habitudes, il faut l'avoir défriché ensemble pour savoir où poser les pieds.

Je lui caresse la joue.

— Oublie-moi, Mandoline.

Elle ferme une fois ses yeux verts derrière ses grandes lunettes, pour dire oui. Puis elle se détourne, sans un mot de plus, et s'en va vers les Champs-Élysées, toute droite, son affreux béret orange posé, comme une galette, sur ses cheveux tirés en arrière.

Moi, je reste là, planté sur le trottoir, et je la regarde partir. Je ne pense à rien : je la regarde partir. Des gens de Publipub qui arrivent au travail me tapent sur l'épaule en passant.

— Salut, Michel !

— Salut !

Je la regarde partir. Elle est arrivée au bout de la rue sans s'être retournée une seule fois. Elle va prendre son métro, faire sa valise et partir pour Marseille. C'est tout simple.

Ce n'est pas aujourd'hui que je vais me jouer *La Marche consulaire* !

Je sens une main qui se pose sur mon bras et je me retourne : c'est Frédérique. Elle me sourit gentiment, regarde ma figure, mes yeux, ma barbe pas faite et a le tact de ne pas me dire, pour une fois, que j'ai mauvaise mine.

— Bonjour, Frédérique, dis-je.

Elle ferme les yeux et laisse filer un long soupir silencieux. Elle serre mon bras, doucement, puis, sur ma manche, sa main glisse jusqu'à la mienne et elle me prend le poignet. Fermement.

— Rentrons, dit-elle, vous allez prendre froid.

Cet ouvrage a été composé
par Traitext à Dijon-Quetigny
et achevé d'imprimer en avril 1997
sur presse Cameron
par **Bussière Camedan Imprimeries**
à Saint-Amand Montrond (Cher)
pour le compte des Éditions Denoël

Dépôt légal : mai 1997
N° d'édition : 8807
N° d'impression : 1/1009

Imprimé en France